# 그렇게 걸작은 만들어진다

THE MAKING OF ANOTHER MAJOR
MOTION PICTURE MASTERPIECE

# TOM
# HANKS

## 그렇게 걸작은 만들어진다

**톰 행크스** 장편소설 | 홍지로 옮김

REA∃bie

출연한 모든 배우와
제작진 전원에게 바칩니다

그럼 들려드리지요.

육욕과, 유혈과, 반인륜적인 행위에 대해,

우연이 내린 심판과, 우발적인 살인에 대해,

......................................................

그리고, 어긋난 목적이 빚은 결말에 대해…….

호레이쇼,

모인 사람들을 향해

어서 얘기해 보게,

그리고 중신들도 청중으로 부르도록 하게.

포틴브라스,

앞 대사가 끝나자마자

—《햄릿》, 5막 2장

일러두기

1. ●로 표기된 주석은 원주이며, 옮긴이가 독자의 이해를 돕기 위해 추가한 주석은 숫자로 표기했다.
2. 원서에서 다른 서체로 강조된 부분은 고딕체로 구분했으며, 볼드로 강조해 둔 부분은 볼드로 구분했다.
   단 국내 독자들의 편의를 위해 일부 수정을 가했다.
3. 인물명을 비롯해 고유명사는 대부분 국립국어원의 외래어표기법에 따랐으나, 국내 독자들의 이해를 돕
   기 위해 일부는 통용되는 표기를 따랐다.

# 차례

# 01
# 배경 이야기

오 년쯤 전, 얼 맥티어라는 사람(나는 얼믹 티어라고 들었는데)에게서 지역 번호 310으로 음성 메시지가 왔다. 그 여자는 거두절미하고 《천국으로 내려가는 계단》에 관한 건으로 연락했으니 회신을 부탁한다고 했다. 그건 내가 80년대에 작은 반지하 라이브 공연 클럽에서 바텐더로 일했던 시기에 관해 쓴 소박한 회고록의 제목이었다. 그 시절 나는 바텐더로 일하면서 펜실베이니아 피츠버그와 그 인근 지역에서 일종의 프리랜서 기자로도 활동했다. 그리고 영화 리뷰도 썼고. 요즘은 몬태나의 산지에 자리한 마운트 치점 예술대학에서 문예창작, 대중문학, 영화학을 가르친다.

여기서 보즈먼까지는 황량한 감은 있어도 근사한 풍경을 즐기면서 차로 다닐 만한 거리다. 캘리포니아 로스앤젤레스에서 음성 메시지가 오는 경우는 드물다.

"제 보스가 선생님 회고록을 읽었어요." 맥티어 씨가 말했다. "선생님이 꼭 자기가 생각하는 것처럼 글을 쓰신다고 하네요."

"훌륭한 보스를 두셨군요." 나는 그렇게 말하고 물었다. "보스 분이 누구신지?" 그녀가 자신은 빌 존슨 밑에서 일하고 있으며, 그와 회의가 있어서 샌타

모니카에 위치한 자택에서 할리우드의 캐피틀 레코드 빌딩에 위치한 사무실까지 가는 차 안에서 휴대폰으로 내 전화를 받은 참이라고 말하자, 나는 고함을 질렀다. **"비, 비, 비, 빌 존슨** 밑에서 일하신다고요? 그 영화감독요? 증거를 대 보시죠."

며칠 뒤 나는 비, 비, 비, 빌 존슨 본인과 전화로 그가 몸담은 업계와 내가 가르치는 과목에 관해 대화를 나누고 있었다. 내가 그의 작품을 전부 보았다고 하자 그는 허풍 떨지 말라고 했다. 내가 그의 영화가 지닌 특징을 줄줄이 쏟아 내자 그만하면 됐으니 입 다물라고 했고. 당시 그는 60년대에서 70년대로 이행하던 시기의 음악에 관한 각본을 '만지작거리는' 중이었다. 복장을 맞춰 입고 AM 라디오에 어울리는 삼 분짜리 노래를 연주하던 밴드들이 LP 한 면을 채울 만큼 긴 즉흥연주와 '지미 헨드릭스 익스피리언스'로 진화하던 시기 말이다. 내 책은 몹시 사적인 디테일로 가득했다. 비록 내가 다룬 시기가 그가 '만지작거리는' 시기보다 이십 년 뒤이기는 했지만(우리 클럽을 예약한 건 무명 재즈 그룹과 '디페시 모드'를 커버하는 밴드들이었다) 라이브 공연장에서 일어나는 일들은 시대와 상관없이 보편적인 법이다. 그는 싸움, 마약, 진지한 사랑, 가벼운 섹스, 가벼운 사랑, 진지한 섹스, 웃음과 비명, 입장이 허용된 사람들과 쫓겨난 사람들(입장객 선별 절차는 말과 직관을 통해 시끌벅적하게 이루어졌다)과 같은 인간적인 행동 양태를 포착하고자 했다. 그는 내 책에 대한 비독점적 사용권을 사고 싶다고 했다. 만에 하나 다른 제안이 들어오면 내가 여전히 배타적 독점권을 판매할 수 있다는 의미였다. 그럴 리가 있겠느냐마는. 그렇더라도 그에게 책에 대한 권리를 팔아서 거둔 수익이 내가 책을 팔아서 거둔 수익보다 더 많았다.

빌은 〈포켓 로켓〉을 촬영하기 위해 떠났지만, 전화 통화와 타자기로 작성한 편지 여러 통으로 나와 연락을 유지했다. 편지는 당시 그가 관심 있던 이런저런 잡다한 주제에 대한 내용이었다. 전쟁의 불가피성. 재즈는 수학과 유사한

가? 좋아하는 프로즌 요거트 맛과 토핑은? 나도 별나기로는 누구에게도 뒤지지 않는지라 만년필로(타자기? 그런 걸로 되겠어!) 답장을 보냈다.

그가 보낸 한 쪽짜리 편지에는 딱 이렇게만 적혀 있었다.

**싫어서 보다 말고 나간 영화는? 그 이유는?**

빌

나는 곧바로 답장을 썼다.

난 <u>어떤</u> 영화도 싫어하지 않습니다. 싫다는 감정을 합리화하기에는 영화는 너무나 만들기 어려운 법이거든요. 제아무리 형편없는 실패작이라고 해도요. 영화가 별로면 나는 그냥 좌석에 앉아 끝나기를 기다립니다. 머지않아 끝날 테니까요. 영화를 보다 나가는 건 죄악입니다.

미국 우정공사가 내 답장을 배달하는 데에 이틀, 다시 빌이 그 답장을 읽기까지 하루가 소요되었던 모양이다. 사흘 뒤 얼 맥티어의 전화를 받았으니까. 그녀의 보스가 나더러 '즉시 여기로 내려와서' 자기가 영화 만드는 걸 봐 주었으면 한다고 했다. 방학이 다가오고 있었고, 나는 한 번도 애틀랜타에 가 본 적이 없었으며, 영화감독이 영화제작 현장에 나를 초대하고 있었다. 나는 영화학을 가르치지만 영화를 만드는 현장을 본 적은 한 번도 없었다. 그래서 솔트레이크시티로 날아가 비행기를 갈아탔다.

"당신은 내가 항상 생각해 왔던 얘기를 하더군요." 애틀랜타 인근의 끝없이 펼쳐진 교외 지역 어딘가에 위치한 〈포켓 로켓〉 촬영장에 도착했을 때, 빌이 내게 말했다. "물론 안 통하는 영화들도 있지요. 의도를 구현하는 데에 실패한 영화들요. 하지만 영화를 **싫어한**다고 말하는 건 자발적으로 공유한 인간의 경험을 마치 로스앤젤레스 공항에서 탄 끔찍한 심야 항공편과 똑같이 취급하는 겁니다. 출발이 몇 시간씩 지연되고, 승무원마저 겁먹을 만큼 심한 난기류를 겪고, 통로 건너편 좌석에 앉은 남자는 토하고, 식사 서비스는 제공되지 않는 데다 술은 다 떨어지고, 바로 옆자리에 앉은 쌍둥이 아기들이 배앓이를 하고, 연착하는 바람에 시내에서 잡은 약속 시간에 늦어 버렸다. 그런 일이야 싫어할 수 있겠지요. 하지만 영화를 싫어한다는 건 핵심을 완전히 잘못 짚은 소리란 말입니다. 여자 친구 조카의 일곱 번째 생일 파티나 연장 11회까지 가서 1대 0으로 끝난 야구 경기가 싫었다는 게 말이 됩니까? 생일 케이크가 싫고, 야구를 덤으로 더 보는 게 싫다고? 싫다는 건 파시즘이라든가 한번 익었다가 차갑게 식어 버린 브로콜리에나 쓸 말이지요. 사람들이, 특히 우리처럼 파운틴으로 가는● 사람들이라면, 다른 사람의 영화를 보고 해도 되는 최악의 말은, 음, **나랑은 안 맞긴 한데 그래도 사실 꽤 괜찮았어**, 입니다. 애매한 칭찬으로 혹평을 대신해야지, 영화가 싫다는 소리는 절대로 하면 안 되는 겁니다. 내 옆에서 그 시옷 소리를 하는 사람은 끝이에요. 완전히요. 물론, 내가 〈앨버트로스〉를 쓰고 감독하긴 했으니 조금 예민할 수는 있겠습니다만."

나는 열흘 동안 〈포켓 로켓〉 촬영장에 머물렀고, 그 여름에 할리우드로 가서 지루한 후반 작업 과정 일부도 지켜보았다. 영화를 만드는 과정은 복잡하고 사람을 미치게 만들며, 고도로 기술적인가 하면 하잘것없이 사소하기도 하고, 수요일에는 당밀처럼 느려 터지게 굴러가다가도 금요일에는 마감의 총구가 머리에 겨눠진다. 제트 비행기를 상상해 보시길. 의회에서 예산 심의를 연기하고, 시인들이 설계하고, 음악가들이 조립하고, 경영대를 갓 졸업한 중역들이 감독하고, 주의력 결핍 장애가 있는 조종사 지망생들이 조종을 맡은 제트 비행

---

● '파운틴'이란 할리우드의 파운틴 애비뉴를 뜻한다. 배우 베티 데이비스가 할리우드에 진출하고자 하는 배우들에게 해 줄 조언이 있느냐는 질문을 받자 이렇게 말했다. "파운틴으로 가요." 그러니까 더 유명하고 복잡한 선셋 대로나 샌타모니카 대로나 프랭클린 애비뉴 말고.

기를. 그런 비행기가 제대로 떠오를 가능성은 얼마나 될까? 영화를 만든다는 건 바로 그런 일이다. 적어도 내가 스컹크 웍스[1]에서 본 바로는 그랬다.

나중에 내 소박한 책에 실린 내용 일부를 발전시켜 만든 작품인 〈소리로 가득한 지하실〉[*]을 제작하는 현장에는 오래 머무르지 못했다. 아쉬운 일이었다. 빌은 촬영이 시작되자 내게 돈을 더 지불했고, 영화가 나오자 또 지불했다. 인심이 넉넉한 사람이었다. 나는 텔류라이드 영화제에서 영화를 처음 공개 상영하는 자리에 참석했는데, 그때 빌은 '우리의 영화'라는 표현을 사용했다. 1월이 되자 나는 턱시도를 빌려 입고 골든 글로브 시상식 뒤쪽 테이블에 앉아 있었다(그 행사는 머브 그리핀 소유의 베벌리 힐튼 호텔에서 열렸으며, 할리우드 파티의 정석 그 자체였다). 대학 동료들이 환상의 나라에서 보낸 주말에 대해 묻자, 나는 새벽 5시가 되어서야 호텔로 돌아왔으며, 아주 얄딸한 기분으로 얼 맥티어와 다름 아닌 윌라 색스(커샌드라 램파트라고도 알려진)의 배웅을 받으며 윌라 색스의 운전기사가 모는 캐딜락 에스컬레이드에서 내렸노라고 설명했다. 그것 말고는 내 동료들이 이해할 수 있는 언어로 당시의 경험을 요약할 방법이 달리 떠오르지 않았다. 윌라 '섹스'? 설마! 나는 내 말을 입증하기 위해서 윌라 색스가 페이스북에 올린 사진을 보여 주었다. 사진 속에서 나는 얼 맥티어와 더불어 자지러지게 웃고 있었고, 세상에서 가장 아름다운 여자와 그녀의 침울한 경호원이 곁에 함께했다.

코로나19는 나라를 마스크 찬성파와 거부파로 양단했고, 내 수업을 온라인으로 옮겨 놓았다. 이어서 백신 대 안티 백신의 변증법이 찾아왔다. 얼 맥티어가 내게 연락해서 그녀와 빌과 빌의 명랑한 일당과 함께하면서 빌의 다음

---

[*] 코로나 이전 시절의 깜짝 히트작. 심지어 중국에서는 개봉하지 않았는데도 전 세계적으로 좋은 흥행 성적을 거두었다. 아카데미를 비롯한 여러 시상식에서 후보에 오른 일은 자존심에 위안이 되었다. 비록 어떤 상도 수상하지는 못했지만, 그래도……
[1] 항공우주 방위산업체 록히드 마틴 연구소의 별칭이다.

영화제작 과정 전체를 지켜보지 않겠느냐고 제안했을 때, 나는 영화 촬영은 법에도 어긋나고 가능하지도 않은 일인 줄로만 알고 있었다. 하지만 그녀의 보스에게는 '다 방법이 있었'기에 촬영은 '그린라이트'를 받아 '조합 규약'에 따라 진행될 예정이었고, 나는 '제작진에 합류해' 자금 조달부터 최종 더빙까지 함께하자는 초대를 받았다.

"ID 배지가 나올 거예요." 그녀는 설명했다. "스태프로 일주일에 두 번 코로나 검사를 받을 거고요. 급료는 못 주지만 식사는 무료고 공짜 호텔 방도 그만하면 괜찮아요." 얼은 활달하게 덧붙였다. "사양한다면 얼간이도 그런 얼간이가 없는 줄 알라고요."

나는 흔히 영화 촬영이라고 하면 배지를 검사하고 빨간 불빛을 번쩍이고 '비공개 촬영장입니다, 제작 실무 관리자의 승인을 받지 않은 방문객은 출입을 금합니다'라는 경고문을 내걸면서 극비 프로젝트나 다름없이 취급하기 마련인데, 어째서 나 같은 침입자에게 구경을 허용하느냐고 빌 존슨에게 직접 물어보았다.

빌은 웃음을 터뜨렸다. "그건 그냥 민간인들 겁주려고 하는 짓입니다."

어느 날 밤, 로케이션에서 여느 때와 다르지 않은 길고 고된 촬영을 마친 뒤 유고 프로즌 요거트를 먹으면서 빌이 내게 말했다. "기자들은, 그러니까 게으른 기자들 말입니다만, 늘 영화를 어떻게 만드는지 설명하려고 애쓰지요. 마치 우리에게 특허를 낸 비밀 공식이나 달에 갔다가 돌아오는 비행 계획처럼 정해진 절차가 있는 것처럼요. 갈색 물방울무늬 드레스를 입고 큰 소리로 휘파람을 부는 소녀는 어떻게 떠올렸나요? 맨 마지막에 찌르레기들이 TV 안테나에 앉은 장면은 정말 잊을 수 없는 장면인데요, 그 이미지를 맨 처음 구상한 건 언제였고 훈련된 찌르레기는 어디서 찾았나요? 왜 이 영화는 성공했는데 저 영화는 망했나요? 왜 〈무치, 콩을 흘리다〉 대신에 〈봉커스 어고고〉를 만들었나요? 그럴 때면 나는 손목시계를 보고는 '어이쿠, 이런! 마케팅 회의에 늦었군요.' 하면서 인터뷰에서 내뺍니다. 그치들은 북극광도 누가 디자인한 거라고 생각한다니까요. 우리 같은 영화 고아들이 실제로 일하는 모습을 보면 지루하기 짝이 없다며 실망할 겁니다."

나는 전혀 지루한 줄 몰랐다. 실망한다고? 영화 만드는 현장을 기웃거리면서? 개나발 소리!●

영화 만드는 과정은 대부분 기다리는 시간으로 이루어지므로 촬영장에서도 제작 사무소에서도 후반 작업을 진행하는 동안에도 늘 흥미로운 대화를 나눌 수 있었다. **이 일은 어떻게 시작하게 됐어요?**라는 질문은 몇 시간에 걸친 몹시 사적이고 믿기 힘든 이야기를 끌어냈는데, 하나하나가 대하소설을 쓰기에 부족함이 없었다.

얼에게 이런 이야기를 했더니 내가 영화계에서 겪은 경험을 토대로 영화 만드는 과정을 설명하는 책을 써 보라는 말이 나왔다. 앞으로 이 프로젝트와 관련된 수많은 창조의 순간과 갈등과 표면적인 긴장과 불알이 떨어져라 웃긴 일들을 목격하게 될 테니 그걸 글로 써서, 뭐, 책으로 내 보면 어때요? 당신 보스가 그 아이디어에 화를 내지는 않을까요? 나를 촬영장에서 쫓아낸다거나?

"이런, 카우보이 씨." 그녀가 말했다. "당신이 여기에 왜 왔다고 생각하는 거예요?"

나는 나 자신을 이야기에서 **빼놓고** 싶었다. 〈나이트셰이드: 파이어폴의 모루〉 같은 영화를 만드는 과정을 일인칭시점으로 쓴다는 건, 말하자면 오키나와 전투를 기자가 자기 입장에서 서술하는 것과 마찬가지로 자기중심적인 짓일 테니까. ("나는 죽은 해병들의 피로 물든 모래가 내 타자기에 들어갈까 걱정했다…….") 이 이야기는 수개월 동안 내가 작업 과정을 지켜보고 대화를 나눈 모든 사람 덕분에 나올 수 있었다. 그들은 내게 자신이 하는 일에 대해서

● 셰익스피어의 《오셀로》 1막 3장. 이아고가 로데리고에게 하는 말

뿐만 아니라 자신이 어떤 사람인지도 들려주었다. 이름이 등장할 경우(이름이 등장하지 않는 사람들도 있다) 그건 내가 쓴 내용을 당사자가 보고 승인했거나 요청에 따라 내가 수정한 내용에 동의했다는 의미다. 나는 몇 번이고 다시 연락을 취하면서, 내가 보았다고 생각한 것과 각자가 파운틴 애비뉴로 가며 겪은 일에 관해 들려준 내용을 확인했다.[*]

　영화는 영원히 지속된다. 책 속의 등장인물도 마찬가지다. 이 책에서 그 둘을 뒤섞고자 한 것은 어리석은 시도요, 황금 대신 황철광을 캐려는 무익한 노력인지도 모른다. 최종 결과물을 싫어하지는 말아 주시기를. **꽤 괜찮았어**, 라고 생각해 주시기를.


조 쇼

몬태나주 치점산

마운트 치점 예술대학에서

---

[*] 제작진 중에서 이 책에 **절대로** 언급하지 말아 달라고 요청한 그룹이 둘 있었다. 먼저 대역 배우에 머물지 않고 본인 또한 배우가 되기를 희망하는 대역 배우들. 그리고 핵심 출연진 중에서도 특히 급이 높은 배우들을 챙기는 개인 수행원들. 혹시라도 그들의 이름과 업무가 대중에 공개되었다간 일상이 지옥으로 변할 것이므로 익명성을 철저하게 보장해야 했다. 하지만 그들 모두가 고된 업무에 전력을 다하고 수많은 허튼소리에 능숙하게 대처하는 모습을 보았다는 말은 해 두련다. 그들은 사랑받는다.

이 이야기는 실화를 바탕으로 한다.
극적인 효과를 위해 등장인물과 사건에 일부 수정을 가했다.

## 또 다른 블록버스터 시리즈

"또 다른 블록버스터 시리즈가 뭐가 어때서?" 프레드 실러 에이전시의 프레드 실러(일명 선동가)가 물었다. 그는 자신의 이름난 고객인 빌 존슨과 저녁 식사를 하려고 또다시 앨버커키로 날아온 터였다. 평소처럼 그들은 로스 포블라노스에 있었다. 앨버커키에서도 뛰어난 축에 드는 식당이었다.

2017년 7월, 빌은 자신이 각본도 집필한 〈소리로 가득한 지하실〉의 촬영을 앞두고 있었다. 둘만의 전통에 따라 고객과 에이전트는 현재 만드는 영화를 완성하고 난 이후의 일을 이야기하기 위해 만났다. 그처럼 미래를 면밀히 들여다 본 덕분에 그들은 지금껏 추진력을 잃는 법 없이 경력을 이어 올 수 있었다. 조만간 완성될 영화에 관한 대화는 일절 없고, 향후 작업에 관한 가능성만 타진하는 자리였다.

"시리즈물은 살인마야." 빌의 발언은 널리 알려진 경험에 근거한 것이었다. 〈에덴의 지평선〉이 〈에덴의 경계〉와 그 속편 〈에덴의 어둠〉(모두 빌이 '각본 겸 감독'을 맡았다)에 맞먹는 완성도와 흥행 성적을 거두어야 한다는 부담감은 연임에 매달리는 정치인에 필적했다. 〈지평선〉 촬영이 끝날 무렵, 빌은 체중이 11킬로그램 빠졌다. 그는 아침에 시간을 절약하기 위해 면도를 그만두었고, 밤마다 잠을 청하기 위해 수면 유도제 지퀼을 석 잔씩 마셨으며, 본 촬영 마지막 두 주는 에스프레소 트리플 숏에 의지해 간신히 살아남았다. 한때 자신의 1939년형 스미스 코로나 스틸링 타자기로 **영화 만들기는 재미보다 더 재미있어** 같은 문장을 치기도 했던 빌 존슨은, 이 년에 달하는 수명을 소진해 '에덴' 시리즈의 마지막 장을 완성할 무렵에는 재미라고는 눈곱만큼도 느끼지 못했다.

빌은 삼십 년간 영화를 만들면서 두어 편의 그저 그런 작품과 한 편의 대 실패작*을 제외하고는 굳건히 승자의 자리를 지키며 많은 이들의 시샘을 받았다. 이제 빌은 자신의 돈궤를 다시 채워 주고 선동가에게도 10퍼센트의 수수료를 안김으로써 행복을 더해 줄 대작들에 대한 제안을 마다하고 자기만의 작품을 개발한 차였다. 〈소리로 가득한 지하실〉의 각본 작업은 상대적으로 즐거웠고, 사전 제작은 골치 아팠으며, 촬영은 어찌어찌 시작할 수 있었다.

하지만 선동가는 〈포켓 로켓〉으로 〈앨버트로스〉라는 대 실패작에서 재기한 이후 빌의 기량이 물이 올랐다고 판단했고, 앞으로도 계속 그렇기를 바랐다.

"시리즈물은 잔인한 주인이야. 나는 잔인한 주인 밑에서 일하기 싫어." 빌이 말했다. "내가 잔인한 주인이 되는 것도 싫고. 마케팅 회의 때만 빼면."

"관객에게는 선택할 수 있는 오락거리가 무궁무진해." 프레드는 목초를 먹여 키운 송아지 고기와 텃밭에서 키운 돼지감자를 먹으며 말했다. "자기 돈을 영화 티켓과 교환해야만 할 이유가 있어야 하지. 빌 존슨도 그 이유 중 하나고. 50년대와 60년대에 서부극이 그랬고 80년대에 액션 영화가 그랬던 것처럼, 지금은 슈퍼히어로 시리즈가 대유행이야. 코믹콘 팬들은 뭐든지 보러 간다고."

"그저 싫어하려고 말이지. 라즐로 시비스키에게 물어보라고."●● 빌은 등을 기댔다. "나는 안티히어로가 좋아. 결점 있고 고뇌에 시달리는."

"마블은 자네에게 '토르' 시리즈 다음 편을 맡길 거야."

"망치 들었다가 망치기 싫다고 전해 줘."

"D. C.는 자네에게 준비 중인 작품 아무거나 내줄걸."

"배트맨, 엑스맨, 거미 소년, 초록 거인, 네 궁둥짝을 걷어차 주마 레이디……. 과잉 공급이 안 보이나?"

"다이나모는 자네가 울트라 시리즈 한 편을 맡겠다고 말만 하면 현금을 트

● 〈앨버트로스〉. 대 실패작에 딱 맞는 제목이다.
●● 라즐로 시비스키는 '사분면' 사가의 네 번째 작품인 〈사분면: 탐색자〉 때문에 팬보이들에게 탈탈 털렸다. 빌은 그 영화가 진지하고 특별한 작품이라고 생각했지만. 무언가가 팬들의 심기를 건드렸고 그들은 시비스키와 영화를 흠씬 두들겨 팼다. 라즐로는 빌이 〈황량한 대지〉를 발표한 해에 〈루나와 스위트〉로 시상식 레이스에 참가했지만. 두 작품 모두 후보에 오르는 족족 빼어나기 이를 데 없는 작품인 〈겟어라운드〉로 당연하다는 듯이 상을 가져간 리사 폴린 테이트에게 패배했다.

럭째 싣고 와서 자네 집 진입로에 쏟아부을 텐데."

"은하계와 나무에 올라간 새끼 고양이를 구하는 슈퍼히어로들이라. 하아암." 빌은 얼음을 넣은 긴 유리잔에 빨대 없이 담긴 블루 스카이 콜라를 마저 해치웠다. "슈퍼히어로 장르에 반대한다는 건 아냐. 그저 장르의 관습이 따분한 거지. 다른 은하계에서 온 악의 군주가 영어를 할 줄 알아. 슈퍼 남녀들은 키스는 하고 싶어 하지만 섹스는 절대 안 하고. 도시가 통째로 박살 나는데 시체 하나 안 보여." 빌은 종업원에게 손짓하고 잔을 가리키며 블루 스카이 한 잔을 더 청했다. "그리고 팻●은 나더러 소년 소녀를 만나다 영화를 만들라고 성화야. 자기를 위한 영화를 만들라는 소리지."

"그게 뭐 어때서?"

"소년 소녀를 만나다 이야기는 딱 두 가지에만 의지한다고. 소녀, 소년, 그리고 둘에게 서로가 필요한 이유. 세 가지로군."

"전 세계가 빌 존슨의 신작을 기다리고 있다니까." 선동가가 말했다.

"그 신작은 〈소리로 가득한 지하실〉이고 대충 열두 달쯤 뒤에 인근 영화관에서 개봉할 예정이올시다."

"내년은 미래가 아냐. 지금으로부터 삼 년 뒤가 미래지."

"생각해 볼게." 빌의 작업 방식은 항상 그런 식이었다. 우연히 어떤 소재를 마주치고, 거기서 번뜩이는 아이디어를 얻고, 그걸 또 다른 걸작 영화로 만드는 것.

● 패트리스 존슨 박사. 빌의 연인이다.

22

<u>02</u>

# 소재
## 1947년

**밥 폴스**

 7월 7일 아침, 구름 한 점 없이 헐벗은 하늘에 동그란 원반처럼 뜬 태양이 캘리포니아 론 뷰트를 그을리기 시작하는 시간이었다. 공식 인구가 5,417명인 론 뷰트는 노스 밸리에 있는 시골 마을로, 주도(州都)인 새크라멘토에서 그리 멀지 않고 오클랜드시까지는 차로 하루 조금 안 되는 거리에 있으며 샌프란시스코라는 이름의 바빌론까지는 그보다 조금 더 걸렸다. 기온이 늘 37도 언저리를 맴도는 여름의 열기 속에서, 그곳은 캔자스나 네브래스카나 오하이오나 아이오와나 인디애나에 있는 작은 마을들과 유사한 속도와 기질을 띠었다. 론 뷰트에서 살기를 선택한 주민은 거의 없었고, 많은 수가 그곳을 떠나 영영 돌아오지 않았다. 물론 카운티 청사 소재지이기는 했지만, 기본적으로 그건 골드러시 시절 핵심 교역로 노릇을 했던 빅 아이언 벤드 강 유역에 자리를 잡은 덕분이었다. 1947년에 론 뷰트에는 기차역 하나 없었다.●
 9월 11일에 다섯 번째 생일을 맞이하는 로비 앤더슨은 그 나이 또래 남자애들이 대체로 그렇듯 아침마다, 뜨거운 여름날이면 특히, 스물네 시간의 풍요

롭고 근심 없는 일상을 맞이했다. 로비는 노동절 연휴가 지난 후에야 유치원에 들어갈 예정이었지만, ABC도 이미 터득한 데다 아버지에게 대문자와 소문자의 차이도 배운 후였다. 그러니 로비의 하루하루가 대문자로 시작하는 충만한 삶 그 자체(Living)인 것도 당연했다.

로비는 매일 아침 화장실에 다녀오자마자 침대를 정리할 줄 알았다. 그런 다음에는 잠옷을 벗고 놀이옷으로 갈아입고 나서 아래층으로 내려갔다. 그 시간이면 아버지는 이미 가게에 나가서 없고, 어머니가 보통 토스트, 우유, 과일로 아침을 차려 주곤 했는데 과일은 뒤뜰 나무에서 딴 자두일 때가 많았다. 로비는 어른들이 틈만 나면 커피를 마셔 대는 이유가 궁금해서 자신도 맛을 보고 싶었지만 너무 어리다는 소리를 들었다. 로비가 아침에 할 일은 개수대에서 자신이 사용한 그릇을 부시고, 쓰레기통을 비워야 하는지 확인하고, 방충망을 쳐 놓은 포치 바닥을 깨끗하게 쓸고, 밖으로 나가서 자갈을 깐 진입로와 그 바로 너머에 있는 예의 자두나무 네 그루까지 이어지는 뒤쪽 계단 역시 쓰는 것이었다. 집안일이 끝나면 로비는 크레용과 색연필과 색칠 그림책과 갱지 연습장을 꺼내서 거실에 깔린 편직 깔개 위에 엎드려 머릿속에 떠오르는 것을 정신없이 그려 대곤 했다.

아직 그렇게 어린데도 작품이라고 부를 만한 로비의 그림을 본 사람은 누구나 타고난 재능을, 차원과 공간과 움직임에 대한 본능을 알아보았다. 그 그림에는 자유분방함도 담겨 있었다. 기쁨도 있었다. 소년은 재미를 위해 그렸다.

보통 오전 10시가 되면 로비는 그림과 도구들을 챙겨서 거실 시퍼로브[1] 서랍에 넣고 방충망을 쳐 놓은 포치를 통해 집 밖으로 나섰다. 문을 내버려둬도 용수철의 힘으로 저절로 닫힌다는 사실은 이미 배웠다. 자두나무 뒤의 낮은 산울

---

● 인근에 있는 캘리포니아 웰스에 기차가 정차하기는 했지만, 측선에 불과했다. 가장 가까운 기차역은 차로 한 시간 거리인 치코에 있었다.
1 옷을 거는 긴 칸과 서랍이 있는 수납장

타리에는 자주 드나들어 생긴 작은 틈이 있었고 로비는 그 통로를 이용해 번스네 집 뒤뜰로 넘어가곤 했는데, 그곳에도 자두나무가 네 그루 있었다. 여기에 한때 작은 과수원이 있었는데, 그 땅을 두 집이 나누어 쓰게 된 것이다. 번스 집안의 딸 질 번스는 이미 여섯 살이었고 로비 앤더슨에게는 평생 제일가는 친구였다. 둘은 거의 날마다 함께 놀았고, 두 아이 모두 질의 살짝 굽은 내반족을 거추장스러워하지 않았다. 점심시간에 질은 로비와 함께 로비네 집으로 와서 점심을 먹었다. 평소에도 그렇게 하기로 양쪽 부모가 동의한 바였다. 그런 다음 둘은 바쁘게 놀다가 3시 간식 시간이 되면 라디오를 틀고 어린이 방송을 들었다. 4시가 되면 질은 산울타리 틈을 지나 자기 집으로 돌아갔다.

* * *

　로비의 어머니 룰루 앤더슨은 번스 부인과 함께 이와 같은 일과를 짰고, 그 결과에 만족했다. 덕분에 일, 일, 일의 연속인 긴 하루를 천천히 풀어 갈 수 있었기 때문이다. 그녀의 아침은 다른 많은 여자 친구들과는 달리 평온했다. (여전히) 젊은 그녀들은 하나같이 아이와 일하는 남편이 딸린 가운데 가사, 살림, 양육으로 이루어진 끝없는 섭생을 영위하며 살았다. 일, 일, 일, 또 일. 그중에는 괴물이나 다름없는 어린 망나니들을 키우는 친구들도 있었기 때문에, 룰루는 자신이 맡은 집안일을 한 다음 크레용을 가지고 알아서 노는 로비와 이틀 뒤면 한 살이 되는 아기 노라를 내려 준 하느님과 주기 피임법에 감사했다. 뱃속에서는 심한 산통을 안기긴 했지만, 노라도 아마 불평 없고 수더분한 오빠의 여자 버전으로 자랄 듯했다. 론 뷰트에서 이 정도로 손이 가지 않는 아이 둘을 키우는 집이 또 있을까?
　루실 메이비스 폴스는 아버지가 분만실 창문 너머로 딸을 보고 "우리 꼬마 아가씨가 아주 룰루[1]인걸!"이라고 외친 순간부터 룰루라고 불렸다. 이십여 년

후, 룰루 폴스는 1942년 1월 18일에 룰루 앤더슨이 되었다. 일본이 진주만을 폭격하고 제2차세계대전이 결국 미국을 사정없이 끌어들이기 불과 몇 주 전의 일이었다. 밤이면 다음 공습에 대비해 캘리포니아의 전 가구가 등화관제를 실시했는데, 캘리포니아 노스 밸리의 시골 마을에까지 적의 폭탄이 떨어질까 봐 그랬는지 론 뷰트도 예외는 아니었다.

룰루의 남편 어니 앤더슨은 룰루가 고등학교 시절 사귄 남자 친구 대여섯 명 중 하나였는데, 어니가 성 필립보 네리 가톨릭 학교를 다녔음에도 그랬다(룰루는 유니언 고등학교를 다니는 양키이자 장로교 신자였다). 어니는 메인 스트리트와 그랜트 스트리트 교차로에 있는 플라잉 A 주유소에서 일했고, 시간이 지나면서 룰루는 자발적으로 자기 집 쉐보레를 몰고 가서 어니에게 주유와 오일 점검을 부탁했다. 그게 꼬리에 꼬리를 물고 이어졌고, 룰루 본인의 말처럼 "그걸로 그렇게 된 거지". 어니는 그 시대가 키운 젊은이들이 그렇듯 때때로 심각해지기는 했지만, 그래도 론 뷰트에 사는 룰루 또래의 모든 남자애 중에서 가장 재미있었다. 그리고, 오, 그 눈은…….

나치 독일이 폴란드를 침공하고 전쟁을 선포하자 어니는 캐나다로 가서 영국 왕립 공군 캐나다 비행단 소속 조종사가 되고 싶다고 진지하게 말했지만, 어니의 아버지는 '그럴 캐나다 애들이 널렸다'며 아들을 말렸다. 필요한 때가 되면 미국이 참전해 '우리의 소임을 다하기 시작'하리라는 건 어니도 알았다. 하지만 스테이트 극장의 스크린에 영사된 흑백 뉴스릴 속에서 격렬하게 타오르는 역사에 참여할 날을 마냥 기다리기만 할 수는 없었고, 어니는 미국 비행기를 몰 사람이 되기 위해 1941년 6월 미합중국 육군 항공대에 자원했다. 운명이나 하느님이나 필립보 네리 성인이 개입했는지, 그는 색맹 판정을 받고 비행 학교에서 쫓겨났다. 그래도 어니는 기계와 관련해서는 뭐든 손재주가 뛰어났고, 그의 입

---

1 실력이나 외모가 아주 뛰어난 사람을 가리키는 영어 단어

대는 다가올 전쟁에 대비해 미 육군 항공대 소속 비행기들이 날아다닐 수 있도록 관리하는 데에 도움이 되었다. 어니는 텍사스의 한 비행장에 배치되었다. 그는 룰루에게 보낸 많고 많은 편지에서 그곳을 자포자기 병영이라고 불렀다.

1941년 12월 7일, 진주만이 공격당했다. 1942년 1월 10일 밤 11시 17분, 캘리포니아 특급열차가 웰스 인근의 측선에 정차해 로스앤젤레스로 향하는 승객들을 태웠다. 룰루도 그중 하나였다. 그날 밤과 다음 날 낮 대부분을 차 안에서 보내는 동안 기차는 수없이 정차했다. LA의 유니언 기차역에서 룰루는 하마터면 삼등석을 예약해 둔 텍사스 특별열차를 놓칠 뻔했다. 뻣뻣해진 몸으로 이틀 밤 선잠을 자며 백만 킬로미터처럼 느껴지는 거리를 이동한 끝에 룰루는 케이티 특별열차로 갈아타고 다시 50만 킬로미터를 더 갔다. 그런 다음 춥고 외풍이 드는 버스가 룰루를 자포자기 병영 정문 바로 앞에 내려 주자, 어니가 본인은 블루보닛이라고 생각한 꽃으로 만든 꽃다발을 들고 그녀를 기다리고 있었다. 실제로는 블루보닛이 아니었지만, 룰루는 신경 쓰지 않았다.

이후 열하루 밤 동안, 어니가 외박 허가를 받는 날마다 하루 1달러짜리 호텔 방의 침대는 룰루와 어니에게 생애 최고의 섹스를 선사했다. 자동차 뒷좌석이나 유칼립투스 숲에 깐 담요 위에서 더듬거릴 필요도 없었고, 한밤중에 리틀 아이언 벤드 리버 공립 공원에서 서로를 찾으려 애쓰지 않아도 되었기 때문이다. 시간과 거리와 세계적 격변으로 멀어졌던 두 사람은 나이로는 더는 청춘이라 할 수 없었지만 청춘의 심장에서 쏟아져 나오는 터질 것 같은 격정으로 서로를 갈구했다. 어니는 낮에는 근무해야 했으나, 밤이면 룰루와 함께 차디찬 맥주를 마시며 시끌벅적한 밴드가 연주하는 원조 텍사스 홍키통크[1]에 맞추어 춤을 추었다. 그들은 싸구려 멕시코풍 음식을 만끽하고 차디찬 맥주를 더 마셨다. 격정 가득한 넷째 날 밤, 땀으로 푹 젖은 시트 속에서 발가벗은 채

---

1 컨트리 음악의 한 스타일

호텔 방의 어둠에 둘러싸여, 고작 한 시간 후면 그가 병영으로 복귀해야 하는 시점에서, 결혼 이야기가 나왔고, 동의가 이루어졌고, 결정이 내려졌다. "그걸로 그렇게 된 거지." 결혼식은 병영 내 교회에서 군종 사제가 주재하고 어니는 알지만 룰루는 알지 못하는 증인들이 입회한 가운데 치러졌다. 바깥에서는 텍사스의 폭풍이 복숭아씨만 한 우박을 쏟아부었다.

어니가 럭키 스트라이크 피우는 법을 배운 터라 룰루도 따라 배웠고, 덕분에 그녀는 군 복무 중인 남편을 둔 유부녀가 되어 자포자기 병영까지 왔던 길을 되짚으며 론 뷰트까지 돌아가는 동안 시간을 때울 수 있었다. 어니가 뉴욕 롱아일랜드섬에 있는 B-17 공군기지로 전출되자 룰루가 동해안으로 온다는 계획이 싹을 틔웠지만, 당시에는 민간인의 기차 여행이 제한되었고 몇 주째 아침마다 입덧에 시달리는 임신한 여성은 특히 그랬다. 어니와 다른 항공대원들은 무기도 좌석도 탑재하지 않은 신형 B-17을 타고 그린란드와 아이슬란드를 차례로 경유해 영국으로 갔다. 승객 신분인 그들은 여압도 난방도 되지 않는 육중한 폭격기의 헐벗은 기체 안에서 그저 드러누워 있었다. 기모 옷을 입고 모직 담요를 겹겹이 둘렀는데도 어니는 며칠 동안 계속된 그 비행에서만큼 추위를 느꼈던 적이 없었다. 비행기는 그린란드에 착륙해서 이틀 동안 얼음 폭풍과 바람과 무겁게 내리깔린 구름 아래 머물렀지만, 어니는 단 한 번도 자신이 그린란드를 보았노라고 주장하지 않았다.

전쟁이 끝났을 때 어니의 아들 로비는 두 살이었다. 전쟁부에 따르면 이는 제대 점수[1] 12점을 의미했기에, 어니는 아이가 없는 군인들보다 먼저 제대했다. 그는 전쟁이 끝난 미국을 일주일에 걸쳐 가로질러 론 뷰트로 돌아갔고, 민간인이 되어 생애 최고의 섹스를 했다.

---

1 제2차세계대전 말, 유럽에 복무하던 미군의 본국 송환 순서를 결정하기 위해 마련한 점수 체계

　　　　　　　　　　　* * *


　1947년 7월 4일은 순식간에 지나갔다. 어니는 다시금 종이 반죽으로 만든 쌍발 폭격기를 올린 항공대 장식차를 타고 퍼레이드에 참가했다. 행렬에 동참한 다른 많은 참전 용사와는 달리 그는 아직 옛 군복을 입어도 허리와 가슴과 허벅지가 조이지 않았다. 룰루와 아이들은 클라크네 드러그스토어 앞 인도에 자리를 잡고 그를 향해 손을 흔들었다. 미국 전역에 걸린 것과 똑같은 장식 깃발과 마흔여덟 개의 별이 그려진 국기가 가게 전면을 치장하고 있었다. 독립 171주년 기념 축제는 38도의 열기 속에서 온종일 계속됐다. 퍼레이드, 케이크 품평회와 밴드 공연을 곁들인 청년상공회 바비큐 파티, 그리고 어둠 속에서 몇 시간을 기다린 끝에 시작된 불꽃놀이는 술을 마시지 않는 성인들의 진을 빼놓았고 술 마시는 성인들을 취하게 했으며 모든 어린이를 너무 흥분하게 만들었다. 룰루는 그야말로 녹초가 되었다. 아기가 뱃속에 가득하던 마카로니와 비트 퓌레를 토한 것도 도움은 되지 않았다. 로비는 지난해와 마찬가지로 리틀 아이언 벤드 리버 공원의 여울에 빠졌다. 룰루 폴스 앤더슨은 사흘이 지나고도 여전히 녹초 상태였다.
　그날 아침, 어니는 터덜터덜 집을 나서서 가게로 향했다. 로비는 그림을 그리고 있었고 노라는 높은 유아용 의자에 앉아서 크래커 조각을 먹고 있었다. 아침 식사에 쓴 식기는 설거지를 끝내고 싱크대 옆 목재 건조대에서 말리는 중이었다. 방충망이 달린 문과 창문은 열어 놓았고, 구십 년 묵은 커다란 플라타너스들이 집 앞 잔디밭에 그림자를 드리운 가운데 물리법칙이 시원하고 향긋하고 부드러운 바람을 집 안으로 들였다.●


───────────

● 에어컨이 앤더슨 가에 들어오기까지 아직 한참 남은 시점이었다. 전 세계가 그랬다. 어니가 결국 지붕에 냉풍기를 설치해서 냉각된 공기를 중앙 홀까지 수직으로 쏘아 내리게 만들긴 했지만, 그마저도 1954년에나 생긴 일이었다.

룰루는 블루 윌로 머그잔과 잔 받침을 가져와 스토브에 놓인 파이렉스 커피 여과기에서 맥스웰 하우스 커피를 두 잔째 따랐다. 커피는 늘 두 번째 잔이 가장 만족스러웠다. "어서 이리 온." 그녀는 커피에게 그렇게 말하며 농축 우유를 세 번 넣었다. 룰루는 암소 엘시[1]의 도움을 받아 커피를 베이지색으로 만들고 티스푼으로 설탕을 듬뿍 떠 넣어 삶을 살 만하게 만들었다. 어니는 커피를 진한 블랙으로 마셨다. 그는 전쟁 내내 그런 커피에 의지해 살았고, 추축국을 무찌른 공을 자신의 '조'[2]에게 돌렸다.

"로비." 룰루가 불렀다. "신문 좀 가져다줄래?" 로비는 늘 색칠 놀이에 정신이 팔려 있었기 때문에 그녀는 아이를 두 번 불러야 한다는 사실을 알고 있었다. "로비? 신문 좀 부탁한다."

"아, 맞다!" 로비가 외쳤다. "깜빡할 뻔했다!"

"쟨 목청에 교회 오르간이라도 달렸나." 룰루는 혼잣말을 하고 두 잔째 맥스웰 하우스를 홀짝였다. 하아아아아아아.

앞문이 열렸다 닫히는 소리가 들렸고, 로비가 주방에 나타나 신문을 펼쳤다. "만화는 가져가도 돼요, 엄마?" 로비는 작년에 '마마'에서 '엄마'로 넘어오면서 아기에서 소년이 되어 룰루의 가슴에 작은 생채기를 남겼다.

"그러렴." 만화는 세 번째 섹션 뒷면에 있었다. 로비는 그걸 가지고 크레용과 연습장이 있는 거실로 미끄러지듯 돌아갔다. 아직 읽을 수 없는 말풍선 속의 단어는 무시하고 〈블론디〉, 〈바니 구글〉, 〈딕 트레이시〉를 베껴 그린 다음 색을 칠하려는 것이다.

조간신문의 이름은 〈론 뷰트 헤럴드〉로, 바로 이 마을에 위치한 옛 상인 은행 건물에서 발행하고 인쇄하는 신문이었다. 룰루는 전국 기사가 실린 〈밸리

---

1 보든 유제품 회사의 마스코트
2 커피를 가리키는 속어

데일리 프레스〉를 선호했지만, 그 신문은 북쪽 레딩에서 오후에야 배달됐는데 늦은 오후에는 앉아서 신문 읽을 시간이 없었다. 그때쯤이면 아기가 낮잠을 자고 일어난 뒤였고 집을 정리해야 했으며 저녁 식사 준비도 시작해야 했다.●

그날 룰루는 조간 〈헤럴드〉를 독차지하고서 뒤에서부터 앞으로 지면을 훑으면서 만화가 **빠진** 세 번째 섹션에서 출발해(상담, 라디오 편성표, 십자말풀이) 두 번째 섹션을 거쳐(지역 소식과 부고) 드디어 첫 번째 섹션에 이른 다음, 6면에 실린 편집자 사설과 편집자에게 보내는 편지부터 읽기 시작했다. 그녀는 〈헤럴드〉의 공동 편집자인 토미 워서(2학년 때는 쓸모없는 토미라고 불렸다)와 유니언 고등학교 동창이었는데, 그는 벌레이오 해군공창의 책상 앞에서 전쟁을 치렀다. 그날 아침 그의 사설은 제대군인원호법이 기회를 제공하는데도 학교도 다니지 않고 일도 하지 않고 참된 시민의 책임을 다하지 않으면서 난동을 부리고 법을 위반하는 삶을 택하는 게으른 참전 용사들의 행태를 개탄하는 내용이었다. 룰루는 두 문단 반을 읽은 다음 흥미를 잃었다.

5, 4, 3, 2면은 대부분 요란한 그림과 활자로 여름 할인 마라톤! 파격 할인! 매트리스 대처분!을 알리는 광고들이 차지했다. 그 밖에는 사소한 기사들과 1면 후속 기사가 실려 있었다. 마침내 첫 번째 섹션 2면에서 신문을 넘겨 1면 머리기사로 향한 순간, 룰루는 유선 전송으로 받은 탓에 선명도가 떨어지는 2단짜리 정사각형 사진 속에서 자신의 동생 밥 폴스를 바라보고 있었다.

---

● 하지만 어니는 일과를 마친 후 〈데일리 프레스〉를 느긋하게 처음부터 끝까지 읽었다. 가게에서 집으로 돌아와서 쇠 굽을 댄 작업화의 끈을 풀어 레이지보이 리클라이너 옆 바닥에 벗어 두고, 양말 바람으로 햄스 맥주 두 캔을 연달아 음미하며 자유 진영의 현황을 숙고하는 것이다. 그가 신문을 다 읽을 시점에 맞춰 로비가 포크와 나이프와 냅킨과 스푼을 준비하고 룰루가 식탁에 음식을 차렸다. 텔레비전이 집에 들어온 것은 구 년 뒤의 일이었는데, 그 무렵에는 앤더슨 가족의 셋째인 말수 많고 대장 노릇을 하려 드는 여섯 살 난 스텔라가 채널 선택권을 주장했다.

* * *

사진 설명에 신원이 명시되지는 않았지만, 룰루는 동생의 넓적한 코와 씩
웃으면 드러나는 뻐드렁니와 짱구 뒤통수를 알아보았다. 그녀의 생애 대부분
과 동생의 생애 내내 봐 온 모습이었다. 야간에 카메라 플래시를 터뜨려 명암
대비가 선명한 스냅사진 속에서, 밥 폴스는 끝단을 접어 올린 청바지와 흰 티
셔츠 차림으로 주차된 모터사이클의 큼직한 안장에 앉아 부츠를 신은 발을 핸
들에 올리고는 몸을 뒤로 기울여 건방지고 반항적인 자세를 취하고 있었다.
양손에는 맥주병을 하나씩 들고 있었다. 주변의 연석과 배수로에도 텅 빈 병
과 캔이 널려 있었다.

**무법 갱단이 마을을 점거하다**라는 표제였다. 사진 설명은 다음과 같았다. **술
에 취한 폭력배. 범죄로 물든 주말. 사진 제공 AP통신.**

밥은 육중해졌다. 부재했던 오 년이라는 세월 이상으로 나이를 먹은 것처럼
보였다. 눈꺼풀은 졸린 듯 반쯤 감겨 있었다. 턱살이 늘어졌고 면도가 필요
했다.

기사는 1면에서 여섯 문단을 차지했고 4면에 실린 패터슨 가전 상회의 월
부 구매 광고 옆에서 계속되었다. 아까 룰루는 기사는 건너뛰고 광고만 살펴
본 터였다.● 이번에는 모터사이클을 탄 '무법 갱단'이 캘리포니아의 작은 마을
인 호바사를 덮쳐 하루 낮과 밤 동안 '난장판'을 벌였던 이틀간의 '난동'에 관
한 기사를 전부 읽었다. 호바사는 99번 국도를 따라 남쪽으로 449킬로미터를
달린 뒤 다시 내륙으로 94킬로미터를 들어가면 나오는 곳이었다.

룰루는 신문을 이쪽저쪽으로 넘겨 가며 기사를 읽고 또 읽으면서 밥 폴스라

● 룰루와 어니는 방충망을 쳐 놓은 포치에다 모아 둔 다른 잡동사니 옆으로 낡은 헤이스팅스 냉장고를 옮기고
새 노르지 냉장고를 살까 논의하던 차였다.

는 글자를 찾아보았지만, 무법자들의 이름은 기사에 없었다. 룰루는 주먹다짐과 박살 난 유리창과 요란한 맥주 파티와 새벽 4시에 호바사의 중심가에서 벌어진 모터사이클 경주의 굉음에 관해 읽었다. 경찰서장, 이발사, 옷 가게 주인, 주유소 직원, 그 외 수많은 겁에 질린 시민들의 증언이, 끔찍한 경험담이 실려 있었다. 고속도로 순찰대가 도착한 다음에야 법과 질서가 회복되었다. 체포가 이루어졌다. 일부 갱단 단원들은 동이 트기 전에 굉음을 내며 마을에서 달아났다.

루실 폴스 앤더슨의 하나뿐인 동생도 달아났을까? 아니면 호바사시 유치장에 억류 중일까? 마음속의 눈이 다시 깜빡인 순간, 룰루는 유치장 철창 뒤에서 수프가 담긴 주석 컵을 두 손으로 쥐고 딱딱하고 헐벗은 벤치 위에 앉아 있는 밥 폴스를 보았다. (왜 하필 주석 컵이람? 수프는 또 뭐고?)

룰루는 신문을 들고 현관홀에 있는 집 전화기로 갔다. 전화기 탁자 앞에 앉아 파이어사이드 6-344로 다이얼을 돌렸다. 에미 케이 실버스 파월과 통화하기 위해서였다. EK와 룰루는 학창 시절부터, 그러니까 1928년에 웹스터 로드에 살던 폴스 가족의 집 바로 옆집으로 실버스 가족이 이사 왔을 때부터 알고 지낸 사이였다. 폴스 부부는 이웃집에 유대인이 산다는 사실에 결코 익숙해지지 못했지만, EK와 그녀의 쌍둥이 오빠 래리와 월리스는 룰루와 밥 두 사람과 늘 친하게 지냈다. 실버스 가족은 종교적인 면이라고 해 봐야 유월절이라고 부르는 날 밤에 한 끼 특별한 식사를 하는 게 다였고(룰루와 밥은 유월절 만찬에 매번 초대 받았다) 크리스마스트리도 세웠다(구유 안의 예수를 묘사한 형상은 하나도 없었지만). 그럼에도 룰루의 부모는 EK의 가족을 대할 때 이웃으로 예의를 차리는 게 고작이었으나, 래리가 과달카날에서 전사하고 다시 몇 달 뒤 월리스가 탄 B-24 리버레이터마저 나치가 점령한 네덜란드 상공 어딘가에서 금속 파편과 육편을 흩뿌리며 산화하자 그런 냉랭함도 누그러졌다. 그 끔찍했던 기간의 대미를 장식하듯, 룰루의 아버지인 로버트 폴스 시니어는 뇌졸중을 일으켰다가 얼마 안 가 심장마비로 사망했다. 섬약한 기질의 소유자였던 룰루의 어머니는 카드 테이블처럼 풀썩 쓰러졌고, 남편이 금방이라도 앞문으로 걸어 들어오기를 기다리며 두려움과 혼란 속에서 남은 평생을 보냈다. 그녀는 1943년 말 폐렴에 걸렸고 스무엿새 뒤 숨을 거두었다. 하지만 세상살이가 그렇듯 좋은 일과 감사한 일도 있었다. 클로드 브레이너드가 폴스 인쇄소를 좋은 가격에 인수해 갔고, 어니는 전쟁 기간 동안 위험하지 않은 지역에서 복무했으며, 꼬마 로비는 큰 탈 없이 유아기 질병을 넘겼다. 그렇긴 해도 룰루의 동생은 태평양 어딘가에 해병으로 가 있었고, 그녀는 론 뷰트에 아이와 단둘이 남아 있었다. 적국을 무찌른 것이 블랙커피였다면, 후방전선에서 두 사람의 목숨을 구한 것은 EK와 룰루가 나눈 럭키 스트라이크와 우정이었다.

마을에서 집에 전화기가 두 대 이상 있는 사람은 거의 없었고, 한 대뿐인 전화기는 보통 앞문 가까이에 뒀다. 누가 전화를 받으러 올 때까지 전화벨은 계속해서 여러 번 울려 대곤 했다. 하지만 EK는 전화가 따르릉거리면 수화기를 빨리 집어 들려고 노력했다. 웨스팅하우스 조명 공장에서 야간 근무를 하는 남편 조지의 잠을 깨우지 않기 위해서였다. 조지에게는 새벽에 귀가해 책을 읽다가 전화기에서 그리 멀지 않은 응접실 소파 위에서 곯아떨어지는 습관이 있었다.

"여보세요?" EK가 속삭였다.

"오늘 아침 신문 봤어?" 룰루는 깨울 사람은 없었지만 마찬가지로 베이클라이트 전화기에 대고 소곤소곤 말했다.

"아니, 루. 우린 〈데일리 프레스〉 보잖아. 조지가 공장 나가기 전에 단어 찾기를 풀거든."

"오, 젠장. 그럼 아직 못 봤구나."

"뭘 봐?"

"〈헤럴드〉 1면." 룰루가 속삭였다. "밥 사진이 실렸어."

"밥이 누군데?"

"내 동생."

그건 차마 속삭이면서 나눌 수는 없는 소식이었다. "네 동생? 대체 무슨 일인데?"

"아, EK." 룰루의 목소리는 가슴 깊은 곳에 걸려 나오지 않았다. "끔찍한 일이야……."

"잠깐만 있어 봐." 에미 케이가 숨죽여 말했다. "옆집에 가 볼게. 세이퍼스타인네가 〈헤럴드〉를 보거든. 내가 슬쩍 훔쳐보고 바로 다시 전화할게."

룰루는 전화를 끊고 전화번호부에서 웨스턴 유니언을 찾았다. 웨스턴 유니언은 새 골든 이글 호텔 로비 층으로 사무실을 옮기면서 번호를 바꾸었다. 벨이 두 번 울리고 사이먼 코월이 특유의 방식대로 전화를 받았다. "웨스……턴 유니언입니다?"

사이먼은 육군에서 통신병으로 복무하면서 모스부호를 배웠다. 그 후 론 뷰트에 돌아오자마자 군복 차림 그대로 웨스턴 유니언 사무실로 들어가서 일자리를 찾는다고 말했고, 그 자리에서 채용되었다. 그는 룰루의 요청을 듣고는 기꺼이 **호바사 경찰서에 로버트 폴스가 유치장에 있다면 론 뷰트의 룰루에게 연락 바람.** 이라는 전보를 보내 주었다. "30센트예요, 루실. 다음에 시내 올 일 있을 때 줘요."

룰루는 아들이 바닥 깔개에서 일어나 현관홀과 거실 사이 입구에 서 있는 줄도 몰랐다. "그 말은 무슨 뜻이에요, 엄마? 유치장요."

전화가 울렸다. 따르르르릉! 룰루는 전화기를 집어 들기 전에 착한 아들에게 애써 미소를 지어 보였다. "옆집에서 질이 너 기다리고 있겠다. 지금 가서 놀지 그러니?"

"아직 10시 안 됐는데."

"거의 다 됐잖아." 따르르르릉! "가서 재밌게 놀렴." 로비는 바람처럼 사라졌다.

따르르……. EK는 이제 속삭이지 않았다. "하느님 맙소사, 진짜 밥이잖아. 나, 지금 신문 갖고 있거든. 걔가 무슨 범죄자가 된 거야?"

"나도 영문을 모르겠어." 룰루는 작은 탁자에 딸린 전화용 의자에 앉아 무심코 메모장 옆의 연필을 집어 들었다. "전보를 보냈어."

"누구한테?"

"그곳 경찰에." 룰루는 습관적으로 메모장 가득 필기체로 X를 끼적이기 시작했다. 걱정이 있을 때면 연필로 늘 하는 손장난이었다. "밥에게 보석금이 필요할지도 모르니까."

"꼼짝 말고 있어, 루. 조지 일어나면 밥 간단히 차려 주고 그쪽으로 건너갈게. 너랑 나랑 좀 피워야겠다." EK는 담배를 피웠다. 많이. 바이스로이를.

룰루는 갑자기 폐 한가득 럭키 스트라이크를 빨고 싶다는 욕망을 느꼈다. 지난겨울 어니는 연쇄상구균에 감염되어 오랫동안 심하게 앓은 끝에 담배를 끊었고, 그래서 룰루도 따라 끊었다. 하지만 반짇고리 속에 숨겨 놓은 한 갑이 있었다. EK가 오면 그걸 꺼낼 작정이었다.

룰루는 침실로 갔다. 침대 시트는 아침에 이미 벗겨 놓았다. 그녀의 남편은 자는 동안 땀을 워낙 많이 흘려서 항상 잠옷이 흠뻑 젖을 정도라 매일 아침 침구를 갈아야 했다. 그녀는 벽장 공간 절반에 자기 물건을 정리해 놓았는데, 위쪽 선반에서 개켜 놓은 겨울용 스웨터들과 버리지 못한 자질구레한 물건이 가득한 여행용 가방들을 옆으로 밀친 끝에 편지 보관용으로 쓰는 낡은 모자 상자를 찾아냈다. 어니에게서 받은 편지는 노끈으로 깔끔하게 묶어 놓았다. 자신의 책임에 대한 중압감과 '이 모든 것'이 끝나기를 바라는 마음을 세세하게 전하는 내용을 단정한 필체로 작성한 긴 편지 수십 통이었다. 옛 친구들, 결혼하고 이사를 갔거나 그냥 이사를 간 여자 친구들에게서 받은 편지는 들쭉 날쭉하게 쌓여 탄력을 잃어 가는 고무 밴드에 감겨 있었다. 그녀는 배우 프랑 쇼 톤이 직접 볼 줄 알고 썼던 팬레터에 할리우드의 MGM 스튜디오에서 보내온 사무적인 답장도 어린 시절에 대한 기념 삼아 간직하고 있었다. 론 뷰트에 사는 소녀가 보낸 편지를 스타 배우가 직접 뜯어서 읽고 답장을 작성하리라 믿을 만큼 어리석었던 자신을 되새기는 차원에서였다.

로버트 폴스는 입대한 후 오 년 동안 룰루에게 총 여덟 통의 편지를 썼다. 현재 그 편지들은 녹슨 클립에 묶여 다른 편지와 분리된 채 모자 상자 옆면에 기대서 낡아 가고 있었다. 여섯 통은 복무 중에, 두 통은 VJ 데이● 이후에 쓴 것이었다.

그녀는 침대에 앉아서는 밥 폴스의 전시(戰時) 복음을 꺼냈다. 첫 번째 편지는 1942년 5월에 샌디에이고 해병대 병영에서 보낸 것으로 미합중국 해병대 편지지에 휘갈겨 썼는데, 잉크가 번져 있었다.


룰루,

나 트럭 충돌 사고를 당해서 박살 났어. 뒤에 타고 있어서 다른 녀석들보다는 덜 다쳤어. 한 녀석은 거의 죽을 뻔했지. 우리 열두 명은 군 병원에 있어. 엑스레이 사진상으로 가시철조망처럼 보이는 손목 하나 말고는 뼈가 부러진 곳은 없어. 펜을 드니까 X나게 아프네. 창자에 구멍도 뚫려서 당분간 밥을 마시게 됐어. 살살 걸으면 걸을 수는 있고. 해병대에선 내가 한동안 쉬기는 하겠지만 여전히 자기네 거래. 샘 아저씨[1]가 여전히 날 원하는 모양이야. 이곳엔 볼거리 때문에 입원한 녀석도 하나 있더라. 농담이 아니라니까. 아파 죽으려고 해. 그 녀석도 여전히 해병대 소속이야. 어니가 잘 지내기를 바랄게. 나도 어니처럼 항공대에 들어갔어야 했는데. 누난 똑똑이랑 결혼한 거야.


● 대 일본 전승일인 1945년 8월 15일. 유럽 전승일은 1945년 5월 8일이었다.
1 미국을 의인화한 가상의 인물

사랑을 가득 담아,
밥

* * *

  어린 시절 밥 폴스는 수줍음을 타지는 않았다. 그저 듣느라 바빴을 뿐. 밥
은 저녁 시간에 대화가 끝날 때까지 식탁에 남아 있었다. 설거지할 때면 어머
니와 룰루를 도와 그릇을 부시고 닦고 넣으면서 둘의 수다에 귀를 기울였다.
학교에서 읽으라는 책 말고는 책은 읽지 않았다. 영화를 보러 가면 '좋았다'나
'괜찮았다' 외에는 좀처럼 의견을 내놓지 않았다. 스칼렛 핌퍼넬의 영웅담이
나 베티 데이비스의 날카로운 목소리에 대한 발언은 남들에게 양보했다. 룰루
가 〈바운티호의 반란〉을 걸작이라고 했을 때는 점잖게 고개만 끄덕였다.
  아버지가 폴스 인쇄소를 지속 가능한 업체로 확장했을 때, 밥은 아홉 살에
불과했지만 기계를 다루고 전단과 초청장과 교회 주보를 부수에 맞춰 인쇄하
는 방법을 배웠다. 열두 살 무렵에는 거의 매일 학교가 끝난 후, 그리고 토요
일마다 인쇄소에서 보냈으므로 그의 아버지가 봉급을 주당 2달러에서 4달러
로, 다시 5달러로 올려 준 것은 지극히 정당한 일이었다. 밥은 그렇게 받은 돈
을 거의 쓰지 않고 낡은 시가 상자에 모으기 시작했고, 머지않아 상자는 세
개로 늘어났다. 유니언 고등학교 시절 밥이 사귄 여자 친구는 한 명뿐이었다.
자신만만한 아가씨인 일레인 개멀가드는 1학년 라틴어 과목 둘째 주 수업부
터 밥이 다른 누군가와 관계를 맺을 여지를 일절 허용하지 않았다. 일레인은
밥더러 시가 상자 금고를 탈탈 털어 자기 오빠의 몹시 낡은 포드를 사라고 꾀
었다. ("그렇게 녹슨 걸?" 룰루는 동생에게 경고했다.) 밥은 운전면허증을 따
기도 전부터 그 기름이 줄줄 새는 볼트 덩어리를 몰고 다녔다. 잽●들이 진주
만을 공습했기에 망정이지, 그렇지 않았더라면 일레인 개멀가드는 졸업식 다

음 날 로버트 폴스 부인이 됐을 테고 할로윈 아니면 늦어도 크리스마스에는 엄마가 됐을 거라는 농담이 파다했다. 밥도 분명 그 농담을 들었지만 아무 말도 하지 않았다.

실제로는 진주만 공습이 벌어졌기 때문에, 밥은 고등학교 졸업식에 일레인 개멀가드는 물론 다른 누구와도 함께 참석하지 않았다. 밥은 2월 1일에 열여덟 살이 되었고, 생일 케이크의 촛불을 끈 다음 날 해병대에 자원했으며, 일레인에게 장래에 대한 약속 없이 짧은 입맞춤만 남기고는 부활절이 지나 신병 훈련소로 떠났다. 버림받은 개멀가드 양은 침착하게 좌절을 떨치고 그해 9월 버넌 시더보그를 낚아채어 아이다호의 포커텔로로 이사했다. 버넌은 심장이 좋지 않아 직접 군 복무를 할 수는 없었으나 해군 기술자들에게 수력학을 가르쳤고, 전쟁 후에는 본인 소유의 배관 업체와 딸 다섯을 두었다.

* * *

미 해병대 소속 로버트 A. 폴스 이병(군번 O-457229)이 장천공과 손목 골절에서 회복하는 동안, 같은 기수의 해병들은 신병 훈련소와 화기 훈련을 수료하고 아무도 들어 본 적 없는 과달카날이라는 곳••에 주둔 중인 일본군을 상대하러 파병되었다. 밥은 몇 주 후 부상이 낫자 신병 훈련소로 돌아가 훈련을 수료했고, 사용할 무기로 M2-2 화염방사기를 배정받은 뒤 사용법과 전술을 훈련받았다. 그리고 마침내 다른 해병들과 함께 위풍당당 배에 올라 서쪽 수

---

● 적을 가리키는 인종혐오적 멸칭 사용에 대한 첨언. 전시에는 '잽'이라는 호칭이 무척 널리 쓰여서 신문들도 표제에서 그 멸칭을 사용할 정도였다. 다른 인종 혐오적 멸칭들도 무지와 편의와 편견 탓에 흔히 입에 오르내렸다. 이 책에서 그런 편 가르기 식 멸칭을 사용하는 것은, 그건 그때 일이고 지금은 다르며 이제는 우리 모두 잘못을 알고 있음을 전하기 위해서이다. 그리고 그 시절에는 독일인들을 보통 나치라고 불렀다. 크라우트나 루거 대가리가 아니라.
●● 어떤 지도들은 과달칸나르라고 표기하기도 했다.

평선 너머 비공개 지역으로 향하는 항해 끝에, 적을 죽일 기회를 기다리는 또 하나의 우라질 신병이 될 곳에 도착했다.

룰루는 전쟁이 지속되는 동안 샌프란시스코에 있는 군사 우체국으로 동생에게 보내는 편지, 카드, 소포 등등 그게 뭐든 매주 부쳤다. 그녀의 우편물은 그곳을 출발해 어떻게인지는 몰라도 밥에게 도착했다. 룰루는 언니가 영국에 있다는 건 알았지만 동생에 대해서는 PTO, 즉 태평양 전장 어딘가에 있다는 것 외에는 전혀 알 수 없었다.

밥이 보낸 여섯 통의 회신은 V우편(V는 빅토리의 V)을 통해 전해졌는데, 그 하나하나가 상상력과 기술과 병참술이 만들어 낸 기적이었다. 태평양 어딘가에서 밥 폴스와 다른 모든 군인은 정부에서 지급한 펜으로 정부에서 지급한 편지지 한 장에 집으로 보낼 편지를 썼다. 다들 자신이 어디에 있고 어디로 가고 있는지는 물론, 심지어 장교의 이름조차 쓰면 안 된다는 사실을 알았다. 검열관들이 그런 중대한 기밀 정보는 검열할 것이기 때문이다. 밥 폴스는 전쟁에 나가 싸우기 위해 해병대에 입대했지만, 뉴칼레도니아, USS 워델, 시드니 플랭크 중령 같은 단어들을 검게 칠하기 위해 그가 쓴 V우편을 읽는 일로 국가에 봉사하는 사람들도 있었다. 밥은 V우편 한 장으로는 편지를 충분히 쓸 수 없다는 점에는 개의치 않았다. 커다랗고 기울어진 그의 필기체는 지면을 많이 차지하긴 했지만, 그래도 하고 싶은 말은 전부 적었다. 아무튼 해도 괜찮은 말에 한해서는 그랬다.

V우편의 원본은 촬영 후 손톱보다 작은 크기로 축소되어 빅토리 우편을 있는 대로 쑤셔 넣은 긴 마이크로필름에 덧붙여졌다. 이후 항공기가 수천 가닥의 우편용 마이크로필름을 싣고 태평양을 횡단하고, 백만 통에 달하는 V우편이 미국에서 원본의 절반 크기로 확대 현상되었다.* V우편은 독특하게도 봉투에 투명한 창이 달려서 부모, 아내, 여자 친구, 혹은 룰루 앤더슨의 주소가 그대로 보였으며, 받는 것 자체가 하나의 이벤트였다. 밥의 커다란 글씨는 읽

기 쉬웠다. 어떤 V우편들은 글씨가 너무 작아 해독 불가능한 횡설수설이 되기도 했다.

룰루는 헐벗은 매트리스 위에 밥의 편지들을 펼쳐 놓았다. 편지를 읽는 것보다 봉투에서 편지를 꺼내는 데에 시간이 더 많이 걸렸다.

42년 12월 26일

루 누나,

한동안 어떤 곳에 있었고, 지금은 이곳에 있어. 이곳이 어디인지는 말 못 해. 화성이라고 해도 되겠다. 밖에서는 영화를 상영해 줘. 그동안 내내 내가 본 잽이라고는 찰리 챈[1]뿐이야. 다른 녀석들은 내가 여기 오기 전에 많이 봤대. 해군에서는 아이스크림을 준다는 거 알아? 그걸 이제야 말해 주다니. 난 잘 지내고 있지만, 잽들은 생각이 다를지도 모르지. 하하. 새해 복 많이 받아. 밥.

43년 5월 17일

루 누나,

생일 축하해. 나한테 이름이 나랑 똑같은 조카가 생겼다는 걸 믿을 수가 없네. 어니가 가슴이 벅차겠어. 어떤 날은 나도 어니네 비행기에 올라 발을 쉴 수만 있다면 뭐든지 하겠단 생각이 들기도 해. **검열 검열 검열 검열.** 이곳의 밤은 아름다워. 잽들은 없고 별만 가득하지. 다들 전쟁은 48년에 금문교까지[2] 가서야 끝날 거라고 하더라. 어떤 녀석들은 51년까

● 원본 크기의 편지를 배달한다고 상상해 보시라. 군수품, 항공기, 연료, 인력을 얼마나 잡아먹었겠는가. 누군지 몰라도 V우편을 고안한 사람은 천재였다.
1 미국 소설가 얼 데어 비거스가 창조한 중국계 미국인 형사
2 '48년에는 금문교까지, 49년에는 배급 줄까지.'는 미군 사이에서 1942년쯤부터 퍼지던 내용이다. 예상한 것보다 전쟁이 길어지면서, 미군은 점점 전쟁을 비관적으로 보기 시작했다.

지는 갈 거래. 그때쯤이면 난 너무 늙었거나 장군이 돼 있겠지. 하하. 밥.

43년 12월

루 누나,

신문에서 우리 부대 얘기랑 잽들이 버틴 일을 쓸지도 모르겠네. 녀석들이 내 기를 꺾어 놓았을 거란 생각은 하지도 마셔. 지금 우린 예쁘게 앉아서 공짜 담배를 피우고 코카콜라를 마시고 있단 말씀. 여자들만 있는 밴드가 여기까지 와서 공연을 했어. 애들 절반이 색소폰 연주자한테 청혼했다니까. 나는 트롬본 쪽을 노리는 중이야. 하, 하. 밥.

44년 8월 4일

루 누나,

사진 받았어. '리틀' 밥은 억센 카우보이처럼 생겼네. 담배는 언제 시작한 거야? 가끔은 여기서 할 일이 담배 피우는 것밖에 없어. 한동안 잽들 때문에 바빴는데 지금은 돌아와서 잠 많이 자고 있어. **검열 검열 검열 검열 검열** 운전하던 게 그리워. 내 포드 꿈을 꾸곤 한다니까. 사랑에 빠진 게 분명해. 하, 하. 밥.

1944년 12월

루 누나,

크리스마스와 새해 잘 보냈길 바라. 어딘지 말할 수 없는 곳으로 돌아왔는데, 어디든 거기서 거기긴 하지. 동료 하나가 휴대용 식기로 옥수수 빵을 만들었는데 우리한테는 케이크가 따로 없어. 더 무슨 말을 해야 할지 모르겠다. 밥.

룰루,

결국 일본까지 왔어.[•] 이런 사람들이 어떻게 그렇게 애를 먹였지? 왜 그렇게 오랫동안 버틴 거야? 어린애들이 많고 할머니들도 많아. 남자들은 대부분 우리가 처리했고. VJ 데이라고? 내가 집에 돌아가야 믿을래. 밥.

1946년의 어느 날, 밥 폴스는 다른 수백 명의 해병과 함께 USS 트레센트호의 현문 사다리를 내려왔다. 다시 한번 테라 아메리카나[1]에 발을 디딘 그는 이내 오 년 동안 입었던 군복을 벗었다. 그는 인생이 바뀐 이 사건이 일어난 정확한 날짜를 혼자서만 간직했다. 쌓인 전투 수당 대부분은 1941년형 인디언 포 인라인 모터사이클을 구매하는 데에 썼다. 다른 전역병 몇 명도 똑같이 했지만 모터사이클의 모델은 달랐는데, 전쟁 전에 나온 모델이거나 잉여 군수품이었다. 그들은 무리를 이루어 남부 캘리포니아 일대를 시작으로 나중에는 그 너머까지 내달리면서 전시와 다를 바 없이 다음 야영지, 다음 마을, 다음 싸움으로 이동할 이유를 기다리는 떠돌이로 살아갔다.

룰루는 밥이 가장 최근에 보낸 편지를 받기 전까지는 동생의 행방을 알지 못했다. 이제는 V우편을 통하지 않은 그 편지는 날개 부분에 티피[2]가 인쇄된 갈색 봉투에 들어 있었다. 뉴멕시코 앨버커키 소인이었다. 원래 크기로 돌아온 글씨가 진초록 잉크 속에 만개했다.

1946년 크리스마스

룰루 누나,

---

● 일본이 항복한 뒤 밥의 해병 부대는 나가사키에 주둔했다. 나가사키는 1945년 8월 9일 원자폭탄을 맞았다.
1 '미국 영토'라는 뜻의 에스파냐어
2 북미 선주민들이 사용하던 원뿔형 천막

누나와 어니와 리틀 밥에게 화이트 크리스마스가 찾아왔기를.

나는 뉴멕시코 앨버커키에 있어. 우리는 66번 국도를 타고 왔어. 이곳에 관한 농담 알아? 여긴 새롭지도 않고 멕시코도 아니래. 텍사스에서 일자리가 기다려. 이걸 리틀 밥의 돼지 저금통에 넣어 줘. 새해 복 많이 받고. 빅 밥.

동봉된 것은 1달러짜리 지폐 두 장이었다.

* * *

그날 아침 〈헤럴드〉 1면에 등장한 모습이 룰루가 티피 크리스마스 지폐 이후 처음 마주친 동생의 흔적이었다. 지난 7월, 룰루는 노라의 출생 소식을 전하기 위해 출생을 알리는 분홍색 카드와 편지, 그리고 아기와 엄마를 찍은 작고 네모난 사진을 담아서 자신이 아는 유일한 동생의 주소인 군사 우체국 주소로 보냈다. 밥은 그것들을 보지 못했다.

"나 왔어!" EK가 주방으로 들어와 새로 커피를 준비하는 동안 룰루는 원래 재봉틀 자리였던 구석에 놔둔 요람에서 아기를 데려왔다. 그들은 플라타너스 그늘이 드리운 앞 포치로 가서 낡은 탁자에 딸린 새 의자에 앉았다.

"고 조그만 머핀 덩어리 좀 안아 보자." EK가 그렇게 말하고 노라를 품에 안으면서 입술에 첫 번째 럭키 스트라이크 개비를 물었다. 룰루는 불을 붙이고 전쟁 때 그랬던 것처럼 연기를 빨아들였다. 담배가 기호품에서 의약품으로 진화했던 그 시절, 그녀는 어두운 밤이 계속된 삼 년 동안 스트레스와 두려움과 불안을 해소하기 위해 담배를 피웠다.

"밥은 대체 뭔 일이래?" EK가 노라의 사랑스럽게 말린 아기 머리카락을 손가락으로 훑으며 물었다. "어떤 병사들은 돌아온 다음 직장에 붙어 있지도 못

하고 밤에 잠도 못 잔대. 정신병원에 들어가는 사람들도 있고. 〈새터데이 이 브닝 포스트〉에서 읽었어."

"밥은 그냥 병사가 아니라 해병이었지." 룰루는 커피를 더 따르고 설탕과 농축 우유를 첨가했다. "어쩌면 전쟁신경증에 걸렸을지도……."

"하여간 걔는 수수께끼라니까. 우리 어릴 적에도 눈은 떠도 입은 다물고 있는 게 꼭 다른 사람들한테 숨기는 비밀이 있는 것 같았잖아. 너한텐 모터사이클 탄다는 소리 했어?"

"걔가 쓴 편지는 너도 다 봤어." 룰루는 밥이 쓴 편지 여덟 통을 EK에게 공유했다. "난 하나도 아는 게 없고. 밥이나 그쪽 경찰한테 소식이 오지 않는 한은 나도 온통 궁금한 것뿐이야."

두 여자가 럭키 스트라이크 한 갑을 거의 다 피웠을 때 로비와 질 번스가 옆집에서 놀다 들어왔다.

"세상에나. 점심시간이네!" 룰루는 로비가 자신이 담배 피우는 모습을 보지 못했기를 바라며 남은 꽁초를 비벼 껐다.

* * *

오후 4시가 막 지나 어니가 가게에서 집으로 돌아와 보니 〈데일리 프레스〉가 레이지보이 위에서 기다리고 있었다. 석간신문에는 호바사의 평온을 박살낸 모터사이클 갱단에 관한 기사는 있었지만 밥 폴스나 다른 폭력배들의 사진은 실려 있지 않았다. 로비와 질이 뒤뜰의 작은 과수원에서 이리저리 뛰놀 무렵, 어니는 부츠를 벗고 레이지보이에 앉아 노라를 무릎 위에 올려놓고 딸을 간질이면서 요 조그만 게 누굴까? 내 무릎 위에 있는 게 누구지? 하고 장난을 쳤다. 노라는 사랑스럽게 꺄르륵 웃어 댔다. 룰루가 어니에게 첫 번째 햄스 맥주 캔을 가져다주면서 그날 아침 〈헤럴드〉 1면을 함께 가지고 왔다.

"여기서 뭐 낯익은 거 없어?" 그녀가 물었다.

어니는 혼란스러웠다. 집에 온 지 삼십 분밖에 안 됐는데 아내와 스무고개라니. 하지만 다음 순간 그는 그녀가 말하고자 하는 바를 알아차렸다.

"이런, 맙소사!" 노라가 아빠의 우스꽝스러운 표정을 보고 다시 꺄르륵거렸다.

룰루가 로비를 불러들여 평소처럼 식기를 놓게 하면서 식탁을 차리는 사이, 어니는 호바사에서 일어난 난동과 고속도로 순찰대를 상대로 벌어진 싸움을 다룬 기사를 읽었다. 저녁을 먹는 동안 부모들은 해당 주제에 관해서는 아무 말도 하지 않았고 대체로 침묵을 지켰는데, 로비도 그걸 눈치챘다. 식사가 끝나자 엄마는 지저분한 접시를 그대로 둔 채 평소보다 더 오래 식탁에 앉아 있었다. 아빠는 EK와 남편의 안부를 묻더니, 밤새도록 일해야만 가족을 부양할 수 있다는 건 말도 안 되는 일이며 자신이 웨스팅하우스 조명에서 봉급을 받는 일은 앞으로도 절대 없을 거라고 말했다. 로비는 자리를 지키면서 엄마 아빠의 잡담과 두 사람이 소리 내어 주고받지 않는 화제가 만들어 낸 정적 모두를 귀담아들었다. 이윽고 엄마는 한숨을 내쉬며 접시를 치우기 시작했다. 로비는 엄마가 말하지 않아도 알아서 포크와 나이프와 스푼을 치웠다.

"그래도 신문에 이름이 나지는 않았으니까." 어니가 나직하게 말하며 노라를 유아용 의자에서 들어 다시 무릎에 얹었다. "마을 사람들은 영영 모를지도 모르지."

7월 9일은 노라의 첫 생일이었기 때문에, 가족의 친구들이 전부 자기네 애들을 데리고 와서 꼬마 숙녀가 하얀 아이싱을 얹고 초 한 개를 꽂은 커다란 레몬 케이크를 엉망으로 만드는 광경을 지켜보았다. 룰루는 계속 동생의 소식을 기다리고 있었지만, 전화는 울리지 않았고 웨스턴 유니언에서 사이먼 코월이 전보를 전해 주지도 않았다.

또다시 아무런 소식 없이 한 주가 흘러간 뒤, EK와 룰루는 몇 번씩 서로의 집을 방문하고 담배를 지나치게 피워 댄 끝에 결국 1947년 그해 한여름에 유행한 다른 여러 이야깃거리로 돌아갔다. 흑인 프로야구 선수가 또 한 명 생겼다. 국제연합이 샌프란시스코에서 뉴욕으로 이전했다. 어린 멕시코 여자아이가 리틀 아이언 벤드 강에서 익사했다. 필리스 멧커프가 머리카락을 금발로 탈색하고 새로워진 자신을 온 동네에 뽐냈다. 해럴드 파이 주니어가 유니언 고등학교 풋볼 연습 도중 다리가 부러졌는데 영영 원래대로 회복하지 못하게 됐다. 이 소식은 그 애의 형인 헨리 파이가 벌지 전투에서 동상으로 오른발을 잃었을 때만큼이나 심각하게 받아들여졌다. 둘 다 운동선수로서 몹시 전도유망했던 터라, 형제의 비극은 사진과 함께 두 신문의 1면을 차지했다.

그리고, 밥 폴스가 론 뷰트에 나타났다.

* * *

점심시간 전, 어린 로비는 앞 포치에서 놀고 있었다. 파란 줄무늬 수건을 손수 매듭지어 목에 두르고 슈퍼맨 흉내를 내려고 했지만 수건이 슈퍼 망토처럼 펄럭이지 않아 실망스러웠다. 로비는 원을 그리며 내달리면서 강철의 사나이처럼 역동적으로 날아 보려고 했다. 어림도 없었다.

화요일이라 로비는 혼자 놀고 있었다. 화요일마다 질 번스는 발 재활 운동을 하러 병원에 갔다. 재활 운동은 아팠기 때문에 질은 가기 싫어 했다. 하지만 그곳 사람들은 다 좋은 사람들이었다. 전쟁에서 다리를 잃고 팔이 그루터기만 남은 남자 어른들이 질과 똑같은 종류의 수업을 들었다. 그 남자들은 웃긴 농담을 던져 질이 농담을 알아듣지 못했을 때조차 웃게 만들었다. 매주 화요일이면 그들은 어린 소녀를 동료처럼 대하면서 "질 장군님 오셨습니까!"라고 소리 높여 인사했다. 론 뷰트의 많은 어른과는 달리 병원에서는 아무도 질을 두고 '불쌍한 절름발이 애'라고 속삭이지 않았다.

로비의 엄마는 거실에서 패터슨 가전 상회에서 산 신형 깔개 청소기를 앞뒤로 미는 중이었다. 라디오를 KHSL의 〈아침나절의 뮤지컬〉에 맞추고 브로드웨이 공연의 인기곡들을 따라 부르고 있었다. '슈퍼맨'은 과감하게 포치 계단 꼭대기에서 잔디밭까지 펄쩍 뛰어내렸고, 마침내 망토가 원했던 것처럼 부풀어 올랐지만 지나치게 부푸는 바람에 내려앉으면서 로비의 머리를 감쌌다. 범죄 현장에 착지하는 영웅의 모습이라고는 할 수 없었다.

인디언 포 인라인이 나지막한 엔진 소리를 두구두구 사방에 울리며 집 앞을 지나간 것은 바로 그때였다. 자신이 한 번도 본 적 없는 집을 찾던 운전자는 엘름 114번이라는 번지수와 포치에서 날아오르는 로비를 보았다. 그는 속도를 늦추고 모퉁이에서 넓게 유턴한 뒤 부드럽게 미끄러져 집에 그늘을 드리운 플라타너스 두 그루 사이에 멈춰 섰다.

밥 폴스는 두툼한 작업용 청바지를 입었고 닳아서 회색으로 변한 부츠를 신고 있었다. 허리가 짧은 가죽 재킷은 로비가 전쟁 때 영국에서 찍은 아빠 사진에서 본 재킷 같았다. 사진 속 남자들은 야구팀처럼 폭격기 앞에 서 있거나 무릎을 꿇고 앉아 있었다. 그중 일부는 선글라스를 끼고 있었지만, 이 모터사이클 운전자는 끈으로 졸라매는 고글과 챙이 짧은 야구 모자를 쓰고 있었다. 그는 고글과 모자를 다 벗고 손가락으로 머리카락을 훑었다. 머리를 감고 빗을 필요가 있어 보였다.

"안녕하십니까, 슈퍼맨." 밥 폴스가 말했다. "방금 착지했습니까?"

"진짜 슈퍼맨은 아니에요." 로비 앤더슨이 말했다. "그냥 흉내 내는 거죠."

"오." 밥은 모터사이클의 가죽 시트에서 일어서며 말했다. "하기야 슈퍼맨은 키가 더 크겠지. 그럼 넌 로비겠구나."

"진짜 이름은 로버트예요." 어떤 어른들에게는 그런 차이가 중요했다. "로비는 애칭이고요."

"난 오랫동안 바비라고 불렸지만 로비라고 불린 적은 없었지." 밥은 받침 다리를 내려 모터사이클을 세우고 지퍼를 내려 재킷을 벗은 다음 핸들에 걸었다. "네 엄마가 보낸 네 사진을 한두 장 봤거든. 난 네 삼촌이야."

로비는 엄마에게 전쟁에 나간 동생이 있다는 건 알았다. 사진을 본 적이 있었으니까. 하지만 밑단을 접은 청바지와 흰 셔츠를 입은 이 모터사이클 운전자는 낯설었다. "아저씨가 엄마 동생이에요?"

"옙." 밥은 담뱃갑을 쳐서 체스터필드 한 개비를 뽑고 엉덩이 위에 걸친 작은 벨트 홀스터에서 라이터를 꺼내 찰칵 불을 붙였다. 이어 손가락 사이로 연기를 흘려보내면서 두 팔과 어깨를 나무 꼭대기 쪽으로 쭉 뻗으며 으아아, 끄으응, 하는 소리를 냈다. 그러고는 담배를 한 모금 깊숙이 빨아들였다. "너 곧 다섯 살 되지 않냐?" 그는 말과 함께 연기를 뿜어냈다.

"옙." 로비는 그 순간 앞으로 **옙**이라는 단어를 많이 쓰기로 결심했다.

"밥!" 룰루가 뛰쳐나오고 있었다. 활짝 열어젖힌 방충문이 그녀의 뒤로 쾅 닫혔다. 〈아침나절의 뮤지컬〉 사이로 남자 목소리가 들려서 확인하러 온 참이었다. 룰루의 아들은 그때까지 엄마가 우는 모습을 한 번도 보지 못했지만, 모터사이클 남자의 품 안으로 뛰어들어서 쓰러지지 않으려는 듯 상대를 끌어안은 엄마는 틀림없이 울고 있었다.

그날 남은 시간 동안 로비가 한 번도 본 적 없던 일들이 더 일어났다. 아빠는 집에 일찍 돌아와 집 뒤편의 자갈을 깐 진입로에 미끄러지듯 패커드를 세우더니 방충망을 쳐 놓은 포치로 뛰어 들어와서는 "그 녀석 어딨어?"라고 외치느라 문이 등 뒤에서 쾅 닫히는 것은 신경도 쓰지 않았다. 아빠는 밥 삼촌의 손을 굳게 쥐고 힘차게 오랫동안 흔들었다. 두 남자는 등을 부둥켜안으면서 동시에 말을 건넸다. 그런 다음 어른 세 사람은 뒤뜰의 작은 자두나무 과수원에 있는 목제 벤치 탁자에 앉아 햄스 맥주 캔을 마셨다. 엄마가, 저녁 식사 전에, 햄스 맥주를 마시다니. 엄청난 날이다!

신문 배달 소년이 앞 포치에 〈데일리 프레스〉를 던지고 가자 로비가 달려가 아빠에게 가져다주었다. 하지만 아빠와 밥 삼촌은 계속 이야기하고 햄스를 마시느라 신문은 펴지도 읽지도 않았다. 그 무렵 엄마는 노라를 받쳐 안고 주방에서 저녁으로 통 옥수수와 햄버그스테이크를 준비했다. 로비는 색칠 도구와 연습장을 꺼내 과수원으로 가서 탁자에 앉아 기억에 의지해 모터사이클을 그리면서 어른들의 말에 귀를 기울였다.

"오, 그 녀석들이 일행 몇 명을 며칠간 유치장에 처넣긴 했지." 밥 삼촌이 말했다. "우린 술이 깬 다음에 벌금을 내고 '어이구, 미안하게 됐습니다.' 했고. 신문에서 우리가 한 짓을 더 요란하게 과장한 거야."

"그래도 그렇게 생난리를 쳤으니 그 동네 사람들 좆 빠지게 놀랐겠는걸." 아빠가 말했다. 로비는 엄마한테 아빠가 욕을 했다고 일러야 하나 고민했다.

"누가 유리창을 한두 장 깼지. 난 아냐. 그리고 동네 사람 하나가 두어 번 주먹을 휘둘렀는데 그게 잘 안 풀렸고."

"그나저나 그런 갱단엔 어쩌다 들어가게 된 거야?"

"우린 갱단 같은 거 아냐." 밥이 웃음을 터뜨렸다. "그냥 여기저기서 법 몇 개 어긴 게 다지. 어쨌든 대다수는 좋은 녀석들이야, 전직 해병들."

로비는 색연필 몇 자루를 가지러 집으로 들어가서 아빠가 방충망을 쳐 놓은 포치 벽에 나사로 고정해 준 수동 연필깎이의 손잡이를 돌려 색연필을 깎았다. 연필깎이는 높이가 90센티미터밖에 되지 않아서 로비가 의자에 올라가지 않고도 사용할 수 있었다. 아빠가 오직 로비를 위해 달아 준 것이다. 로비는 작은 과수원으로 돌아가 그림을 그리면서 계속 어른들의 이야기를 들었다. 정착, 마력, 나가사키, 제대군인원호법, 철도 파업 같은 단어들이 나왔다. 계속 맥주 캔을 따던 두 남자는 엄마가 웃으면서 "밥 먹어!"라고 부르자 마시던 햄스 캔을 들고 식사하러 들어갔다.

밥 삼촌은 음식을 먹으면서 말을 하고 웃음을 터뜨렸다. 햄버그스테이크에는 하인츠 57 소스를 추가로 뿌려 먹었고 맥주를 계속 마셨다. 그는 식탁 맨 끝 어니와 마주 보는 자리에서 의자에 옆으로 앉아 론 뷰트에서 자라던 시절

이야기를 반복했고, 로비는 한 번도 들어 본 적 없는 사람들의 안부를 물었다. 룰루가 동생에게 잠시 노라를 무릎 위에 올려 보라고 하자 그렇게 하기는 했는데, 편한 기색은 아니었다. 그는 아기 때문에 행동 하나하나를 주저했다. "애가 깨질 일은 없어, 밥." 룰루가 말했다. "강아지라고 생각해 봐."

그 말을 듣고 밥은 조카의 귀 뒤를 긁어 주었다. 노라는 본 적도 없고 냄새도 낯선 남자의 무릎 위에서 아무 생각도 없다는 듯한 멍한 표정을 짓고 있었다. "애한테 비스킷 줘도 괜찮을까?" 괜찮았다. 그래서 주었다. 노라는 비스킷을 손에 쥐었다.

화제는 어니가 운영하는 가게로 옮겨 갔고, 그는 즉시 밥에게 일자리를 제안했다. 좋은 일꾼은 늘 필요했기 때문이다. 밥은 그 자리에서 거절했다. 그는 돈이 필요하지 않았고 점원 체질도 아니었다. 밥은 텍사스에서 일자리를 얻었다가 자신이 사장들과 잘 지내지 못한다는 사실을 깨달았다. 그는 출퇴근 카드에 펀치를 찍느니 차라리 경찰에게 펀치를 먹이는 게 낫다고 농담했다. 룰루가 디저트로 소금 뿌린 수박을 준비하고 같이 마실 커피를 내왔다. 밥은 체스터필드를 든 손으로 커피잔을 함께 들었다. 그는 조카가 지포 라이터를 만져 보게 해 주었다. 라이터에는 미합중국 해병대를 나타내는 독수리와 지구와 닻과 더불어 로비가 읽지 못하는 단어•가 새겨져 있었다. 소년은 라이터가 찰칵 열렸다가 척 닫히는 방식이 마음에 들었다. 다들 식탁에서 일어나지 않았고, 로비는 그 시간이 너무나 길게 느껴진 나머지 결국 식기를 식탁에 남겨 둔 채 거실로 돌아가 다시 깔개 위에 엎드려 그림을 그렸다. 남자들은 계속 이야기를 나누었고, 밥 삼촌은 계속 담배를 피우면서 아기의 눈에 연기가 들어가지 않도록 고개를 뒤로 젖히고 연기를 내뿜었다.

밤이 깊었을 때, 밥이 조용히 말했다. "이 녀석, 완전히 뻗었는걸." 그는 턱

• 타라와

짓으로 노라를 가리켰다. 노라는 삼촌의 가슴에 뺨을 대고 잠들어 있었는데, 살짝 벌어진 입에서 흘러나온 침이 그의 하얗고 단추 없는 반소매 셔츠에 작고 축축한 얼룩을 남겼다. "나 때문에 지루해서 잠들었나 봐."

어니는 쿡쿡 웃었다. 룰루는 잠든 딸을 조심스럽게 품에 안고 어린 로비를 불러 씻으러 가자고 했다. 남자들은 주방 정리를 자청해 접시를 치우기 시작했다.

목욕을 마치고 자러 가기 전, 밥 삼촌은 로비에게 시트와 담요를 이용해 거실 소파를 '침상'으로 만드는 방법을 보여 주었다. 그리고 로비를 들어올려 널빤지처럼 들고 거실을 돌면서 '비행'을 시켜 주다가 램프를 넘어뜨릴 뻔하고 어니의 독서용 의자에 걸려 넘어질 뻔도 한 다음 일명 삼점 착륙[1]으로 야단법석을 마무리 지었다. 그러는 내내 밥 삼촌은 몹시도 낄낄거렸다. 로비는 자러 올라가는 척했다가 눈에 띄지 않는 계단 꼭대기에 몰래 앉아 거실에서 어른들이 나누는 이야기에 귀를 기울였다. 10시 30분에 침실로 가던 룰루는 그곳에서 잠든 아들을 발견했다. 그녀는 아이를 가볍게 떠밀어 방으로 보냈다. 남자들은 어니가 자리를 파할 때까지 새벽 1시 가까이 깨어 있었다.

\* \* \*

라디오 시계가 오전 7시 2분을 가리켰을 때, 로비는 어른들은 항상 일찍 일어나니까 삼촌도 이미 일어났으리라 생각했다. 그러나 소파 침상은 여전히 잠든 빅 밥의 덩치를 지탱하고 있었다. 텅 빈 햄스 비어 캔 세 개가 찌그러진 채 커피 테이블 위에 놓여 있었다.

평소라면 어니가 출근했을 시간이지만, 갑작스럽게 예고도 없이 도착한 처

[1] 비행기의 좌우 주 바퀴와 꼬리 바퀴를 동시에 땅에 닿게 하는 착륙 방식

남은 그의 아침 일과에 혼란을 야기했다. 그는 아직도 주방 식탁에 앉아 반숙 달걀프라이는 거의 손도 대지 않고 블랙커피를 네 잔째 마시면서 룰루에게 계속 이야기하고 있었다. "……우리 부대원들이 하늘을 거의 독차지하다시피 한 와중에 밥이 사이판에 상륙해서……." 로비가 주방에 들어오자 엄마가 아빠를 향해 고개를 저었고, 그러자 대화가 중단되었다.

"밥 삼촌 아직도 자요." 로비가 말했다. "우리랑 같이 사는 거예요?"

"오, 이런." 어니는 커피잔을 입술에 대고 남은 커피를 들이켜며 자리에서 일어났다. "삼촌 피곤하니까 주무시게 조용히 하자, 알았지?" 어니는 아들의 머리를 한 차례 헝클고 뒤 포치 문으로 나가 패커드에 시동을 걸었다. 룰루가 식은 토스트 한 조각과 작은 유리잔에 담은 우유를 로비 앞에 내놓을 무렵 어니는 자갈이 깔린 진입로를 후진으로 빠져나가 가게로 향했다.

삼촌이 거실에서 자고 있었기 때문에 로비는 조용히 그림 도구를 꺼내 주방 식탁에서 그림을 그렸다. 엄마는 소리를 내지 않도록 조심하며 천천히 설거지를 했다. 10시에 로비는 질과 놀기 위해 산울타리를 통과해 옆집으로 건너갔다. 둘은 정원 수도꼭지에서 들통에 물을 채우고 불을 끄는 것처럼 물을 뿌려댔다. 뜨거운 8월 아침이라서 시원하게 젖었더니 기분이 좋았다.

두 아이가 마침내 점심을 먹으러 들어왔을 때, 밥 삼촌은 갓 샤워를 마친 뒤 어니의 목욕 가운 차림으로 커피가 담긴 블루 윌로 컵과 불을 붙인 체스터필드를 손에 들고 식탁에 앉아 〈헤럴드〉를 펼쳐 놓고 있었다.

고개를 들어 새로운 상대를 발견한 그가 물었다. "넌 누구니?"

"옆집 살아요." 여자아이가 말했다.

"그건 다른 질문에 대한 대답인데." 밥 폴스가 대꾸했다.

"얘 이름은 질이에요." 로비가 말했다.

밥의 눈이 저도 모르게 여자아이의 기형인 발을 훑어보았지만 거기에 머무르지는 않았다. "그럼 옆집 사는 질, 내가 이 컵에 든 조를 다 마시는 동안만 내 꼴을 양해해 줄래? 내 머리가 좀 가라앉아서 이 녀석 맛을 느낄 수 있게 되면 바로 옷을 갈아입으마."

"우리 아빠도 커피 마셔요." 질이 말했다. "우리 아빠는 자바라고 부르는데."

룰루는 노라를 받쳐 안은 채 두 아이에게 버터와 잼을 바른 샌드위치를 만들어 주었다. "너희, 라디오 들으면서 점심 먹을래?"

"그래도 돼요?" 로비는 여태껏 주방 조리대나 식탁이 아닌 다른 곳에서 식사해도 된다는 허락을 받은 적이 한 번도 없었는데! 로비와 질은 거실에서 냅킨을 접시받침 삼아 깔개 위에 깔고 음식을 먹으면서 KHSL에서 하는 퀴즈 쇼를 들었다. 로비의 엄마는 아이들에게 레모네이드를 만들어 주었고 작고 네모난 커피 케이크도 주었다. 아이들은 손으로 케이크를 먹었다. 노라는 두 아이 근처의 아기용 담요 위에 엎드려서 엄마가 쥐어 준 나무 스푼 두 개를 가지고 놀고 있었다. 그렇게 세 아이는 한 시간 넘도록 함께 열심히 놀았다.

밥이 마침내 커피를 충분히 맛보고 옷을 갈아입으러 거실을 지날 때, 라디오에서는 여자들이 집안일에 관해 이야기하는 프로그램이 나오고 있었다. 룰루는 갓 세탁한 밥의 옷이 마르도록 뒤뜰 빨랫줄에 널었고, 로비와 질은 그림을 그리고 색을 칠하기 시작했다. 질은 막대기 모양 사람들과 직사각형 벽과 문과 창문과 삼각형 지붕으로 이루어진 집들을 그려 넣고 만족했다. 그리고 서로 색이 어울리지는 않았지만 전부 다 진하게 크레용으로 칠했다.

로비의 그림은 그에 비하면 전문가 수준이었다. 딕 트레이시의 손목용 무전기와 하늘에서, 그렇지, 슈퍼맨 옆을 날아가는 비행기들과 높은 건물에 난 불을 끄는 소방차들이 몇 페이지를 채웠다.

밥 삼촌은 어니의 목욕 가운 주머니에 손을 꽂고서 잠시 아이들을 지켜보았다. "너희, 내가 재능이라고 부르는 걸 갖고 있구나." 밥 삼촌이 말했다. 그는 로비가 그린 화재 경보 다섯 개짜리 불길을 고개로 가리키며 "저건 진짜 같은걸."이라고 덧붙이고는 옷을 갈아입으러 홀 욕실로 갔다.

노라를 재우는 동안 질은 뒤뜰 산울타리를 통과해 집으로 돌아갔다. 로비는 조간신문에서 만화를 챙기고 라디오 프로그램 두 개가 끝나도록 밥 삼촌과 함께 앉아서 자신이 유명한 만화들을 어떻게 다시 그리는지 보여 주었다. 밥은 계속 커피, 그러니까 조, 자바를 새로 마시고 체스터필드를 피우면서 크레용으로 그린 얼굴과 연필로 그린 광경을 구경했다. 룰루는 밥이 쓸 수 있도록 소파 앞 낮은 탁자 위에 블루 월로 잔 받침 대신 재떨이를 놓았다. 그런 다음 가리비 모양 등받이와 팔걸이가 달린, 좀처럼 사용하지 않는 독서용 의자에 앉았다. 세 사람은 그림과 만화와 신문 가판대에서 파는 만화책 값에 관해 이야기했다.

"로웰 스트룰러 기억해?" 룰루가 물었다. 로웰은 밥과 고등학교를 같이 다녔는데 학년은 하나 위였다. 그는 진주만 공습 다음 월요일에 해군에 입대했다. "걔 지금 클라크네 드러그스토어에서 신문 가판대 하잖아."

"그래? 항상 꿈이 크긴 했지." 밥이 말했다. 라디오에서 팜올리브 설거지 비누 광고가 나왔다. "어니 매형은 집에 언제 와?"

"음, 두 시간은 더 있어야 해." 룰루는 그렇게 말하며 빈 커피잔과 동생의 잔과 재투성이가 된 잔 받침을 집어 들었다.

"누나 성가시지 않게 잠깐 나갔다 올까 하는데. 로비야, 드라이브 할래?"

"삼촌 모터사이클로요?" 로비는 그 즉시 바이크에 올라 시속 72킬로미터의 바람을 얼굴에 맞으며 핸들을 붙들고 있는 자신을 상상했다. "당연하죠!"

룰루가 대경실색했다. "밥! 안 돼!"

"25킬로미터 밑으로만 달릴게. 그냥 마을 좀 돌아다니려는 거야."

"절대 안 돼!"

"에이, 그러지 말고." 밥이 일어나면서 말했다. "우리가 배수로 탈 때보다 더 안전할 텐데." 어린 시절 비가 오는 날이면 룰루와 밥과 용감하고 무모한 다른 아이들은 다들 매끄러운 배수로에 엉덩이를 깔고 앉아 경사진 웹스터 도로를 따라 미끄러져 내려갔고, 스케이트라도 타는 양 일어서서 내려가는 아이들도 있었다. 수없이 구르고 멍들고 팔꿈치가 찌릿해졌지만, 실제로 어디가 부러진 사람은 아무도 없었다.

"절대 안 된다고 했어!"

밥 삼촌은 조카를 쳐다보았다. "너희 엄마가 '절대 안 돼'라는구나. 어쩌면 좋겠냐?"

* * *

로비는 팔이 짧아 핸들에 손이 닿지 않았기 때문에, 널찍한 가죽 시트에 앉은 밥 삼촌의 무릎 위에 앉은 다음 손바닥을 가스탱크에 대고 균형을 잡았다. 로비에게는 실망스럽게도 밥 삼촌은 자기가 한 말을 지켜 결코 빨리 달리지 않았다. 그래도 큰 소리가 나게 회전수를 높여서 아이가 엔진의 으르렁거림을 듣고 아래쪽에서 커다란 기계가 피스톤과 체인과 톱니바퀴로 만들어 내는 힘찬 리듬을 느낄 수 있도록 했다. 균형을 잡고 미끄러지듯 선회할 때는 꼭 카운티 박람회의 놀이기구를 타는 기분이었다.

"마을 구경 좀 해 볼까." 밥이 조카의 귀에 대고 외쳤다. 그들은 론 뷰트를 돌아다니며 웬틀리네 식료품점, 로비가 다니는 학교, 공공 도서관, 성 필립보 네리 학교, 성 바울 학교, 그리고 하나님의성회 교회를 지나쳤다. 빅 아이언 벤드 강 위로 구각교(構脚橋)를 건널 때 밥이 말했다. "난 여기서 물로 곧장 뛰어내리곤 했단다!"

이렇게 높은 다리에서 저렇게 차가운 강물로 뛰어내릴 만큼 용감할 수 있다니, 로비는 상상조차 할 수 없었다. "그때 몇 살이었는데요?" 로비가 바람을 받으며 외쳤다.

"네 또래였지. 슈퍼맨이 된 기분이었어!" 그러더니 밥 삼촌이 덧붙였다. "엄마한테 내가 이런 얘기 했다고 하면 안 된다!"

그들은 공공 광장 근처에 붙어 있는 시청과 카운티 법원과 경찰서는 피해 갔다. 영화 궁전[1]이라 불릴 만하게 으리으리한 스테이트 극장을 지날 때는 속도를 늦추고 거대한 간판과 위풍당당한 외관을 감상했다.

"새 건물이네." 밥 삼촌이 말했다.

"큰불이 나서 스테이트를 새로 지었어요." 로비가 설명했다. 스테이트 극장이 로비는 어려서 볼 수 없던 어느 영화[●]와 함께 문을 연 지도 어언 일 년 남짓이었다.

"불이 났단 말이지?" 원래의 스테이트 극장은 1908년에 지어졌다. "너희 엄마랑 내가 거기서 영화 참 많이 봤는데. 〈바람과 함께 사라지다〉. 〈바운티호의 반란〉." 8월 이날의 상영 프로그램은 밴 존슨이 나오는 〈로지 리지의 로맨스〉, 대피 덕이 나오는 만화영화, 캐나다의 찬란한 풍경을 담은 기행 영화, 그리고 뉴스릴이었다. 론 뷰트 주민이라면 누구나 일주일에 한 번은 스테이트를 찾아 그 호화로운 홀에서 상영 중인 모든 영화를 챙겨 보았다고 해도 지나친 과장은 아닐 터였다. 론 뷰트에 텔레비전이 들어오자, 토요일 밤 티켓 판매는 시드 시저[2] 때문에 큰 타격을 입었다.

메인 스트리트의 기온이 38도에 달했기 때문에, 많은 이들이 집에 머물렀고 차도는 일요일처럼 한산했다. 밥은 피어스 스트리트에서 우회전해서 메인 스트리트 북쪽 끝으로 접어들었다. 치킨 색 디너 하우스가 아직 불이 다 꺼진 채로 오후 5시 개점을 기다리고 있었다. 두 사람 앞으로는 한쪽 끝에서 반대쪽 끝까지 5킬로미터가량 곧게 뻗은 론 뷰트의 심장부가 놓여 있었다. 뷰캐넌 스트리트와 메인 스트리트 교차로에 신호등이 설치되려면 아직 삼 년은 더 있

---

● 앨런 래드가 출연한 〈푸른 달리아〉
1 20세기 초중반에 유행했던 규모가 크고 장식이 화려한 고급 영화관
2 1950년대에 TV 버라이어티 쇼 큰 인기를 누린 배우

어야 했지만 그래도 일시 정지 표지판은 있었는데, 밥은 무척 서행 중이었으므로 이를 무시했다.

"우리 방금 법을 제낀 거야." 그가 조카의 귀에 대고 말했다.

그들은 거리를 사이에 두고 마주 선 골든 이글 호텔과 아몬드 재배업자 협회를 지나쳤다. 이어서 버튼 백화점과 마주 선 버스 정류장도 지나쳤다. 패터슨 가전 상회와 뷰트 자동차 판매점이 옆을 지나갔다. 매디슨 다음 블록에는 빨간 암탉 제화점, 오르트 철물점, 론 뷰트 음악사, 여성복 판매장이 있었다. 거리 맞은편에는 플라잉 A 주유소, 지금은 비어 있는 옛 웨스턴 유니언 사무실, 그리고 헛간이라는 이름의 '주점'이 있었다.

헛간을 주점이라고 부르는 건 좀 과한 데가 있었다. 그곳은 조그만 바에 불과했으니까. 손잡이가 가는 마티니 잔 모양 네온사인이 차도와 수직으로 걸려 있었다. 내부를 들여다보기에는 너무 좁은 창문이 너무 높은 곳에 달려 있었는데, 햄스 맥주와 블루 라벨 라거를 선전하는 형형색색의 광고지가 붙어 있었다. 널찍한 나무문은 그늘지고 어두운 바 내부가 슬쩍 들여다보일 만큼 열려 있었다.

헛간 앞 연석에 받침다리를 내려 둔 모터사이클 네 대가 서 있었다. 로비는 그게 경찰 모터사이클이 아니라는 걸 알아차렸다. 이 모터사이클들은 밥 삼촌 것과 훨씬 더 닮았는데, 핸들 모양도 저마다 달랐고 크롬 부품도 가지각색이었으며 가스탱크 색깔도 서로 달랐다. 한 대는 여전히 탁한 올리브색을 띤 것이, 잉여 군수품이었다.

밥은 천천히 지나가면서 한 대 한 대를 모두 알아보았다. 전직 해병인 할, 도깃, 부치 세 사람과 커크랜드라는 참전 해군이 모는 모터사이클이었다. 다들 호바사에서 열린 광란의 파티 현장에 있던 자들이었다. 부치와 커크랜드는 밥과 함께 호바사 유치장 신세를 졌다.

밥은 방향을 틀어 클라크네 드러그스토어 앞 연석으로 가서 인디언 포 인라인 엔진을 끄고 로비를 들어 인도에 내려 주었다. 갑작스러운 고요에 소년의 귀가 울리다시피 했다. 삼촌이 코카콜라와 로비가 고른 만화책을 사 주겠다고 약속했던 터라 로비는 얼른 가게로 들어갔지만, 밥은 따라가지 않았다. 그는 헛간 앞에 삐딱하게 선 네 대의 모터사이클이 있는 도로 쪽을 돌아보았다. 그러다 한참 뒤에야 조카를 따라 안으로 들어갔다.

"밥 폴스 아냐?" 금전등록기 옆 스툴에 앉아 있던 로웰 스트룰러가 그를 곧바로 알아보았다. "확실히 밥 폴스처럼 생겼는걸." 클라크네 신문 가판대 담당은 카운터를 돌아 나와 밥과 악수를 나누고 어깨를 두드렸다. 그 모습이 어찌나 친근한지 어린 로비는 두 사람이 틀림없이 한때 제일 친한 친구였을 거라고 생각했다.

"네가 이 가게를 본다는 얘기를 들었지." 밥이 말했다. "내 조카 알지?"

"알다마다." 로웰은 그렇게 말하며 로비에게 다가와 쪼그려 앉더니 작은 손을 잡고 악수했다. "잘 지내니, 똘똘아? 엄마아빠는 잘 계시고?" 로비가 고개를 끄덕이자 로웰은 다시 벌떡 일어나 밥을 돌아보았다. "대체 어디 있었던 거야, 밥? 얼굴 보니까 반갑네."

로웰 스트룰러는 스물다섯 살로 밥 폴스보다 한 살 많았다. 전쟁 전에는 두 소년 모두 론 뷰트 밖으로 멀리 나가 본 적이 없었다. 유니언 고등학교에서 함께한 마지막 나날 이후, 로웰은 샌프란시스코로 가서 태평양을 횡단했다. 그는 특무대 구축함에 탑승했고, 대형 지도상에 조그마한 점으로 표시된 일본 군이 점령한 여러 섬에 가해진 폭격과 뒤이은 상륙작전을 멀리서 목격했다. 전쟁 막바지에 그가 탄 배는 한 가미카제 자살 폭격기의 목표가 되었다. 일본 군 조종사는 배 중앙부 흘수선 바로 위를 들이받아 강력한 폭발을 일으키고 우현에서부터 좌현까지 관통하는 구멍을 남겼다. 로웰이 가미카제 폭발 속에서 잿더미가 된 열일곱 명의 승조원처럼 죽지 않은 것은 기적이었다. 배가 두 동강 나서 전 승조원과 함께 사라지지 않은 것도 기적이었다. 새빨갛게 달아

오른 데다 면도날처럼 날카롭고 들쭉날쭉한 강철 격벽 파편들이 로웰의 척추나 심장이나 눈이 아닌 궁둥이와 허벅지에 박힌 것도 기적이었다. 그 파편들이 어느 하나 압정보다 크지 않았던 것마저 기적이었다. 그는 말편자만 한 파편 덩어리에는 맞지 않았다. 로웰은 죽음을 속여 넘긴 자신의 행운을 즐겨 이야기하는 부류의 사내였다. 그는 1946년 1월 샌디에이고의 해군기지에서 론뷰트까지 히치하이크로 돌아오는 동안 자신을 태워 준 모든 운전자에게 자기가 겪은 기적을 들려주었고, 그러면서 생존담을 완벽하게 갈고닦았다.

밥 폴스도 태평양의 수평선과 지도상에 점으로 표시된 섬들을 보았다. 어떤 섬들은 종일 비가 내리는데도 낙원 같았다. 또 다른 섬들은 선명한 초록빛 식물들이 태곳적 정글처럼 우거져 푸른 하늘과 바다를 가리고, 갓 흐른 피가 빨간 얼룩을, 공기 중에 오래 노출된 피가 검은 얼룩을 남기고, 화약 냄새가 담즙과 내장과 썩어 가는 인간의 살이 풍기는 악취와 뒤섞이는, 산호로 둘러싸인 지옥이었다. 밥과 다른 해병들이 다가갈수록 그 수평선 위의 점들은 점점 커졌고, 목제 상륙정이 뭍에 닿으면 그들은 본능과 두려움이 재촉하는 가운데 장비와 무기의 무게가 허락하는 한도 내에서 가능한 한 빠르게 물가를 헤치고 나아갔다. 1943년 11월 타라와섬, 1944년 6월 사이판섬, 그리고 다시 같은 해 말 티니언섬까지. 오키나와에는 다른 해병들이 상륙작전 1주차 전투를 치른 뒤에야 상륙했다. 1945년 늦봄에는 오키나와에 일본군 전투 병력이 많았지만, 밥이 소속된 해상예비대가 뭍에 오를 무렵에는 작전 중 사망할 확률보다는 생존할 확률이 더 높았다.

어린 로비는 두 남자의 대화 내용을 거의 듣지 않았다. 로비는 진열대와 책장 가득 늘어선 만화책에 이끌렸다. 화려한 표지에는 슈퍼히어로들과 걱정스럽게 어깨 너머를 돌아보는 여자들과 말하는 오리들이 보였다. 만화책들은 일렬로 놓여 팔릴 준비가 되어 있었는데, 일부는 겨우 5센트였지만 더 두껍고 인쇄 품질이 좋은 책들은 10센트였다. 카우보이들과 범죄자들, 질주하는 고물 전투기에 비좁게 모여 탄 채 웃음을 터뜨리는 십 대 무리, 군복을 엉성하게 입고 대걸레와 춤추는 얼빠진 군인도 있었다.

한 전쟁 만화의 표지에는 헬멧을 쓴 해병 하나가 화려한 폭발을 뒤로 하고 물을 빠져나와 야자수가 늘어선 해변으로 올라오는 그림이 실려 있었다. 멀리 큰 배들이 보였고 사람들이 가득 탄 상륙정 여러 대가 접근 중이었다. 해병은 결의에 차 이를 악문 채 억센 한쪽 손으로 소총을 들고는 뒤쪽에서 파도를 헤치고 돌격하는 다른 해병들을 향해 반대쪽 손을 흔들었다. 진하게 인쇄된 아주 크고 굵은 글씨가 잔뜩 있었는데● 로비는 아직 읽을 수 없었다.

로비는 책장에서 그 만화책을 골라 첫 장을 넘겼다. 작게 그려진 해병의 머리와 얼굴 옆의 말풍선 안에 깔끔하게 인쇄된 글자들이 보였다. 수염이 까칠한 그 해병이 전투에 관한 이야기를 들려주는 듯했다. 해병들은 구멍 속에서 몸을 웅크린 채 기관총과 소총을 쏘았다. 한 작은 형체가 스트라이크를 던지려는 투수처럼 팔을 뻗어 수류탄을 던지는 중이었다. 배경에 있는 한 해병은 로비네 아빠 가게에 있는 용접기처럼 생긴 커다란 장치를 등에 메고 있었다. 해병이 짊어진 탱크에 달린 호스는 다른 총과는 완전히 다르게 생긴 총과 연결되어 있었다. 몸을 앞으로 기울인 해병의 총에서 한 줄기 화염이 빨간색, 오렌지색, 노란색 불똥을 뚝뚝 흘리면서 널따란 호를 그려 야자수 한 그루를 불지옥으로 바꿔 놓았다.

"이것 봐라." 밥 삼촌이 로비의 어깨 너머로 들여다보았다. 그는 불줄기를 쏘고 있는 그 해병을 가리켰다. "이게 나야."

밥은 40센트가 넘는 돈(50센트)을 내고 조카에게 원하는 만화책을 아무거나 고르라고 했다. 로웰 스트룰러가 《팬텀》, 《리틀 도트》, 《트리플 Q 목장 이야기》, 《맥퀙 교수》, 그리고 《포화 속의 영웅들》을 계산했다. 밥과 어린 로비는

---

● "어서 와, 이 머저리들아! 우리에겐 할 일이 있다고!"

점심 식사용 카운터에 있는 스툴 두 개를 차지하고 앉았다. 늦은 오후라서 손님은 그들을 포함해서 셋뿐이었다. 카운터 저쪽 끝에서 한 노인이 책을 읽으면서 클램 차우더 한 그릇을 먹고 있었다. 로비는 아직 바닥에 닿지 않는 발을 대롱거리며 만화책들을 앞에 늘어놓았다. 로웰은 로비가 지금까지 마셔 본 것 중 가장 끝내주는 음료를 내주었다. 바닐라 시럽을 넣은 코카콜라는 액체 푸딩만큼이나 달고 진했다. 클라크네에 엄마랑 왔더라면 과연 이런 걸 먹게 해 주는 날이 오기나 했을까?

"커피 줄까, 밥?" 로웰이 물었다. 커피가 나오자 밥 폴스는 만화책 중 《포화 속의 영웅들》을 골라 표지를 찬찬히 살펴본 다음 첫 장을 폈다.

책 속의 그림들은 해병들이 관통상을 입거나, 폭발로 산산조각 나거나, 조그마한 납탄들이 썰고 지나가는 바람에 팔다리를 잃고 전사하는 모습을 대놓고 보여 주지 않았다. 그런 생생한 참상은 어린이용 만화책에는 허용되지 않았으니까. 그러거나 말거나 밥의 눈에는 그 모든 광경이 보였다. 그는 화염방사기의 액체연료 냄새를 맡았고, 불타는 나무와 사람 살 냄새도 맡았다. 심장이 달음질치기 시작했고 땀줄기가 흘러내려 셔츠 등판 한가운데가 축축하게 젖어 들었다. 그는 마지막 쪽에 이르기 전에 읽기를 중단했다. 그는 전투의 피날레를, 《포화 속의 영웅들》의 결말을 보지 않았다. 그냥 만화책을 덮고 도로 조카에게 밀어 보냈다.

그는 잠시 두 눈을 질끈 감은 다음 담배에 불을 붙이고 연기를 강하고 빠르게 빨아들였다. 그는 클라크네 상점 창문 너머를, 받침다리를 내려 세워 둔 자신의 인디언 포를, 메인 스트리트를, 길 건너 건물 위의 하늘 한 조각을 보았다. 낮이 황혼으로 넘어가기 시작하면서 한낮의 빛이 저녁의 어두운 호박 빛으로 변하고 있었다. 그는 잠시 어린 로비가 자기 옆의 스툴에 앉아 있다는 사실마저 잊은 채 아주아주 먼 곳에 가 있었다.

내가 지금 시팔 놈의 론 뷰트에 있는 시팔 놈의 클라크네 드러그스토어에서 뭔 시팔 놈의 짓거리를 하는 거지?

그는 조카를 돌아보았다. "넌 숙제 안 해도 괜찮냐, 로비?"

"숙제요?" 로비는 그 말을 이해 못한 채 삼촌이 카운터에서 일어나 드러그스토어 출입문으로 가는 것을 지켜보았다.

"로웰, 나 대신 이 똘똘이 잠깐 봐줄 수 있지?"

"맡기라고." 로웰이 말했다. "괜찮겠지, 우리 도련님?"

로비는 고개를 끄덕이면서 입에 문 빨대로 아이스크림맛 콜라를 완벽하게 빨아들였다.

"고마워." 밥은 클라크네 드러그스토어를 나가서 받침다리로 세워 둔 자신의 모터사이클을 지나 헛간이 있는 방향으로 걸어가다가 시야에서 사라졌다.

* * *

로비 앤더슨은 밥 삼촌이 자신을 클라크네 드러그스토어의 카운터에 앉혀두고 떠난 그 긴 8월 저녁의 특정한 순간들을 영원히 기억했다. 로비는 앞에 놓인 만화책을 전부 몇 번씩 넘겨보면서 어린이 독자를 겨냥한 광고와, 맥쾩 교수와 그의 연못 학교 제자들이 짓는 우스꽝스러운 표정과, 트리플 Q 목장의 말들과 가축들 그리고 《리틀 도트》의 간결한 그림체에 머무르며 그림과 채색을 탐구했다. 로비는 유치원에서 읽는 법을 배우려면 얼마나 걸릴지 궁금했다. 그때가 되면 팬텀을 이해할 수 있을지도 몰랐다.

로비는 《포화 속의 영웅들》의 그림 칸 하나하나를 거듭 살피는 데에 가장 많은 시간을 할애했고, 현실 세계의 사건을 거의 잡지에 실린 사진처럼 묘사한 솜씨에 경탄했다. 로비도 그와 똑같은 정확성, 그와 동등한 사실성을 갖춘 그림을 그리고 싶었다. 기울어지면서 포효하는 탱크와 지프, 산산조각 난 야자수의 몸통, 총구에서 불을 뿜는 기관총과 허공을 가르는 총검의 움직임, 전투 중인 해병들의 헬멧과 눈, 일본군이 숨어 있는 작은 요새에 가늘고 길게 난 틈.

로비는 자기 또래들처럼 글을 읽을 줄은 몰랐지만, 구식 무성영화를 보듯 이야기를 꿰맞출 줄은 알았다. 해병들이 용감하게 해변에서 나와 정글로 들어갔다. 해병들 위로 폭탄이 떨어졌다. 많은 수가 죽거나 다쳤다. 일본군이 시멘트 요새에서 기관총을 쏘아 대서 미군들은 구멍 안과 쓰러진 통나무 뒤에서 꼼짝할 수 없었다. 미군들이 콘크리트 요새에 난 틈 속으로 작은 폭탄을 던졌지만 일본군은 다친 데 없이 계속 총을 쏘았다. 등에 용접 탱크를 짊어진 해병, 그러니까 불을 쏘는 해병이("이게 나야." 밥 삼촌은 그렇게 말했다) 몇 번이고 총알에 맞을 뻔하면서도 바닥을 기어 모래와 정글을 헤치고 시멘트 요새까지 다른 해병들보다 더 가까이 다가갔다. 한 그림 칸에서 그 해병이, 로비의 삼촌이, 등에 탱크를 짊어진 채 몸을 웅크렸고 특제 무기인 총에서 불꽃이 피어올랐다. 찰칵, 찰칵, 찰칵 하면서 불꽃이 나갔다. 다음 칸에서 밥 삼촌은 불이 붙지 않은 담배를 문 채 이를 갈고 있었다. 만화책 한 페이지 절반을 차지한 다음 그림 칸에서 밥 삼촌이 엄폐물 밖으로 뛰쳐나가면서 쏜 어마어마한 오렌지색, 노란색, 진홍색 화염 줄기가, 혜성이, 적 벙커의 긴 틈에 철퍽 쏟아져 안쪽을 불태웠다. 그림이 어찌나 생생했는지 현실의 로비는 화염의 열기를 느꼈다.

거의 다섯 살이 된 소년은 시간 가는 줄도 모르고 음료수 카운터에 앉아 있었다. 밥 삼촌의 모터사이클은 여전히 가게 앞에 세워져 있었다. 손님들이 들어오고 나갔다. 오후 5시 직전에 마니라는 종업원이 카운터를 보러 오자 로웰 스트룰러는 퇴근할 채비를 했다. 로웰은 거듭 인도로 나가서 메인 스트리트 이쪽저쪽을 둘러보며 밥이 조카를 데리러 오지 않는지 살폈다. 마니와 귀엣말을 주고받은 뒤, 로웰은 로비에게 금방 올 테니 가만히 앉아 있으라면서 삼촌이 어디 갔는지 알 것 같다고 얘기했다.

로웰은 술을 마시지 않았다. 전역하고 마을로 돌아온 다음 날 헛간에서 공짜 맥주를 주겠다고 약속해서 딱 한 번 갔던 것을 제외하면 헛간에 발을 들인 적도 없었다. 거의 이 년 전 일이었다.

헛간 앞에 늘어선 모터사이클들은 밥 폴스가 앤더슨네 아이를 무릎에 앉힌 채 타고 온 것과 비슷했다. 바 안쪽에서 주크박스 음악 소리와 대화의 편린이 흘러나왔다. 어두운 실내로 들어서자 눈이 햇빛에서 맥줏집의 그림자에 적응하는 데에 시간이 걸렸다. 한순간 아무것도 볼 수 없었다.

"밥 폴스? 여기 있나?" 로웰은 몇 사람이 바에 있고 또 몇 사람이 당구대에 있다는 정도만 알아보았다.

"그렇게 묻는 건 누군데?" 낯선 시비조의 목소리였다.

"난 밥 폴스를 찾으러 왔습니다." 로웰이 물었다. "그 친구 여기 있습니까?" 이제 로웰에게도 낡은 작업복을 입고 묵직한 가죽 부츠를 신은 네 사람이 보였다. 헛간에 손님이라고는 모터사이클 주인들뿐이었다. 둘은 당구봉을 무기처럼 쥐고 당구대를 돌면서 에이트볼을 쳤다. 둘은 바에 있었는데 한 사람은 앉아 있고 한 사람은 서 있었으며, 바텐더는 두 사람 맞은편에서 팔짱을 낀 채 술병이 길게 늘어선 진열 선반에 기대어 서 있었다.

"그래, 로웰. 나 여기 있어." 밥은 당구대 옆 으슥한 구석에 자리한 스툴에 앉아 있었다. 옆에 있는 스툴과 짝을 이루는 높은 테이블에는 드래프트 맥주가 담긴 큰 유리잔이 반쯤 빈 채 놓여 있었다. 밥도 당구봉을 들고 있었는데 지팡이처럼 끝으로 바닥을 짚고 있었다. 당구 치는 사람이 셋이라면 에이트볼은 아니라는 얘기다. 컷스로트였다. "용건이 뭐야?"

"애 데리러 안 올 거야?" 로웰이 물었다.

시비조의 목소리가 꺽꺽거리듯 말했다. "애라니? 그동안 쭉 애 아빠였던 거야?" 묵직한 부츠를 신은 사내들이 한바탕 껄껄댔다. 바텐더도 소리 내어 웃었다.

밥도 웃었다. 그는 남은 필스너 반절을 해치우고 로웰에게 말했다. "녀석에게 음료수 한 잔 더 타 주라고. 알았지, 사장님? 내가 조만간 갈 테니까."

네 남자와 바텐더는 찬송가 〈기쁨 속에 조만간〉을 엉망으로 합창하기 시작했다. 로웰은 그들의 웃음소리를 들으면서 메인 스트리트의 저물어 가는 햇살 속으로 나왔다.

마니는 로비에게 감미료를 탄 음료수를 더 만들어 주는 대신 오발틴[1]을 탄 우유 한 잔을 주었다. 로비는 그것도 괜찮았지만 솔직히 이제 클라크네 드러그스토어가 아니라 집에 있고 싶었다. 삼촌이 자신을 '챙겨서' 다시 포효하는 모터사이클의 커다란 안장에 태우고 론 뷰트의 거리를 달렸으면 했다. 가는 길에 귀신 들린 고아원이라는 소문이 있는 낡은 폐가(귀신 들리지도 않았고 고아원도 아니었다)랑 견인 트레일러들이 거대한 강철 보를 실어 나르던 공사장을 지나가도 좋고.

앞문으로 들어온 로웰은 카운터를 곧장 지나쳐 가게 안쪽으로 들어가 약 판매대 뒤에 놓인 전화기로 향했다. 그리고 커먼웰스 0-121로 다이얼을 돌려 카운티 법원 옆 경찰서에 연락했다. 그는 지금 헛간에서 악질분자 몇 명이 술을 마시고 있는데 주 남부에서 일어난 사건을 생각하면 누가 거기에 들러서, 뭐랄까, 마을을 뜨는 게 이로울 거라고 제안하는 편이 좋을지도 모르겠다고 말했다. 몇 가지 추가 질문을 받고 로웰은 모터사이클을 언급했다. 전화를 받은 경찰에게는 더 들을 것도 없이 그것만으로 충분한 듯했다.

"그중 한 명은 밥 폴스예요." 로웰이 전화를 받은 경찰에게 말했다. "이 동네 출신이죠." 로웰은 참된 시민 노릇을 한 자신에게 만족하며 전화를 끊고 약 판매대를 돌아 나왔다.

"로비, 너희 집이 어딘지 아니?" 그가 물었다.

---

1 우유에 타서 초콜릿 맛이 나는 우유를 만들 수 있는 분말 브랜드

"음흠." 로비는 빨대로 마지막 남은 오발틴을 다 해치웠다. "엘름 스트리트 114번지요."

"내가 집에 데려다주마."

"애 삼촌은 어쩌고요?" 마니가 물었다.

로웰은 눈알을 굴리고 고개를 가로저었다. 애 앞에서는 안 돼. "가자, 똘똘아." 그가 로비에게 말했다.

"고맙습니다, 마니 누나." 로비는 그렇게 말하고 앉아 있던 스툴에서 내려왔다.

"고맙긴. 책 가져가는 거 잊지 말고." 마니는 만화책 다섯 권을 가지런히 모아 예의 바른 앤더슨 소년에게 건넸다.

로웰은 로비를 데리고 가게 안쪽으로 가서 상품이 담긴 상자와 진열대가 가득한 재고 창고를 통과하고 대걸레와 양동이를 세워 둔 벽장을 지났다. 배달용이라고 적힌 육중한 금속 출입문 밖에 로웰의 전쟁 전 모델 크라이슬러가 주차되어 있었다.

로비는 로웰이 산탄총 좌석[1]이라고 부른 자리에 앉아 몸을 앞으로 기울였다. 로웰이 야구는 좋아하는지, 유치원에 갈 날이 기대되는지 등등을 끊임없이 묻는 내내 로비는 "네."와 "아뇨."라는 대답 외에는 말없이 듣기만 했다.

어니는 집에서 양말 바람으로 자신의 레이지보이에 앉아 〈데일리 프레스〉를 읽고 있었다. 로웰이 로비를 데리고 앞문으로 와서 그날 저녁에 무슨 일이 어떻게 왜 일어났는지 설명했다. 어니는 로비를 집에 데려다준 로웰에게 감사를 표하기는 했지만 어느 하나 조금도 마음에 들어 하지 않았다.

몇 분 뒤 전화가 울렸다. EK가 룰루를 찾는 전화였다. 헛간에서 일어난 사건에 대한 소식은 빠르게 퍼졌다. 불량배 몇이 되도록 빨리 마을을 뜨라는 권고를 들었다고 했다. 그중 한 명은 가족을 만나러 돌아온 이 마을 출신이었다

1 조수석의 별칭

는데, '시버럴 배지 단 씹새끼들' 중 하나에게 주먹을 휘둘렀다. 경찰은 다섯 명의 폭력배를 마을 북쪽 경계까지 호송했는데, 그중 하나는 클라크네 드러그스토어 앞에 모터사이클을 주차한 녀석이었다. 레딩까지 가는 길에 있는 모든 경찰 기관에 모터사이클 갱단이 나타나 말썽을 피울지 모르니 예의 주시하라는 공식 연락이 전해졌다.

로비는 룰루가 전화기에 대고 울던 모습과, 원래 남동생과 함께 먹으려고 했던 포크 찹과 고구마와 마카로니 샐러드와 살구 파이로 구성된 호화로운 저녁 식사를 차려 놓던 엄마의 표정을 남은 평생 내내 기억했다. 식탁 앞에서 화가 나서 얼굴을 찌푸리던 아빠의 모습도 기억했다. "이 마을에 사는 인간들, 전부 두고 보라지." 어니는 저녁을 먹는 내내 그 말을 하고 또 했다.

목욕하러 가기 전, 로비는 엄마가 밥 삼촌이 쓰던 소파 '침상'의 재료인 접은 시트와 담요와 베개를 가져가 아침 빨랫감용 바구니에 넣는 것을 보았다.

* * *

그해 가을 로비는 읽는 법을 배우기 시작했다. 로비는 노동절 직후부터 유치원에 다니기 시작했다. 로비의 비공식적인 읽기 교재는 《포화 속의 영웅들》에 그려진 밥 삼촌의 이야기였다. 처음에는 모든 말을 다 이해할 수는 없었으나 시간이 지나면서(2학년이 됐을 때) 내용 전부를, 〈나는 화염방사병이었어〉의 이야기 전체를 알게 됐다. 로비는 그 만화책과 자신이 사 모으기 시작한 다른 모든 만화책을 처음에는 침실 책장에 꽂아 두었다가 싸구려 트렁크에 옮겨 넣었고 결국에는 마분지 상자에 담았는데, 그런 상자가 워낙 많아서 엘름 스트리트 114번지의 비좁은 다락방으로 올려 아빠가 전시에 쓰던 육군 항공대 트렁크와 함께 보관했다. 강물이 범람하고 학교들이 휴교할 정도로 폭우가 세차게 쏟아진 어느 날, 비가 새는 바람에 다락으로 들어온 빗물을 마분지 상자 안에 있던 종이 만화책들이 대부분 흡수했다. 로비는 젖어 망가진 상자들과 그 내용물을 전혀 아까워하지 않고 손수 내버렸다. 어차피 싸구려 만화책일 뿐이니까. •

로비는 어린 시절 내내, 그리고 그 이후로도 쭉 그림을 그렸다. 로비는 애덤스 중학교와 유니언 고등학교의 모든 미술 수업에서 가장 재능 있는 학생이었다. 매년 여름 카운티 박람회에 작품을 출품해 1등상인 파란 리본을 받았다. 1957년에는 빅 아이언 벤드 강 위로 난 구각교에서 뛰어내리는 아이들을 그린 수채화가 새크라멘토 주 박람회에 출품할 론 뷰트의 공식 출품작으로 선정되었고, 마침내 주지사 상을 받았다. 두 지역 신문 모두 로비의 그림을 1면에 실었고, 몇 주 동안 로비는 마을 근방에서 **론 뷰트의 유명한 화가 청년으로** 명성을 누렸다.

밥 삼촌의 방문 이후, 기묘한 감정이 어린 로비의 남은 여름날을 채색했다. 이전에는 한 번도 알아차리지 못했던 세상의 디테일을 알아보는 새로운 눈이 생긴 것만 같았다. 겨우 다섯 살의 나이에 로비는 해가 더 일찍 지게 되면서 앞뜰 플라타너스 사이로 흘러드는 빛이 더 부드럽다고 할까, 그게 맞는 말인지는 모르겠지만 더 따뜻해지는 것을 알아차렸다. 덜 하얗고 더 오렌지빛인 그 색깔은 호박빛이라고 했다. 로비는 뒤뜰의 미니 과수원에 있는 자두나무들이 매주 점점 더 열매와 꽃을 잃어 가고 가지들이 갈수록 앙상해지는 것을 알아차렸다. 로비는 주방 창문을 내다보는 엄마의 길고 침묵 어린 시선을, 부추기지 않아도 혼자서 노래를 부르는 아기 노라의 습관을 알아차렸다.

로비는 계속 그림에 매달렸는데, 이제는 재미를 위해서라기보다는 뭐랄까, 머릿속에 든 생각을 포착하기 위해서, 제대로 그리기 위해서, 아직은 알지 못하는 이야기를 들려줄 형상과 인물과 색채를 갖기 위해서 그렸다.

---

• 완벽한 상태로 보관했더라면 그 컬렉션은 오늘날 시장에서 3만에서 5만 달러의 가치가 있었을 것이다.

로비는 삼촌이 론 뷰트로 돌아오기를 기다렸다. 처음에는 9월 자기 생일에, 그다음에는 가을 첫 등교 전날에, 10월 26일 아빠 생일에, 그리고 추수감사절 저녁에도. 하지만 밥 폴스는 영영 나타나지 않았다.

# 얘들아! 위클리 와이어를 팔아 보렴!

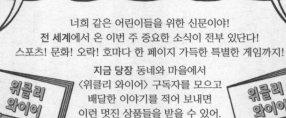

너희 같은 어린이들을 위한 신문이야!
전 세계에서 온 이번 주 중요한 소식이 전부 있단다!
스포츠! 문화! 오락! 호마다 한 페이지 가득한 특별한 게임까지!

지금 당장 동네와 마을에서
〈위클리 와이어〉 구독자를 모으고
배달한 이야기를 적어 보내면
이런 멋진 상품들을 받을 수 있어.

인형

장난감 자동차, 비행기, 트럭

차 세트

직접 만드는 라디오

가죽 손질 도구

소년용 자전거

소녀용 자전거

소형 재봉틀

장난감 병정이 가득 든 트렁크

펜과 연필 세트

육군 세트
(트럭, 지프, 탱크, 대포)

공군 세트
(전투기, 폭격기, 미사일)

해군 세트
(전함, 구축함, 잠수함)

망원경

간호사 세트
(장난감 청진기, 피하 주사기, 돋보기)

현미경

소형 타자기

모닥불 피우기 세트

화학 실험 세트

마술 도구

수조

체스/체커판

하모니카

밴조

기타

"피아노 배우기!"

소형 아코디언

그밖에도
다양해!

뜨개바늘

소형 축음기

모조 장신구

## 지금 무료로 신청하세요

### 〈위클리 와이어〉
네브래스카주 오마하 엘름 스트리트 114번지

이름 .................................................
주소 .................................................
시 .................................................
주 .................................................

내 이름은 밥 레이섬. 해병이었어. 그래, 나는 자랑스러웠어. 하지만 가끔은 겁도 났지. 첫 전투에서 우리가 몰아내야 할 쪽XX로 가득한 섬에 상륙했을 때도 그랬단다. 그런데 알고 보니 나는 우리 분대에서 특별한 존재여서 아주 많은 활약을 하게 됐어. 내겐 적을 죽이는 특별한 방법이 있었거든. 그러니까……

# 나는 화염방사병이었어!

"우리 중 누구도 잠을 이루지 못했어. 뭐가 기다리는지 알았으니까…."

"놈들은 우리가 해변을 점령하는 걸 막을 수 없었지…."

1

"수목한계선 너머가 바로 최전방이었어…."

"나는 긴장했고, 나쁜 놈들에게 내가 있다는 걸 알려 주려고 정글 한쪽에 불을 밝혔지…."

레이섬!
엄폐하고 대기해!
네가 곧 필요해질 거다!

"내가 나무 기둥 뒤에서 기다리는 동안 주변에서는 격전이 벌어졌어…."

"난 점화기를 찰칵거리기만 했지…."

"부상자들이 돌아오기 시작했고, 나는 분대가 꼼짝 못 하게 됐다는 걸 알았어…."

2

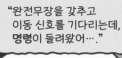
"완전무장을 갖추고
이동 신호를 기다리는데,
명령이 들려왔어…."

화염방사병,
이쪽으로, 당장!

"분대는 적의 벙커와 마주하고
있었어…."

팅!

"적들은 콘크리트 벽 뒤에서
안전하게 마음껏 총을 쏘고 있었지…."

투다다!
투다다!

고착 상태에 빠졌다, 레이섬.
최대한 가까이 다가가 놈들을 지져 버려!

알겠습니다,
병장님….

3

"그 #@%들은 자기네 천황을 위해 죽었지…."

"이후 몇 주간 나는 수없이 불려 갔어…."

"적군은 섬 곳곳에 숨어 있었어."

"하지만 나는 내 화염으로 놈들을 찾아냈지…."

"그게 내 임무였어. 나는 화염방사병 이었거든…."

미합중국 해병대 로버트 레이섬 일병은 용맹을 인정받아 동성훈장을 받았다.

이제 계속해서 만나 볼…
다음 '포화 속의 영웅들'은…

## 1971년


### 트레브 보르

　로비 앤더슨은 앨터몬트 자동차 경주장에서 열린 무료 록 콘서트라는 문화적 참극의 현장에 자신도 있었다고 주장할 자격은 충분했지만, 전단에 이름을 올린 산타나, 플라잉 부리토 브라더스, 혹은 이 공연의 주요 가수인 롤링 스톤스 같은 그룹의 음악을 듣지는 못했다. 그와 다른 수천 명의 팬들이 기대했던 것은 다시 한번 평화와 사랑과 음악이 밤낮으로 펼쳐지는 제2의 우드스톡이었다. 로비와 로비의 차에 탄 약에 취한 친구들이 실제로 경험한 것은 꼼짝하지 않고 수 킬로미터나 늘어선 자동차 행렬과 온종일 이어진 고난의 행군, 몇 시간이고 계속된 고통과 짜증과 노상방뇨였다. 마침내 무대가 시야에 들어왔지만 그때는 아무도 공연하지 않고 허공에 감도는 긴장감만 높아지고 있었다. 게다가 배가 고팠다. 그래서 그들은 다시 로비의 피아트까지 걸어 돌아가 카스트로 밸리에 있는 데니네 집에 들렀다가 집으로 돌아갔다. 물론 그 때문에 크로스비, 스틸스, 내시 & 영의 공연을 놓치기는 했지만, 덕분에 다음 날 아침 신문에서 읽게 된 구타와 사망 사건도 피할 수 있었다. 모터사이클 갱단

을 행사 보안 요원으로 고용하면 그런 일이 일어나기 마련이다.●

　샌프란시스코의 공기, 물 또는 마약에 무엇이 들어 있었든 간에, 그것은 1971년 1월에는 안녕을 고했다. 이른바 사랑의 여름이라고 불렸던 시절은 많고 많은 사회악 탓에 증발했다. 그중에서도 으뜸은 태평양 건너편에 있는 캘리포니아 절반 정도 크기의 국가인 베트남에서 일어난 전쟁이었다. 폭동이 일어났다거나, 평화 시위가(미국이 싫으면 떠나라는 반대 시위와 함께) 벌어졌다거나, 꽃보다 돌멩이가 더 자주 던져졌다거나, 돼지를 죽이자[1]거나, 누구에게나 병역을 거부할 권리가 있다거나, 베트남에서 계속해서 전사자가 발생했다거나, 새로 사망자들이 발생했다는(오하이오에서 대학생 네 명이 총에 맞았다는) 소식이 자꾸만 그날의 뉴스에서 더 많은 비중을 차지했다. 70년대의 시작을 두고 할 수 있는 얼마 안 되는 긍정적인 말이라고는 적어도 암살 사건은 더 일어나지 않았다는 것 정도였다. 1970년은 불안과 분노와 분열의 365일이었다. 닉슨이 백악관을 차지한 뒤로 일부 가정에서는 가족끼리 추수감사절 저녁에 같은 식탁에 앉거나 크리스마스 아침에 한집에서 선물을 열어 보는 것마저 거부하는 일도 있었다.

　살아남은 앤더슨 가족들은 그렇지 않았다. 추수감사절과 크리스마스 모두 노라가 로스앤젤레스에서 비행기를 타고 오클랜드로 왔다. 노라는 피아트를 몰고 마중 나온 로비와 함께 론 뷰트로 돌아오는 내내 웃고 떠들면서 다리를 건너고 교통 체증을 헤쳐 나온 끝에, 새로 조성된 프랜젤 메도스라는 싸구려지만 깔끔한 '타운 하우스'에 도착해 어머니와 어린 동생 스텔라와 함께 시간을 보냈다. 로비뿐 아니라 가족 모두가 시내에 있는 옛 집을 그리워했지만, 아버지가 세상을 떠난 지 십 년이 지났고 어머니도 예전의 룰루 아가씨가 아

●그보다 삼 년 반 전에 로비는 운 좋게 비틀스의 마지막 공연을 관람했는데, 그때는 그냥 출입구에 가서 관람석이 반쯤 찬 캔들스틱 파크의 입장권을 구매하기만 하면 되었다.
1 흑표당이 내세운 경찰 폭력 반대 구호

니었기 때문에 엘름 스트리트 114번지의 집에서 계속 살기에는 낭비되는 공간도 많고 품도 많이 들었다. 이 모든 변화는 연옥처럼 쇠락한 론 뷰트의 변화와도 맞아떨어졌다. 웨스팅하우스 조명 공장은 근무 조를 한 개로 줄였고, 마을에서 신발을 살 수 있는 가게는 하나밖에 남지 않았다. 클라크네 드러그 스토어는 아침과 점심 식사 메뉴를 줄였다. 사람들은 차로 치코까지 가서 크리스마스 쇼핑을 했다. 스테이트 극장은 금요일 심야에는 '성인 영화'를 상영했는데, 그중에는 한쪽은 빨갛고 한쪽은 파란 렌즈가 들어간 마분지 안경을 끼고 보는 원시적인 3D 영화도 있었다. 기차는 이제 웰스에는 정차하지 않았지만, 서쪽으로 11킬로미터 떨어진 주간(州間)고속도로에는 주유소 두 개가 생겼고 맥도날드, 아크틱 서클, 크림 팰리스, 로드 버틀리의 피시 앤드 칩스 숍 같은 새로운 패스트푸드점도 무리 지어 들어섰다. 론 뷰트는 앤더슨네 아이들의 고향이라기보다는 고속도로 출구 표지판에 그려진 화살표에 가까웠다.

로비는 피아트를 몰고 세 시간 반이 걸리는 샌프란시스코 만안(灣岸) 지역으로 이사한 지 오래였다.

그는 캘리포니아 예술대학을 나온 뒤 버클리의 몇몇 공립학교와 오클랜드의 공원 관리국에서 소묘, 회화, 도예를 가르쳤다. 여러 제작사와 극단에서 프리랜서로도 일했고, 환락의 시절에는 샌프란시스코의 헤이트에서 한 여자와, 노밸리에서 다른 여자와 동거하면서 마리화나를 무지막지하게 피우고 샌프란시스코 자이언츠와 오클랜드 애슬레틱스 야구 경기를 관람했다. 야구와 약기운은 서로 근사하게 어울렸다. 취해 있을 때는 모든 것이 근사했다. 또래들이 다른 더 센 약물(환각제, 헤로인과 코카인, 중독성 흥분제)로 옮겨갔을 때 로비는 의아했다. 마리화나가 이렇게 끝내주는데!

그는 케네디(로버트 프랜시스 케네디 말고 존 피츠제럴드 케네디)가 암살되기 전에 군 복무를 시작하려고 했지만, 있는 줄도 몰랐던 선천성 심질환을 이유로 해안경비대에 불합격했다. 1971년 초, 징집과 베트남을 걱정할 필요가 없는 스물여덟 살이었던 로비는 샌머테이오에서 사귀던 아가씨의 냉장고에 그림을 그린 덕분에 세상에서 가장 완벽한 직업을 갖게 됐다. 그는 그녀의 흰색 켄모어 냉장고를 가져다가 아주 신기한 기계 TV로 개조했는데, 〈오즈의 마법사〉가 방영되는 도중에 날아다니는 원숭이들이 스크린 바깥으로 튀어나오는 것처럼 만든 다음 냉장고 문으로 만든 하늘에 **항복해라, 도로시**라고 썼다. 그의 독창성은 큰 인기를 끌었고, 젤코라는 동료 아티스트는 그걸 보더니 그가 쿨 캐츠 코믹스에 와서 그림을 그려야 한다고 말했다.

* * *

오클랜드 텔레그래프 애비뉴의 진공청소기 판매점이 있던 자리에 들어선 캐츠의 본부는 끝내주는 아지트였다. 흑표당원들은 등사기와 옵셋 인쇄기를 무료로 이용했다. 풋볼팀 오클랜드 레이더스의 와이드 리시버, 로딩 존이나 트래픽 같은 밴드의 멤버들, 주말 괴물 영화 프로그램 진행자가 되고 싶다는 이유로 새너제이에서 UHF TV 채널을 개설한 백만장자 등 유명한 팬들이 찾아와 몇 시간씩 머물다 갔다. 로비는 트레브 보르*라는 필명을 내걸고 연필화, 펜화, 잉크화를 담당하는 전업 작가가 되었다. 둘 중 어느 한쪽을 찾아온 사람은 허탕을 치기 마련이었는데, 언제나 직원들이 그때그때 상황에 맞추어 로비 앤더슨은 퇴근했다거나 트레브 보르는 아직 출근하지 않았다고 둘러댔기 때문이다. 쿨 캐츠에는 자신과 얽힌 어떤 사람, 모종의 유감스러운 상황, 과거와 관련된 불편한 사실, 미래에 대한 위협을 피하려는 사람들이 많았다. 틈만 나면 텔레그래프 애비뉴에서 괴짜들이 흘러 들어왔다. 일부는 몹시 웃겼

● 트레브 보르는 쿨 캐츠 본부의 건물주가 키우던 작은 흰색 테리어 이름에서 따왔다. 그 가엾은 개는 텔레그래프 애비뉴에서 차에 치여 죽었는데, 전 직원이 애도했다.

고, 상당수가 몹시 정치적이고 논쟁을 좋아했으며, 일부는 어떤 약을 했느냐에 따라 몸을 몹시 뒤틀어 대거나 몹시 취한 상태로 나타났다. 마약단속반이나 위장 경찰은 무리에 섞이려는 꼴이 우스꽝스러울 만큼 어색했다. 경찰이 찾아와 소란을 피울 때면 벽에 있는 스위치를 올려 앞문 위에 달린 파란 전구를 켰다. 피신 중이거나 그냥 오클랜드의 경찰들을 피하고 싶은 사람들에게 때맞게 경고를 보내기 위함이었다. 경관 나리들은 어느 하나 알아차리지 못했다. 쿨 캐츠에서는 누구도 체포된 적이 없었다. 적어도 건물 내에서는.

사무실에 있는 사람들은 거의 모두 보통은 약에 취해 있거나 취하려고 약을 찾았다. 종일 KSAN FM에서 음악이 흘러나오는 가운데 직원들과 방문객들은 웃고 먹고 피웠다. 로비/트레브 보르는 자신의 경사진 책상 앞에 앉아 그림을 그렸다. 다른 사람들이 작대기 인물로 만화를 그리고 그림 칸 옆에 설명을 적으면 로비가 펜과 잉크와 끝내주는 천재성을 동원해 생생한 단편으로 바꾸어 놓았다. 몇몇 작품은 매우 유명해졌으며, 모든 작품이 전복적이었고, 포르노나 다를 바 없는 것도 좀 있었다. 트레브 보르가 그림을 그리면 쿨 캐츠는 확실하게 현찰로 바꿀 수 있는 수표를 지급했다.

많은 여자가 사무실에 들렀다가 트레브 보르의 과묵한 태도와 움푹 팬 눈, 그리고 종이에 닿은 연필을 개미 눈처럼 작은 것부터 우주 전체처럼 광대한 것으로까지 바꾸어 놓는 물 흐르는 듯한 손길에 매료되어 오랜 시간을 머물렀다.

"자기는 내가 만난 유일한 진짜 예술가야." 헤이워드에서 자랐고 마리화나를 발견하기 전까지는 캘리포니아 예술대학 2학년생이었던 베스라는 이름의 아가씨가 말했다. 베스는 트레브 보르를 자신과 동거할 영혼의 동반자로 삼고 그의 행복을 자기 인생의 과업으로 여기면서 모든 방면에서 그를 기쁘게 해주려고 전력을 다했다. 그녀는 구릉지에 아파트를 마련했다. 그 집 뒤쪽 포치에서는 만을 가로지르는 세 다리가 보였다.• 트레브 보르라고 불리는 남자와 함께한 다섯 달 동안, 베스는 그 어느 때보다도 큰 일체감과 한 장소, 한 영혼에 대한 사랑을 느꼈다. 어느 주말 그녀는 이름을 판도라로 바꾸고 LSD를 직접 제조하는 어떤 남자와 함께 러시안 강 인근의 숲으로 거처를 옮겼다. 로비는 판도라를 잃었지만 판도라의 상자, 즉 아파트와 뒤쪽 포치와 다리 세 개가 보이는 경치는 그의 곁에 남았다.

1월의 어느 평일, 로비는 마리화나를 물고 창문을 살짝 열어 가득 찬 연기가 빠져나가게 하면서 피아트를 몰고 직장에 도착해 텔레그래프 애비뉴의 빈자리에 주차한 다음 문을 굳이 잠그지 않고 내렸다. 차 안에는 라디오나 값나가는 물건이 하나도 없었기 때문에 누가 각진 세단을 털 이유는 전혀 없었다. 훔쳐 갈 것이라고는 아무것도 없었다. 혹시 차를 도난당한다면 로비는 보험금을 신청하고 거의 13만 킬로미터를 뛴 피아트를 훔친 멍청이를 동정할 터였다.

오후 3시가 지나고 출입문 위의 파란 전구가 잠잠한 가운데, 로비는 화판 책상 위에서 실제 자신과 캐츠에서 사용하는 페르소나 모두를 수신인으로 하는 두툼한 편지를 발견했다.

위대한 트레브 보르 전교(轉交)

로비 앤더슨 귀하

캘리포니아 오클랜드

텔레그래프 애비뉴 1447번지


'위대한 트레브 보르'는 스텔라 앤더슨이 오빠의 화려한 필명을 놀리려고 사용하는 호칭이었다. 6센트짜리 1종 우편 우표 세 장 위에는 캘리포니아 론 뷰트 소인이 찍혀 있었다. 스텔라가 너울거리는 필체로 쓴 한 장짜리 편지는 뜬

---

● 샌머테이오 다리. 샌프란시스코 오클랜드 베이 브리지. 그리고 날이 맑을 때면 금문교까지.

지 않고 봉투째로 동봉한 두 번째 편지에 관해 설명하는 내용이었다.


　　로비 오빠,

　　예전 집에 뭐가 왔는지 봐. 우체국에서 알아서 우리 집으로 배달해 줬
어. 엄마의 동생 밥 삼촌이 엄마와 오빠에게 편지를 보냈어. 난데없이 말
이야. 엄마에게 편지를 읽어 드렸지만 이해하셨는지는 모르겠어. 한동안
은 내가 오빠 편지를 읽어 드리고 있다고 생각하셨거든. 삼촌은 많은 일
을 겪었다고 했고 엄마한테, 일종의, 사과를 하더라.

　　내가 밥 삼촌을 만난 적이 있어? 난 그때 아기였으려나? 삼촌이 아빠
장례식에 왔었나?

　　다음 달에 엄마랑 도시에 갈 거야. 나도 외로운 궁둥이[1]에서 좀 벗어나
야지. 만나서 점심 식사라도 좀 느긋하게 함께할래? 차이나타운은 어때?
엄마가 여행을 해도 될 만큼 기분이 좋으실 때 얘기지만. 노라 언니도 그
날 PSA 비행기 타고 오겠대.

　　부담 갖진 마시고.

　　　　　　　　　　　　　　　　　　　　　　　　사랑해,
　　　　　　　　　　　　　　　　　　　　　　별빛에 빛나는 스텔라


　　밥 삼촌의 편지는 뉴멕시코 리오 랜초에서 보낸 것으로, 12센트어치 우표가
붙어 있었다. 반송 주소를 쓰는 귀퉁이에는 우편 주문 할인 카탈로그에서 주
문한 작고 좁은 스티커 위에 R. 폴스 부부라고 적혀 있었고, 작은 미국 국기도
그려져 있었다. 중간 크기의 봉투에는 다음과 같은 주소를 타자한 접착식 라

---

1 '외로운'이라는 뜻의 영어 단어 '론리'와 엉덩이를 가리키는 영어 단어 '버턱'을 합친 단어. 론 뷰트가 쇠락했
　음을 빗댄 표현

벨이 붙어 있었다.

로비 앤더슨

캘리포니아 론 뷰트

엘름 스트리트 114번지

필요할 경우 새 주소로 전송 부탁합니다

　두툼한 편지의 무게를 손으로 가늠하는 동안 로비/트레브 보르의 머릿속에는 밥 삼촌의 이미지가 어른거렸다. 약기운이 도움이 되었다. 엘름 스트리트의 옛집 뒤뜰 자두나무 아래 앉아서 친절한 어린 로비가 깡통 따개로 따 준 캔맥주를 마시는 아버지와 밥 삼촌. 팔꿈치를 대고 몸을 앞으로 기울인 채 처남에게서 눈을 떼지 않는, 터무니없을 정도로 건강하고 젊은 아버지. 청바지와 부츠와 흰 티셔츠 차림으로 의자에 앉아 몸을 까딱이면서 담배를 피우는, 발할라에서 찾아온 떠돌이 신 같은 밥 폴스. 화판 책상에 앉은 로비의 생각은 아버지가 가게에서 신는 쇠 굽을 댄 부츠와 삼촌이 모터사이클을 타기 위해 신는 끈과 버클이 달린 부츠의 자세한 생김새와, 구름 한 점 없는 하늘을 향해 뻗은 화려한 자두나무들과, 억센 손에 들린 맥주 캔으로 향했다. 트레브 보르는 연필을 들고 두 남자가 나란히 웃음을 터뜨리며 지포 라이터로 담배에 불을 붙이는 실루엣을 그려 나갔다.

　로비는 다섯 장에 걸친 간략한 스케치로 삼촌의 생김새와 자세를 재현한 뒤에야 편지를 떠올리고 책상에서 연필깎이용 펜나이프를 꺼내 봉투를 열었다.

　접힌 편지는 낡은 수동 타자기로 작성한 것으로, 틀림없이 새 리본을 사용해서 확고한 목적의식을 담아 각별한 주의를 기울이며 단어들을 종이에 쳐서 넣은 티가 났다. 활자에서는 오래 사용한 타자기가 남긴 고르지 못한 부분들이 보였다. 대문자 T는 약간 기울어져 있었고, S의 위치는 전부 머리카락 하나 굵기만큼 낮았으며, M은 새카만 잉크로 그린 직사각형처럼 보였다. 한 장 한 장이 전부 빈 행도 여백도 없이 왼쪽 가장자리부터 오른쪽 가장자리까지 빼곡했다. 그 무게가 편지에서 느껴졌다.

1970년 크리스마스

　친애하는 로비,
　네게 한참 전에 이 편지를 써야 했는데…….

＊　＊　＊

　1959년, 밥 폴스는 혼자였다.
　몇 해 전에 몇몇 동료들은 다시 해병이 되어 태평양을 건너가 또 다른 아시아인들을 죽이기 위해 한국 전쟁에 참전했다. 1950년 여름, 밥은 살인을 저지를 해병들의 훈련을 돕는 역할로나마 다시 참전할까 고민했다. 보수가 안정적인 데다 금액도 민간인 신분으로 긁어모아 온 액수보다는 좀 더 나을 터였다. 그러다 커크랜드가 유진에서 쌈박질을 하다가 심하게 칼에 찔리는 바람에 병원 신세를 지면서 폐 전문의에게 네 번이나 수술을 받게 됐다. 도깃은 수전빌의 한 아가씨에게 빠져 떠나지 않겠다고 했다. 밥은 그 결정이 전혀 마음에 들지 않았다. 한국에 가 있는 공군과 결혼한 여자였기 때문이다. 하지만 도깃은 사랑에 빠졌고, 그래서 밥과 부치와 할은 도깃을 남겨 두고 리노로 갔다. 세상에서 가장 큰 소도시로 불리는 그곳은 단기 체류자들, 다시 말해 손쉽게 이혼할 자격을 얻으려고 법에서 요구하는 육 주 간의 거주 기간이 끝나기를 기다리는 남녀가 많은 동네였다. 아니나 다를까 메이프스 카지노 호텔의 커피숍에서 할은 전(前) 부인이 되기까지 한 달밖에 남지 않은 종업원을 만났고 그녀의 무귀책 이혼이 공인될 때까지, 그리고 그 이후에도 계속 그녀의 곁에 머물렀다.

밥은 접시닦이 일을 구해서 지갑에 돈을 채우고 부치와 함께 남쪽으로 달렸다. 그들은 어디든 마음 내키는 곳에서 멈췄다. 53년에 그들은 처지가 비슷한 다른 사내들을 만나 한동안 함께 달리면서 근사한 나날을 보내기도 하고 여기 저기서 말썽에 휘말리기도 하다가 각자 갈 길을 갔다. 54년에 밥은 경찰과 실랑이를 벌이는 바람에 길과 멀어졌다. 여섯 달 동안 앤절리스 크레스트 국유림에 방화선을 구축하는 노역장에 있었는데, 국가에서 시간당 20센트를 주었기 때문에 석방될 때는 250달러 가까운 돈을 가지고 나왔다.

56년에는 니들스에서 제법 큰 싸움이 벌어졌다. 그 무렵에는 조직화한 몇몇 갱단이 각자 자기네 영역을 주장해 댔기 때문에 라이벌 바이커 갱단 간의 영역 싸움 같은 머리기사를 읽는 일이 드물지 않았다. 세력 다툼이 뼈가 부러지는 싸움에서 목숨을 앗아가는 총질로 발전하자 거기에 끼고 싶지 않았던 밥은 즉시 자리를 떴다. 베이커에서 할리데이비슨을 탄 어떤 머저리가 고속도로 순찰대원 둘을 총으로 쏘아 죽인 후로는 모터사이클을 탄 사람이라면 누구나 잠재적 범죄자 취급을 받았으므로 현명한 처사였다.

1958년에 밥 폴스는 혼자 다니면서 몸에 좋지 않을 정도로 술을 마셨다. 낮에는 내내 맥주를 마셨고 밤에는 무엇이든 마셨는데, 주로 맥주를 더 마셨다. 캘리포니아 남부 전역의 주정뱅이 유치장이 그의 주말 숙소였다. 그는 가벼운 가중 폭행죄로 카운티 교도소에서 삼 개월을 살았다. 보안관에게 주먹을 휘두른 것으로 모자라 그 꼬맹이*의 턱을 박살 냈던 것이다! 아, 그리고 인디오에서는 사고로 모터사이클이 작살나고 고관절이 부러졌다. 그리하여 1959년 밥 폴스는 어느 때보다도 느리게 걸어 다녔고, 프론트 포크에 손상이 있다는 이유로 경매에서 싸게 구한 전(前) 경찰용 할리데이비슨 팬헤드를 타고 다녔다.

* 그 보안관은 겨우 스물세 살이었다.

애리조나 플래그스태프의 맥주는 여느 곳과 다를 바 없이 차갑고 부드럽고 만족스러웠다. 그래서 그는 생각보다 더 오랫동안 그곳에 머물러 8월 둘째 주까지 있었다. 갤럽에 가면 일자리가 기다린다는 건 알고 있었다. 지붕 공사 업체 일자리였다. 안정적인 수입도 나쁠 건 없었고 뉴멕시코도 늘 좋아했으므로 그는 그쪽으로 가기로 했다. 하지만 중력의 힘이 붙들기라도 했는지, 도무지 플래그스태프의 경계를 벗어날 수 없었다. 그는 제칠일안식일예수재림교 교회 뒤 들판에 침낭을 폈고, 예배 중일 때는 근처에 있지 않도록 주의를 기울였다. 그리고 파이어사이드라는 곳에서 몇몇 사내들과 어울렸다. 대다수는 참전 용사였는데, 일정한 직업이 있었고 끊임없이 피처로 마셔 댄 블랙 라벨, 햄스, 혹은 폴스타프 맥줏값을 서로 내려 들었기 때문에, 밥이 접어서 청바지 속에 간직하고 있던 줄어드는 돈(과 부츠에 넣어 둔 지폐 뭉치)에 손 댈 일은 거의 없었다. 하지만 어느 날 밤, 승객이 요금을 떼어먹었다는 택시 기사의 신고를 받은 경찰 몇몇이 파이어사이드로 들어왔다. 시버럴 배지 단 씹새끼들을 피하는 데에 능숙해진 지 오래인 밥 폴스는 출구를 찾아 눈에 띄지 않게 빠져나갔다. 그는 신실한 제칠일안식일예수재림교 신도들의 보이지 않는 손님으로 마지막 하룻밤을 보냈다. 이제 커피 몇 잔만 더 마시고 나서는 식사를 마치고 마침내 66번 국도를 타고 동쪽으로 달리기 시작해 갤럽에 도착할 때까지 기름을 채우고 오줌을 싸고 맥주를 마시고 별 아래에서 잠을 청할 때 외에는 멈추지 않을 작정이었다.

* * *

그 커피숍은 빨간 비닐 부스석마다 작은 쿠키 단지 크기의 주크박스가 놓인 현대적인 가게였다. 아침 식사 손님이 한창 몰려드는 시간에 카운터에 홀로 앉은 밥은 다른 손님들이 자연스럽게 그의 좌우 자리를 비워 두게 만드는 표정을 짓고 있었다. 담당 종업원은 그의 어머니뻘은 될 듯했다. 여자는 어쩌면 팁을 10센트 정도는 받을지도 모른다고 기대하며 눈이 벌건 바이커 타입 손님을 응대했다. 계속 커피를 주다 보면 그에게서 나는 맥주 냄새가 사라질지도 몰랐다.

그는 스테이크와 한쪽만 익힌 달걀 세 개와 감자튀김과 노른자에 적셔 먹을 흰 빵 토스트 네 조각으로 구성된 푸짐한 아침을 주문했다. 뭔가 단것도 먹고 싶었기 때문에 팬케이크 세 개 대신 와플 하나를 선택해 큰 버터 한 덩어리와 넉넉한 시럽으로 작은 네모들을 채웠다. 농축 오렌지 주스를 큰 컵으로 두 잔 마셨고 커피잔은 절대 비는 법이 없도록 했다. 그는 천천히 먹으면서 눈에 보이지 않는 여러 개의 스피커에서 흘러나오는 쇳소리 섞인 주크박스 선곡에 귀를 기울였다. 조니 프레스턴의 〈러닝 베어〉가 두 번 나왔다. 그는 테이블 석에 앉은 손님들을 무심코 훑었다. 아이들과 장모를 동반하고 여행 중인 가족, 조니 스퀘어 공구 판매원 혹은 점장, 모자를 쓴 채 식사하는 목장 일꾼 셋. 밥은 그런 사람들의 삶에 대해 생각해 보았고 아주 잠시 그들의 규칙적인 일상에, 반복적인 일과에, 하루가 끝날 때마다 충족될 기대에 부러움을 느꼈다. 그들의 삶에는 질서가 있었다. 기틀이 있었다.

아침 식사가 끝나고 접시가 비자 웨이트리스는 커피잔만 남기고 전부 치웠다. 밥은 줄어들고 있는 체스터필드 갑에서 한 개비를 꺼내 독수리와 지구와 닻이 새겨진 미합중국 해병대 지포 라이터로 불을 붙였다. 필요하지도 않고 딱히 맛있지도 않은 커피를 리필해 가며 자리에 머물러 담배를 피웠다. 아침 식사가 소화될 때까지 기다렸다가 화장실을 이용하고 나서 길에 올라 홀로 66번 국도를 타고 동쪽으로 한참 달릴 일만 남았다.

그는 테이블 석에 앉아 있는 가족을 처다보았다. 어린애 셋, 할머니 하나, 처량하게 생긴 아버지와 살짝 잉그리드 버그먼을 닮은 아내. 음식에 열중하기에 앞서 아버지가 식당의 달그락거리는 소음과 잡담 속에서 무어라고 말하는 동안 가족은 다 함께 고개를 숙이고 손을 맞잡아 그림처럼 완벽한 기도 자세를 취했다. 기도가 끝날 때는 어린애들조차 입 모양으로 "아멘."이라고 말했다. 잉그리드 버그먼이 아이들 먹기 좋게 팬케이크를 썰어 주었고, 모두가 식사를 시작했다.

"아멘." 밥은 혼자 중얼거리면서 길에 오를 채비를 했다. 그와 잤던 웨이트리스들이 봉급보다는 팁에 생계를 의지하던 것이 떠올라 팁으로 50센트를 남겼다.

계산대 앞에서 확인해 보니 남은 돈은 24달러와 잔돈뿐이었다. 그리고 담배도 다 떨어졌다.

그는 식당 출입구에 있는 담배 자판기에 25센트짜리 동전 여러 개를 넣고 레버를 당겨 자판기 아래 배출구에서 체스터필드 한 갑을 꺼냈다. 몸을 일으키자 눈높이에 명함, 분실물 안내, 우스운 말이 적힌 엽서, 사적인 전갈, 판매 공고로 뒤덮인 게시판이 보였다. **강아지를 찾습니다**는 한 달 전에 붙인 것이었다. 지금쯤이면 발견되었거나 저 산 위의 하늘나라 농장에서 살고 있으리라. 그 옆에는 **하느님께서 당신을 사랑하신다는 걸 아십니까? 그분께서 당신의 삶을 위해 계획하신 바를 알고 싶으십니까? 이걸 읽고 복음을 알아보세요!**라고 청하는 소책자가 새로 꽂혀 있었다.

성경 소책자 위에는 압정으로 꽂은 작은 메모 카드가 있었다.


접시닦이 구함
보수 좋음
메사 2-1414에서 에인절을 찾을 것


밥은 리노의 메이프스 카지노 호텔에서 접시닦이를 해 보았고 나중에 다른 곳에서도 해 보았다. 일이 뜨겁고 축축한 것은 상관없었다. 그리고 접시닦이에게 말을 거는 사람은 다른 접시닦이뿐이라는 사실도 상관없었다.

그 외에는 다들 접시닦이에게 할 일을 알려 준 다음 신경을 끈다. 밥은 접시닦는 일을 본업으로 하는 흑인 및 멕시코인 들과 함께 무시당하고 방치되는 게 좋았다. 식사는 공짜였으므로 진주잡이[1] 봉급은 맥주, 휘발유, 어딘가의 방, 그리고 그와 같은 남자와 잠시 함께 지내고 싶어 하는 여자에게 썼다. 접시닦이를 하면 주머니에 돈을 채울 수 있었고, 일과 여자를 끊기란 마음 내킬 때 떠나는 것만큼이나 쉬웠다. 밥은 갤럽에서 기다리는 지붕 공사 일을 떠올렸다. 실외에서 일하고, 못을 두드려 박고, 지붕널이나 타일을 들어 올리고, 뜨거운 타르를 칠해야겠지. 머릿속 어딘가에서 한동안은 실내 노동이 괜찮을지도 모르겠다는 생각이 들려왔다.

프라이버시를 위해 접이식 문을 닫아야 조명이 들어오는 전화박스에서 전화를 거는 데에 5센트가 들었다. 작은 금속판이 메모를 적는 탁자 구실을 했다. 인디언 머리가 새겨진 5센트짜리 동전을 구멍에 넣자 동전이 떨어지면서 전화기에서 땡그랑 땡그랑 소리가 났다. 신호가 하염없이 울리기만 해서 밥은 동전 반환구에서 5센트를 챙겨 갤럽의 지붕들을 향해 떠날 뻔했다.

"네?" 여자가 전화를 받았다. 살짝 낯선 억양이 섞여 있었다. 멕시코인이나 선주민 출신 같았다.

"아직도 접시닦이 구합니까?" 밥이 물었다.

"뭐요?" 여자가 물었다. "우린 4시에 열어요."

"접시닦이 구한다는 쪽지를 봤는데."

"아." 전화를 받은 여자는 그렇게만 말했다.

"맞습니까?" 밥은 여자가 무언가를 한 모금 홀짝이는 소리를 들은 것 같았다. "에인절과 통화할 수 있습니까?"

1 접시닦이를 가리키는 속어

"그래요, 접시닦이 필요해요. 오늘 시작할 수 있어요?"

"지금 시작할 수 있습니다."

"우린 4시에 열어요. 3시에 와요. 시간당 1달러지만 팁도 조금 받을 거예요."

"식사도 줍니까?"

"그래요. 하지만 술은 금지. 펩시는 돈 내고 마시고. 3시에 봐요. 그 전엔 안 돼요."

"3시요. 알았습니다. 그런데 어디로 가면 됩니까?"

"여기로 와요."

"여기가 어딥니까?"

"우리 가게 몰라요?"

"난 이 카드에 적힌 그쪽 전화번호밖에 모릅니다. 메사 2-1414."

"당신 뜨내기예요? 뜨내기면 됐고."

"뜨내기?"

"지나가는 길에 잠깐 있다 갈 거 아녜요? 됐다. 관둬요."

"잠깐만." 밥은 왜 자신이 진즉 전화를 끊고 5센트 더 가벼워진 몸으로 팬헤드에 오르지 않았는지 확신하지 못했다. "에인절과 얘기할 수 있겠습니까?"

"지금 하고 있는데." 여자, 에인절이 말했다.

밥 폴스는 전화 너머의 알지도 못하는 여자에게 자신을 확실히 밝혀 두고 싶었다. "난 뜨내기가 아닙니다. 접시닦이지. 간단한 얘깁니다."

"난 뜨내기는 고용 안 해요."

"난 뜨내기 아닙니다."

"그럼 뭔데요?"

"에인절, 난 접시, 솥, 냄비, 프라이팬, 사발을 닦는 전문가입니다."

"문 닫고 나면 걸레질도 해야 해요. 한 달 안 있을 거면 올 필요 없고."

"좋습니다." 왜 그때 그 자리에서 일자리에 응했는지는 밥 폴스 본인에게도 영원한 수수께끼로 남았다. 하지만 그는 평정심이 자리 잡는 것을, 플래그스태프라는 한 장소에 한 달을 채워 머무르기로 약속한 일이 자신이 실로 오랜만에 벌인 더없이 본능적인 행동이었음을 직감했다.

"한 달. 시간당 1달러." 에인절이 다시 말했다. "3시에 도우 번 가이로 와요."

"거기가 어딥니까?"

"66번 도로에서 큰 타이어 든 거인 맞은편." 에인절은 전화를 끊었다.

* * *

밥은 몇 시간이나 쓴 끝에 지낼 곳을 찾았다. 풀장이 없는 작은 모텔로, 차를 타고 지나가는 가족 단위 손님은 숙소로 고려하지 않을 만한 곳이었다. 애가 있으면 풀장이 필요하니까. 일주일 숙박료 15달러를 내고 나니 1달러짜리 지폐 두 장과 잔돈밖에 남지 않아 아주아주 쪼들렸지만, 때로는 근심은 바람에 맡겨야 할 때도 있는 법이었다. 그는 뜨거운 물로 샤워를 하고 욕실 세면대에서 옷을 빨았다. 제일 깨끗한 바지로 갈아입고 젖은 수건으로 부츠를 닦았다.

2시 30분에 66번 국도에 오른 그는 거대한 타이어를 든 거인은 쉽게 찾았지만(폴 버니언[1]이 재생 타이어를 흔들고 있었다) 도우 번 가이라는 도넛 가게나 빵집이나 핫도그 노점은 도무지 찾을 수 없었다. 타이어 거인 건너편에 음식점 하나가 있기는 했는데 간판에 일본어가 적힌 것 같았다. 아니, 가만⋯⋯. **두 폰 가이—찹수이 차우 메인**. 도우 번 가이라니. 밥은 이름을 잘못 알아들은 자신을 비웃었다. 중국 음식점에서 접시를 닦게 될 모양이다. 끝내주는군.

---

1 미국과 캐나다 민담에 등장하는 거인 벌목꾼

그는 거인이 드리운 그늘에 모터사이클을 세워 놓고 차가 없는 틈을 타 껑충껑충 차도를 건넜다. 굉음을 울리며 **두폰 가이—찹 수이 차우 메인**까지 다가갔다가 지나치게 자주 그랬듯 불량한 갱단원이라는 오해를 사고 싶지는 않았다. 오후 3시가 됐겠다 싶을 즈음(그에게는 손목시계가 없었다) 밥은 잠긴 문을 흔들어 보고 음식점 창문을 두드렸다. 커다란 창문에는 오후의 햇빛이 반사되어, 손을 들어 눈 위를 가린 그의 모습밖에 비치지 않았다. 이윽고 실내 공간을 가로지르는 형체가 보였고, 안쪽 문이 열리며 그가 방금 흔들어 보았던 문의 자물쇠에서 열쇠 돌아가는 소리가 들렸다.

문이 열리고 눈앞에 나타난 중국 여자는 10달러를 주고 산 말을 살피듯 그를 위아래로 훑었다.

"당신이 접시닦이?" 바로 저 억양이었어, 밥은 생각했다. 멕시코어나 나바호어가 아니었군. 중국어였어.

"옙. 에인절을 보러 왔습니다."

그녀는 밥을 음식점 안으로 들였다.

빨간색과 금색으로 잔뜩 치장한 가게였다. 일 년 열두 달과 더불어 바다 풍경과 산과 용들이 화려하게 그려진 중국 달력 세 개가 벽에 걸려 있었다. 크고 널찍한 사진 두 개가 한쪽 벽을 차지했는데, 하나는 금문교 사진이었고 다른 하나는 차이나타운 거리를 찍은 사진이었다. 거리 표지판에 그랜트 스트리트라고 적혀 있었다.

흰 요리사 옷을 입은 나이 든 중국인 남자 하나가 테이블 석에 앉아서 손잡이가 없는 아주 작은 잔으로 차를 홀짝이는 틈틈이 필터 없는 카멜 담배를 피우고 있었다. 빨간 재킷을 입은 두 버스보이[1]는 중국인도 소년도 아니었다. 하나는 멕시코인이 확실했고 다른 하나는 남서부 어느 선주민이었다. 둘 다

---

1 그릇 치우는 일을 담당하는 종업원

접시와 사발을 쌓고 있었다.

"여기서 일하는 백인은 나밖에 없는 겁니까?" 밥이 물었다.

에인절이 걸음을 멈추더니 뒤꿈치를 축으로 홱 몸을 돌렸다. "이런 망할. 그쪽을 쓰느니 내 머리에 구멍이 나고 말지." 그녀는 성큼성큼 앞문으로 돌아가 문을 밀어젖혔다. 그리고 밥이 나가게끔 옆으로 비켜섰다. "나가. 가라고."

"접시닦이를 구한다고 했잖습니까." 밥이 말했다.

"그쪽은 아니라고. 나가."

"이것 봐요." 밥은 자신의 목소리에 애원이 깃드는 것을 느낄 수 있었다. 생경한 일이었다. "별 뜻 없이 한 소립니다." 정말로 별 뜻 없었다.

"자리 이미 찼어." 에인절은 멕시코 사내들 쪽으로 눈길을 던졌다. 금방이라도 그들을 불러 이 뜨내기를 내쫓으라고 할 것만 같았다. 그들은 전에도 그런 일을 해 본 적이 있는 것처럼 보였다.

"미안합니다." 밥은 부끄러움에 얼굴이 붉어지는 것을 느꼈다. 사과하면서도 자신이 왜 사과하는지는 확실히 몰랐다. 이 에인절이라는 여자는 꼭 그가 줄을 잘못 서 있거나 양식을 제대로 작성하지 못한 것처럼 느끼게 했다.

에인절은 문간에 서서 다시 한번 밥을 위아래로 훑었다. 그리고 그가 최근에 젖은 수건으로 깨끗하게 닦은 모터사이클 부츠를 고개로 가리켰다. "문제 안 일으키고 일할 수 있어? 문제라면 이미 충분해."

"문제는 안 일으킵니다. 난 해결하는 쪽이죠." 밥은 자신이 미소 짓는 것을 느꼈다. 그 또한 생경했다.

에인절은 확신이 서지 않는 눈치였다. "여기서 술은 안 돼. 장사 끝나고는 알 바 아니지만. 여기선 안 돼." 에인절은 출입문이 닫히게 내버려두고 밥을 지나쳐 차이나타운의 그랜트 스트리트를 찍은 커다란 사진 왼쪽에 있는 주방 문으로 향했다. 나이 든 요리사가 차를 홀짝이면서 지나가는 밥을 쳐다보았다. 버스보이들은 이제 스푼과 포크를 나눠 정리하고 있었다.

주방은 아주 작았다. 오븐과 스토브, 갈고리에 걸린 넓고 둥그런 프라이팬들, 깊은 스테인리스스틸 개수대, 고기 써는 작업대. 음식점용 주방이었다. 접시닦이 구역은 별도의 개수대 한 쌍이 달린 배수 홈통 뒤였다.

"당신 이름은?"

"밥 폴스. 당신은 에인절 도우번 가이?"

"두폰 가이는 샌프란시스코 그랜트 스트리트의 다른 이름이야. 난 에인절 럼. 밖에서 본 사람은 우리 아버지. 미스터 럼이라고 불러. 에디와 루이스는 테이블 담당. 그 둘이 스테이션 채워 두는 방법을 알려 줄 거야. 새 그릇을 어떻게 비치하는지. 실라랑 마리아는 홀 담당 종업원. 둘 다 슬슬 출근하는 게 좋을 텐데. 그 둘이 받은 팁은 에디랑 루이스랑 당신도 나눠 가져. 장사 잘되는 밤에는 한 사람당 몇 달러는 받아. 식사는 문 열기 전에 해." 에인절 럼은 주방을 나서다 말고 멈춰 섰다. "당신이 빨리 알아 둬야 할 게 있어, 밥 폴스. 당신이 여기서 일하는 유일한 백인 맞아. 에디는 추장이 아냐. 루이스는 스픽[1]이 아니고. '실라' 말고 다른 식으로 불렀다간 무슨 일이 일어나는지 알게 될 거야. 마리아는 그쪽에서 먼저 당신을 판단하기 전까지는 피하는 게 좋아. 마리아는 백인이랑 빨리 안 친해져. 여기 사장은 나야. 난 빡빡해. 공정하고. 하지만 당신이 나나 내 아버지를 에인절이나 미스터 럼 말고 다른 이름으로 불렀다간 내가 당신 하얀 거시기를 잘라서 66번 국도에 던져 버릴 줄 알아." 에인절은 그렇게 말하고는 등 뒤로 문이 닫히게 내버려두고 나갔다.

"하느님 맙소사." 밥은 그렇게 중얼거렸지만, 주님이나 주님이 그의 삶을 위해 계획하신 바를 두고 한 말은 아니었다.

---

1 남아메리카 사람을 가리키는 멸칭

* * *

메이프스에서 일하던 시절, 럭키 빌 존슨●이라는 흑인 요리사가 있었다. 접시닦이로 시작해서 즉석 요리 담당이 된 요리사였는데, 그는 밥에게 접시 닦는 일에서 중요한 것은 사람이 딱 견딜 수 있을 만큼 뜨거운 물이라고 말했다. 델듯이 뜨거운 물을 사용하면 식기를 덜 문질러도 되므로 작업이 더 수월했다. 다만 그 온도를 사람이 견뎌야 한다는 점은 힘들었고, 몇몇 녀석들은 그걸 견디지 못했다. 메이프스에는 접시를 넣고 돌리면 되는 산업용 호바트 식기세척기가 있었다. 하지만 냄비와 프라이팬은 철 수세미에서 쇳밥이 일도록 손으로 닦아야 했다. 벌컨처럼 뜨거운[1] 물이 필요했고, 그 물이 작업을 상당 부분 대신해 주었다. 밥은 자신이 열기를 견딜 수 있다는 걸 알게 됐다.

두폰 가이에는 호바트 식기세척기가 없었기 때문에 에인절 럼의 접시, 사발, 식사 도구, 철제 주방용품은 전부 밥이 뜨겁고 뜨거운 물속에서 손으로 닦아야 했다. 밥은 개수대 하나에는 김이 피어오르는 비눗물을, 다른 하나에는 맑고 유황천만큼 뜨거운 물을 가득 채웠다. 그는 건조대에 꾸준히 쌓이는 접시와 쟁반과 사발을 에디와 루이스가 가져갈 수 있게 앞쪽 스테이션으로 옮겨 식기를 골고루 회전시켰다. 식기를 넣는 금속 양동이에도 똑같은 전문성을 발휘해서, 혹독하리만치 뜨거운 물을 채우고 포크, 나이프, 스푼, 수프를 떠먹는 데에 쓰는 신기하게 생긴 도자기 국자를 거의 끓이다시피 담가 놓았다가 양동이를 비눗물 개수대로 옮기고 거친 행주로 하나씩 하나씩 닦았다.

한가할 때면 밥의 접시닦이 구역에는 지저분한 식기가 종류를 불문하고 하나도 남지 않았다. 접시닦이 중에는 늘 홈통에 접시 몇 장을 남겨 놓았다가

●영화감독 빌 존슨과는 무관하다.
1 벌컨은 TV 시리즈 〈스타트렉〉에 등장하는 행성. 지구인은 살아남기 어려울 정도로 온도가 높은 행성이다.

사장이 주방을 지나가면 집어 들고 바쁘게 일하는 척하는 부류도 있었다. 하지만 밥은 럭키 빌 존슨과 같은 파였다. 모든 것이 깨끗하다면 나가서 담배를 피울 것.

미스터 럼은 영어를 거의 하지 못했다. 중국에서 태어난 그는 광둥어를 사용했다. 그리고 우라지게 실력 있는 요리사였다. 비록 밥이 아는 중국 음식이라고는 찹 수이가 다였지만 그것만은 확실했다. 밥은 미스터 럼이 솜씨를 부린 닭고기를 갈망하게 되었다. 그의 조리법을 거친 돼지고기는 일반적인 포크찹은 물론이거니와 심지어 스페어리브스보다도 더 나았다. 오후 3시에 있는 직원 식사에서 찹 수이는 먹을 수 없었다. 듣자 하니 찹 수이는 진짜 중국 음식도 아니라는 모양이다. 밥은 몰랐던 사실이다. 로 메인(면)이 다양한 소스와 함께 나왔다. 사실 미스터 럼은 백인 손님의 주문을 받았을 때보다 웨이트리스, 버스보이, 접시닦이가 밥을 먹을 때 더 나은 음식을 만들어 주었다.

밥은 두폰 가이에서 또 하나를 배웠다. 그가 밥에 케첩을 뿌려 먹었기 때문에 두폰 가이에서는 케첩을 들여와야 했다. 그러다 에인절이 더는 그 꼴을 참지 못하는 순간이 왔다. 그녀는 밥에게 테이블마다 놓인 작은 유리병에 든 것을 밥 위에 뿌려 보라고 했다.

"난 딱정벌레 즙은 싫은데." 밥은 전쟁 후 나가사키에서 간장을 시도해 본 적이 있었다. 꼭 테레빈유 같은 맛이 났다.

식탁 의자에 앉은 에인절은 뒤로 몸을 젖히며 밥을 쳐다보다가 아버지에게 광둥어로 뭐라고 말했다. 밥은 그게 마음에 들지 않았다.

"그건 간장이야, 밥." 에인절이 말했다. "그렇게 펀칫●처럼 굴지마. 아마 너무 많이 쳤겠지. 미국인들은 항상 그러니까. 그리고 이건 중국식 간장이라고."

"둘이 다른가?"

●'머저리'라는 뜻. 광둥어다.

"당연히 다르지." 에인절은 그렇게 말하며 작은 병을 집어 갓 담은 흰 쌀밥 위에 검은 액체를 짧게 한 줄 뿌렸다. "먹어 봐. 밥에 케첩이라니 미쳤냐고."

"난 케첩이 좋아." 밥이 말했다. 하지만 중국식 딱정벌레 즙이 들어간 밥을 먹어 보니 딱 알맞게 짭짤해서 풍미가 좋았다. 그는 인정했다. "꽤 괜찮은데. 이게 내가 일본에서 먹은 소스랑 어떻게 다른 거지?"

에인절은 대답 대신 밥이 채용된 이래 처음으로 크게 소리 내어 웃었다. 그녀가 아버지에게 밥의 말을 광둥어로 번역해 주었다. 럼 주방장도 웃었다. 밥은 이유를 알 수 없었다.

두폰 가이의 목요일 밤은 비공식적으로 중국인의 밤이었다. 플래그스태프의 작은 아시아인 커뮤니티가 와서 진짜 중국 음식을 먹을 줄 아는 지역 주민들과 함께 식사를 하고 큰 소리로 에인절과 대화를 나누고 그보다 더 큰 소리로 자기들끼리 웃었다. 밥은 애리조나 플래그스태프에 중국인이 사는 줄도 몰랐다. 하지만 가게는 미스터 럼에게 메뉴에 없는 특별한 요리를 주문하는 손님들로 가득했다. 목요일 밤이면 밥은 포크보다 젓가락을 더 많이 닦았다.

어느 중국인의 밤 영업 직전에, 미스터 럼은 주방 고기 작업대에 놓인 온전한 닭 여섯 마리를 칼로 가리키며 밥에게 광둥어로 말했다. 밥은 손을 닦고 미스터 럼에게 칼을 손잡이 쪽으로 건네받았다. 미스터 럼은 다른 칼을 잡고 닭 한 마리를 가져다 밥에게 어떤 식으로 썰어야 하는지 보여 주었다. 밥의 칼은 그가 군 복무 당시 관리했던 케이바 나이프만큼이나 날카로웠다. 그는 한 칼 한 칼 노인을 따라 했다. 몇 분 뒤 닭들은 전부 토막 나거나 네모낳게 썰리거나 발골된 채로 미스터 럼이 계획한 요리에 이용될 채비를 마쳤다. 노인은 흡족한 기색이었고, 밖에 나가 음료수 냉장고에서 두 사람이 마실 펩시콜라 병을 가지고 돌아오는 것으로 자신의 기분을 밥에게도 알려 주었다. 그다음 주 목요일 밤에 미스터 럼은 밥에게 커다란 식칼로 야채 써는 법을 알려 주었다. 비법을 한번 배우고 나니 채소를 번개처럼 빠르게 썰 수 있었다.

그 후로 목요일이 아닌 날 밤에도 미스터 럼은 밥에게 뭔가를 토막 내거나 발골하거나 가르게 했다.

어느 수요일에 에인절이 주방에 들어왔다가 도마 작업대에서 돼지고기를 깍둑썰기로 써는 밥을 보고 큰 소리로 웃었다. "당신 꼴 좀 봐, 밥." 그녀는 고개를 절레절레 저었다. "웃겨, 정말."

웨이트리스 중에서는 실라가 착한 쪽이었다. 아이가 많은 그녀로서는 두폰 가이에서 일하는 시간이 육아로 돌아가기 전 유예 시간이라 그랬는지도 모른다. 마리아는 결국 밥을 좋아하게 되지는 않았지만, 자기가 받은 팁에서 그의 몫을 떼어먹지는 않았다. 에디와 루이스는 영업이 끝나면 밥과 함께 플래그스태프 인근 전역의 주방 직원들을 위해 늦게까지 영업하는 가게인 부에나 비스타에 가서 맥주를 마셨다. 밥은 그곳에 모여드는 손님들처럼 정말로 다양한 무리와 어울려 술을 마셔 본 적이 없었다. 모터사이클 친구들은 전부 백인이었다. 해병들도 전부 백인이었다. 유색인들과 함께 먹고 일하고 자고 카드를 치고 가끔 주먹다짐을 했던 것은 큰 주방에서 일했을 때와 감옥에 있었을 때 뿐이었다.

밥은 밤마다 일이 끝나면 부에나 비스타에서 술을 마셨다. 그러다 새벽 3시쯤 되면 차가운 폴스타프 맥주 여섯 개들이 한 묶음을 가지고 모텔 방으로 돌아가 냉장고가 없는 탓에 미지근해져 가는 맥주를 들이켰다. 미지근한 맥주와 함께 일출을 맞이한 날이 허다했다.

그는 오후 3시에 두폰 가이에 도착해 가게 뒤편에 모터사이클을 세우고 커피를 마셨다. 가게 문을 열 무렵에는 스테이션은 전부 채워졌고, 미스터 럼은 솥들과 웍들을 다 닦았으며, 에인절은 작은 간장 종지부터 포춘 쿠키 단지에 이르기까지 모든 것을 다시 점검했고, 밥이 전날 밤 마신 맥주도 대부분 땀으로 빠져나간 뒤였다.

"당신은 맥주를 너무 많이 마셔." 유달리 바빴던 어느 금요일 밤에 에인절 럼이 말했다. 그녀는 주방에 와서 광둥어로 노래하듯 아버지에게 무어라고 말했는데, 무슨 말을 했는지는 몰라도 반응이 달가워 보이지는 않았다. "당신 몸에서 나는 냄새가 여기까지 풍긴다고."

"그럼 해고인가?" 그렇게 묻는 밥도 딱히 유쾌한 기분은 아니었다.

"아니. 하지만 냄새가 고약해."

일요일 밤에는 주말 나들이를 위해 차려입은 가족 손님들이 포춘 쿠키를 읽고 집으로 돌아가고 나면 10시가 되기 전에 일찍 문을 닫았다. 에인절은 밥의 봉급을 일요일 밤에 현금으로 주었다. 현금은 세금도 떼이지 않고 수표나 은행도 필요 없다는 의미였다.

10월이 되자 그의 재정 상태는 그 어느 때보다도 나아졌다. 밥은 명명백백하게 넉넉했다. 그는 부에나 비스타에서 본인을 키티비라고 부르는 여자와 만나 어울리기 시작했다. 키티비는 머리가 살짝 이상한, 모터사이클 바이커 타입에 끌리는 부류의 여자였다. 그녀도 밥처럼 차가운 폴스타프 맥주를 양껏 즐겼다. 그리고 거칠고 기분 좋은 욕구 속에 그와 잠자리에 든 다음, 완전히 곯아떨어져서 그가 출근할 때까지 잤다. 키티비는 텍사스 포트워스에 있는 남편(전 남편인지 현재 남편인지는 몰라도)을 피하느라 플래그스태프에 숨어 있었다. 밥은 한 번도 그녀에게 아이가 있는지 묻지 않았지만, 있을 법해 보였다.

플래그스태프에서는 월요일에는 아무도 참 수이를 먹지 않았으므로 월요일이 휴무일이었다. 밥과 키티비는 모터사이클을 타고 애리조나 지역 끄트머리를 돌아다니곤 했다. 속도와 남자에게 매달리는 기분을 좋아하는 그녀는 때때로 시속 80킬로미터로 달리는 밥의 귀에 대고 팻시 클라인 노래를 불렀다.

어느 화요일, 출근한 밥은 기분이 썩 좋지 않았다. 전날 키티비와 평소보다 맥주를 더 많이 마셨다. 직원들은 중앙에 레이지 수전[1]이 있는 테이블에 앉아

---

1 중국 음식점에서 식탁 한가운데에 설치하는 회전판

식사 중이었다. 밥이 말없이 커피를 깨지락거리는데 에인절이 찻주전자와 조그마한 잔 두 개를 가지고 옆에 와서 앉았다. 미스터 럼은 맞은편에 앉아 딸과 접시닦이를 바라보았다.

"당신이 어떤 아가씨랑 있는 거 봤어, 밥." 에인절은 그렇게 말하며 자신이 마실 차를 따랐다.

"언제?"

"어제. 모터사이클 뒷좌석에서 당신한테 매달려 있던데. 내가 경적을 울렸는데 당신은 안 보더라고. 그 여자는 날 봤지만."

"어디서?"

"마을 건너편. 내가 경적을 울렸어."

"난 못 들었네."

"여자는 들었어. 그 여잔 누구야?"

"이름은 샬럿. 마을 건너편 중앙 도서관 수석 사서지. 그리고 주지사 딸이고."

에인절은 크게 소리 내어 웃고 아버지에게 광둥어로 말했다. 그가 나름대로 웃고는 에인절에게 뭐라고 대꾸하자 그녀는 다시 웃었다.

"팝팝이 뭐래?" 밥이 미스터 럼을 '팝팝'이라고 부르게 된 지 일주일째였다.

"들어도 이해 못 할 거야." 에인절은 차를 홀짝였다. "그 여자도 당신처럼 맥주 좋아해?"

"아니. 그 여자 아버지가 음주를 반대해서 내가 그 여자 몫까지 대신 마시지."

"왜 그렇게 맥주를 많이 마셔, 밥?"

"왜 플래그스태프에서 찹 수이를 팔지?"

"아빠가 후버 댐에 관한 글을 읽어서 우린 그걸 보러 왔어. 그랜드캐니언도. 엄마랑 언니들은 '좋아, 봤으니 됐어.' 하고 샌프란시스코로 돌아갔지. 차이나타운은 작은 곳이야. 우리는 여기 하늘이 넓어서 좋더라고. 플래그스태프와 사막은 우리 뼈에 좋아. 이거 마셔 봐." 에인절은 작은 잔에 차를 약간 따랐다. 밥은 굳이 그녀와 입씨름하는 대신 차를 한 모금 마셨다. 맛이 썼다. 설탕을 좀 넣으면 괜찮을지도 몰랐다. "어디 출신이야, 밥? 어디서 이런 사람으로 자랐어?"

"론 뷰트라고 알아?" 밥은 체스터필드에 불을 붙였다. 에인절은 담배를 피우지 않아서, 그는 팝팝에게 담배를 건네고 불을 붙여 주었다.

"그게 어딘데?"

"프리스코[1]에서 몇백 킬로미터 떨어진 곳에 돌을 던지면 내 고향에 맞을 거야."

"캘리포니아에 있어?"

"옙. 계곡을 따라 올라가면."

"도시는 좀 가 봤어? 샌프란시스코에?"

"친구들 만나거나 안 친한 녀석들 피해 다니느라 두어 번 거쳐 간 적은 있어."

"전쟁 때 거기로 오가지 않았어?"

"아니. 난 샌디에이고로 나갔다 들어왔어."

"전쟁 때 배가 들어와서 선원들이 내리면 언니들이랑 나는 부두로 내려가서 단추가 열세 개 달리고 앞이 팽팽한 바지를 입은 선원들을 구경했거든. 다들 발기한 게 보였지!" 에인절은 추억에 빠져 입을 가리고 웃음을 터뜨렸다. "빨딱 섰다니까! 걔들 완전 팟 하우●였지."

"난 해병이었어." 밥은 에인절이 팝팝 앞에서 그런 표현을 사용하는 것을 듣자 살짝 민망했다.

"우리 오빠는 해군이었어. 원래 취사병이었다가 나중에는 무전병을 맡았지. 전사했지만." 에인절은 해군에 있던 오빠 이야기는 거기서 중단했다. 그녀는 차를 홀짝였고 밥의 잔도 다시 채워 주었다. 덜 썼다. 설탕을 넣었더라면 맛

● '색정광', '호색한'이라는 의미의 광둥어 단어
1 샌프란시스코의 별칭

을 망쳤을 터였다.

미스터 럼이 광둥어로 뭐라고 말했다. 에인절은 대답하지 않았다. 그러더니 물었다. "나는 언제 모터사이클에 태워 줄 거야, 밥?"

"정말? 타고 싶어?"

"안 될 거 있나? 당신한테 매달리면 되지." 에인절은 그렇게 말하고 일어나서 찻주전자와 잔과 사발을 정리했다. "당신 모터사이클에 타는 거 재밌어 보이던데."

"당신이 사장이니까. 시간을 정해." 밥 폴스가 말했다.

"월요일. 다음 휴무일." 에인절 럼이 말했다.

* * *

1970년 크리스마스

친애하는 로비,

이 편지를 한참 전에 썼어야 했는데.

네 아빠가 세상을 떠난 건 안다. 그때 네게 편지를 써야 했어. 네 엄마한테도 그렇고. 네 동생들은 내가 잘 모르지만 두 사람에게는 오래전에 연락해야 했다는 거 알아. 마지막으로 봤을 때 너는 어린애였지만 지금은 틀림없이 다 컸겠지. 혹시 결혼했다면 멋진 여자이기를 바라마. 안 했다면 멋진 여자들을 많이 알고 지내길 바라고. 하 하.

나는 결혼한 지 십 년이 넘었다. 아내는 샌프란시스코 출신이고 차이나타운에서 자랐지. 아내와는 그 사람이 애리조나에서 운영하던 음식점에서 만났어. 아내가 내게 많은 걸 가르쳐 주었고 지금 우리는 앨버커키에서 골드 드래건이라는 식당을 운영해. 돈을 꽤 잘 벌지. 앨버커키에서 괜찮은 식당 중 하나고 제대로 된 중국 음식을 먹을 수 있는 몇 안 되는 식당 중 하나야. 아내가 식당을 경영해. 나는 주방에서 일하고. 그래, 사장님이랑 결혼했단 소리지.

너를 마지막으로 본 게 전쟁 끝나고 얼마 안 됐을 때였지. 난 좀 망가져 있었다. 그땐 술을 마셨지. 술을 많이 마셨고 이후로도 오랫동안 계속 그랬어. 1962년 5월 17일 이후로는 술을 마신 적이 없단다. 일주일에 한 번씩 나 같은 사람들이 오는 모임에 나가. 전쟁 때문에 망가진 우리 같은 사람들이 많거든. 하지만 우리라고 늘 그랬던 건 아니야. 우리도 정상적인 애들처럼 자랐는데 모루에 놓고 어설프게 두들긴 쇳덩이처럼 변해 버린 거지. 하지만 그게 네가 내 소식을 듣지 못한 데에 대한 변명은 안 될 거야. 너는 어린애였고 나는 어른 노릇을 해야 했어. 하지만 나는 어른이 되는 법도, 삼촌이 되는 법도, 한 장소에 머무는 법도, 말썽을 피하는 법도 몰랐단다. 네가 자라는 동안 나는 많은 곤경과 난관을 겪었지. 에인절은 나를 처음 만났을 때 문제가 없어 보이던 부분이라고는 내 깨끗한 부츠뿐이었다고 하더구나. 에인절은 내 아내야. 그러니까 네게는 외숙모가 되겠지. 결혼하기 전까진 그 사람에게 네 얘긴 꺼내지도 않았다.

론 뷰트에서 널 마지막으로 봤을 때가 잘 기억나진 않는구나. 너랑 내가 마을을 드라이브하고 클라크네 드러그스토어에서 밀크셰이크를 마셨던가. 네 동생은 어린 아기였는데 내가 걔를 무릎에 놓고 얼렀고, 네가 색칠 놀이랑 스케치를 잔뜩 했고 네 스케치랑 그림을 나한테 보여 줬지. 네 엄마가 나더러 떠돌이 생활은 그만두고 정착할 곳을 찾으라고 말했던 게 기억나. 고향이 아니면 다른 데라도 말이야. 하지만 그런 일은 일어나지 않았지.

네가 베트남에 가지 않았기를 바라마. 내가 가족 일에 이 정도로 깜깜해. 네가 징집됐는지 안 됐는지도 모르니. 나는 베트남 때문에 뉴스를 안 봐. 전쟁에서 무슨 일이 일어나는지는 이미 알거든. 설령 우리가 베트남에서 이긴다 해도 그것 때문에 변할 사람들을 생각하면 그럴 가치는 없어. 내가 이런 소리를 하면 나더러 애국자가 아니라고 하는 사람들도 있다만, 그거야 그 사람들 의견이고 베트남은 진주만이 아니지. 혹시 네가 징집됐다면, 네가 정글에서 싸우는 대신 기지에서 영화 틀어 주는 일을 맡았기를 바라마. 나한테는 아직도 네가 어린애처럼 여겨지는데, 그런 네가 베트남에 있다는 건 생각만으로도 끔찍하구나. 어느 날 어떤 마을을 불태운 해병 부대에 관한 뉴스를 잠깐 봤다. 나도 해병 시절에 마을을 많이 태웠지. TV에서 그걸 보고 일주일 동안 잠을 설쳤어. 다시 술을 마시고 싶어진 때가 있었다면 바로 그때였지. 에인절, 그러니까 내 아내가 왜 그렇게 심란해하느냐고 물었는데 설명이 안 나오더구나. 그저 내가 해병 시절에 보았던 너무 많은 일들과 내가 한 너무 많은 짓들이 떠올랐다고밖에는.

전우들 대다수가 그렇듯 나도 여전히 악몽을 꾼다만, 그 꿈들이 어디서 오는지는 알아. 나타났다 사라지며 머릿속을 사로잡는 그 꿈들은 남은 평생 계속되겠지. 하지만 나를 무슨 망가진 늙은이라고 생각하진 마라. 그건 아니니까. 지금 나는 세상에서 가장 운 좋은 녀석이야. 애는 없다만 에인절에게는 조카들이 백만 명은 있는 데다 에인절의 동생 하나가 앨버커키로 이사 와서 우리랑 자주 만나거든. 네가 기억할지 모르겠다만 난 론뷰트에 갔을 때 모터사이클을 탔는데 아직도 탄단다. 등 뒤에 아내를 태우고 달리는 게 좋아. 일도 마음에 들고 나도 제법 실력 좋은 요리사가 됐으니, 언젠가 네가 우리 가게에 와 주면 좋겠다. 혹시 오겠다면, 골드 드래건은 찾기 쉬워. 66번 국도에서 바로 연결되는 시내 센트럴 애비뉴에 있고 다들 우리 가게를 알지. 멋지게 대접해 주마.

하지만 내가 너와 다른 사람들을 두고 떠난 일에 대해서 미안해한다는 걸 알아주었으면 좋겠구나. 나는 살면서 많은 실수를 저질렀지만, 그중에서도 너와 훨씬 더 자주 함께하지 못했던 거야말로 가장 큰 실수였어. 그렇게 잃어버린 시간은 어떤 마법이나 설명으로도 벌충하지 못하겠지. 설명한다고 해서 네가 들을 마음이 있을지도 의문이고. 내가 사라진 이유에 대해 변명할 말은 없다. 내가 사라졌다는 사실만이 있을 뿐이지. 내가 론뷰트에 가거나 너희 집 문 앞에 나타날 계획은 없으니까, 웬 낯선 늙은이가 너를 찾아오지는 않을까 걱정하진 마라. 이제는 내가 했던 일들과 하지 않았던 일들이 무엇인지 내가 안다는 것을 네가 어떻게든 이해해 주기를 바랄 뿐이야. 우리 둘 모두가 결국 지금에 이르렀고 계속해서 살아가고 있다는 신비를 네가 받아들여 주기를 말이다.

우리를 보러 와 다오. 물론 원한다면 말이지만.

여전히 네 삼촌인,

밥

로비/트레브 보르는 TV에서 보았던 베트남 정글에 정찰을 나간 해병 중대에 관한 뉴스를 기억했다. 뉴스를 보았을 때도 약에 취해 있었고 지금도 약에 취한 채로 그는 삭막하고 거친 자료 영상을 떠올렸다. 초가지붕을 얹은 오두막들과 마당으로 꾸민 흑백의 마을, 미개한 베트남인들 사이에서 거인처럼 보이는 해병들. 거대하고 느릿느릿 움직이는 미국인들은 헬멧을 쓰고 무기를 든 녀석이든 등에 짊어진 무전기의 수화기에 대고 말하는 녀석이든 전부 지루함과, 고통과, 숨기려고 해도 눈빛과 서 있는 자세에서 드러나고 마는 공포를 감추려고 담배를 피우면서 센 척하는 애들에 불과했다. 로비는 지금 스물아홉이고 그들 모두보다, 심지어 호통을 치고 명령을 내리는 해병 장교보다도 나이가 많았다. 다들 기진맥진해 보였다. 해병 하나가 지포 라이터를 꺼내 오두막 바깥으로 늘어진 지푸라기 처마에 불을 붙였다. 다른 해병들도 각자 지포 라이터로 똑같이 했다. 마을 오두막을 불태워 없애라는 명령을 받은 터였다.

지포 라이터만으로는 일을 빨리 해치울 수 없었기 때문에, 등에 화염방사기를 짊어진 해병 하나가 한 오두막의 초가지붕 전체에 질척한 화염의 파도를 뿌리고 다음 오두막으로 이동했다. 분사구에서 무리지어 뚝뚝 흘러내린 불똥은 땅을 태워서 연료를 스스로 보충하며 쉭쉭거렸다. 그 무심한 태도 때문에 화염방사병은 토요일 아침 친구들이 여자애들과 노닥거리러 시립 수영장에 간 사이에 집에 남아 잔디깎이에서 잔디 조각을 긁어내는 일을 맡은 시무룩한 꼬마처럼 보였다. 해병들은 순식간에 불천지를 만들었다. 그들이 타오르는 화학물질의 구름 속에서 검은 연기에 둘러싸인 동안, 베트남 여자들과 노인들과 어린 꼬마들은 울고 비명 질렀다. 화염방사기, 즉 압축 네이팜이 든 탱크의 산출물은 비에 젖은 마을을 지상에 펼쳐진 지옥으로 바꾸어 놓았다.

* * *

밥 폴스는, 밥 삼촌은 고작 열아홉의 나이에 화염방사병으로 전쟁을 치렀다. 로비는 밥 삼촌이 제2차세계대전을 배경으로 한 만화책을 보고 "이게 나야."라고 말했던 것을 기억했다. 궁지에 처한 해병대를 동료 화염방사병이 구해 내는 이야기였다. 로비가 그 만화책을 기억하는 이유는 밥 삼촌이 그것을 사 주었고, 로비가 화염방사기를 다루는 삼촌의 모습을 상상해 그림으로 그린 적이 있었기 때문이다. 화염방사기는 투다다다다다 하는 기관총이나 쿠쾅 하는 바주카보다 훨씬 더 멋지고 화려한 무기였다. 슈화아아악 하는 밥 삼촌의 M2-2 휴대용 화염방사기는 그를 단호한 결의에 차 정의를 위해 싸우는 슈퍼히어로로 만들었다. 밥 삼촌은 질척이는 화염의 덩어리를 토해 농장을 없애는 임무를 맡은, 지루해하면서도 겁에 질린 헬멧 쓴 십 대였던 적은 한 번도 없었다. 밥 폴스는 전투를 승리로 이끈 해병이었다.

트레브 보르는 세 부분으로 나뉜 장대한 이야기가 머릿속에 펼쳐지자 곧장 그림을 그리기 시작했다. 처음에는 몇 페이지에 걸쳐 대강 개요를 잡아 보다가 폐기하고는 다시 시작했고, 이후 시간을 들여 생각을 거듭하고 이미지를 갖추어 나갔다. 전체 이야기를 담은 스케치가 대강 완성되자, 그는 그것을 바버라는 한 동료 직원에게 보여 주면서 의견을 구했다.

"글쎄, 잘 모르겠는걸." 바버가 턱수염을 긁으며 말했다. 바버는 몇몇 작품에서 일종의 메인 작가를 맡고 있었다. 그는 〈스타트렉〉의 스팍을 모방해서 뾰족한 귀 대신 남성기를 단 스푸라는 캐릭터를 만든 바 있었다. 스푸는 빠르게 팔려 나갔고, 쿨 캐츠 코믹스에서 인기 많은 작품 중 하나가 되었다. "더 웃기게 만들어 봐."

다음 날 아침에 로비는 트레브 보르의 신작 언더그라운드 만화, 〈파이어폴의 전설〉의 칸 하나하나를 다 완성한 상태였다.

"왜 영아 살해자들을 찬양하는 건데?" 사무실의 여성 구성원 중 한 사람인 스카이가 그렇게 물었고, 더는 로비와 말을 섞으려 들지 않았다. 사무실 모두가 트레브 보르의 작품을 읽었고, 반응은 대체적으로 다음과 같았다. 〈파이어폴의 전설〉은 충분히 웃기지도 않고, 충분히 도발적이지도 않고, 전쟁의 비도덕성을 충분히 폭로하지도 않고, 베트남과도 별로 관련이 없고, 심지어 마지막 몇 컷은 파렴치해! 이런 건 쿨 캐츠 코믹이 아니야! 기득권 출판사에 구닥다리 《슈퍼맨》이나 《그린 랜턴》 같은 작품처럼 팔아서 수표나 챙기는 게 좋겠어. 더 나은 대안? 그 망할 것일랑 내다 버려. 태워 버리라고.

"미국에 이딴 게 필요하겠냐고." 작가 중 하나인 에이버리가 말했다.

"잘 모르겠는걸." 바버가 다시 말했다.

"그딴 뭣같이 끔찍한 발상은 어디서 나온 거야?" 젤코가 물었다. 트레브 보르는 그게 칭찬인지 비판인지 알 수 없었다.

유일하게 〈파이어폴의 전설〉을 소리 높여 옹호한 사람은 여러 작가의 식자에 잉크를 입히는 일을 맡고 있는 애니 피크였다. 그녀의 동생은 1968년에 징집되어 구정 대공세 이후 추가 파병 병력에 포함되었고, 1969년 2월에 전사했다. 그녀는 동생이 그의 만화를 보았더라면 웃었을 거라고 말했다.

그럼에도 쿨 캐츠는 트레브 보르의 〈파이어폴의 전설〉을 출간했고 만화는 잘 팔렸다. 몇 주 동안 미국 전역에서 우편 주문이 밀려들었다. 일부는 갈기갈기 찢겨 돌아왔고 빨간 마커로 페이지마다 스바스티카[1]가 그려진 채 돌아온 책들도 있었다. 트레브 보르는 《똥배 콥》과 《슈레기 가족》의 창작자가 갑자기 미군 헌정물을 찍어 냈다는 사실을 믿을 수 없었던 팬들로부터 항의 편지를 받았다. 한 팬은 "아주 그냥 고머 파일[2] 길을 걸으시지?"라고 썼다. 일부는 무수한 단어를 써 가며 젤코와 똑같은 질문을 했다. "그딴 뭣같이 끔찍한 발상은 어디서 나온 거야?"

1 인도 계통 종교의 상징물인 만자문. 서구권에서는 나치의 상징물인 하켄크로이츠로 먼저 인식된다.
2 1960년대 인기 시트콤 〈앤디 그리피스 쇼〉의 등장인물 중 하나로, 극중에서 해병대에 자원입대하면서 스핀오프 드라마 〈해병 고머 파일〉이 나왔다.

쿨 캐츠 코믹스 & 트레브 보르의

# 파이어폴의 전설

50센트 성인용!

선더버트 중령

대장

베트콩

미국 역사 내내 재미와 흥분으로 많은 소년을 형성해 온 것은 바로… **전쟁!** 그 이야기를 읽어 보시라, 바로 이 작품 K. K. 코믹스의 <파이어폴의 전설>에서!

저것 봐!
놈들 야포가 날아갔어!

웬 화염방사병이 놈들을 뒤에서
지지고 있어!

차퍼에 타라,
얘들아!

저 7%$#들이
구워지는데!
저 밑에 우리 편이
누가 있지?

우리가
아는 사람은
아닙니다!

아아악!

으아아아아악!

우리가 살아남다니
믿을 수 없군!

저건 도대체
누구지?

안녕하신가, 독자 여러분.
나는 에드 '킥애스' 선더버트 중령일세.
자네들이 방금 본 것은 실제로
베트남에서 일어난 일이야.

이 화염방사병이 어디서
나타났는지 아무도 알지 못했지만,
우리 극비 부대에서는 그에게
이름을 붙였지. 파이어풀!

우리가 이 별명을 고른 것은 뭐,
멋지구리하기도 하고,
불 막대 병장이나 빵 굽는 소령 같은
별명은 이미 주인이 있어서기도 해.

이제는 말할 수 있게 됐지만
파이어풀이 나타나 아시아인을
죽이고 적군에게 포위된 미군들의
생명을 구한 것은 이번이
처음이 아니야.

왜 이제는 말할 수 있느냐고?
그야 여기선 내가
대장이니까!

자네들 중 상당수는 한국전
이라는 군사 활동을 기억
못할지도 모르겠군….

그곳은 어찌나 춥던지 지프와 트럭의 휘발유가 얼어붙었지. 바퀴가 움직이질 않았네. 화기도 발사되질 않았고. 하필이면 최악의 순간에….

빨갱이들이 몰려옵니다, 대위님!

전원 일어서라! 걸어서 빠져나가야 할 모양이다.

놈들이 고갯길을 끊었습니다! 포위 됐습니다!

구멍을 팔 수 없다면 바위를 찾아 숨도록! 우리는 빨갱이들에게 항복하지 않는다!

적들이 옵니다!

저 길을 열 수만 있다면!

화르르륵! 화르르륵!

뭐지? 아군 세이버 전투기가 소이탄을 떨어뜨렸나?

아닙니다! 보십쇼!

?!

고갯길이 열렸습니다!

다들 이동한다!

누가 빨갱이들을 모조리 불살랐습니다! 기적입니다!

보십시오! 적들이 후방에서 공격당하고 있습니다!

놈들이 볶음밥처럼 불에 익고 있습니다!

한 병사에게 카메라가 있어서 사진을 찍었다네!

그래, 사실이야. 우리 애들이 레몬색 피부의 적에게 포위됐을 때 수수께끼의 파이어풀이 나타나 탈출과 생존을 도왔다는 걸 입증하는 사진이지.

이 영웅은 어디서 왔을까? 그리고 어떻게? 우리의 정보특임대 신속대응반 병참 자료조(줄여서 정신병자) 덕분에 이제 알게 됐다네….

올바른 전쟁 때였어! 왜, 알겠지, 엄마 아빠가 항상 말씀 하시는 거. 제2차세계대전!

우리는 파이어풀이 전쟁 말기에 노 비키니 환초 전투에서 작전 중 실종된 해병 화염방사병 레이섬 로버트 플스굿 상병이라고 믿네.

그는 여러 전투에서 쪽%$# 군인들을 박멸하는 데에 혁혁한 공을 세웠지.

이치 바텀

스크래치 어 토와

쿠쿠 봉고

그리고 빌라 부케에서.

하지만 그가 실종된 것은 노 비키니 환초에서였어.

저 앞에 어두운 틈 보이나?

보입니다.

일본 도시 나가사키는 불과 며칠 전의 히로시마와
똑같은 운명을 맞이했다네.

와우! 저 버섯구름 좀 봐!
쪽%$#들을 많이도 죽였는걸!

파이어풀이 다음에
어디에 나타날지는 우리도 모른다네.
베를린, 모스크바, 아니면 자네들 근처의
대학 캠퍼스일지도⋯. 하지만
우리 애들이 포위되어 가망이 없어
보인다면, 믿어 보게나⋯.
파이어풀을!

이 만화는 삐치면-안-돼요 기업의
선량한 사람들이 제공합니다.

삐치면 안돼요

살을 태우는 화학을 통한 더 나은 삶!

'삐치면-안-돼요(Do-Not-Pout)'는 미국의 거대 화학 기업 다우(Dow)와 듀폰(Dupont)을 합쳐 풍자하는 이름
이다. 다우는 베트남전 당시 고엽제와 네이팜을 제조했고, 듀폰은 화약 제조로 시작해 전쟁 물자를 생산하며 성장
했다. "화학을 통한 더 나은 삶"은 듀폰의 슬로건이고, '삐치면-안-돼요' 로고 역시 듀폰 로고와 유사하다.

# 03
# 개발 지옥
### 2020년

**빌 존슨**

딩! 딩! 딩…… 디잉…… 디…….

주방용 타이머가 울렸다. 이십오 분이 지났다.

빌 존슨은 오 분간의 자유 시간을 맞아 타자용 테이블을 밀고 일어섰다. 작업용 구식 타자기를 치기에 적절하도록 실용성을 고려해서 책상이나 식탁보다 살짝 낮은 높이로 특별히 제작한 테이블이었다. 그가 타자기를 산 것은 수십 년 전이었고, 테이블은 몇 년 뒤에 장만했다. 그는 밖으로 나가 뉴멕시코 사막의 드넓은 돔 같은 하늘과 청명한 아침 공기를 만끽했다. 아직 오전 7시도 되지 않은 시간이었다. 길 건너 골프 코스에서 4인조가 이른 라운드를 진행 중이었다. 그는 그들을 알아보고 휘파람을 분 다음 손을 흔들었다. 뉴멕시코의 대학 도시 소코로에서는 모두가 모두를 알아보았다. 4인조도 마주 손을 흔들었다.

빌 존슨은 보험 판매원이나 텔레마케팅 회사 부사장이 아니다. 시의원도, 애플비 레스토랑 매니저도, 혹은 스카이라인 고등학교 2019년 졸업반 졸업생 대표 빌 존슨도 아니다. 4층의 IT맨 BJ도 아니다. 누구든 그를 BJ라고 부르면 가만 안 둘 테고.[1] 그는 이스트 밸리 웰니스 코퍼레이션의 치과 교정의도 아니고 차고에 통조림 제품과 생수병과 분말수프와 스프라이트 박스를 비축해 놓는 모르몬교도인 옆집 가장도 아니다. 그 모든 빌 존슨은 필시 평범하고 지극히 미국적인 이름이 제공하는 안락한 범위 안에서 살아가는 선량한 사람들이리라.

이 빌 존슨, 빈티지 스미스 코로나 스털링 타자기를 전용 테이블 위에 놓은 이 남자는 각본을 쓰고 영화를 연출하는 빌 존슨이다. 어떤 사람들은 그에게 천재 딱지를 붙여 왔다. 그를 잘 아는 사람들이라면 천재 앞에 괴짜라는 단어를 덧붙여야 한다는 데에 공감할 것이다. 현재, 영화인 빌 존슨은 프로젝트와 프로젝트 사이의 창조적 표류기에 있었다.

집 앞에서 빌은 두 집 건너 사는 피네도 가족이 키우는 오렌지색 얼룩 고양이를 보았다. 그 고양이가 열기와 매와 코요테와 마을을 돌아다니는 떠돌이 개들을 피해 아직도 살아 있다는 사실이 놀라웠다. 빌은 반려동물을 키우지 않았지만, 오렌지색 고양이가 울타리 가장자리를 어슬렁거리는 모습을 보니 최신 코로나 변이 바이러스가 하느님의 모든 피조물을 죽이고 있는 것은 아니라는 평온한 안도감이 찾아들었다.

"이리 온, 야옹아." 빌이 가볍게 손가락을 튀기며 불렀다. 고양이는 그를 무시했다. 그래서 빌은 얼룩 고양이를 쓰다듬는 대신 손과 팔을 어깨 위로 쭈우욱 내 뻗 으 면 서 자신의 목이 고무 기린처럼 길어진다고 상상했다. 그는 깊게 심호흡하고 손목시계로 오 분이 지났음을 확인한 뒤 집으로 들어갔다.

그는 완벽하게 추출한 다음 오발틴을 한 자밤 뿌리고 저은 에스프레소를 한 잔 더 챙겨서 다시 스털링이 놓인 타자용 테이블 앞에 앉았고……

---

1 BJ는 구강성교(blow job)를 뜻하는 약자로 쓰이기도 한다.

뭔가 소재를 찾을 수만 있다면, 캐릭터 한둘을, 한창 위기에 처한 그/그녀를, 그러면 거기서부터 바로 진행할 텐데. 오, 망할······. 영화 만들기가 재미보다 더 재미있지만 않았더라면 나도 기쁜 마음으로 골프공이라고 불리는 저 조그만 하얀 알약들을 치고 있었을 거 아냐. 하지만 저 게임을 너무 많이 하면 죄지은 기분이 들겠지. 작업을 할 때면 나는 밥 딜런의 〈자유의 종소리〉를 듣고

좀 전에 친 내용을 읽어 본 그는 자신이 이십오 분을 허비해 종이 위에 불평만 늘어놓았음을 깨달았다. 의식의 흐름이 아주 등신 같았다. 누가 그의 문제에 신경이나 쓴다고?

그러므로 오늘 스미스 코로나 앞에서 보내는 시간은 여기까지. 빌은 타자기 나르개에서 종이를 지이익 착 빼서 매일 하루를 시작하며 두들긴 다른 온갖 정기 서신들이 든 책상 서랍 속에 던져 넣었다. 서랍이 미어터질 때가 되면 그는 사색의 흔적들을 차고 선반 위 나무 상자 속으로 옮겼다. 그곳에서는 그가 수년 동안 타이핑한 내용들이 보존 대상으로 간택되거나 벽난로로 들어가기를 기다리고 있었다.

그는 현관 벽장으로 가서 골프채를 쥐고 집을 나섰다. 그리고 날이 너무 뜨거워지기 전에 조그만 하얀 알약을 치러 골프 코스로 향했다.

* * *

과거 빌의 작업 방식은 타자용 테이블 앞에 앉아 웬 정신 나간 이야기가 나오거나 아니면 좌절감에 타자기를 창문 밖으로 집어 던질 때까지 한 번에 몇 시간이고 자판 앞을 지키면서 덱세드린에 취한 잭 케루악처럼 쓰고 쓰고 또 쓰는 것이었다. 그의 횡설수설은 시간과 논리 모두를 벗어나 몇 장이고 계속되는 말도 안 되는 무운시에 이르기 일쑤였다. 그런가 하면 몇 시간이고 타자기 앞에 앉아만 있으면서 아무것도 내놓지 못한 채로, 생각은 멍하고 상상

력은 꿈쩍 않고 나르개에 끼운 텅 빈 용지는 우주적 정체 상태에 머무는 날도 있었다. 하지만 스스로 정한 원칙에 따라 그는 타자기 앞을 지켜야만 했다. 무슨…… 일이…… 있어도. 무슨 말이라도 칠 것. **영화 만들기는 재미보다 더 재미있어. 전화번호부, 국기에 대한 맹세, 브루스 스프링스틴 노래 가사. 어젯밤 스패니시 조니가 저승에서 차를 타고 왔어 두 팔에 멍이 든 채로 낡아 빠진 뷰익의 망가진 리듬과 함께 하지만 옷차림 하나만은 다이너마이트 같았지······.**

그런 포악한 노동 속에서, 어찌어찌해서, 그의 여러 각본이 탄생했다.

하지만 그는 과거의 어리석은 젊은이가 아니었다. 팬데믹 스타일 칩거 이후로는 평소처럼 열정 가득한 뇌에서 주제로 삼을 만한 가치가 있는 생각이 솟아나와 쿼티 자판 단어 망치를 거쳐 타자 용지 위에 옮겨지는 일이 일어나지 않았다. 슬러그 라인[1]이나 '화면 바뀌면'[2]도 나오지 않았다. 이십오 분 단위로 나눈 작업 시간 내내 대사 한 줄 나오지 않았다. 각본 한 페이지, 주제, 이야기도 나오지 않았다. 근래 들어 일기 작가가 된 빌은 이제 무슨 일이 있어도 타자기 앞에 머무르며 멍하니 씨름하는 짓은 피하게 되었다. 각본가로서는? 형편없었다. 그래서 그는 골프 가방을 들고 길 건너 골프 코스로 가서 한동안 골프를 치기로 했다. 점수를 기록하는 공식 게임을 진행 중인 4인조 사이에 끼어 서너 홀을 돌면서 치핑과 퍼팅 등 단타 실력을 연마할 작정이었다.

그가 항상 스팔딩을 때렸던 것은 아니다.[3] 팻 존슨 박사(혈연 아님)를 만나고 소코로로 이사 오기 전까지는 골프를 치지 않았다. 몇 년 전 그는 어느 영화●의 로케이션 촬영 과정에서 메마른 열기와 무한한 풍경과 1만 5천 년 묵은 선주민

● 2002년 개봉한 〈임페리온〉. 전 세계 수익 6억 3천7백만 달러. 그리고 대 실패작 〈앨버트로스〉도. 두 영화 모두 현재 비전박스에서 스트리밍 서비스 중이다.
1 영화 시나리오에서 장면 서두에 위치와 시간대를 적는 줄
2 시나리오에서 장면전환을 지시하는 표현
3 스팔딩은 골프공을 비롯해 여러 종류의 공을 만드는 스포츠용품 회사이다. 여기서는 골프를 친다는 표현으로 사용하고 있다.

들의 역사에 매료된 끝에 앨버커키에 정착했다. 소코로로 이사를 오면서 도시를 굽어보는 산허리에 자리한 집은 포기했지만, 언제든 기분이 내킬 때면 앨버커키로 돌아가곤 했다. 고급 음식점에서 식사하고, 시인/화가/배관공/굴착기 기사 친구들을 만나고, 선주민 카지노의 스포츠 룸에 들어가 앉고(스포츠 도박을 하기 위해서가 아니라 사람들을 구경하기 위해서), 역사적인 66번 국도의 센트럴 애비뉴에 점점이 흩어져 있는 벼룩시장과 골동품상을 뒤지기 위해서였다.

오래전에 빌은 앞으로 다른 사람이 갖고 있던 중고품만을 선물함으로써 환경에 보탬이 되겠다고 맹세했다. 해묵은 물건을 사서 줄수록 대지에 흉터를 남길 쓰레기 매립지는 줄어들 테니까. 이 때문에 빌 존슨이 주는 선물은 특별했고 유일무이하기까지 했지만, 가끔은 완전히 엇나가기도 했다. 모든 사람이 멀쩡히 작동하는 사십칠 년 묵은 AM 라디오를 사려 깊은 선물이라고 여기지는 않았으니까.

그는 루트 비어 머그잔을, 여전히 작동하는 커피 여과기와 멀쩡하기 그지없는 리코 미니 카세트 구술 녹음기 같은 전자 제품을, 재생 상태가 천차만별인 LP를, 단어당 고료 1센트짜리 낡은 펄프 소설을, 〈매드〉와 〈핫 로드 카툰〉 같은 빈티지 잡지를, 심지어 오래전에 나온 만화책을 찾아 여기저기를 뒤졌다. 오래된 잡지는 언제든 훌륭한 선물이 되어 주었다. 빌에게는 진짜 보물이 가득한 은행 보관함이 두 개 있었다.●

프랭크와 디어드리 맥헤일 소유의 루트 66은 앨버커키 번화가에 위치한 거대한 중고상으로, 이곳에서 빌은 자신의 첫 골프 장비를 발견했다. 중고 골프채는 중고상과 고물상의 주 거래품이다. 루트 66에는 골프채 세트가 가득했고 골프채를 넣을 낡은 가방도 마찬가지였다. 빌은 새것이었을 때는 비쌌지만

---

● 선동가는 슈퍼히어로 영화를 만드는 여러 스튜디오가 보낸 원작 책들을 빌에게 보냈다. 그가 어느 작품, 어느 슈퍼 사기에 반응하기를 바라는 마음에서였다. 빌이 관심을 갖는 구간 및 신간 만화책이나 그래픽 노블은 한정된 것이었고, 그래서 그 책들은 은행 보관함으로 갔다.

지금은 한 세트에 50달러 하는 핑 골프채를 골랐다.

"골프 쳐 본 적은 있습니까?" 프랭크 맥헤일이 물었다.

"아뇨. 그래도 TV에서 보긴 했어요."

"이 골프채들은 손님 사이즈에 안 맞아요."

"골프채에도 사이즈가 있습니까?"

"바지랑 마찬가지죠. 손님은 이걸 쓰기엔 키가 너무 크네요. 이리 오시죠."

빌은 프랭크를 따라 매장 안을 돌아다니면서 다양한 진열대에 놓인 각양각종의 골프채와 가방과 장비를 둘러보고 자신의 호리호리한 체격에 맞는 샤프트를 찾았다. 프랭크는 골프를 치는 사람이라, 루트 66의 진열 통로에서 백스윙으로 진열장을 치지 않게 조심하면서 적절한 그립과 올바른 자세를 보여 주었다. 빌에게는 윌슨 골프채 세트가 거의 완벽하게 맞았다.

"여기에 올 때마다 늘 똑같네요." 프랭크가 금전등록기에 판매액을 넣고 판매 물품 번호를 기록하는 동안 빌이 말했다. "새 물건은 하나도 없군요."

빌은 우스꽝스러울 정도로 못난 오렌지색 인조가죽 가방에 넣은 몸에 잘 맞는 골프채와 3.7리터 크기 지퍼락 봉지에 채운 중고 골프공을 챙겨 루트 66을 나섰다. 조만간 골프티를 사고 수업도 한두 번 들어야 할 터였다. 언젠가 주문 제작한 맞춤 골프채로 수준을 높일 준비가 되면 프랭크가 샌디아 리조트 & 카지노에서 자신이 아는 프로를 소개해 줄 테고. 어느 날 완전히 정신이 나가지 않는 이상에야 빌 존슨이 돈을 주고 골프채를 맞출 일은 없겠지만. 그렇게 생각했기 때문에, 그가 팻 존슨 박사와 존슨 & 존슨 콤비를 이루고 처음으로 맞이한 크리스마스에 박사에게서 맞춤 제작 골프채를 선물로 받고는 뛸 듯이 기뻐했던 것은 우스운 노릇이었다.

* * *

빌에게 에이전트는 한 명뿐이었다. 선동가, 즉 프레드 실러 에이전시의 프레드 실러.

오래전, 프레드는 자신의 허술한 사무실에 앉아 총 세 명의 고객을 대변해 대리인으로 일하고 있었다. 그중 둘은 일거리를 찾고 있었고, 세 번째 고객은 훗날 ABC 방송사에서 서른아홉 개 에피소드로 막을 내린 시트콤의 스태프 자리에 지원한 참이었다. 그는 쇼 비즈니스 업계에 속해 있다고 말하기도 민망한 처지였다. 어느 날 한낮에 그는 라 브리어 인근 월셔 대로에 위치한 자신의 사무실에 있다가, 딱히 받을 전화도 걸 전화도 없던 터라 **투고**라고 적힌 우편물 바구니 안에서 두툼한 마닐라 봉투를 꺼내서는 로비에 있는 커피숍으로 가지고 갔다. 콜라 한 잔을 테이블에 놓고 봉투를 열자 빌 존슨이라는 사람이 타자기로 친 시나리오가 나왔다. 프레드 실러가 팬케이크 브렉퍼스트[1] 추첨 행사에서 막 당첨권을 뽑은 순간이었다.

각본은 지나치게 길었지만 페이지가 술술 넘어갔다.● 프레드는 그날 오후 남은 시간과 다음 이틀에 걸쳐 각본 제목 페이지에 있는 번호로 전화를 걸어 이 빌 존슨이라는 사람에게 연락을 시도했지만 응답이 없었다. 빌은 야간에 근무했고, 그래서 낮에 자는 동안에는 전화벨을 꺼 두었으며, 이런, 지난번에 진공청소기를 돌리느라 자동 응답기 플러그를 뽑아 두었다는 사실을 깜박했다. 두 사람이 마침내 처음으로 대화하게 되었을 때, 프레드의 첫 마디는 "각본가 빌 존슨입니까? 프레드 실러 에이전시의 프레드 실러라고 합니다."였다.

"아, 안녕하세요, 프레드 실러 씨." 빌은 막 샤워를 마치고 나와 알몸인 채

● '평온을 찾아서'라는 제목으로, 179페이지였다!
1 지역 축제, 종교 행사, 후원회 등에서 아침 식사로 팬케이크를 제공하는 행사

로 대답했다. "빌 존슨입니다."

"투고하신 작품 읽어 봤습니다." 프레드는 뜸을 들였다. "각본에서는 재능을 속일 수 없지요."

"그건 잘 모르겠지만, 그렇다고 치죠." 빌이 말했다.

"당신 에이전트가 되고 싶습니다. 이미 에이전트가 있는 건 아니죠?"

"없어요. 원하시면 에이전트 하시죠."

"좋아요. 오늘은 우리 둘 다에게 운 좋은 날이네요. 하지만 솔직하게 말하겠습니다. 아무도 〈평온을 찾아서〉를 사려고 하지는 않을 겁니다."

"당황스러운 얘기군요. 그럼 왜 내 에이전트가 되겠다는 거죠? 왜 오늘이 나와 당신에게 운 좋은 날이고요?"

"당신 각본은 장면 수도 너무 많고 캐릭터도 너무 많고 분량까지 너무 많은데, 갈등은 부족해요. 구조도 직관에 어긋나서 30페이지에서 일어나야 할 사건이 40페이지에서 일어나고요."

"일부러 그런 겁니다." 빌이 말했다. "규칙을 깨고 싶었거든요."

"규칙을 따르기 전에는 규칙을 깰 수 없는 거예요. 당신이 다음에 쓸 각본의 초고는 규칙을 따를 겁니다. 2고도 마찬가지고요. 3고는 근사해질 테고, 내가 무지막지한 관심이 몰리도록 선동할 겁니다. 내 얘기 맘에 듭니까?"

"프레드." 빌은 이제 머리부터 발끝까지 드라이어로 말리며 대답했다. "당장 하죠."

프레드 실러가 약속했던 선동에 나선 것은 빌이 다음 각본(〈속기사도 영웅이 될 수 있다〉)을 7고까지 완성한 다음이었다. 30페이지에 일어나야 할 사건이 30페이지에서 일어나기까지 7고가 걸렸다.

어느 메이저 스튜디오도 빌 존슨의 각본에 관심을 보이지 않았다. 그의 작품을 '타이핑'이라고 부른 프로젝트 개발 관리 책임자도 한둘이 아니었다. 각본을 읽는 것은 고사하고 실제로 프레드 실러의 전화를 받는 사람도 많지 않았다. 그래도 실러는 자신이 입 밖에 낸 말을 지키는 사람임을 증명했다.

첫째로, 그는 철사 옷걸이 제조업으로 부자가 된 어떤 사내를 구슬렸다. 그 백만장자는 영화계에 진출하고 싶어 했다. 프레드는 영화계에 진출하는 가장 빠른 방법은 좋은 원작에 대한 권리를 사들이는 것이라고 조언했다. 마침 프레드에게는 빌 존슨의 각본 7고가 있었다. 철사 옷걸이 제조업자는 그 자리에서 옵션 계약을 체결했다.●

둘째로, 프레드는 옷걸이 업계의 거물에게 영화 업계에 진출하는 두 번째로 확실한 방법은 투자자가 되는 것이라고 설득했다. 자, 누가 제작비를 댔을지 짐작이 가시는지?

셋째로, 감독을 고르는 문제가 있었다. 빌 존슨의 각본은 대담했지만, 제작비는 쥐꼬리의 쥐꼬리의 쥐꼬리만 할 전망이었다. 경력 있는 감독 중에서 한정된 예산에 손이 묶이고 싶은 이는 드물었기 때문에, 아무도 계약하려 들지 않았다.

미국영화연구소(AFI)의 2년제 제작자 과정을 갓 수료한 클라이드 밴 애터라는 젊은이가 십칠 일 만에 촬영을 완료하는 일정을 짰다. 마침 클라이드에게는 AFI에서 막 촬영 과정을 수료한 친구가 있었다. 상황에 맞춰 빨리빨리 찍을 줄 아는 스탠리 아서 밍이라는 이름의 촬영기사였다.

선동가는 각본을 마리아 크로스의 손에 전달했다. 훌륭한 배역을 알아보는 안목이 있는 배우였고, 매직 마리아 크로스가 되기 직전이었다. 그녀는 7고에 냉큼 달려들었지만 한 가지 문제가 있었다. 캐나다에서 촬영하기로 한 어느 고예산 영화에 출연하기로 이미 계약한 상태였던 것이다. 십칠 일짜리 촬영을 가능한 한 빨리 시작해야 했다.

일정이 빠듯한 데다 감독도 없는 상황에서, 선동가는 철사 옷걸이 제조업자

● 5만 달러에. 신인 작가에게는 많은 돈이다. 아니. 누구에게든 많은 돈이지.

에게 어쩌면 빌이 직접 감독을 맡을지도 모른다고 제안했다. "신인 감독을 쓴다면 나도 신인 급료를 줄 거요." 투자자가 말했다.

"한 푼도 주지 마십쇼." 선동가가 말했다. 빌이 봉급 대신 나중에 수익 일부를 받기로 한다면 모두에게 좋은 일 아니겠는가?

모두에게 좋은 일이었다.

〈타이피스트〉로 제목을 바꾼 그 첫 번째 영화는 우라지게 훌륭했고, 흥행 성적도 좋아서 철사 옷걸이 제조업자에게 상당한 수익을 안겼다(그 수익은 그의 두 번째이자 마지막이 된 영화계 진출 시도 때 사라졌다). 빌은 태어나서 처음으로 진짜 돈을 벌었고 DGA•에 가입했으며, 천명(天命)이 그를 서쪽의 파운틴 애비뉴로 이끌었다.

빌은 다음 영화를(〈찰리 누구?〉), 또 다음 영화를(〈노바 보스〉), 또 다음 영화를('에덴' 3부작의 첫 번째 작품) 쓰고 감독했다. 대형 에이전시들이 가로채려고 시도했지만, 프레드 실러는 빌의 선동가로 남았다. 둘의 제휴를 온 동네가 질투했다.

선동가는 빌의 커리어를 관리하는 동시에 빌의 손을 꼭 붙들고 그의 사생활에 찾아온 여러 가지 변화를 버텨 나갔다. 첫 번째 결혼(대실패였다), 이혼(애가 없어서 양육비 부담은 없었지만 재산이 절반 넘게 사라졌다), 흥청망청 마구잡이로 약물을 남용했던 과도기, 조용히 묻은 음주 운전, 그리고 아이가 둘 딸린 숙녀와의 결혼. 빌은 그 아이들을 좋아했고 결혼 생활은 한동안은 근사했지만 거기까지였다. 두 번째 이혼은 더 많은 재산을 앗아갔다. 재산 분할에 대한 혼전 합의서만 없었어도 개인용 제트 비행기를 타고 다녔을 판이다. 빌은 서부 해안(과 그곳의 여자들과 약물들)을 뒤로 하고 건조하고 매혹적인 뉴멕시코의 대지로 날아갔다. 윌셔 코리도에 있는 침실 세 개짜리 콘도미니엄은 혼자

---

• 미국 감독 조합

만의 안식처 삼아 계속 소유했지만, 빌은 프로젝트를 진행할 때가 아니면 로스앤젤레스를 피했다. 선동가는 다달이 일반 비행기를 타고 앨버커키로 가서 자기 고객과 함께 오후부터 저녁 식사까지 계속되는 긴 한담을 나누며 빌 존슨의 커리어를 이어 나갈 계획을 구상했다.

할리우드의 옵셔널 엔터프라이즈 사무실에서는 논의 중인 만화책과 그래픽 노블, 그리고 여러 SF 및 판타지 작품 시놉시스의 샘플을 다양하게 선별해서 미 우정국과 페덱스를 통해 빌에게 공급했다. 다들 각본이나 책 샘플보다는 읽는 데 시간이 덜 걸렸다. 빌은 하나하나 무슨 내용인지 이해할 정도로는 읽어 보았지만, 특별히 꽂히는 작품은 없었다. 상대적으로 인지도가 덜하고 조용하게 팔리는 다이나모 출간작 〈에이전트 오브 체인지〉만 빼고. 무척 갈등이 심한 슈퍼 괴짜 집단에 관한 내용으로, 울트라라고 불리는 각 구성원들은 하나같이 문제를 안고 있었다. 룩은 외모 때문에 모두를 겁먹게 했다. 윈터 프린스는 쌀쌀맞았다. 볼트스톤은 자기 감정을 전할 줄 몰랐다. 빌은 그런 남자들은 구질구질하다고 일축했지만, 여자들은 멋지다고 생각했다. 미소 지을 줄 모르는 어사 메이저나 잠들지 못하는 이브 나이트, 일명 나이트셰이드 말이다. 그걸로 뭘 어떻게 하면 좋겠다는 생각이 떠오르지는 않았지만.

빌이 아무런 상도 타지 못하는 수모를 감내해야 했던 시상식 시즌이 끝나고,• 코로나19가 터졌다. 이전까지의 쇼 비즈니스 업계는 오랫동안 사라졌다. 미국과 세계가 무수한 타격을 입었고, 현재 빌이 존슨 박사와 합의를 거쳐 거주하고 있는 뉴멕시코의 소코로라는 아주 작은 대학 도시도 예외는 아니었다. 아, 혹시 지금 신종 코로나 바이러스가 활개 치는 와중에 집에 의사가 있어서 요긴하겠다는 생각이 들었다면, 존슨 박사는 의사가 아니다.

---

• 그가 작가 겸 감독을 맡은 〈소리로 가득한 지하실〉은 음향효과상, 음향편집상, 의상상, 미술상, 주제가상 후보에 올랐다. 그리고 모든 부문에서 물을 먹었다.

*  *  *

　빌 존슨이 패트리스 존슨 박사(혈연 아님)에게 처음 눈길을 준 것은 앨버커키에서 로스앤젤레스로 가는 아침 비행기에서였다. 그는 옵셔널 엔터프라이즈와 미팅이 있었고, 그녀는 UCLA에서 열릴 심포지엄에 참석하러 가는 길이었다. 그들은 서로 알지 못했지만, 서로에게 눈길을 주지 않을 도리가 없었다. 기내 좌석은 절반만 차 있었다. 빌은 호리호리했고 자신감이 넘쳤으며, 서부 스타일 복장은 지게차 운전사보다는 목장에서 일하는 일꾼에 가깝게 보였다. 바지는 낡은 서부식 청바지였고 부츠는 너무 화려하지 않았으며 벨트 버클에 터키석도 박혀 있지 않았다. 게다가 키도 큰 편이었다. 패트리스는 단정하게 머리를 땋은 모습이 프랑스의 유명 영화배우 카트린 드뇌브를 닮았지만, 키가 조금 더 크고 뉴멕시코의 태양 아래서 많은 시간을 보낸 듯한 모습이었다. 그녀는 살집 있고 자신보다 크지 않은 남자와는 데이트하지 않았다. 빌은 그녀의 땋은 머리와 볕에 그은 목덜미가 마음에 들었다.

　로스앤젤레스 공항에서 두 사람은 우버를 기다리며 연석에 서 있었지만 대화를 나누지는 않았고, 각자 일정을 위해 차를 타고 천사들의 도시(혹은 빌이 부르는 이름으로는 앵글스)로 떠났다. 이틀 뒤, 앨버커키로 돌아가는 저녁 비행기에서 빌이 자리에 앉아 있는데 패트리스가 비행기 출입문이 닫히기 직전에 간신히 탑승하느라 경황없는 모습으로 바퀴 달린 휴대용 가방을 끌고 와 자기 자리를 찾았다. 우연히도 그녀의 자리는 빌이 앉은 창가 측 좌석과 좌석 하나를 사이에 두고 떨어진 통로 측 좌석이었다. 패트리스는 아직도 **패트릭 존슨 박사—NMIMT**라고 적힌 자석 달린 명찰을 옷깃에 단 채로 머리 위 짐칸에 가방을 넣느라 살짝 애를 먹고 있었다.

　"제가 도와드리고 싶습니다만, 박사님." 빌이 말했다. "혹시 기내 규정에 어긋나는 일이 아닌지 잘 모르겠군요."

"괜찮아요." 패트리스는 통로 측 좌석에 털썩 주저앉으며 말했다. 그녀는 자세를 고쳐 앉은 다음 신발을 벗고 안전벨트를 맸다. "어. 이틀 전에 비행기에서 본 적 있는 분이네요."

"저도 당신을 봤습니다." 빌이 말했다. 그는 그녀의 명찰을 가리켰다. "저도 패트릭 존슨이라는 동생이 있어요. 박사는 아닙니다만."

"아, 이거요." 패트리스가 말했다. "누가 명찰을 제대로 확인 안 했더라고요."

"빌 존슨입니다." 그가 손을 내밀자 그녀가 악수했다.

"패트리스예요." 그녀는 명찰을 떼서 주머니에 넣으며 말했다.

"의료계에 계십니까?" 그가 물었다.

"지구과학요."

"그럼…… 혹시 기장이 승객분들 중에 닥터 계십니까? 하고 물으면요?"[1]

"진짜 의사가 타고 있길 바라자고요." 패트리스가 말했다.

"그 명찰에 있는 님이민트라는 건 뭡니까, 패트릭? 아니, 패트리스."

"뉴멕시코 광업 및 기술 연구소요. 제가 가르치는 곳이죠."

"광업? 기술? 아니면 둘 다?"

"알아야 할 중요한 건 전부 가르쳐요. 그리고 연구도 하고요. 그쪽은 설마 영화감독 빌 존슨은 아니죠?"

**대애앵!**

이건 빌 존슨의 머릿속에서 난 소리였다. "대체 왜 그렇게 물으시죠?"

"이름이 그 영화감독이랑 똑같잖아요. 할리우드 왕복 비행기에 탔고요. 게다가 영화감독 빌 존슨이 산타페에 산다는 얘기를 어디선가 들었거든요. 그래서 던져 본 거죠. 혹시 그 빌 존슨이 아니라도 괜찮아요."

"비행기 안에서 나한테 그런 질문을 한 사람은 당신이 처음입니다." 빌이 말

---

1 영어 단어 '닥터'에는 '박사', '의사'라는 뜻이 모두 있다.

했다. "난 산타페에 안 살아요. 그 도시는 나한테는 너무 느려서. 앨버커키를 더 좋아하죠. 그리고 맞아요, 내가 그 빌 존슨입니다."

"정말요?" 빌이 패트리스의 머릿속에 있었더라면 자신의 대애앵! 소리와 몹시 흡사한 소리를 들었을 것이다. "당신 영화 몇 편 봤어요."

"그런 바라 마지않는 말씀을."

"월마트 밖에 있는 레드박스에서 대여했죠. 패혈증 인두염에 걸렸을 때 당신이 만든 '에덴' 시리즈를 연달아 봤거든요."

"레드박스에서 대여라. 대여료는 뭐, 하룻밤에 1달러쯤 되나요?"

"3달러였어요. 3부작이니까. 그 영화들 만드느라 재미있었겠어요."

"재미요? 그것들 만드느라 하마터면 죽을 뻔했습니다. 연구라면 무슨 연구를 하시나요?"

"지구과학에 대한 배경지식이 없다면 내 논문은 당신에겐 산스크리트어나 다름없을걸요."

"논문을 몇 편이나 썼는데요?"

"충분하진 않아요. 난 학계 사람이니까, 출판 아니면 축출이죠."

"젠장, 그건 우리 업계랑 같군요."

비행기가 이륙하고 음료수 카트가 오자 그녀는 그에게 맥주를 대접했다. 본인은 플라스틱 잔에 든 레드 와인을 마셨다. 그들은 비행기가 바퀴를 넣을 때부터 앨버커키에 도착할 때까지 대화를 나누었고(구십 분이 훨씬 더 짧게 느껴졌다) 셔틀버스를 타고 공항 주차장으로 가는 길에도 나란히 앉았다. 시간이 늦고 밤이 깊었는데도 서둘러 대화를 마무리하려 들지 않았다. 버스는 그들을 주차장 하차 지점에 내려 주었다. 그녀는 바퀴 달린 가방을, 그는 낡은 가죽 메신저 백을 들고 있었다.

빌은 얼간이가 아니었다. 그는 만일 자신이 이 여자에게 어떻게든 조금 더 시간을 내 달라고 하지 않는다면 그녀가 땅 속으로 꺼질 가능성이 농후하다는 걸 알고 있었다. 그 대애앵! 소리를 다시는 못 들을지도 몰랐다. 전화번호를 알려 달라고 하는 건 대학생이나 할 짓이었다. 시내에 가서 술 한잔하지 않겠느냐고 권하는 건 추잡한 사업가의 멘트였다. 빌은 독립적이고 어디 얽매이지 않고 의무를 이행하거나 입장을 해명할 필요도 없이 사람들과 어울리고 플롯을 짜고 각본을 쓰고 그런 다음 몰타나 캘리포니아 오렌지 카운티 같은 곳에 가서 영화를 만들고 노동의 대가로 후한 돈을 받는 자신의 삶을 재정립할 생각은 없었다. 이동하는 것도 머무는 것도 모두 그의 선택이었다. 그는 그 모든 것을 함께할 파트너를 찾고 있지 않았다. 패트리스 존슨 박사는 환경을 돕고 더 나은 식량을 생산하기 위해 바위를 폭파하는 매혹적인 여자였다. 그녀는 그가 앨버커키에서 만든 영화 제목을 묻는 것 말고는* 영화에 관해 아무런 질문도 하지 않았다. 그녀에게 쇼 비즈니스란 그저 아플 때 레드박스에서 대여하는 것이라, 그녀는 그의 후보 지명이나 관객상에 대해서는 알지 못했다. 빌은 지구과학 수업을 들은 적이 없었다. 하지만 두 사람은 지난 두 시간 동안 쉼 없이 이야기를 나누었다. 존슨 박사 같은 키다리를 상대로 그런 일이 흔하던가? 그리고 그 대애앵!은 또 어떻고!

"그래서…… 당신은 어떻게 찾으면 됩니까?" 빌은 마치 그녀에게 몇 시냐고 묻는 것처럼 질문을 던졌다.

패트리스는 얼간이가 아니었다. 그녀의 인생에 남자는 필요 없었다. 마지막으로 그녀가 (결혼한) 남자를 위해 위험을 자초했을 때 일어난 대혼란은 그녀에게 주홍 글자를 달아 주었다. 그녀는 지나치게 화려하지 않은 부츠를 신은 흥미롭고 호리호리한 빌 존슨과 다시 이야기를 나눌 기회 자체는 거부하지 않았다. 창가 측 좌석에 그가 앉지 않았더라면 집으로 돌아가는 동안 비행기에서 주는 와인 한 잔을 해치우고 바른 자세로 앉은 채 곯아떨어졌으리라. 그와

---

* 그는 그녀에게 〈임페리온〉에 관해 이야기했다. 〈앨버트로스〉에 관한 이야기는 생략했다.

함께하자 구십 분간의 비행이 너무 짧게 느껴졌다. 만약 어떤 식으로든 여지를 주는 대답을 한다면 그건 사실상 이 남자더러 언제 날 보러 와도 좋아요, 라고 승낙하는 것이나 다름없을 터였다. 젠장, 대애앵!

패트리스는 폰을 꺼내 사진 앱을 열고 화성탄산염암 사진들을 넘긴 끝에 차축 하나짜리 제이코 트레일러 문간에 기대어 선 그녀의 모습을 찍은 스냅사진을 찾아냈다. 함수율을 기록하기 위해 석고 코어 샘플을 채취하러 현장에 갔을 때 한 학생이 찍어 준 사진이다. 그녀는 컷오프 진과 하이킹용 부츠와 NMIMT 집업 스웨터 차림이었고, 길고 뜨겁고 고된 연구 활동을 마친 뒤 맥주를 들고 있었다. 패트리스 존슨은 컷오프 진이 끝내주게 근사한 다리를 돋보이게 해 준다는 걸 잘 알았다.

"난 소코로 한가운데에 있는 캠퍼스 바로 바깥에 살아요. 골프 코스 남쪽 변두리가 나올 때까지 몇 번 좌회전해요. 길 잃을 일은 없을 거예요." 그녀는 그에게 제이코 트레일러 사진을 보여 주었다. "진입로에 제이코가 있는 건 우리 집뿐이에요. 낮에는 일을 하지만, 금방 집에 갈 수 있어요."

빌은 그녀의 다리를 알아보았다. 그 정도면 이해하기 쉬운 안내였다. "진입로에 제이코가 없으면요?"

"그럼 내가 현장에 가 있는 거예요."

"당신 집이 어디인지 내가 못 알아볼 텐데요."

"확실히 알아볼 수 있을 때 다시 와요."

대애앵! 빌어먹을.

늦은 시간 앨버커키의 장엄한 야경을 즐기며 산비탈에 위치한 집으로 돌아가는 동안, 빌은 즐거움을 느꼈다. 그의 진짜 삶이 영화 속 삶을 모방하고 있었다. 비행기 좌석과 성별이 잘못된 명찰이라는 우연이 낳은 귀여운 만남이라니.

앨버커키행 심야 비행기를 탔던 그 어느 때보다도 말똥말똥한 정신으로 어두운 고속도로를 달려 소코로로 돌아가는 동안, 패트리스는 이 빌 존슨과 결혼한다면 성을 바꾸지 않아도 될 테니 참 편하겠다고 생각했다.

* * *

뉴멕시코의 소코로시는 앨버커키에서 25번 주간고속도로를 타고 남쪽으로 128킬로미터 정도 가면 나왔다. 빌이 한 번도 가 본 적 없는 곳이었다. 구글 맵에서는 세빌레타 국립 야생동물 보호구역의 경관을 즐기고 폴바데라, 레미타, 에스콘디다 근방에서는 속도를 줄이라고 했다. 개조한 빨간색 닷지 차저의 마력과 120킬로미터로 설정한 자동 주행 장치와 패트리스 존슨 박사를 그녀의 홈구장에서 만난다는 살 떨리는 흥분에 힘입어, 그는 한 시간 남짓 만에 소코로의 경계 안으로 들어섰다. 빌은 도시의 상업 중심가인 캘리포니아 스트리트를 나아가며 지역 규모를 가늠했고, 월마트와 싸구려 레드박스의 위치를 확인한 다음 이 단독 여행이 잘 안 풀릴 경우를 대비해서 지역 커피숍이 있는 곳을 알아 두었다. 앨버커키로 잽싸게 내빼려면 추진력이 필요할 테니까. 패트리스 존슨이 그를 제정신이 아닌 스토커로 취급하며 경찰을 부를지도 모르는 일이었다.

소코로를 끝에서 끝까지 둘러본 뒤, 그는 뉴멕시코 광업 & 기술 연구소 표지판을 따라갔다. 연구소는 안내 없이도 찾기 쉬웠다. 캠퍼스는 도시 한가운데에 있었고, 캠퍼스 한가운데에는 푸르고 깔끔하게 관리된 골프 코스가 뉴멕시코의 사막에 둘러싸여 있었다. 골프 코스의 페어웨이를 왼쪽에 두고 몇 차례 모퉁이를 돌자, 진입로에 선 그녀의 제이코 트레일러가 보였다. 좋은 동네였다. 연구소의 내로라하는 과학 선생들, 돌과 기술을 전공으로 하는 교수로만 이루어진 자랑스러운 교수단을 위해 마련한 주거지가 분명했다.

초인종을 눌렀지만 응답은 없었다. 존슨 박사는 집에 없었다. 그 말인즉……

빌은 닷지로 돌아가서 〈에덴의 지평선〉 때 만든 자신의 이름이 적힌 벽 슬립[1]을 가지고 왔다. 혹시 이렇게 쓸 일이 있을지 몰라서 챙겨 온 물건이었다. 존슨 박사가 집으로 돌아온다면, 그러니까 이곳이 정말로 그녀의 집과 제이코가 맞다면, 다시 말해서 이것이 비행기에서 한 시간 반 동안 자신에게 들이대는 웬 머저리를 피하려고 계획한 고도의 회피 전술이 아니라면, 그녀는 다음과 같은 메모가 앞문에 끼워진 것을 보게 될 터였다.

에덴의 지평선
빌 존슨

그게 다였다. 따로 메시지를 적지는 않았다.

시간을 죽이기 위해 빌은 캘리포니아 스트리트로 돌아갔다. 아직 점심을 먹기에는 약간 이른 시간이었지만 근사한 뉴멕시코 음식을 찾아냈고(그린 칠리로 선택했다) 아널드 파머[2]를 끊임없이 리필했다. 그는 그 지역 사람들이 식사하러 들어오는 동안 가게에 머무르면서, 리코 녹음기에 녹음했던 단상들을 옮겨 적고 공책에 생각을 끼적이고 다음 영화에 관한 아이디어들을 곱씹었다.•

2시 30분이 조금 지나서 빌은 제이코가 있는 집으로 돌아갔고, 존슨 박사가 자가용으로 잘못된 차를 선택했음을 알게 됐다. O. J. 심슨이 도주할 때 몰았던 흰색 포드 브롱코였다. 빌은 벅 슬립이 문에 꽂혀 있지 않은 걸 보고 그녀가 집에 있는 게 분명하다고 생각했다. 여기가 그녀의 집이 맞는다면.

초인종을 울리자 발소리가 들렸고, 문이 열렸고, 그녀가 나타났다. 땋았던 머리카락은 풀어서 볕에 그은 어깨 아래까지 빗어 내려 정수리에서 파란색 밴대나로 가지런히 묶었다.

---

• 그는 〈쓰레기장 속에서〉라는 가제를 붙인 이야기를 구상하는 중이었는데, 제목은 다행히도 〈황무지〉로 바뀌었다.
1 1달러짜리 지폐와 크기가 비슷한 길쭉한 메모지
2 아이스티와 레모네이드를 섞은 무알코올 음료

"날 찾아냈군요." 존슨 박사가 말했다.

충돌 그 자체였던 첫 번째 키스를 하는 동안 두 사람의 발이 어떻게 땅에 붙어 있었는지는 지금도 수수께끼다.

몇 시간 뒤 그녀는 속이 다 비치도록 얇은 하늘색 로브만 입고 있었다. 그는 다시 바지를 입은 상태였다. 두 사람 모두 맨발로 주방에 있었다. 그녀는 그에게 자신의 독일제 ECM 싱크로니카로 세상에서 가장 훌륭한 커피를 만드는 법을 가르쳐 주었다. 혹시 그가 아침에 그녀보다 먼저 침대 밖으로 나가게 되면 커피콩을 갈고 물을 채우고 게이지와 레버와 파이프를 설정해야 할 테니까. 이건 간편 커피 메이커가 아니었다. 셋째 날 아침에 그는 전 과정을 숙달해 그녀가 마실 완벽한 더블 에스프레소를 내려 주었고, 그녀는 거기에 티스푼 반 개 분량의 오발틴을 타 마셨다. 그녀는 초콜릿 몰트 맛을 좋아했다.●

* * *

두 사람은 구태여 결혼하지 않았다. 물론 그들은 빌과 팻 존슨으로 통했으므로 사람들은 둘을 부부라고 생각했다. 빌은 앨버커키에 있는 집을 팔았다. 소코로로에서의 삶은 평온하면서도 충만했다. 그의 머릿속에는 곰곰이 생각하고 글로 옮겨야 할 영화들이 들어 있었다. 길 바로 건너편에는 막상 해 보면 재미있는 얼빠진 게임을 즐길 곳이 있었고 그는 날이 뜨거워지기 전 이른 아침이나 해가 서쪽에 낮게 걸린 늦은 오후에, 때로는 하루에 두 번씩도 게임을 즐기곤 했다. 팻은 수업과 연구를 하다가 점심 식사와 섹스를 위해 집에 왔다.

팻은 현장에 나갈 때는 제이코를 OJ 차에 연결해 끌고 가서 한 번에 며칠씩

---

● 갤럽에서 보낸 어린 시절에 패트리스의 부모는 딸을 제시간에 통학 버스에 태우기 위해 아침에 마시는 오발틴에 인스턴트커피를 아주 조금 타 주었다. 해가 지날수록 커피의 양은 늘어갔다. 중학교에 다닐 무렵 패트리스는 모닝커피에 오발틴을 타고 있었다.

집을 비웠다. 빌은 영화를 만들 때면 촬영 때문에 장기간 집을 비웠다. 하지만 별거는 두 사람의 결속에 해보다는 득이 되었다. 그녀의 현장이나 그의 촬영장에서 신호가 잡힐 때면 그들은 내내 전화를 붙들고 대화를 나누었다. 암호 같은 문자와 기나긴 이메일이 와이파이의 에테르를 타고 이쪽저쪽으로 날아다녔다. 하루 종일 사진이 오갔다. 빌은 스털링 타자기에 작성 중인 편지를 끼워 둔 채 내킬 때마다 몇 장씩 쓰고 또 쓰다가 미 우정국을 통해 **뉴멕시코 소코로, 우편번호 87801, 진입로에 제이코 트레일러가 있는 집, P. 존슨 박사** 앞으로 부쳤다. 편지가 전달되지 않은 적은 없었다. 그가 로스앤젤레스에서 후반 작업을 진행할 때면 팻이 비행기를 타고 찾아왔고 그도 비행기를 타고 팻을 찾아갔다. 그리고 별거가 끝날 때마다 이루어지는 애정 표현의 동기화 수치는 싱크로니카 에스프레소만큼이나 훌륭했다.

어느 날 아침, 존슨 박사는 파이 타운 인근 협곡에 갑작스럽게 홍수가 발생해 드러난 퇴적층을 확인하러 갔다. 빌은 싱크로니카를 마시며 그녀를 배웅한 다음 아침 식사로 마구잡이로 뒤섞은 그린 칠리 부리토 범벅을 만들어 프라이팬째로 먹었다. 그는 스털링 타자기 앞에서 이십오 분을 일했다. 결과물은 무작위적인 메모에 불과했다.

째깍, 째깍, 째깍, 째깍……

옵셔널 엔터프라이즈

바인 할리우드 교차로 1750번지 캐피틀 레코드 빌딩

빌 존슨

이상적인 촬영?

〈소가지〉만큼 재미있을 것. (왜 어떤 영화는 즐거운 유람인데 어떤 영화는 철창 속 격투가 되는 걸까?)

우중 촬영 금지. 오전 1시 이후 야간 촬영 금지. 좋아. 2시.

소규모 출연진.

소규모 로케이션(미국)

따뜻할 것, 내복 금지.

시리즈물.

슈퍼히어로.

우주 금지. 시간 여행 금지. 사악한 폭군 금지.

망토 금지.

멍청한 이름 금지. 진짜 이름.

뭐, 코드명 정도라면야.

DC. 마블. 다이나모. ???

새로 하나 만들어? (그건 손이 많이 감.)

예의 딩! 딩! 딩⋯⋯ 디잉⋯⋯ 디⋯⋯ 이후 빌은 근사한 맞춤 제작 핑 골프채 세트를 챙겨 스팔딩을 몇 홀 때리러 갔다. 언제나처럼 예의 오렌지색 못난이 골프 가방 주머니에는 리코 녹음기를 챙겼다.

그는 파4홀에서 샷을 죄다 놓치는 바람에 아홉 타로 홀을 끝냈다. 점수를 기록하고 있었더라도 그 시점에서 그만두었으리라. 해가 높이 솟자, 그는 물을 마시기 위해 차양이 달린 벤치의 그늘 속으로 잠시 들어갔다가 불현듯 떠오른 생각에 녹음기를 꺼내 녹음 버튼을 눌렀다.

"낮 실외 장면이 많은 영화. 실물 촬영. 로케이션에서. 널따란 풍경. 드넓은 하늘. 실내 장면에는 항상 바깥이 보이는 커다란 창문이 있을 것."

중지

녹음

"이야기 대부분이 실외에서. 밝은 햇빛 아래. 뜨거운 날."

중지

녹음

"그 울트라는 어떨까. 잠을 못 자는 울트라라면? 환영을 보는."

중지

녹음

"사무실에 그 다이나모 캐릭터 이름 물어볼 것. 나이트, 뭐더라?"

중지

녹음

"기존 영웅담에 완전히 새로운 이야기를 더한다. 완전히 새롭고 개선된 내용. 그래⋯⋯."

중지

녹음

(빌이 생각하느라 테이프에 공백이 생긴다.)

중지

빌은 타이틀리스트 4 골프공을 골프티에 올리고 몇 번 연습 삼아 스윙을 한다음 어드레스 자세를 잡았다. 그는 힘차게 백스윙을 했다가 골반을 열며 알약을 강하게 탁! 쳤다. 샷은 살짝 나선을 그렸지만 페어웨이의 가장자리를 통통 따라 굴렀다. 드라이버를 오렌지색 가방에 넣는데 또 다른 생각이 떠올랐다.

녹음

"소녀는 소년을, 소년은 소녀를 필요로 한다. 하지만 둘은 서로 싫어한다."

중지

좋아, 아침이 뜨거워지고 있으니 골프는 여기까지. 빌은 리코를 가방에 넣고 페어웨이에서 타이틀리스트 4를 챙긴 다음 코스를 가로지르고 길을 건너 집으로 돌아갔다.

그는 로스앤젤레스에 있는 얼 맥티어의 전화번호를 두들겼다.

"네?" 그녀는 즉시 전화를 받았다. 소리로 미루어 캐피틀 레코드 빌딩 사무실로 가는 차 안에서 핸즈프리로 받은 듯했다.

"다이나모에서 나온 슈퍼걸이 있는데. 울트라야. 이름이 뭐더라?"

"에이전트 오브 체인지 중 하나요?"

"몰라. 나이트 뭐였는데. 잠 못 자는 여자."

"오. 이브 나이트요. 다이나모에서 어떻게 영화화해야 할지 감을 못 잡고 있죠. 애는 쓰고 있지만요."

"그렇군. 고마워." 그는 더 덧붙이지 않고 전화를 끊었다. 두 사람은 늘 그런 식이었다.

그는 존슨 커플 공용 싱크로니카의 파이프와 밸브를 조작해서 각성 음료를 한 잔 더 내리고 사과 하나를 썰어 우묵한 그릇에 담았다. 작업실 책장 어딘가, 얼이 사무실에서 함께 보내온 다른 공물들 아래에 다이나모의 〈에이전트 오브 체인지〉 한 권이 있었다. 그는 먹고 마시면서 액션 가득한 그림들을 한 번 더 넘겨 보았다. 거기 나오는 이브 나이트(K로 시작하는 나이트)의 캐릭터가 썩 마음에 들지는 않았다. 우주 비행사였던 이브가 달 탐사 도중 일종의 우주선(宇宙線)에 피폭되어 울트라가 되었다는 기원담은 잊고 있었다. 만화에서 그녀의 불면증은 공중 부양 능력과 환영과 몹시 예민한 청력 등 새로 얻은 다른 능력과 마찬가지로 좋은 것으로 묘사되었다.

"나, 참." 빌은 혼잣말했다. "이런 거야 아무나 하지."

째깍 째깍 째깍

이브 나이트라는 캐릭터…

그녀의 정신 / 마음 상태는? 모두와 마찬가지 — **혼란스러움.**

그녀에게 부족한 것은? **확신. 중요성. 평정심.**

그녀가 찾는 것은? 모두가 찾는 것 — **사랑. 휴식. 안전.**

그녀가 피하는 것은? 모두가 피하는 것 — **외로움. 책임감!**

현재 그녀에게 가장 필요한 것은? — **하룻밤의 숙면.**

만일 그녀가 그런 것들을 찾을 수 있다면, **우리도 찾을 수 있다.**

그러므로…

삭제 — 달 / 우주 비행사 / 우주선 피폭…

다른 은하계에서 온 방문자나 판타지의 세계도…

남자 친구도…

다른 울트라들과 에이전트 오브 체인지들도. 시리즈화가 될 경우를 위해 남겨 둘 것 — 기원담에서 플래시백으로 등장?


## 이브의 배경 이야기

\# 그녀는 태어날 때부터 이랬다. 부모는 아기를 재울 수 없었다. 그녀는 요람 안에서 떠올라 허공을 맴돌곤 했지만, 행복하게 웃고 있었기 때문에 엄마아빠는 그녀의 능력에 겁먹지 않았다. 그녀는 얌전한 아이였다. 짧게 몇 초간 눈이 돌아가 흰자만 보일 때가 그녀가 취한 수면에 가장 가까운 시간이었다. 그럴 때 그녀는 환영을 본다.

\# 대가족 — 할아버지가 있다거나?

\# 어린 시절, 그녀는 빨랐다. 정글짐에서 실버백 고릴라 같은 힘과 민첩성을 보였다.

\# 그녀가 보는 환영은 공감 능력에서 온다. 그것은 환상이나 기억이 아니다. 그녀는 곤경에 처한 사람들의 소리를 듣고 수 킬로미터 밖에서도 그들의 아픔을 느낀다. 그녀는 마음을 읽을 수 있다. 엄마가 주방에서 월계수 잎을 찾을 때처럼. 이브는 걸음마를 시작한 아기이고 아직 글을 읽지 못하고 월계수 잎이 무엇인지도 모르지만, 엄마의 필요를 감지해서 '월계수 잎'이라고 적힌 단지를 찾아 준다.

\# 그녀 같은 사람들이 또 존재한다. 어딘가에.

\# 전업 슈퍼히어로가 아니고, 신분을 비밀로 하고 필요할 때 부르면 나타나는 구조자도 아니다. 그냥 이런 특별하고 무거운 짐을 짊어진 젊은 여자다.

\# 할아버지는 휠체어에?

\# 그녀는 악의 존재를 감지할 수 있다. 그래서 겁이 난다…

\# 그녀의 '능력'이 영화적으로 드러남. 공감 신호가 찌릿하자 속도 / 힘을 발휘해 행동에 나선다. 끔찍한 위험(납치?)에 처한 누군가를 구해 낸다. 악의 존재에 몸서리

144

친다…

# 이목을 끌었다간 발각되어 배척될 수도. 그녀는 숨는다. 엄마아빠는 그녀를 안전하게 보살핀다. 그들도 울트라? 과거 울트라?

# 사랑이 찾아올 때, 그 시작은 싸움이다.

# 땋은 머리를 하고 다닌다.

<u>설정</u>

딩! 딩! 딩…… 디잉…… 디…….

"소녀는 나왔고." 빌은 타자기를 향해 말했다. "이제 소년이 필요하군."

빌은 타자용 테이블에서 일어나 기지개를 켰다. 에스프레소를 한 잔 더 내렸다. 지금 그의 머릿속을 흐르고 쇄도하는 아이디어의 물결에 뛰어들기까지는 오 분이 남아 있었다. 바다에 나선 쾌속 범선의 선장이 되어 강풍을 받으며 돛을 모두 활짝 펼치고 미지의 경도를 가로질러 계속 나아가는 거다. 그는 자신이 다음에 타자할 내용을 알고 있었다.

**마을은 그녀의 안식처, 그녀의 '에덴'이고, 그곳에서 그녀는 안전하다…**

과연 그럴까?

하지만 그건 오 분 뒤의 일이었다. 그에게는 오 분이 남아 있었다.

주방용 타이머가 돈값을 하고도 남는 보물이라면, 몹시 오래된 만화책과 잡지를 담은 상자는 5달러짜리 쓰레기였다. 그는 떨어져 나가 마구 흩어진 무수한 낱장들을 돈 주고 사들였다. 빌은 장난감을 우편으로 주문하라거나 '미국의 가족 신문, 〈위클리 와이어〉!'를 팔아서 상품을 타라는 광고에 대한 향수 때문에라도 그중 일부를 뒤적이곤 했다. 상자 내용물 상당수는 불완전하거나 물에 젖어 훼손되거나 접어 놓은 모서리가 찢겨 나가거나 해서 이미 내다 버린 뒤였다. 박스 앞부터 뒤까지 차례로 나아가며 일부를 살펴본 적은 있지만, 그것도 몇 주 전에 포기한 상태였다. 그는 타이머가 강요한 휴식 시간을 보낼 요량으로 작업실 책장에서 상자를 내려 남아 있는 내용물을 손가락으로 훑으면서 나머지도 쓰레기통에 던져 넣을 채비를 했다.

안에는 떨어져 나간 낱장들, 〈꼬마 유령 캐스퍼〉의 찢어진 표지, 〈아치와 저그헤드〉 재발간본 한 권, 그리고 아직도 녹슨 스테이플러 침 하나로 묶인 채 세로로 접힌 아주 낡은 대여섯 장짜리 만화가 있었다.

이 만화에는 표지가 없어서 제목이나 출판사는 알 수 없었다. 종이는 오래되어 바스러질 듯했다. 그림체와 그림 칸이 일관되게 단순한 것이 요즘 만화책은 아니었고, 제2차세계대전 때 어느 이름 없는 섬에서 일본군과 싸우는 미군들의 이야기를 해설자가 들려주는 내용이었다. 거의 모든 그림 칸 왼쪽 상단에 해설자의 얼굴이 있었다. 무언가에 홀린 것처럼 보이는 얼굴이었다. 기진맥진해 보이기도 했고.

"우리 중 누구도 잠을 이루지 못했어. 뭐가 기다리는지 알았으니까…."

상륙정이 파도를 뚫고 솟구치고 있었다.

"놈들은 우리가 해변을 점령하는 걸 막을 수 없었지…."

미군들이 이쪽저쪽에서 죽어 나갔고, 사방에서 폭발이 일어났다.

해설자는 해변의 참호 속에 몸을 웅크리고 있었다. 그는 기관총이나 바주카를 든 평범한 군인이 아니었다. 호스와 탱크로 이루어진 장비를 등에 짊어지고 있었다. 그의 주변에서 전투가 격렬해지고 있었다. 군인들은 무기를 쏘거나 총탄에 맞고 있었다.

"완전 무장을 갖추고 이동 신호를 기다리는데, 명령이 들려왔어…."

**"화염방사병, 이쪽으로, 당장!"**

해설자는 화염방사병이었다. 명령을 받자 그는 눈을 빛내면서 두려움과 탈진과 무기의 무게에 맞서 몸을 일으켰다. 화염방사기 분사구에서 불꽃이 피어올랐다.

이어지는 페이지들은 끝내주게 흥미진진했고 몹시 어른스러웠다. 정말로. 슈퍼히어로의 감탄사나 평범한 빌런의 "이제 너는 내 손 안에 있다." 따위는 없었다. 대신 거기에는 근접 전투와 폭력의 공포가, 끔찍하고 비인간적인 죽음을 야기하는 화염방사기의 포효가, 다음과 같은 명령을 듣는 해설자의 무너지고 무거워진 영혼이 있었다.

"쏴, 레이섬! 불덩어리를 먹여!"

빌은 이 만화의 나머지 페이지도 있으면 좋았겠다고 생각했다. 뭐, 어쩔 수 없지.

그는 5달러짜리 상자에 든 나머지 잡지를 뒤적였다. 표지에 우주복을 입은 앨프리드 E. 뉴먼이 그려진 낡은 〈매드〉 한 권이 나왔다. 빌은 그것을 나중에 읽으려고 따로 빼 두었다. 그 밑에서 쥐가 갉아 먹은 만화책이 또 한 권 나왔는데, 분실된 페이지는 없었지만 한때 중고가가 25센트였음을 알려 주는 표지는 찢어져 있었다. 십 대 초반에 빌은 언더그라운드 만화라고 불리는 것들을 보곤 했다. 대다수는 재미있었다. 일부는 치기 어린 방식으로 전복적이었다. 일부는 진정한 예술 작품이었다. 이 만화는 쿨 캐츠 코믹스에서 나온 것이었다.

〈파이어폴의 전설〉. 표지에는 다음과 같이 적혀 있었다. "미국 역사 내내 재미와 흥분으로 많은 소년을 형성해 온 것은 바로… 전쟁!"

소년들을 형성한다…… 쇳덩이처럼…… 모루에 놓고 두들겨서…… 빌이 학교 기초 목공 시간에 배웠던 것처럼.

오 분이 지나자 빌은 다시 안으로 들어가 가까운 곳에 둔 사전을 집어 책장을 넘기며 ㅁ으로 시작하는 단어를 찾기 시작한 다음 모로 시작하는 단어를 거쳐 모루에 이르렀다. 그는 타자용 테이블로 돌아가 스털링 앞에 앉아서 타자 용지를 말아 넣고 타이머를 이십오 분에 맞췄다.

째깍 째깍 째깍

"모루: 달군 금속을 올려놓고 두들겨 모양을 잡는 데 쓰는 철괴."

페이드 인…

그는 맹렬하게 열의를 불태우며 썼고…….

딩! 딩! 딩…… 디잉…… 디…….

빌은 일어났다. 앞문을 통과해 집 밖으로 나가 진입로로 가서 평소 제이코를 두는 자리에 섰다. 연파랑색 하늘을 올려다보았다. 크고 높은 구름들이 동쪽으로 흘러가고 있었다. 그는 앞뒤로 오가다가 원을 그리며 걸었다. 피네도 가족의 오렌지색 고양이가 담장가에 드리운 좁은 그늘에서 벗어나지 않은 채 집 옆에서 소리 없이 어슬렁거렸다.

"거기 있었구나, 야옹아." 빌이 고양이에게 말했다. 고양이는 대꾸하지 않았다. 빌은 다시 안으로 들어갔다. 전화로 가서 얼의 단축 번호를 두드렸다.

"네?" 그녀는 사무실에 있었다.

"건수를 잡았어." 빌이 말했다.

"오, 이런. 무슨 건수요?"

"그 울트라 나이트셰이드 말이야. 다이나모가 지금 어떻게 하고 있지?"

"알겠어요."

전화는 다른 말 없이 끊어졌다.

## 얼 맥티어

그녀는 혼잡한 와이파이 신호를 뚫고 전화가 연결되기를 기다렸다. 만약 음성 메시지로 연결된다면, 그가 길 건너에 있는 사막 골프 코스에서 아침나절의 햇볕 아래서 익어 가며 스윙 중이라는 의미였다. 그곳 사람들은 어떻게 그린을 푸르게 유지하는 걸까?

얼은 쇼 비즈니스 사무실의 근무시간이 시작되기를 기다렸지만, 그건 그저 예의를 차리기 위해서일 뿐이었다. 정말로 파운틴 애비뉴에서 일하는 사람이라면 누구나 6시 15분이나 5시 15분에, 일부는 4시 15분에도 일어났다. 할 일이라곤 필라테스 강사를 맞이하는 것뿐이라도 그랬다. 9시 2분에 그녀는 빌 존슨이 그녀의 머릿속 색인 카드에 넣어 둔 문제와 관련된 전화 두 통을 걸고 전화를 받은 비서들에게 말을 남겼다. 두 전화 모두 즉시 답신이 왔다. 그녀는 해당 문제에 관해 한 줄짜리 문자를 보냈고, 그에 대한 답장은 전보다 더욱 빨리 왔다. 10시 17분에 빌 존슨이 전화를 걸었을 때, 얼은 답을 들려주었다.

"응?" 골프채 달가닥거리는 소리가 들리지 않는 것을 보니 윌슨을 때리고 있지는 않은 모양이다.

"다이나모가 그걸 호크아이에 팔았어요." 얼이 말했다.

"확인 완료." 빌은 전화를 끊었다.

삼 초 동안 교환한 그 세 문장이 이후 스무 달에 걸친 두 사람의 운명을 확정했다.

그녀의 자비로운 주군 빌 존슨은 그녀의 삶을 완전히 바꾸어 놓았고, 이제는 그녀가 없으면 사실상 그의 삶이 돌아가지 않았다. 수년 전, 그는 그녀에게 얼리셔라는 본명을 포기하고 더 간결하고 남성적인 얼을 사용하면 어떻겠느냐는 적절한 제안을 건넸다. 얼을 보지 못한 사람들은 그녀를 남자라고 생각했고, 그녀가 이내 자신이 대단히 유능하며 과감할 정도로 강단을 발휘하는 걸물임을 증명하자, 영원히 나중을 기약하기만 하던 사람들도 그녀의 전화에는 즉시 답신을 보내게 되었다. 파운틴 애비뉴에서는 전화에 즉시 답신을 받는 것이 권력을 가늠하는 기준이다. 숱한 중역/에이전트/변호사가 통화 목록에 있는 얼 맥티어라는 사람을 기다리게 해도 상관없다고 잘못 판단하는 바람에 목이 날아가고 전용 주차 공간을 주차장에서 가장 멀리 떨어진 어두운 구석으로 옮겨야 했다. 일과 말미의 전화 떠넘기기 시간, 즉 99.2퍼센트의 전화가 음성 메시지로 직행하거나 야근 중인 수습 직원에게 연결되기 마련인 시간에 답신을 보낼 만큼 어리석은 작자들은 금세 얼음처럼 박살 나기 마련이었다.

"얼입니다." 오후 6시 12분에서 7시 29분 사이에 걸려 온 전화를 받은 그녀가 답한다.

"오, 안녕하세요, 맥티어 씨." 어린 사무직원이 놀란 목소리로 말한다. "**이 자리에 얼간이의 이름을 넣을 것**이 답신을 하셔서요."

"전화 떠넘기기 시간에? 진심으로? **이 자리에 얼간이의 이름을 넣을 것**을 나한테 연결해요." 다음에 일어난 일은 **이 자리에 얼간이의 이름을 넣을 것**에게 뼈저린 교훈을 안겼다. 전화 떠넘기기 전략은 다시는 실행되지 않았다.

그녀와 그녀의 보스는 서로의 전화를 받을 때 안녕이나 심지어 **나야, 저예요,** 조차 말하지 않았다. 안녕은 시간 낭비였다. 얼과 그녀의 보스에게는 **응, 네,** 의 높낮이와 속도만으로 충분했다. 사교적인 인사(어떻게 지내요? 잘 지내죠? 지금 어디예요? 그 음식점 괜찮았나요? 주말은 가족이랑 보냈나요?)는 사적인 인간관계와 사업상 투자, 연예계의 먹이사슬을 올라가는 데에 보탬이 되는 협력 관계를 위한 것이었다. 더 젊은 사람들은 섹스할 기회를 위해 그런 말을 사용한다. 혹시 친구가 있다면, 더 정확하게는 우정을 나눌 시간이 있다면, 전화 통화 전체가 사교적인 인사로만 이루어질 수도 있다. 하지만 얼과 빌은 시간을 도박 자금처럼 날리지 않았다.

"응?" 빌이 말했다.

"다이나모가 그걸 호크아이에 팔았대요."

여러분이 쇼 비즈니스에 몸담고 있지 않다면, 이 단어들을 이해할 수 없을 것이다. 전시에 썼던 외계에서 온 것 같은 암호문처럼 말이다. "네?" (…) "델타 박서 슈혼 마운틴 오브 루트 비어."

"수신 완료."

이게 뭔 소리야?

하지만 여러분이 아카데미 회원, 조합이나 노조에 가입비를 낸 회원권 소지자, 어시/어소, 사무 보조, 작가, 직공, SPFX* 프로그래머, 스토리보드 작가, 갓 일을 시작한 콘텐츠 제작자, 혹은 수십 년에 걸친 경력을 뒤로 하고 우들랜드 힐스의 영화인 주거지에 거주 중인 은퇴한 베테랑이라면 저 네 단어는 고급 첩보만큼의 무게와 가치를 지닌다.

**다이나모가 그걸 호크아이에 팔았대요.**

하나씩 떼어 놓고 보자.

**다이나모**란 영화 스튜디오 다이나모를 뜻한다. 다이나모는 서로 연관된 영화들로 이루어진 다이나모 네이션, 즉 〈울트라 히어로즈〉의 세계와 〈에이전트 오브 체인지〉 시리즈를 창조한 곳이다.

**호크아이**는 스트리밍 서비스다. 스트리밍 서비스는 대단히 성공적이거나 진짜 자금은 하나도 없는 카드로 만든 집이거나 둘 중 하나다. 구독자는 한 달에 7.99달러를 내고 해당 스트리밍 서비스에서 선정한 영화와 시리즈를 광고 없이 집에서 볼 수 있다. "보고 싶은 작품을, 보고 싶은 시간에, 호크아이와 함께!" 호크아이는 애플 티비 플러스, 넷플릭스, 아마존, 훌루, 디즈니 플러스, HBO 맥스, 피콕, 비전박스, 엔터웍스, 비, 코스모스, 오프라 윈프리의 원캐스트, 그리고 캐나다에서 나온 머치 같은, 몇 개 안 되는 다른 스트리밍 플랫폼과 직접 경쟁하는 사이다. 풍문에 따르면 이 모든 구독 서비스가 자금을 어마어마하게 가지고는 있지만 불난 외양간 속 우유 양동이처럼 현금을 날리는 중이라고 한다.

**팔았**다는 건 어떤 자산이, 그러니까 다이나모에서 개발 중이던 영화 기획이 이제 구매자인 호크아이의 소유가 되었음을 의미한다.

**그것**, 즉 그 자산은 개발 과정에 난항을 겪은 영화 캐릭터 나이트셰이드를 말한다. 많은 각본가 혹은 각본가팀이 〈나이트셰이드〉 각본 집필에 나서 목돈을 받고 이브 나이트라는 캐릭터에 살을 붙이고 그녀가 주인공인 영화를 개

● 특수 효과

발하려 시도했지만, 어느 하나 딱 들어맞지 않았다. 영화를 개발 지옥에서 번쩍이는 그린라이트로 인도할 적절한 마법의 소스를 찾아내지 못했던 것이다. 〈나이트셰이드〉는 삼 년 동안 다이나모의 개발 목록에 올라 있었으나, 현재는 파운틴 애비뉴의 수많은 프로젝트가 그렇듯 코로나19와 값비싼 블록버스터의 과잉 공급이라는 환경의 희생양으로 전락했다. 〈나이트셰이드〉는 이미 개발에 막대한 비용을 소모했지만 여전히 텐트폴 영화[1]도, 3부작 '울트라 사가'의 첫 장도, 〈에이전트 오브 체인지〉 시리즈의 신작도 되지 못했다.• 다이나모 네이션에서는 막대한 달러를 들여 〈나이트셰이드〉를 만들고 극장 상영이라는 고위험 / 고난도 주사위 놀음에 참여하는 대신 호크아이에서 제시한 액수를 받아들였다. 만일 영화가 만들어지더라도 〈나이트셰이드〉는 지역 영화관에서는 상영되지 않을 것이다. 사람들이 주차할 자리를 찾고 입장권을 사고 팝콘과 음료수와 레드바인(동부 해안 지역이라면 트위즐러) 젤리로 이루어진 가성비 팩까지 산 다음 상영관에 들어가 몇백 명의 다른 관객들 옆에 앉는 일은 없을 것이다. 아니. 〈나이트셰이드〉는 빈백 의자처럼 편안한 좌석에서 속옷 바람으로 영화를 감상할 수 있도록 구독자의 집에 스트리밍 서비스될 것이다.

* * *

얼리셔 맥티어가 빌 존슨에게 고용된 것은 프로즌 요거트 때문이다. 2006년에 그녀는 버지니아 리치먼드 공항 인근에 있는 가든 스위트 인의 접수대에서 명찰을 달고 근무했다. 호텔에서 공항까지는 거의 한 시간 거리였지만 셔

---

• '에이전트 오브 체인지'는 원래 리노, 시 라이언, 어사 메이저로 이루어진 울트라 3인조로 출발했다. 첫 번째 작품이 히트한 뒤 다른 울트라들이 들어오고 나갔다. 콘스털레이션과 룩은 에오체에 걸맞은 멤버로 환영받았지만, 멀티맨이나 헤럴드 얘기는 묻지도 마시라.
1 막대한 제작비를 투자하고 유명 감독과 배우를 캐스팅해. 흥행 공식에 맞춰 제작한 대중 영화

틀 콜 서비스가 제공되었다. 아직 우버, 리프트, 포니 같은 교통수단은 등장하기 전이었다. 그 시절 휴대전화는 그냥 전화기였고, 문자 기능을 수월하게 쓰거나 제대로 이용하는 것은 X세대뿐이었다. 휴대전화에는 아직 카메라가 달리지 않았고(아시아는 예외였지만) 웹브라우저도 없었으며, 웹에서 검색해 볼 만큼 IMDb를 아는 사람도 많지 않아서 IMDb의 유료 크레디트 서비스도 생기기 전이었다.

빌 존슨은 다른 모든 객실과 마찬가지로 똑같은 '가든'이 내려다보이는 4114호 스위트룸의 투숙객이었고, 몹시 바쁘고 정신없어 보였다. 얼리셔는 그가 버지니아에서 〈아무것도 묻지 마(거짓말을 듣지 않게)〉라는 영화의 삼 개월짜리 사전 제작을 시작했다는 사실을 전혀 알지 못했다. 그가 영화 〈타이피스트〉, 〈찰리 누구?〉, 〈에덴의 경계〉를 만든 사람이라는 사실도 알지 못했다. 이 빌 존슨이 〈노바 보스〉로 칸 영화제에서 관객상을 받았다는 사실도 알지 못했다. 빌 존슨은 그저 머리를 자를 필요가 있고 혹시 장차 리치먼드 지역에서 성공하고 싶은 거라면 더 나은 공화당원 스타일 옷차림을 갖출 필요도 있는, 또 한 명의 바쁜 사람에 불과했다. 그는 자기가 할 말을 대신 해 주는 사람들을 데리고 다녔다. 저 남자는 좀 더 자주 미소를 지으면 어디가 덧나기라도 하는 걸까?

얼리셔 맥티어는 미소를 짓도록 교육받았고 미소에 능했다. 그녀가 가든 스위트 경영 다양성 프로그램에 등록한 이유는 계속 칙 & 텐더 유니폼을 입을 생각이 추호도 없었기 때문이다. 아무리 그녀와 대다수 미국인들이 칙 & 텐더를 사랑한다고 해도 말이다. 그녀는 드라이브스루 창구에서 거의 일곱 달을 보낸 뒤 일을 그만두고 프로그램에 등록했고, 가든 스위트 직원용 녹색 튜닉, 스커트, 블라우스, 힐, 스카프를 깔끔히 착용하고 프런트 데스크를 맡았다. 호텔에 있는 일부 저열한 사고의 소유자들에게 그녀는 '다른 흑인 아가씨들'과 구분되는 '새로 온 흑인 아가씨'로 통했다. 그녀는 누가 언제 어떤 이유에서 자리를 비우든 적극적으로 대체 근무를 자청한 끝에 없어서는 안 될 존재로 자리매김했다. 가든 스위트 인에서 얼리셔 맥티어는 이 문제를 누가 해결할 수 있을까? 그리고 이곳에서 삼 년을 더 버틴다면 누가 접객부장이 될까? 같은 몇몇 질문에 대한 해답이었다.

야간 체크인 담당인 그녀는 교육받은 대로 가든 스위트의 모든 손님(고객님)에게 양질의 안락함과 기쁨을 제공하고자 사력을 다했다. 그런 일을 손쉽게 해내는 것처럼 보였던 비결은 커뮤니티 칼리지에서 다섯 학기를 다닐 때 들었던 '시간 관리: L. I. S. T. eN. 시스템'이라는 수업(경영학 147번)이었다.

리슨(L. I. S. T. eN.)—차분하게 받아들인 뒤 대응에 나서라(Let It Settle, Then eNact).

그녀는 손으로 쓴 메모에 파묻히지 않도록 손가락 하나에 한 장씩 다섯 장의 카드를 상상하고 한 장당 업무를 하나씩 할당하되 절대 다섯 장이 넘지 않도록 하는 방법을 익혔다. 다섯 장의 카드를 머릿속에 기억하고 떠올리기는 쉬웠다. 업무 하나를 완료하면 해당 카드는 머릿속에서 구겨지고 영원히 사라졌으며 네 장만 남았다. 새로운 업무가 생기면 새로운 카드가 배정됐지만, 리슨 시스템을 활용하면 당면 과제가 실제로든 머릿속에서든 다섯 개를 넘는 법은 없었다. 근무가 끝날 때 아직 처리하지 못한 카드가 남아 있다면 내일이라는 라벨을 붙인 기록장에 적어 다음 날 완료하도록 했다.

리슨—차분하게 받아들인 뒤 대응에 나서라.

손님이 로비의 조식 스테이션에 스페셜 K 시리얼이 없어서 실망했다고 한 것을 들으면, 얼리셔는 다음 날 아침에는 켈로그 그레이프너츠, 올브랜, 라이스, 휘트, 콘 첵스와 더불어 스페셜 K 1인용 상자 몇 개도 반드시 갖춰지도록 했다. 스포츠 팬이 가든 라운지 텔레비전으로 잉글랜드에서 열리는 축구 경기를 보고 싶어 하면, 얼리셔는 가든 스위트 비디오 옵션 메뉴에 해당 채널이 등록되어 있는지 확인했다. 프리미어 리그에서 애스턴 빌라가 맨체스터 시티와 맞붙을 무렵에는 556번 채널을 통해 시청할 수 있었다.

빌 존슨은 또다시 오후 9시를 넘겨 가든 스위트로 돌아왔다. 같은 층을 사용하는 수행원들, 그러니까 캔디스 밀스 씨, 클라이드 밴 애터 씨, 중역용 스튜디오 객실의 아래층에 묵는 존 머드리드 씨는 방금 내린 불편한 포드 밴을 타고 리치먼드를 돌아다니며 고된 하루를 보낸 것처럼 보였다.● 저마다 백팩이나 메신저 백을 들고 있었다. 밴 애터 씨는 스타택 플립형 휴대전화로 통화 중이었고, 밀스 씨는 커다란 손가방과 실타래에서 튀어나온 뜨개바늘이 보이는 토트백을 든 채로 노키아 휴대전화를 붙들고 있었으며, 머드리드 씨는 세상에 친구라고는 하나도 없는 사람처럼 보였다. 그 모두가 엘리베이터로 들어설 때, 빌 존슨이 딱히 누구에게랄 것도 없이 말했다. "레인보 스프링클 뿌린 프로즌 요거트 좀 먹었으면 소원이 없겠네." 그리고 문이 닫혔다.

얼리셔는 그 말을 들었다. 손님에게 필요한 것이, 프로즌 요거트에 대한 갈망이 있었다. 그녀는 차분하게 받아들인 뒤 대응에 나섰다.

로비의 조식 스테이션이었다가 중식 스테이션이다가 석식 스테이션이 되는 구역에서 투숙객들에게 다양한 음료, 주전부리, 그리고 '가벼운 야식' 꾸러미를 제공했지만, 프로즌 요거트는 없었다. 프로즌 요거트를 구할 수 있는 가장 가까운 곳은 포스퀘어 미니몰에서 64번가 방면 진입 차선 옆에 있는 예 올드 아이스크림 가게였다. 얼리셔는 그곳에 초콜릿 맛과 바닐라 맛, 그리고 두 맛을 소용돌이 모양으로 섞어서 내려 주는 프로즌 요거트 기계가 있고 레인보 스프링클을 포함한 다양한 토핑도 제공한다는 사실을 알고 있었다. 그녀도 이따금 일을 마치고 라즈베리 셔벗을 먹으러 들렀기 때문에 이 시간에 근무하고 있을 여자 종업원의 이름도 알고 있었다. 트나이아였다.

삼 분 후, 그녀는 전화로 트나이아에게 바닐라 맛과 초콜릿 맛, 그리고 두

---

● 그들은 치카호미니 쇼어스, 콜로니얼 윌리엄스버그, 미캐닉스빌, 본 에어에서 로케이션 및 제작 공간을 물색하고 오는 길이었다. 실제로 아주 고된 하루였다.

가지 맛을 섞은 프로즌 요거트 반 파인트와 레인보 스프링클 한 컵을 상온에서 질척하게 녹아 버리기 전에 배달해 주는 사람에게 10달러를 주겠다고 약속했다. 트나이아는 테이크아웃용 스티로폼 보냉 용기에 담은 프로즌 요거트와 따로 담은 색색의 설탕 알갱이를 직접 배달했다. 플라스틱 스푼과 예 올드 아이스크림 숍의 화려한 로고가 새겨진 종이 냅킨도 들어 있었다. 트나이아는 얼리셔에게 프로즌 요거트 값은 받지 않았지만('관리 중 손실분'으로 처리할 수 있는 여유분이 있었다) 10달러는 받았고, 그 10달러는 4114호 빌 존슨의 청구서에 추가되었다.

"듀크?" 얼리셔는 로비를 담당하는 동료 직원을 불렀다. 로비를 깨끗하게 관리하고, 필요할 때면 차량을 옮기고 공항까지 가는 셔틀 밴도 운전하며, 얼리셔에게 마음이 있는 직원이었다.

"으흠?"

"이걸 4114호 존슨 님께 얼른 가져다드려요." 얼리셔는 그에게 예 올드 아이스크림 숍 제품을 담은 봉투를 건넸다. 듀크는 그것을 받아 들고 운동 삼아 계단으로 올라갔다.

얼리셔는 프런트 데스크의 전화기를 들고 7-4114를 눌렀다.

"네?" 빌 존슨이 곁탁자 위의 무선 수화기에 대고 말했다.

"존슨 님, 안녕하세요. 접객부의 얼리셔입니다. 편안한 밤 보내고 계시길 바랍니다." 그녀는 기계적으로 말했다.

"불편한 건 없는데요."

"제가 실례를 무릅쓰고 방금 객실로 가벼운 다과를 올려 보냈습니다. 너무 늦은 시간에 보내 드린 게 아니라면 좋겠군요. 듀크가 곧 도착할 겁니다."

"지금 노크 소리가 들리네요. 저게 듀크인가요?"

"그럴 겁니다. 편안한 밤 보내세요, 존슨 님." 투숙객과의 통화를 가능한 한 빨리 끊는 것은 경영 다양성 프로그램에서 배운 바가 아니라 얼리셔 본인의 방식이었다. 리슨 시스템에서는 말한다. "신속이 곧 효율이다." 얼리셔가 가든 스위트 인 메모지에 빌 존슨에게 남길 메모(앞으로 또 필요할 경우를 위한 예 올드 아이스크림 가게 주소)를 적고 있는데 4114호에서 프런트 데스크로 전화가 걸려 왔다.

"네, 존슨 님. 어떻게 도와드릴까요?" 얼리셔는 전화를 받았다.

"당신, 독심술사라도 됩니까?" 빌 존슨이 물었다.

"아니요, 존슨 님. 저는 모태 침례교도입니다."

"이 프로즌 요거트는 왜 보냈어요?"

"드시고 싶다고 말씀하시는 걸 들었습니다."

"그래요? 난 말한 기억도 없는데. 생각했던 기억만 나지."

"밴 애터 님, 머드리드 님, 밀스 님과 함께 엘리베이터로 들어가시면서 말씀 하셨습니다."

"스프링클은? 내가 레인보 스프링클 얘기를 한 것도 들은 겁니까?"

"그럼요. 입맛에 맞으시면 좋겠네요."

"내가 레인보 스프링클을 마다할 리 없지요." 빌 존슨은 웃었다. "이름이 뭡 니까?"

"얼리셔입니다."

"좋아요, 앨리스. 당신이 한 점 땄네요. 내일 교수대에 올라 미소를 머금고 조물주를 만날 사람처럼 이 차가운 유제품과 설탕 조각들을 양껏 즐기기로 하 지요."

"오, 그런 일은 없으시길 바랍니다. 선생님께서는 저희의 소중한 고객이시 니까요."

"대답이 술술 나오는군요. 훗날을 위해 말해 두자면 난 바닐라만 든 걸 선호 합니다. 그럼 이만." 빌 존슨은 전화를 끊었다. 얼리셔는 머릿속의 카드에 바 닐라라고 쓴 다음, 그것이 구겨지는 광경을 상상하고 내버렸다.

다음 날 얼리셔는 치과 치료를 받는 실라 포츠의 자리를 대신하느라 네 시간 추가 근무를 하던 중이었다. 정오 무렵, 봉해진 봉투 하나가 그녀를 기다리고 있었다. 안에 든 길고 뻣뻣한 옵셔널 엔터프라이즈 책갈피(벅 슬립)의 하단에는 데이스 밀스의 이름이 인쇄되어 있었다.

앨리스,
디저트와 토핑을 보내 준 당신. 내 휴대전화로 연락 좀 줄래요? 언제든 좋아요.

데이스

'데이스'란 4111호실 캔디스 밀스였다. 지역 번호 310번으로 시작하는 전화번호가 적혀 있었다. 얼리셔는 데스크의 자기 자리에서 전화를 걸었고, 음성 메시지로 연결되어 다음과 같은 메시지를 남겼다. "밀스 님, 가든 스위트 인의 얼리셔입니다. 연락하셨기에 답신을 드려요. 나중에 다시 연락 드리겠습니다. 아니면 편하실 때 연락 주시기 바랍니다. 감사합니다."
다섯 시간이 지난 뒤 프런트 데스크 전화에 310번 전화번호가 나타났다.
"얼리셔입니다, 밀스 님. 무엇을 도와드릴까요?"
"당신네 주의 휴대전화 수신 감도를 개선해 줄 수도 있나요." 밀스가 말했다.
"아, 네." 얼리셔는 직업 정신을 최대한 발휘해 말했다. "일부 지역에서 좀 불안정한 문제가 있긴 합니다."
"난 아직 정찰● 중이에요. 혹시 신호가 끊기거든 오늘 밤 내가 알라의 안락한 정원으로 돌아갔을 때 이야기를 나눠도 되나요?"
"물론입니다, 그 편을 선호하신다면요."

● 파운틴 애비뉴 용어로 현장 답사를 뜻한다.

"내 선호랑은 아무런 상관도 없…… 여보세요? 내 말 들려요? 여보세요? 이런, 젠……."

* * *

데이스 밀스는 석식 스테이션의 높은 테이블에 딸린 스툴에 앉아 예 올드 가게의 미디엄 사이즈 용기에 든 민트 초콜릿 칩 아이스크림에 열중했다. 뜨개질감이 든 토트백은 귀리 부대처럼 생긴 가죽 손지갑과 함께 맞은편 스툴에 두었다. 그녀는 조금 전 빌 존슨, 클라이드 밴 애터, 그리고 인기 없는 존 머드리드와 함께 온종일 지나치게 작은 돛단배를 타고 지나치게 거친 바다를 항해하느라 바람과 볕에 잔뜩 시달린 듯한 몰골을 하고 로비로 들어온 참이었다. 오는 길에 그들은 예 올드 아이스크림 가게에 들렀다. 남자들은 가벼운 야식 꾸러미를 챙겨 엘리베이터를 타고 객실로 올라갔다. 빌 존슨은 프런트 데스크를 지나면서 얼리셔를 향해 레인보 스프링클을 뿌린 바닐라 파인트 통을 흔들어 보였다. 입에는 스푼 하나 가득 아이스크림을 물고 있었다.

얼리셔는 잠시 짬이 나자 석식 스테이션으로 가서 플렉시글라스 디스펜서에 든 티백 하나를 꺼내 **뜨거운 음료 주의!** 가 든 스위트 종이컵에 뜨거운 허브티 한 잔을 탔다.

"지금은 대화하기 괜찮으신가요, 밀스 님?" 그녀가 물었다.

"아으 수 이어여?" 데이스는 입안 가득 초록색 크림을 머금고 있었기 때문에 같은 질문을 한 번 더 해야 했다. "앉을 수 있어요?"

"있습니다." 얼리셔가 말했다. "하지만 잠시 후 도착하실 손님들께 제가 앉아 있다 일어나서 체크인을 진행해 드리러 가는 모습을 보이는 건 좋지 않을 것 같군요."

"나드 보이에 마이조." 데이스는 다시 입안 가득 문 민트 초콜릿 칩이 녹기를 기다렸다가 말했다. "남들 보기에 말이죠."

"무엇을 도와드릴까요, 밀스 님?"

"데이스라고 불러요. 캔디스의 약칭이에요." 그녀는 남은 아이스크림에 스푼을 꽂고 아이스크림 통을 테이블의 얇은 나무 상판에 내려놓더니 멀찍이 밀쳤다. "이건 미디엄이 아니라 '다 먹을 테면 먹어 봐'라고 불러야 하는 거 아닌가."

얼리셔는 미소를 짓고 뜨거운 허브티를 홀짝였다.

"얼리셔, 내가 이 호텔에 온 지 겨우 일흔두 시간 정도밖에 지나지 않았는데 당신 덕분에 이미 삶이 한결 편해졌어요."

"그렇게 말씀해 주시니 기쁘네요." 거짓말이 아니었다.

"내 보스는 가끔씩 고약한 요구를 해 대거든요. 힘든 하루를 마치고 오후 10시에 막 샤워하러 가려는데 프로즌 요거트를 구해 오라는 임무가 떨어진다니까요."

"제가 도움을 드릴 수 있어서 기쁩니다. 정말로요."

"한번은 말이죠, 남프랑스, 그러니까 코트다쥐르에서 밤에 파티를 벌였는데요, 샴페인이랑, 물 프리트[1]랑, 와인이랑, 내가 샴페인 얘기 했던가요?"

"즐거우셨겠네요."

"오, 앨리스, 상상도 못 할 거예요. 프랑스 남자를 내 방으로 데려갔죠! 우리 운전기사를요! 이름이 기였죠. 그날 밤 내가 대담했거든요." 그녀는 자신도 모르게 손으로 아이스크림 통을 찾아 또 한 스푼을 입에 넣고는 천천히 녹기를 기다렸다가 초콜릿 칩을 오물거렸다. "아무튼, 기랑 내가 바바바붐 하고 서로를 더 알아가려는 참에 전화가 울리더니 보스가 그러는 거 있죠. '주머니 칼을 고를 수 있는 데 좀 알아봐 줘.' 새벽 4시였다고요. 그래서 내가 호흡을 가다듬고, 그, 기랑 한창 붐붐 하던 중이었으니까요, 그 인간한테 뭐라고 했

---

1 홍합과 감자튀김을 함께 먹는 벨기에 요리

는지 알아요?"

"상상이 되는군요." 얼리셔가 말했다. 그녀는 이 데이스 밀스라는 사람이 마음에 들었다.

"내가 그랬죠. '알았어요, 보스. 언제 갈 건데요?' 아침 식사 후에 가겠다더군요. 여섯 시간 뒤 나는 보스를 한 프랑스 칼 판매점으로 데려가서 접이식 칼을 펼치고 날을 살펴볼 수 있게 해 줬죠. 보스는 나더러 계산서랑 부가 가치세 청구서를 처리하고 칼을 선물용으로 포장해서 미국으로 발송하라고 했고요." 데이스는 아이스크림을 조금 더 떠먹었다. "이 이야기 어떻게 새가해어?"

얼리셔는 프랑스 칼에 관한 모험담을 어떻게 생각해야 좋을지 알 수 없었다. 그녀는 정면 출입구로 눈길을 던져 투숙객들이 나타나지 않는지 확인했다. "그 뒤에는 어떻게 됐나요." 그녀가 물었다. "기랑요."

데이스는 아이스크림을 삼키면서 소리 내어 웃었다. "오, 그 사람한텐 잘해 줬어요. 꽤 오래요. 그리고 다시는 못 봤죠. 그래서 완벽했고요. 인생에 프랑스 남자가 필요한 사람이 어디 있겠어요? 그만하면 됐지." 그녀는 다시 아이스크림을 밀어 놓으면서 말했다. "그래서……."

얼리셔는 퍼뜩 가든 스위트 경영 실무자 모드로 돌아가 머릿속에 카드를 준비했다.

"내가 지금 당장 주머니칼이 필요하다고 쳐 봐요. 어떻게 하면 되죠?"

"오늘 밤 말씀이신가요?"

"내일 아침 일찍요."

차분하게 받아들인 뒤 대응에 나서라. "캠퍼들을 위한 사냥용품과 낚시용품 판매점이 있습니다. 레벨 스퀘어 몰에요. 몰에 정식으로 입점한 가게는 아니지만 귀퉁이를 차지하고 있지요. 몇 가지 힌트를 주신다면 직접 안 가셔도 되도록 견본을 준비해 두겠습니다. 열두 개 정도면 될까요?"

"와우." 데이스 밀스는 높은 스툴에 앉은 채 몸을 뒤로 기울이고 한쪽 눈을 감으면서 가든 스위트 인의 얼리셔를 뜯어보았다. "머릿속에서 바로 거침없이 나오네요. 진짜로. 와우."

"찾으시는 종류가 접이식 칼인가요, 고정식 칼인가요? 아니면 레더맨이나 스위스 아미 나이프 같은 다용도 칼인가요?"

"앨리스, 성은 모르겠지만⋯⋯." 데이스가 말했다.

"맥티어입니다. 얼리셔 맥티어."

"앨리 맥티⋯⋯." 데이스는 고개를 기울이며 얼리셔와 눈을 마주쳤다. "지금 접객 업계에서 하는 일에는 만족해요?"

"무척 만족합니다. 이 직장에서는 승진할 기회가 충분히 있거든요. 플로리다나 심지어 바하마 제도에 있는 다른 가든 스위트 지점으로 이동할 수도 있죠. 유럽에도 지점을 준비 중이고요. 프랑크푸르트에요. 제가 몸담았던 다른 직종은 여기에 비하면 댈 것도 아니에요." 칙 & 텐더 유니폼의 기억이 떠오르자 얼리셔는 가든 스위트의 녹색 튜닉 속에서 부르르 떨었다. "오, 이런. 저는 데스크로 돌아가 봐야겠군요. 대화 즐거웠습니다. 데이스 님."

데이스는 높은 테이블에서 일어나며 녹고 있는 민트 아이스크림 통으로 손을 뻗었지만 얼리셔가 더 빨랐다. 아이스크림 통과 차가 들었던 종이컵은 재활용 쓰레기통으로 들어갔다. 데이스는 손가방과 토트백을 챙기고 얼리셔와 함께 프런트 데스크까지 걸었다.

"우리가 가능한 한 빨리 여기를 뜰 예정이라는 건 알죠?" 데이스가 말했다.

"다음에 리치먼드를 방문하실 때도 저희와 함께해 주시면 좋겠군요. 모시게 되어 즐거웠습니다."

"오, 리치먼드를 뜬다는 얘긴 아니에요. 우린 몇 달 간 리치먼드에 있을 거예요." 데이스는 엘리베이터로 가는 길이 아니었다. "그리고 난 당신이 나랑 일했으면 해요."

얼리셔는 그 말을 들었다. 그녀는 차분하게 받아들였지만 대응에…… 나설 수 없었다.

"무슨 말씀이신지요?"

"당신 같은 사람은 같은 무게의 보석으로 뒤덮은 금괴만큼의 가치가 있어요. 당신은. 문제를. 해결해요. 빠르고 깔끔하게. 신속하게. 머뭇거리지도 않고, '다른 사람한테 연락 드리라고 하겠습니다.'로 발뺌하지도 않고. 레인보 스프링클부터 스위스 아미 나이프까지 눈 깜빡할 사이에 처리하잖아요. 당신은 짱이라고요."

얼리셔는 얼핏 미소를 지으려다가 고개를 흔들었다. 4111호실 데이스 밀스의 입에서 나오는 말은 더는 한 마디도 믿지 않겠다는 듯한 동작이었다. 이 여자는 칭찬을 다소 과하게 퍼붓고 있었다. 이 모든 수다가 결국 우리 한잔하면서 당신의 미래에 관해 이야기를 나눠 볼까요? 내 방에 싱글 몰트 위스키가 있는데, 를 위한 전주곡이었던 걸까? 얼리셔는 틈만 나면 접하는 그런 초라한 개소리에는 냉담했다. 얼리셔에게 그런 멘트를 시도하는 남자는 무표정한 포식자, 복수의 여신을 마주하기 마련이었다. 여자라도 마찬가지였고.

"어때요?"

"밀스 님. 무례하게 굴려는 건 아닙니다만, 뭐가 어떻느냐는 말씀이신가요?" 얼리셔의 말은 나 이제 그만 다시 일해야 하니까 헛소리 집어치우셔, 라는 뜻이었다.

"당신, 우리가 무슨 일 하는지 몰라요?"

밀스와 그 일행은 옵셔널 엔터프라이즈라는 회사 이름으로 예약했다. 옵셔널 엔터프라이즈가 뭐 하는 곳인지는 얼리셔가 알 바 아니었다. 알루미늄 캔 제조? 부동산 개발? 프랜차이즈로 확장할 소규모 아이스크림 가게를 물색 중인가?

"모릅니다." 얼리셔가 말했다.

"우린 영화를 만들어요." 데이스가 말했다.

차분하게 받아들여. 그런 다음 대응에…….

* * *

다음 날 아침, 가든 스위트 인에서 입김을 내뿜으며 조금만 걸어가면 나오는
와플 타임 레스토랑에서 얼리셔 맥티어와 데이스 밀스의 외부 미팅이 열렸다.
"땀으로 2킬로그램은 빠진 것 같아요." 데이스는 얼리셔가 그녀를 기다리는
동안 주문해 둔 큰 잔에 담긴 오렌지 주스를 들이켜며 말했다. 갓 짠 것은 아
니었지만 아주 차가웠고 오렌지 맛이 아주 강했다. "세상에, 이런 습도라니,
온몸이 흠뻑 젖었다고요. 갈아입을 옷을 가져올걸 그랬나."

일찍 도착한 얼리셔는 의자가 고정된 2인용 테이블에 자리를 잡았다. 주스
는 이미 나왔고 커피는 나오고 있었으며, 다음으로는 일반적인 아침 식사가
나올 예정이었다. 그녀는 귀를 잔뜩 기울이고 있었다. 정보가 해일처럼 밀려
들 수도 있는 만큼 다섯 장뿐인 머릿속 카드로는 부족하겠다 싶어 새 메모장
과 1-800 가든 스위트 볼펜도 준비했다.

얼리셔는 살면서 일자리를 제안 받은 적이 한 번도 없었다. 일자리란 지원
을 통해서만 얻는 것이었다. 급료는 늘 여기서는 이만큼 줬였다. 그녀가 바라
는 액수였던 적은 한 번도 없었고, 필요한 액수라고 하기에도 빠듯했다. 하지
만 이 데이스라는 여자와 할 미팅은? 와플 타임에서? 이건 운명이 보내는 예
기치 않은 신호였다. TV에나 나올 법한 일이었다. 아니, 영화에나.

영화를 만든다고? 얼리셔는 어젯밤부터 그 말을 되뇌었다. 이곳 리치먼드에
서? 그런 일이 일어난다고? 영화는 할리우드나 튀니지에서 만드는 거 아니었어?
바다나 하와이라면 당연하겠지만 여기서는 말도 안 되지. 뉴욕시나 뉴욕시처럼 생
긴 곳이면 모를까. 리치먼드는 뉴욕시처럼 생기지 않았잖아. 그리고 내가 영화 만드

는 일에서 할 수 있는 게 뭐가 있다고? 난 아무것도 모르…….

"메모장이랑 펜은 치워요." 데이스가 그렇게 말하는 순간 주넬이라는 명찰을 단 유니폼을 입은 종업원이 커피를 따르러 왔다. 데이스는 정량 하프 앤드 하프[1] 미니 팩 두 개를 넣고 마지못해 스위트앤 로[2] 한 팩도 넣었다. 그리고 한 모금을 홀짝이더니 얼굴을 찌푸렸다. "아이고. 맛이 끔찍하네. 하지만 카페인은 들었으니……." 그녀는 다시 홀짝였다.

"저는 달걀, 베이컨, 코티지치즈를 곁들인 와플을 주문했어요." 얼리셔가 말했다. "여기 음식은 그냥 무난한 수준이에요."

"아침으로 와플을 먹는 건 아침을 생일 케이크로 시작하는 거나 다름없다고요." 데이스가 말했다.

"어린 시절 와플 타임은 일요일에 교회 끝나고 오는 곳이었죠." 얼리셔가 말했다. "고등학교 때는 오후 늦게 와서 목소리가 너무 크다고 쫓겨날 때까지 죽치는 곳이었고요."

"학창 시절 얘기를 해 봐요." 캔디스가 말했다. "참고로 지금 이건 이번 미팅에서 잡담 시간에 해당하는 부분이에요. 테스트가 아니고요. 그건 음식이 나오면 그때 진행할 거예요. 문제 학생이었나요? 수업도 째고, 막 그런?"

얼리셔는 학창 시절에 대해 어떻게 이야기해야 할까 저울질하느라 10억분의 1초만큼 뜸을 들였다. 겨우 열 살이었던 5학년 시절은 참혹했다. 볼티모어에서 자라던 그녀에게 연상의 동네 남자애들이 연기를 들이마시고 취하는 법을 가르쳤다. 그 녀석들은 어린 여자아이에게 끔찍한 짓을 저지른 뒤 집에서 수 킬로미터 떨어진 거리에 내버려두고 갔다. 그녀는 입원했고 아주, 아주 많이 아팠다. 무척 겁이 났고 무척 혼란스러웠다. 그녀는 줄을 지어 나타나는

1 우유와 크림을 섞은 유제품
2 설탕 대신 넣는 인공감미료 상표

여자 경찰관, 아동 보호국 직원, 의사 들과 대화를 나누었다. 이후 오빠가 가해자 한 녀석을 심하게 두들겨 패고 또 다른 녀석에게 중상을 입히는 바람에 체포되었다. 먼 친척들이 개입했다. 마약과 무기가 발견되었고, 오, 세상이 무너졌다. 그해 남은 기간에는 학교에 가지 않았고 위탁 가정에서 살다가 고모와 삼촌이 와서 리치먼드로 데려왔는데, 거기서 얼리셔가 아는 사람이라고는 성인이 된 두 사촌 대럴과 미차뿐이었다. 그녀는 침묵 속에서 5학년을 다시 다녔다. 집에 있을 때 말고는 입을 열지 않았다. 일요일 교회에서도 침묵을 지켰다. 그녀는 특수학교로 보내졌고, 책을 읽고 책에 나오는 이야기에 관해 대화하고 싶어 하는 페이스 박사라는 여자(그렇게 부르긴 했지만 페이스가 성은 아니었다)와 많은 시간을 보냈다. 얼리셔는 꽤 오랫동안 페이스 박사와 말을 하지는 않았다. 두 사람은 주방에 가서 말없이 직접 피자를 만들곤 했다. 얼리셔는 지시를 충실히 따라 피자를 만드는 과정을 좋아했다. 그녀가 열세 살일 때 삼촌이 당뇨로 죽었다. 대럴은 해병대에 입대했다. 미차는 플로리다로 이사했다. 뒤에 남은 얼리셔는 고모와 단둘이 살면서 고등학교에 다녔고, 여자아이가 꿀 수 있는 가장 끔찍한 온갖 악몽에 시달리곤 했다. 알고 보니 고등학교 남자애들 중에도 (그리고 동네 사내들 중에도) 무표정한 포식자가 있었다. 그녀는 메이즈 오브 아메리카라는 청소 업체에서 첫 번째 일자리를 구했지만 일하러 간 집에서 남편이 자리를 뜨려 하지 않자 일을 그만두었다. 그 남자는 그녀를 따라 집 안을 돌아다니면서 지나치게 많은 사적인 질문을 계속 던졌고, 욕실 청소를 마친 다음 같이 한잔하자고 제안했다. 그녀는 버거 서커스(자리가 없었다)와 칙 & 텐더(파트타임으로 시작했다)에 지원했고, 커뮤니티 칼리지에 다녔고, 고모가 플로리다로 가서 미차와 함께 살기 전까지 고모를 돌보았다. 얼리셔는 남자 친구를 만들지 않으려 했고(안전하게 느껴지는 상대가 없었다) 때때로 페이스 박사와 연락했다. 칼리지와 칙 & 텐더가 그녀의 삶을 채웠다. 그녀는 그 두 세계에서 조용히 지냈다.

"학교에서는 조용히 지냈어요." 얼리셔는 데이스에게 그렇게만 설명했다.

"나는 암탉이 닭장에 가듯 고등학교를 다녔죠. 학교는 건물이고 나는 그 안에 들어가야만 한다는 식으로요." 데이스가 말했다. 이윽고 음식이 나왔다. "너무 빨리 나오는 거 아닌가 싶을 정도인데요."

"맛있게 드세요." 주넬은 마치 와플 타임에서는 모두가 그런다는 말투로 말했다.

"이거 좀 봐요. 반죽에다 버터에다 달콤한 시럽을 0.5센티미터는 뿌려 놓은 것까지. 각오해라, 혈당아. 앨리스 앞에서 맹세할게요. 내가 버지니아에서 와플을 아침으로 먹는 건 이번이 마지막이에요."

베이컨 한 줄을 반으로 접어 입에 넣은 뒤, 데이스는 카운터 위의 와플 타임 시계로 한 시간 가까이 이어진 독백을 시작했다. 그녀는 얼리셔에게 할 일의 목록이나 목적의식이나 뭘 하거나 하지 말아야 한다는 규정을 이야기할 일은 없으니 받아 적을 필요 없다고 말했다. 얼리셔가 데이스에게 들은 것은 취업 면접이라기보다는 삶에 대한 설교요, 인간의 본성에 관한 단상과 수사적인 질문으로 가득한 철학적 랩이었다. 캔디스는 야구장의 야구 선수들과 우주를 탐구하는 천문학자들이 어떤 식으로든 영화 만들기와 관련이 있는 것처럼 이야기했다. 뮤즈들과 항공사 비행 일정, 창작이라는 수수께끼, 우연히 찾아오는 천재적인 발상에 대해서도 이야기했다. 등가 상태, 저주, 망각, 그리고 지연발화라는 것도 언급했다. 그녀는 '소진된 재능', '추락한 위신', '어중간한 재능의 오만'에 관한 이야기를 들려주었다. 영화가 항상 수요일에 촬영을 시작하는 것은 누구에게나 사흘간 자신을 증명할 시간을 주기 위해서라고 했다. 무능력자는 금요일 밤에 해고되고 다른 사람이 월요일에 자리를 대신했다. 다리를 놓는 데에 아무리 큰 비용을 들이더라도 결코 강을 소유할 수는 없다는 말도 했다. 자크 쿠스토[1]가 스쿠버 다이빙의 발명에 도움을 주었다고도 말했다.

얼리셔가 보기에 데이스에게는 페이스 박사를 떠올리게 하는 데가 있었다. 이야기를 듣는 것이 즐거웠다.

"혼란스러워하는 게 눈에 드러나요, 앨리스." 데이스가 말했다. "이런 이야기에 너무 집중하지는 말아요." 그녀는 언젠가 한 영화 현장에서 촬영일 내내 뜨개질하는 법을 배웠던 일화를 들려주면서, 그 기술 덕분에 자신이 정신 나간 일을 하면서도 제정신을 유지할 수 있었다고 했다. 단역으로 고용된 어느 성격파 배우가, 자기 역할이 여전히 O. C.●인 탓에 삼중차●● 안에서 하염없이 시간을 보내고 있었다. 데이스는 지나치게 이른 콜 타임●●● 때문에 문제가 생겼다면 그걸 무마하려고 얇은 트레일러 문을 두드렸다. 칠십 대였던 그 배우는 완벽하게 만족스럽고 더없이 상냥한 태도로 깨끗하고 간소하고 소독제 냄새가 나는 감방 안에 앉아 있었다. 그녀는 짙은 남색 실로 스카프를 뜨고 있었다.

"필요하신 게 있을까요?" 데이스가 물었다.

"아이스티가 있으면 좋겠네요." 노부인은 대답했다.

"동감이에요!" 데이스는 무전으로 37번 출연자에게 아이스티 두 잔을 가져다 달라고 했다. 몇 분 뒤, 조감독 하나가 복숭아 맛 아이스티 캔과 얼음이 든 솔로 일회용 컵을 가지고 나타났다. 데이스는 방 세 개짜리 트레일러의 문을 열고 계단에 앉아 37번 출연자와 함께 음료를 마시고 햇볕을 쬐면서, 그녀가 하루 종일 그곳에 있었는데도 일은 시작도 못 했다는 사실만 빼고 온갖 이야기를 나누었다.

"오, 나는 기다리라고 돈을 받는 거예요, 아가씨. 연기는 공짜로 하는 거랍

● 오프 카메라
●● 별도의 분장실 세 개가 딸린 트레일러
●●● 모두가 현장에 나타나기로 정해진 시간. 시간상으로도 급료상으로도 일과가 공식적으로 시작되는 시점이다.
1 프랑스의 해군 장교, 해양학자, 작가, 영화감독

니다." 여자가 말했다.●

"지금 만드시는 건 뭐예요?" 데이스가 뜨갯감에 관해 묻자, 대화는 보스턴에 사는 손녀를 위해 만드는 스카프에 관한 묘사와 더불어 손으로 옷을 만드는 일과 항상 뭔가 할 일이 있다는 사실과 본업 외에 달리 몰두할 대상이 있다는 점이 긴장을 풀고 마음을 가라앉히는 데에 도움이 된다는 주장으로 이어졌다. 데이스는 자신의 정신 나간 업무량에 다른 활동을 추가하는 일이 가능하리라고는 단 한 번도 생각해 본 적 없었다. 더 뭔가를 할 시간이 없었다. 그녀가 하루에 쓸 수 있는 시간에는 한계가 있었다. 어떻게 실뭉치와 뜨개바늘한 쌍이 삶의 질을 더할 수 있다는 거지? 하지만 37번 노인이 평온의 정수 그 자체를 뿜어내고 있다는 것만은 분명했다.

37번 출연자의 이름은 세이지 킹솔버였다. 그녀는 1960년에 다름 아닌 존 웨인이 감독한 〈알라모〉에서 한 줄짜리 대사를 연기한 이래 지금껏 활동 중인 배우였다(당사자는 '여배우'라는 표현을 선호했지만). 이후 사흘 동안 세이지는 데이스에게 뜨개질하는 법을 가르쳐 주었고, 데이스는 답례로 그 주 내내 여배우의 이름이 콜 시트[1]에 올라가도록 했다. 세이지는 짧은 두 장면에서 대사 세 줄을 연기한 것에 비해 많은 출연료를 받았고, 금요일 밤 9시 58분에 촬영 종료가 선언되자 데이스에게 뜨개바늘과 털실과 그것을 담을 토트백을 선물했다. 데이스는 그 주 주말을 첫 스카프를 뜨며 보냈다. 그때 만든 영화가 〈찰리 누구?〉였다. 세이지 킹솔버는 사 년 전 자는 도중에 숨을 거두었고, 그녀의 사진은 미국배우조합 시상식의 추모 영상에 등장했다.

"일은 파운틴 애비뉴를 걸으면서 배우는 거예요." 데이스는 얼리셔에게 말했다. "캐나다 해군에도 그런 말이 있죠. '이런 삶은 또 없다.'" 와플은 일화

---

● 영화 촬영장에서 통용되는 아주 오래된 격언으로, 오슨 웰스, 제이슨 로버츠, 올리비아 드 해빌런드, 그리고 줄리 '캣우먼' 뉴마 같은 배우들이 이렇게 말했다고 전해진다.
1 일일 촬영 일정표

하나하나를 들려주는 중간중간 베어 먹은 끝에 다 사라진 뒤였다. "다 먹어
버렸네. 삼십 분쯤 뒤에는 아기처럼 자게 생겼어요. 그럼……." 데이스는 입을
닦고 잔에 든 카페인을 마저 해치웠다. "얼리 바바. 내가 방금 말한 것 전부에
대해 어떻게 생각해요?"

얼리셔는 한 마디 한 마디를 새겨듣고 있었다. 건방지거나 우물쭈물하는 소
리를 입 밖에 내서는 안 된다는 것쯤은 본능적으로 알 수 있었다. 그녀와 데
이스는 새로 사귄 친구에게 난소 말고도 다른 공통점이 있다는 사실을 발견하
고 가십 축제를 벌이는 여자애들이 아니었다. 데이스가 와플을 먹으면서 꽃을
뿌려 치장한 물줄기는 실제로는 사납게 몰아치는 급류였고, 연약한 인간들이
하는 스트레스 많은 일이었다. 다들 금이 간 그릇 같았고, 불안으로 가득했으
며, 모 아니면 도가 계속되는 압박감 심한 직종에 종사했다. 얼리셔는 왜 모
든 영화계 종사자가 온전한 정신을 유지하기 위해서 뜨개질을 하지 않는지 궁
금해졌다. 그녀는 그냥 영리하게 들릴 법한 균형 잡힌 대답을 찾기 위해서가
아니라 자신의 어휘에 기틀을 부여하기 위해서, 데이스에게서 들은 모든 이야
기를 아우를 형태를 포착하기 위해서 잠시 뜸을 들였다.

데이스는 고개를 기울이고 눈을 얼리셔의 눈에서 떼지 않은 채 대답을 기다
렸다. 완벽한 대답이 나올 수도 있었고 아니면 그녀가 막 소화기관에 부담을
안겼을 뿐 아니라 설상가상으로 시간마저 낭비했음을 뜻하는 대답이 나올 수
도 있었다. "요점 한두 개만 콕 집어서 쏴 봐요." 그녀가 명령했다.

얼리셔는 이 초 더 생각했다. 탕. "영화 만들기란 자기가 일으킨 것보다 더
많은 문제를 해결하는 일이군요." 얼리셔는 데이스의 오른쪽 눈썹이 희망에
찬 아치를 그리는 것을 눈치챘다. 빵야. "쫄보는 못 할 짓이네요."

데이스는 고개를 끄덕였다. "아주, 아주 잘 말했어요."

* * *

얼리셔는 가든 스위트 인에 일주일 후 퇴직하겠다고 통보했고, 그동안 경영 다양성 프로그램에 등록해 자신의 후임이 되기로 한 트나이아를 교육했다. 그녀는 모든 상급자와 본사에 자신을 신뢰해 준 것과 가든 스위트 인 코퍼레이션 오브 아메리카에서 일하는 동안 배운 모든 것에 대해 감사를 표하는 메시지를 보냈다.

월요일 아침, 얼리셔는 클라이드 밴 애터를 소개 받았다. 제1 조감독인 그는 데이스와 동등한 위치에 있는 그녀의 지지자이자 공모자였다. 데이스의 공식 직함은 제작자였다. "너한테 이 일을 감당할 능력이 있을 것 같지?" 클라이드는 저렴한 미소를 지으며 얼리셔에게 물었다. "지금 이 순간에도 로스앤젤레스에는 너한테 주어진 기회를 얻고 싶어서 차 안에서 먹고 자는 사람들이 널렸어. 그거 알아?" 당황해서 말문을 잃은 얼리셔를 데이스의 호통이 구해 주었다. "그 여자 건드리지 마! 밴에 타, 클라이드!" 정찰에 나서기에 앞서 데이스는 얼리셔에게 데이스 밀스와 클라이드 밴 애터의 전화번호가 저장된 노키아 휴대전화를 건넸다. 후일 그 벽돌 전화에는 스물여덟 개의 단축 번호가 등록되었고, 각각의 번호는 항상 어깨에 메고 다니는 메신저 백에 든 메모장에도 적혀 있었다.

"뛰어들 시간이에요, 앨리스. 탕! 빵야!" 데이스는 얼리셔가 뛰어들기를 기다리지 않고 미니버스에 올라타며 말했다.

얼리셔에게 맡겨진 당면 과제는 데이스, 빌 존슨, 클라이드 밴 애터를 데리고 가든 스위트 인이라는 똥통에서 빠져나가는 것이었다.●

---

● 존 머드리드는 어쨌느냐고? 그는 로스앤젤레스로 돌아가 영화를 맡은 스튜디오 임원의 직무에 임했다. 그를 좋아하는 사람이 없다는 것은 사실이었는데, 왜냐하면…… 그는 영화를 맡은 스튜디오 임원이었기 때문이다. 그는 스튜디오 임원의 직무를 수행하기 위해 올 때마다 가든 스위트 인에 묵었다.

* * *

　제작 중인 영화의 제목은 〈아무것도 묻지 마(거짓말을 듣지 않게)〉였다. 얼리셔에게는 제목이 무엇이든 상관없었다. 〈원숭이는 반려동물로는 별로야〉든 〈무너진 마을의 고블린들〉이든 알 바 아니었다. 그녀는 각본을 읽는 것은 고사하고 각본을 한 부 받기까지만도 몇 주가 걸렸는데, 그 무렵에는 상단에 옵셔널 엔터프라이즈가 인쇄되고 하단에 그녀의 이름이 표기된(앨리스 맥티어) 메모지를 받고, 데이스 밀스의 사무실 밖에 전용 책상이 생긴 데다 데이스의 입맛에 딱 맞게 커피를 만드는 일을 맡은 뒤였다. 제작 사무소는 미캐닉스빌 어느 막다른 골목에 있는 텐 핀 앨리라는 건물에 들어섰다. 과거 볼링 장비 제조 회사의 본사 겸 제조 공장으로 쓰였던 건물이었다. 얼리셔 맥티어(앨리스 맥티어라니, 그건 정말 아니잖아)는 그 공간을 구한 다음 사무용 가구, 사무용품, 전화선, 펜과 종이와 색색의 형광펜, 컴퓨터 프린터와 용지, 연장 코드와 과전류 보호기, 코르크보드와 핀, 화이트보드와 마커와 지우개, 온갖 크기의 봉투, 스테이플러와 스테이플러 침, 접이식 의자와 탁자, 커피 메이커, 에스프레소 메이커, 커피 원두와 에스프레소 캡슐, 냉장고와 전자레인지, 일회용 스푼과 나이프와 포크와 접시와 컵, 도마와 톱날 칼, 가장 가까운 병원과 경찰서와 치과와 식료품점과 약국과 동물병원과 영화관과 조리 식품점과 자동차 정비소와 더불어 자살예방상담전화 번호가 적힌 게시물을 마련했다.

　그녀가 일을 시작한 날은 영화의 사전 제작 단계, 일명 프렙이 공식적으로 시작되는 날이기도 했는데, 그날 얼리셔는 임대할 장소를 둘러볼 일정을 짜기 위해 부동산 중개인, 아파트 관리인, 부재중인 집주인 들과 대화를 나누었다. 그녀는 영화를 만들기 위해 미국 전역에서 찾아올 부서장들이 묵을 숙소를 찾아내고 승인하고 확보해야 했다. 얼리셔는 빌 존슨이 사용할 개조 타운하우스를 발견했다. 제작 사무소에서 차로 가까웠던 탓에 이후 몇 달에 걸친 사전 제작, 본 촬영, 후반 작업을 거치면서 갈수록 허름해질 숙소였다. 데이스는 그곳을 보자마자 자기 숙소로 찜했다. "이곳이 나를 부르고 있잖아!" 데이스는 속을 가득 채운 페이즐리 패턴 소파 위에 뜨개질 가방을 던지며 말했다. "엘 헤페[1]는 담배 공장에 넣어."

한때 담배 창고로 쓰던 건물을 개조해 만든 다락방을 두고 하는 말이었다. 그 집 주인은 1979년에 최첨단 유선 스테레오 시스템을 설치하고 빈티지 LP로 벽을 도배한 다음 목록까지 만들어 두었다. 빌 존슨은 그곳을 마음에 들어 했고, 〈아무것도 묻지 마(거짓말을 듣지 않게)〉를 만드는 동안 휴일에도 텔레비전은 단 한 번도 켜지 않고 〈살 디에고와 함께 집에서 차차차를 배워 봐요!〉를 비롯해 이전까지는 존재하는 줄도 몰랐던 레코드를 들었다며 으스댔다.

얼리셔는 몇몇 부서는 그녀가 고용되기 전부터 활동 중이었다는 사실을 깨닫고 놀랐다. 가령 로케이션팀은 리치먼드에 한 달째 머무르고 있었다. 수송팀은 지역 운송노조 소속 운전사들을 예약해 두었다. 조감독, 캐스팅, 카메라, 음향, 미술, SPFX, 건설, 여행, 회계 등 다른 여러 부서도 차례로 텐 핀 앨리의 사무실과 칸막이를 차지했다. 메리 비치라는 사람이 팀장으로 있는 주거팀이 일을 시작하자 얼리셔는 더는 살 공간을 찾는 일에 얽히지 않아도 되었다. 그건 MB의 영역이었다. 얼리셔가 전화 한 통으로 스태프 다수를 가든 스위트 인에 배정하자 MB는 그녀의 영원한 팬이 되었다. 이것은 〈아문마(거들게)〉에게 큰 승리였다. 돈도 절약하고 MB의 책상에서 문제 하나도 해결했으니까! 머릿속 카드 한 장을 구겨 없앤 것만으로 얼리셔는 귀인이 되었지만, 일주일 이십사 시간 내내 일하는 신세는 달라지지 않았다.

이후 열한 달 동안 얼리셔는 수수께끼를 풀고 압력을 완화하고 요철을 없애고 문제들을 지나가는 장대비처럼 사라지게 했다. 그녀는 병에 든 생수를 충

---

1 '대장'이라는 뜻의 에스파냐어 단어

분히 준비했고 필요하다면 차갑게, 기호에 따라서는 상온으로 제공했다. 식당, 헬리콥터 투어, 영화표 등 온갖 예약도 했다. 그녀는 '그놈의 영화 스태프들'이 지나치게 소란을 피운다며 꽥꽥거리는 주민들의 불평을 자신도 같은 버지니아 출신이라는 동질감을 내세워 무마했다. 자기 돈 20달러를 들여 한 꼬마를 매수해서 아침 촬영 중에 전동 잔디깎이 소음을 내지 않게 했고, 그날 오후에는 배식팀에서 아이스바도 얻어다 주었다. 데이스는 하루에 스무 번씩 그녀를 불러 질문을 던지고 명령을 내렸다. 내 숙소 창문에 에어컨은 언제쯤 설치할 수 있지? 스틱 차량 운전할 줄 알아? 살 디에고(빌 존슨)가 어젯밤 그 피자는 마음에 안 들었대. 크러스트가 너무 두껍고 토핑에 토마토 맛이 너무 강했다나. 나폴리식 피자 하는 곳을 찾아 봐. 얼리셔의 업무는 가든 스위트의 녹색 튜닉을 입었던 시절에 수행했던 것과 다르지 않았지만, 그칠 줄 모르고 계속되는 데다 당장 처리해야 한다는 점이 달랐다. 그녀가 푸는 문제들은 하나같이 증명을 요하는 방정식 같았다. 주머니칼 곱하기 프로즌 요거트 더하기 레인보 스프링클 세제곱. 생활 방식에 찾아온 이점도 있었는데, 예를 들어 항상 편한 신발을 신는다든가, 수송팀에서 그녀의 못생긴 똥통 같은 터셀 대신에 새 지프를 임대해 주어서 휘발유와 마일리지를 기록할 필요가 없게 되었다는 것 등이 그랬다. 그녀가 텐 핀 앨리의 제작 사무소 밖에서 일하고 있을 때면 운전사 하나가 지프를 가져가 세차와 주유를 해 두었다.

사전 제작 기간 첫 번째 주의 바로 그 첫 번째 월요일부터, 얼리셔는 정찰을 시작으로 영화가 제작진에게 가하는 부담을 이해해 나갔다. 정찰이란 부서장들이 밴 한 대의 좌석을 빠짐없이 차지하고 한 장소로 이동해서 다들 어릿광대가 차에서 쏟아져 나오듯 우르르 밀려 나와 한꺼번에 발언한 다음 각자 다른 방향으로 찢어져서 주변 건물과 나무와 길 건너 주류 상점과 지평선에 걸린 전깃줄을 향해 손가락질을 하다가 장소를 충분히 확인하고 판단을 내렸다 싶으면 다시 밴에 구겨져 타고 차에 오르자마자 휴대전화를 꺼내서 모두가 한

꺼번에 말하는 소리에 묻히지 않도록 목소리를 높여 통화를 하는 동안 운전사는 다음 정찰 장소를 향해 이동하는 과정을 온종일 진이 빠지도록 계속하는 장거리 자동차 여행이었다. 어떤 날은 하루에 열두 군데까지 방문하면서 오십 분간의 식사 시간 동안 중국 음식이나 바비큐나 치킨 프라이드 스테이크를 먹었는데, 음식점은 얼리셔가 섭외해야 했다. 정찰이 마침내 끝나고 텐 핀 앨리로 돌아오면 부서장들은 화장실이나 다과실에만 잠깐 들른 뒤 자신들이 지난 열 시간과 204킬로미터 동안 발견하고 결정한 모든 것을 토대로 작업에 착수했다. 얼리셔가 에어컨이 돌아가는 로비에서 일했던 이전 직업과 가든 스위트의 녹색 튜닉을 아주 조금이나마 그리워했던 것도 바로 이 정찰 기간이었다.

그 마음이 바뀐 것은 일을 시작하고 몇 주가 지난 어느 금요일 밤 늦게 데이스의 타운 하우스에서 두 여자가 신발을 벗은 채로 마가리타를 마시며 주말 일정을 점검하는 자리였다. 버지니아영화사무국과 함께하는 겉치레 홍보 행사, SPFX팀과 헤어/분장팀 보고회, 조감독들이 참석하는 안전 회의가 있을 예정이었고, 그날 밤에는 빌 존슨의 제안에 따라 관심 있는 사람들을 대상으로 비토리오 데 시카 감독이 고전 명작 〈자전거 도둑〉에 앞서 전초전 격으로 만든 작품인 〈밀라노의 기적〉을 상영할 계획이었다.[1] 일요일에는 스태프들이 묵는 한 호텔에서 대형 스크린으로 풋볼 경기를 관람할 수 있게 해 두었다. (과연 어느 호텔이었을지 맞혀 보시길. 얼리셔는 트나이아에게 버펄로 윙을 준비해 달라고 부탁했다.) 데이스는 믹서기 버튼을 다시 누르면서 얼리셔에게 〈아무 것도 묻지 마(거짓말을 듣지 않게)〉의 각본을 어떻게 생각하느냐고 물었다.

"모르겠는데요." 얼리셔가 말했다.

"내가 원하는 대답이 아닌데, 얼리 못 찾겠다 꾀꼬리." 데이스는 술이 들어간 슬러시를 더 따라서 두 잔을 가득 채웠다. "우리만의 성역 바깥에서는 누

---

1 〈밀라노의 기적〉은 〈자전거 도둑〉 이후에 만든 작품이다. 저자의 착오로 보인다.

가 물어보든 우리 각본이 끝내주고 놀랍고 경이로움과 '우와'와 '와아'로 가득 차 있다고 해. 하지만 우리끼리는, 특히 술을 마시면서는 머릿속에 있는 생각을 그대로 말하라고. 각본이 변변찮아? 멍청해? 평균이야? 뻔해? 다른 데서 이미 본 내용이야? 아니면…….” 데이스는 마가리타를 너무 빠르게 넘기는 바람에 머리가 띵해졌다. 그녀가 이마를 두드리기 시작했다. “우리가 또 다른 걸작 영화를 만들고 있다고 생각해?”

“혀를 목구멍 안쪽으로 말아서 부비강을 따뜻하게 해 보세요.” 얼리셔가 제안했다.

데이스는 제안을 실행에 옮겼다. “아라써.” 그녀가 말했다. “어라, 이거 제법 효과가 있네. 그럼…… 말해 봐. 각본. 엄지가 올라가, 내려가?”

“몰라요.” 얼리셔는 두 잔째 마가리타를 홀짝였다.

“왜 우리 각본에 대한 의견을 꼭꼭 숨기는 거야?”

“안 읽어 봤으니까요.”

“대체 왜 안 읽었는데?”

“제가 읽어도 되는 건가요?”

“자기도 이 영화 만들잖아!”

“아무도 각본을 안 주던데요. 제가 본 각본에는 숫자가 붙어 있었어요. 정찰 때 밴 안에서랑 제작 사무소에서 슬쩍 몇 장 정도 봤거든요. 페이지마다 스태프 이름이 밝은색으로 본문을 가로질러 인쇄되어 있던데요. 당사자만 볼 수 있는 일급 기밀 같은 건가 보다 했죠.”

“내가 못 살아. 그건 웬 칠푼이가 각본을 잃어버리거나 에이전시의 스파이에게 도둑맞을 경우에 대비한 거고. 아니면 우리가 할리우드 외신 기자단에 편집한 각본을 공식적으로 배부하기 전에 각본이 몰래 흘러 들어갈 때나.” 데이스는 반쯤 빈 마가리타 잔을 커피 테이블에 내려놓고(석 잔째를 마실 게 분명했다) 사무실로 바꿔 놓은 두 번째 침실로 들어갔다. 얼리셔는 컴퓨터 프린터의 전원이 켜지는 소리를 들었고 이내 지익 착, 지익 착, 지익 착, 하고 출력 트레이에 용지를 뱉어 내는 소리가 뒤를 이었다.

데이스는 주방 아일랜드에 들러 남은 초록색 영약을 챙겨 거실로 돌아왔다. "몇 분 뒤면 각본이 생길 거야. 오늘 밤에 읽어. 우린 내일 아침 일찍 각본 얘기를 할 거야. 이건 다 해치울 거고." 그녀는 얼리셔와 자신의 잔에 마가리타를 차례로 채우며 말했다. 데이스는 아직도 1센티미터가량 남아 있는 피처를 들어 주둥이를 입에 대고 그대로 마셨다. 마가리타 해치우기 완료.

그녀가 다시 이마를 두드리자, 얼리셔는 혀를 목구멍 안쪽으로 말라고 상기시켰다.

* * *

형식과 명명법을 알고 나면 각본을 읽는 것은 영어 자막이 달린 외국영화를 보는 것과 같다. 번역일랑 잊고 페이지에 적힌 대로 영화를 이해하게 된다는 얘기다. 〈아무것도 묻지 마(거짓말을 듣지 않게)〉의 각본은 스크린 위의 영화와 같으면서도 다른 점들이 있어 더욱 흥미로웠다. 이는 빌 존슨이 각본을 간략한 얼개, 각 장면의 가이드라인 정도로 여기는 탓이다. 그 장면들은 그의 머릿속에서 시작되어, 수개월에 걸친 제작 회의와 부서장들의 압력 행사를 거쳐 물리적인 실체를 갖추어 나가고, 당일● 촉발된 즉흥을 허용하면서, 카메라에 담기고 편집을 통해 변경한 영상을 통해 완성된다. 세미트레일러 삼중 충돌처럼 규모가 큰 순간들은 각본에 있었다. 각본에 없는 것은 무대에도 오르지 않았다. 하지만 빌은 촬영 전날 밤이나 촬영 현장으로 가는 차 안에서 찾아든 변덕에 맞춰 영화에 새로운 요소를 추가하기 일쑤였다. 배우에게 장면을 조금 더

● 문제의 장면을 촬영하는 날

낮게 만들 만한 아이디어가 있으면 그 또한 완성된 필름에 반영되기도 했다.

얼리셔는 라임, 테킬라, 트리플 섹을 그렇게나 마셔 대서 머리가 멍했음에도 앉은 자리에서 각본을 다 읽었는데, 재무부 요원 애벗 소프(로스 맥코이 분)가 자신의 꾀죄죄한 아파트에서 오래된 LP를 들으며 차차차를 익힌다는 내용은 각본상에는 전혀 없었다. 미합중국 대통령이 한밤중에 소프에게 전화를 걸고, 전축 바늘이 올라가고, 소프가 차차차를 추면서 전화를 받는다. 빌은 차차차를 현장에서 추가했는데, 그날 아침 헤어/분장 트레일러에서 머핀과 커피를 먹고 마시면서 맥코이에게 그 아이디어를 제안했다. 빌이 들어왔을 때 맥코이는 무척 졸렸기 때문에 감독이 말하는 바를 머릿속에 떠올리는 데 애를 먹었다. 하지만 나중에는 수락했다.●

"그래서, 각본에 대한 제 생각은 이래요." 얼리셔가 말했다. 그녀와 데이스는 다과실에 있었다. 데이스는 버지니아 리치먼드에서 베이글이라고 파는 물건을 썰고 있었다. 얼리셔는 원시적인 비바! 카푸치노 메이커로 하프 앤드 하프에 거품을 내고 있었다.

"여기선 입 함부로 놀리지 말고." 데이스가 말했다. "내 사무실에서, 문 닫고 얘기해." 사전 제작 단계인 이 시점에서는 스태프들이 토요일 아침 일찍부터 일하고 있었다.

데이스의 사무실은 텐 핀 앨리의 주차장을 내려다보는 방이었다. 가지치기가 필요한 애처로운 야자수 나무 세 그루가 창문 일부를 가리고 있었다.

"자. 어떻게 생각했는데?" 데이스는 얼리셔가 등 뒤로 문을 닫고 들어오기가 무섭게 물었다. "우리 이름이 이 망할 것에 올라갈 거라고."

---

● 파운틴 애비뉴를 오르락내리락하던 로스 맥코이는 당시 오르막에 있었다. 얼리셔는 그가, 그래, 근사하다고 생각했지만 동시에 그는 개자식이기도 했다. 그는 얼리셔에게 빌다시피 하며 달려들었다. 그녀에게는 전혀 달갑지 않은 일이었고, 그런 반응은 그녀를 향한 로스의 열망을 더욱 부채질하기만 했다. 오늘날이었다면 그는 성폭력으로 고소당했을 것이다. 얼을 불편한 발언과 접촉에 시달리게 했던 다른 스태프 세 명도 같은 일을 겪었을 테고.

얼리셔는 자리에 앉았다. "음, 한 편의 영화가 되기에 손색없는 이야기였어요. 술술 넘어갔죠. 흥미진진했고요."

"긴장감 넘치는, 안절부절못하게 하는 스릴러다?" 데이스는 얼리셔가 만들어 준 커피를 홀짝였다.

"그렇게 말할 수도 있겠죠. 정치에, 첩보에, 악당들과 싸우는 재무부 요원들에. 재무부 요원들이 그런 일을 하는 줄은 몰랐지만, 설득은 되더라고요. 케인이 첩자가 아닌 건 놀랐고요. 그랬더라면 와우, 엄청 빤하네, 했을 텐데 아니라서 마음에 들었어요. 하지만 제드 요원과의 섹스 장면은 우스꽝스럽기만 하던데요."

"거긴 섹시해야 하는데."

"터무니없어요. 폭풍우가 치는 와중에 버려진 마구간에서 사랑을 나눈다고요? 젖은 옷을 입고? 거미들과 나뭇조각과 질척거리는 지푸라기 사이에서? 누가 그딴 짓을 해요?"

"영화에서는 다들 만날 그러잖아." 데이스는 베이글에서 새어 나와 손가락에 묻은 두툼한 땅콩버터 덩어리를 핥아먹었다. "그리고 지니 포프아이슬러가 제드 요원을 맡을지도 몰라.• 스튜디오는 그녀가 발가벗고 질척거리는 지푸라기 사이에서 섹스 연기를 하기를 바랄 거라고. 스태프들도 그럴 테고. 노출 대역이 돈 좀 벌겠지."

"애벗 소프가 세계를 구하지만 아무도 그 사실을 모르고 앞으로도 모를 것이며 그가 남들한테 자랑할 제드 요원의 전화번호조차 받지 못한 채 꾀죄죄한 아파트와 정부 업무로 돌아간다는 점이 마음에 들어요. 그게 주제를 확실하게 해 주고요."

---

• 지니 포프아이슬러와의 계약은 성사되지 않았고, 그녀는 기회를 흘려보냈다. 여러분도 아시다시피 마리아 크로스가 제드 요원을 연기했는데, 지니는 이 캐스팅 소식을 듣자마자 격분했다.

"주제? 주제에 대한 의견이 있다고? 들어 보자고."

"우리 자유의 수호자들은 부유해지지도 유명해지지도 찬양받지도 못하는 무명의 군인들이라는 거요. 우리가 사는 오늘날에 대한 서글픈 논평이죠."

데이스는 임대한 책상의 임대한 의자에 달린 뻣뻣한 요추 지지대에 등을 기댔다. 오래 앉다가는 몸이 박살 날 물건이었다. "정말 그걸 각본을 읽고 알아냈다고?"

"뭐, 말로 일일이 명시된 건 아니지만 행간을 읽었죠."

"빌 존슨이 자기 이름을 외우고 나면 자기를 사랑하겠는걸. 하지만 자기랑 나는 텍스트와 서브텍스트의 틈바구니에서 뒹굴려고 여기 있는 게 아냐. 우리는 제작부야. 우리는 문제를 다루지. 가령 기초 산수. 두 페이지당 하루로 계산하면 촬영에는 며칠이 걸릴까?"

얼리셔는 이내 각본이 127페이지라는 사실을 상기했다. "63일 반요."

"아얏." 데이스가 다시 의자 요추 지지대에 등을 댄 것이다. "이 의자, 앉은 사람 잡겠네."

"나와 봐요." 얼리셔가 말했다. 데이스가 일어서자 얼리셔는 의자를 돌려 등받이 한가운데에 달린 조절 레버를 찾아냈다.

데이스가 말했다. "촬영일이 63일이면 예산은 120만 달러 초과되고 우리 보스는 산 채로 끓는 물에 처넣어질걸."

"다시 앉아 봐요." 얼리셔가 물러나자 데이스가 다시 의자에 앉았다.

"천 배는 더 낫네!" 의자는 이제 영국 항공 일등석처럼 편안했다.

"더 높이 올려 줘요?"

"됐어." 데이스는 다시 베이글을 한 입 먹고 커피를 한 모금 마셨다. 그리고 우물거리며 말을 이었다. "그래서……. 우리 예산은 55일짜리야. 만약 촬영을 52일째에 마친다면 우리 보스는 거장으로 떠받들어질 거야. 파운틴 애비뉴에서 퍼레이드도 열어 줄 테고, 어느 쪽 제안이 먼저 들어오느냐에 따라 향후 오 년 혹은 영화 세 편을 자기 마음대로 결정할 수 있겠지. 물론 영화가 완전히 망하지 않는다면 말이지만. 영화가 망하면 보스는 까맣게 탄 토스트 꼴이 되어서는 자기를 피하는 사람들한테서 동정 어린 시선이나 받을 거야. 하지만 가령 〈멍청한 질문을 해 봐(네 눈에 비눗물이 들어갈 테니)〉가 대여 시장에서 7억 5천만 달러를 벌고 영화사에 길이 남을 걸작으로 칭송받는다면, 빌이 본 촬영만 99일에 추가 촬영까지 이 주 더해서 영화를 완성하더라도 아무도 신경 안 쓰는 거고. 여전히 퍼레이드도 열어 줄 테지."

"그런데……." 말꼬리를 늘이는 데이스의 버릇이 얼리셔에게도 옮은 뒤였다. "촬영은 하루에 두 페이지라면서요? 그럼 산수가 안 맞는 거 아녜요?"

"하루에 두 페이지라는 건 낭설이야. 어떤 날은 하루에 8분의 1페이지만 찍어도 기적이야. 배우가 독감에 걸리고, 리깅[1]이 버티질 못하고, 카메라가 먹통이 되지. 아무리 애를 써도 개가 사냥을 하려 들지 않고. 그럼 일정에 뒤처진 걸까? 그럴지도. 다음 날에는 배우들이 걸어 다니면서 대사를 잔뜩 읊어야 하는 일곱 페이지짜리 장면이 점심도 안 돼서 끝나서, 오후에는 제2 촬영팀이 인서트[2]랑 자동차 촬영만 하면 돼. 그럼 일정보다 앞선 걸까? 그럴지도. 이래서 이 일이 쫄보는 못 할 짓이라는 거야." 데이스는 커피를 홀짝였다. "야간 촬영은 어떻게 생각해? 비는?"

"필수적인 섹스 장면에 앞서 분위기 잡는 역할을 하겠죠."

"맞아. 하지만 실제 촬영은? 악몽이 따로 없어. 촬영에 일주일은 걸릴 거야. 콜 타임은 월요일 오후 5시 45분. 화요일 아침 해가 뜰 때까지 일해야 해. 열두 시간 뒤면 다시 그 짓을 해야 하고, 생체 시계는 맛이 간 뒤지. 수요일쯤에는 다들 비참해져. 토요일 아침 동틀 무렵에는 몽유병 환자 꼴이 되고. 거

---

1 촬영 현장에서 무언가를 매달아 움직이거나 고정하는 작업 또는 그 작업물
2 화면의 특정 세부에 초점을 맞춘 삽입용 숏

기에 비를 더한다? 영화용 가짜 비는 굵기가 병아리콩만 해. 살수차, 살수 호스, 살수 탑을 불러야 하지. 스프링클러 파이프를 30미터 허공으로 들어 올릴 크레인이랑, 체펠린 비행선을 붙들듯 유도용 밧줄을 붙들고 있을 그립들도 필요하고 말이야. 거기에 축축함과 추위와 탈진을 더해 봐. 독감 걸리지 않게 옷 제대로 갖춰 입으라고. 안 걸릴 수 있다면 말이지만."

"저도 현장에 가 있어요?"

"오, 꼬마 앨리스, 야간 촬영에서 빠지는 건 어림도 없단다."

데이스의 휴대전화가 울렸다. "안녕, 요기." 요기는 요고스 커카니스를 가리키는 이름인데, 그는 DGA 수습이고 옷차림은 차에서 막 내린 사람 같았다. "알았어. 갈게." 그녀는 전화를 탁 닫고 이제는 편안해진 사무용 임대 의자에서 일어섰다. "영화사무국 염탐꾼들이 왔어. 현지인 채용 사례로 자기를 자랑할 생각이니까, '시팔' 같은 말은 하면 안 돼."

\* \* \*

촬영 시작까지 엿새가 남은 사전 제작 마지막 주, 얼리셔는 무척 고대했던 첫 전체 대본 리딩을 위해 커다랗게 정사각형으로 배치한 테이블에서 데이스 자리 뒤쪽에 앉아 있었다. 방은 가득 들어찼다. 접는 의자를 추가로 들여왔는데도 모든 인원이 들어오려면 일부는 서 있어야 했다. 얼리셔는 첫 전체 대본 리딩이 중대 사건임을 알게 됐다. 존 머드리드와 다른 스튜디오 임원들은 이 영화가 누구 소유인지 보여 주기 위해 비행기를 타고 날아왔다. 전 부서가 참석했다. 출연자들도 최대한 많이, 심지어 몇 주 간 촬영이 없는 이들까지 참여했다. 로스 맥코이와 마리아 크로스는 버려진 마구간에서 벌어지는 섹스 장면을 읽으면서 끙끙거리고 신음을 흘렸다. 다들 웃었다. 일부는 달아올랐다. 영화를 만들어 본 적이 있는 사람들은 첫 전체 대본 리딩이란 이제부터는 돌이킬 수 없다는 의미임을 이해했다. 물론, 해고당하는 사람들은 제외하고.

얼리셔는 숨도 쉬지 못하고 그 순간에 휩쓸렸다. 무언가 새로운 경험이 시작되려 했고, 그녀는 그 방에 목격자이자 참여자로 있었다. 앞으로 영화 만드는 일을 돕는 거다. 온몸이 따끔거렸다. 생리적인 균형이, 영혼의 평정이 살짝 흔들리더니 자아의 일부가 위로 위로 위로 솟구쳐 몸 밖으로 빠져나가는 것이 느껴졌다. 유령이 된 그녀는 바로 그곳, 텐 핀 앨리의 제작 사무소 방 안 허공에 떠 있었다. 저 아래 정사각형으로 배치된 테이블에 둘러앉은 그녀와 다른 모두가 보였다. 형광등 아래서 빌 존슨이 지시문을 읽으면 배우들은 제각기 다른 확신과 열성을 담아 대사를 읽었다. 부유하는 얼리셔의 영혼이 "화면 암전. 엔딩 크레디트 올라간다."라는 빌 존슨의 말을 듣는 순간, 육체를 지닌 얼리셔 맥티어의 눈에 습기가 찼고 두 손은 박수갈채를 보냈다. 그녀는 안도감을 느꼈다.

얼리셔는 촬영이 제대로 시작되기 직전 주말과 월요일과 화요일 내내 녹초가 되도록 뛰어다녔다. 수요일 아침에는 스태프 콜 타임인 오전 7시보다 오십이 분 먼저 주차장에 마련된 베이스캠프에 도착했다. 데이스는 6시 33분에 도착했다. 두 사람 모두 오전 9시 26분에 영화의 첫 촬영이 시작되어, 첫 슬레이트를 치고, '신 42, 테이크 1'을 찍는 카메라가 돌아가고, 빌 존슨이 "액션!"이라고 외치고, 애벗 소프 요원을 연기하는 로스 맥코이가 골목에서 달려 나와, 거리를 가로지르고, 다른 골목을 내달리는 현장에 있었다. 어떤 영화든 첫 촬영은 항상 어렵지 않은 장면이어야 했다. 왜? 데이스가 그렇게 말했으니까. 얼리셔는 민간인들이 다들 그렇듯 영화를 만들 때 처음 찍는 장면이 해당 영화의 첫 장면이라고, 즉 영화는 장면 순서대로 만드는 것이리라 생각했다. 첫날이니까 첫 장면. 이치에 맞잖아? 하지만 영화 만들기는 그렇게 이치에 맞는 일이 아니었다. 장면을 찍는 순서는 촬영지나 배우의 일정 혹은 온갖 다른 편의 및 재정적인 이유에 따라 정해졌다.

본 촬영은 순간적인 탈진, 공황, 흐느낌, 혼란이 크나큰 폭소와 균형을 이루면서 생생하게, 열정적으로, 정신없이 흐릿하게 흘러가는 시간이었다. 보는 것만으로도 짜릿한 광경이 있었고(다중 트럭 충돌을 어떻게 촬영하는지 알고 싶으신지? 트럭 여러 대를 가져다 충돌시킨다!), 단체 활동이 있었고(로스 맥코이가 묵는 임대 농가에서 열린 텍사스 홀덤 토너먼트에서, 얼리셔는 참가비 60달러를 잃었고 로스는 처음으로 개자식의 면모를 드러냈다), 한 초목팀● 사람과 경험이 적은 그립팀 소속 현지 채용인이 촬영 현장에서 거의 주먹다짐을 벌일 뻔했다. 얼리셔는 클라이드 밴 애터가 현장 통제 기술을 발휘해 모두를 진정시키고 악수까지 하게 만드는 모습을 경이에 찬 눈으로 지켜보았다. 그 주 금요일에는 아무도 해고당하지 않았다. 얼리셔는 〈아문마(거든게)〉 제작 과정을 해병대 신병 훈련에 비유했다.

수년 후까지도 그때의 기억은 여전히 그녀의 뼛속에 남아 전류처럼 웅웅거리며 생생한 촉감과 경외감을 자아냈다. 얼리셔는 하루를 마무리하는 러시(전날 찍은 촬영본) 시사에서 먹고 마실 것을 준비하는 일을 맡았고, 원한다면 남아서 러시를 볼 수도 있었다. 보고말고! 그렇게 날것의 촬영본을, 그러니까 카메라 위치와 달리[1]의 움직임과 오버 더 숄더[2]와 클로즈업 들을 몽땅 보고 나니 영화 촬영이 이치에 맞게 느껴지기 시작했다.

촬영일 60일 중 52일째, 얼리셔는 데이스와 함께 렌트한 머스탱 안에 앉아 있었다. 데이스가 미국식 머슬카를 원하자 수송팀에서 마련해 준 차였다. 뇌우가 지나는 중이라 제작진 전원이 하늘이 개기를 기다리고 있었다. 그들은 베이스캠프에서 2.4킬로미터 떨어진 촬영장에 있었다. 촬영할 장면은 신 86, 86a, 87('소프가 접선을 놓치다')이었고, 얼리셔는 비디오 빌리지 텐트 안 진흙탕

---

● 나무, 덤불, 화초 등을 배치하는 부서
1 카메라를 이동하면서 촬영할 수 있도록 장착하는 이동차, 혹은 그 이동차를 이용해 촬영하는 기법
2 카메라가 인물의 뒤에서 어깨 너머로 찍는 숏

에 앉는 대신 배식팀에서 커피를 챙겨 조수석에 자리를 잡았다. 비가 머스탱 지붕 위로 끊임없이 쏟아지면서 압정 망치로 세차게 두들기는 듯한 소리를 냈다.

"그래서……." 데이스는 컵을 들어 앞 유리와 촬영장과 제작진과 비를 가리켰다. "이걸 어떻게 생각해? 이 일. 영화 일 말이야." 데이스가 얼리셔를 쳐다보았다. 그러다 시선이 손목시계로 향했다. 초침이 막 숫자 12를 지나고 있었다. "뭘 배웠는지 말해 보렴, 도로시. 십 분 줄게. 그럼…… 시작!"

얼리셔는 생각을 끌어모으면서 머릿속의 카드를 정리하려다 그만두었다. 그동안 겪은 모든 일을 다섯 손가락으로 요약할 수는 없었다. "영화 만들기는 제 생각에, 약한 사람이라면 뼈가 부러질 만한 압박감을 안겨요. 인정사정없는 순간들이 너무나도 많고……." 얼리셔는 도중에 방해를 받거나 음, 왜 있잖아요, 그러니까, 같은 말로 머뭇거리는 일 없이 구 분 삼십육 초 동안 말했다. CIA 상황 보고를 방불케 하는 독백이었다. 창조적인 혼란과 그것이 사람 간의 상호작용, 업계 관행, 그리고 〈아무것도 묻지 마(거짓말을 듣지 않게)〉 작전 기간에 지역 환경에 끼친 영향. 빠진 거라곤 각 항목 앞에 찍은 가운뎃점과 레이저 포인터뿐이었다.

"잘 말했어." 데이스는 그렇게만 말했다. "그럼……."

비가 걷히고 있었다. 포드 지붕을 두들기는 망치 소리가 약해졌다. 몇 분 뒤면 스태프들이 다시 신 86a를 준비할 것이다. "알겠지만, 자기가 LA로 이사를 가야 할 이유는 없어."

얼리셔는 로스앤젤레스로 이사를 간다는 생각은 해 본 적도 없었다. 〈아물마(거든게)〉가 완성되면 데이스에게 그녀를 신뢰해 준 것과 이토록 거대하고 신나는 일에 참여할 기회를 준 것과 그녀가 보고 배운 모든 것에 감사하리라. 이제는 그녀를 앨리스 맥T버드라고 부르는 빌 존슨과 클라이드 밴 애터와 모든 부서장에게도 똑같이 말할 테고. 여드레 더 찍고 나면 좋았다. 본 촬영이 끝나는 것이다. 얼리셔는 더는 자금 흐름에 속하지 않게 된다. 무직자가 된다는 의미였다. 그녀는 버지니아영화사무국에서 자리를 알아보려던 차였다.

"버지니아에서 세금 환급을 받으려면 후반 작업 사무실을 계속 열어 둬야 해." 데이스는 운전석 창문을 내리고 컵을 톡톡 쳐 식은 커피 방울을 털어냈다. "자기는 여기서 내 대리인 노릇을 할 거야. 영화가 완성될 때까지 같이 가는 거야. 그러고 나면 한동안은 패션 잡지나 뒤적거리면서 빈둥거려도 돼. 데이트는 열심히 하되 임신은 하지 마. 이번 영화를 〈버라이어티〉에서 혹평하고 〈할리우드 리포터〉에서 찬양하기도 전에 살 디에고가 타자기로 다음 작품을 뽑아낼 확률이 95퍼센트라는 감이 오거든. 그때가 되면 서쪽 하늘을 봐, 앨리스. 내가 신호탄을 쏘아 올릴 테니까."

얼리셔는 혼란스러웠다. "무슨 얘기인지 모르겠는데요. 신호탄요?"

"내가 자기를 필요로 할 거라고." 데이스는 창문을 다시 올리며 말했다. "자긴 이제 영화계 사람이야."

* * *

아, 데이스! 오늘 밤에 엘 촐로에서 같이 마가리타 마셔요!

얼은 하루도 빠짐없이 데이스를 생각했고, 전화가 올 때마다 데이스가 자신을 찾는 것이기를 바라고 또 소망했다. 코로나19가 마구잡이로 활개 치는 동안, 그녀는 파운틴 애비뉴의 교통을 마비시키고 영화관들을 문 닫게 만든 격리, 폐쇄, 취소 조치에 데이스가 어떻게 대응하고 있을지 생각했다. 호크아이 및 그 경쟁사 같은 여러 스트리밍 서비스가 무슨 영화에 투자하고 어떤 영화를 보여 주고 관객들이 그 영화를 어떻게 볼 것인지를 좌우하는 결정권자가 되었다. 겪어 보니 집에서 영화를 보는 것도 그렇게 나쁘지는 않았다.

"헤이, 얼바니아." 데이스라면 이렇게 말했을 것이다. "그건 보드빌[1]은 이제 죽은 거나 다름없다는 뜻이야." 그녀는 파운틴 애비뉴에서 세상 물정을 배운 사람이었으니까.

* * *

수년 전, 캔디스 '캔디' 밀스는 고향인 캘리포니아의 오렌지시에서 홀아비인 아버지가 운영하는 밀스 사무기기 직원으로 일하고 있었다. 키 천 개짜리 가산기의 시대가 끝나고 다시 키 열 개짜리 탁상용 계산기의 시대가 끝나자, 에이머스 밀스는 오렌지 카운티 오렌지시 전역에 복사기와 프린터를 판매하고 관리했다. 토너 카트리지 수입만으로도 가게가 텅 비거나 파산할 일은 없었다. 프린터와 복사기는 틈만 나면 걸리거나 먹통이 됐고, 그때마다 밀스 사무기기가 출동했다. 그녀의 아버지는 부업 삼아 오래된 타자기도 복원했다. 가게 안쪽에는 저마다 파손 상태가 다른 빈티지 타자기들이 있었고, 진열대에는 정상 작동하는 로열, 언더우드, 레밍턴, 헤르메스, 올리베티 타자기가 놓였다. 이따금 팔리기도 했다.

어느 날 에이머스 밀스는 외근 중이고 딸이 가게를 보고 있을 때, 낡아 빠진 란체로 한 대가 가게 앞 주차 미터기에 차를 댔다. 반은 승용차고 반은 픽업트럭인 차량으로, 짐칸에 온갖 장비를 싣고 있었다. 운전자는 호리호리하고 깡마른 사내였는데, 낡은 작업복이 톱밥과 말라붙은 퍼티로 지저분했다. 사내는 문을 열고 들어오더니 창가 진열대에 놓인 타자기에 대해 물었다. 저것들 파는 겁니까?

---

1 연주, 노래, 곡예, 마술 등 다양한 무대 공연을 묶어 올리는 버라이어티 쇼. 영화는 탄생 초기에는 보드빌에 포함된 구경거리로 취급받았으나, 이후 공연장이 영화관으로 바뀌면서 보드빌이 쇠퇴하는 원인이 되었다. 이와 비슷하게 스트리밍 서비스는 과거에는 부수적인 관람 방식에 불과했으나 현재는 극장 관람 중심이던 영화 생태계를 변화시키고 있다.

"필요한 사람들한테는요." 캔디 밀스가 말했다.

"저 중에 특별히 더 나은 게 있습니까?" 사내가 물었다.

"손을 보여 주세요." 캔디스의 말에 사내는 두 손을 들어 올렸다. 망치와 스크래퍼와 퍼티 나이프로 생계를 꾸리는 사람 특유의 마디가 굵고 피부가 벗겨진 손이었다. "손가락 벌려 보세요." 그는 손가락을 벌렸다. 한 옥타브 전체를 아무런 어려움 없이 칠 수 있는 피아니스트처럼 긴 손가락이었다. "손가락이 기시네요. 그럼……."

"그럼 나는 큰 타자기가 필요하겠군요."

"그럴 리가요." 컴퓨터와 워드프로세서 가격이 주 단위로 떨어지고 있었다. "세상에 타자기가 필요한 사람 같은 건 없어요. 봉투에 주소를 쓸 때라면 또 모를까."

"내가 찾는 건 기계로 된 뮤즈입니다. 영감을 줄 도구요."

캔디는 창 너머로 사내가 몰고 다니는 연장, 방수포, 장비가 잡다하게 섞인 란체로를 내다보았다. "전동 사포랑 전기 실톱과 함께 짐칸에 처박아 놓기만 할 건가요?"

"아뇨. 고운 리넨으로 싸서 소중하게 대접할 겁니다. 가격이 얼마나 하느냐에 달렸지만." 그는 긴 손가락으로 늘어선 타자기들을 가리켰다. "이것들은 가격이 얼마나 합니까?"

"아, 그쪽은 다 진귀한 것들이에요. 수집가용이죠. 희귀품요. 60달러씩이나 해요."

사내는 웃음을 터뜨렸다. "새 구형 타자기를 사려고 모아 둔 돈이 있지요."

그는 진열대로 가서 몇몇 타자기의 브랜드명을 읽어 보았다. 1961년 이전에 만들어진 제품은 없었다. "보스에 투자할까요? 에이들러? 이 귀염둥이는 어떻습니까, 헤르메스 로켓?"

"그렇게 커다란 손으로요? 그 로켓을 치려다가는 눈물을 쏟을걸요. 그러시다면…….” 캔디는 카운터 뒤에서 바퀴 달린 의자를 밀면서 나왔다. 그리고 HP 프린터가 놓인 낮은 탁자로 의자를 밀고 가서 프린터를 들어다 근처에 있는 다른 HP 프린터 위에 올려놓았다. “여기 좋이요. 저 레밍턴 노이즈리스를 가지고 와요. 여기 앉아서 쳐 보세요. 시운전을 해 보시는 거죠. 마음에 드는 게 나올 때까지 이것저것 바꿔 가며 사용해 보세요. 손님 이름은 뭐고 혹시 끔찍한 커피 한잔 드실래요?”

“빌 존슨이고 마시겠습니다. 당신 이름은 뭔가요?”

“캔디요. 캔디스를 줄인 거예요.”

“줄인 건 좋지만 다소 평범하군요.”

밀스 사무기기의 커피는 캔에 든 유반 커피였고, 너무 오래되고 낡은 탓에 미스터 커피 로고가 미스 커로 변한 커피 메이커로 내렸다. 빌 존슨은 설탕 두 스푼에다 비유제품 크림도 몸에 좋지 않을 정도로 잔뜩 넣어 마셨다. 그는 가게에 있는 작동하는 타자기를 하나씩 사용해 보았다. 그것도 ‘날쌘 갈색 여우’[1]를 한두 줄 치는 정도가 아니라 완전한 문단을 몇 개씩 써 내려가며 탭과 여백을 점검하는 수준의 본격적인 타자였다. 숫자 1이 없는 타자기에서는 소문자 l을 대신 쓴다거나, 아포스트로피 키가 없으면 마침표를 치고 백스페이스를 친 다음 시프트 키를 누른 채 8을 쳐야 한다는 설명을 해 줄 필요도 없었다!

캔디는 아버지에게 주워들은 지식을 들려주었다. 헤르메스는 스위스에서 생산한 기계다. 올림피아는 서독에서 만들었다. 타워는 시어스 백화점에서 판매했던 스미스 코로나 제품이다. 사내는 올림피아에는 독일어의 움라우트에 해당하는 여분의 키가 있는 대신에 $ 키가 없다는 식의 이야기에 매료되었다. 그는 다시 타자기 후보를 탈락시키는 작업으로 돌아간 끝에 우승자를 선정했

---

[1] ‘날쌘 갈색 여우가 게으른 개를 뛰어넘는다(The Quick Brown Fox Jumps Over The Lazy Dog)’는 알파벳 스물 여섯 글자를 전부 포함하기 때문에 활자를 테스트할 때 자주 사용하는 문장이다.

다. 검은 몸체에 검은 키가 달린 스미스 코로나 스털링이었다. 가장 작동이 잘됐고 여백 설정도 쉬웠으며 스페이스 바가 먹히지 않는 경우도 없었다. 게 다가 벨 소리도 가장 컸다.

"벨 소리가 커야 해요." 그가 말했다. "레이저처럼 날카롭고 사나운 내 집중 력을 뚫고 들려야 하니까."

"커피 더 드실래요?" 캔디가 물었다. 이번에 마시면 세 잔째 미스 커였다. 그가 가게에 온 지 거의 두 시간째였다.

"내 몸은 안 된다고 말하는데 내 안의 중독자는 당장 내놓으라는군요."

두 사람은 삼십 분쯤 더 말을 주고받으며 시시덕거렸다. 그녀는 아버지를 도와 가게를 본다고 했다. 이 지역 출신이라서 디즈니랜드에서 놀이기구 운전 원으로도 일했고 너츠베리팜에서 수표원으로도 일했는데, 둘 다 근무시간도 적당하고 벌이도 쏠쏠한 괜찮은 직장이었지만 복장이 수치스러웠고 늘 마음 에도 없는 환호성을 지르는 게 어려웠다.

그는 자신이 오하이오 클리블랜드에서 캘리포니아로 온 데에는 두 가지 이 유가 있다고 말했다. 기후 덕분에 겨울에 고생하지 않아도 된다는 점이 좋아 서, 그리고 쇼 비즈니스에 들어가기 위해서였다. 사실 할리우드에 오자마자 도배공 일을 구했는데, 그곳에서 만난 사람의 아는 사람이 도와준 덕분에 스 윙 갱*에 신참으로 들어가게 되었다. 삼 년 전 일이었고, 그것이 그가 자가 용/트럭 짐칸에 온갖 연장을 싣고 다니는 이유였다. 오렌지시에 온 것도 그 때문이었다. 몇 주 뒤 그곳에서 여러 상점과 지금은 오순절 교회가 된 옛 영 화관을 로케이션 촬영지와 세트로 활용해 영화를 촬영할 예정이었다.

"그 얘기 들었어요. 내 고향에서 영화를 찍다니." 캔디 밀스가 생각했던 영

---

* 스윙 갱은 밤을 새워서 다음 날 촬영에 맞춰 세트나 로케이션 촬영지를 준비하는 일을 한다. 목수, 페인트공, 도배공, 배경 담당, 그립, 전기 기술자로 이루어진 이 작은 군단은 언제나 지쳐 있다.

화계 사람은 머리카락에 톱밥이 덜 묻은 모습이었다. "왜 하필 오렌지죠?"

"펜실베이니아 이리와 조금 닮았거든요."

캔디는 오렌지 말고 다른 곳에서는 살아 본 적이 없었다. "그건 몰랐네요."

이 손님이 하는 일은 세트 준비뿐만이 아니었다. "내 머리는 쉴 줄을 몰라요." 그가 말했다. 각본가이기도 했던 그는 업계에서 아무런 반응도 끌어내지 못한 팔리지 않은 각본들을 정신없이 쓰고 쓰고 또 썼는데, 하도 많이 쓰는 통에 고물이나 다름없던 1972년형 브라더 타자기가 수명을 다하고 말았다. 그는 과거에 투고했던 어느 각본 덕분에 기적적으로 에이전트를 구하기는 했다. 하지만 대변인이 있다는 것이 곧 일자리가 있다는 뜻은 아니었다. 그는 밤에는 페인트와 퍼티를 휘둘렀지만, 낮에는 밀스 사무기기에서 대접하는 것만큼이나 형편없는 커피를 연료 삼아 〈속기사도 영웅이 될 수 있다〉라는 가제가 붙은 각본을 두들겼다. 나치 스파이들이 활개 치는 1939년(스털링 타자기의 제조 연도)의 뉴욕시를 배경으로 한 젊은 여성 비서의 이야기를 다루는 시대물이었다. 그는 첫 번째 완고를 제대로 작동하는 구식 타자기로 쳐 내고 싶었다. 주인공 속기사가 쓸 만한 타자기로.

"그러니까 진짜로 이걸로 글을 쓰겠단 말이에요?" 캔디는 놀랐다. 어쨌거나 밀스 사무기기는 레이저프린터를 취급하는 곳이었으니까. TV 드라마에 등장하는 범죄를 해결하는 노부인 미스터리 작가 말고는 아무도 타자기로 글을 쓰지 않았다. "용감하셔라! 글자가 잘 지워지는 어니언스킨 용지도 챙겨야겠네요. 그리고 이것도 필요할 거예요." 캔디는 위아래로 검은색과 빨간색이 층을 이룬 여분의 타자기 리본 두 개와, 연필처럼 생겼지만 자세히 보면 한쪽 끝에 소형 솔이 달린 깎을 수 있는 지우개였던 것과, 스미스 코로나의 키와 내부에 낀 이물질을 청소하는 빳빳한 솔과, 재봉틀 윤활유가 든 커다란 점안기와, 볼펜으로 **캔디 밀스—전문가**라고 적어 넣은 밀스 사무기기 명함을 챙겨 주었다. "뭐든 문제가 있으면 연락해요. 우리 아빠 실력이 좋으니까 그럴 일은 없겠지만요. 그래도 혹시 끔찍한 커피를 더 마시고 싶다면 놀러 와요."

그다음 주, 그는 정말로 끔찍한 커피를 더 마시기 위해 가게에 들러 캔디 밀스에게 잡담을 청하면서 그녀를 평범함이 한결 덜한 데이스로 불렀고 그녀는 잡담에 응했다. 그는 로케이션 장소로 그녀를 데려가 자신이 밤에 스윙 갱에서 한 작업을 보여 주었다. 거리 전체가 1964년의 펜실베이니아 이리처럼 보이도록 꾸며져 있었다. 그는 거기에서 그치지 않고 영화를 촬영하는 현장도 구경시켜 주었다. 여러분은 영화가 만들어지는 광경이 대단한 볼거리라고 생각하겠지만 캔디, 아니, 데이스가 본 것이라고는 무리를 이룬 빈티지 차량들과 버스 한 대가 원을 그리며 도는 모습뿐이었다. 모든 스태프가 점심시간이 지체된 것 같은 표정을 짓고 있었다. 크레인에 달린 회전식 팔에 카메라가 얹혀 있기는 했지만, 그게 뭐 특별하다고? 어떤 사내가 어느 아가씨에게 고함을 질러 명령을 내리자, 그 아가씨가 같은 명령을 확성기에 대고 외쳤다.

데이스 밀스와 빌 존슨은 한동안 데이트했다. 여러 차례 같이 잤고 서로를 웃게 해 주었으며, 취했을 때는 특히 그랬다. 그는 〈속기사도 영웅이 될 수 있다〉의 각본이 만족스럽게 나오자 일부를 그녀에게 보여 주었고, 덕분에 그녀는 각본 용어로 '실내. 사무실—낮'이라는 슬러그라인은 관계자들에게 해당 장면이 실내 사무실에서 낮 동안에 일어난다는 것을 알려 준다든가, 30페이지 사건이란 1막을 마무리하면서 일어나는 사건으로 뒤에 올 내용에 대한 기대를 불러일으키는 역할을 한다는 것을 배웠다. 그들은 긴 대화를 통해 둘 다 관계를 '장기적으로 지속할' 의향이 없다는 것을 확인하고 헌팅턴 비치에 있는 식당에 싸구려 중국 음식을 먹으러 간 날 이후로는 섹스는 그만두었다. 둘은 친구로 남았다. 때로는 함께 (그녀의 인맥을 통해) 디즈니랜드에 가거나 (그의 인맥을 통해) 할리우드 북부에서 열린 파티에 참석하기도 했다.

빌 존슨이 〈속기사도 영웅이 될 수 있다〉의 배경을 1939년의 맨해튼에서 195X년의 이름 없는 도시로 바꾸었을 무렵(이제는 나치 대신 공산당 요원들이 등장했다), 예산은 훨씬, 훨씬 줄어들어 급기야 그가 (무급으로) 감독을 맡을 정도가 되었다. 종전과 마찬가지로 빈티지 차량을 배치해 오렌지시 일대를 찍고 마리아 크로스를 주연으로 낙점하고 망할 놈의 본 촬영을 총 17일 촬영일 중 17일째에 마무리함으로써, 빌 존슨은 정말로 영화감독이 되었다. 그리고 핵심 세트였던 '실내. 사무실'에 필요한 여러 대의 책상과 책상마다 놓을 빈티지 타자기는 밀스 사무기기에서 전부 공짜로 제공했다!● 데이스 밀스는 한 달간의 사전 제작과 열이레 동안의 촬영 내내 빌의 여러 문제를 해결하고 유반 커피를 제공했다. 그는 그녀에게 한 푼도 주지 않았지만, 그보다 훨씬 나은 보상을 해 주었다. 크레디트를 준 것이다. 제목이 〈타이피스트〉로 바뀐 영화의 엔딩 크레디트에는 **제작 협력: 데이스 밀스**라는 성 중립적인 단독 크레디트가 올라갔다.

* * *

에이머스 밀스를 홀아비로 만든 암은 많은 여성이 소리 없이 지니고 있는 BRCA 유전자[1]에 들어 있었다. 변이 유전자는 어머니에게서 외동딸에게로 이어졌다. 데이스 밀스의 몸속에 느리게 움직이는 야간열차처럼 나타난 그 유전자는 어머니 때와 마찬가지로 가차 없이 맹렬하게 돌진해 그녀의 목숨을 앗아가고야 말았다.

〈노바 보스〉부터 단독 크레디트를 받는 빌 존슨의 제작자가 된 데이스는 〈아묻마(거들게)〉 이후에도 얼리셔 맥티어가 자리를 유지하게 해 주었다. 다

---

● 에이머스 밀스는 경악했다! 공짜 대여라니? 빌 존슨은 영화관 앞에 줄을 서서 "왜 이렇게 꾸물거려? 이러다 뉴스릴 놓치겠군!"이라고 말하는 관객 역할을 맡기는 것으로 아버님을 달랬다. 아버님은 한 테이크만에 촬영을 해치웠다.
1 유전성 유방암과 관련이 높은 유전자

음 작품인 〈에덴의 어둠〉 때문에 얼리셔는 고향 리치먼드에서 루이지애나 배턴루지로 이사했다. 수개월에 걸친 사전 제작과 본 촬영 뒤에는 삶의 터전을 로스앤젤레스라는 이름의 그림엽서에 나올 법한 상상계로 옮겼다. 세상에서 가장 훌륭한 사람들에게도 그런 일은 일어나는 법이었다. 〈에덴의 어둠〉의 후반 작업을 진행한 래드퍼드 스튜디오는 벤투라와 일명 밸리라고들 하는 로럴 캐니언 인근에 있었다. 주거팀의 메리 비치는 얼리셔에게 할리우드 힐스의 밸리 쪽 사면에 자리한 작은 임대주택을 찾아 주었다. 옆집에 캣 스티븐스처럼 생긴 이웃이 살고(진짜 캣 스티븐스는 아니었지만) 야경이 끝내주는 집이었다. 옵셔널 엔터프라이즈는 할리우드에 있는 캐피틀 레코드 빌딩의 원형 건물에서 반 층을 차지했다. 얼의 사무실은 책상 하나와 전화기가 있고 한쪽 벽면을 코르크보드가 뒤덮은 작은 파이 조각 모양 방이었다. 바로 옆은 데이스의 사무실로, 커다란 곡선형 방인데 문에는 전성기의 프랭크 시나트라 사진이 붙어 있었다. 빌 존슨의 〈임페리온〉 각본이 개발 지옥에서 해방되어 그린라이트를 받았을 때, 얼은 엔딩 크레디트에서 제작 협력으로 승진했다. 파운틴 애비뉴 사람들에게 이것은 그녀에게 무게가 생겼다는 의미였다. 잠시만 시간을 내준다면 그녀에게, 그리고 어쩌면 빌 존슨에게도, 큰 의미가 있을지 모를 이야기를 나누고 싶다고 말하는 아첨꾼 기회주의자들의 전화가 점점 더 잦아졌다. 얼은 숱한 할리우드 구성원들의 행동을 지배하는 절박한 태도나 그칠 줄 모르는 무게 잡기에는 별로 신경 쓰지 않았다. 그녀는 그런 사람들을 무시하거나 꺼지라고 말해야 할 천재지변처럼 취급했다.● 얼은 일을 훌륭히 해내거나 좋

---

● 그런 바보들을 무시하는 것은 간단했다. 얼은 언젠가 데이스가 전화로 하는 말을 엿듣고 다른 사람들에게 꺼지라고 말하는 방법을 배웠다. "잘 들어, 이 닭대가리야, 당신, 지금 거의 나를 엿 먹일 수 있을 거라고 생각하나 본데. 옳다구나 전화 회의를 제안하더니 완성보증 보험 얘기를 하면서 예산에서 2백만 달러를 떼어 달라고? 우린 이렇게 할 거야. 지금부터 옵셔널 엔터프라이즈에 당신은 필요 없어. 당신은 해고야. 닥쳐. ……닥쳐. ……닥치라고. 아니, 당신은 전문 지식을 기반으로 조언을 하는 게 아니라 우라질 완성보증 보험사를 전화로 연결해서 내 보스의 비전을 보호하는 척하면서 변호사들 비위나 맞추며 우리를 망신 주고 있어. 당신은 끝이야. 끝. 당신을 해고하면 우리는 50만 달러 가까이를 절약하는 데다 앞으로 당신한테 신경 쓸 필요도 없어지지. **바야 콘 디오스.** 좋은 하루 보내라고. ……그래? 그러셔? 난 좆도 신경 안 써."

은 영화를 만들거나 데이스 밀스와 빌 존슨과 자신의 삶을 약간이나마 덜 복잡하게 만드는 데에 기여한 사람들에게 메시지를 보내는 지혜도 갖추고 있었다. 하단에 얼 맥티어가 양각으로 새겨진 옵셔널 엔터프라이즈 벽 슬립에 그런 메시지를 작성할 때는 타자하는 대신 손으로 직접 썼다.

〈임페리온〉이 후반 작업에 들어갔을 때, 데이스는 마침내 삼 년간 사귀었고 삼 년 반 전에 아내와 이혼한 이후 쭉 그녀에게 결혼하자고 졸라 댔던 남자 친구이자 부동산 전문 변호사인 앤디의 집에 들어가 살기 시작했다. 앤디의 집은 밸리 저지대에 있었다. 아들이 스물네 시간 돌봄이 필요한 특수아동이라서, 한때 마구간이었던 건물은 앤디 주니어를 돌보는 천사들을 위한 주거 공간으로 개조했다. 데이스가 그처럼 연인 관계에 헌신하고 브렌트우드의 헬레나 스트리트에 있는 자그마한 집에서 밴 나이즈로 이사하면서(대체 누가 그런 짓을 한담?) 캐피틀 빌딩의 옵셔널 엔터프라이즈에 나타나는 빈도가 줄어든 것은 자연스러운 일이었다. 〈임페리온〉은 뉴멕시코 앨버커키에서 65일 동안 로케이션 촬영을 진행했다. 마침내 집에 돌아왔을 때, 데이스에게는 조경이 필요한 풋볼 경기장 크기의 대지와 털실로 뜬 스웨터가 필요한 남자와 그녀로 하여금 골판지 카니발이라는 세속적인 문제를 새로운 관점으로 바라보게 해 준 특수아동이 있었다. 그리고 대신 일을 처리해 줄 얼 맥티어도 있었다.

〈임페리온〉이 3루를 돌아 홈으로 향하는 동안 많은 일이 일어났다. 〈에덴의 지평선〉은 개발 단계에 들어갔다. 〈앨버트로스〉는 아직 빌 존슨의 쉴 줄 모르는 회색 뇌세포 속에 제출된 각본의 형태로만 존재했다. 어느 날 오전, 얼은 옵셔널 엔터프라이즈에서 〈임페리온〉(새 임시 스코어를 입힌)● 인플루언서 시사회 초청 명단을 두고 스튜디오와 전화로 협의하던 중 데이스가 옆방의 커다란

---

● 임시 스코어는 최종 스코어의 작곡이 완료되기 전까지 영화에 삽입하는 음악으로, 어떤 음악이든 될 수 있다. 보통은 이미 있는 영화에서 음악을 가져온다.

사무실로 들어오는 소리를 들었다. 잘못된 점이라고는 하나도 없었고, 앞일을 예감케 하는 징후도 없었다. 얼은 통화를 마치고 데이스의 사무실을 지나 자신이 간식 구역이라고 부르는 곳으로 가기 위해서 특유의 휘어진 홀을 나아가, 아니, 돌아서 갔다.

"커피 같은 거 갖다줘요?" 그녀는 데이스에게 물었다.

"허브티." 둥글게 휘어진 벽에 맞춘 곡선형 책상 뒤에 앉은 데이스가 말했다. 훗날 얼은 그날의 기억을 되새기면서 자신이 왜 데이스에게 뜨개질 가방이 없다는 사실을 알아차리지 못했을까 의아해했다. 그리고 데이스가 허브티를 부탁했다는 것도. 얼이 짝을 이룬 머그잔(한쪽 잔에서는 랫 팩의 새미 데이비스 주니어가, 다른 잔에서는 딘 마틴이 미소를 짓고 있었다)에 음료를 가져오자, 데이스가 물었다. "저기, 비밀 지킬 수 있어?"

얼이 커피를 한 모금 마셨더라면 블론드 우드로 만든 데이스의 초승달 모양 책상 위에 뿜어 버렸으리라. "아예 거짓말을 할 줄 아느냐고 묻지 그래요? 난 날마다 데이스랑 살 디에고를 제외한 모두에게 거짓말을 한다고요." 얼은 디자인 위딘 리치 의자에 앉아 자신의 교사, 가이드, 스승님을 마주했다. "비밀 지키는 건 내 주 업무잖아요."

"나 떠나, 꼬맹아." 데이스는 아몬드 허브티를 홀짝였다. 그리고…… 침묵이 흘렀다.

나 떠나, 꼬맹아. 그 말과 함께 세상의 축이 뒤틀렸고, 빛이 살짝 흐려졌고, 얼의 머리가 홱 왼쪽으로 돌아갔다. 두 눈만은 못 박힌 듯 제자리에 있었다.

물론 체중이 감소했다는 건 얼도 눈치챘고, 그게 약 때문이라는 것도 짐작했다. 데이스의 행동거지에도 기운이 없었다. 얼은 그것도 눈치챘다. 데이스가 사무실에 나오지 않았을 때도 그랬듯, 아무것도 묻지 않았다. 아무런 설명도 기대하지 않았다. 앨버커키에서 만난 이래 데이스는 나타나기도 하고 사라지기도 했으며, 연락하기도 하고 그러지 않기도 했다. 그녀는 얼에게 뭔가 알려 주고 싶은 게 있으면 그냥 툭 터놓고 말했다.

나 떠나, 꼬맹아. 얼은 그 세 단어가 무슨 뜻이냐고 물을 필요도 없었다. 그녀는 그 말에 담긴 간단하면서도 묵직한 의도를 이해했다. 나 떠나, 꼬맹아, 라는 데이스식 표현을 해석하면 이랬다. 나 떠날 거야…… 너를.

두 여자는 울었다. 데이스는 그녀의 제자보다는 덜 울었다. 얼은 책상 너머로 데이스의 손을 맞잡았다. 우정을, 존경을, 연대를 담아서.

데이스는 〈임페리온〉이 개봉하기 전에 죽었다. 암의 생리에 맞선 오만한 의술의 패배가 빚은 무례하리만치 빠른 퇴장이었다.

데이스의 시간이 유한하다는 사실을 안 사람은 앤디, 얼, 빌 존슨, 클라이드 밴 애터뿐이었다. 4인조는 예후에 휘청거렸고, 부담감 때문에 감정적으로 짓눌렸다. 하지만 이후 몇 달간 그들은 절대로 기분이 어때? 내가 해 줄 수 있는 일이 있을까? 오늘 혈액 수치는 어때? 같은 질문으로 시간을 낭비하며 데이스를 모욕하지 않았다. 그녀가 옵셔널 엔터프라이즈에 발길을 끊은 뒤로는 얼과 빌 존슨 모두 그녀를 찾아가지 않았다. 데이스는 두 사람의 블랙베리 휴대전화로 하루에도 몇 번씩 전화를 걸었고, 갈수록 막대기처럼 변해 가는 자신의 앙상한 몸을 보여 주기보다는 음성 메시지/이메일/블랙베리 메시지로 재치를 들려주는 편을 선호했다.

얼, 빌 존슨, 데이스가 마지막으로 한자리에 모인 것은 믹싱 스튜디오에서 〈임페리온〉의 5, 6번 릴을 최종 점검했을 때였다. 데이스는 지팡이를 짚고 자기 힘으로 걸었는데(집에서 왕복하는 길은 수송팀 운전사가 맡았다), 몸이 몹시 마른 탓에 스튜디오의 부드럽고 어둑한 조명 속에서 둥둥 떠다니는 것처럼 보였다. 완성된 영화의 마지막 3분의 1을 점검한 뒤, 그녀는 말했다. "좋네, 빌 존슨. 저 영화를 어떻게 만들어야 할지는 알아냈구나." 세 사람은 한 시간 가까이 대화를 나누었고, 그중 대부분을 실컷 웃으며 보냈다. 그런 다음 운전사가 그녀를 태우고 밸리에 있는 집으로 데려갔고, 그곳에서 그녀는 엘리시움[1]의 해안으로 갔다. 장례식이 치러졌지만, 얼은 장례식에 관해서는 아무것도 기억하지 못했다.

---

1 그리스신화 속 사후의 낙원

# 04
# 사전 제작

## 론 뷰트

나이트셰이드를 〈에이전트 오브 체인지〉 시리즈에 넣는 데에 실패한 다이나모는 빌 존슨이 아이디어를 제시한 당일에 수표를 써 주다시피 했다. 호크아이의 임원들은 명망 있는 감독이 자기네 대규모 시리즈를 개시하게 된 것을 자축했다. 빌 존슨이 각본을 집필하는 동안 (호크아이에서는) 사업부가 화염방사병 캐릭터의 저작권을 추적 중이었고, (다이나모에서는) 애틀랜타가 아닌 다른 곳이 촬영지로 물색되고 있었다.

배턴루지는 영화 유치에 저돌적으로 나서서 케이준 음식을 자랑하고 최적의 로케이션 장소가 될 만반의 준비를 갖추었음을 과시했다. 뉴멕시코, 버지니아, 오하이오(예산 규모가 작은 편일 경우)도 저마다 돈을 절약할 수 있는 촬영지로 자기네 주를 제안했다. 옛 동독 땅에 있는 드레스덴시에서도 느닷없이 다이나모와 호크아이에 홍보물 꾸러미를 보냈다. 도시 바로 외곽에 놀이공원이 딸린 영화 스튜디오가 놀고 있었다. 이름하여 키노월드! 통일 이후 활황기에 자금을 조성해 건설한 이 관광 명소는 롤러코스터, 트위스트오휠, 그리고 유독한 물웅덩이(바서 베르보텐![1])를 완비한 카우보이랜드 구역을 갖추고 사람들을 끌었다. 키노월드!에는 방음 스튜디오가 다섯 개 있었다. 시 경계 내부 어느 한곳이라도 로케이션 장소로 채택되면 제작과 투자를 유치할 목적으로 지은 것이었다. 키노월드! 스튜디오들은 현재 비어 있었고 사용 가능했으며 저렴했다!

빌 존슨은 그중 어느 후보지도 답사할 필요를 느끼지 못했다. 배턴루지에서는 〈에덴〉을 촬영했다. 여름 습기는 성큼성큼 걷는 그의 보폭을 세 발은 좁혔고, 늘 밀림처럼 짙은 녹색을 띠는 루이지애나의 식물군이 제공하는 푸르른 원시적 풍경은 그가 머릿속에 그리는 영화의 모습에 어긋났다. 방음 스튜디오는 여러 개까지 필요하지 않았고 그린 스크린을 사용할 커다란 방 하나만 있으면 충분했으므로 드레스덴도 답사하지 않았다. 빌 존슨은 캘리포니아에서 세금 환급을 받을 수 있다는 사실을 확인하고 아담하고 해묵은 론 뷰트 시가지를 거닐어 본 뒤로는 다른 촬영지는 고려조차 하지 않았다.

론 뷰트는 모두가 말한 그대로였다. 한때는 스튜디오에서 파견한 머저리였으나 이제는 캘리포니아영상위원회 소속인 스패니시 조니가 준비를 마쳐 두었다. 열두 시간 넘게 지속된 촬영에 대해 지나치게 따지고 들다 〈에덴의 지평선〉 촬영장에서 사라진 뒤(그리고 그 영화가 전 세계에서 12억 달러 수익을 거두자 그 성과를 살짝 과하게 자신의 공적으로 돌린 뒤), 스패니시 조니는 자신이 직접 제작사를 경영할 수 있다는 자신감에 취해 임원 합창단에서 탈퇴했다. 참담한 행보였다. 그는 결국 캘리포니아영상위원회에 안착했고, 옵셔널 엔터프라이즈에서 다시 연락을 받자 기뻐했다. 빌이 직접 찾아와 도시를 둘러보기 전에 먼저 답사하고 준비하고 터를 닦고 제작에 필요한 모든 씨앗을 뿌려 놓은 얼맥티어의 솜씨는 금메달감이었다. 요기는 각본도 일정표도 없이 단독으로 차

---

1 '물 사용 금지'라는 뜻의 독일어

를 몰고 와서 론 뷰트라는 소도시의 복잡한 환경을 조사했다. 그는 빌 존슨에게 다음과 같이 보고했다. "캔자스와 네브래스카와 미주리를 하나로 합친 것 같은 동네더라고요." 그는 일곱 개의 서로 다른 주에 속한 소도시의 광고용 사진들을 내려받아 론 뷰트의 사진과 섞은 다음 빌 존슨이 캘리포니아 도시의 사진을 골라낼 수 있는지 시험했다. 빌은 골라내지 못했다. "셔먼오크스에서 차로 여섯 시간 거리예요."

"좋아." 사무실에서 얼과 요기와 함께 앉아 빌이 선포했다. "론 뷰트로 가지. 팀원들에게 신호탄 쏘아 올려." 그 말을 들은 얼은 천재 미술감독 요코 혼다와 빛으로 그림을 그리는 촬영감독 스탠리 아서 밍(일명 샘)에게 게임이 시작되었으니 빌과 협의하기 전에는 다른 일을 맡지 말라고 알렸다.

이윽고 뜻밖의 행운과 막대한 법률 용어가 뒤따랐다. 오래전, 다이아몬드 클럽 퍼블리셔라는 조직이 규모를 확장하고 다이나믹 그룹으로 이름을 바꾼 뒤 마구잡이로 작품을 사들일 때 쿨 캐츠 코믹스에서 출간한 작품도 전부 구매했는데, 그중 하나가 〈파이어폴의 전설〉이었다. 십 년의 세월이 흘렀다. 〈E. X. C. E. S. S.의 아가씨〉가 영화화되고 히어로 2인조 센티넬과 카오스가 각자 동명의 영화로 탄생해 성공을 거두어 막대한 파문을 일으켰다. 다이나모 네이션은 울트라 세계관을 만들었고, 빌 존슨의 각본 제목은 〈나이트셰이드: 파이어폴의 모루〉가 되었다. 영화는 캘리포니아 노스 밸리의 론 뷰트에서 촬영할 예정으로, 새크라멘토에서 차로 한 시간도 안 걸리는 거리였다. 우버, 리프트, 혹은 포니를 이용해서도 갈 수 있었다.

* * *

포니 운전사 이네스 곤살레스크루스는 새크라멘토에서 태어나고 자랐으며 지금도 새크라멘토의 딸이었다. 그녀는 지금 막 일자리 하나를 그만둠으로써 아이언 벤드 리버 커뮤니티 칼리지의 학업을 연기한 이후 지난 오 년간 불규칙하게 지속해 왔던 일자리 세 개 중 둘만 남겨 두게 되었다. 이제 공항 가든 스위트 인의 야간 객실 청소 담당은 아니었다. 그곳 직원들, 특히 객실 청소 부서의 대부분을 이루며 객실 내 침대, 욕실, 카펫에 난잡한 섹스의 흔적을 남기는 투숙객이 얼마나 되는지 예의 주시하는 베트남계 여성 직원들은 다들 멋진 사람이었지만, 딱히 그리워할 만한 일자리는 아니었다. 수요일 아침이면 이네스는 우들랜드에서 코인 세탁기와 플러프앤폴드 서비스[1]와 드라이클리너를 갖춘 세탁소 하나를 운영하고 있으며 캘리포니아 남부 로디, 프레즈노, 호바사에서도 세탁소를 운영 중인 델타 세탁 서비스의 회계로 일했다. 처음에는 고객을 도와 세탁기와 건조기에 세탁물을 넣는 보조로 시작한 일이었다. 그녀의 여러 삼촌 중 하나가 사업주였다. 계산은 몹시 간단했기 때문에 회계 일은 보통 정오면 끝났다. 한때는 페어오크스에 있는 유니마트에서 하는 아르바이트를 포함해 일주일에 네 개의 일자리를 소화하기도 했다. 그놈의 원격 강의가 끝나고 다시 학교가 문을 열면 여건이 허락하는 대로 아이언 벤드 리버 커뮤니티 칼리지로 돌아가 학점 교류를 마무리할 작정이었지만, 그녀는 포니 운전사가 됨으로써 그 전까지는 비정규직 선호 경제체제의 농노를 자처했다.

왜 그렇게 많은 일을 했느냐고? 그래야 이네스가 마침내 자기만의 방을, 자기만의 집을 가질 수 있었으니까. 그녀는 가족들을 머리에 이고 살지 않은 적이 없었고, 방마다 곤궁한 피붙이와 타인으로 꽉꽉 들어찬 새크라멘토 남부의 조그만 집은 고양이가 너무 많이 들어간 상자 같았다. 일을 할 때마다 그녀가 열망하고 꿈꾸는 독립까지의 거리는 몇 달러씩 줄어들었다. 돈을 모아 집을 나가되 일주일에 몇 번은 집에 와서 가족들과 함께 저녁 식사를 한다는 것이 그녀의 계획이었다.

---

1 세탁물을 빨고 말린 다음 개켜서 주는 서비스

그녀가 우버, 리프트, 혹은 새로 생긴 솔로카에서 차를 몰았다면 운명은 한참 달라졌을지도 모른다. 그 회사들의 업무 방침은 포니만큼 자유롭지 않았다. 포니 운전사는 운전사/승객/탑승/목적지로 이루어진 운행 공식에 인간적인 욕구와 본성을 가미하는 재량권을 부여받았다. 이네스의 단골 승객들은 문자로 다른 운전사가 아닌 그녀를 지정할 수 있었다. 이네스를 비롯한 모든 포니 운전사는 원한다면 승객이 쇼핑이나 스케일링 같은 볼일을 마칠 때까지 기다릴 수도 있었고, 목적지까지 왕복 운행을 하거나 승객을 한곳에 내려 주었다가 다시 태우고 다니는 식으로 운행할 수도 있었다. 이네스가 더 적극적인 피고용인이었더라면, 그러니까 회사에서 바라는 대로 포니 익스프레스가 되었더라면 시간을 재촉해 승객을 서둘러 목적지로 데려다주고 곧장 다음 문자/호출에 응하는 식으로 근무시간 중 교통 여건과 연비와 코로나19가 허락하는 한도 내에서 최대한 많은 운행을 소화할 수도 있었을 것이다. 하지만 이네스는 다른 삶을 선택했다. **솔로카 솔로카 솔로카**가 인쇄된 우스꽝스러운 좌석 두 개짜리 미니 택시를 모는 꼴을 보이는 것은 그녀의 자존심이 허락하지 않았다. 그녀는 자신의 살짝 낡은 포드 트랜짓을 지나치게 사랑했다. 폴섬의 시에라 중고차 판매점에서 이달의 영업사원을 노리던 먼 사촌 덕분에 구매한 차량이었다. 뒷문을 위로 열어야 해서 턱을 여러 번 찧기는 했지만, 다리 뻗을 공간이 충분한 좌석에 앉아 고향 도시에 대한 지식을 발휘하노라면 저 유명한 검은 택시를 모는 런던의 택시 기사가 된 기분이었다.

원래 포니에서는 운전사와 승객이 손가락으로 상대방을 '겨누어' 서로를 알아보도록 했다. 떠올릴 수 있는 것 중에서는 최악의 기업 PR 전략이었다. 세상에서는, 그리고 미국에서는 실제 총격 사건이 너무 많이 일어나기 때문에, 그 아이디어를 폐기한 것은 현명한 일이었다. 이제는 조수석 앞 유리창에 부착된 작은 LCD 장치가 호출한 승객의 이름을 번쩍이면, 승객이 자기 전화를 흔들어 운전사에게 상징적인 인사를 건네고 운전사도 똑같이 했다. 상상의 총알을 발사하는 일은 없었다. 얼이 처음으로 론 뷰트 일대를 방문한 아침에 이네스는 트랜짓을 몰고 있었다. 객실 청소 담당 시절에 사귄 친구인 루시 가르세스의 차가 못을 밟아 타이어에 펑크가 나는 불운을 겪는 바람에 루시를 직장인 가든 스위트까지 공짜로 태워다 준 참이었다. 이후 이네스는 한때 그녀의 남자 친구였고 옛 관계로 돌아가고 싶은 마음이 다분한 아르만도 스트롱이 음식과 비품을 채워 둔 조식 스테이션에서 커피를 챙기고 있었다. PDA에 얼 맥티어라는 사람이 보낸 포니텍스트가 떴다. 이 얼이라는 사람은 공항에서 승객 한 사람을 태우고 주간고속도로에서 북쪽으로 올라가면 나오는 어느 작은 마을까지 가 달라고 요청했고, 그날 하루를 전세 내고 싶어 했다. 이네스는 즉시 **가는 중 팔 분 후 도착**이라는 답신과 함께 포니 ID 이모티콘과 자기 차량의 GPS 위치를 보냈다. 온라인 교육 과정에서는 모든 포니 운전사에게 "배려심을 발휘하고 도움을 베풉시다!"라고 권했기 때문에, 그녀는 배려심을 발휘해서 **커피 마실래요**라고 덧붙였다. 이십 초 후, **가능하다면 2숏 에스프레소 + 뜨거운 1/2 & 1/2**라는 얼의 답장이 돌아왔다. 마침 뜨거운 하프 앤드 하프가 있었기 때문에, 이네스는 자신의 드립/우유/설탕 커피를 리필하고 얼이 주문한 커피도 (가든 스위트의 **뜨거운 음료 주의!** 테이크아웃 컵에) 준비해서 그날의 첫 유료 고객을 태우러 갔다. 그녀는 팔 분이 채 지나지 않아 연석에 차를 댔다.

* * *

포드의 대시보드 위 LCD에서 A. 맥T가 번쩍였다. 한 여자가 인사를 건넸다. 얼이라는 남자를 예상했는데. 이네스는 숙녀에게 도움을 베풀 요량으로 차에서 내려 문을 열어 주려고 했다. 그럴 필요는 없었다. 어깨에 멘 커다란 짙은 초록색 가죽 메신저 백(위에 삐져나온 건 뜨개바늘인가?) 말고는 짐이 없는 여자는 손수 슬라이딩 도어를 열었다.

"와. 발 뻗을 공간이 있군요." 얼 맥티어는 이네스가 모는 런던 택시를 모방한 국산차의 이점을 알아보았다. 이네스는 트랜짓의 가운데 좌석을 제거해 한번에 태울 수 있는 승객의 수를 다섯 명에서 세 명으로 줄인 대신 모든 탑승자가 발 뻗을 공간을 누릴 수 있게 했다.

"좋은 아침이에요. 감미료는 얘기 안 하셨지만 혹시 몰라서 좀 가져왔어요." 이네스가 에스프레소를 건네자, 뒷좌석에 앉은 맥티어 씨가 상체를 기울여 받았다.

"당은 충분해서요. 고마워요." 얼은 등받이에 몸을 기대고 한 손으로 안전띠를 매면서 모닝커피의 출처를 확인했다. "누군가 조식 스테이션에 방문한 모양이네요. 오늘 아침은 어때요?" 얼은 휴대전화에 뜬 포니 운전사의 이름을 확인했다. "이네스?"

"좋아요. 고맙습니다." 이네스는 연석에서 차를 출발시켰다.

"내가 갈 곳에는 익숙한가요? 론 뷰트라는 곳인데?"

이네스는 맥티어 씨가 GPS(회사에서는 GPS를 '그레이트 포니 서비스'의 약자로 쓰자고 고집을 부렸다. 우웩.)의 포니 루트에 설정한 목적지를 본격적으로 살펴보지는 않았지만, 어디로 어떻게 가야 하는지는 즉각 알 수 있었다. "옛 전구 공장이 있던 동네네요. 최대한 빨리 갈 수도 있고 몇 분 더 느리지만 경관이 더 나은 길로 갈 수도 있는데요. 선호하는 쪽이 있으신가요?"

얼은 휴대전화를 확인했다. 즉시 이동해야 할 이유는 없었다. 스패니시 조니와 캘리포니아영상위원회 소속의 다른 양복쟁이들이 조금 기다리게 될지도 모르지만, 동정할 필요는 없었다. "당신 마음대로 해요." 얼이 말했다.

"옛 99번 국도를 탈게요. '노스 밸리의 심장부를 가로지르는 길.' 옛 국도를 그렇게들 부르죠. 주간고속도로로 개편되기 전에는 그 길이 오리건까지 가는 주요 노선이었고 중요한 마을은 거의 전부 통과했거든요. 주 정부에서는 거길 66번 국도의 캘리포니아 버전으로 만들고 싶어 하죠."

"그게 경치가 마음을 사로잡는다는 길인가요?" 이네스가 가져다준 커피가 식기 시작했다. 그래도 중독 물질이 든 각성 음료이며 공짜라는 점에는 변함이 없었다.

"일부 구간이요. 요란한 트럭 소리를 더 좋아하신다면 주간고속도로로 갈게요."

노스 밸리의 심장부는 처음 한동안은 딱히 경관이 뛰어나지 않았다. 흔히 볼 수 있는 준교외 지역 상가와 라디에이터 수리점 들은 영업을 시작한 지 이 주쯤 된 곳으로도, 이십오 년쯤 지난 곳으로도 보였다. 어느 쪽인지 분간할 수는 없었다. 저쪽 멀리에는 좌우로 유칼립투스 나무들이 솟아 있고 셔터가 내려졌는데도 미술팀이 꾸민 것처럼 보이는 오래된 가게들이 늘어선 2차선도로가 있었다. 긴 진입로들은 포치가 딸린 집들로 이어졌고, 때로는 헛간도 보였다. 오래된 루트 비어 노점은 아직도 영업 중인 것처럼 보였다. 옛 99번 국도에는 모종의 매력이 있었다.

이네스에게는 승객이 말을 걸기 전에는 먼저 말을 걸지 않는다는 원칙이 있었다. 상대방의 시간이나 관심을 존중하지 않고 입을 놀리며 머릿속에 떠오르는 생각을 있는 대로 지껄이는 운전사가 될 생각은 없었다. 이 얼 맥티어라는 승객은 어느 정도 친절해 보이기는 했지만 쓸데없는 소리는 일절 없었다. 이네스도 쓸데없는 소리를 하지 않는 것으로 대응했다. 뒷좌석의 숙녀는 휴대전화를 확인하고 가방을 뒤져 펜과 메모장을 꺼내서 무언가를 적고 있었다. 할 일이 있는 바쁜 사람이었다.

"우리가 가는 공장에 대해서 아는 게 있나요?" 얼 맥티어는 시간을 죽이기 위한 수사적인 질문이라는 말투로 물었다.

"백만 년 동안 전구를 만들던 곳이죠." 이네스가 말했다. "주간고속도로가 전부 연결된 후 웨스팅하우스에서 더 큰 공장을 열면서 문을 닫았어요. 공장을 안 옮기기에는 운송비 절감 폭이 워낙 컸거든요. 몇 세대에 걸쳐 일했던 사람들도 있어요."

"당신도 그랬다는 것처럼 들리는데요."

이네스는 웃었다. "전부 태어나기도 전에 있었던 일인걸요!"

"하지만 다들 아는 사실인가 보네요?"

"학교에서 배웠거든요."

얼은 운전사를 바라보았다. 겉으로 보기에는 이네스는 고등학교를 마친 지 얼마 되지 않은 듯했다. "무슨 수업에서 조명 공장 이야기를 하는데요? 고등학교였나요?"

"IBR 커뮤니티 칼리지요. 운 좋게 훌륭한 선생님을 만났죠. 우 선생님이라는 분이에요. 정부와 도시경제학을 가르치셨어요. 수업 때마다 우리가 매일 보는 이런저런 장소 얘기를 나눴고요. 그분이 우리 지역의 역사를 가르쳐 주셨어요."

"앞으로 사업을 하려는 건가요? 아니면 공무원이 되려고?"

"아뇨. 그냥 학점이 비어서 수업 하나를 들어야 했거든요. 구강 위생 입문이나 여성 럭비에 등록할 수도 있었죠."

얼은 그 화제는 그쯤에서 마무리했다. 운전사의 고난 많은 삶에 관해 이야기를 나눌 때는 조심해야 하는 법이었다. 그녀는 화제를 돌렸다. "그래서, 오늘 종일 나를 태워 줄 건가요, 이네스?"

"그럼요."

* * *

그렇게 처음 론 뷰트에 간 날부터 〈나이트셰이드: 파이어폴의 모루〉 제작 사무소가 개설될 때까지, 이네스는 얼의 1인 수송팀이 되었다. 다리 뻗을 공간과 준비된 커피도 장점이기는 했지만, 얼이 이네스의 포니 차량을 이용한 것은 운전사가 아무런 문제도 일으키지 않는 데다 몇몇 문제(따뜻한 하프 앤드 하프 같은)를 해결해 주기도 했기 때문이다. 신중하게 운전해서 갑자기 핸들을 꺾거나 제한속도를 초과하는 법이 없었고, 수다스럽지도 않았다. 휴대전화를 지나치게 자주 보지도 않았다. 게다가 그녀는 늘 준비가 되어 있었다. 얼은 포드 트랜짓과 운전사가 어디 있는지 찾을 필요도 없었다.

확인해 보니 조명 공장은 그린 스크린 스튜디오로 쓰기에 적합했다. 커다란 홀은 천장이 높고 면적이 야구장만 했다. 거대한 공장 내부에 낡은 사무실이 토끼 굴처럼 있었다. 창문 없는 사무실이 지나치게 많기는 했지만, 다 좋을 수는 없는 노릇이니까. 거대하고 평평하고 자갈이 깔린 주차장은 영화의 VFX• 장면을 촬영하는 몇 주 동안 베이스캠프로 사용할 트레일러들을 수용하기에 충분했다. 조니 머드리드는 영상위원회 소속 공무원들 뒤에 버티고 있는 심술궂은 주 공무원들을 달래고 세금 환급으로 예산을 대폭 절감해 줄 캘리포니아의 영화제작 지원 프로그램에 관해 확실한 정보를 마련하는 것으로 자신의 가치를 입증했다. "t에 가로선 잘 긋고 i에 점만 잘 찍으면 됩니다." 존이 말했다. 힙해 보이려고 하는 소리였다. 실패였지만.

얼이 론 뷰트를 처음으로 실제로 본 것은 이네스의 트랜짓 뒷좌석에서였다. 시내로 들어서는 길에는 새로 생긴 달러 제너럴 잡화점이 보이는가 하면 창문에 새겨진 '도예'라는 글씨가 지워져 가는 녹슨 퀸셋 주택이 나오는 식으로, 허름한 가정집과 개인 상점이 뒤죽박죽 섞여 있었다. 그러나 메인 스트리트와 웹스터 로드가 교차하는 론 뷰트 구시가지는 경이로울 정도로 전형적인 미국식 소도시 풍경을 눈이 내리지 않는 스노 글로브 안에 넣어 보관한 타임캡슐이나 다름없었다. 대부분 텅 빈 채 인적이 뜸한 상점들은 지난 삼십 년간 아

---

• 시각 효과. 다른 표현으로는 CGI, 즉 컴퓨터 생성 이미지라고 한다. 그리고 SPFX, 즉 폭발, 초고속 질주, 중력을 무시하는 쿵푸 같은 특수 효과도. 어느 것도 현실에서는 일어날 수 없으며 오직 영화 세계에만 존재한다.

무런 변화도 겪지 않은 것처럼 보였다. 도심에는 영업 중인 카페나 음식점은 한 곳도 없었지만, 문신 시술소와 담배 가게가 유지될 만큼의 고객층은 있는 모양이었다. 과거 웨스턴 자동차 정비소가 있던 자리에는 지금은 중고품 가게가 들어서 있었지만, 얼이 눈을 가늘게 뜨자 보니와 클라이드[1]가 활동하던 지역에서 바로 튀어나온 듯한 옛 론 뷰트의 유령이 어른거렸다. 오래된 은행은 기둥이 입구를 떠받치는 형태였고, 스테이트 극장은 문을 열지는 않았지만 아직도 영화관처럼 보였고, 클라크네 드러그스토어는 한때 네온으로 둘러싸였던 간판으로 자기 존재를 알렸으며, 무슨 기관처럼 보이는 건물에는 처마를 따라 두른 석재 장식에 아몬드 재배업자 협회라고 새겨져 있었고, 널찍한 메인 스트리트는 과거 가워 걸치[2]에 있었던 야외 촬영소만큼이나 통행량이 뜸했다. 론 뷰트는 촬영에 딱 맞는 장소가 될 터였다.

"이곳을 역사를 보전하는 방향으로 대대적으로 보수하자는 계획이 있었죠." 이네스는 천천히 차를 몰며 얼에게 말했다. "관광객과 IT 개발자와 예술가를 끌어모으면 도심이 살아날 거라고 기대해서요. 크래프트 맥주 가게 같은 것들도 들여오고요. 어떻게 보면 타이밍이 괜찮았어요. 2008년에 금융 위기가 일어나기 전까지는 조금 성과가 있었죠. 하지만 그 뒤에는? 십수 년이 지났고 지금은 신용부도스와프가 입힌 피해가 모든 걸 망쳤어요. 참혹하죠."

"참혹하네요." 얼은 동의했다. 이네스가 신용부도스와프를 안다고? 우 교수에게 배웠을까?

"고택 사적 지구를 보여 드릴게요." 이네스는 그렇게 말하며 차를 왼쪽으로 꺾더니 두 번 더 좌회전하면서 대통령들의 이름을 딴 거리와 나무를 따라 포드를 몰았다. 몇몇 집은 빅토리아시대 양식으로 보였으므로 고택이라 불릴 만했

---

1 대공황기 미국 중부에서 활동했던 전설적인 강도 커플
2 할리우드의 선셋 대로와 가워 스트리트가 교차하는 교차로의 별칭. 인근에 여러 영화 스튜디오가 있었다.

다. 널따란 포치를 갖추고 2층에 망대가 달린 집이 많았다. 수령이 백 년은 되어 보이는, 키가 크고 몸통이 굵은 녹음수들이 집 앞면과 잔디밭을 식혀 주었다. 대다수는 사람이 살고 있거나 소유자가 있어서 마당을 깔끔하게 관리하고 집을 페인트칠하고 가꾼 티가 났다. 몇 제곱킬로미터에 달하는 고택 사적 지구의 모든 집 가운데 평범해서 눈에 띄는 집은 단 세 채뿐이었고, 가공하지 않은 루비에 해당하는 한두 채를 포함한 나머지는 잘 관리된 보석이 따로 없었다.

옛 99번 국도를 타고 다시 남쪽으로 오는 길에 얼은 몹시 허기를 느꼈다. 밥 호프●에서 비행기를 타고 오면서 영양식 푸드 바 하나를 먹은 것 말고는 아무것도 먹지 못한 상태였다. "배가 고프네요."

"치즈버거 어떠세요?" 이네스가 물었다.

"나는 매년 나한테 치즈버거를 딱 하나씩만 허락하는데 올해 치는 이미 먹었어요."

"이 치즈버거는 달라요. 오는 길에 지나쳤던 루트 비어 노점 주인들이랑 아는 사이거든요. 그 사람들이 치즈버거로 무슨 짓을 하는지 못 믿으실걸요."

"치즈버거에 진심인 사람들인가 보죠?"

"맥티어 씨." 이네스가 앞좌석에서 말했다. 백미러 속에 얼의 얼굴이 보였다. "설명은 못 하겠지만요, 맛은 장담해요."

얼은 잠깐 생각한 끝에 인정했다. 정말로 내가 치즈버거 생각에 군침을 흘리고 있단 말이야? 파블로프의 치즈버거인가? 그녀는 항복했다. "좋아요. 착한 아이가 되기 위해 루트 비어는 건너뛰고 치즈버거로 대가를 치르기로 하죠."

이네스와 노점상인 알레한드로 부부는 오바마의 첫 당선 때 함께 유권자 등록 운동을 하면서 알게 된 사이였다. 그녀와 얼은 가게 바깥 지붕 아래에 마

---

● 버뱅크에 있는 공항은 한때 밥 호프 공항으로 불렸다. 이름은 바뀌었지만 많은 사람들은 여전히 그곳을 밥 호프라고 부른다.

련된 적송 판자를 붙여 만든 피크닉 테이블에 앉았다.

얼이 세계 최고의 치즈버거라는 문구를 금으로 새긴 트로피를 가지고 다녔더라면 바로 그 자리에서 리카르도와 줄리아 알레한드로에게 수여했을 것이다. 두 여자는 감자튀김은 먹지 않았고(자살하고 싶지는 않았다) 줄리아는 공짜라며 차갑고 달콤한 루트 비어를 크고 얼린 머그잔에 담아 내왔다. 구운 양파와 더불어 모든 부속물을 빠짐없이 넣은 치즈버거를 바구니에서 입으로 옮기는 사이사이, 얼은 이네스와 예의 바르게 잡담을 나누면서 포니 운전사의 삶과 일과 가족을 알아 갔다. 이네스는 가족과 살았기 때문에 자기만의 것이라고 부를 공간이나 사생활을 단 한 번도 가져 본 적이 없었다. 일과 학교만이 유일한 유예 시간, 그녀만의 시간이었다.

"당신에게 론 뷰트가 그렇게 특별한 이유는 뭔가요?" 이네스가 궁금해했다.

얼이 진실을, 그러니까 자신이 이네스의 차를 타고 다니는 것은 영화를 만들기 위해서라는 사실을 밝혔을 때 이네스가 한 말이라고는 "멋지네요."가 다였다. 얼은 자신이 펠리니[1]가 골판지 카니발이라고 불렀던 업계에 몸담고 있다는 뉴스에 대해 민간인들이 일반적으로 보이는 반응이 나오리라 예상했다. 영화를 만든다고요 누가 나오는데요 제목이 뭔데요 무슨 내용인데요 나도 출연할 수 있어요? 이네스도 어쨌든 민간인 아닌가. 그래서 할리우드라는 폭탄을 떨어뜨렸는데도 이네스가 그중 어떤 대답도 터뜨리지 않자 놀랐다. 얼은 '멋진' 쪽은 이네스라고 생각했다.

"내가 돌아오면 그때도 당신이 내 운전사예요, 알았죠?" 얼은 밥 호프로 돌아가는 비행기를 타기 위해 메트로에서 내리면서 그렇게 물었다.

"물론이죠. 그럼 다음에 봬요!"

그 말과 함께 이네스는 다리 뻗을 공간이 넉넉한 포드 트랜짓을 몰고 공항

1 이탈리아의 영화감독 페데리코 펠리니

을 떠났다. 얼은 국토보안부의 금속 탐지기와 신발 검사로 향했다. 버뱅크로
가는 한 시간짜리 비행 동안 그녀는 털실과 바늘을 꺼내 비니를 떴다.


## 이네스 곤살레스크루스


얼이 새크라멘토로 돌아온 것은 영상위원회와 조니 머드리드를 직접 마주
하고 빼는 것 없이 속내를 털어놓는 중요한 회의를 하고, (얼이 바라는 방향대로
회의가 진행된다면) 주지사와 함께 사진을 찍고, (마찬가지로 그 회의의 결과에 따
라서) 〈새크라멘토 비〉 소속 기자와 인터뷰를 하기 위해서였다. 이네스는 하
루 종일 운전을 맡기로 하고 따뜻한 하프 앤드 하프를 넣은 투 숏 에스프레소
를 준비해 공항에서 그녀를 포니했다. 〈비〉 소속 기자와는 도심의 알파벳으
로 시작하는 거리 중 하나에 있는 전설적인 마켓 / 델리에서 샌드위치를 먹으
며 인터뷰를 진행하기로 했다.

"이네스!" 얼은 안전띠를 매며 말했다. "당신을 다시 보니까 왜 이렇게 기쁜
걸까요?" 하지만 얼의 좋은 기분은 오래가지 못했다.

캘리포니아영상위원회와의 회의는 아주 빠르게 파탄 났다. 얼은 조니 머드
리드를 압박해서 〈나이트셰이드: 파이어폴의 모루〉에 대한 캘리포니아의 입
장을 확실히 실토하게 해야 했다. 환급 자격을 얻기에는 예산이 너무 큰지?
제작 지원을 받기에는 예산이 너무 작은지? 혹시 다른 영화에 밀려 자리를 잃
은 건 아닌지, 만약 그렇다면 어쩌다 그런 좆같은 일이 일어났는지? 조니는
호크아이의 지원 서류에서 발견됐다는 자잘한 문제를 설명하려 애썼고, 역시
나 다른 영화들이 동일한 환급 혜택을 바라고 위원회를 찾아왔다고 말했다.
얼은 그 영화들이란 대체 어떤 영화이며, 그쪽도 〈나:파폴모〉가 이제 바로 곧
그럴 예정이듯 하드 프렙[1]에 들어갔는지 물었다. 조니는 자신에게는 그런 정

보를 알려 줄 권한이 없다고 말했다. 왜 지금 얼의 목에 걸린 사슬이 잡아당겨지는 기분이 드는 걸까? 그녀는 그러한 의문을 입 밖에 냈고, 더불어 혹시 머드리드 씨가 쇼 비즈니스 시절에 얼 맥티어를 상대하는 법에 대해 배웠던 교훈을 잊어버린 것은 아닌지도 물었다. 그가 지금 그녀의 눈앞에서 유리 턱주가리 쫄보 애새끼로 변하고 있는 것인지?

"존 보이!" 얼은 권력의 전당까지, 어쩌면 사진사가 기다리고 있는 주지사 사무실까지 들릴 만큼 큰 소리로 호통쳤다. "당신, 지금 거의 날 엿 먹일 수 있을 거라고 생각하는 건가요!"

그동안 이네스는 포니 안에서 영상위원회, 세금 환급, 하드 프렙과는 거리가 먼 가족의 위기를 다시금 상대하고 있었다. 조카인 꼬마 프란시스코가 언니네 집에 있었는데 언니가 치즈케이크 팩토리에 근무하러 나가야 했던 것이다. 아이를 돌볼 사람이 아무도 없으니 이네스가 와 줄 수 있는지? 이네스는 얼 맥티어를 인터뷰가 있을 슈메이트 마켓 & 델리까지 데려갔다가 다시 비행기 시간에 맞춰 공항으로 데려다줄 포니 일을 하고 있었다. 일하는 와중에 프란시스코 페레스를 데리고 다닐 방법은 없었다. 뭐, 애를 고객이 타고 있는 트랜짓 뒷좌석에 몰래 태우기라도 하라고? 어림도 없지. 프란시스코를 집에 있는 엄마에게 데려다주면? 아니, 엄마는 갑상선 문제로 병원에 갔다.

다른 방안이 없는 문제였다. 언니를 근무에 빠지게 하거나, 지구상에서 가장 사랑스러운 어린아이인 꼬마 프란시스코를 돌볼 사람 없이 혼자 둔다? 생각만으로도…… 견딜 수…… 없었다. 그러므로 이네스는 포니 매니저들이 인상을 쓰게 만들고 자신과 맥티어 씨의 관계에도 어긋나는, 상상도 못 할 짓을 해야만 했다. 중간에 빠져야 했다.

이네스가 포니텍스트를 두드리자 막 존 머드리드의 유리 턱을 향해 캘리포

---

1 사전 제작 중 구체적인 촬영 일정을 정하고 촬영을 현실적으로 준비하는 단계

니아영상위원회 커피잔을 내던질까 고민 중이던 얼의 휴대전화가 부르르 떨렸다.

[포니텍스트 발신자―이네스: MT 씨. 긴급 상황이에요. 새 포니를 배정해 드릴게요. 정말 죄송해요.]

"잠깐만요." 얼은 아직 얻어맞지 않은 조니 머드리드에게 말했다. 그리고 되물었다. [A.맥T: 괜찮아요????]

얼의 요청에도 머드리드 씨는 계속 말했다. 그러니까, 그가 손이 묶인 처지라는 걸 얼이 이해해 주어야 하고, 잘 알겠지만, 실정상 거액이 걸린 항목들을 승인하는 사람은 사실 그가 아니다. 그는 그저 하찮은 주 영상위원회 위원에 불과하다.

"내가 잠깐만이라고 했어요." 얼은 그렇게 말하며 무시무시한 표정을 지어 조니를 닥치게 했다.

[포니텍스트 발신자―이네스: 네. 언니가 도움이 필요해서.]

[A.맥T: 언니는 괜찮아요?]

[포니텍스트 발신자―이네스: 베이비시터가 없어요. 죄송해요. 새 운전사 연결해 드릴게요.]

[A.맥T: 당신이 애를 보나요?]

[포니텍스트 발신자―이네스: 네. 새 운전사는 훌리오예요. 여기 관련 정보요.]

[A.맥T: 몇 살이죠? 아이는?]

[포니텍스트 발신자―이네스: 16개월요. 훌리오의 포니는 파란색 혼다예요.]

[A.맥T: 이름이 뭐죠?]

[포니텍스트 발신자―이네스: 훌리오요. 파란색 혼다요.]

[A.맥T: 아니. 애 이름요.]

[포니텍스트 발신자―이네스: 프란시스코요. 훌리오는 십사 분 후 도착할 거예요.]

[A.맥T: 프란시스코 귀엽나요?]

[포니텍스트 발신자—이네스: 엄청요.]

[A.맥T: 유아용 좌석에 타요?]

[포니텍스트 발신자—이네스: 네.]

[A.맥T: 데려와서 데리고 다녀요.]

[포니텍스트 발신자—이네스: 허용 안 돼요.]

[A.맥T: 내가 허용해요.]

[포니텍스트 발신자—이네스: 큰 문제가 있어요. 앞좌석에 못 태워요. 뒷좌석에 함께 타셔야 해요.]

[A.맥T: 걔가 운전하는 것보다는 낫겠죠.]

[포니텍스트 발신자—이네스: ㅎㅎㅎ. 훌리오 취소할게요. 후회하셔도 몰라요.]

* * *

얼 맥티어의 이해심 덕분에 이네스는 수입을 잃지 않고 아침을 보낼 수 있었다. 그녀는 이십 분 뒤 언니네 집에 도착해 포드 트랜짓 뒷좌석에 버클로 고정한 유아용 좌석에다 프란시스코를 앉힌 다음 안전띠를 매 주고 나서 캐피틀 몰로 가 맥티어 씨가 회의를 마치고 나오기를 기다렸다. 프란시스코는 잠들었다. 차를 타고 오는 길이 정오 낮잠 시간에 딱 맞아떨어졌다. 도심 지역에 있는 수천 그루의 거대한 나무 중 하나가 드리운 그늘 아래 차를 댄 이네스는 바람이 들어오도록 옆문을 열고 조카와 함께 뒷좌석에 앉아, 잠시 슈메이트 마켓에 전화를 걸어서 맥티어 씨의 인터뷰를 위해 테이블을 따로 빼 달라고 했다. 전화를 받은 마르코는 에스파냐어로 말했고, 이네스는 자신이 그런 요청을 하는 이유와 원하는 시간을 설명할 수 있었다. 얼이 자신이 왔다는 걸 알리기만 하면 마르코가 다 알아서 해 주기로 했다. 마르코가 이네스에게

'임자가 있는지' 묻자, 그녀는 크게 소리 내어 웃으면서 다시 도심에 가 포니 고객을 기다릴 일이 생기면 슈메이트에서 점심을 먹어야겠다고 생각했다.

프란시스코가 잠에서 깼다. 아이가 유아용 좌석에서 나가고 싶어 하자, 이네스는 안전띠를 풀어 아이를 해방해 주었다.

[A.맥T: 승리. 주지사 엄청 섹시하네요. 지금 가요.]

얼과 처음 만났을 때 프란시스코는 이네스가 차를 댄 곳에서 몇 미터 떨어진 풀밭 위에 깐 담요 위에 앉아 있었다. "완전 귀염둥이네! 웃기도 잘 웃고!" 얼은 몸을 숙여 눈을 프란시스코의 갈색 영혼의 창에 맞추었다. "와! 눈 좀 봐! 금가루가 뿌려져 있네! 프란시스코! 얼른 커서 나랑 결혼하자!" 얼은 잔뜩 들떴다! 귀엽게 생글거리는 아기들에게는 어른들로 하여금 말끝마다 느낌표를 붙이게 하는 무언가가 있는 법이니까! "출발하자고요! 그 신문사 사람이랑 얘기해야죠!"

슈메이트 마켓 & 델리는 캐피틀 빌딩에서 그리 멀리 떨어지지 않은 도심에 있어서 도로 주차가 제한적이었다. 이네스는 얼을 내려 주고 마르코를 찾으라고 한 다음, 마르코가 귀여운지 알려 달라고 부탁했다.

"미리 전화한 거예요?" 얼은 감명을 받았다. "삶을 조금 더 편하게 만들어 주는 사람이군요!"

이네스는 맞은편 블록에 있는 소공원에서 주차할 자리를 찾아냈다. 공원에는 작은 어린이용 그네와 땅에 박힌 커다란 스프링 위에 얹힌 금속 흔들 목마가 있었다. 얼이 노반(路盤)처럼 두꺼운 델리 샌드위치(슈메이트 특제), 통 피클, 그리고 병에 든 세상에서 가장 맛있는 사과 주스를 먹고 마시면서 대형 지역 신문사에서 나온 경제부 기자와 혓바닥으로 칼싸움을 벌이는 동안, 프란시스코 페레스는 남이 밀어 주는 그네를 타고 흔들 목마를 꼭 붙들고 티아[1] 이네스

1 '이모'를 뜻하는 에스파냐어 단어

와 함께 플라타너스 낙엽을 주웠다. 그보다 더 행복한 어린아이가 있을까? 이네스도 어찌나 즐거웠던지, 문자가 울리며 얼을 태우러 포니로 돌아가야 할 시간이 되었음을 알리자 살짝 아쉬운 마음마저 들었다.

"아무것도 모르는 기자더라니까!" 얼이 프란시스코에게 말했다. "틀림없이 멍청한 기사나 쓰겠지!"● 그녀는 이네스에게는 마르코가 확실히 꽉 찬 열여섯 살이며 현재 콧수염 기르기에 실패하고 있더라고 알려 주었다. 세 사람 모두 안전띠를 매고 메트로로 향하는 동안 프란시스코는 빨간색, 노란색, 초록색으로 된 커다란 플라스틱 장난감 열쇠 꾸러미를 딸랑거렸다.

"맥티어 씨?" 이네스는 백미러로 꼬마 프란시스코의 곱슬머리를 훑는 얼을 바라보며 말했다. "이해해 주셔서 감사하다는 말씀을 드려도 될까요? 아이와 함께 차에 타려고 하는 사람이 흔하지는 않거든요."

얼은 프란시스코의 머리카락에 감탄하면서 새카만 곱슬머리 몇 가닥을 갈색 머리 위로 곧게 세워 올리고 있었다. "나처럼 프란시스코를 아는 사람이 많지 않으니까요! 그리고 이제는 나를 얼이라고 부를 때도 됐어요! 내 비행기 시간을 확인해 보죠! 오, 이런! 비행기 타려면 한 시간도 더 남았네! 가기 전에 커피 좀 마실까요! 어른들이 좋은 커피를 마실 수 있는 곳이 있을까요? 이네스 이모가 아는 곳이 있을까? 나 앞으로 계속 이렇게 말하려나?"

마침 이네스는 좋은 공짜 커피를 마실 수 있고 공항과 매우 가까운 곳을 알았다. 얼은 프란시스코를 어르고 아이의 머리카락을 빙빙 감느라 이네스가 가든 스위트 인 로비 앞에 차를 대는 것을 알아차리지 못했다.

얼은 가든 스위트 인에 들어서는 순간 웃음을 터뜨렸다. "가든 스위트는 어디나 냄새가 똑같죠." 그녀가 말했다. 유니폼은 이제 짙은 녹색이 아니라 회색이고 끔찍한 유니섹스 패션이었다. 도안과 로고는 글꼴이 바뀌었다. 오후 스

● "세금 환급을 이용해 수백만을 절약하는 스트리밍 서비스들."_〈새크라멘토 비〉

테이션에는 간식과 음료, 그리고 보시라, 끝내주는 커피 메이커가 있었다. 그들은 공짜 뜨거운 음료 주의!를 가지고 호텔 로비에 마련된 낮고 안락한 의자에 앉았다. 프란시스코가 마호가니로 보이는 커피 테이블을 붙들고 서 있는데 호텔 직원들이 찾아오기 시작했다. 이네스에게 인사를 건네고 일행이 앞문을 통과한 순간부터 호텔 안을 휩쓸었던 질문에 대한 답을 확인하기 위해서였다.

"이네스! 애가 있었어?" 데스크 담당, 로비 매니저, 주차 요원, 그리고 베트남인 객실 담당 두 사람이 휩쓸고 가면서 모두 똑같은 질문을 다른 방식으로 묻고 귀여운 남자아이를 보고 즐거워했으며 이네스를 가족처럼 반겼다.

커피를 마시고 공항으로 향하는 길에 얼은 이네스에게 그게 다 뭐였느냐고 물었다. "어쩌다 그렇게 모두가 이름을 알 정도로 가든 스위트에서 사랑받는 인물이 된 거죠?"

"네?" 이네스는 하차 지점을 찾아 출발 차선으로 접어들고 있었다.

"가든 스위트 인의 공주님이 따로 없던걸요. 직원들이 당신을 보러 몰려 왔잖아요."

"거기서 일했거든요." 이네스가 말했다. "객실 담당이었어요."

얼은 프란시스코의 장난감 열쇠 꾸러미를 아이의 얼굴 앞에서 대롱대롱 흔들어 보였다. "나도 가든 스위트에서 일했죠."

"정말요?" 이네스의 바로 앞에서 대형 SUV 한 대가 지나치게 느리게 주행했다. "객실 담당요?"

"아뇨. 프런트 데스크요."

"저도 프런트 데스트에서 일했더라면 계속 거기서 일했을 거예요. 하지만 한번 객실 담당은⋯⋯." 이네스는 대기 중인 차량 몇 대를 지나쳐 출발하는 곳 연석에 차를 댔다. "다 왔습니다. 포니를 이용해 주셔서 감사합니다."

"다음에 또 봐요. 그리고 애야!" 얼은 프란시스코의 토실토실하고 작은 두 뺨을 손으로 잡고 손가락으로 아이의 입술을 휙 쓸어 올렸다. "얼른 자라렴!

널 기다리고 있을 테니까!"

이네스와 조카가 떠나자, 얼은 터덜터덜 보안 검색대로 걸어가면서 머릿속에 카드 한 장을 떠올리고 숫자 1을 쓴 다음 이름 하나를 적었다. **이네스.**

\* \* \*

호크아이/다이나모 네이션/옵셔널 엔터프라이즈의 제작진이 론 뷰트에 들이닥치기 시작했다. 그들은 가는 곳마다 현장을 답사하고 시내를 촬영하고 쓸 만한 장소들을 파악했다. 이제는 빌의 제1 조감독이자 촬영 일정과 스태프 통솔의 귀재가 된 요기는 당시 사귀던 여자 친구 아테나와 함께 가서 아이패드로 구체적인 앵글과 카메라 움직임을 영상에 담았다. 아테나는 나이트셰이드역을, 그는 파이어폴 역을 맡았다. 그들이 찍은 것을 본 빌 존슨은 녹음기를 조수석에 놓고 닷지 차저에 올라 뉴멕시코에서 라스베이거스(네바다)를 거쳐 리노까지 올라갔다가 다시 시에라 산맥을 타고 내려와 노스 밸리 북부의 동쪽 진입로로 들어왔다. 그는 론 뷰트 도심 한복판에서 샘, 미술감독 요코 혼다,● 요기와 만났고, 네 사람은 메인 스트리트 주변의 여러 거리를 걷고 고택 사적지구를 종횡으로 쏘다녔다.

"여긴 360도 전부 우리 거로군." 샘이 말했다. "어느 방향에서든 촬영할 수 있겠어." 샘은 컴퓨터 프로그램을 이용해 언제든 로케이션 장소에 들어오는 햇빛의 각도를 알 수 있었다. 태양이 저물면서 빛이 금색으로 물드는 찰나의 순간을 그리는 골든아워 숏은 빈틈없이 준비될 터였다.

"우리가 론리 뷰트[1]를 독차지할 겁니다." 요기가 말했다. "교통 통제가 아주

---

● 요코 혼다와 빌은 '에덴' 3부작 첫 번째 작품부터 함께 일해 왔다.
1 '외딴', '고독한'이라는 의미의 영어 단어 '론리'와 론 뷰트를 합친 표현

간단하겠는데요."

"이 마을은 바탕이 좋아요." 요코가 말했다. "문과 창문에 판자를 덧대 막은 황량한 풍경이 공짜잖아요. 그리고 커피숍 세트는 저기 있네요." 그녀는 예스러운 간판이 고스란히 남아 있는 가게를 가리켰다. 간판은 그곳이 한때 클라크네 드러그스토어라고 불렸음을 말해 주었다. "카운터와 부스석이 있네요. 드러그스토어 진열장을 넣어 조성하면 되겠어요."

텅 빈 건물들 뒤에는 베이스캠프를 차리기 적당한 공터가 숨어 있었다. 주간고속도로 주변에는 스태프 숙소로 알맞은 모텔이 여럿 있었다. 에어비앤비도 사방에 있었다. 고택 사적 지구의 집들은 통째로 임대할 수 있었다. 옛 아몬드 재배업자 협회를 복원한 건물에는 방과 사무실과 큰 식당과 로비가 있어서 마치 건물이 **나를 써!**라고 외치는 것만 같았다.

"제작 사무소를 그린 스크린 스튜디오가 아니라 여기에 차리자고." 빌은 아몬드 재배업자들의 옛 클럽하우스를 두고 말했다. "이 동네 오래된 집들을 부서장용 숙소로 섭외할 수 있으면 걸어서 출퇴근도 가능하겠어."

"아예 촬영장에 살면 어떨까요?" 요기가 물었다. "스윙 갱이 쓸 간이침대를 들이면 됩니다."

그렇게. 론 뷰트로 결정됐다. 탕. 빵야.

빌은 스틸링으로 완성한 각본을 옵셔널 엔터프라이즈에 넘겨 파이널 드래프트 각본 소프트웨어로 변환하도록 했다. 다이나모가 수표를 쓰고 자금이 흐르기 시작하면서 하드 프렙이 시작됐고, 모두가 모루 프로덕션이라는 사업체의 고용인이 되었다.

얼 맥티어는 자주 새크라멘토로 날아오기 시작했고, 매번 이네스가 운전사였다. "프란시스코가 그리워요." 얼은 발 뻗을 공간이 넉넉한 이네스의 포니 포드에 타면서 그렇게 말하곤 했다. "걔 누구 만나는 사람 없죠?" 이네스는 아이폰으로 찍은 프란시스코와 다른 가족들의 사진을 얼에게 보여 주었다. 론 뷰트를 수차례 오가는 동안 두 여자는 대화를 나누고 수다를 떨고 웃고 노점에 들러 루트비어를 벌컥벌컥 들이켜고 수상 경력에 빛나는 치즈버거를 나눠 먹었다. 제작 사무소 개설이 불과 몇 주 앞으로 다가온 어느 화창한 봄날, 두 여자가 얼린 머그잔에 든 음료를 홀짝이던 중 이네스가 미지의 영역에 발을 들였다.

"뭐 하나 물어봐도 돼요?"

올 것이 왔구나. 얼은 속으로 생각했다. 할리우드 이야기. 이렇게 오래 걸린 것이 가상하기는 했지만 결국 이네스도 어쩔 수 없이 영화계에 진출하려면 어떻게 해야 해요? 그러니까, 당신이 할 수 있다면 나도 할리우드에 진출할 방법이 있지 않겠어요? 같은 화제를 꺼내는구나. 얼은 대답할 만반의 준비가 되어 있었다. 파운틴으로 가요.

"그 뜨개바늘은 뭔가요?" 이네스는 얼의 커다란 토트백에서 삐져나온 뜨개바늘을 보았다. "쓰는 걸 본 적이 없는데."

얼은 폭소를 터뜨릴 뻔했다. 가식이라고는 없는 우리 이네스! 확실히 얼은 이네스가 모는 차 안에서는 뜨개질을 한 적이 없었다. 늘 전화 통화를 하거나 아이패드를 보거나 두꺼운 바인더에 묶인 서류를 읽거나 메모장에 뭘 적고 있었다. 아니면 다정하고 흥미로운 운전사와 대화를 나누거나. 얼이 뜨개질을 할 때는 혼자 있을 때였다. 밥 호프를 오가는 비행기 안에서, 아니면 마을에서 하루 자고 갈 때 가든 스위트에 잡은(왜 아니겠나) 객실로 돌아와 칵테일을 한 잔 마시고 TV에 케이블 뉴스 채널을 틀어 놓고 음량은 줄인 채로. 아직까지는 이네스와 함께 있을 때 뜨개질을 해 본 적이 없었다. 그 질문은 수년 전 뜨개질을 배우게 된 계기와, 데이스라는 이름의 여자가 베풀었던 가르침과 영향과 보살핌과, 몇 달 내내 정신없이 계속해서 패닉이 찾아오는 일을 하는 와중에도 조용히 다른 시간대에 들어선 듯한 차분함을 제공하는 뜨개질의 효능에 얽힌 기나긴 이야기로 이어졌다. 얼은 공항에서 내릴 때까지 실 대신 말을 엮었다. 트랜짓에서 내리면서 그녀가 말했다. "뜨개질과 제정신은 함께 가거든요."

＊　＊　＊

그렇다. 이네스는 아직 영화에 관해 묻지 않았다. 영화는 어떻게 만드는지, 얼이 어떻게 골판지 카니발에서 일하게 됐는지, 또는 어떻게 그녀와 같은 사람들이 영화계에 진출할 수 있는지 같은 질문도 하지 않았고, 얼 맥티어가 할리우드에서 왔다는 사실을 밝히면 민간인들이 토하곤 하는 열변도 늘어놓지 않았다. "내 이야기를 영화로 만들어 봐요!"

하지만 곤살레스크루스 가족은 이네스만큼 입이 무겁거나 호기심이 없지는 않았다. 그들은 하나의 씨족이었다. 식사하러, 노닥거리러, 커피를 마시러 등등 사실 하루 중 어느 때든 누구 집을 언제 찾아가느냐에 따라 가족 구성원이 최대 열일곱 명까지 있곤 했는데, 다들 저마다 복잡한 삶을 살면서 직종을 불문하고 여러 직장에 다니거나 학교에 다니거나 그 둘을 병행하거나 남을 위해 요리를 하거나 남을 위해 청소를 했다. 가족 구성원은 어머니인 마르가리타, 아버지인 거스, 딸 넷(이네스는 평생 자매들과 한 방을 함께 썼다), 아들 셋(한 방을 함께 썼다), 사위 둘, 며느리 하나, 여자 혹은 남자 친구 한둘, 십육 개월짜리 프란시스코부터 아홉 살짜리 꼬마 에스페란사에 이르는 어린아이들로 이루어져 있었다. 막 킨세아녜라[1]를 맞은 카르멘은 이제 어린아이로 셈하지 않았다. 친척들과 친구들이 시내 곳곳과 시외와 국외에서 저마다 일자리, 생계, 미국에서의 삶을 꿈꾸며 찾아오면, 거스는 그들을 자신이 경영하는 원예 조경 업체에서 잠시 일하게 해 주되 그 수는 하루에 자신의 트럭에 태울 수 있는 인원까지로 제한했다. 그들은 소파나 뒷방에 깐 매트에서 잤고, 주방 식탁

---

1 라틴아메리카에서 여자아이가 열다섯 살이 되는 해의 생일에 하는 행사

에서 밥을 먹고, 곤살레스크루스 부부를 본받아 영주권을 획득하고 미국인으로 태어난 아이들을 키우고 미국 법에 따라 살기를 소망했다. 그들은 절망에서 비롯한 가난과 폭력과 고난을 피해 달아난 처지였기 때문에 몇 달간 매트에서 자는 것쯤은 아무것도 아니었다. 미국에만 있을 수 있으면 됐다. 그렇게 오가는 식객 중 일부 남자들은 곤살레스크루스 집안의 딸들을 욕정 어린 눈으로 쳐다보곤 했다. 이네스는 나이가 차자 구실만 생기면 집을 나가 되도록 오랫동안 들어가지 않았다.

멕시코와 니카라과와 엘살바도르 억양이 섞인 에스파냐어로 일에 대한 질문을 받은 이네스는 식탁에서 벌어지는 열띤 대화가 한차례 물러가기를 기다렸다가 뜨개바늘과 털실을 가지고 다니지만 실제로 뜨개질을 하는 법은 없는 숙녀를 차에 태우고 다닌다고 말했다. "인상적인 여자 분이에요." 이네스는 그녀의 반영구적인 고객에 대해 말했다. "차분하고 재미있고, 요 꼬맹이에게 반했죠……." 이네스가 몸을 기울여 프란시스코의 머리에 뽀뽀했다. "그래서 바늘은 왜 가지고 다니느냐고 물어봤어요. 제가 없을 때는 뜨개질을 한다더라고요."

"뜨개질하는 여자가 뭐가 그렇게 특별한데?"

"엄마, 엄마도 전에 뜨개질하지 않았어?"

"나도 뜨개질 배우고 싶다."

"누가 배우지 말래?"

"하우에 뜨개질 수업이라고 적힌 가게 있던데. 거기 가 봐."

"뜨개질 배우려면 얼마나 드려나?"

"돈이, 시간이?"

"엄마. 나 뜨개질 가르쳐 주라. 크리스마스 선물 만들게."

"나 시간 없다."

"이름은 남자 이름이에요. 얼." 이네스가 끼어들었다. "하는 일이 힘든데 뜨개질을 하면 차분해진대요."

"난 낮잠 자면 차분해지는데."

"난 좆도 신경 안 쓰면 차분해지더라."

"밥상 앞에서 그런 소리 하지 마."

"네 똥이다."

"나도 뜨개질하고는 싶은데 복잡해 보이더라."

"그 여자는 무슨 일을 하는데?"

"그 여자를 어디로 데려가는데?"

"론 뷰트."

"거기가 어딘데?"

"옛 99번 국도 타고 치코까지 올라가."

"아, 거기. 론 뷰트. 미국 뜨개질의 수도지."

"거기 있는 옛 조명 공장에서 회의를 하거든."

"공장에서 사람 구하나?"

"전구 만드는 건 벌이가 얼마나 돼?"

"거긴 오래전에 문 닫았어. 전구는 이제, 어디냐, 베트남에서 만들지."

"그리고 멕시코 치와와에서."

"그 여자가 공장 다시 열고 전구 만든다니?"

"주 위원회 사람들이랑 회의를 해요." 이네스가 말했다. "그리고 시내 캐피틀 빌딩에서 회의하면 데려다주고요. 주지사도 만났대요."

"조명 공장 다시 열면 주지사가 좋아하겠네. 아니면 거기서 전기 자동차나 배터리를 만들거나."

"털실이겠죠. 큰 털실 공장."

"점심 먹게 슈메이트 마켓에도 데려다줬고요."

"나 예전에 거기서 일했는데! 그 가게, 아직도 페렌키오 아저씨 거야?"

"나도 몰라."

"좋은 사람이었어. 난 마리 캘린더로 이직했지만."

"어느 마리 캘린더?"

"J 스트리트에 있는 거."

"그 여자를 마리 캘린더로 데려가지 그랬어? 지금은 도니 가르세스가 거기 부 매니저인데."

"슈메이트에서 약속이 있었거든. 그날이 내가 프란시스코를 돌본 날이야. 요 녀석을!" 이네스는 다시 사랑스러운 머리에 뽀뽀했다.

"주지사를 만난 다음에 그런 데를 가?"

"거기서 〈비〉랑 인터뷰했거든. 신문에 났어."

"왜?"

"영화를 만들려고 해서. 그래서 우리가 계속 론 뷰트에 가는 거야."

그 마지막 대사가 신호였다. 찰나의 정적이 흐르는 동안 식탁에 둘러앉은 사람들은 잠시 입을 다물고 방금 이네스의 입에서 나온 단어를 소화했다. **영화.** 이윽고 곤살레스크루스 일가의 저녁 극장에서 말이 폭발처럼 터져 나왔다.

"뭐?"

"영화?"

"영화? 진짜 영화 영화?"

"무슨 영화?"

"영화 제목이 뭔데?"

"누가 나오는데?"

"무슨 내용인데?"

"제목이 뭔데?"

"그 여자 이름은 뭐야?"

"얼이라고 해. 난 그렇게 불러. 얼."

"왜 이름이 남자 이름이래?"

"이네스가 이제 레즈비언들을 태우고 다니나 봐."

"레즈비언이든. LGBTQ든. 돈만 내면 누군들 못 태워."

"팁도 줘야지."

"별점 다섯 개도."

이네스의 막내 남동생 호세가 휴대전화를 꺼내더니 그 레즈비언 이름이 뭐냐고 물었다.

"레즈비언 같지는 않던걸."

"왜? 그 여자가 너한테 안 들이대서?"

"우리끼리 남자 친구 이야기를 했거든."

"그 여자한테 안드레가 너 두고 바람 피웠다는 얘기를 했다고?"

"실은 그래, 했어. 자기가 그 자식 다리를 분질러 주겠다던걸."

"농담이 아니었으면 좋겠네."

"이름 철자가 어떻게 되는데?"

호세가 IMDb에서 그녀를 찾아보았다.

"우와!" 호세가 소리를 질렀다. "그 여자, 제작자야! 빌 존슨이랑 영화 만들었어!"

"누구?"

"레즈비언 영화야?"

"빌 존슨도 여자야?"

호세는 영화를 좀 알았다. 고등학교에도 다녔고 휴대전화를 붙들고 살았다. "〈소리로 가득한 지하실〉을 만든 여자라고!"

이네스는 그 사실을 알지 못했다. 동생 아니타를 데리고 〈소리로 가득한 지하실〉을 보러 간 적은 있지만 그날 밤 어찌나 피곤했던지 거의 영화 내내 잤다. 이네스는 영화를 볼 때면 고개를 뒤로 꺾고 입을 벌리고 턱을 늘어뜨린 채 잠들기 일쑤였다. 온갖 일을 하느라 바로 곯아떨어졌다. 그래서 그녀는 얼 맥티어의 최신작을 보면서도 잤고, 무슨 내용인지도 몰랐다.

"그 여자, 오스카 후보로도 올랐다고!"● 호세는 그 사실을 믿을 수 없었다.

이네스도 믿을 수 없었다.

"게다가 봐!" 호세가 얼 맥티어의 IMDb 사진을 식탁 너머로 보여 주었다. "유색인이야!"

"그 여자 보스도 봐!" 호세는 빌 존슨의 IMDb 사진을 불러냈다. 더할 나위 없는 백인 남자였다. "그 〈에덴〉 영화들 만든 사람이야."

"그 시리즈 좋았는데!"

"이네스! 너 거물을 태우고 다니는 거야, 알아?"

"거어무울이라고."

이네스는 전혀 모르는 사실들이었다.

"그 여자한테 나 좀 영화에 출연시켜 달라고 해. 난 아름답고 유색인이니까."

"부자 영화제작자가 왜 이네스 차를 타지?"

"그 길다란 리무진을 타야지. 욕조 달린 허머 같은 거."

"레즈비언들은 구두쇠거든."

"아빠 드실 음식 남겨 둬라. 곧 오실 테니."

호세는 〈새크라멘토 비〉 웹사이트를 열어 내 슈메이트 마켓에서 있었던 얼 맥티어 인터뷰에 관한 기사를 찾았다. 그는 기사를 소리 내어 읽기 시작했지만 캘리포니아영상위원회, 세금 환급, 롬폭 대표가 발의한 새 법안 얘기가 나오자 지루해졌다. 그러자 여섯 살 때부터 피아노를 배운 이네스의 여동생 아니타가 자리에서 일어나 온 가족이 함께하는 노래의 밤을 갖자고 부추겼다.

---

● 사실이다. 〈소가지〉는 작품상을 받았고, 크레디트에 제작자로 이름을 올린 얼이 상을 집으로 가져갔다.

아니타는 거실 피아노에 자리를 잡고 오스카 후보에 오른 〈소리로 가득한 지하실〉 수록곡 〈이곳은 우리만의 공간〉 악보를 아이패드에 띄운 다음 박자와 멜로디를 확인했다.

모두가 떠나가고

남은 이 하나 없네

오직 그대와 나만이

이 도시를 지키니…… 이곳은 우리만의 공간.●

설거지를 하고 거스가 먹을 음식을 덮어 한쪽에 챙겨 두고 여든여덟 개의 건반에 얹힌 아니타의 손가락 끝에서 다른 노래들이 흘러나오는 동안, 하나둘 동참한 가족들의 노래가 거실을 뒤덮었다. 이네스가 휘황찬란한 영화 만들기의 세계를 스쳐 지나갔다는 소식을 둘러싼 웅성거림은 잦아들고 가족들이 좋아하는 멕시코 발라드와 신청곡이 자리를 대신했다. 마침내 귀가한 거스가 샤워를 마치자 마르가리타는 남편을 위해 냉장고에 넣어 두었던 차가운 유리잔에 파시피코 맥주 한 병을 따라 주고 따뜻하게 데운 푸짐한 저녁 식사를 내왔다. 그가 식사를 하는 동안 카르멘 곤살레스크루스는 〈마음은 마음 가는 대로 원해〉를 셀레나 고메즈만큼이나 아름답게 불렀다. 피로하고 굶주린 근면성실한 사내는 음식을 씹는 틈틈이 얼음처럼 차가운 세르베사[1] 한 잔을 홀짝였다. 그의 가족은 한때 무척 가난했다. 지금은 무척 부유했다. 그는 가족들이 자신의 삶을 음악으로 가득 채우는 소리에 귀를 기울였다. 수많은 목소리가 조화를 이루어 작은 집의 지붕을 들썩였다. 이 집을 떠나고 싶어 할 사람이 있기나 할까?

● 엑스 루나 복스 출판 그룹의 승인하에 가사를 수록함.
1 '맥주'를 뜻하는 에스파냐어 단어

* * *

　빌 존슨이 긴 다리를 쭉 뻗었지만 그의 지나치게 근사하지는 않은 부츠는 운전석에 닿지 않았다.

　이네스는 론 뷰트로 가는 옛 99번 국도에 오르기 위해 차를 몰아 공항을 빠져나가는 중이었다. 얼과 그녀의 보스라는 남자는 밥 호프에서 함께 비행기를 타고 왔다. 각자 바인더, 아이패드, 공책, 그리고 뜨개바늘 또는 주방용 타이머가 든 휴대용 데이 백을 지참하고 있었다. 존슨에게는 손잡이를 철사로 묶은 낡고 상처투성이인 사각형 케이스도 있었다. 그는 그것을 바닥에 놓더니 자기 좌석 아래로 밀어 넣었다.

　결국 제작 사무소는 아몬드 재배업자 협회 건물에 차리기로 결정했다. 건물 뒤에는 트레일러들을 댈 수 있을 만큼 넓은 주차 공간이 있어서 베이스캠프까지 왕래하기 쉬웠다. 이브 나이트의 집으로 고려 중인 로케이션 장소들도 전부 가까운 거리에 있었고, 빌은 더 많은 장면이 론 뷰트의 도심을 배경으로 하도록 각본을 고쳐서 그림 같은 풍경을 최대한 활용하기로 했다. 커피숍 겸 간이식당, 오래된 교회, 교차로, 마을 외곽 로케이션 장소, 심지어 야간 전투 장면도 그 근방에서 촬영할 작정이었다. 식사는 한때 아몬드 농장주들이 연회를 열고 춤을 추던 대형 식당 홀에서 제공할 수 있었다. 로케이션 촬영을 완료하고 나면 제작진은 베이스캠프를 옛 조명 공장으로 옮길 것이다. 거대한 공장 건물은 베를린 장벽을 감싸도 될 만한 양의 그린 스크린에 에워싸인 대형 스튜디오로 바뀌어 있었다. 공장 외부는 나이트셰이드와 파이어폴의 첫 번째 사투에 사용할 계획이었다.

　론 뷰트로 가는 길 내내 얼과 빌 존슨이 일 이야기를 나누었기 때문에 이네스는 포드를 몰기만 했다. 그들이 루트 비어 노점을 지날 때 그곳이 영업 중이냐고 물은 것은 빌이었다.

"이네스가 주인들이랑 아는 사이예요." 얼이 말했다.

"이네스가 누군데?" 빌이 물었다.

"우리 운전사요, 이 얼빠진 양반아." 얼이 말했다. "소개해 줬잖아요."

"미안합니다, 이네스." 빌이 뒷좌석에서 말했다. "내가 정신을 빼놓고 산 지 오래됐어요. 이제는 그 이름, 머릿속에 영원토록 새겨 놓지요."

이네스는 손만 흔들고는 계속 차를 몰았다.

"드래프트 루트 비어라면 마시고 싶은데." 빌이 말했다.

하드 프렙에 들어간 이 시기에 영화사의 다른 일원들은 론 뷰트에 도착해 주간고속도로에 있는 킹스 웨이 모터 로지나 베스트아메리카 모텔에 투숙하면서 각자 자기 차로 마을 이곳저곳을 조사하고 다녔다. 지출은 전부 경비로 처리되었다. 사무실 가구는 그날 도착할 예정이었다. 아몬드 재배업자 협회 건물의 여러 사무실에 걸린 큼지막한 벽 크기의 달력에 따르면 〈나이트셰이드: 파이어폴의 모루〉 본 촬영 개시일 카운트다운이 시작되기까지는 채 일주일도 남지 않았다. 56일 전…… 42일 전…… 31일 전…….

이날 얼이 이네스를 예약하기는 했지만, 일정이 길어질 가능성이 커서 이네스는 굳이 근처에서 대기하지 않아도 괜찮을 듯했다. 얼과 그녀의 보스는 최소 사흘 밤을 킹스 웨이에 머무를 예정이었고, 이후 이네스의 포니를 타고 공항으로 가서 밥 호프로 돌아가는 비행기에 오른다는 계획이었다.

이네스는 고객들을 론 뷰트의 황량한 도심에 내려 주고 옛 99번 국도에 올라 남쪽으로 돌아가려 했다. 황폐해진 도예점을 아직 지나지 않았을 즈음, 반대쪽에서 느릿느릿 도심으로 향하는 스탠더드 임대 가구점 배달 트럭이 보였다. 운전사는 자신이 제대로 온 건지 확인하려고 GPS를 보고 있었다. 이네스는 운전사를 알아보았다. 캐즈 엘바였다. 이네스는 아이언 벤드 리버 커뮤니티 칼리지에서 캐즈와 수업 두 개를 같이 들었다. '보건학 1'과 '대학 독서: 조앤 디디온'이었다. 둘은 서로 아는 사이가 되었고, 알고 보니 캐즈는 터무니없이 웃긴 녀석이었다. 하도 마리화나를 많이 피우는 통에 쉴 새 없이 지껄여서 인지도 모르겠지만. 그녀는 캐즈가 스탠더드 가구점에서 배달을 하는 줄은 몰랐으나 놀라지는 않았다. 누구나 일은 해야 했으니까. 같은 회사 로고가 박힌 폴로셔츠를 입고 조수석에서 자고 있는 녀석도 포함해서 말이다.

이네스는 포니 경적을 울리고 포드의 전조등을 깜빡였다. 고개를 든 캐즈가 그녀를 알아보고는 차를 세웠다. 이네스는 그 옆에 차를 나란히 댔고, 두 사람은 운전석 창문을 내렸다.

"대체 여긴 어쩐 일이야, 이니?"

"일하지, 캐주얼. 혹시 영화사에 배달 가?"

"론 뷰트 메인 스트리트 1607번지가 거기라면."

"따라와." 이네스가 유턴하자 캐즈가 트럭을 몰고 따라왔다.

아몬드 재배업자 협회 건물에 있는 사람은 미술팀과 관련 있는 핼리 벡이라는 젊은 여자뿐이었다. 얼과 빌 존슨과 나머지 모두는 수송팀 밴이 필요 없는 가까운 거리에 있는 로케이션 장소 후보들을 도보로 답사하러 가고 없었다.

이네스는 자신과 캐즈를 핼리에게 소개하고 캐즈의 트럭에 실린 저렴한 탁자, 책상, 의자, 소파, 램프, 선반 수납장, 와이어 칸막이, 멀티탭이 어디로 가야 하는지 물었다. 핼리는 더 큰 가구들은 대부분 커다란 주 사무실로 가야겠지만 나머지는 빈 사무실들에 나누어 배치해야 할 거라고 추측했다.

"알아서 하세요." 핼리가 말했다. 그녀는 두 사람을 쳐다보고만 있었다. 그녀는 먹이 사슬에서 매우 낮은 위치에 있었고, 지시를 내릴 지식도 권한도 없었다.

캐즈는 당황했다. "원래 두 놈을 데리고 왔어야 했는데 한 녀석이 나오질 않아서 나랑 케이시 주니어만 왔거든." 케이시 주니어란 여전히 트럭에서 뻗어 있는 녀석 얘기다. 혼수상태에 빠졌거나 최소한 숙취로 기절한 게 분명했다. "백만 년은 걸릴 텐데."

"내가 도와줄게." 안 될 거 없잖아? 캐즈는 아침 근무시간에는 전혀 취하지 않았지만 그래도 일하는 동안 이네스를 웃게는 해 줄 터였다.

주 사무실에는 책상 여섯 개, 보조 선반, 긴 접이식 탁자와 불편한 접이식 플라스틱 탁자를 놓을 공간이 있었다. 캐즈는 트럭을 메인 스트리트 쪽 출입 구로 몰고 왔다. 도로를 오가는 차가 없었기 때문에 트럭을 후진시켜 건물 앞 문과 수직을 이루게 댔다. 이네스는 캐즈를 도와 트럭에 실린 가구를 꺼내고 끝차에 실어 리프트 게이트로 내린 뒤 아몬드 재배업자 협회 건물 안으로 전 부 옮겼다. 그녀는 주 사무실이 재선을 앞둔 국회의원의 선거 본부처럼 보이 도록 책상들을 널찍하게 띄워 배치했다. 아몬드 재배업자 협회의 복도와 사무 실로 이루어진 토끼 굴은 건물 뒤쪽으로 통했다. 캐즈가 트럭을 뒷마당으로 옮기고 후진시켜 리프트 게이트를 댈 자리를 잡는 동안 케이시 주니어가 잠에 서 깼다. 그러니까 혼수상태는 아니었군!

"벌써 도착한 거야?" 케이시가 물었다.

일손이 하나 늘어난 데다 이네스가 얼마나 많은 사무실에 얼마나 많은 임대 가구가 필요할지 가늠해 둔 덕분에 가구들을 트럭에서 내리는 속도가 조금 더 빨라졌다. 세 시간 뒤에는 작업이 거의 마무리되었다. 바로 그때 정신 사나운 청년 하나, 코디 레이크랜드라는 PA•가 부리나케 아몬드 재배업자 건물로 들 어왔다가 이네스를 힐끗 보더니 불쑥 내뱉었다. "그쪽이 해 줄 일이 있어."

이네스는 스탠더드 임대 가구점의 폴로셔츠를 입고 있는 캐즈나 케이시 주 니어와는 달리 평범한 옷을 입고 있었다. 레이크랜드는 이네스가 제작 사무소 에서 뭔가 하는 일이 있는 사람일 테니 따라서 지시를 내려도 되는 상대이리 라 짐작했다.

---

• 제작 보조. 미국 감독 조합 소속은 아니지만 다들 조합원이 되기를 꿈꾼다. 제작자, 촬영감독, 각본가가 되고 싶다 거나 하루 이십사 시간 내내 일하면서 영화 한 편을 만들어 본 뒤 다른 직업을 찾아야겠다고 생각하는 경우는 예외지만.

"가서 이 커피들 좀 가져와." 코디는 휘갈겨 쓴 라테, 카푸치노, 드립 커피, 에스프레소, 차이, 디카페인 커피 주문 목록을 이네스에게 건넸다. "가지고 오면 다음은 식사 주문 나갈 거야. 스탯!"

이네스는 스탯이 무슨 뜻이냐고 물었다.

"당장 하라고! 즉시!"[1]

론 뷰트 시내에는 고급 커피 전문점이 없었지만 주간고속도로에 해적 커피 드라이브스루가 하나 있었다. 이네스는 27킬로미터를 운전하면서 음성 주문 서비스로 뜨거운 음료 열네 잔을 주문했다. 생분해성 슬리브와 뚜껑을 끼운, 해골과 엇갈린 뼈다귀가 그려진 재활용 종이컵에 담긴 마법의 묘약 값은 자신의 직불 카드로 내고 영수증을 부탁했다. 이십구 분 후, 그녀는 바로 자신이 아몬드 재배업자 협회 건물 주 사무실에 펼쳐 놓았던 탁자 위에 음료들을 부려 놓았다. 캐즈는 일을 마치고 케이시 주니어와 함께 떠난 뒤였다. 코디 레이크랜드는 자기 몫의 트리플 숏 에스프레소 해적 커피를 찾아 설탕 두 덩어리를 넣은 다음 이네스에게 들고 먹을 수 있는 뷔페 스타일 점심 식사 주문 목록을 넘겼다. 샐러드. 샌드위치. 랩. 부리토. 피자 두 판은 더블 플레인 치즈피자와 올리브 슬라이스를 얹은 페퍼로니 피자로. 그리고 음료도. 전부 필요한 시점은 스탯이었다.

이네스가 다시 27킬로미터를 달려 주간고속도로에 즐비한 패스트푸드점에 가기 위해 앞문을 나서는 바로 그 순간, 얼과 빌 존슨은 다른 제작진과 함께 아몬드 재배업자 건물 뒤쪽으로 들어오고 있었다. 두 영화인은 그들의 포니 운전사를 보지 못했다.

점심 주문 가운데 랩은 랩엠업에서, 괜찮은 샐러드는 맥도날드의 샐러드 바에서 구했고, 따로따로 포장한 델리 스타일 샌드위치는 패스트개스 스낵색에

---

1 '당장', '즉시'를 뜻하는 라틴어 단어 '스타팀'에서 온 표현

서 구할 수 있었다. 캔 음료수와 향이 첨가된 탄산수도 거기서 챙겼다. 피자는 미리 빅 스토크에 전화로 주문해 두었다. 빅 스토크는 피자를 조각 단위로 판매하는 드라이브스루를 도입하려고 노력 중인 프랜차이즈였지만, 판 단위 주문도 받았다. 부리토는 로코 타코라는 가게에도 있었고 주간고속도로 맞은 편의 타코 마스에도 있었기 때문에, 이네스는 멕시코 음식을 두 가게에 반씩 나누어 주문했다. 한 시간 반 뒤, 이네스는 마찬가지로 자신이 커피를 부렸던 메인 사무실 탁자 위에 점심 식사를 뷔페 스타일로 늘어놓았다.

코디는 타코 마스 박스에서 부리토처럼 생긴 음식을 하나 집으면서 이네스에게 "자."라고 말했다. 이번에 맡긴 것은 스프링 공책에 펜으로 끼적여 뜯어낸 대신 레이저 프린터로 인쇄한 세 페이지짜리 목록이었다. "지역 상생에 신경 쓰는 것처럼 보여야 하니까 될 수 있으면 물건은 주로 지역 상점에서 구매해."

목록은 길었다. 볼펜 다량. 속기장 다량. 코르크보드와 압정 다량. 프린터/복사기 용지 다량. 종이 클립과 스테이플러. 컵. 연필. 전동 연필깎이. 화이트 보드와 다양한 색상의 펜. 전자레인지와 찻주전자. 종이에 모루 프로덕션 전용 아마존 청구 번호가 있었으므로 온라인으로 주문하라는 의미인 듯했다. 하지만 지역 상점 유니마트가 비드웰과 치코 사이 가까운 곳에 있었다. 그녀가 과거 아르바이트했던 새크라멘토의 유니마트보다 론 뷰트에서 더 가까웠다. "이게 전부 오늘 필요해요?"

"허!" 남자애가 말했다. 이네스는 그 대답을 스탯이라는 의미로 받아들였다. 이네스는 빅 스토크의 올리브를 얹은 페퍼로니 피자 한 조각을 집어 들고 미리 뜯어 놓은 생수 박스에서(이것도 그녀가 아니면 누가 챙겨 놓았겠는가) 생수 한 병을 챙긴 다음 다시 트랜짓을 타러 나갔다. 그녀가 막 아몬드 재배업자 건물을 떠나는 순간 제작진이 점심을 먹으러 들어왔다. 이번에도 얼은 이네스가 차려 놓은 음식만 보았을 뿐 이네스는 보지 못했다.

유니마트 코퍼레이션에서는 아마존을 혼쭐내기로 작정하고* 대량 주문 시스템을 개발해 두었기 때문에, 유니마트에 익숙한 이네스에게는 더없이 손쉬운 업무였다. 주문 서비스 데스크에 인쇄한 목록을 가져다주었을 뿐인데, 짜잔, 모든 물품이 다음 날 오전 8시까지 론 뷰트 메인 스트리트 1607번지로 배달되기로 했다.

급성장 중인 모루 프로덕션의 사무실로 돌아왔는데 아무도 쓰레기와 남은 음식을 치우지 않아서, 그 또한 이네스가 나섰다. 하지만 쓰레기봉투며 종이 타월 등이 부족했기 때문에, 대충이나마 간단하게 정돈을 마치고 그녀는 다시금 차를 몰아 달러 제너럴로 가서 청소용품을 샀다. 영수증도 챙겼다. 론 뷰트로 돌아와서는 대청소 작전을 완료하고, 주 사무실 탁자를 닦고 쓰레기를 전부 봉투에 넣어서 한동안 쓰이지 않은 듯 보이는 뒷마당의 녹슨 쓰레기 수거통으로 가져갔다. 화장실에 들러야 할 일이 생긴 그녀는 화장지, 손 세정제, 일회용 마른 타월이 필요하리라는 것도 정확하게 예측했고(달러에서 이미 사 온 뒤였다) 남자 화장실과 여자 화장실에 차례로 비품을 배치했다.

그녀가 복도로 나왔을 때, 빌 존슨은 막 남자 화장실에 들어가려던 참이었다. "여." 감독이 말했다. "이름이 뭐라고 했죠?"

"이네스요."

"맞다. 이네스. 여긴 어쩐 일이에요?" 빌은 대답을 기다리지 않고 볼일을 보러 갔다.

코디 레이크랜드가 우연히도 사환과 영화감독의 대화를 보고 들었다. "안 돼. 안 돼, 안 돼, 안 돼, 안 돼, 안 돼." 그는 이네스에게 말했다. "감독님한테는 말 걸면 안 돼. 알아들었어? 감독님을 귀찮게 해서는 안 된다고."

"내 이름을 묻던데요."

"예의상 그러신 거고. 넌 퍼스트가 아니야. UPM도 아니고. 제작자도 아니

● 행운을 빕니다그려.

지. 넌…… 감독님과…… 말 섞으면…… 안 돼. 알아들었어?"

이네스는 퍼스트나 UPM이 뭔지 알 수 없었다.● "알았어요."

"화장실에 화장지 채워 놔. 여분도 꼭 비치하고. 비누랑 종이 타월도."

이네스가 이미 해 놓은 일이었다. 그녀가 레이크랜드에게 그렇게 설명하려는데 빌 존슨이 화장실에서 나왔다. 보스 노릇을 하던 남자애는 즉시 눈을 돌려 자기 신발을 내려다보면서 감독의 시선을 피했다.

"이네스!" 빌이 외쳤다. "이젠 외웠어요!" 그는 이름을 체스터라고 착각하고 있는 코디 레이크랜드는 무시한 채 복도 저쪽으로 사라졌다.

이네스의 폰이 울리면서 포니텍스트가 도착했다.

"무음으로 해." 레이크랜드가 짜증을 내며 말했다. "제작 사무소에서는 모든 전화는 진동. 그것도 모르나."

[A.맥T: 제발 내 보스 타자기가 당신 차에 있다고 말해 줘요!!!]

[포니텍스트 발신인—이네스: 확인할게요, 스탯!]

그녀는 서둘러 메인 스트리트에 주차해 둔 차로 갔다. 이네스는 고객이 차에 두고 간 물건을 찾는 데에는 전문가였다. 먹먹하게 들려오는 각양각색의 벨 소리에 귀를 기울이게 만드는 휴대전화들은 끊임없이 해결해야 하는 수수께끼와도 같았다. 그 외에도 유기된 물품으로는 포장된 선물, 토트백, 값비싼 펜, 여행용 짐, 노트북, 휴대용 텀블러, 티파니 상자에 담긴 약혼반지, 여권 등이 있었고, 한번은 비행용 이동장에 든 고양이도 있었다. 어떤 남자가 여자 친구의 고양이에게 주의를 기울이지 않은 탓이었다. 타자기는? 이건 새로웠다. 오래된 영화에서 본 걸 제외하면 타자기를 본 기억조차 없었다.

그녀는 또 턱을 찧지 않도록 주의하면서 차 뒷문을 열고 짐칸에 아무것도 없는 걸 확인한 다음 조수석을 살폈지만 역시 아무것도 없었다. 확실히 해 두

● 퍼스트: 제1 조감독인 요기 커카니스. UPM: 제작 실무 관리자 애런 블로

236

기 위해 뒷좌석 아래를 보았더니 손잡이를 철사로 묶은 낡은 검은색 사각형 상자가 보였다. 틀림없이 타자기가 들어 있을 듯했다. 상자는 무거웠다. 손잡이 옆에 달린 잠금쇠 한 쌍을 옆으로 밀자 잠금쇠가 살짝 걸리기는 했지만 두 번의 찰칵 소리와 함께 뚜껑이 위로 열렸다. 맞았다. 타자기를 찾았다. 낡고 검은 타자기의 나르개에는 스털링이라고 적혀 있었다.

[포니텍스트 발신인—이네스: 찾았어요.]

[A.맥T: !!!!!! 내일까지 보관해 줘요 키스 키스!]

[포니텍스트 발신인—이네스: 지금 가져다드릴 수 있어요.]

[A.맥T: 괜찮아요!]

칠십이 초 후, 모루 프로덕션이 아몬드 재배업자 건물에 머무르는 동안 얼이 쓰기로 한 사무실로 이네스가 들어섰다. 앞서 포니 운전사는 그날이 끝날 무렵 얼 맥티어가 그 뒤에 앉게 되리라는 사실을 알지 못한 채 그곳에 임대 책상을 배치한 바 있었다. 이네스는 타자기 케이스를 들고 있었다.

"이런, 맙소사!" 얼은 이네스가 자기 사무실에 있다는 사실을 믿을 수 없었다. "광속으로 달린 거예요?"

"이거 맞죠?" 이네스는 상자를 얼의 책상에 올려놓았다.

"설명해 봐요." 얼이 말했다.

"보스가 이걸 차에 두고 갔다고 하셨잖아요? 저더러 갖다달라고 하셨고요?"

"내일 달라고 했죠. 어떻게 이렇게 빨리 온 거죠? 궁금해요."

바로 그때 꼬맹이 레이크랜드가 사무실 문간에 나타났다. 그는 앞으로 모실 얼 맥티어(옵셔널 엔터프라이즈의 왕초 마님)의 목소리를 듣고 자신이 나서야겠다고 생각했다. "안 돼. 안 돼, 안 돼, 안 돼, 안 돼, 안 돼. 죄송합니다, 맥티어 씨."

"왜 죄송하다는 거지?" 얼은 이제 궁금한 것이 무척 많아졌다.

"이런 일은 있어서는 안 돼." 코디는 이네스에게 책망하는 표정을 지어 보이려 했지만, 실제로는 동네 극단에서 올린 연극 〈보잉, 보잉〉에 출연한 배우처럼 보이기만 했다. "내가 규칙을 일일이 다 설명해야겠어?"

"코디." 얼은 평소의, 위압적이지 않은, 문제를 해결하는 목소리로 말했다. "무슨 규칙을 설명해야 한다는 거야?"

"제작 사무소 규정요. 이 여자는 일을 몰라요." 그는 고갯짓으로 이네스를 가리켰다. "가구 배치. 커피. 심부름. 거기까지는 잘했지만 자기가 누구랑 말을 하면 안 되는지는 알아야죠."

"이 여자 분에게 이름이 있다는 건 알아? 이름이 뭔지 아냐고?"

"이네스." 이네스가 곧바로 대답했다. "난 이네스예요."

"아직 현지 채용인들 이름을 확인하지는 못해서요." 레이크랜드가 설명했다. "그건 제 불찰입니다. 당황하셨을 텐데 저희는 이만 나가 보겠습니다. 죄송합니다, 맥티어 씨. 다시는 이런 일 없을 겁니다. 그렇지, 이이니스?"

"잠깐만. 나 당황스러운데." 얼이 말했다. "이네스? 당신, 하루 종일 여기서 레이크랜드 씨의 심부름을 한 거예요?"

코디 레이크랜드는 침을 꿀꺽 삼켰다. 갑자기 강렬한 두려움이 머리를 뒤덮고 불안한 저릿함이 팔다리를 타고 흘렀다. 얼 맥티어가 방금 그를 '레이크랜드 씨'라고 불렀다. 이건. 결코. 좋은. 신호가. 아니었다.

이네스는 자신이 하루를 어떻게 보냈는지 설명했다. 마을을 나가는 길에 현재 건물 전체에 배치된 임대 가구를 배달하는 친구를 보았다. 친구가 손이 모자라 곤란해하기에 짐 들이는 것을 도와주었다. 막 떠나려는데 '여기 레이크랜드 씨가'(그 말에 코디의 눈이 휘둥그레졌다) 그녀에게 커피를, 그다음에는 점심 식사를, 그다음에는 사무용품을 사 오라고 시켰고…… 그래서 그렇게 했다. 그녀는 치코 웨이에 있는 지역 상점 유니마트와 달리 제너럴에 갔을 때를 제외하면 론 뷰트를 떠난 적이 없었고, 그래서 빌 존슨의 가방에 든 타자기를 즉시 가지고 올라올 수 있었다. "제가 뭘 잘못했나요?" 이네스는 자신이 잘못했다고는 생각하지 않았고, 혹시 잘못했다 해도 뭘 잘못했는지 알 수 없었다.

얼 맥티어는 소리 내어 웃었다. 복도와 계단과 아몬드 재배업자 협회 건물 안 여러 사무실에 메아리칠 정도로 크게 낄낄거렸다. 즐거움에 찬 웃음소리는 눈에 보이지 않은 음파를 이루어 새 제작 사무소 안을 따라 이리저리 튀다 차츰 잦아들었다.

"코디." 얼은 돌로 변한 젊은 제작 보조를 돌아보았다. 말 그대로 몸이 돌로 변해 움직이지 못하는 듯했다. "가서 이이니스와 내가 마실 커피 좀 갖다줘. 나는 따뜻한 하프 앤드 하프를 넣은 더블 에스프레소. 이네스는요?"

"드립 커피로 부탁할게요. 우유랑 설탕 둘 넣어서요."

코디는 펜과 수첩을 꺼내서 주문을 적었다. 그토록 간단한 주문을 잊을까 봐서가 아니라 명민한 프로처럼 보이고 싶은 마음이 간절했기 때문이다.

"그리고 코디?" 얼이 덧붙였다. "사무소 돌아다니면서 오후에 약간의 활력소가 필요한 사람이 또 있거든 같이 주문을 받아 줘. 영수증 챙기고 지불은 사무실 비상금으로."

"알겠습니다." 코디가 목이 졸린 듯한 소리로 말했다. "음, 이이네스? 아침에 커피를 어디서 가져오셨죠?"

"해적 커피요. 웹스터 로드를 타고 서쪽으로 가다 보면 주간고속도로 이쪽 방면에 있어요." 그녀는 휴대전화로 코디에게 GPS 마커를 쏘았다. "온라인으로 픽업 시간 설정해서 주문할 수 있어요. 나도 그렇게 했고요."

"알았습니다." 코디는 자리를 떴다. 주문을 받은 결과 그는 생분해성 슬리브와 뚜껑을 끼운, 해골과 엇갈린 뼈다귀가 그려진 재활용 컵에 담은 커피 스물두 잔을 가져오게 되었다.

얼은 몇 개월을 알고 지낸 포니 운전사 아가씨에 대해 생각했다. 나중에 코디가 커피를 가지고 돌아오자(그 꼬맹이에게는 한 시간 사십 분이 걸리는 일이었다) 얼은 그에게 맥티어식 제작 사무소 규정을 알려 주었다. 그전까지, 그녀는 문을 닫고 이네스와 둘이서만 이야기를 나누었다. 얼은 이네스가 그녀 밑에서 일하면서 문제를 해결하고 영화 만드는 일을 돕기를 바랐다. 그러려면 이네스는 포니 일을 그만두고 얼이 필요하다고 여기는 기간 내내 상시 대기해야 했다. 얼은 이네스가 아이언 벤드 강에서 뜰채로 걸러 건진 금덩어리라고 설명했다. 그리고 얼은 그녀를 놓칠 생각이 없었다.

"그렇게 되면 정식으로 고용되는 거예요." 얼은 아가씨에게 말했다.

주급은 골판지 카니발 생초보 수준이겠지만 그래도 이네스가 일자리 두 개, 심지어 세 개를 뛰는 것보다 많았다.

정말이지, 이네스가 꿈꿀 수 있었던 액수보다 더 많은 금액이었다.

## 05
# 캐스팅

이브 나이트에게는 울트라 파워와 무척 복잡한 과거가 있다. 에이전트 오브 체인지의 접촉을 철저히 피하며 연로한 할아버지와 은둔하고 있는 그녀는 자신이 **느끼는** 것과 맡아야만 하는 인명 구조 활동 때문에 끝없이 시험에 처한다. 하지만 그녀의 삶에 기쁨이라고는 없다. 오직 두려움뿐. 그녀는 파이어폴이라고 알려진 수수께끼의 존재가 나오는 환영 때문에 잠을 이루지 못한다…….

—〈나이트셰이드: 파이어폴의 모루〉 로그라인[1]

1 영화를 홍보하기 위해 내용을 한 줄로 간단하게 설명한 것

## 렌 레인

요즘 그녀가 어디 사는지는 아무도 알지 못했다. 그녀와 우정을 나누고, 그녀의 신뢰를 얻고, 그녀의 행방을 비밀로 한다는 무거운 짐을 받아들인 극소수를 제외하면. 그녀의 대리인인 미셸린 옹도 그중 하나였다.

렌 레인이 인간보다 고양이나 앵무새를 더 사랑하는 괴짜 은둔자라서는 아니다. 결코 그렇지 않았다. 그녀의 거주지에 관한 정보를 비밀에 부치는 까닭은 스토커들 때문이다. 그리고 그녀가 자신과 운명으로 맺어진 영혼의 단짝이라고 주장하는 지나치게 과격한 팬들(주로 남자) 때문이다. 또 감시 중인 FBI 요원처럼, 나아가 계획한 유괴범처럼 따라다니면서 그녀의 사진을 찍으려 드는 파파라치들 때문이고. 거기에다 팔아서 이윤을 남길 목적으로 포스터와 사진과 기념품에 그녀의 사인을 받고 싶어 하는 장사꾼들까지 생각한다면, 여러분도 렌 레인이 재수 없는 자베르의 부하들에게 쫓기는 여자 장 발장 같은 신세라는 결론에 이를 것이다.

렌의 애정 생활이 지금과 같이 호사가들의 먹잇감이 되기 좋은 난장판이 아니었다고 한들 상황이 달랐을까? 그녀는 아름답다. 그녀는 영화를 만든다. 그러니 피할 수 없는 일이었다. 관계를 오래 지속할 생각은 없었던 위트 설리번과 깨졌을 때는 그녀가 스코틀랜드로 이주했다는 기사가 났다. 분노 조절에 문제가 있던 코리 체이스와 이혼했을 때는 그녀가 오스틴에 있는 호숫가 별장을 가지기로 했다는 기사가 났다. 블라디미르 스마이스와 (두 번째로) 약혼을 파기했을 때는 캔자스 설라이나의 한 지역 신문에 그녀가 친환경 농장을 사서 땅을 파 두둑을 조성하고 그 뒤편에 숨어 지낼 계획이라는 기사가 났다. 사실이 아니었다. 현재 그녀는 로스앤젤레스에서 멀지 않은 외진 곳에서 잘생긴 쌍둥이 형제 월리와 함께 살았다. 그들은 비용을 갹출해 원래 감귤류 과수원이었던 땅을 사들였다. 인근에는 그녀가 시러스 150 비행기를 격납하는 소형 비행장이 있었다. 비행기 조종사 면허는 오스틴에서 코리 체이스 부인으로 살며 고통받던 시절에 성질부리는 남편과 거리를 둘 구실 삼아 딴 것이었다. 그녀는 비행이 자신을 안정시키고 몰두할 거리를 주고 도전 의식을 자극한다는 사실을 알게 되었다. 하늘은 어떤 남자도 제공해 주지 못했던 것(확실한 안정감)을 주었다.

"내가 또 어떤 얼간이랑 데이트하려고 하면, 부디 내가 과거에 저지른 실수를 되새겨 줘." 그녀는 월리에게 말했다. 그녀가 어쨌든 현재 쌍둥이 형제와 사는 이유는 두 사람이 영혼의 단짝처럼 가까운 데다 월리의 사업 머리가 비상했기 때문이다. 월리는 그녀가 계속 부자로 남을 수 있도록(그리고 더욱 부자가 되도록) 해 주었을 뿐만 아니라 그녀를 안전하게 보살피기도 했다.

부지 내의 손님용 별장에는 LA 경찰에 있다가 은퇴한 톰 윈더미어(렌이 믿을 수 있는 또 한 명의 제정신인 남성)와 그의 부인이자 끝내주게 훌륭한 요리사인 로럴이 살았다. 렌은 로스앤젤레스에 머물 때면 이글 록에 있는 윈더미어 부부의 집 뒤에 있는 조그마한 별채에서 지냈다. 윈더미어 형사는 렌의 삶에 늘 함께하면서 그녀가 발견되거나 귀찮은 일을 겪거나 협박당하는 일이 없도록 했다.●

그렇다고는 해도 톰이 모든 가해자를 막을 수는 없었다. 라스베이거스에서 열린 전미극장주협회 주최 쇼웨스트 컨벤션에서 렌이 올해의 여성 스타 상을 받았을 때는 한 제작자가 멍청하게도 바로 조금 전 대기실에서 행사장으로 내려오는 엘리베이터에서 렌에게 했던 말을 연단 위에서 반복하면서 같이 자자고 제안했다. 그는 그녀가 자신과 샤워하면 후회하지 않을 이유 두 가지를 제시했는데, 그중 하나는 물을 절약할 수 있다는 것이었다. "에이, 뭘 또 그러시

---

● 그녀가 본격적으로 유명해지기 시작한 초창기에는 범죄자가 부지 내에 침입한 적이 두 차례 있었다. 그중 한 명은 집 안까지 들어왔다.

나. 사소한 농담 좀 한 게 어때서?" 그는 두 번 다 그렇게 말했다.

그런 사소한 농담들이 참 많았다…….

일리노이 피어폰트의 이스트 밸리 고등학교 2012년 졸업반 웬디 랭크는 틈만 나면 그런 농담을 들었다. 냄비 랭크, 엉디 탱크, 앞뒤 펑크 같은 소리를 들었다고 하면 대강 짐작이 갈 것이다. 그녀는 이스트 밸리의 '그 여자애'였다. 그녀는 학사모와 가운을 포기하고 졸업 전에 그곳을 떠나 시카고에서 모델이 되었다. 피어폰트는 머저리로 가득한 동네였기 때문에 윌리도 졸업한 그해 여름에 그녀와 합류했다. 그도 모델이 되기 충분할 만큼 잘생기기는 했지만 사진 찍히기를 싫어해서, 대신 노스웨스턴대학교의 켈로그 경영대학원에 들어갔다. 웬디는 뉴욕으로 이주했고 모델 일을 좀 더 했고 새로운 유형의 개자식들을 떨쳐 냈으며, 소도시 시청을 배경으로 하는 시트콤의 한 장면에서 화끈한 사무실 쌍년 역으로 출연했다. 그녀는 에이전트를 구했고 쇼타임 방송국의 〈송사리들〉에서 절친 역을 따내기 일보 직전까지 갔기 때문에, 로스앤젤레스에서 한번 살아 보기로 결심했다. 윌리가 노스웨스턴대학교에서 만난 두 아가씨와 웬디를 연결해 주었다. 그들은 우드로 윌슨 드라이브 중턱에 있는 집을 임대하고 룸메이트를 구하는 중이었다. 셋 모두 모델/배우 생활을 했고 즉흥연기 수업을 들었다. 한번은 쇼 비즈니스 세계에서 자리 하나를 두고 경쟁을 벌이기도 했다.

웬디 랭크는 공부를 했고 운동을 했고 그녀보다 피부 관리 습관이 더 나은 남자들과 데이트를 했으며 웨이트리스로 일했다. 에이전트가 주선해 주는 모든 오디션에 나갔지만 운은 별로 따르지 않았다. 빌 존슨의 〈에덴의 지평선〉 때는 다시 와 달라는 연락을 받고 대본까지 읽었지만 소득은 없었다. 전국에 방영된 뷰익 광고에서, 그녀는 레이크 애로헤드 근처의 구불거리는 길을 달리는 차의 조수석에 앉아 뒷좌석에 있는 자신의 사랑스러운 아이들을 바라본 다음 가짜 남편의 목을 의미심장하게 훑었다. 그 남자는 게이였다. 촬영 현장에 있던 모든 남자 가운데 행동으로든 눈길로든 그녀를 탐하지 않은 사람은 잘생긴 게이였던 그 남자뿐이었다.

그녀는 예명을 렌 레인(Wren Lane)으로 바꾸고● 재빨리 〈피해자 #69〉에서 시체 역을 맡았다. 죽어서 푸르스름한 모습이었지만 출연 시간은 길었다. 심지어 환상 장면에서는 임신한 몸으로 과로에 시달리며 살인 사건을 수사하는 형사 역할을 연기한 대니엘 무어를 상대로 두 눈을 뜨고 다음과 같은 대사를 던지기도 했다. "지금 막 들어온 아가씨 있죠? 그 아가씨도 마찬가지예요." 〈피해자 #69〉는 끝내주게 훌륭한 영화였고 흥행 성적도 훌륭했다. 그리고 그 시체가 나오는 그 순간이란! 캐스팅 담당자들은 죽은 시퍼런 아가씨, 렌 레인을 눈여겨보았다.

＊ ＊ ＊

오후 11시 57분, 지명을 밝힐 수 없는 어딘가에 있는 자택에서 렌은 침대로 들어가 TV를 켜고 터너 클래식 무비 채널에서 방영하는 베티 데이비스 영화를 보려고 채널을 돌리다가 〈조직원〉에 헬렌으로 등장한 자기 자신과 마주쳤다. 그녀는 그 배역을 연기하기 위해 각본을 읽(고 혐오스러워했)던 기억을 떠올렸다. 그때가 언제였더라? 2016년이었지. 그녀는 절친이나 다정한 동생이나 사무실 쌍년이나 시체 역은 맡고 싶지 않았다. 그래서 헬렌 역에 지원했다. 다른 수많은 오디션에 탈락한 끝에, 그녀는 배역을 따냈다. 물론 당시 아직 살아 있던 주연배우 포터 호비스보다 그녀가 열다섯 살 어리기는 했다. 나이 든 영화 스타들은 항상 자기네보다 열다섯 살 어린 아내가 있는 캐릭터를

---

● 웬디 랭크(Lank)는 렌 레이크(Lake)가 될 수도 있었으나, 윌리가 원래 성에서 k를 e로 바꾸기만 하면 된다는 이유로 레인(Lane)을 권했다.

연기하는 듯했다. 침대 위에서, 렌은 영화 속의 그녀가 이렇게 말하는 것을
보았다.

**헬렌**　　아이들이 얼마나 당신을 필요로 하는지 모르겠어?
　　　　아이들이 당신을 보고 싶어 해. 나도 당신이 보고 싶고.

　저렇게 지나치게 예쁜 가짜 주방을 무대로 하는 개똥같은 장면에서 엉터리
대사를 읊으면서 립글로스를 바른 채 몸에 딱 달라붙는 요가 팬츠에 신축성
있는 상의 차림으로 남편더러 남편의 업무가 너무 길고 고되고 많아 가족의
안녕에 해가 된다는 사실을 이해해 달라고 애원하는 꼴이라니.
　남편/영웅/보통 사람은 정당한 좌절감 속에 고개를 뒤로 젖히면서 내뱉는
다. "그럼 나더러 어쩌라고? 그냥 그만둬?"

**헬렌**　　당신이 여기…… 있었으면 해…….
　　　　우리를 위해서.

　감독 겸 각본가는 일곱 번째 테이크를 사용했다. 그가 그녀에게 대사 중간
중간 뜸을 들이라고 제안했던 테이크였다. 그가…… 저런 대사 방식을…… 요
구했다.
　수년이 지난 지금, 그 영화는 한 기본 케이블 채널의 심야 시간대를 채우는
신세였다. 하지만 그놈의 것은 여전히 신경을 긁었다. 그 영화가 혐오스러웠
고 그 영화를 만들었던 경험이 혐오스러웠으며 그 일을 맡았던 그녀 자신도
조금은 혐오스러웠다. 하지만 지금 그녀는 주방에서 섹시한 요가 복장에 립글
로스를 바르고 있는 장면까지(오디션과 카메라 테스트를 했던 장면이었다) 꾹 참고
영화를 다시 보면서 한 번 더 다짐했다. 더는 안 해. 더는 안 해. 절대로. 더

246

는 아내 역할은 안 해(당신이 여기…… 있었으면 해…… 우리를 위해서). 절친도(내 말 들어, 넌 해낼 수 있어!). 동생이나(그 남자가 그런 소릴 했어? 첫 데이트에서?) 쌍년도(그쪽이 밸런타인 씨의 궁둥짝에 머리를 처박고 있느라 바쁘지만 않았어도 중요 항목으로 표기해 둔 내용은 파악했을 거 아냐!). 그런 역할은 더는 안 해. 그런 역할은…… 더는 안 해.

흥행 성적이 아주 미미했던 〈조직원〉이 개봉하기 전, 렌은 천편일률적인 대중 영화 두 편에 출연했다. 로맨틱 코미디 〈내게 연락하려고 했잖아〉와 액션 영화 〈액션 가능〉. 둘 다 아무런 도움도 되지 않았다. 렌은 〈고집불통〉의 섹시한 정신의학자 역할을 거절했다. 본인이 지적한 대로 그런 배역을 맡기에는 너무 어렸기 때문이다. 아무도 그녀를 범죄 정신의학자로 보지 않을 테고, 게다가 도대체 어떤 범죄 정신의학자가 그 풀장 관리인의 별자리가 쌍둥이자리라는 걸 모른다는 말인가? 논리적으로 말이 안 됐다. 당시 렌의 에이전트는 그녀에게 고함을 쳤다. "논리? 렌! 이건 돈이야! 영화라고! 논리? 누가 논리를 따져?" 렌은 자신의 입장을 고수했고, 그 통화 덕분에 적절한 기회가 오는 대로 에이전트를 해고해야겠다고 생각했다. 리처드 플라이시의 비서 자리를 막 그만두고 퍼시픽 아티스트 그룹에서 직접 에이전트 일을 시작한 미셸린 옹을 알게 된 것이 바로 그때였다.

미셸린이 그녀를 위해 싸워 준 덕분에, 렌은 두 역할을 연달아 맡았다. 〈거짓 위장〉이라는 〈가스등〉 모방작과 매력적인 〈페리윙클〉에서였다. 서로 그보다 더 다를 수 없는 역이었고, 두 배역 모두 그녀의 이름이 A급 배우 명단에 오르도록 해 주었다. 렌은 한 해에 골든 글로브 두 개 부문에 후보로 올랐다! 둘 다 데임 실비아 업턴(코미디 부문)과 지니 포프아이슬러(드라마 부문)에게 지기는 했다. 영화배우조합상도 그녀를 외면했고 아카데미상도 마찬가지였다. 그래도 어느 모로 보나 알찬 출연작의 연속이었다. 덕분에 미래가 손에 잡힐 듯했다. 거의.

사람들은 렌의 다재다능함이 약점이기도 하다고 말했다. 그녀는 〈거짓 위장〉에서 복수를 감행하는 아름다운 여자인가, 아니면 〈페리윙클〉의 사랑스러운 이웃집 여자 친구인가? 이후 들어온 배역들은 그녀의 뱃속에 불을 댕기지 못했다. 인물들은 하나같이 이미 전에 맡았던 배역의 다른 버전이었다. 〈세이디 포스터의 행운〉과 〈퓨리와 맥다월〉은 둘 다 렌 레인이 출연했기 때문에 흥행했다. 다음 출연작인 〈군기 상사〉에서 렌은 영화 제목 위에 이름을 올렸고, 초대형 메가 히트작을 짊어질 수 있는 황홀하고 섹시하고 섹시함 충만한 섹시 스타라는 새로운 지위를 획득했다. 사람들은 그 영화를, 그리고 렌을 '발기 상사'라고 불렀다.[•] 그녀에게 새로운 시대가 시작되었다.

2020년 3월에 팬데믹이 시작되고 쇼 비즈니스 업계가 한동안 문을 닫으면서, 렌을 현대의 루크레치아 보르자[1]로 낙점한 두 제작자와 진행하던 논의도 중단되었다. 코로나19가 부다페스트를 뒤집어엎기 전까지 헝가리에서 촬영을 진행한 또 다른 보르자 시리즈가 먼저 공개됐으므로 차라리 잘된 일이었다. 렌은 록다운 기간 내내 고독의 요새에서 지내면서 피트니스 프로그램을 두 배로 늘렸고, 월리를 시켜 설치한 제트스트림 풀장에서 하루 한 시간씩 수영을 했고, 시러스를 타고 비행시간을 쌓는 한편으로 구름과 지평선에 노출되며 치유받았다. 그녀는 영화계의 전설적인 여자 배우들이 출연하는 오래된 영화만 골라 보며 심취했다. 비비언 리, 캐서린 헵번, 조앤 크로퍼드, 잉그리드 버그만, 소피아 로렌, 베티 데이비스, 가르보, 에이바 가드너, 리타 헤이워스, 그리어 가슨, 베로니카 레이크 등 이 막강한 여걸들은 자신의 영화에서 핵심 배역을 맡아 크레디트에 제일 먼저 이름을 올렸다. 렌은 오래된 영화를 월리와 함께 잔뜩 봤고, 월리는 자신도 볼 수 있게 테크니컬러[2]로 찍은 영화를 골라

---

[•] 렌은 제목을 변경하기 위해 싸웠지만 무시당했다. 이후 그녀는 해당 배역이나 영화에 대해서는 아무런 질문도 받지 않았다.
[1] 체사레 보르자의 동생. 뛰어난 미모로 유명했다.

달라고 애원했다. 렌은 윌리에게 매릴린 먼로가 제인 러셀과 함께 출연한 〈신사는 금발을 좋아해〉를 보여 주었다.

"이 여자들은 자기 작품을 직접 진두지휘했어요." 렌은 해안, 사막, 밸리 위를 날면서 미셸린 옹, 윌리, 윈더미어 부부, 그리고 조종사이자 교관인 헤더 쿠퍼에게 말했다. "남자들이 뭐가 뭔지 결정하던 시절에 남자들한테 뭐가 뭔지 명령했다고요. 지금 월라 색스가 그러는 것처럼."

"윌라 색스는 커샌드라 램파트야." 어느 날 오래 이어진 줌 화상 회의에서 미셸린이 렌에게 말했다. "앞으로 그 사람이 무슨 역할을 맡든 그게 그 사람의 이미지라고. 영원히."

"월라 '섹스'란 말이지. 월라와 나는 몸을 옥죄는 코르셋에 갇혀 가슴골이 이끄는 대로 끌려가는 신세야. 베티 데이비스는 베티 데이비스였지. 둘 중 하나를 고르라면 난 베티 데이비스가 되고 싶어."

미셸린은 고객의 요지를 이해했다. 렌은 곧 스물아홉이었고 발기 상사 노릇이 지겨웠다. 그녀가 계산하기로는 서른세 살 전까지 베티 데이비스 버전의 렌 레인으로 자리 잡아야 했다. 그녀는 더 나은 배역을 두고 지니 포프아이슬러와 제대로 붙어 볼 작정이었다.

렌과 톰이 눈에 띄지 않는 운동복 차림으로 공공 산책로를 따라 8킬로미터쯤 걸었을 때 미셸린이 페이스타임을 걸어 왔다. 에이전트는 101번 도로의 교통체증에 갇혀 있었다.

렌이 전화를 받았다. "안녕, 미시."

"소식 들을 준비 됐어?" 미시 옹이 물었다.

"무슨 소식?"

"우주의 기운이 모이고 있어."

---

2 컬러 영화 촬영·현상 기법이자 해당 기술을 보유한 회사의 이름으로, 특히 화려한 원색으로 유명했다.

"화면 끊긴다."

"우주의 기운이 자기한테 모이고 있다고."

"화면 멎었어. 나 보여?"

"신호 잡히는 데서 멈출 수 있어?"

"이러면 괜찮아?"

"거기서 움직이지 말아 봐. 그나저나 화려한 울트라의 삶을 어떻게 생각해?"

"잠깐만. 사람들 지나간다. 나 마스크 좀 쓰고."

렌은 목에 마스크를 걸고 있었다. 입과 코를 가리자마자 커플 한 쌍이 개 한 마리를 앞세우며 지나갔다. 그들도 마스크를 쓰고 있었다. "안녕. 착한 멍멍이네."

"고맙습니다." 커플이 말했다.

렌은 페이스타임으로 돌아갔다. "뭐라고?"

"호크아이에서 결정을 내렸어." 미셸린이 이야기를 계속했다. "다이나모 영화를 만든다는데 여자 주인공 비중이 커. 자기가 그 여자가 돼야 해."

"감독이 누군데?"

"빌 존슨. 각본 겸 감독."

"빌 존슨이라. 아……."

미셸린의 차 안에서 전화벨이 울렸다. 그녀는 다른 전화를 집어 들고 문자를 읽었다.

"빌 존슨은 나 안 좋아해." 렌이 상기시켰다.

"빌 존슨은 시키는 대로 할 거야." 미셸린이 다른 전화를 읽으면서 말했다. 그녀는 잽싸게 별 내용 없는 답장을 보낸 뒤 전화를 내려놓았다. "호크아이는 울트라 영화를 바로 스트리밍으로 풀 거야. 큰 건이라고. 앞으로 수년간 그 캐릭터가 자기 게 되는 거지."

"무슨 캐릭터인데?"

"K로 시작하는 나이트셰이드."

"언제 들어가는데? 루마니아에서 여덟 달 동안 찍고 그런 건 아니고?"

"일단 배역부터 따 오고 나서 조건을 정하자고. 그래도 될까?"

렌은 잠시 생각했다. "그래. 물어."

"멍멍." 미셸린은 기쁨에 겨워 낄낄거렸다. "안녕, 톰!"

"안녕, 무치." 톰이 화면 밖에서 외쳤다.

"만화책 가지고 있는 거 있으면 보내 줄래?" 렌이 물었다.

"링크 보낼게. 로그라인도."

"뭐?"

"링크로 들어가면 읽을 수 있어. 로그라인도."

"화면 끊긴다."

"링크 보내겠다고!"

"안 들려."

"링크 보낼게!"

"또 화면이 멎었어. 톰이 자기가 구해 줄 수 있대. 그 만화책들."

"내가 영화 로그라인을 보내겠다고!"

"사랑해, 무치."

렌의 영상이 정지했다. 통화하는 동안 미셸린은 콜드워터와 우드먼을 잇는 101번 도로를 겨우 9미터쯤 나아갔다.

* * *

빌 존슨 덕분에 다이나모는 마침내 자신들의 영화 왕국 다이나모 네이션에 나이트셰이드의 자취를 새겨 넣었다. 당시 후반 작업 중이던 〈에이전트 오브

체인지 5: 기원〉은 아직 개봉까지 몇 달을 남겨 두고 있었다. 고위층의 명령
이 떨어지자 최종 작가진은 '나이트 일가의 죽음'이라는 코드명이 붙은 몇몇
장면을 추가했다. 이브 나이트를 〈에오체 5〉 최종 버전에서 울트라로 소개하
려면 애틀랜타에서 열흘에 걸쳐 알쏭달쏭한 장면 몇 개를 촬영해야 했고, 이
는 전부 일급 기밀로 취급되었다. 품이 적지 않게 들었다. 다른 영화의 로케
이션 촬영 중이거나 록다운 상태인 도시에 있거나 미시간 북쪽에서 30주 묵
언수행에 들어가 있는 등, 멀리 사방에 떨어져 있던 〈에이전트 오브 체인지〉
출연진들을 한 자리에 끌어모아야 했다. 그렇게 모인 울트라들은 다시 낑낑거
리며 코스튬을 입고 두 주 동안 수십만 달러를 받으면서 조지아에 있는 다이
나모 스튜디오에서 코로나19 방역 수칙을 지키며 촬영에 임했다.

빌 존슨은 이브 나이트 캐스팅에 계약 파기 조항을 걸었다. 그가 이야기와
캐릭터를 찾아냈으므로 그가 이브 나이트를 연기할 배우를 선택해야 하며, 그
렇지 않으면 빌 존슨은 빠지겠다는 뜻이었다. 선동가는 요구를 밀어붙였다.
다이나모와 호크아이는 캐스팅을 '협의'한다는 조건을 달고 항복했다.

얼 맥티어는 '협의'라는 단어를 듣고 입안에 든 모닝 스무디를 그림처럼 뿜
었다. 협의? 보스와? 빌 존슨은 관계자들이 할 말이 다 떨어질 때까지 협의하
고 나서 자기 마음대로 이브 나이트를 캐스팅할 것이다.

얼은 발신자 ID에 퍼시픽 아티스트 그룹이 뜬 것을 보고 미셸린 옹 아니면
에이전시 대표인 필립 보크가 전화를 걸었으리라 짐작했다. 미셸린이라면 렌
레인이 이브 나이트를 맡겠다는 이야기겠지. 필이라면 이놈의 업계는 앞으로
뭘 어떻게 하면 좋을지 통 모르겠다고 투덜거리면서 얼에게 무슨 새로운 이
론이나 가십은 없는지 물을 테고. 얼은 전화를 건 사람이 필 보크이기를 바랐
다. 그의 냉소는 종종 유쾌하리만치 잔인했으니까.

"미셸린 옹 연결해 드리겠습니다." 새 비서가 말했다. 큰 사무실들은 여전히
봉쇄된 상태였다. 사람들이 이렇게 자기 집에서 전화로 업무를 처리한다는 게

경이로웠다. 하기야, 얼도 뒤뜰에서 세쿼이아 향을 맡으며 전화를 받고 있었지만.

"우리, 얘기 좀 해요, 얼." 미셸린 '킹 K' 옹이 말했다. "때가 됐어요."

얼은 말을 낭비하지 않았다. "명단에 있어요." 다시 말해, 렌 레인을 이브 나이트 역할을 맡을 배우로 고려 중이에요.

"명단? 어머, 좋아라! 내가 온 세상에서 유일하게 중요하다고 생각하는 고객에게 명단에 올라가 있다고 보고할 수 있게 하해와 같은 은혜를 베풀어 주시다뇨. 아무 명단도 아니고 바로 '그' 명단에 말이에요. 또 누가 명단에 올라가 있느냐는 질문을 받거든 내가 뭐라고 나불거리면 좋을까요, 빅 맥?"

"아이고, 그래요, 미셸린. 내가 졌네요. 당신이 이겼어요. 그렇게 세게 나오시면 내가 항복해 드려야지, 뭐. 지금 당장 웬디 랭크에게 배역 넘길게요. 우리가 지불해야 할 출연료와 특혜 목록[1]을 알려 줘요. 그런데 어이쿠, 이런! 이를 어쩌나. 그 결정을 내리는 건 내가 아니고 이런 식으로 일이 결정되지도 않을뿐더러 당신도 그걸 잘 알고 있으니까, 버릇없는 고객님한테는 아무 말이나 마음대로 들려줘요."

미셸린은 박장대소했다. 얼도 마찬가지였다. "렌보다 나이트셰이드에 더 잘 어울리는 사람은 없다는 거 알잖아요, 얼. 진짜로요, 그렇잖아요."

"나도 렌에게 맡기는 거 마음에 들어요. 진심으로. 보스도 반대는 안 하고. 하지만 알다시피 수표에 서명하는 건 호크아이고, 다이나모도 투표권이 있어요."

"당신 보스가 결정권자잖아요. 호크아이랑 다이나모는 그 양반이 무서워서 벌벌 떨고."

"당연히 그래야죠."

"그리고 셋 사이에 모종의 합의가 이루어졌다면 이미 다른 누군가가 캐스팅

---

1 스타를 고용할 때 고용주 측에서 제공해야 하는 물품, 인력, 서비스 등을 명시한 목록

됐겠죠. 난 BJ가 가능한 한 빨리 렌을 만나야 한다고 봐요. 그러면 렌을 캐스팅하는 게 얼마나 현명한 일인지 알 수 있을걸요."

얼은 한 박자 쉬면서 휴대전화 너머로 침묵을 흘려보낸 다음…….

"당신이 우리 보스 물건을 빨아 주겠다더라고 전할 테니까 당신은 방금 말 아먹은 커리어 주워서 다리미로 펴지 그래요?" 얼이 물었다.

**"미안해요!"** 무슨 일이 있어도 빌 존슨을 'BJ'라고 부르면 안 된다는 걸 어떻게 잊어버릴 수가 있을까. 생초보나 저지르는 실수를! "손 세정제로 내 입 박박 씻을게요!"

얼의 상황은 다음과 같았다. 제시카 캔더파이크는 첫 번째 제안에서는 출연료와 역할을 모두 거절했고, 두 번째 제안에서는 출연료를 거절했고, 세 번째 제안에서도 출연료를 거절했다. 그녀의 안 한다는 말은 정말로 안 해!였다. 얼은 그 태도에 감탄했다. 그다음에 빌은 폴니타 잭스를 원했지만, 그녀는 오프라 윈프리의 원캐스트에서 반자전적인 영화를 직접 연출하는 쪽으로 기울고 있었다. 다이나모는 조 앤홀터를 제안했지만, 그녀는 연기를 그만두고 주 예수 그리스도를 찬미하는 데 헌신하면서 아이를 훨씬 더 많이 낳으며 사는 걸 고민한다고 했다. 물론, 새 아이를 낳은 직후인 데다 사실상 로스앤젤레스에서만 촬영할 다른 영화*에서 제안도 들어온 만큼, 체육관으로 돌아가 몸을 혹사하며 나이트셰이드의 몸매를 만들 생각이 없는지도 몰랐다. 호크아이는 (인정하건대) 사춘기 이전의 순진무구한 남자아이들과 온갖 연령대의 징그러운 남자들이 지닌 환상에 기름을 부어 줄 여자이기만 하다면 누구라도 승인하겠다는 의향을 드러냈다. 그게 렌 '발기 상사' 레인의 손안에 있는 분야라는 건 얼도 알았다.

---

* 〈회오리의 계절〉. 이 영화에서 그녀는 압도적이었다. 조 앤홀터는 잘못된 판단을 내리는 법이 없었다. 렌은 그녀가 미웠다. 존경스럽기도 했다.

"렌에게 나한테 연락하라고 해요." 얼은 미셸린에게 뼈다귀를 던져 주었다. 얼은 코로나19 이전에 '할리우드의 여자들' 조찬 행사에서 렌을 만난 적이 있었다. 얼은 렌을 보자마자 알아보았지만, 렌은 얼이 자신을 소개하자 깜짝 놀랐다. 얼 맥티어처럼 거의 모든 업계인의 눈에 두려움을 불러일으키는 존재이자 그날 아침 루스벨트 호텔에 모인 거의 모두의 롤 모델이기도 한 여자라면 훨씬 더 성질이 더러우리라 예상했기 때문이다. 하지만 얼은 착했다. 그리고 재미있었다. 신랄하기는 해도 냉소적이지는 않았다.

"알았어요." 미셸린이 말했다. "줌으로, 아니면 페이스타임으로?"

"소리만요. 멋지게 보이려고 애쓰고 싶지는 않으니까."

팔 분 후, 얼의 아이폰에 발신인 불명 전화가 걸려 왔다.

"네?" 얼이 말했다.

"얼 맥티어, 렌 레인이에요."

"안녕하세요."

"내가 왜 당신의 모든 문제에 대한 답인지 알고 싶어요?"

"그럼요."

렌은 설명을 시작했다. "나이트셰이드(nightshade)는 당신을 섬망 및 환각에 빠지게 만들고 죽일 수 있는 알칼로이드와 스코폴라민과 히오시아민으로 가득 찬 유독식물 혹은 그런 식물들을 뜻해요. 적어도 구글에 따르면요. 그러니까 이브 나이트셰이드(Knightshade)는, 가령 벨라 돈나[1] 같은 빤한 이름보다는 더 힙한 이름이죠. 하지만 이름을 제외하면? 세상에서 그 여자와 똑같은 걸 갈망하지 않는 여자는 아무도 없어요. 하룻밤 푹 자는 거 말이에요. 물론 이브도 때가 오면 괜찮은 남자랑 침대를 같이 쓰고 싶어 하지만, 그놈의 때라는 건 오는 법이 없죠! 괜찮은 남자도 마찬가지고요. 내가 지나치게 잘 아는 분

---

[1] '아름다운 여자'를 뜻하는 이탈리아어 단어. 독약과 마약을 만드는 데 쓰이는 풀이기도 하다.

야네요."

두 여자 모두 그 말에 쿡쿡 웃었다.

렌은 말을 이었다. "세상 여자들은 다 피곤에 지쳐 있어요. 이브에게서 초능력을 **빼면** 그녀는 지구상의 모든 여자와 똑같죠. 이브에게는 남자보다는 잠이 어마무시하게 더 많이 필요해요. 지금 빌 존슨이 대**빵**인 거 알아요. 그 사람이 내 일정에 여유가 있는지 미셸린에게 확인조차 안 하는 이유가 궁금하네요. 〈에덴의 지평선〉 때는 내가 매력이 없었던 거 알아요. 그래도 〈소리로 가득한 지하실〉에서는 내가 모린을 연기할 수 있었을 거고, 빌이 조금만 관심을 보여 줬더라면 표준에 10프로●로도 계약했을 거예요. 〈포켓 로켓〉은 두 번 봤어요. 전화 한 통 못 받았지만 〈소리로 가득한 지하실〉에 표도 던졌고요. 그러니까 다 용서한다고요. 난 빌이 훌륭한 영화를 만든다고 생각하고 나도 훌륭한 영화를 만들고 싶어요. 귀가 시간도 포기할게요. 오후 11시 29분에 촬영을 끝내도 다음 날 오전 5시 45분에 기쁜 마음으로 촬영장 의자에 앉아 있을게요. 난 손 많이 안 가게 하는 배우가 귀하다는 것도 배웠고, 카메라에 얼굴이 어느 방향으로 잡히든 신경 안 쓰거든요. 당신이라면 내가 방금 한 말, 토씨 하나 안 틀리고 빌에게 그대로 전하겠죠."

"요지는 전달할게요." 얼은 휴대전화를 스피커폰 모드로 바꾸었다.

"빌이 나를 만나 줄까요?"

지금까지 들은 이야기가 만족스러웠기 때문에, 얼은 대답했다. "물어볼게요."

"그렇게 해 줄래요?"

"지금 빌은 LA에 없어요."

"내가 찾아갈게요."

---

● 영화배우조합의 표준임금에 미셸린 옹이 받을 10퍼센트를 더한 액수. 렌 레인 같은 배우의 출연료로는 거저나 다름없다.

"뉴멕시코에 살아요."

"산타페로 날아갈게요. 나, 비행기 있거든요."

"비행기가 있어요?" 얼도 렌과 렌 같은 배우들이 영화로 떼돈을 번다는 건 알았지만, 자가용 비행기가 있다는 건 차원이 다른 이야기였다.

"조종사 면허도 있어요. 산타페까지 일곱 시간이면 가요."

"산타페에 사는 건 아니지만, 그게 중요한 건 아니죠. 빌은 선택지를 충분히 고려하기 전에는 미팅을 내켜 하지 않아요."

"얼, 지금 당신이랑 통화하고 있는 여자보다 섬망 유발성 알칼로이드를 더 풍부하게 함유한 인간은 없다고요." 렌은 미리 연습한 그 대사가 상대방의 머릿속에 각인되도록 잠시 뜸을 들였다. 그런 다음 진짜 질문을 던졌다. "그나저나 빌은 왜 〈나이트셰이드〉를 만들고 싶어 하는 거죠? 대기업에서 만드는 시리즈물의 일부잖아요. 원하는 영화는 뭐든 만들 수 있는 사람이. 왜 하필 이거예요?"

얼은 그 질문에 잠시 침묵했다. 이런 유형의 전화에서는 처음 듣는 질문이었기 때문이다. 왜 나랑은 얘기 않겠대요? 왜 내 테이프를 안 본대요? 내가 적역이라는 걸 보여 주려면 어떻게 해야 하죠? 배우들에게서 늘 듣는 질문은 그런 식이었다. 그녀의 보스가 왜 어떤 영화를 만들고 싶어 하는지 묻는 사람은 없었다. "그 사람은 내게 수수께끼예요, 렌. 렌이랑 만나 보라고 찔러 둘게요."

"고마워요."

"연락처 문자로 보내 줘요."

"지금 보내고 있어요."

"그럼 다음에 봐요." 얼은 종료 버튼을 눌렀다.

렌도 자기 집에서 똑같이 했다. 월리가 소파에 앉아 대화를 다 듣고 있었다.

"좋은 시도였어." 그는 쌍둥이 형제에게 말했다.

"내가 너무 세게 나갔나?"

"그야 곧 알게 되겠지, 안 그래?"

얼은 뒷마당에서 단축 다이얼로 소코로에 있는 보스에게 연락하면서 그가 무엇을 하고 있든 즉시 전화를 받으리라 예상했다. 그에게는 머릿속에서 몸 밖으로 내보내야 할 영화가 있었다. 다이나모는 나이트셰이드를 연기할 배우가 의상을 맞추는 대로 촬영에 들어갈 수 있게 〈에오체 5〉를 위한 새 세트를 짓고 있었다. 게임은 시작되었다. 시계가 째깍거리고 있었다.

"응." 그는 골프를 치고 있었다. 얼은 전화 너머로 바람 소리를 들을 수 있었다.

"렌 레인."

"괜찮을지도 모르지."

"만나 봐요."

"싫어."

"만나는 게 좋겠어요. 뭔가 있어요. 일곱 시간이면 도착할 수 있대요."

"일곱 시간 뒤에는 난 저녁을 먹고 있을 거야."

"그럼 내일요."

"왜?"

"렌이 나한테 같은 질문을 했거든요. 당신이 왜 이 영화를 만드느냐고요. 왜 자기를 캐스팅하지 않는지가 아니라."

"잠깐만 기다려 봐." 빌이 전화로 뭔가를 했고, 그러자 골프채 가방이 내는 특유의 절그럭거림이 들려왔다. 이어서 쿵 하는 소리가 나더니 골프 클럽 앞면이 공을 탁 때리는 소리가 뒤를 이었다. "아, 이런 망할. 위를 때렸네……. 그러니까 렌 레인이 '왜'냐고 물어봤기 때문에 만나 봐야 한단 말이지."

"그래요, 그런 얘기예요." 얼이 확답했다. "촬영장에 절대 늦지 않겠대요."

"거짓말이야."

"샘이 확인해 줬어요." 스탠리 아서 밍은 〈군기 상사〉 재촬영 당시 렌과 작업한 경험이 있었고, 얼에게 문자로 말해 주었다. 모두가 자기 일을 제대로 하기만 하면 렌은 문제를 일으키지 않는다고.

"알았어. 내일 정오. 그 여자 늦을걸."

"자기 비행기로 간대요. 공항에서 왜 이 영화를 만들고 싶은지 말할 준비나 해요."

"아하, 그거야 바로 착수하지. 그 여자한테 각본 보내 줘." 빌 존슨은 종료 버튼을 누르고 자신이 원하는 만큼 그린에 가까이 가지 못한 작고 하얀 곰보투성이 공을 향해 피칭웨지를 휘둘렀다. 그런 다음 장비를 챙기고 일을 하러 집으로 돌아갔다.

* * *

빌 존슨을 만나기 위해 시러스를 타고 시속 225킬로미터로 날아가자니 시간이 너무 오래 걸릴 듯했다. 헤더 쿠퍼는 다양한 비행기를 이용할 수 있는 권한이 있었으므로 이날은 쌍발 비치크래프트 킹 에어 C90B를 골랐다. 렌의 단일 프로펠러 비행기에 비해 소코로까지 왕복하는 시간이 절반으로 줄어들 테고, 그녀의 다음 비행기가 될지도 모를 기종을 몇 시간 타 볼 수 있다는 이점도 있었다. 그들은 뉴멕시코의 시차를 고려해서 동이 트기 전에 일찌감치 이륙하여 떠오르는 태양을 마주하고 동쪽으로 날았다(근사하기는 했지만 첫 육 분이 지나자 머리가 지끈거리기 시작했다). 렌은 잠시 조종을 맡아 킹 에어의 쌍발 엔진을 느껴 본 다음 비행기를 헤더에게 넘기고 빌 존슨의 각본을 세 번째로 읽었다. 그녀는 화보를 촬영할 때처럼 화려하지도 않고, 그렇다고 이웃집 소녀처럼 소박하지도 않은 차림이었다. 제일 좋은(바지가 엉덩이에 꼭 들어맞는다는 의미에서) 빈티지 리바이스에 하이킹용 부츠, 번개 모양 터키석이 박힌 버클이 달린 폭 넓은 초콜릿색 가죽 벨트, 흰색 톰 포드 칼라 셔츠에 암녹색 셔마그[1], 한쪽 손목에 시계판이 작은 남성용 빈티지 스테인리스 롤렉스, 반대쪽 손목에는 **평온**이라는 글자를 돋을새김한 두툼한 가죽 팔찌, 그리고 랜돌프 엔지니어링의 클래식 조종사 선글라스 복각판까지. 헤더 쿠퍼도 랜돌프 선글라스를 쓰고 있었지만, 복장은 조종사 제복이었다. 암청색 바지와 블레이저, 검은색 넥타이, 견장이 달린 흰색 셔츠, 그리고 경력을 나타내는 줄 세 개.

소코로에 착륙한 타이밍은 완벽했다. 렌은 현지 시각으로 오전 11시 50분에 비행장 상공을 선회하면서 운항지원사무소 근처에 주차한 빌 존슨의 빨간색 닷지 차저를 확인했다. 렌은 비행기를 착륙시켜 운항지원사무소 쪽으로 몰았고, 정오가 되기 이 분 전에 시동을 껐다.

"존슨 감독님." 그녀는 레이밴 선글라스를 쓰고 팔짱을 낀 채 자동차 후드에 기대어 선 그에게 다가가며 인사를 건넸다.

"레인 씨." 그가 조수석 문을 열며 화답했다. "비행 솜씨가 우아하군요."

그는 그녀를 데리고 정오의 소코로 한복판을 가로지르며 이른바 랜드마크라고 할 만한 곳들을 안내했다. "저쪽이 월마트입니다."

그는 프랭크와 루프가 운영하는 엘 솜브레로에 차를 세우고 점심 식사를 픽업했다.

"오자마자 큰 난관을 마주하게 됐군요." 빌은 진입로에 제이코 트레일러가 세워진 집으로 접근하며 물었다. "레드예요, 그린이에요?"

"그린요." 그녀가 답했다. 렌은 그 선언이 무슨 의미인지 알고 있었다. 칠리 얘기였다. 레드 칠리냐, 그린 칠리냐, 아니면 둘 다 좋아하는 일부 뉴멕시코 사람들처럼 크리스마스냐. 월리에게 들은 대로였다. 부모님이 은퇴하고 트루스오어칸서퀜스[2]에서 살고 있는 월리의 여자 친구가 그에게 가르쳐 주었다.

---

1 중동에서 햇빛, 바람, 모래 등을 막기 위해 머리에 두르는 천

먹을 줄 아는 사람들의 선택은 그린 칠리라고.

존슨 박사는 강의 중이었으므로 주방에는 그들뿐이었다. 빌은 칠리와 함께 주문한 우에보스 란체로스를 접시에 담고 아이스티를 따랐다.

"자, 그럼." 렌이 말했다. "먼저 말씀하세요."

"잡담은 건너뛰자는 겁니까?" 빌은 그녀를 바라보았다. 렌 레인은 확실히 아름다운 여자였지만, 그는 아름다운 여자들은 지천으로 널렸으며 아름다움에는 대가가 따른다는 사실을 이미 오래전에 배운 뒤였다. 아름다움은 여자를 지고한 위치에 올려 배경과 무관하게 숭배의 대상이 되도록 하는 한편, 아름다운 덕에 인생을 쉽게 산다는 이유로 질시의 대상이 되도록 했다. 빌은 아름다운 여자가 말할 때는 귀를 기울여야 하고 아름다운 여자를 상대로 절대 헛소리를 해서는 안 된다는 사실을 이해하고 있었다. 빌이 몸을 뒤로 기대며 나직하게 말했다. "내가 영화를 만드는 이유는 다른 어떤 노동도 무언의 진실을 포착하고자 하는 내 탐구심을 충족시켜 주지 못해서예요. 참으로 순수하고 드러난 적 없어서 관객들이 왜 진즉 알아차리지 못했나 하고 무릎을 치게 만드는 그런 진실 말이지요. 이번에 묶인 영화들은, 그러니까 나이트셰이드와 파이어폴에 관한 이야기는 우리가 현재라고 부르는 이 연옥 속에 갇힌 남자들과 여자들에 관한 이야기지요. 남자와 여자가 평등해질 날은 절대 오지 않을 겁니다. 동일노동동일임금이 실현될 날은 올지도 모르겠지만, 그마저도 아직은 닦이지 않은 길이고요. 우리가 감히 소년과 소녀의 차이가 받아들여지기를 바랄 수 있을까요? 우리가 서로의 섬약한 인간성을 존중할 수 있을까요? 그런 일이 일어날 수 있으며, 일어난다면 대체 그건 언제쯤일까요?"

"간결해서 좋네요." 렌은 완벽한 어깨를 으쓱이며 말했다.

"그게 내가 이 영화를 만들고 싶은 이유입니다. 슈퍼히어로 액션 장르의 화

2 뉴멕시코주에 있는 도시

법을 사용해서요. 존 포드에게는 서부극이 있었어요. 존 프랑켄하이머에게는 자동차에 탄 경찰들이 있었고 스콜세지에게는 리틀이탈리아가 있었고 스필버 그에게는 가족이 있었죠. 내게는 이브 나이트가 있고요. 그리고 당신이 이브 나이트가 되고 싶어 하는 이유 말인데……."

렌은 걱정했다. 이 인간, 지금 질문을 매번 말줄임표로 끝맺는 개자식들의 영역에 들어선 건가? 설마 저렇게 생략한 말이 '너는 배역을 얻기 위해서 어디까지 할 수 있지……?'인 걸까? 오래전 뉴욕시에 살던 시절, 불가리아에서 촬영할 예정이었던 저예산 영화의 제작자가 이렇게 말했다. "배역을 원한다고……? 빨리 손으로 한 발 빼 주면 주지……." 웬디 랭크는 그 자리에서 빠져나오기 위해 실수인 척 커피를 그 개자식의 책상에 끼얹고 사과하며 허둥지둥 달아났다. 최근에 그런 일이 일어났더라면 렌 레인은 커피를 놈의 가슴팍에 집어 던지고 비서를 불러들이며 이렇게 외쳤을 것이다. **너, 방금 나한테 한 말 다시 해 보고 변호사 불러와!**

"이유가 뭡니까?" 빌은 머릿속에 떠오른 생각을 곧장 질문으로 옮겼다. "그냥 비탄에 빠진 적들의 아우성을 듣고 싶어서는 아닐 테고."

"왜냐하면……." 렌은 말줄임표의 효과를 최대한으로 발휘할 줄 알았다. "이브는 잠을 못 자니까요."

빌은 잠시 생각에 잠겼다가 입에 루프의 우에보스를 가득 문 채 말했다. 얼이 이미 그에게 잠에 관한 이야기를 해 준 터였다. "그래요. 슈퍼파워? 그건 그냥 눈요기고 관객몰이용 불꽃놀이지요. 만일 우리가 이걸 제대로 해낸다면, 이브 나이트는 관심을 얻고 폭넓은 공감을 끌어낼 겁니다. 이브가 마침내 잠드는 모습을 보고 싶다는 소망이 이 영화의 등뼈가 될 거예요. 긁어 줘야 할 간지러운 부분. 맥거핀*요. 그녀가 파이어폴처럼 열화 같은 남자의 품 안에서

---

● 히치콕이 정의한 영화의 핵심 요소

잠을 이룬다? 놀랍지 않겠어요?" 빌은 음식을 조금 더 우물거린 다음 아이스티로 손을 뻗었다. "부디 우리가 망치지 않으면 좋겠군요……."

렌은 완전히 부동자세로 앉아 있었다. 포크를 손에 쥔 채로. 접시 위에서 황금빛 달걀노른자가 칠리 베르데와 섞이고 있었다. "저기요." 그녀는 식기를 내려놓고 지금부터 자기가 하려는 말을 결정적이고 구체적이고 이해하기 쉽게 표현할 단어를 찾으면서 나직하게 입을 열었다. "이런 자리에서 이류 각본에나 나올 것 같은 대사를 치고 싶지는 않지만, 방금 한 말씀, 제가 생각한 그런 의미가 맞나요?"

"내가 방금 무슨 말을 했다고 생각하는데요?"

"우리요. 우리가 망치지 않으면 좋겠군요. 우리. 너와 나 할 때 우리요. 연출을 맡을 감독님과 이브를 맡을 저요."

"옙." 빌은 점심을 꽂은 포크를 들어 입으로 가져갔다. "안 될 거 있습니까?"

렌은 깊게 숨을 들이마셨다가 만약 그녀가 코로나 바이러스에 감염되었더라면(그건 아니다) 바이러스를 주변에 퍼뜨렸을 만큼 거세게 소리까지 내면서 숨을 내쉬었다. 귓속에서 **좋아, 그럼**, 이라는 속삭임이 (그녀에게만) 들렸다.

그녀는 식탁 맞은편에 앉은 빌에게 들리도록 "좋아요, 그럼."을 되풀이했다. 그리고 아이스티를 들어 올렸다. "빨리 결정됐네요."

"레인 씨, 난 〈거짓 위장〉 때부터 당신 작품을 전부 봤습니다. 당신은 아주 재능 있는 예술가예요. 다소 저평가되고 실력을 발휘할 기회도 부족했지만."

그 말을 듣자 렌은 황홀해 미칠 지경이 되었다.

"궁금한 게 있는데." 빌이 렌의 오른 손목에 걸린 **평온**이라는 단어를 돋을새김한 가죽 팔찌로 손을 뻗었다. "이걸 느껴 본 게 언젭니까?"

평온. 렌이 그 장신구를 집어 든 것은 왼 손목에 느슨하게 걸친 롤렉스와 균형을 맞추기 위해서였을 뿐, 원더우먼이나 어사 메이저처럼 섹시한 팔찌를 착용한 슈퍼히어로들과 무의식적인 관계를 형성하기 위해서는 아니었다. 지역 예술가들이 직접 만든 물건을 판매하는 조그마한 상점에서 충동적으로 구매했던 물건이었다. **사랑, 희망, 평화**, 혹은 **항복**을 고를 수도 있었으나, 앞의 셋은 모두 빤한 밸런타인데이 선물처럼 보였다. 그렇다고 누구에게 **항복**할 의향도 없었으므로, 렌은 **평온**을 골랐다. 평온은 '그 웬디 랭크라는 여자애'가 된 이후 지금까지 그녀가 늘 바라 왔지만 이루기는 어려운 희망이었다.

"남들이 할 법한 짓은 하지 말아요." 빌이 말했다. "이브처럼 실제로 기진맥진해 있고 불면에 시달리려고 촬영 기간 내내 깨어 있지 마요. 이브는 그냥 자기 능력 때문에 잠이 필요한 게 아닙니다. 잠의 부재가 자신의 영혼을 죽이고 있다는 걸 알지요."

"이브는 단 한 번도 쉬어 본 적이 없죠." 렌이 말했다. "몸과 마음이 고요했던 적이 없어요. 의식을 잃고 스르르 잠들어 시간을 가늠할 수 없고 꿈결에 실려 영혼의 세계로 빠져드는 기분을 느껴 본 적이 없는 거예요." **나처럼**, 렌은 생각했다.

무표정하게 귀를 기울이던 빌이 말했다. "옙."

* * *

라 브리어를 달리던 케니 셰프록의 휴대전화에서 렌 레인 전용으로 설정해 둔 전화벨 소리가 울려 퍼졌다. 킴 칸스가 쉰 목소리로 부른 〈베티 데이비스의 눈동자〉였다. 그녀는 예의 '상사' 영화를 찍을 때 매일 아침 분장실 의자에 앉아 그 노래를 즐겨 들으며 트레일러를 에너지로 가득 채웠다. 렌의 에너지로. 음악으로 세대를 따지자면 케니는 카펜터스 세대에 속했지만, 명민한 분장사는 배우가 그 음악에 빠져들게 내버려두었다.

몇 년 전 일인데, 그는 〈페리윙클〉에서 이틀간 대타로 투입되었고 바로 그때 그곳에서 레이디 레인과 만났다. 케니는 그 이후로 일을 줄였다. 아침 일찍 콜 타임을 받아 열여섯 시간 일하고 열 시간 뒤에 또 그런 일정으로 일하는 나날은 줄어들었다. 사십 년 넘게 일을 하면서 세 차례 힘겨운 결혼 생활을 거치고, 이제는 장성한 아이 셋을 두고, 가벼운 심장마비를 한 번 일으키고, 로스앤젤레스 일대를 아주 아주 많이 옮겨 다니는 등 고생이 이만저만이 아니었다. 일반적인 분장사의 삶이었다.

렌 레인의 분장사는 티나 드 라 빈이었다. 티나와 케니는 숱한 헤어/분장 트레일러에서 나란히 일하며 오랜 세월을 함께한 사이였다. 그녀는 한창 〈페리윙클〉을 촬영하는 도중에 미룰 수 없는 개인적인 수술로 일주일간 자리를 비우게 되자, 렌에게 케니와 함께해도 괜찮겠느냐고 물었다. 그는 오랜 세월 무수한 영화에서 일했고, 다름 아닌 비어트리스 케네디의 거의 모든 출연작에서 그녀의 분장을 맡은 바 있었다. 비어트리스 케네디는 머리카락이 흑단처럼 검은 미인이었던 반면 렌의 머리카락은 흑발보다는 금발에 가까웠지만, 케니 셰프록에게 일주일 동안 그녀를 맡긴다는 결정을 내리기는 쉬웠고, 가볍게 한입에 먹을 샌드위치를 사 들고 찾아온 케니와 차를 마시며 이야기를 나누어 본 뒤에는 특히 그랬다. 티나는 돌아와서 촬영이 끝날 때까지 함께했지만, 촬영이 끝나고 일주일 후 렌에게 연락해 건강 문제로 앞으로는 집에서 가족과 지내기로 했다고 알렸다. 그렇게 케니는 렌의 분장사가 되었고 렌은 이를 계약서에 명시했으며, 그는 그녀가 출연하는 영화에서 그녀와 함께 오직 그녀만을 위해 일하게 되었다.

"케니!" 렌이 스피커폰으로 노래하듯 외쳤다. "또 때가 됐어요!"

"반가운 소식이로군." 케니가 말했다. "이번엔 어디로 가지, 꼬맹이?"

렌은 이 남자, 이 안정감의 화신, 이 예술가, 장인, 그리고 그래, 성자에게서 꼬맹이 소리를 듣는 걸 좋아했다. 성(聖) 셰프록, 그녀는 그를 그렇게 불렀다. "먼저 애틀랜타요. 곧 가겠지만 거기서 오래 있진 않을 거예요."

"좋아. 애틀랜타." 케니는 애틀랜타에서 비어트리스 케네디와 함께 영화 두 편을 작업한 적이 있었다. 애틀랜타는 좋은 곳이었다.

"론 뷰트라고 들어 봤어요?"

케니가 들어 본 동네였다. 그는 1994년에 레딩 인근에서 〈오프램프〉*의 분장 감독을 맡은 적이 있었다. "들어 봤어. 무슨 영화인데?"

"내가 궁둥이를 걷어차 주고 섹시하게 나오는 영화요."

"또?" 그 말에 그녀는 웃음을 터뜨렸다. 아, 저 웃음소리라니! "언제?"

"계약이 마무리되는 대로요. 영화 하나를 이미 완성했는데 거기에 내가 나오는 장면 몇 개를 추가하겠대요. 그런 다음 몇 달 뒤에 같은 역할을 다시 맡는 거예요. 바로 시작해야 해요."

"감독은?"

"빌 존슨요."

"빌 알지." 케니는 〈에덴의 경계〉에서 분장 일부를 맡았고 〈황무지〉 준비 과정에 도움을 주었지만 비어트리스 케네디의 분장을 맡기 위해 하차했었다.

"그래서? 할 거예요?"

"네가 하면 해야지."

"케니 셰프록, 당신은 날 행복한 여자로 만들어 줘요."

"그럼 나도 행복한 남자가 되고."

근사한 직업이야, 케니는 생각했다. 라 브리어에서 파운틴으로 접근하는 중이었다. 오십 년 전, 반세기 전, 그는 얄팍한 지갑에 든 동전 몇 푼과 어떤 전화번호 하나 말고는 아무런 연줄도 없는 신세였다. 잠은 미키 하기테이의 조경 사업장 뒤편에 세워 놓은 차 안에서 잤다. 바로…… 저기였지.** 파란불을 받은 그는 그 자리를 통과하면서 언제나처럼 손바닥 위로 키스를 날려 자신의

---

● "개똥같은 영화였지." 셰프록의 말이다.
●● 미키는 20세기 중반에 제인 맨스필드와 결혼하고 머리슈커 하기테이의 아버지가 됨으로써 할리우드의 왕족이 되었다. 원래 그는 보디빌더이자 일급 조경업자였다.

역사가 깃든 현장을 기념했다. 케니 셰프록이 이곳에서 잠을 청했노라.

1973년, 그는 자신의 중고 임팔라 트렁크에 분장 도구와 생활용품 및 식량을 채운 상자를 싣고 미주리의 베이츠시에서 로스앤젤레스까지 달렸다. 지갑에 든 이름 두 개를 믿고 벌인 일이었다. 하나는 롱비치에 사는, 촌수가 먼 이복 사촌의 이름이었다. 다른 하나는 프레드 팰러디니라는 이름이었다. 분장사인 프레드는 이 년 전 미주리 인디펜던스에서 〈배로 갱단〉의 로케이션 촬영 도중 헤어/분장 트레일러의 문을 두드리는 소리를 들었다. 8시 야간 촬영 중이었고, 프레드는 상대가 그냥 안으로 들어오는 대신 자신이 문을 열러 가야 한다는 사실을 믿을 수 없었다. 문을 열자 꼬마 하나가 트레일러 계단에 오를 엄두를 내지 못한 채 바인더를 들고 서 있었다.

"음?" 프레드가 물었다.

"저기, 분장 담당하시는 분하고 이야기할 수 있을까요?"

"나한테 무슨 볼일이지?"

"제가 어렸을 때부터 분장이랑 인형극을 했는데 프로가 되고 싶어서요."

"그게 네 작업물이야?" 프레드는 꼬마의 손에 든 바인더를 가리켰다.

"네, 선생님."

"음, 내가 지금 당장은 바빠서. 새벽 1시쯤 밥을 먹을 때 짬이 나겠구나. 그때 다시 와서 보여 다오."

"그럴게요, 선생님."

"이름이 뭐지?"

"케네스 셰프록인데요?"

"그때 보자, 케니." 프레드는 꼬마 앞에서 문을 닫고 다시 벅 배로를 연기하는 배우의 분장을 계속했다. 프레드 팰러디니는 할리우드의 테크니컬러 비스타비전 대작 성경 영화와 흑백 B무비 서부극에서 엑스트라에게 가짜 턱수염을 붙여 주는 보조 분장사로 경력을 시작했다. TV의 시대가 도래했을 때는 〈래시〉에서 분장을 맡았고, 지난 삼십 년간 끊임없이 일했다. 그는 60년대 초에 극장용 영화계에 진출했고, 모르는 것 없이 사방에서 일하면서 온갖 사람의 분장을 담당했다. 그는 헤어팀의 아이비에게 샌드위치 두 개와 콜라를 챙겨 식사 시간이 시작되기 전에 트레일러로 가져다달라고 부탁했다. 오전 1시 5분, 다시 문을 두드리는 소리가 들리고 어린 케네스가 나타났다.

"들어와라." 프레드가 소년에게 말했다. "밥 먹었니? 샌드위치 좀 먹어. 이름이 뭐라고 했지?"

케니는 곧바로 대답하지 못했다. 주류 영화는 고사하고 어떤 영화든 간에 영화 분장실에 방문하는 것 자체가 처음이었기 때문에 오감이 과부하 상태였다. 거울 가장자리를 둘러싼 전구, 가발 스탠드, 높은 의자, 스펀지와 팔레트와 붓과 연장 들. 고무풀과 팬케이크 화장품 냄새는 고등학교 연극반 분장실에서 맡았던 것과 똑같았다. "케네스 셰프록인데요?" 꼬마는 이번에도 끝을 올려 말했다.

"앉으시게나, 십록 씨." 분장용 의자를 내주며 하는 소리였다. "난 프레드 팰러디니다. 얘기하는 동안 난 식사를 할 테니 원한다면 너도 먹으려무나."

케니 셰프록은 프레드 팰러디니와 이야기하고 있었다. 〈안개의 사람들〉의 분장을 맡았던 그 프레드 팰러디니와. 〈마고〉, 〈아홉 맥컬러프〉, 〈바람의 여우〉를 비롯한 수십 편의 영화에 '분장…프레드 팰러디니'라는 크레디트를 올렸던 사람과. 프레드 팰러디니라고! 그의 분장용 의자에 앉다니! 믿을 수 없는 일이었다.

프레드는 에그 샐러드 샌드위치를 한입 베어 물고 고갯짓으로 케니의 바인더를 가리켰다. "네 포트폴리오 좀 보자." 고등학교와 지역 극단과 어린이 인형 극단에서 했던 분장 작업을 찍은 사진들을 다 넘겨 보았을 무렵, 베테랑은 젊은이가 지닌 다듬어지지 않은 재능을 얼추 알아차린 뒤였다. 프레드는 케니에게 풀과 파우더로 가짜 코의 가장자리를 눌러 붙이는 방법과 면도날처럼 날카로운 부착물 테두리를 감싸기 위해 스펀지를 자르는 방법을 보여 주었다. 자신이 팔레트에서 혼합한 색깔도 보여 주었고, 폐에서 나온 피는 어깨에 생긴 상처에서 나오는 피보다 짙어야 한다는 식으로 상처에 따라 달리 사용하는 다양한 영화용 피도 보여 주었다. 그는 켄 십록에게 계속 정진하고 혹시 서해안에 오게 되거든 연락하라고 말했다. 전쟁이 막 끝났을 때 그에게도 어떤 분장사가 똑같은 일을 해 주었다. 케니가 찾아온다면 차고에 만든 작업실도 보여 주고 몇 가지 조언을 더 해 줄 작정이었다. 오전 2시가 되자 배우들이 다들 손에 커피를 들고 분장 트레일러로 밀려들기 시작했기 때문에 케니는 나가야 했다. 케니는 샌드위치는 손도 대지 않았지만 콜라와 프레드 팰러디니의 전화번호는 챙겼다. 그때가 1971년이었다.

이 년 뒤, 케니는 로스앤젤레스에 있었고 남은 돈은 18달러였다. 롱비치에 산다던 이복 사촌은 더는 롱비치에 살지 않았을 뿐 아니라 어디에도 없었다. 프레드 팰러디니가 준 번호로 네 번 전화를 걸었지만 답이 없었다. 그래서 미주리 베이츠시에서 온 케니 셰프록은 대화할 상대도 없고 갈 곳도 없이 할리우드에 있었다. 케니는 미키 하기테이의 조경 사업장 뒤편 덤불에서 소변을 보았다. 바나나와 병째로 퍼먹는 땅콩버터로 하루 세 끼 식사를 대신했다. 계속 팰러디니가 준 번호로 전화를 걸다 보면 뭐, 잘못된 번호였다든가 아니면 미키 하기테이가 경찰을 부른다든가 하는 식으로 뭐라도 일어나겠거니 싶었다.

토요일 아침, 셰비 임팔라(아버지가 1966년에 사 준 중고차였다)의 널찍한 뒷좌석에서 잠을 청했음에도 1973년 할리우드 그쪽 방면의 길거리에 가득했던 사이렌과 차 소리와 어중이떠중이들의 고함에 이리저리 뒤척이느라 불안한 하룻밤을 보낸 후였다. 케니는 차 문을 잠그고 멜로즈 애비뉴의 한 주유소 공중전화로 가서 호주머니에 든 10센트짜리 동전 두 개 중 하나를 넣고 한 번 더 프레드 팰러디니의 번호로 전화를 걸었다.

"네?" 프레드 팰러디니였다! 그가 전화를 받았다!

"팰러디니 선생님?"

"그렇습니다만?"

"저 케니 셰프록인데요? 〈배로 갱단〉 찍으실 때 미주리에서 뵈었는데요?"

"분장 포트폴리오 가지고 다니던 꼬마로구나."

"저 기억하세요?"

"기억하다마다. 이 동네에 있는 거냐?"

"그래서 그때 주셨던 이 번호로 전화를 걸었는데요?"

"잘했다. 그래, 이 동네에 있단 말이지?"

케니는 이 동네에 있었다. 그는 궁금한 재정 상태, 식생활, 미키 하기테이의 본인은 모르는 환대에 관해서는 말하지 않았다. 프레드는 그 주에 코로나도에서 로케이션 촬영을 하느라 전화를 받지 못했다고 했다.

"이렇게 하자, 꼬마야. 오늘 오후에 여기 작업실에서 만나면 좋겠구나. 시간 괜찮으냐?"

물론 시간은 괜찮았다. 케니가 찾아보니 작업실은 밸리라고 불리는 곳에 있었다. 그는 토머스 형제 가이드북을 사 둔 터였다. 토머스 형제 가이드북은 처음 LA를 방문한 사람이라면 누구나 필수로 갖추어야 할 격자 지도책으로, 어디에서나 판매했다.

프레드 팰러디니의 작업실은 영화 마술을 주물럭거리는 조그만 공작실이라기보다는 공장처럼 보였다. 압착기와 주형틀, 오래전 석고로 뜬 머리 모형과 산업용 규격의 화학약품 및 장비 보관함이 있었다. 분장사가 아니거나 분장사가 되고 싶은 마음이 없는 사람에게는 풀장 관리용 장비 보관창고 정도의 매력을 발휘하는 곳이었다. 케니 셰프록에게 그곳은 유토피아였다. 프레드는 두 시간에 걸쳐 자신의 장비와 옛 작업과 현재 진행 중인 작업을 보여 준 다음, 부리토 가게로 가서 음식을 대접하고 나서 작업용 벤치에 앉아 커피를 마시면서 그날 오후 5시가 다 되도록 케니와 시간을 보냈다.

"이렇게 하면 어떨까." 프레드는 작업실 문을 잠그면서 말했다. "할리우드 필름 아카데미 운영을 돕고 있는 내 친구에게 연락해 주마. 거기선 노상 학생 영화를 만드는데 분장은 안 가르쳐 줘서 분장사가 필요하거든. 돈은 한 푼도 못 받겠지만 경력을 쌓고 사람들을 만날 수는 있을 거다. 영화계 일이라는 건 거의 다 사람 만나는 걸로 이루어진단다." 케니의 임팔라까지 간 프레드는 꼬마의 생활상을 나타내는 적나라한 증거를 눈치채지 않을 수 없었다. "난 47년도에 여기로 왔지. 우리 아버지가 전쟁 전에 몰던 플리머스에서 자야 했어. 하지만 일이 다 잘 풀리더구나. 너도 괜찮을 거다. 운이 따르고 시간만 잘 지킨다면 말이야."

프레드 팰러디니는 케니의 인생을 바꾸어 주었다. 알고 보니 학생 몇몇이 바로 다음 날 브런슨 케이브에서 촬영할 학생 영화에 참여할 분장사를 구하고 있었다. 영화에는 피가 필요할 예정이었다. 케니는 할리우드 볼 위쪽 멀홀랜드에 차를 대고 도시의 불빛이 지평선과 그 너머로까지 뻗어 나가는 광경을 보며 잠들었다. 일요일 아침, 케니는 바나나를 다 먹어 치우고 덤불에서 똥을 싸고 낡은 보이스카우트 수통에 든 물로 이를 닦고 나서, 시간을 지켜 브런슨 케이브의 제작 현장으로 갔다. TV 드라마 〈배트맨〉에서 배트모빌이 굉음을 내며 나오는 배트케이브를 촬영한 곳이었다. 무수히 많은 작품을 촬영한 그 동굴 지대는 할리우드 간판 바로 아래에 있었다. 1972년에 할리우드 간판은 돌보는 이 없이 버려져 **하리으드**에 더 가깝게 보였다.

오십여 년 전에 그렇게 시작한 일이었다. 케니 셰프록은 몇 사람을 만났다. 운이 따랐으며 약속에는 절대로 늦지 않았다.

케니가 구릉에 자리한 집에 도착했을 때는 빌 존슨의 각본이 페이지마다 옅은 회색으로 K. **셰프록**이라는 이름이 박힌 채 얼 맥티어와 옵셔널 엔터프라이즈의 첨부 메일과 함께 이메일 수신함에 들어와 있었다.

케니,

말 안 해도 알겠죠. 다시 함께 일할 날을 고대하고 있어요. 필요한 것이
나 물어볼 게 있거든 알려 줘요.

AMT


여자 친구 게일이 부동산 매물을 보여 주느라 외출한 사이에● 케니는 차를
준비하고 〈나이트셰이드: 파이어폴의 모루〉를 읽어 나갔다. 케니가 보기에는
천편일률적인 텐트폴 시리즈물이 아니었고, 전개를 일일이 설명하고 떠먹이
려 들지 않는 세련된 이야기 같았다. 레이디 레인이 맡을 이브 나이트는 기막
힌 역할이었고 렌에게 꼭 맞는 배역이었다. 전투 장면에 나올 갖가지 상처를
생각하면 분장 측면에서도 기막힌 작품이 될 듯했다. 케니가 분장을 맡고 늘
그렇듯 착한 요리사들이라는 이름으로 활동하는 두 아가씨가 머리를 만져 주
고 나면, 렌은 본연의 10억 달러짜리 미모를 뽐낼 것이다. 관건은 파이어폴
캐릭터에 붙일 보형물이었지만(제법 재미난 작업이 될 것 같았다) 어느 분장 업
체에서 영화를 맡느냐에 따라 케니는 구경만 하거나 거드는 선에서 그칠 터
였다.

케니는 각본을 출력해서 페이지마다 콘티뉴이티와 타임라인을 표시했다.
그는 또 한 편의 영화에 착수했다.


\* \* \*


렌은 링 세 개로 묶인 각본의 가죽 표지(오른쪽 하단 구석에 W. L. 이 양각됨)를

---

● 게일의 남편 칼 뱅크스는 케니와 자주 함께 일했던 분장사였다. 그는 사 년 전 뇌동맥류로 사망했다. 케니는
이혼한 몸이었고, 게일은 언제나 근사한 여자였다.

272

펼칠 때는 반드시 빨간색 펜과 파란색 펜을 하나씩 준비했다. 빨간색 펜은 서 브텍스트, 그러니까 이브 나이트가 대사를 통해 실제로 의미하는 바를 가필하 기 위한 용도였다.

**이브 나이트**　　나 여기 있어요, 팝팝…….

이 대사는 "난 이 늙고 병든 인간을 돌보는 데에 진저리가 나!"라는 의미였 다. 적어도 처음 읽을 때는 그렇게 느껴졌다. 다음에 읽었을 때, 그녀는 빨간 글씨로 **난 영영 이곳에만 있겠지!**라고 적었다. 여백에 다양한 서브텍스트를 잔 뜩 덧붙인 끝에, 렌의 각본은 전면 수정이 필요한 대학생 리포트처럼 보이기 에 이르렀다. 파란색 펜은 **팝팝에게 줄 약주를 홀짝인다. 손마디에 흉터? 머리 획, 뭔가 들음!** 처럼 그밖에 머릿속에 떠오르는 다른 생각들을 기록하기 위한 것이었다.

미셸린 옹이 아직 다이나모 / 호크아이의 사업부를 상대로 계약 협상을 진행 중이었지만("렌 레인이 당신들 좋으라고 나이트셰이트를 맡은 게 아니에요! 스트리밍 시장에 렌 레인을 끌어들였으면 운수 대통한 줄 아셔야지!"), 윌리 랭크와 윈더미어 부부는 북부에서 렌의 거주지를 찾기 시작했다. 렌에게는 프라이버시, 보안, 공간이 필요했다. 울타리, 대문, 나무와 하드스케이프 같은 수동 차단벽으로 둘러싸인 부지가 있어야 했고, 필요하다면 투광등과 감시 카메라도 설치해야 했다. 물론 체육관이 딸려 있다면 금상첨화였다. 슈퍼히어로의 신체를 지닌 나이트셰이드가 되려면 피트니스 룸, 트레이너, 영양사의 도움을 받아야 했으 니까. 그 항목들은 모두 렌의 특혜 목록에 포함되어 있었지만, 그녀는 한 번 도 특혜를 이용해 본 적은 없었다. 로럴 윈더미어가 요리를 도맡았기 때문이 다. 렌은 한 세션에 정확히 사십 분씩 일주일에 엿새를 연달아 하는 운동 요 법인 드레이 코터 40×6 피지오 시스템을 초창기부터 신봉했다. 결과는 어마어마했다. 처음 삼 주 동안은 고문이었지만, 현재 렌은 아이패드로 그레이던 카터의 '에어메일'[1]을 읽듯 수월하게 드레이 코터를 해치웠다.

모든 관계자가 다음에 건너야 할 루비콘강은 누가 파이어폴을 연기할 것인 가?였다. 로리 소프나 브루노 존스나 제이슨 헤밍웨이처럼 렌 레인과 동급의 스타여야 할까? 로리 소프가 캐스팅되었더라면 렌은 미소를 지었으리라. 그는 현재 사귀는 사람이 없었고, 윌라 색스에게 듣기로는 속내를 가감 없이 이야기하는 타입이라고 했으니까. 확인해 보니 소프는 〈그린 에이커스〉의 영화판에 출연하기로 계약한 상태였다. 다른 배우들도 자기만의 시리즈를 만드느라 바빠서 시간이 나질 않았다.

계약서에 따르면 렌에게는 모든 캐스팅에 대한 승인 권한이 있었다. 빌 존슨은 해당 조항에 대해 현명하게 고개를 끄덕이면서 속으로는 그러시겠지, 하고 생각했다. 아무도 그에게 누구를 캐스팅하라거나 하지 말라고 명령하지 않았다. 각본에서 두 주인공이 한데 얽히는 장면은 무척 적었으므로, 누구든지 코스튬만 입으면 파이어폴을 연기할 수 있었다. 하지만 호크아이는 BFS[●]를 원했고, 다이나모도 마찬가지였다. 두 슈퍼히어로를 각자 단독 작품을 끌고 가는 장기 출연 캐릭터로 만드는 동시에 현재 진행 중인 다이나모 네이션 영화들에도 등장시킨다는 계획이었다. 〈에오체 5〉에 나이트셰이드가 등장하는 장면을 삽입한다는 계획이 나온 것도 바로 그때였다. 렌은 나이가 들어 물러나기 전까지 계속 이브 나이트를 연기할 예정이었고, 파이어폴을 연기하게 될 배우도 마찬가지였다.

자주 그렇듯, 파이어폴의 캐스팅은 눈 깜빡할 사이에 결정됐다. 미셸린 옹, 얼 맥티어, 빌 존슨, 그리고 호크아이와 다이나모의 거물들은 모두 똑같은 질

● 초대형 스타(Big Fucking Star)
1 잡지 〈배니티 페어〉의 전 편집장 그레이던 카터가 매주 발행하는 뉴스레터

문을 던졌다. O. K. 베일리가 파이어폴을 맡으면 어떨까? 그는 막 〈스칼렛 핌퍼넬〉의 현대판 촬영을 마친 참이었다. 양식화된 과거의 파리를 무대로 하되 힙합/록 음악, 스팀펑크 미술, 현란한 펜싱/쿵푸/이종격투기 싸움 장면으로 빼곡하게 채운 작품이었다. 〈레이피어〉라는 대담한 제목이 붙은 영화는 큰 기대작이었고, 당사자의 에이전트가 부르는 식으로 하자면 OKB는 근사하게 생긴 사내였다. 호크아이는 그를 몹시 원했고, 다이나모는 그보다 더욱 원했다. 미셸린은 자기 고객의 이름이 제목보다 먼저 나온다는 확답을 받아 내는 데에 열중했고, 얼 맥티어는 "이봐요들, 이건 내 보스가 결정할 문제라고!"라고 말할 뿐이었다. 빌 존슨은 선택지를 두고 숙고했다.

영화에서 파이어폴은 거의 존재만으로 승부하는 캐릭터였다. 대사는 얼마 되지 않았지만 하나의 관념이 물리적인 실체를 갖추고 공간을 점거한다는 점에서 최초로 만들어진 프랑켄슈타인의 괴물과 다르지 않았다. 1930년대 초, 죽은 사람을 되살린다는 관념을 마주한 일부 관객은 기절했고 다른 관객들은 격분했다. 괴물이 걸음을 떼기도 전부터, 배우 보리스 칼로프가 몸을 일으켜 지금은 친숙해진 방식으로 발을 구르며 돌아다니기도 전부터, 그저 한때 생명을 잃었던 손이 떨리는 광경만으로도 여자들은 비명을 질렀고 남자들은 "안 돼."라고 외쳤으며 종교 및 정치 세력들은 이윤을 목적으로 만든 영화가 하느님의 뜻에 반해 생명을 창조하는 행위를 그렸다는 오만을 비난했다. 칼로프가 두 팔을 쭉 뻗고 묵직한 발걸음을 옮기는 특유의 동작을 선보이자 몇몇은 겁에 질려 극장 밖으로 달아났다. 빌 존슨의 파이어폴이 객석을 텅 비게 만들 일은 없었다. 이 영화는 어느 극장에서도 상영되지 않을 예정이었으니까. 하지만 파이어폴도 처음에는 극도로 혐오감을 불러일으키고, 백만분의 일 초만이라도 관객을 겁에 질리게 해야 했다. 그런 다음 그 역시 프랑켄슈타인의 괴물과 마찬가지로 관객들과 다르지 않은 흠 많은 인류의 일원임을 드러내는 것이다. 파이어폴은 되살아난 좀비, 외계인, 지옥의 악마 군단, 혹은 이제는 매주 새로운 영화를 들고 나타나는 죽일 수 없는 꿈속의 스토커가 아니었다. 파이어폴은 괴물이 아니라 무명용사요, 아무도 얼굴과 이름을 알지 못하는 사상자이자 전쟁의 피해자로서 위안과 평화와 영원한 안식을 구하는 인물이었다.

호크아이는 필사적으로 OKB에게 그 역할을 맡기고 싶어 했고, 그렇게 말했다. 배우에 대한 독점 전속 계약이 진행 중이었다. 컬버시티의 다이나모 사무실에서 열린 친목 도모를 위한 만남에서 빌은 스튜디오 사람들이 협의라는 이름의 춤을 추며 하는 소리에 귀를 기울였다. 〈레이피어〉가 개봉하고 나면 OKB는 초대형 스타가 될 테니 미리 붙들어 두려고 한다. 그리고 솔직히 그보다 그 역할에 더 나은 배우가 어디 있겠나?

빌은 OKB의 작품을 본 적이 있었다. 그는 〈돌주먹〉에서는 사나운 모습으로 나와 영화를 자기 것으로 만들었다. 〈레이피어〉에서는 대사가 없는 장면에서 더 나았는데, 그건 대사가 무척 적은 파이어폴 역 후보로는 이점이었다. 빌이 그 선택을 망설이는 건 OKB의 눈 때문이었다. 검은 눈동자. 각본에서는, 빌의 머릿속에서는 파이어폴의 눈이 처음 등장할 때 연약하게 보여야 했다. 파이어폴은 연약해야 했다. 검은 눈동자가 연약해 보일 수 있을까?

그렇게 빌은 OKB를 파이어폴 역으로 기용한다는 가능성에 대해 숙고했고, 그를 캐스팅할 만한 합리적인 근거가 있다고 판단했고, 그래서 배우에게 만나서 이야기하자고 제안했다.

OKB는 최근 자신의 에이전트를 해고했고, 남은 두 슈퍼 에이전시 중 하나가 그를 채어 간 상태였다. OKB는 파리에 살았다. OKB는 각본을 읽고 싶다고 했다. 그의 슈퍼 에이전트들이 장담하기를, 그러고 나면 빌 존슨과 대화를 하고 싶어 할 거라고 했다.

얼 맥티어는 울트라 보안 처리를 한 〈나이트셰이드: 파이어폴의 모루〉 각본을 배우에게 이메일로 보냈다. 사흘 뒤(사흘 뒤라니? 왜 뜸을 들였지?) 얼의 수신함에 이메일 한 통이 나타났다. **맘에 드네요. OKB.** 빌은 배우가 그렇게 짧게 답했다는 점이 마음에 들었다. 캐릭터와 마찬가지로 속내를 알기 어려운 태도였다.

두 남자 모두 줌이나 스카이프를 달가워하지 않았으므로("거기엔 미스터리가 없잖아요." OKB가 말했다) 반 시간짜리 국제 통화가 마련되었다. O. K. 베일리는 조금만 걸어가면 저 유명한 트로카데로 광장의 에펠탑 전망이 나오는 위치에서 레드 와인을 홀짝이면서 LA나 뉴욕보다 파리가 더 나은 이유를 이야기했다. 빌은 빛의 도시에서 망명자로 살았던 여러 유명한 미국인을 거론했다. OKB가 감독보다 먼저 파이어폴 이야기를 꺼냈다.

"감독님이 내게 3막을 열어 주는 겁니다." 배우가 말했다.

"무슨 뜻이지요?" 빌은 그가 영화의 3막을 말한다고 생각했다.

하지만 OKB는 자기 커리어 이야기를 하고 있었다. "1막은 〈돌주먹〉이었죠. 난 죽여줬어요. 끝내줬다고요. 2막은 〈레이피어〉고요. 다들 시시할 거로 생각했지만, 티저 예고편 올라가고 인터넷 반응 봤어요?"

빌도 봤다. 웹은 며칠째 OKB와 그의 검술과 검은 눈동자로 시끄러웠다. "난 엄청 우아하고 명랑하게 나와서 나쁜 놈들을 멋들어지게 몽땅 죽이고, 사람들은 그놈들을 엄청 손쉽게 해치우는 나를 보면서 웃을 거예요. 〈모루〉에서 나는, 뭐랄까, 금욕적이죠. 오해를 사고. 굽힐 줄 모르고. 렌 레인이 무슨 수를 쓴다 해도 멈추지 않죠. 우리, 뭔가 좀 통하지 않아요?"

"그렇군요." 빌은 프랑켄슈타인 모드와 과묵한 사나이 캐릭터와 파이어폴의 나약함, 그의 인간적인 측면을 이야기했다. "이건 완전히 새로 등장하는, 전에 한 번도 본 적 없는 울트라 캐릭터지요. 이전 작품에서 가지고 와야 할 미리 정해진 능력이나 개성이 없어요. 그러니까 맨땅에서 시작하는 겁니다."

"맨땅에서 시작하는 거 좋지요. 내가 곧 파이어 그 친구가 될 거예요." OKB는 단언했다. "BJ, OKB가 딱이에요."

빌 존슨은 별명을 듣고 열이 올라 근육을 미세하게 꿈틀거렸지만, 자기 자신을 3인칭으로, 그것도 세 글자로 부르는 사내가 하는 소리이니 그러려니 하고 넘겼다.

호크아이는 흥분했다. 다이나모는 계약에 돈을 다발로 갖다 바쳤다. 렌 레인은 감독의 안목을 따르기로 했다. OKB는 그녀 타입은 아니었지만 잘생겼고 사람들이 생각하는 것만큼 키가 크지는 않았는데, 프랑스에 살기로 한 것으로 보아 보헤미안 타입인지도 모른다. 사실 어찌 됐든 상관없었다. 무술 안무와 SPFX로 가득한 긴 장면이기는 하지만, 나이트세이드와 파이어폴이 함께하는 장면은 영화의 3분의 1이 채 되지 않았으니까. 두 사람은 따로 일하는 경우가 잦을 터였다. 렌은 빌을 믿고 일급 기밀인 자신의 휴대전화 번호를 알려 주었고, 빌 존슨은 그녀에게 연락해서 파이어폴 캐스팅이 공식적으로 확정됐음을 알린 다음 몇 가지 다른 사안에 대한 그녀의 의향을 확인했다.

"OKB도 상관없어요." 그녀는 말했다. "설령 엘비스 프레슬리 따라쟁이를 캐스팅한다 해도 우린 여전히 훌륭한 영화를 만들 테니까."

"아주 좋네요. 다른 건 어때요?" 빌이 물었다. "필요한 거 있어요? 걱정되는 건? 우리가 해야 할 게 있을까요?"

"빌." 렌이 말했다. "저는 제 기분이 괜찮은지, 남자 친구 문제는 없는지, 각본에 짜증을 내지는 않는지 확인해야 하는 그런 배우는 아니에요. 그런 일이 있으면 제가 연락 드릴게요."

평온. 평온이 담긴 말이었다. 빌 존슨은 다시는 확인 전화로 렌을 귀찮게 하지 않았다.

하지만 얼은 며칠 뒤 확인 전화를 걸었다. 직급 낮은 호크아이 임원 몇이 영화 제목에 **모루**라는 단어를 쓰는 것에 의문을 제기했기 때문이다. 그들은 관객들이 모루가 무엇인지 잘 모르리라 생각했다. 임원들 대다수가 모루가 무엇인지 잘 몰랐으니까. 왜 쿨 캐츠 코믹스의 원작 만화처럼 전설이라고 하면 안 되는지? 렌은 어떻게 생각하는지? 얼이 물었다.

"그럼 〈나이트셰이드와 니미시팔 좃빨이들〉이라고 하든가요." 렌은 그런 욕설을 자주 쓰는 편은 아니었지만, 그때는 마침 비기 스몰[1]의 옛 노래를 들으면서 운동을 하다 나온 참이었다.

얼 맥티어는 관계자들에게 제목 변경을 건의해 보겠다고 말했다.

* * *

오늘날 영화사(映畵史)가 말해 주듯, 렌은 애틀랜타에서 진행된 엿새간의 촬영을 통해 〈에이전트 오브 체인지 5: 기원〉에 등장했다. 전 세계는 그녀의 부모인 나이트 부부의 죽음을, 에이전트 런던이 이끄는 팀의 계략을, 다른 울트라들이 나이트셰이드를 믿을 수 있는지를 두고 불화하는 것을, 그리고 이브 역의 렌 레인이 얼마나 끝내주는지를 보았다. 정말로 우주의 기운이 그 역할을 맡은 그녀에게 모이고 있었다. 그녀와 어사 메이저가 함께 나오는 한 장면은 인터넷을 광란의 도가니로 만들었다. 그렇게 몇 안 되는 장면에 그렇게 많은 내용을 농축해서 울트라 비밀리에 촬영을 마치고 〈에오체 5〉 최종 프린트에 삽입했다는 사실은 다이나모가 10억 달러짜리 블록버스터 시리즈로 무엇을 할 수 있는지 보여 주었다.

빌 존슨은 〈기원〉의 작가들에게 몇 가지 조언을 한 것 말고는 다이나모더러 다이나모가 하는 짓을 하게 내버려두었다. 호크아이는 이제 자신들이 소유하게 된 캐릭터가 다이나모 네이션을 뒤집어 놓는 광경을, 사악한 헤헤헤 웃음을 흘리며 기쁜 마음으로 바라보았다. 그들은 나이트셰이드를 곧 다시 만날 수 있을 테지만 오직 호크아이에서만 볼 수 있다고 요란하게 광고했다. 이십

---

1 노토리어스 B. I. G.라는 예명으로도 알려진 미국의 힙합 가수

사 시간 만에 260만 명이 신규 가입했다. 흐름은 계속됐다.•

론 뷰트에서 렌의 주연작을 촬영할 날이 가까워져 오는 가운데, 그녀가 지낼 곳을 찾는 것이 급선무였다. 톰 윈더미어는 주거팀과 협력해 후보지 대여섯 군데를 확인했지만, 너무 노출되어 있고 프라이버시가 충분히 보장되지 않고 누구나 접근할 수 있고 안전하지 않다는 이유로 모두 퇴짜를 놓았다. 톰은 모든 후보지가 적합하지 않았던 진짜 이유를 누구에게도 말하지 않은 채, 렌에게 위협이 되어 감시 중인 스토커 범죄자들의 명단을 혼자서만 간직했다. 윌리도 물색에 동참했고, 마침내 자기 형제에게 적합한 집을 찾아냈다. 드넓게 펼쳐진 대지에는, 놀라지 마시라, 그녀의 시러스 150을 위한 개인용 활주로가 있었다.•• 렌은 운동하고 비행하고 밤에 조용히 대본을 연구하고 스턴트 훈련을 받는 모든 일정을 그 임대한 재너두/샹그릴라/슬로피 조[1]에서 소화했다. 이따금 비밀리에 맛있는 멕시코 음식을 먹으러 새크라멘토로 갈 때면 얼 맥티어 밑에서 일하는 이네스라는 친절한 아가씨가 식당을 주선해 주었다. 그 현지 채용인은 모르는 것이 없었고, 모르는 사람도 없었다.

비행시간을 쌓기 위해 렌과 헤더는 종종 비행에 나서 캘리포니아 북부 전역을 돌아다니고 북쪽 섀스타산을 향해 곧장 나아갔다. 거대한 휴화산은 골짜기 맨 꼭대기에 우뚝 서 있었는데, 한때 일 년 내내 눈에 뒤덮여 있던 커다란 M자 모양 산은 기후변화 탓에 갈색으로 변한 상태였다. 북동쪽에 있는 래슨산도 화산이자 국립공원이었다. LA는 회의와 치과 약속이 있을 때만 잠깐씩 다녀왔다. 보험 계약상 렌은 공식적으로는 직접 비행기를 모는 것이 금지되어 있었다. 그녀는 신경 쓰지 않았다. 헤더 쿠퍼는 자신의 말에 귀를 기울이는

---

● 260만 가입자가 한 달에 15달러씩 내면 일 년 수익은 4억 6,800만 달러다.
●● 실리콘 밸리의 어느 유니콘이 한 아몬드 재배업자/홀아비에게서 산 집이었다. 이 새 집주인은 혼다 제트, 세스나 캐러밴, 초경량 항공기, 비버 수상기 등등 비행기를 편대로 거느리고 있었기 때문에 활주로를 건설했다.
1 '재너두'는 영화 〈시민 케인〉에 나오는 언론 재벌 케인의 대저택. '샹그릴라'는 소설 〈잃어버린 지평선〉에 나오는 지상낙원, '슬리피 조'는 어니스트 헤밍웨이를 비롯한 유명 인사들이 즐겨 찾던 쿠바의 유서 깊은 술집이다.

사람이라면 누구에게든 이렇게 말했다. "내가 렌의 보험이라고요."

어느 구름 없는 밤, 일몰 직후에 이륙한 두 조종사는 서쪽으로 샌프란시스코를 향해 날아갔고, 밤이 내려앉아 베이 지역에서 도시의 불빛이 남색 하늘 위의 별빛과 경쟁할 무렵 하늘에 8자를 그렸다. 아래로는 주간고속도로 위의 차량이 만드는 빛의 강줄기가 하얗고 빨갛게 흐르면서 베이의 바그다드[1]로 드나드는 길을 안내했다. 조종석에 느긋하게 자리 잡은 렌은 흡사 비행기와 분리되어 자기 힘으로 나는 듯한 기분을 느꼈다. 기계를 타지 않고, 슈퍼히어로처럼 본연의 힘을 이용해서. 울트라처럼. 에이전트 오브 체인지처럼.

## OKB

두 스타는 캐피틀 레코드 빌딩에 있는 얼 맥티어의 사무실에서 처음 만났다. 렌은 론 뷰트의 거주지에서 할리우드로 날아왔다. O. K. 베일리는 파리에서 막 들어왔다. 그들은 한 시간 동안 둘이서만 커피를 마시고 건강한 간식을 먹고 잡담을 나누며 서로를 알아가는 시간을 가졌다. 그는 렌에게 파리에서의 촬영과 삶을 이야기하고 얼마나 자주 파리에 가느냐고 물은 다음, 자신은 계약서에서 론 버트 플러그[2]에 와야 한다고 명시한 날짜가 되기 전까지는 파리로 돌아가 있을 작정이라고 말했다. 농담은 통하지 않았고, 그는 그 사실을 깨닫고는 **메르드,[3] 내가 말실수를 했군요!**라며 눙쳤다. 각본에 관한 의견을 비교하면서 OKB는 그녀에게 자신은 "이게 답이다! 질문은 뭐지?"라는 대사를 가능한 한 많은 장면에 넣고 싶다고 했다. BJ가 말했듯 그들은 '맨땅에서 시

1 미국의 칼럼니스트 허브 케인이 샌프란시스코에 붙인 별명
2 성행위용 도구인 항문 마개(버트 플러그)와 론 뷰트를 합성한 것
3 프랑스어로 '똥'을 뜻하는 욕설 겸 감탄사

작'하고 있으며 OKB에게는 아이디어가 많다면서. 렌은 대화의 방향을 두 캐릭터의 결점으로, 그들이 지나치게 과묵하며 그렇기에 만날 수밖에 없는 운명이라는 이야기로 돌렸다.

"나도 그게 마음에 들어요." 그가 말했다. "우린 슈퍼히어로 로미오와 줄리엣이 되는 거죠."

헛소리, 렌은 속으로 생각했다. 셰익스피어의 어린 연인은 사랑에 빠진다는 관념 자체와 사랑에 빠진 어린애들이었다. 그들이 서로를 바라보자마자, 펑, 불운한 운명을 짊어진 영혼의 동반자에 관한 전형적인 이야기가 탄생한다. 파이어폴과 나이트셰이드는 결코 어린애가 아니었지만, 그녀는 이를 부드럽게 표현했다. "하지만 우리는 어린 연인이 아니잖아요? 우리는 처음에는 각자의 사연을 지닌 적이죠. 나는 당신을 본 적도 없지만 당신을 감지하고, 다가오는 갈등을 느끼고 당신을 막아서요. 당신은 나를 옆으로 치워 버리려고 하지만 그러지 못하고요. 우리는 몇 차례 서로를 없애려 애쓰고, 결국 무승부에 이른 뒤 상대방이 망가지고 고통 받은 존재라고 생각하게 되죠. 캐풀렛과 몬터규[1]와는 좀 달라요. 페트루치오와 케이트[2]라면 또 모를까?"

"누구요?" OKB가 물었다.

이어서 그들은 촬영 일정에 관해 이야기했고, 그녀의 화려하지는 않은 미모와 그의 흉터를 위해 매일 분장실 의자에서 보내야 하는 시간에 관해 이야기했다. 의상에 대한 의견도 교환했다. 그녀는 멍청한 망토를 두르지 않을 작정이었다. OKB는 군용 헬멧을 착용한 어벙한 꼴을 보이고 싶지 않았다. "당신이나 나나 글줄에만 매달리지 않는 상상력의 소유자 아니겠어요, 그죠?"

일주일 뒤, 렌은 파리에서 온 페덱스 소포를 받았다. 안에는 딱성냥 한 갑과

---

1 줄리엣과 로미오의 가문
2 셰익스피어의 희곡 《말괄량이 길들이기》의 두 주인공

메시지를 불로 지져 새긴 얇은 합판 조각이 들어 있었다. 목판 위에 낙인으로 찍은 내가 당신을 빛나게 할 수 있을까요, 이브? 이게 답입니다! 키스 키스 OKB.는 귀여웠고 적절했다. 렌은 온라인에서 찾아낸 미합중국 해병대의 독수리, 지구, 닻 문양이 박힌 낡은 지포 라이터로 화답했다. 그가 맡은 캐릭터의 기원을 고려한 선택이었다. 그녀는 그의 에이전시를 통해 라이터를 보내며 손으로 쓴 메시지를 곁들였다. 당신의 복무에 감사드립니다, EK(WL).

일주일 뒤 파리에서 손으로 쓴 메시지가 왔다. 지포 고마워요. 끝날 때까지 892는 말자고요. OKB.

"892? 892! 892가 대체 무슨 뜻이지?" 렌이 월리에게 물었다.

"그, 빠로 시작하고 리로 끝나는 비속어겠지."

각본상에서 합을 맞추어 전투를 벌이는 도중에 파이어폴이 나이트셰이드에게 하는 대사가 있었다. (긴 장면이었고 리허설은 혹독했다. 렌은 회복을 위해 밤마다 물리치료와 미네랄 마사지를 받았다.) 892는 없는 대사였다.


전사들이 잠시 전투를 멈추고 숨을 고른다….


**나이트셰이드**    끝이 좋지 않을 텐데, 당신에게는.
**파이어폴**    끝날 때까지 말은 말지.
**나이트셰이드**    당신이 끝장나면 끝나겠지.


끝날 때까지 말은 말지! OKB가 삽입한 세 개의 숫자가 빠로 시작하는 비속어라면, 렌은 그 개××를 내버려둘 생각이 없었다. 그녀는 메시지를 사진으로 찍어 얼 맥티어에게 보냈고, 얼 맥티어는 기함했다.

본 촬영 시작을 십삼 일 앞둔 어느 목요일, 론 뷰트. 렌과 OKB는 웨스팅하우스 조명의 거대한 홀로 불려 왔다. 공중 발레 전투 장면을 촬영하는 그린 스크린 스튜디오가 될 공간이었다. 이미 해당 장면에서 배우들을 허공에 띄우고 스턴트 대역들을 몇 시간씩 대롱대롱 매달 수 있도록 케이블과 도르래와 카라비너가 설치되어 있었다. 모든 관련 부서를 위해 이 전투용 설비를 테스트하면서 카메라 셋업에는 시간이 얼마나 걸리고, 얼마나 넓은 영역을 이용할 수 있고, 배우들이 상충하는 감정과 로맨틱한 마음과 주먹다짐을 연기하는 동안 와이어팀이 줄을 홱 잡아당기면 어떻게 반응할지 확인할 예정이었다. 시간을 많이 잡아먹는 실수가 발생해서 값비싼 촬영일을 잡아먹는 사태를 미연에 방지하려고 하는 일이었다.

그 주 내내 콜 시트 1번(렌)과 2번(OKB)에 대한 시험과 훈련과 지시는 별도로 이루어졌다. 렌이 스턴트 코디네이터 '닥' 엘리스의 감독하에 매달려 있는 동안 OKB는 도장에서 닥의 열정 넘치는 팀원들과 함께 훈련했다. 그러고 나서 교대했다. 렌은 태양의 서커스 지망생처럼 훈련에 임했고, 하네스를 차고 싸우면서 쿵푸 동작에 가까운 발레를 해내는 수고를 기껍게 여겼다. OKB는 닥의 팀에 넌더리를 냈는데, 〈레이피어〉에서 훈련을 담당했던 친구들이 자기 리듬에 더 맞는다고 생각했기 때문이다. 렌은 훈련이 끝난 뒤에도 남아 하네스 스트랩을 조정하고 매달려 있던 시간에 더해 추가로 공중제비를 더 돌았다. OKB는 무슨 수를 써서라도 훈련을 점심시간 전에 끝내려고 애썼다.

처음으로 같은 시간에 함께 일하는 자리에서, 렌과 OKB는 끈과 버클로 몸을 구속 장치에 묶은 채였다. 요기와 제2 조감독들은 두 스타를 돌보면서 촬영 당일에 대략 여유 시간이 얼마나 필요할지 가늠했다. 이네스는 커피, 간식, 영양 바와 과일을 부려 놓고 급한 심부름이 필요할 때를 대비해 근처에서 대기했다. OKB가 들어오자마자 파인애플, 셀러리, 달걀흰자, 케일을 넣은 스무디를 요구했으므로 이는 현명한 판단이었다. 이네스는 어찌어찌해서 요구를 들어준 뒤 자리에 남아서 그녀가 보기에는 공중 곡예처럼 보이는 광경을 구경했다. 빌 존슨은 촬영용 크레인에 안전하게 몸을 묶고 배우들 옆에 나란히 떠올라 아이폰으로 영상을 찍어 보며 카메라 구도를 잡았다. EPK[●] 스태프는 필요한 분량보다 더 많은 영상을 건졌다. 각각 호크아이와 다이나모에서 온 임원 두 사람이 LA에서부터 날아와 자신들의 존재를 알렸다. 이후 그들은 얼과 빌과 함께 십오 분이면 충분한 주제로 두 시간 동안 회의를 했다. 그들은 다이나모 회사 제트기를 타고 돌아갔고, 시간, 연료, 착륙료는 제작비에 간접비로 청구되었다.

렌과 OKB는 매달리고 휘둘리고 대롱거리고 뒤집히면서 독수리처럼 상승했다가 달 착륙선처럼 하강했다. 로케이션 촬영과 세트 촬영이 끝나 촬영본이 필름 캔/하드 드라이브에 들어가고 이 주간의 그린 스크린 스튜디오 촬영이 시작되면 두 스타가 본격적으로 공중에서 시간을 보내게 되리라는 점에는 의심의 여지가 없었다. 두 사람이 에어백 안전 매트에서 6미터 위로 들어 올려져 서로를 끌어안은 채 클로즈업하는 장면을 시험촬영 중일 때, OKB가 둘이서만 저녁 식사를 하자고 제안했다.

"시간이 될지 모르겠군요." 렌이 말했다. "운동을 해야 해서." 그 892 메시지를 받은 이후, 렌은 문이 활짝 열려 있지 않는 한은 절대로 이 동료 배우와 단둘이 한 방에 있지 않겠다고 결심했다. 그녀가 얼에게 OKB를 혼자 만나기 꺼려진다는 의사를 전하자, 맥티어는 천부당만부당한 일이라고 동의하면서 그런 만남이 잡히는 일이 없도록 했다.

"밥은 같이 먹어야지 않겠어요." OKB가 하네스에 걸린 채 말했다. "영화에서 얽히는 사이인데. 다른 배우들이 나타나기 전에 노력해 보자고요."

클라크 노인, 조사관 넷, 휠체어 신세인 이브의 팝팝 등을 연기하는 그 다른 배우들은 아직 론 뷰트에 오지 않았다. 제작비에서 거주 비용 및 일일 경비를 절약하기 위해서였다. 본 촬영 초반에 콜 시트에 올라 있는 배우는 나이트세

● 전자 보도자료(Electronic Press Kit)

이드, 파이어폴, 그리고 단역배우들뿐이었다.

"일정을 확인해 볼게요." 렌은 우물거렸다.

"그렇게 해요." OKB는 그녀를 따라 하듯 우물거렸다. 그러더니 크게 외쳤다. "이놈의 하네스 때문에 거시기 아파 죽겠네! 이제 키스 리허설해도 되죠?" 빌이 촬영용 크레인 위에서 "안 됩니다."라고 외치기 전까지 아무도 대답하지 않았다. 영화배우조합 규정에서는 배우들을 보호하기 위해 하네스에 묶이는 시간을 제한하고 있었다. 둘은 바닥으로 내려와 풀려났다.

"선수들끼리만 빵을 나누는 시간을 가지면 참 좋을 것 같은데." OKB가 내려오면서 말했다. "나랑 당신만 내밀한 독백을 나누는 거죠. 촬영 시작일 기념이라고 해도 좋고. 공식 행사 삼아서. 어때요, 레니."

"시무식은 해야겠죠." 절대로 '레니'는 아닌 렌은 닥의 도움을 받아 하네스 밖으로 나오면서 말했다. "이번 주에 다 같이 촬영 이 주 전 기념 만찬을 가질까 생각했거든요. 그렇게 하죠."

"다 같이?" OKB는 샐쭉한 어린애처럼 대꾸했다. "야호. 다 같이다."

* * *

만찬은 화요일 밤으로 정해졌다. 보안상의 이유로 행사는 렌의 거주지에서 열렸다.[•] 초청객은 렌의 팀원들이었다. 케니 셰프록. 착한 요리사들(the Good Cooks)이라는 이름으로 〈페리윙클〉 때부터 렌의 머리와 가발을 담당해 온 로니 굿(Good)과 골디 쿡(Cook). 남자 형제인 월리. 톰 윈더미어는 자기가 필요한 곳을 찾아 주변을 어슬렁거렸다. 요리를 맡은 로릴은 메뉴가 멕시코식 만

---

● 톰 윈더미어가 그래야만 한다고 고집을 부렸다. 만찬을 가령 레스토랑의 별실에서 갖는다면, 식당 직원이 소식을 소셜 미디어에 올렸을 것이다. 와, 내가 일하는 레스토랑에 영화배우들이 왔어! 셀카 찍어야지! 누가 그들을 나무랄 수 있겠는가?

찬으로 결정되자 이네스의 도움을 받았다. 이네스는 윈더미어라는 이름의 여자에게서는 절대로 나올 수 없는 요리들을 어머니의 주방에서 마련해 대접에 담아 왔다. 얼, 요기, 애런 블로, 빌 존슨, 샘, 그리고 OKB까지 합쳐서 총 열세 명에 동반자 두어 명도 참석했다.

톰이 부지 내로 진입하는 보안용 대문에서 손님들의 차량을 맞이했다. 그는 손님들의 휴대전화에 문자로 GPS 정보를 보냈다. 옮겨 심은 몬터레이 소나무들이 늘어선 자갈길을 타고 4백 미터를 가면 집이 나왔다. 지면에 가깝게 펼쳐진 그 건축적 걸작은 녹슬어 보이는 강철로 지었는데, 창문에는 유리와 유리 사이에 가스를 주입한 삼중 유리창을 달았고 태양열발전 패널 역할을 겸하는 건축자재를 사용했다. 온갖 설비를 갖추고 9천만 달러에 가까운 비용을 들였음에도 집은 소박하게 보였다. 활주로, 헛간, 마구간, 야구장, 피클볼 코트와 농어를 풀어놓은 인공 연못은 전부 바로 보이지 않는 곳에 있었다. 렌은 파티오 문을 열어 두고 햇불처럼 보이지만 실제로는 놀라우리만치 흡사하되 연기나 화재 위험이나 열기는 없는 특수 조명을 켰다.

렌이 마가리타를 만들었다. 칵테일을 원하는 사람은 바를 무제한으로 이용할 수 있었다. 케니는 훌륭한 와인 세 병을 가져왔다. 빌은 여섯 개들이 햄스 스페셜 라거를 가져왔다. 샘은 자기 취향에 맞춰 더티 보드카 마티니를 만들었다. 애런은 다이어트 진저에일을 마셨다. OKB가 지각했음에도(혹은 그 덕분에) 저녁은 순조롭게 시작되었다.

"이제야 오는 모양이군요." 에피타이저용 타키토와 네 종류의 살사 앤드 칩스를 먹으며 한 시간 반을 보낸 후, 요기가 그렇게 말하자 일행은 웃음을 터뜨렸다. 모두가 웃은 이유는 OKB의 새 아우디가 내는 굉음이 부드러운 밤공기를 꿰뚫고 울려 퍼졌기 때문이다. OKB는 허세와 어리석음을 과시하며 4백 미터짜리 진입로를 질주해 집 앞에서 급선회하면서 독일제 엔진을 드래그 레이스용 개조 차량처럼 울려 댔다. 바퀴가 돌면서 튄 자갈이 수평으로 우박처럼 쏟아져 다른 사람들이 타고 온, 영화사에서 렌트한 차량들을 때리고 페인트칠을 벗겨 냈다. 이네스의 트랜짓은 산탄처럼 날아온 조약돌에 얻어맞았다.

OKB는 한 여자를 대동했다. 미리 얘기하지 않고 동반자를 데려온 손님은 그가 유일했다.

"니콜레트입니다, 여러분!" OKB가 소리 높여 그녀를 소개했다. 니콜레트는 기진맥진한 열일곱 살짜리 파리 아가씨처럼 보였다. 파리에서는 유행일지 몰라도 론 뷰트에서는 괴상해 보이는 옷차림과 건강이 걱정될 정도로 바싹 마른 체형(그녀는 담배를 피웠다. 그것도 많이)으로 파리 사람이라는 걸 짐작할 수 있었다. 기진맥진한 것은 파리의 샤를 드골 공항에서 에어 프랑스 제트기를 타고 열두 시간을 날아 그날 저녁 샌프란시스코에 도착하자마자 마중 나온 OKB에게 이끌려 쏜살같이 파티에 온 탓인 듯했다. 바로 그 순간부터 그날 밤은 더없이 흥미진진하게 변했다.

다들 배가 고팠으며 요리의 질과 정통성에 기뻐했다. 이건 부리토와 레드소스가 나오는 식사가 아니었다. 몰카헤테 스타일 과카몰레, 게살 타키토, 약불에 오래 구운 돼지고기, 해산물 엔칠라다, 신선한 크림을 곁들인 만새기, 그리고 소파 데 비우다라는 음식이 나왔다. 빌은 그린 칠리가 있다는 사실에 신이 났고(렌이 미리 요청해 두었다), 다들 취향에 따라 술을 딱 적당하게 마셨다. 그리고, 솔직히 말해 그 자리가 잊지 못할 만찬이 된 것은 OKB가 완전히 SOB[1]로 변한 덕분이었다.

그날 밤 코카인이라도 했던 걸까? 만약 그랬더라도 니콜레트와 같이 하지는 않은 모양이었다. 그 불쌍한 아가씨는 졸음에 허덕였고, 영어로 대화에 참여하느라 유달리 더 피곤해했다. OKB는 모두에게 자신의 존재를 상기시키려는 듯 우렁찬 고음으로 말했다. 마치 어딘가에서 스피커폰으로 그의 말에 귀

---

1 개자식(son of bitch)의 약자

를 기울이는 사람이 있기라도 한 것 같았다. 그는 전혀 웃기지 않은 말을 해 놓고 아무런 이유도 없이 웃었다. 그는 나이프로 잔을 두드려 좌중의 이목을 끌어모으더니 힘주어 말했다. "한 마디만 하겠습니다! 한 마디만! BJ에게 묻고 싶은 게 있어요! 삐제이! 〈앨버트로스〉는 대체 어쩌다 그 꼴이 났는지 얘기 좀 해 줄래요?" 그러더니 그는 1966년에 TV 시리즈 〈배트맨〉에서 리들러 역을 맡았던 프랭크 고신처럼 킬킬거렸다.

빌 존슨은 질문에 대답할 필요가 없었다. OKB가 말할 틈을 주지 않았기 때문이다. 좌중에서 유일한 발언은 OKB의 머리와 입에서만 나올 예정이었다.

견본 삼아 그날 밤 OKB의 웅변을 그대로 옮기면 다음과 같다.

"이봐요들, 그 프로젝트 전체가 엉터리였다는 건 인정하자고요. 아무리 당신이라도요, 그렇죠, BJ? 어쩌자고 제목을 〈앨버트로스〉라고 지으셨나그래. 왜, 〈똥벼락〉은 누가 먼저 가져갔던가요? ……내가 〈돌주먹〉을 받았을 때 다들 두 권투 선수 중 하나를 연기하고 싶어 했지만, 나는 맥그로야말로 쳐낼 수 없는 역할이라는 걸 알았다고요. 맥그로가 없으면 버스에 운전기사가 없는 거였지. ……난 오토매틱은 안 써요, 아우디 같은 차에서는 말이죠! 기어를 패들로 넣는다니까! ……올해 책을 딱 한 권만 읽는다면, 그 언제냐, 1970년대에 나온 갈매기 나오는 책을 읽어 봐요. 삼십 분이면 다 읽는데 인생이 바뀔 거라니까. ……〈레이피어〉에서 투 숏을 찍는데 사흘을 붙들려 있었어. 시버럴 사흘이 걸렸다니까. BJ 당신도 나한테 그런 짓 할 거요? 뭔 시팔 오버 더 숄더 하나 찍는데 니미시팔 사흘을 잡아먹어? 막판에는 내가 걔들한테 그냥 렌즈 당기고 대역 세워서 찍으랬지. ……BJ, 니콜레트가 맡을 역할 하나 생각해 줘야 해요, 그렇잖아요? ……난 〈레이피어〉를 찍으면서 면도의 비밀을 발견했어요. 면도칼이랑 비누 거품으로는 턱도 없고, 종류가 다른 전기면도기 세 개를 가지고 서너 시간마다 돌아가면서 수염을 미는 거죠. 케니 십셰이프, 내 말 틀려요? 그게 뺨에 수염도 안 남고 피부도 부드럽게 유지하는 완벽한 비결 아녜요? 난 차에 노렐코 면도기를 챙겨 다녀요. ……BJ, 당신은 점심시간에 신발 갈아 신어요? 내가 들으니까 스콜세지는 그런다던데. 점심때 신발을 갈아 신는대요. 니콜레트는 파리에서 아주 난리예요. 〈르 글로브〉에서 모델도 했고, 뭐냐, 젤로 유명한 TV 시리즈에도 나왔는데 온 프랑스 사람들이 아주, 이 여자가 나오는 밤만 되면 하던 일을 멈추고 그냥, 사방에 나온다니까. ……여기에 비하면 내 숙소는 쓰레기네. ……비행기를 직접 몰아요? 진짜로? 내가 케냐에 있을 때 어떤 사람한테 비행 교습을 받을 뻔했는데…….”

그는 말하고 또 말하고 말말말하다가 느닷없이 니콜레트를 데리고 다시 주차된 모든 차량과 렌의 9천만 달러짜리 임대주택 앞에 자갈을 흩뿌리며 자리를 떠났다.●

얼과 빌은 다른 손님들이 떠난 뒤에도 렌의 집에 남았다. 이네스는 로럴 원더미어를 도와 주방을 정리했다. 월리도 거들었다. 늦은 시간이었지만 얼은 마가리타를 한 피처 더 만들었다. 남아 있는 사람들이 충분히 마실 만한 양이었다. 이네스가 집에서 가지고 왔고 이제는 빈 대접들을 트랜짓에 한가득 싣고 떠나자, 로럴은 모두에게 잘 자라고 인사했고 톰은 부지 둘레를 순찰하기 위해 어둠 속으로 녹아들었다. 월리는 잠자리에 들어도 될 만큼 피곤했지만 아직 잘 생각은 없었다. 어림도 없지! 그는 여자 형제의 영화계 사람들과 예의 바르게 담소를 나눈 이후로는 그날 밤 내내 조용히 있었지만, OKB와 노르망디에서 온 니코틴이 등장하고 말았다. 그 요란했던 디너쇼에 대한 뒤풀이가 있어야 마땅했다. 월리는 거기에 끼고 싶었다. 아니, 아예 진행자가 될 의향마저 있었다.

---

● 법적인 책임을 피하기 위한 안내. 니콜레트는 그 여자의 실명이 아니다. 문제의 여자는 사실 스무 살이었지만 그보다 훨씬 더 어려 보였다. 그녀의 악명은 여기에 제기된 주장과는 무관하지만, 유럽인이고 일종의 유명 인사라는 점은 맞다. 하지만 그녀가 극심하게 지쳐 있던 것이 반나절의 비행과 그에 따른 시차 적응 때문이었다는 사실은 확실하다.

"제가 영화계에 대해 아는 거라곤 렌의 민간인 일행 자격으로 목격한 것뿐입니다만." 윌리는 셰파드 페어리의 그림이 위로 올라가면 대형 LCD TV가 나타나는 메인 룸의 커다란 맞춤 제작 소파에 앉으며 말했다. "저 OKB란 인간은 누군가의 악몽이 될 것 같군요."

"우린 전에도 이런 거 본 적 있어요. 그렇죠, 보스 맨?" 얼은 국경의 남쪽에서 유래한 기쁨이 담긴 잔을 입술로 가져가며 말했다. 찰나의 순간, 그녀는 데이스, 친애하는 데이스가 거대한 소파의 반대쪽 끝에 앉아 즐거워하는 미소를 머금고 마가리타를 마시며 장갑 한 켤레를 뜨는 모습을 본 것만 같았다.

"그야." 빌은 말꼬리를 늘어뜨렸다. 그는 그날 밤에 일어난 일에 대해 본격적으로 이야기하기를 망설였다. 주연배우인 렌이 방에 있었다. 그녀는 만찬을 주최했고, 자신과 함께 제목 앞에 이름이 나올 공동 주연이 될 사내가 벌인 참극을 몽땅 견뎌 냈다. 맙소사, 일주일 뒤면 촬영 시작인데 빌이 지금 머릿속에 스치는 생각들을, 그러니까 OKB에 대해 품게 된 많은 근심을 조심스럽게 다루지 않고 무분별하게 털어놓았다가는 렌이 겁을 집어먹고 촬영 전 부담감으로 발작을 일으킬지도 모르는 일이었다. 하지만 그는 그녀를 살펴보고 그녀가 다시 손목에 찬 **평온**이 새겨진 가죽 팔찌를 확인한 다음, 소코로에서 그린 칠리로 점심을 함께한 이래 그녀에게서 보아 온 면모를 되새겼다. 렌은 좀처럼 불평하는 일 없이 이브에 관해 수많은 아이디어를 제시하는(우리가 이걸 꼭 **촬영하겠다고 하지는 않겠지만 내 주머니에는 담아 두지요**) 근면 성실한 배우였고, 빌은 그 점이 마음에 들었다. "여기서부터는 침묵의 깔때기에 들어가는 겁니다, 알았지요?"

"'침묵의 깔때기'가 뭐예요?" 렌이 물었다.

"지금부터 우리와 함께 이야기를 나누면 렌 당신도 공범이 된다는 거예요." 얼은 그렇게 말하며 남몰래 안도했다. 렌을 특정 화제에 끌어들인다면 자기 삶이 더 편해질 터였다. 이네스 말고도 울화통을 터뜨릴 상대가 생길 테니까.

"그렇단 말이죠." 렌은 질문이라기보다는 얼의 설명을 확인하는 투로 말했다. "여기서 OKB 이야기를 할 거라면, 시체를 처리할 방법에 대한 아이디어가 있어요. 내 말은, 우리가 그 인간을 죽여서 온데간데없이 사라지게 만들면 보험금을 탈 수 있지 않을까요?"

얼은 폭소했다. 그리고 빌을 쳐다보며 재빨리 렌을 고개로 가리켰다. "이 아가씨는 외모는 그 사람들처럼 생겼어도 생각은 우리처럼 하는데요."

빌은 동의했다. 일반적으로 출연자들은 제작 사무소에서 내리는 결정이나 그곳에서 나누는 이야기 같은 내부 사정은 모르는 편이 나았다. 하지만 렌 레인은 더 나은 대접을 받을 자격이 있었다. "그래요. 우리는 O. K. 베일리보다 더한 일도 겪어 봤지요."

"더하진 않았어요." 얼이 발언했다. "그냥 비슷하게 나빴죠. **볼드체 이름 1번**은 알고 보니 자기 트레일러에서 헤로인을 살짝 하고 있었는데, 우리는 그 남자를 데리고 **영화 제목**을 완성했죠. **볼드체 이름 2번**은 이혼 절차를 밟는 중이었고 조명 담당을 두들겨 팬 데다 나한테 집적대긴 했지만, 그래도 그 여자는 **다른 영화 제목** 촬영 현장에는 시간 맞춰 나왔어요."

"좋게 좋게 넘어가는 거지요." 빌이 말했다. "그런 인간들이라도 세트로 데려가고 의상을 입히고 대사를 순서대로 말하게만 하면 아무도 못 알아차리니까. 다 막후에서 일어나는 일이죠. 쇼는 계속되고요. **빌의 좋은 영화 중 하나**에는 **볼드체 이름 3번**이 출연했는데, 그 사람은 아침에는 괜찮다가 점심시간에 트레일러에서 조니 워커 블랙 라벨이라는 개인 비서와 한 시간 반을 보내고 나면 천사표랑은 작별이었지요. 오후 내내 시비를 걸어 대더군요. 비틀거리고, 발음도 새고."

"손으로 더듬거리고요. 가끔은 토하기도 했고. 고주망태 예술가의 표본이었죠." 얼은 그렇게 말하면서 자신이 믹서기에 넣은 테킬라가 자신 또한 고주망태로 만들고 있음을 자각했다.

렌이 경악했다! **"볼드체 이름 3번**이 술고래였어요?"

"그 비밀을 들추게 돼서 유감이군요." 빌이 말했다. "어떤 사람들은 너무 심하게 망가졌달까요? 우리 영화계에는 장차 12단계[1]를 밟을 사람들이 너무 많아요. 그러니까, 그전에 젖은 수건으로 주방 문을 막고 머리를 오븐에 집어넣지 않는다면 말이죠. 아니면 말이 새어 나가서 아무도 고용해 주지 않거나."

그 발언에 월리가 질문을 던졌다. "그럼, 여러분은 **볼드체 이름 1, 2, 3번**과 영화를 만들었으니까 그 사람들의 행동에 문제가 있다는 걸 아는군요. 하지만 공식 석상에서는 그 사람들에 대해서 불같은 열정이니 타협하지 않는 직업의식이니 하는 멋진 말만 늘어놓고요. 카메라가 돌아가기 시작하면 배역 그 자체로 변신한다든가."

"맙소사, 월리." 빌이 말했다. "그렇게 내가 했던 말을 그대로 인용하면 어떡합니까."

"다른 감독이 연락해서 **고주망태 이름 3번**과 작업하는 게 어땠느냐고 물으면 뭐라고 대답하죠?" 월리가 물었다. "감독조합의 윤리 강령에 따라 오로지 진실만을 말해야 하는 거 아닌가요? '당장 있는 힘껏 달아나라'라고 경고해 줘야 하는 거 아니에요?"

"진실을 말하기는 하지요." 빌이 말했다. "그러니까, 그래, **볼드체 이름들**과 작업하는 건 끔찍했다…… 하지만 고생할 가치가 있었다고요. 그 난리를 겪고도 다시 일할 의향이 있냐고요? 있어요."

"FUOKB[2]만큼 실력 있는 배우가 더 없지는 않을 텐데요." 월리가 말했다. "그냥 영화를 만들기 위해 열심히 일하고 싶어 하는 사람 말입니다."

"월리." 빌이 웃었다. "당신은 이 일로 먹고살지 않잖아요." 그는 3분의 1은

---

1 알코올중독자 치료를 위해 지원되는 회복의 12단계 프로그램
2 엿 같은(Fuck You) OKB

설명이고 3분의 2는 비난인 발언을 끝으로 여운을 남겼다.

"보스?" 얼이 물었다. "얘기할까요?" 그녀는 눈썹을 치키며 렌을 고개로 가리켰다.

렌은 빌 존슨의 눈이 수개월 전 뉴멕시코 소코로에서와 마찬가지로 자신을 바라보는 것을 느꼈다.

"옙." 빌이 말했다. "괜찮을 것 같네."

"알았어요." 얼은 소파 위에서 자세를 고쳐 앉아 렌 레인을 똑바로 쳐다보았다. "렌. 지금 당신은 두뇌 위원회에 합류할 건지 아니면 우리더러 냉큼 나가라고 할 건지 결정해야 해요. 이건 피의 맹세나 다름없거든요. 비밀은 반드시 지켜야 해요."

렌은 소리 내어 웃었다.

"웃을 일이 아니에요. 우리 모두를 보호하려면 앞으로 거짓말을 해야만 할 일이 생길 거예요. 거짓말쟁이가 되는 거라고요. 위선자 말이에요. 들을래요, 말래요?"

"비밀 악수법도 있나요?"

"악수는 없고. 비밀만 있지요." 앞서 빌은 두 캔째 햄스 스페셜 라거를 마시고 있었지만, 지금은 깨끗이 비운 뒤였다.

"털어놔 보세요!" 렌이 말했다.

윌리가 끼어들었다. "저도 이제 거짓말쟁이가 되는 겁니까?"

얼은 근사하게 생긴 쌍둥이 형제를 바라보았다. "윌리스. 당신은 셈에 안 들어가요. 기분 나빠하진 말고요."

"나쁘지 않습니다. 어차피 날마다 거짓말을 하면서 살고요." 그가 대답했다. "그나저나 여러분, 대체 누굽니까? 이 집에서 지금 뭘 하는 거죠? 이런 대화를 나누기나 했던가요? 그럴 리가요."

빌은 자신이 차지하고 있던 소파 자리에서 일어나 세 번째 햄스 캔을 가지러 가면서 말했다. "OKB가 단 하나뿐인 진정한 파이어폴인가? 그럴 리가요. 누군들 그럴까요? 아니지요. 파이어폴은 존재하지 않아요. 아직 시공간 연속체에서 자리를 점유하지 않았지요. 아직 영화에 나오지 않았어요. 파이어폴은 종이와 아이패드 화면 위의 글자예요. 의상안이자 캐릭터 스케치고요. 아직 카메라에 이미지가 담기지 않았다고요."

"금요일." 얼이 말했다. "카메라 테스트는 금요일이에요."

렌도 아는 사실이었다. 그녀와 르델라 러웨이는 이미 몇 주째 열정적으로 의상에 관한 대화를 나누고, 피팅을 하고 또 피팅을 하고 (굳이 말로 할 필요가 있을까?) 또다시 피팅을 하면서 이브 나이트가 입을 여섯 벌의 의상이 울트라하게 완벽해지도록 심혈을 기울였다. 금요일에는 그 완벽함이 명명백백해지도록 열네 가지 다른 착장을 시도할 예정이었다.

빌은 말을 이었다. "OKB는 둘째 아이 증후군을 앓는 겁니다. 그는 파이어폴에 필요한 보형물 작업을 맘에 안 들어 하지요. 어차피 다 가짜 CGI로 때울 건데 무슨 필요냐며 소품 담당에게 화염방사기 다루는 법을 배우려 들지 않고요. 닥 엘리스는 OKB에게 스턴트 훈련을 시키는 게 고역이라더군요. 계속 억지 미소를 짓고 있지 않으면 불만이 티가 날 텐데 그랬다간 OKB의 기분이 상할 테니까요. 영화의 주연배우는 절대로 기분이 상하면 안 되거든요. 르델라는 OKB가 의상을 피팅할 때면 기저귀가 축축한 아기처럼 토라진다고 하고요. 내가 빠뜨린 게 있을까, 얼?"

"고작 두 편뿐이면서 자기 출연작 두 편이 신기원이라도 연 것처럼 말하는 거요. 누가 들으면 〈돌주먹〉은 이미 크라이테리언 앱[1]에 올라가 있고 〈레이피스트〉는 007 시리즈를 전부 다 합친 것만큼 성공한 줄 알겠어요."

"〈레이피어〉." 빌이 정정했다.

---

1 미국의 고전, 예술 영화 전문 스트리밍 서비스

"내가 뭐라고 했는데요?"

"〈레이피스트〉."[1]

"큰 차이도 없네요."

빌은 햄스를 가볍게 한 모금 마셨다. 알코올이 필요해서가 아니라 얼음장처럼 차가운 기운으로 입천장을 적시기 위해서였다. "OKB가 파이어폴을 연기해서 영화계라는 창공에 뜬 수많은 별 가운데 가장 빛나는 별이 될 가능성은 있지요. 그렇게 된다면 오늘 밤 같은 그의 헛짓거리도 천재의 기벽으로 받아들여질 겁니다. 관객은 그가 달인처럼 칼을 휘두르고 나이트셰이드를 평생 허덕이게 했던 고독에서 렌 레인 당신을 구원했다는 이유로 그에게 자신들이 생각하는 온갖 남자다움과 로맨틱함과 이상적인 영웅상을 투영하겠지요. 그에게 스칼렛 핌퍼넬과 파이어폴은 말론 브란도에게 스탠리 코월스키와 테리 멀로이[2] 같은 존재가 될 겁니다."

빌이 잠시 멈췄다 말을 이었다. "아니면 그냥 또 하나의 흔해 빠진 배우가 될 수도 있고요. 더럽게 잘생겼지만 강아지 훈련이 필요한 배우 말입니다. 난 최악의 사례에 속하는 재능들을 상대해 봤거든요."

"재능?" 렌이 말문을 열었다. "우릴 그렇게 부르는 거예요? 배우들은 그냥 재능이라고? 핵폐기물처럼? 가축이나? 병원균, 뭐 그런 거?"

"빠져나갈 기회는 이미 줬잖아요, 자기." 얼이 말했다. "내실에서 우리끼리는 이런 식으로 말한다고요."

"레인 씨." 빌은 〈데일리 플래닛〉의 클라크 켄트가 로이스를 대하듯 불렀다. 그러면서 그는 그녀가 찬 가죽 팔찌를 가리켰다. "평온. 그건 파운틴 애비뉴에서 보기 드문 자질이지요. 하지만 당신은 그걸 가지고 있습니다. 우리는

1 '강간범'을 뜻하는 영어 단어
2 각각 브란도의 대표작 〈욕망이라는 이름의 전차〉와 〈워터프론트〉의 주인공

당신이 제작팀에 잔물결 하나 일으키지 않고 이브 나이트에 영혼과 힘줄을 쏟는 걸 봤어요. 우리가 열한 주 전에 만난 이래, 나는 당신에게서 우리 모두의 운명이 걸린 이 영화에 등장하는 한 캐릭터의 비전과 존재와 현현을 찾기 위해 본능적인 추진력과 불굴의 호기심을 발휘하는 예술가를 봤습니다. 이제 나는, 우리 모두는, 우리가 얼마나 운이 좋은지 압니다. 렌 레인은 곧 이브 나이트입니다. 당신이 없다면 우리가 이러고 있는 의미가 있겠습니까? 당신은 우리의 가장 존재론적인 질문을 해결해 줬어요. 왜 우리 모두가 여기 있느냐는 질문 말입니다. 렌 당신은 우리가 감히 바랄 엄두도 내지 못한 기적이에요."

웬디 랭크는 눈물이 차오르는 것을 느끼며 얼굴을 붉혔다. 그녀에게 이런 식으로 말해 주었던 사람이, 이런 성취감과 자연스러운 자긍심을 느끼게 해 주었던 사람이 또 있었던가? 월리를 제외하면 말이다. 그리고 톰 원더미어도. 케니 셰프록까지. 그녀는 얼 맥티어가 확신이 가득한 눈으로 자신을 바라보며 고개를 끄덕여 보스의 말에 동의하는 것을 보았다.

빌이 말을 이었다. "OKB는 우리가 예상했던 문제입니다. 그 친구와 비슷한 부류는 수없이 많지요. 새로 나타난 대형 스타, 허세에서 비롯한 자신감을 품고 지금 막 맺힌 금단의 열매랄까. 우리가 그를 제어할 수 있을 거라고 가정하는 수밖에요. 조종하고, 아첨하고, 꼬드기고, 돌보고, 어르고, 카메라 앞에 나서게 준비시키고, 제때 촬영장에 데려올 수 있을 거라고 말입니다. 그 친구, 나랑 얘기를 나눌 때부터 적신호는 보이더군요. 촌뜨기 사투리를 쓰고 싶어 하지 뭡니까. 헬멧을 착용하고 나온다는 점은 탐탁잖아했고. 말도 안 되는 이유를 대면서 파이어폴이 '이게 답이다'라는 대사를 말하면 좋겠다고도 하더군요. 그런 것들 정도는 포기하게 만들 자신이 있어요. 그 친구, 좋은 아이디어는 많지 않아도 내가 기댈 만한 유연성은 발휘할 줄 아는 사람이니까요. 그러니 렌, 이런 거래를 하면 어떻겠습니까……."

방 안의 모두가 기다렸다. 월리는 고개를 갸우뚱했다. 렌은 잠시 숨을 멈추었다. 얼은 아무 말도 하지 않고 다음에 이어질 보스의 말을 기다렸다.

"당신이 그를 존중해야 한다고 말하지는 않겠습니다." 빌 존슨이 말했다. "하지만 과정은 존중해 줘야 해요. 당신은 프로가 되는 거죠. OKB가 당신의 작업을 망치거나 당신의 창조적인 길을 가로막게 내버려두지 말아요." 그가 얼을 고개로 가리켰다. "그 친구는 우리에게 맡겨요. 당신이 수행하는 감정적인 작업에서 상대 배우는 호크아이의 회계사들만큼이나 무관한 존재로 치부해요. 그렇게 해 준다면 당신은 또 한 편의 걸작 영화를 만드는 데에 협력해 준 대가로⋯⋯." 빌은 손가락 두 개를 입술에 가져가 퉤퉤퉤 침 뱉는 소리를 냈다. 얼도 위대한 일에 액운이 끼는 것을 막기 위해 똑같이 했다.● "내 창작 파트너가 될 겁니다."

얼이 눈썹을 치켜세웠다. **파트너라 이거지?** 그녀가 아는 한 빌이 그 표현을 사용한 다른 배우는 둘 뿐이었다. 한 명은 당연히 한참 전에 함께했던 마리아 크로스고, 다른 한 명은 〈황무지〉에서 내레이터를 맡았던 고(故) 폴 카이트였다. 촬영을 진행하는 동안, 그리고 후반 작업 단계에서 셀 수 없이 녹음을 하는 동안 폴의 역할은 점점 늘어났다. 빌은 폴을 편집실로 초대해서 영화의 리듬과 강도를 찾는 과정에 도움을 받고, 영화를 인도하는 내레이션의 집필에도 도움을 받았다. 마침내 작업 결과물에 만족한 빌이 다 끝났다고 생각했는데 한 번 더 영화를 보고 나서 폴 카이트가 "왜 일이 다 끝났다고 생각하지? 우린 더 잘할 수 있지 않나?"라고 말한 적도 있었다. 그리고 지금? 오늘 밤? 렌 레인은 그것과 똑같은 심원한 공기를 들이마시기 직전이었다.

빌은 계속했다. "당신과 나는 모든 변경 사항과 추가 내용을 함께 논의할 겁니다. 이브뿐만 아니라 모든 캐릭터에 대해서요. 그 주에 촬영한 분량의 가

---

● 요기가 두 사람에게 가르쳐 준 것이다. 요기는 그리스인이었고 그런 일에서는 미신에 의존했다. 침을 세 번 뱉는 행위는 마를 쫓고 위대한 예언에서 부담감을 덜어 낼 수 있었다.

편집본을 나, 헥터, 매릴린과 함께 봐도 돼요.”(헥터와 매릴린은 각각 추와 케이크브레드라는 별명으로 불렸는데, 과거 TV쇼 〈리치 호로위츠: 정신 왜곡자〉에서 편집 조수의 조수로 일하던 시절에 돈도 받지 않고 평판 편집기로 〈타이피스트〉를 편집해 주었다. 오래전 일이었지만, 헥터와 매릴린의 편집은 버터를 가르듯 유려했다.)“영상 편집을 확정할 때까지 촬영본을 당신에게 전면 공개하지요. 내게 하고 싶은 말이 있으면 뭐든 해도 되고, 어떤 의견을 내세워도 괜찮아요. 저 아가씨처럼요.”그는 얼을 가리켰다. “나이트셰이드를 파트너로 삼지 않고서야 〈나이트셰이드 대 꼴통〉이라는 영화를 만들 수 있을 리 없지요. 거래하겠습니까?”

렌의 눈은 빌에게서 떨어지지 않았다. 사실, 그녀는 그가 말하는 내내 전혀 움직이지 않았다. 심지어 잔도 내려놓지 않았고 잔에 담긴 차디찬 음료 때문에 자기 손이 얼마나 차가워졌는지 깨닫지도 못했다. 몸은 꼼짝도 하지 않았지만 심장은 달음질쳤다. 귓속에서 피가 내달리는 소리가 들렸다. 렌은 지금 막 자신의 인생이 바뀌었다는 것을 깨달았다.

“해요.”

“좋아요.”빌이 기뻐하며 말했다. “이제 앞으로 어떻게 해야 할지 이야기할 수 있겠군요.”

\* \* \*

많은 사람이 한자리에 모이면 눈살을 찌푸리는 코로나 방역 수칙 때문에 전체 리딩은 없었다. 그날 하루를 위해 모든 배우를 모으는 것은 비용 면에서도 엄두가 나지 않는 일이었다. 빌은 렌과 OKB에게 그렇게 해 왔듯 촬영할 장면이 다가오면 재능들을 따로 만나 리허설할 예정이었다. OKB는 남부 방언을 쓰겠다는 결심을 버리고 요즘은 브루클린의 조폭처럼 갸들이, 야들이, 쟈들이,

하면서 씹어뱉듯이 말했다. 이윽고 카메라 테스트를 하는 금요일이 찾아왔다.

렌은 톰이 운전하는 차를 타고 도착해서 오전 6시 36분에 공작실●의 자기 자리에 앉았다. OKB의 픽업 시간은 그보다 뒤인 정각 8시였다. 온갖 흉터와 화상 입은 피부 등 OKB의 보형물을 부착하는 데에는 몇 시간이 걸리므로, 오후 1시까지 준비를 마치고 렌이 마지막 의상으로 카메라 테스트를 마무리할 때 옆에 함께 세운다는 계획이었다. 그러면 두 사람은 처음으로 나이트셰이드와 파이어폴이 되는 것이다. 계획대로라면 그날 작업은 1시 30분에는 끝날 예정이었다. 점심을 먹고 마무리하면 그날 일정은 끝이었다.

현지 채용인인 앨런 '에이스' 아세비도는 배우 계약서에 명시된 대로 레인지로버를 몰고 오전 7시 45분에 프랜젤 메도스에 있는 OKB의 숙소 밖에 도착했다. 지난해에 영화 현장의 운전사에서 은퇴한 에이스에게 7시 45분은 아침 픽업 시간으로는 늦은 편이라 식은 죽 먹기였다. 그와 아내는 유바시 북동쪽에 아름다운 3만 2천 제곱미터짜리 땅을 가지고 있었다. 그곳에서 아내는 미니어처 말을 길렀고 에이스는 베 짜기에 맛을 들여 자기 옷을 직접 짰다. 실제로 베틀도 직접 만들어서 물레 앞의 간디처럼 그 일을 취미로 삼았다. 하지만 한 번 운전사는 영원한 운전사인 법이라, 영화사에서 현지 채용인을 구하자 에이스는 당연하다는 듯이 일을 맡았다. 급료가 좋았기 때문이다. 한 주 전, OKB의 승인을 받기 위해 처음 만난 자리에서 파이어폴은 에이스에게 어떤 상황에서도 픽업하러 와서 초인종을 눌러서는 안 된다고 했다. 절대로.

"OKB는 OKB가 준비됐을 때 나오는 걸로 알아 둬요."

"선장님 말씀을 따라야지." 에이스가 말했다. 하지만 금요일 아침 현재, 8시, 다시 8시 15분, 다시 8시 25분이 되도록 배우는 코빼기도 보이지 않았다. 에이스는 요기의 조감독 중 하나에게 문자를 보냈다. [에이스: 대기 중.] 8시 45분

---

● 헤어/분장 트레일러. 시간은 베이스캠프 조감독이 제작 보고서에 기재했다.

에 그는 다시 문자를 보냈다. [에이스: OKB 노쇼.] 그러자 즉시 요기에게 소식이 전해졌고, 요기는 오전 6시부터 제작부 트레일러에 있던 얼에게 소식을 전달했다. 얼은 영화사에서 배우에게 지급한 아이폰으로 전화를 걸고 메시지를 남겼다. "안녕하세요, B 배우님, 혹시 오늘 아침 우리 쪽에서 해 드릴 일이 있을까 싶어서요. 이래저래 중요한 날이니까요. 베이스캠프에는 당신이 필요해요! 연락 주세요."

연락은 없었다. 9시 17분에 얼의 문자 알림이 지저귀었다. [꼴통레이피어: !#@^%^%**&!.] 얼은 특수문자로 가득한 그 횡설수설이 아마도 OKB가 OTW(오는 중)[1]이며 에이스가 로미오 호텔(미친 듯이 밟는 중)이라는 뜻이리라 추측했다. 하지만 그는 10시 4분이 되어서야 베이스캠프에 도착했다. 에이스가 그를 대신해 커다랗고 속이 가득 들어찬 더플백을 옮겼는데, 옆에 〈돌주먹〉 로고가 있는 것으로 보아 그 영화의 스태프들에게 돌렸던 선물인 듯했다.

앞서 오전 8시 8분에 이네스는 OKB의 트레일러 주방 카운터에 파인애플, 셀러리, 달걀흰자, 케일로 갓 만든 스무디를 놓아두었다. 얼이 요기에게 콜 시트 2번이 그냥 늦는 것도 아니고 엄청나게 늦을 거라고 말하는 것을 들은 그녀는 배식팀에 들러 OKB 스페셜을 하나 더 만들어서 몇 시간 묵은 스무디를 새 것으로 바꾸었다. 하지만 배우가 일하러 나타났을 무렵에는 그 영양 셰이크마저 오래된 뒤였다. OKB는 손도 대지 않았다. 그는 이네스를 불러 달라고 했고, 그녀는 파이어폴이 다른 사람이 아닌 오직 그녀를 찾는다는 소식을 듣자마자 호출에 응했다. OKB는 바나나 팬케이크를 가져다줄 수 없겠느냐면서, 뱃속에 아침을 쑤셔 넣기 전에는 '의자에 앉지' 않겠다고 했다. 운 좋게도 노련한 배식팀원들은 번철을 데우고 물만 넣어 팬케이크 믹스를 만들어 내어 높다랗게 쌓은 팬케이크 꼭대기에 얇게 썬 바나나를 웃는 얼굴처럼 얹어 주었다.

---

1 '오는 중'이라는 뜻의 영어 표현 'on the way'의 약자

"난 바나나 팬케이크를 부탁했는데." 이네스가 뚜껑을 덮은 접시와 시럽 병을 가지고 오자 OKB가 말했다. "바나나를 얹은 팬케이크가 아니라." 그때가 오전 11시 2분이었다. 카메라 앞에서 렌은 이미 열 번째 의상을 소화하는 중이었지만 OKB는 아직 공작실에 가지도 않았다.

그날 전체가 이런 식으로 계속됐다. 아니, 더 나빴다.

OKB는 붓에 타르가 듬뿍 묻기라도 한 것처럼 얼굴에 접착제를 바르려 들지 않았다. 목에 달라붙는 차갑고 끈적거리는 느낌이 싫다면서. 파이어폴로 분장하려면 접착제로 라텍스 보형물을 붙여야 했다. OKB가 데인 두피를 표현하는 헐벗은 정수리 부분이 너무 조인다고 했기 때문에, 해당 부분을 떼어 냈다가 다시 붙였고, 그러고도 여전히 너무 조여서 다시 떼어 냈다가 다시 붙여야 했다.● 공작실에서 그는 끊임없이 휴대전화 위로 몸을 수그린 채 문자와 이메일을 보내고 페이스북과 바이오 게시물을 읽었고, 그러는 동안 세 사람이 팀을 이루어 그의 주위를 돌아다니며 목과 어깨와 턱과 정수리 위에 섬세한 보형물을 부착했다. 그들은 끊임없이 OKB에게 턱을 들어 달라, 위를 봐 달라, 아주 잠깐만 몸을 앞으로 숙이지 말아 달라 부탁하면서 접착제를 바르고 특별히 본을 뜬 보형물을 매만졌다. 그는 불평하기는 했지만 부탁을 들어주었다.

정오가 다 되었을 무렵, 렌은 마지막 의상을 착용하고 있었다. 케니와 착한 요리사들이 확정한 다양한 의상이 하나하나 카메라에 담긴 뒤였다. 빌은 그녀에게 여러 가지 동작을 지시하면서 모든 각도에서 점검했다. 표시한 위치까지 걸어갔다가, 왼쪽과 오른쪽 측면을 차례로 보여 주고, 한 바퀴 돌고, 제자리

● OKB가 파이어폴로 변신하는 과정을 겪은 것은 금요일 카메라 테스트 때가 처음이 아니었다. 그 복잡한 과정을 준비하기 위해서 이미 세 번의 세션이 있었다. OKB는 첫 번째 세션에는 일찍 나타났지만 분장팀이 아직 그를 맡을 준비가 되지 않았기 때문에 어슬렁거리다 한 시간 뒤에 다시 왔다. 다른 두 번의 세션에서는 몇 시간씩 늦게 왔다. 그는 이미 지저분하고 답답하고 질척거리는 반죽으로 어깨를 덮고 머리를 감싼 채 코에 꽂은 빨대로 숨을 쉬어야 하는 두상 본뜨기 작업을 다시 하기 싫다며 거부한 바 있었다. 이미 〈레이피어〉 때 그런 본을 떴으므로 거기서 뜬 본을 파리에서 가지고 오자고 고집도 부렸다. 그는 탄 머리카락이 달린 가발도 싫어했다. 어차피 군용 헬멧을 쓸 건데 캡이랑 가발은 뭐 하러 써?

302

로 돌아오고. 이 테스트의 목적은 의상을 갖추었을 때 어떻게 보이는지 확인하려는 것뿐이었으므로 다들 이야기를 나누고 소감을 내놓고 농담을 나누었다. 렌즈와 조명을 조정한 뒤 그녀는 다시 한번 같은 동작을 반복했다. 한 번 더 렌즈를 교체하고 달리 움직임을 추가해서 무술 안무 일부를 시연한 이후 그들은 제2 카메라로 자연광 테스트를 하러 실외로 나갔다.

원래 일정대로라면 이 시점에서 OKB는 의상을 갖추고 분장을 마치고 카메라 앞에 나설 준비가 된 상태여야 했지만, 요기는 촬영장에 있는 사람들에게 실제로는 그렇지 않다는 소식을 전했다. 그의 제3 조감독이 OKB가 대략 언제쯤 준비될지 확인하기 위해 헤어 / 분장 트레일러로 들어갔다. OKB는 스피커를 켠 채 틱톡 비디오를 재생하는 휴대전화에서 고개를 들지도 않고 말했다. "팔 분 뒤 준비 완료!" 농담이라고 한 소리였다. 보형물을 맡은 팀의 팀장은 OKB의 머리에 붙인 아직 색이 칠해지지 않은 부착물을 가리키면서 최소한 한 시간 반은 더 걸린다고 말했다.

"그런 상황이랍니다." 요기는 빌과 얼과 샘과 스태프들에게 말했다. 렌과 OKB를 투 숏으로 함께 카메라에 담으려면 오랫동안 기다려야 할 텐데 굳이 그럴 필요가 있을까? 두 캐릭터를 디지털 합성하는 것으로 충분할 터였다.

"다들 점심 먹으라고 해요." 얼이 말했다. "OKB는 공작실에 남고. 그 사람은 의상 하나만 찍으면 되니까 4시에는 끝날 거예요."

"그럼 전 가도 되나요?" 렌이 물었다. 운동 일정도 있었고 오전 5시 30분부터 일어나 있던 데다, 다음 날 아침에도 같은 시간에 일어나서 시러스 150을 몰고 싶었다. 렌에게는 하늘에서 보내는 시간이 필요했고, 그 주 주말이 마지막 기회가 될 터였다.

"바이바이." 빌이 그녀에게 말했다.

OKB는 스태프들이 식사하러 해산했다는 소식을 듣고 의자에서 벌떡 일어났다. "다들 한 시간 점심 먹고 옵시다!" 분장이 완성되려면 한참 남은 상태였고 제3 조감독은 스태프들이 돌아올 때까지 준비를 마치려면 공작실에 남아 있어야 한다고 말했지만, 그는 자기 트레일러로 돌아가 버렸다. "사람이 먹고는 살아야지. 사랑스러운 이네스를 불러 줘."

이네스는 마침 얼과 요기와 함께 배식 텐트에 있었다. 최소한의 인원이 그날 일하는 스물두 사람을 위해 점심 식사를 준비하고 있었다. 요기의 이어폰이 꽥꽥거리며 이네스를 찾자, 그는 그녀를 OKB에게 보냈다.

"공작실에서 나갔답니다. 점심 먹으러." 요기가 얼에게 말했다.

"물론 그러셨겠지." 얼이 말했다.

이네스가 문을 두드렸을 때 OKB는 자기 트레일러에서 스포츠 생중계 혹은 새 포르노를 찾아 TV의 위성 채널을 돌려 대고 있었다.

"여, 콘수엘로." 그는 이네스 곤살레스크루스에게 말했다. "이 론리 뷰트에 풀드포크 샌드위치 잘 하는 집이 있을까?"

"배식팀에서 샌드위치를 가져다드릴 수는 있는데요." 이네스가 말했다.

"풀드포크야? 맛있는 바비큐?"

"그렇지는 않겠지만…….

"바비큐가 당기는걸. 질펀하고 육즙이 풍부하고 싸한 소스가 뚝뚝 떨어지는 돼지고기로. 하는 데가 있겠지, 안 그래?"

"한번 찾아볼게요."

"그렇게 해. 콩이랑 콜슬로도." 바로 그때, 어느 성인 채널에서 방영하는 성인영화가 TV 스크린을 가득 채웠다. "와우, 저 여편네 젖통 좀 보라지!"

* * *

의상 디자이너로서 르델라 러웨이는 문자 그대로 배우들의 가장 적나라한 모습을 대해 왔다. 그녀는 심각한 신체 콤플렉스로 자기혐오에 시달리는 인간들과(빼어난 미와 건강의 본보기일 때조차 그랬다), 어떻게 하면 자신이 가장 근사해 보이는지 아는 독재자형 프로들과(하지만 한참 잘못 알고 있는 경우가 어찌나 흔한지), 고용주의 똥구멍에 머리를 파묻고 사는 아첨꾼들을 대여섯씩 거느린 탓에 의상 피팅을 몇 시간씩 이어지는 권력 행사 경연 대회로 만드는 스타들과, 자꾸만 다양한 시도를 하고 하고 또 하고 싶어 하는 스타들과, 십 분 만에 모든 과정을 끝내고 싶어 하는 스타들에게 옷을 입혀 왔다. 어린 양처럼 옷을 입고 싶어 하는 다 늙은 양 같은 스타들도. 입은 옷을 가지고 싶어 하는 스타들까지. OKB는 그 모든 문제아를 다 합친 듯한 존재였고, 르델라는 그를 혐오했다.

사전 제작 기간 몇 주 동안 OKB는 르델라를 몇 시간씩 기다리게 했다. 이유인즉 그의 말을 옮기자면, 내가 입어 볼 의상은 하나밖에 없지 않아요? 그는 피팅을 취소하고는 그녀가 프랜젤 메도스에 있는 자기 숙소로 와야 한다고 고집을 피웠으며, 자기가 그렇게 말했다는 걸 잊어버렸다. 그래 놓고는 앉아서 '본능에 귀를 기울이는 것이 최선이라는 것을 비롯해 배우로서 영화에 출연하면서 깨달은 최고의 교훈들'에 관해 이야기하기만 했다. 그는 르델라가 지난 다섯 달 동안 작업한 의상안에 대해서는 아무 말도 하지 않았고, 맨땅에서 시작해 '마음의 눈으로 본 대안'이라면서 자기가 그간 머릿속으로 만지작거렸던 파이어폴 의상을 자꾸만 들먹였다. 각본에서 파이어폴은 전투의 상흔이 남은 제2차세계대전 해병 군복을 입고 태평양에서 여전히 상상 속의 전쟁을 치르고 있었지만 OKB는, 음, '그런 단조로운 아이디어가 어째 좀 싫다'고 했다. 특히 헬멧이.

"죽은 군바리밖에 더 되나." OKB는 거듭 말했다. "BJ가 거기서 출발했다는 건 이해해요. 하지만 그러면 내가 연기할 거리가 있나? 수수께끼를 더해 보자고요!"

그 금요일 오후, OKB는 오후 3시 56분에야 파이어폴 차림으로 카메라 테스트를 받으러 렌즈 앞에 나타났다. 그랬다, 해병 복장을 하고 가짜 화상 자국과 흉터를 달고 있었다. 어깨에는 모조 화염방사기를 걸쳤다. 헬멧은 명랑하게 머리 뒤로 젖혀 썼다. 그는 좀처럼 움직임을 멈추지 않았다. 다리를 몹시도 흔들어 댔고 소프트 탭댄스를 추는 시늉도 했다. 딱 한 순간만 그는 감독/각본가이자 이 모든 일의 보스인 빌 존슨의 요청에 따랐다. OKB가 헬멧 가장자리를 눈 바로 위까지 내리고 부동자세로 섰다. 왼쪽, 오른쪽, 카메라 정면을 차례로 보았고, 그런 다음 다시 헬멧을 명랑하게 기울이더니 흐느적흐느적 장난스러운 걸음걸이로 앞뒤로 걸어 다녔다. 뒤로 돌아, 앞으로 가, 다시 뒤로 돌아. 구령도 외치면서. "뒤로…… 돌앗!" 그는 자연광 테스트를 하러 밖으로 나가고 싶지는 않다고 했다. 빛이 거기서 거기지, 굳이?

거기까지 하고 나서 그는 한 가지 요청을 했다. 자신만의 아이디어가 있다고 했다. LA와 베이 지역을 돌아다니면서 니콜레트의 도움을 받아 쇼핑을 좀 했다. 그리고 자신이 선택한 의상들을 테스트하고 싶다고 했다. 그날 당장. 르델라는 그중 몇 가지밖에 못 봤다면서. 그가 르델라에게 밴대나 몇 개만 달라고 부탁했다. 이후 두 시간 동안 그는 자신의 트레일러와 촬영장을 오가면서 선물 받은 커다란 더플백을 뒤지고 다양한 바지와 스웨터와 후디와 반바지와 부츠와 샌들과, 그렇지, 밴대나를 걸치면서 그가 생각하기에 다부지고 남자답고 신비롭고 특별한 일련의 스타일을 선보였다. 죽은 군바리는 집어치운, 그만의 파이어폴에 어울리는 본능적인 선택들이었다. 그는 모자는 단 한 번도 쓰지 않았다. 다양한 의상 속에서 그는 경찰, 벌목꾼, 히치하이커, 용접공, 우주 비행사, 그리고 근육이 잘 발달한 서퍼●처럼 보였다. 조금만 상상력을 발휘해 BJ의 각본을 고치면 우주적인 운명의 장난으로 우연히 화염방사기를 손에 넣었다고 처리할 수 있지 않겠느냐면서. "아서 왕과 그의 칼처럼 말이에

---

● "우라질 빌리지 피플도 아니고." 얼이 말했다.

요!"OKB는 왜 그 얼빠진 백팩과 호스를 써야 하느냐고 의문을 제기했다. 그 냥, 이를테면 불의 지팡이라든가 좀 특별히 디자인한 손목까지 덮는 건틀릿 같은 거면 안 되나? OKB는 몇 가지 가능성을 직접, 아니, 그림을 잘 못 그리 니까 니콜레트가 대신 그려 두었다. 그는 아이디어맨이었고, 다들 맨땅에서 시작한다고 했잖은가?

빌은 선사(禪師)처럼 인내심을 발휘해 배우가 모든 옷을 테스트하고 OKB가 상상한 버전의 파이어폴을 촬영하게 내버려두었다. 더플백에 담아 온 의상이 바닥나자, 빌은 배우에게 그중 어느 것에도 마음이 가지는 않았지만 테스트 촬영본을 열린 마음으로 보겠으며, 그런 다음 이야기하자고 말했다.

"고마워요, BJ."OKB는 에이스가 운전하는 레인지 로버의 뒷좌석에 오르기 위해 자신의 트레일러를 나서며 말했다. "군바리 스타일은 이미 써먹을 대로 써먹었다는 생각을 떨칠 수가 없단 말이죠."

그날 밤 빌 존슨과 얼과 부서장들은 아몬드 재배업자 협회 건물에 꾸며 놓 은 디지털 시사실에서 테스트 촬영본을 확인했다. 이네스는 치코의 골든 하베 스트에서 공수한 중국 음식을 뷔페식으로 차려 놓았는데, 치코에서 가져온 중 국 음식이라기에는 맛이 훌륭했다. 금요일 밤 맥주/와인/마티니를 곁들이며 나눈 렌의 여러 스타일에 관한 대화는 몹시 긍정적이었다. 훌륭하고 다채로운 선택지가 어찌나 많이 나왔던지, 빌은 케니와 착한 요리사들을 위해 건배를 제의하면서 르델라가 최종 의상을 결정하는 대로 따르겠다고 했다.

"렌은 뭘 입어도 멋져 보여요."르델라도 반론을 제기하지 않았다.

이어서 빌은 OKB의 테스트 촬영본을 상영했다. 그는 너저분하고 화상 입 은 전형적인 1944년 미합중국 해병대 화염방사병의 망령처럼 보이는 OKB의 이미지를 정지시켜 모두에게 보여 주었다. 헬멧을 눈 위로 눌러쓴 파이어폴의 미동 없는 몸뚱어리가 스크린을 장악하자 그 가공할 생명체는 지워지지 않는 이미지를 남겼다. 존 웨인과 리 마빈과 찰턴 헤스턴을 섞은 듯했다.• 그 정지

한 화면 속에서, O. K. 베일리는 일개 필멸자에서 영화계의 아이콘으로 거듭 났다.

"저거야!" 빌이 외쳤다. "맙소사! 저게 파이어폴이고 저게 OKB가 캐스팅된 이유라고!" 그는 OKB가 선정한 정신 나간 의상들을 담은 나머지 촬영분을 3배속으로 흘려 넘기고 "내가 어느 의상에 찬성하는지 맞춰 봐요."라고 말하 며 새 햄스 캔을 땄다.

다음 날인 토요일 오전 중반, 빌은 영화사에서 OKB에게 지급한 아이폰으로 전화를 걸었다. OKB는 자신의 새끈한 아우디를 몰고 어디론가 가는 길에 스 피커폰으로 전화를 받았다.

"얘기해요, 삐제이." 배우가 말했다. "혹시 전화 끊기면 다시 연락하고. 니 키를 데리고 금문교 가는 길이거든요. 르 퐁 도르 말이에요."

"테스트 촬영본이 좋더군요." 빌 존슨이 말했다. 삐제이라는 호칭은 무시했다.

"더 말해 봐요."

"당신은 넋을 잃을 정도로 훌륭했어요."

"어느 의상이?" OKB는 알고 싶어 했다.

"첫 번째요. 처음 입었던 거. 그게 파이어폴입니다."

잠시 침묵이 흘렀다. OKB가 아우디의 기어를 더 고속으로 넣는 소리가 들 리지만 않았어도 빌은 전화가 끊겼다고 생각했을 것이다. "지아이조 의상 말 이에요?"

"파이어폴 의상이지요." 빌은 핸즈프리 운전자와 통화를 할 때 요구되는 높 은 목소리로 말했다. "당신은 당신만이 할 수 있는 방식으로 스크린을 장악해 요. 당신을 한번 보는 것만으로 관객은 겁에 질리고 매혹을 느끼고 궁금해할 겁니다……. 누구지? 이 남자, 대체 누구야?"

---

● 웨인, 마빈, 헤스턴은 스트리밍이 출연하기 이전 시대에 우상과도 같았던 영화 스타였다.

"나 원." 프랑스어로 뭐라고 속삭이는 소리를 빌은 알아들을 수 없었다. "누군지 내가 말해 줄게요." OKB가 말했다. "그 녀석은…… 음, 그걸 뭐라고 하죠? 아, 그렇지. 군바리예요."

"해병이지요. 바로 그가 이 영화를 만드는 이유고, 아주 끝내주는 인물이에요."

"다른 갈아입은 것들, 다른 의상들은요? 그것들도 끝내주는데. 르델라가 만든 게 아닌 줄은 나도 알지만, 알잖아요."

"혼란스럽더군요. 파이어폴은 용접공이 아닙니다. 서퍼도 아니고. 샌들은 싸울 때 거치적거리겠죠."

"그럼 샌들은 빼요. 됐어요? 내가 선택지를 준 거잖아요. 내가 처음 갈아입었던 거, 누더기 청바지에 브이넥 티셔츠에, 그래, 그 중요하다는 화염방사기를 든 모습은요?" 빌이 낙엽 청소기를 든 자동차 정비공의 애버크롬비 & 피치 버전 같다고 생각했던 모습이다. "그 친구가 어디서 나온 줄 알아요? 내 두 팔은 조각 같단 말이죠. 나 운동해요. 몸이 탄탄하다고. 그런데 그걸 고머 파일의 따분한 올리브색 군복에 감추자고요?"

"난 OKB의 눈이 모든 걸 말했으면 해요." 빌은 배우를 행복하게 해 줄 칭찬들을 쌓아 올릴 채비를 하며 말했다. "당신은 괴물 같은 그림자를 드리우지만, 우리가 더 가까이 다가가서 당신의 눈을 보면? 당신의 눈에는 무게가 있어요. 너무 많은 것을 본 눈이지요. 그 헬멧을 눌러 써서 얼굴이 부분적으로 가려진 가운데 흉터와 철모의 곧은 선 사이로 도드라져 보이는 당신의 눈은 달이 보이지 않는 밤처럼 깊어요. 당신은 마르스예요. 전쟁의 신요. 더는 싸울 전쟁이 없을 때까지 떠돌아다니라는 선고를 받은."

전화가 순간 침묵했고, 또 침묵했다. 아우디의 엔진은 계속 웅웅거렸다. "전화가 끊겼나." 빌이 물었다. "거기 있어요? 내 말 들립니까? 끊긴 거예요, OK? 거기 있어요?"

"있어요." 스피커에서 OKB의 목소리가 나왔다. "마르스라, 허? 내가 읽은 각본에 그런 내용은 없었는데.”

“전쟁의 신이에요. 우리가 열광한 캡처 화면을 문자로 보내 줄게요. 보면 알 겁니다. 당신은 환상 그 자체예요.”

“알았어요, BJ. 다른 건 관두죠. 뭐가 됐든 보내 봐요.”

“운전 조심하고요. 샌프란시스코 잘 다녀와요. 월요일에 봅시다.”

“그러든가요.”

OKB의 아이폰은 조용해졌다. 빌은 바로 옆에서 대화를 듣고 있던 얼을 바라보았다. 그들은 얼이 론 뷰트의 고택 사적 지구에서 자기 숙소로 삼은 집의 뒤뜰에 앉아 있었다. 다 자란 자두나무 몇 그루가 한때 이웃집 마당에 있는 자두나무들과 같은 과수원에 속했던 것처럼 짝을 지어 반듯하게 줄지어 늘어서 있었다. 뒤뜰의 과실수들과 집 앞에 거대하게 펼쳐진 플라타너스들 사이에 있노라면, 얼은 샌타모니카의 축복받고 평화로운 세쿼이아 밑으로 돌아간 것만 같은 생각이 들었다. 심지어 거리 이름도 엘름[1]이었다. 사방이 나무였다.

빌은 카메라 테스트에서 미합중국 해병대 소속 파이어폴로 분장한 OKB의 모습을 캡처해 배우의 휴대전화로 보냈다.

“통화에서 열의가 전해지지는 않던데요, 보스.”

“샌들을 꽤 쉽게 포기하더군.” 빌은 얼이 언제나 그렇듯 이번에도 옳다는 것을 알았다. 이윽고 빌의 전화에서 핑 하는 소리가 났다.

[꼴통레이피어: 헬멧 멋지네요.]

“보스, 이건 동의한다는 소리거나 보스더러 엿이나 먹으라는 소리거나 둘 중 하나예요.” 얼은 그렇게 말하면서도 후자로 기울었다. 즉각 두 가지 가능성을 숙고해 본 빌도 마찬가지였다. 그들은 그동안 함께 영화를 만들면서 무수히 많은 일을 겪었다. 울보들, 밥맛들, 심리적 만신창이들, 금주 중인 알코

---

1 '느릅나무'를 뜻하는 영어 단어

올중독자들, 다시 약을 시작한 중독자들, 이혼소송, 자녀 양육권 분쟁, 파산 절차를 진행 중인 스태프들, 그리고 한두 번이 아닌 재능들 간의 불화를 다루며 보낸 세월이었다. 수년간 워낙 많은 시험대에 올랐기에 OKB가 잠재적인 골칫거리가 될 수도 있다는 사실을 알아차리지 못할 수는 없었다. 자신에게 강요된 예술적 선택에 불만을 품은 배우는 현장에서 문제를 일으키기 마련이다. 지연. 열정 상실과 그로 인한 의욕 상실. 바로 전날 카메라 테스트에서 선보인 행동을 바탕으로 판단하건대 OKB는 **이곳에 성공한 영화의 제목을 넣을 것**에서 모든 사람의 삶을 살아 있는 악몽으로 만들어 놓고 정작 자기는 아카데미상 후보 선정과 더불어 일련의 수백만 달러짜리 계약으로 보상받았던 **볼드체 이름 4번**의 선례를 따를 잠재력을 갖추고 있었다. 아니면 반대로 편집실에서 잘라 내야 하는 배우가 되거나.

빌 존슨의 작품 경력을 통틀어 그가 해고한 재능은 딱 한 사람뿐이었다. 그것은 잠깐 분노로 눈이 먼 사이에 일어난 일이었고, 독설과 복수하겠다는 위협이 잔뜩 뒤따랐으며, 제작을 무려 사흘이나 중단시키는 죄악을 초래했다. 소송도 있었다. 그리고 그 일이 벌어진 것은 바로 〈똥벼락〉, 다시 말해 〈앨버트로스〉 때였다. 다시는 그런 일이 있어서는 안 됐다. 그래서, 오래전 옵셔널 엔터프라이즈에서는 그런 사태가 재발할 경우를 대비해 우발사고 조항을……

얼이 물었다. "요기한테 연락할까요?"

"옙." 빌 존슨이 말했다. "애런하고 샘에게도."

촬영 첫 사흘의 콜 시트가 변경된 것은 바로 그때였다. 이날은 토요일, 사전제작은 겨우 사흘 남아 있었다.

\* \* \*

빌은 항상 촬영을 수요일에 시작함으로써, 스태프들이 카메라 셋업이 너무 복잡하지도 않고 배우들의 감정적인 부담도 심하지 않은 장면에 해당하는 비교적 기초적인 영상을 찍으면서 긴장을 풀고 한 주를 짧게 끝낼 수 있도록 했다. 총 53일짜리 촬영을 한 줄짜리 클리프 노트[1] 버전으로 요약할 1일 차 촬영에서는 이브가 황량한 도심에 나타나 클라크네 드러그스토어로 다가가서 안으로 들어가는 과정을 익스트림 롱 숏과 와이드 숏으로 찍기로 했다. 가게 내부는 보여 주지 않는다. 이후 그녀는 교회와 스테이트 극장을 지나친다. 마을 사람들도 등장한다.

53일의 2일 차도 같은 장면의 연속이었지만, 이번에는 보도에서 피어오르는 아지랑이를 로 앵글로 담고 은행 간판에 달린 디지털 온도계, 창문과 자동차 거울에 비친 모습, 그리고 조사관들이 도착하는 장면을 찍을 계획이었다. 조사관들은 무광 검정 SUV 및 그와 짝을 이루는 안테나와 기타 장비가 달린 밴을 타고 등장한다. 평소 빌은 그런 숏은 어느 정도 제2 촬영팀에 맡기는 편이었지만, 촬영 첫 주인 만큼 영상을 과하다 싶을 정도로 찍어 두고 나중에 편집실에서 필요에 맞게 잘라 쓰기로 했다. 2일째에 촬영이 예정된 핵심 장면은 나이트셰이드가 법원 밖 음수대에서 물을 마시는 모습이었다. 케이블 캠으로 가까이 다가가는 숏과 롱 렌즈를 이용한 ECU(익스트림 클로즈업)를 여러 번 찍을 예정이었는데, 이는 포커스 풀러[2]에게는 늘 까다로운 작업이었고 첫째 주에는 특히 그랬다. 스탠리 아서 밍은 오후 늦게 해가 서쪽에 낮게 걸린 골든아워의 부드러운 빛을 원했다. 3일 차인 화요일은 스플릿 촬영이 예정되어 있었다. 스태프들은 정오에 집합해 오후의 햇빛 속에서 반나절 동안 촬영을 진행한 뒤 많지 않은 야간 촬영에 속하는 '신 7, 이브가 곤경을 듣고 질주한다'를 위한 대규모 셋업에 나선다. 렌이 뛰어다니면서 두려움과 패닉과 걱

---

1 문학작품을 간략하게 요약한 학생용 해설서
2 카메라의 초점을 맞추는 스태프

정이 역력한 표정을 지어 보이고 나면(빌은 여기에 많은 시간을 들일 작정이었다), 그녀의 스턴트 대역이 육체적으로 더 어려운 동작을 수행한다. 그렇게 그 주의 일과가 자정에 종료되고 나면 다들 자신감과 안정감을 느끼게 되리라. 이 사흘 동안 OKB의 촬영은 없을 예정이었다.

금요일 자정이면 제작에 참여한 인원 중에서 맡은 일에 서투르고 해결하는 문제보다 일으키는 문제가 더 많아 애초에 고용하지 말았어야 했을 이들은 당근 그릇 속에 든 리마콩처럼 눈에 띄기 마련이다. 그런 사람들, 그런 문제들은 금요일 밤 촬영 종료와 함께 해고되고 주말에 대체되어 월요일 점심 무렵에는 잊힌다. 촬영 첫날이 항상 수요일인 이유는 바로 그래서였다.

하지만…… 새로 수정한 53일 중 1일 차 콜 시트는 OKB를 첫 촬영에 내세우는 것으로 변경되었다. 그는 오전 5시 15분에 공작실에 도착해서 9시 30분에 촬영장에 나타나 '신 4: 저건 누구지? 파이어폴이다!'와 의상을 갖춘 OKB가 마을을 수색하는 장면들을 찍을 예정이었다. 2일 차는 '신 93: 소용돌이 속에서—파이어폴 등장!'이었다. 3일 차(금요일!)는 '신 93XX: 전투 요소 #2'였다. 그렇게 수요일, 목요일, 금요일에 OKB가 온종일 완전한 의상과 SPFX를 갖추고 커버리지 촬영을 위한 여분의 카메라도 동원되는 복잡한 장면들을 찍는다는 계획이었다.

길운이 따른다면 금요일에 OKB는 캐릭터에 어울리는 마음가짐을 갖추고 팀과 영화에 녹아들 것이다. 헌신과 차분함과 기타 등등을 모두 갖추고서 파이어폴이 될 것이다. 액운이 따른다면 그와는 아주 다른 상황이 벌어질 테고.


## 잔상

그처럼 창의력 넘치는 양떼를 한 방향으로 몰아가야 하는 사전 제작 기간 내내, 제작 사무소에 마련된 빌 존슨의 사무실은 영화에 참여하는 누구에게도 배정되지 않은 공간처럼 보였다. 방은 새것처럼 깨끗했다. 스파르타식이었다. 꼭 필요한 책상과 의자. 전화기 한 대. 손님용 의자 두 개. 소파 하나와 커피 테이블. 타자기용인 바퀴 달린 낮은 테이블은 한쪽 구석에 치워 두었다. 파티클보드에 꽂힌 것이라고는 내선 전화 목록과 긴급 연락망 한 장뿐이었다. 빌은 책상 위에 아무런 서류도 두지 않았다. 펜 한 자루가 벅 슬립 한 뭉치와 함께 서랍 안에 들어 있었다. 벅 슬립은 상단에 **나이트셰이드: 파이어폴의 모루**, 하단에 **빌 존슨**이라고 적힌 긴 직사각형 카드였다. 그의 이름이 하단에, **옵셔널 엔터프라이즈**가 상단에 적힌 벅 슬립 뭉치도 있었다. 빌은 사전 제작 중에는 머릿속이 워낙 어수선해서 빈 공간이 없으면 돌아 버릴지도 모르기 때문에 자기 공간을 그토록 살풍경하게 유지한다고 말했다. 회의는 주로 얼의 사무실에서 했다.

빌은 가죽 장정을 입힌 각본 한 부를 언제든 확인할 수 있게 가지고 다녔다. 곳곳에 귀퉁이가 접혀 있고 틈만 나면 아무 데나 펴서 읽은 탓에 주름이 져 있었다. 여백에는 연필이나 펜으로 끼적인 메모 한 줄 없었다. 각본을 연구하다 떠오른 새로운 아이디어나 이미지는 머릿속에 아로새겼기 때문이다. 혹시 기억하지 못한다면 그건 기억할 가치가 없는 아이디어였다. 각본에 남은 유일한 흔적이라고는 커피 얼룩뿐이었다. 아몬드 재배업자 협회 건물에 있는 빌 존슨의 사무실은 읽고, 생각하고, 헛소리하고, 전화 통화를 하기 위한 공간이었다.

사전 제작 기간의 어느 날이 끝날 무렵, 빌은 고독의 요새에 앉아 매몰차게 밀려오는 파도를 두려워하면서도 그날이 어서 오기를 바라고 있었다. 촬영. 힘든 일의 시작. 그때까지 해 왔던 일은 쉽기라도 했던 것처럼 말이지. 하!

그는 레인보 스프링클을 뿌린 바닐라 프로즌 요거트를 기다리는 중이었다. 문이 열리면서 이네스가 유고 프로요 봉투를 들고 나타났다.

"얼이 이거 가져다드리래요." 이네스가 말했다.

"어찌 사양하오리까, 와이낫(Why not, Y-not)?"[1] 빌이 말했다. "들어와."

얼이 뒤이어 나타났다. "빨리도 왔네."

"이젠 가게에서 저를 알거든요." 이네스는 봉투에서 용기를 꺼내며 말했다. "차에서 내릴 필요도 없어요. 직원이 가져다주죠."

"같이 들지." 빌은 이네스를 향해 말했다.

"아, 전 괜찮아요. 고맙습니다."

"의향을 물은 게 아니야. 명령한 거지. 최소한 한 스푼은 먹어."

이네스는 실수를 저지르고 싶지 않은 마음에 얼을 바라보며 조언을 구했다.

"자." 얼은 여분의 스푼과 함께 자신의 무가당 라즈베리 디저트가 든 일회용 컵을 권했다. "이건 우리 전통이야. 잔상에 들어가기 전에 잠시 요거트를 먹으면서 호흡을 가다듬는 거." 얼이 컵을 자신과 이네스 중간에 놓았다.

"잔상이 뭔데요?"

"조만간 알게 될 거야." 빌이 말했다. "촬영을 개시하고 헤라클레스의 역사(役事)를 시작하는 순간이지."

"무척 기대돼요." 이네스가 고백했다. "이제부터는 영화를 만들기만 하면 되는 거잖아요."

얼과 그녀의 보스인 빌은 폭소를 터뜨렸다! 그들은 웃고 또 웃으며 숨을 헐떡였다. "오, 이네스! 이제부터는…… 영화를…… 만들기만 하면…… 된다니!"

이네스는 부활절 만찬에서 섹스에 관한 농담을 내용도 모르고 되풀이한 어린아이처럼 얼굴을 찌푸렸다.

"우리 모두는 앞으로 석 달간 잔상 속에 살 거야, 와이낫." 빌이 말했다. "당신은 전날 뭘 촬영했는지 기억도 못 할걸. 스태프 콜 타임을 제외하면 시간은

---

1 Y로 시작하는 이네스의 이름을 바로 앞 문장 '어찌 사양하오리까?(Why not?)'와 섞어 말장난을 한 것

의미를 잃을 거고. 현장에서 아주 어려운 위기를 해결해 봤자 카메라가 움직이는 순간 산산이 흩어져 사라지겠지. 과업 하나를 완료할 때마다 1억 개의 새로운 과업과 씨름해야 하는데, 그때마다 파멸의 씨앗을 뿌리게 될지도 몰라. 그러고 나면 우리의 운명을 뒤바꿀 방법이라곤 없겠지." 빌은 환청을 듣는 미친 사람이라도 된 양 낄낄거렸다.

"이네스가 겁먹겠어요." 얼이 말했다. "우연 얘기도 해 줘요, 보스. 좋은 일들도 일어나잖아요."

"그뿐만 아니라, 곤살레스크루스 씨." 감독이 말을 이었다. "우리 촬영 일정은 53일짜리야. 우리가 26일째 점심에 도달할 수 있다면 바로 거기가 상승 곡선의 최고점, 운동에너지의 정점에 해당하지. 중간 지점 말이야. 때때로 우리는 전쟁, 사랑, 그리고 비 내리는 날의 풋볼 경기에서만 일어나는 회오리바람 속을 살아가게 될 거야. 일어나야 할 일은 안 일어나고 막상 일어나는 일은 말도 안 되는 것뿐이고. 과부하 걸린 뇌세포에서 김을 내뿜으며 내달리느라 녹초가 될 거라고. 그래도 중간 지점은 지나겠지, 그렇지? 그러면 그런 생각이 들지도 모르지. 아, 이제는 긴장을 풀어도 되겠다. 여기서부터는 내리막길이니까. 어림없는 소리. 그때까지 우리가 해낸 일은 아무런 상관도 없어. 여전히 쓰디쓴 타협이 일어날 거고, 사건 사고가 꼬리에 꼬리를 물고 일어나는 와중에 사슬에서 제일 위태로운 고리를 어찌어찌 두들겨서 이어 놨는데 그게 끊어지는 바람에 영화 전체가 웃음거리가 되거나, 더 심하게는 하찮고 보잘것없는 반응만 끌어내 골프장 박수나 받는 신세가 될 수도 있다고." 빌은 손을 모아 느릿느릿 들릴 듯 말 듯하게 손뼉을 쳤다. "여, 내 친구가 자네 영화를 봤대. 귀여웠다던걸." 그는 프로요를 크게 한 스푼 떠서 입에 넣었다. "우이아 아느 이으……." 그런 다음 입에 든 것을 삼켰다. "우리가 가는 길은…… 지뢰밭이야. 한 발만 잘못 디디면 그대로 쾅."

이네스는 스푼을 움직이지도 않은 채 들고 있었다. 얼굴에는 언젠가 고속도로 순찰 경관에게 과속으로 붙잡혀 그녀가 위험에 빠뜨린 사람들의 목숨에 대한 훈계를 들었을 때 지었던 것과 똑같은 표정이 떠올라 있었다.

"그게 아니면요?" 얼이 외쳤다. "반대 경우도 말해 줘야죠!"

"그게 아니라면……." 빌은 새것처럼 깔끔한 사무실의 허공에 그 단어가 맴돌게 했다. "필름을 돌려 마법을 담겠지. 딜리 플라자의 잔디 언덕에 선 저프루더가 되는 거야.[1] 너무나도 매혹적인 테이크를 얻은 덕분에 수탉처럼 머리를 쳐들고 으스대면서 다음 셋업을 준비하고. 예를 들면 〈황무지〉의 쓰레기통이 그랬지.[•] 영화 만들기란 실험실에서 더듬거리며 돌아다니다가 우연히 경화고무나 포스트잇을 발명하는 거나 마찬가지야. 합성 연료가 다 떨어진 나치 탱크를 붙잡는 거지. 우리 쪽 20미터 거리 선에서 공을 멀리 던졌는데 터치다운을 기록하고. 졸업 무도회의 여왕에게 칠리 핫도그를 먹으러 가자고 데이트를 신청했더니 이런 대답이 돌아오는 거라고. 드디어 물어보네! 네가 그렇게 말을 걸기를 기다리고 있었어. 난 항상 내 손으로 네 것을……."

"그 정도면 알아들은 것 같네요, 선장님." 얼은 이네스의 팔을 다독였다. "잔상 속에서는 멋진 일과 끔찍한 일이 나란히 일어날 거야."

"이틀하고 반나절이 걸려 찍은 장면이 영화에는 48프레임밖에 안 들어가기도 해. 아예 안 들어갈 때도 있고. 그런가 하면 뒤늦게 떠올라 급히 찍은 숏이 시상식 홍보 캠페인 클립이 되기도 하지. 곤조 크루즈 여행 씨[2]에게 뒤틀린 감정 연속체 얘길 해 드리라고."

"뭐라고요?" 이네스는 들리는 모든 이야기에 주의를 기울이면서 리슨 카드 다섯 장만을 떠올리려 노력했지만 이미 숫자를 놓친 뒤였다.

---

[•] 그 영화에 나오는 저 유명한 장면, 즉 시어스 백화점 주차장에서 폭발한 쓰레기통이 첫 번째이자 유일한 테이크에서 페라리 후드 위에 완벽하게 떨어진 순간을 가리킨다.
[1] 에이브러햄 저프루더는 딜리 플라자에서 존 F. 케네디가 암살당하는 순간을 우연히 촬영했다.
[2] 이네스의 성 '곤살레스크루스'를 가지고 한 말장난

얼은 설명했다. "우리는 매일 같은 영화를 위해 다 같이 일하는 대가족이자 단일 집단처럼 보이지. 끊임없이 서로 부탁을 들어줘. 서로의 가장 좋은 면과 가장 나쁜 면을 보고. 웃음을 나누면서 프로다운 분위기를 유지하며 서로를 존중하고 어쩌고저쩌고. 하지만 촬영을 시작하면 시간과 노동에 내몰리면서 누더기가 되고 모래처럼 바스러져. 남의 사생활에 얽히는 건 엄두도 못 내지. 중요한 거라곤 영화를 완성하는 것뿐이니까. 배우들은 서로 어울리면서 친구와 애인, 옛 애인과 라이벌이 되지. 석 달 동안 우리는 이 모든 일에 함께 해. 열심히 오랜 시간을 일하고, 장차 모두 다시 함께 일할 수 있도록 노력하는 거야. 그렇게 해고당하지 않고 오랫동안 고난을 겪다 보면 끈끈하게 묶여 하나가 될 것 같지?"

그야, 이네스가 생각하기에, 지금까지 얼이 한 이야기는 정확히 이네스가 경험한 바와 일치했다. 이네스는 지금까지 자신이 만난 스태프 및 배우 모두와 가깝게 지냈다. 그녀는 모두의 이름을 알았고 보디랭귀지를 이해했다. 심지어 한때 재수 없게 굴었던 제작 보조 코디마저도 교훈을 얻은 뒤에는 이네스와 함께 업무를 맡을 때면 조금 긴장할망정 살갑게 굴었다. "우린 모두 하나잖아요. 아닌가요?"

"맞아." 얼이 말했다. "우리는 영화를 마무리하는 그 순간까지는 약속의 땅으로 가는 마차 행렬에 함께 오른 개척자들이지. 하지만 '야, 다른 일자리 구했다!'라고 말할 수 있게 되는 바로 그 순간부터 이 모든 건 그냥 하나의 잔상이 될 거야." 얼은 두 팔로 사무실을 아우르며 영화 만드는 경험 전체를 가리켰다. "내가 자기를 유혹해서 파운틴 애비뉴의 흐름 속에 끌어들인 이래 지금까지 자기가 겪었던 속도와 압박감을 생각해 봐, 이네스. 그걸 세 배로 곱해. 그리고 다시 제곱. 그런 다음 야간 촬영 때문에 가장 친한 친구의 출산 기념 파티에 못 갔는데 자기가 휴가를 내지 못한 이유를 그 친구가 이해해 주지 않는 나날을 더해 봐."

"얼." 빌이 말했다. **"여기에 배우 이름을 넣으시오** 얘기를 해 줘."

그처럼 대단한 유명 인사의 이름이 나오자 이네스는 귀를 쫑긋 세웠다. 얼이 함께 일했던 유명인들이 어땠으며 실제로도 영화에서 나온 것처럼 특별했는지 같은 건 아직 물을 엄두도 내지 못하던 차였다.

"아." 얼은 고개를 내저었다. "난 **우리가 만들었던 그 영화**에서 **여기에 배우 이름을 넣으시오**를 돌보는 역할을 맡았어. 내 멘토 데이스가 촬영하는 동안 그 사람 곁에 조심조심 다가가 말을 걸고 혹시 열받는 일이 있는지, 뭔가 필요한 건 없는지 등을 알아내서 심기를 가늠하는 법을 나한테 가르쳐 줬지."

"그 사람의 두 어깨에 영화가 걸려 있었지." 빌이 설명했다. "그 배우는 원하든 원하지 않든 매 장면마다 온 힘을 다해 줘야 했어. 기쁠 때도 배역을 위해 감정적으로 엉망진창이 되어야 했지. 자기 인생과 영화에 참여한 모든 이가 마음에 안 들 때도 웃고 매력적인 사람이 되어야 했고. 마치 일부러 매일 그 사람의 정신 상태와 반대되도록 각본을 쓴 것만 같았달까. 우리로서는 그 사람이 촬영 당일 나타나 책임을 다해 줘야만 했는데 말이야."

"그래서, 내가 그 사람의 아첨꾼 노릇을 맡은 거야." 얼이 말했다. "난 그 사람이 좋아하는 초콜릿 프레첼을 알아내서 가져다줬지. 대사 연습도 함께했고. 촬영장이 썰렁할 때는 그 사람 의자를 히터 옆에 갖다 놨고. 옛날 도널드 덕 만화영화에 관해 이야기를 나눈 뒤에는 다음 날 아침 5시 30분부터 그 사람 트레일러의 TV에서 고전 디즈니 만화영화가 나오게 해 두었어. 그 사람이 기분이 나빠서 수다를 늘어놓으면 귀를 기울이면서 불만에 맞장구쳤지. 기분이 좋아서 재담을 늘어놓으면 아무리 길더라도 끝까지 들으며 웃어 주었고. 이 사람과(얼이 빌을 가리켰다) 데이스에게 매시간 내가 보기에 **여기에 배우의 이름을 넣으시오**의 정신 상태가 어떤지 보고해서, 그 사람이 촬영장에 나타날 때 어떤 상태일지 미리 대비하게 했어. 그 짓을 매일 했고 주말에도 틈틈이 확인했다니까. 진이 빠지는 일이었지. 이제 막 걸음마를 뗀 변덕이 심한 어린

애를 일주일 스물네 시간 내내 돌보는 입주 가정부가 된 기분이었달까. 말이 나와서 말인데 자기, 왜 내 품에서 프란시스코를 떼어 놓는 거야?"

"데려올 수 있으면 데려올게요."

"부탁해. 한 시간쯤 그 애를 예뻐해 줘야 살겠단 말이야."

"옆으로 새지 말고, 얼." 빌이 말했다. **"여기에 배우의 이름을 넣으시오** 얘기."

"열두 시간 작업하는 날에는 열한 시간을 **여기에 배우의 이름을 넣으시오**를 돌보는 데에 썼어. 촬영이 길어져 열다섯 시간이나 열여섯 시간쯤 일하게 되면 초과 시간을 몽땅 그 사람의 전속 부관 노릇에 투자했고. 한번은 그 사람을 촬영장 의자에 붙들어 놓으려고 손톱 손질도 해 줬다니까. 나는 66일짜리 촬영 일정 동안 그 사람을 숭배하는 꼬마 여동생처럼 굴었어. 그러다 **우리가 만든 그 영화**의 촬영이 완료됐고, 제작진은 흩어져 각자 제 갈 길을 갔지. 한 달 뒤에 데이스랑 저녁 식사로 스테이크를 먹고 마티니를 마시려고 골든 불에 들어갔는데, 바에 **여기에 배우의 이름을 넣으시오**가 있는 거야. 그 사람한테 가서 말을 걸지. '이게 누구예요! 반가워요!' 그랬더니 그 사람이 내가 LA 공항에서 기부금을 청하는 하레 크리슈나라도 되는 것처럼 쳐다봐. 날 알아보는 기색이라곤 조금도 없이. 알겠지, 우리는 촬영장에 있는 게 아니니까. 이제 내가 그 사람의 편의를 돌보지 않으니까, 그 사람이 일하는 환경에는 내가 없는 거지. 나는 잔상 속의 희미한 그림자조차 못 되지만, 그래도 솔직히 최근 함께 또 다른 걸작 영화를 만들면서 우라지게 많은 시간을 함께 보낸 사람과 마주치니 반갑긴 하단 말이야. 나는 그 사람을 이름으로 부르면서 포옹하려고 하지. 그는 나를 밀쳐 내고. 그 사람이 이래. '난 포옹은 안 합니다. 그리고 지금은 사적인 자리니까 셀카는 부탁하지 마세요.' 내가 말해. '**여기에 배우 이름을 넣으시오**, 나 기억 못 해요?' 그 사람은 기억 못 하지. '무슨 말씀이신지, 나랑 어떻게 아는 사이이지요?' 그게 배우들이야. 그 사람들은 홍보물에서 자기 모습이 어떻게 나왔는지 말고는 아무것도 기억 안 해. 우리 제작진은 모두를 기억하고 평생토록 그들을 알아보지만."

"그게 잔상이란 거야. 강물을 타고 낙엽처럼 흐르는 거지." 빌은 자리에서 일어나 가죽 장정 각본을 겨드랑이에 끼우며 말했다. 그리고 잠시 우두커니 서서 이네스를 바라보았다. "이런 말이 의미가 있을지는 모르겠지만, 이네스 곤살레스크루스 씨, 나는 지금까지 당신 같은 지위에 있으면서 이 일을 하려고 태어난 것처럼 보였던 사람은 딱 세 명밖에 못 만났어. 당신도 그중 하나고. 당신이 이 영화에 참여해서 기뻐."

그는 얼과 이네스를 남겨 두고 나갔다. "강물을 타고 낙엽처럼 흐른다니. 헛소리하고는." 얼이 콧방귀를 뀌었다.

"다른 둘은 누구였어요?" 이네스가 물었다. "이 일을 하려고 태어난 것처럼 보였던 사람요?"

"아마 나겠지. 자기는 모르는 데이스랑. 하지만 저 말이 맞아, 이네스. 자기는 영화가 제시하는 모든 문제를 해결해 왔어. 프렙을 통과했다고. 자기도 이제는 선수야." 얼은 자리에서 일어났다. "프란시스코 얘기는 진심이야. 조만간 데려와 줘. 그 꼬마 신사 냄새가 그리워."

* * *

두뇌 위원회는 일정을 재조정하고 각 부서에 통보했다. 촬영 시작을 사흘 앞둔 일요일, 빌은 아침 내내 이번에 앞당긴 파어어폴 장면의 스토리보드와 프리비즈*를 검토했다. 그런 다음 그와 샘이 새로 카메라를 놓을 위치를 조율하는 동안 얼은 조사관을 연기하는 배우들의 대리인들에게 이제 월요일까지 론 뷰트에 와서 의상 피팅, 카메라 테스트, 리허설을 해야 한다고 알렸다.

● 프리 비주얼라이제이션. 해당 장면을 애니메이션의 형태로 스토리보드화 한 것

주거팀은 난제를 떠안았지만 주간고속도로 인근의 몇몇 모텔에서 빈방을 찾아내 예약했다. 촬영 시작을 이틀 앞둔 아침, 빌은 먼저 신 93XX에서 써야 하는 화재로 망가지고 폐허가 된 메인 스트리트 때문에 미술팀 및 세트 조성 담당을 만나고, 두 번째로 장면에 필요한 화염 FX를 위해 SPFX팀을 만나고, 세 번째로 모든 노조, 조합, 직업안전건강관리청에서 요구하는 안전 규정을 위해 애런을 만나고, 마지막으로 파이어폴의 스타일을 미세 조정하기 위해 헤어/분장팀을 만나서 업무를 해치웠다. 빌은 OKB의 목에 생긴 상처와 헬멧 아래의 어두운 눈동자가 각각 그리는 수평선을 강조하고 싶었는데, 그 말인즉 그의 몸통과 머리와 목에 접착제를 더 발라야 한다는 의미였다. 스윙 갱이 전면 작업에 돌입할 예정이라 얼은 매일 새벽 2시에 피자가 배달되도록 했다. 이네스가 피자 주문과 인수 및 서빙을 담당하기로 했다. 그사이 빅 스토크 직원들과 친해진 덕에 그녀는 그곳에서 십 대들을 고용해 자정 이후에도 배달을 해준다는 걸 알게 됐다. 본 촬영 시작을 하루 앞둔 화요일, 빌은 아몬드 재배업자 협회 건물의 제작 사무소 복도를 어슬렁거리면서 질문이 있는 사람들에게 대답을 들려주었고, 여기저기 사무실을 기웃거렸고, 각본을 읽고 또 읽었고, 얼과 함께 그녀의 책상 앞에 앉아서 나중에 촬영 때 쓸 만한 괴상한 아이디어와 가능성을 마구잡이로 내놓았다.

오후 6시 무렵, 빌은 얼과 함께 앉아 책상에 놓인 유선전화로 OKB에게 연락했다.

"기분은 어때요, 강타자?"

얼은 그를 쳐다보며 입모양으로 말했다. 강타자요?

"괜찮아요." 배우가 말했다. "선장님은 어때요?"

빌은 웃음을 터뜨렸다. "준비됐습니다. 촬영할 준비요. 장면들은 괜찮아요? 일찍 시작하는 줄은 알지만 얼른 뛰어드는 게 좋겠다 싶어서."

"그래요. 그러죠. 뛰어들죠."

"특히 첫날이니만큼 모쪼록 시간은 꼭 지켜 줬으면 해요. 첫날 늦게 시작하면 다들 좀 힘들잖아요, 그렇죠?"

"그렇죠."

"첫날이 계획대로 되는 법은 없지만요. 다들 긴장해서 신경을 곤두세우고 있어요. 하지만 준비는 아주 철저히 했어요. 그리고 신 3과 4는 아주 근사한 시퀀스가 될 거고요. 기대가 큽니다."

"나도요, BJ 감독님."

"아주 좋아요." 빌은 다시 강타자라고 부르려다 참았다. "니콜레트도 데려와요. 제일 첫 테이크 전에 깃발이랑 슬레이트 가지고 하는 의식이 있는데 니콜레트도 같이 해야죠."

"니콜레트는 떠났어요."

그 소식에 빌의 심장박동이 몇 BPM 더 빨라졌다. 경동맥에서 심장이 뛰는 것이 느껴졌다. 사막에서 발소리를 듣고 놀란 도마뱀처럼 두려움이 온몸을 내달렸다. "그랬어요?"

얼은 보스의 목소리가 올라가는 것을 감지했다. 꼭 **그랬어요????** 처럼 들렸다.

"네. 포니 불러서 샌프란시스코까지 간 다음에 파리로 돌아갔어요. 아니면 지옥이든가. 어디든 그 여자가 집이라고 부르는 곳으로요."

빌은 얼을 향해 눈을 휘둥그레 뜨고서 이런, 하고 말하는 듯한 표정을 지은 다음 책상 위에 가지런히 쌓인 벅 슬립 한 장을 집고 캘리포니아영화위원회 커피 머그잔에 꽂힌 빨간색 네임펜을 들었다. 그가 재빨리 메모를 적어 보여주었다.

## 깨진 뒤 닉 떠남

얼도 메모와 펜을 받아들고 덧붙였다.

## 그와 깨진 뒤 닉 떠남

## 빌 어 먹 을! ! !

영화인인 그들의 삶을 더욱 험난하게 만드는 소식이었다. 제작진 중 누구든 새로 실연한 사람이 생기면 관련자 모두를 둘러싸고 과장된 드라마가 펼쳐지며 부서마다, 트레일러마다, 식사 시간마다 입방아가 난무했다. 그런 일이 사전 제작 마지막 날 주연배우 한 사람에게 일어난다? 재난이었다. OKB와 프랑스 애인의 이별은 〈클레오파트라〉를 영화화하는 족족 침몰시켰던 방해 요인들만큼이나 크고 값비싼 장애물이 될 수도 있었다.

"정말 유감이에요, 강타자." 또? 강타자를 붙여야겠어?

"그럴 거 없어요." OKB는 무겁게 숨을 들이쉬었다 내쉬었다. "여자관계는 맨땅에서 다시 시작하는 편이 낫겠어요."

"사람 마음이라는 게……." 빌은 무언가 다른 생각이 떠오르기를 소망했다. 아무것도 떠오르지 않았다.

"머리도 비울 겸 나가서 좀 달리려고요." OKB가 말했다. "그런 다음 잘 생각이에요."

"아침에 봐요." 아! 빌의 머릿속에 한 가지 인용구가 떠올랐다! "이 또한 지나가리니."

"수신 확인." OKB가 쏘아붙였다. "파이어퍽 상병, 통신 끝."

통화가 끝나자마자 얼은 휴대전화를 들어 이네스에게 문자를 보냈다. [도움 급구.]

이네스가 문간에 나타났다. "네?"

얼이 물었다. "어젯밤 니콜레트를 OKB 숙소에서 샌프란시스코 공항까지 태워다 준 포니에 관해 자세히 알 수 있을까?"

이네스는 순식간에 그 요청을 소화했다. 니콜레트? OKB? 차분하게 받아들인 다음……. "있고말고요." 그녀는 사무실을 나서면서 전화를 들어 메시지를 보냈다.

"그 인간, 아마 지금까지는 꾸준히 떡 치면서 지냈겠죠." 얼이 말했다. "그런데도 특급 개자식이었고요."

"앞으로는 분노에 빠져들겠지."

"모든 여자를 향한 분노요." 얼은 예상했다. 아니, 알았다.

"성질을 낼 거야. 침울해지겠지. 정신은 다른 데에 가 있을 거고."

"지금까지와는 한참 달라지겠죠."

이네스가 다시 들어왔다. "제 친구가 오전 3시 37분에 프랜젤 메도스에 있는 어느 집에서 샌프란시스코 공항까지 가는 포니 호출을 받았대요."

"그 시간이면 미친 듯이 늦은 거야, 아니면 정신없이 이른 거야?" 빌이 물었다.

"한밤중 그 시간대에는 예약이 많이 들어와요. 주로 운전을 못하는 파티 참석자들이죠." 이네스가 설명했다. "그래서…… **빼빼** 마른 여자가 커다란 바퀴 달린 여행 가방 하나만 가지고 나왔대요. 남자가 속옷 바람으로 문간에 서서 여자에게 고함을 질렀고요."

"사각이었대, 삼각이었대?"

"두 사람은 싸우고 있었대요. 프랑스어로요. 제 친구가 고등학교 수준으로 프랑스어를 할 줄 알거든요. 욕설이 많이 오갔어요. 포니 운전사들은 그런 상황에 개입하지 말라고 교육받아요. 폭력의 위협이 있지 않은 한은요. 그 자리에선 고함뿐이었고요. 여자가 차에 탈 때까지 계속요. 여자는 고래고래 소리를 지르고, 여행 가방을 들어 뒷좌석에 넣을 힘 정도는 남아 있었고, 그런 다음 진입로에서 벽돌 한 장을 집어 들어요. 그걸 사각 아니면 삼각팬티를 입은 남자를 향해 던지는데 창문에 맞아서 유리가 박살 나죠. 남자가 더 고함을 질러요. 여자는 차에 타고 **알롱지!**[1]라고 외치고요. 도착지는 샌프란시스코 공항. 에어 프랑스. 차로 두 시간 걸렸대요. 새크라멘토로 돌아오는 길에는 손님이 없었고요."

"고마워, 와이낫." 빌은 한참 전부터 어떤 이유에서인지 그녀를 와이낫이라고 부르고 있었다. 이네스는 개의치 않았다. 그는 두 여자를 바라보고 조용히 한숨을 내쉬었다.

"방금 우리 인생이 더 힘들어졌군."

1 '출발해요!'라는 뜻의 프랑스어 단어

06

# 촬영

## 베이스캠프

운전사들이 가장 먼저, 아주, 아주 일찍 나타난다. 칠흑 같은 어둠 속에서.

운전사들은 일출 시각이나 야간 근무 같은 것에 좌우되지 않는 왜곡된 시간 속에서 살아간다. 그들은 그냥 안전하고 믿음직하게 트럭을 몰고 주차하는 것이 아니라, 영화 전체를 수송하고 그런 다음 그 모두를 공간적으로 배열한다. 테트리스식으로, 그토록 많은 트레일러를 맬 여유가 없어 보이는 면적 안에. 하지만 트레일러들은 전부 꼭 들어맞는다. 운전사들은 야습 작전처럼 암흑 속에서 기하학적인 정확성과 논리적인 심미성과 위계질서를 고려해 베이스캠프를 배치한다. 운전사는 다른 영화 스태프들과 하나이자 따로인 세계에 사는 차축 위의 엔지니어들이다. 베이스캠프는 운전사 없이는 존재하지 않는다. 그들이 있어야 쇼가 계속될 수 있다.●

● 운전사들이 다른 사람들보다 먼저 배식을 받아도 불평은 나오지 않으며, 다른 사람들이 일하는 동안 모자를 눌러쓴 채 잔다고 해서 질책하는 이도 없다. 그들은 이미 몇 시간째 업무 중이니까.

차량 번호판, 트레일러 견인차의 마일리지, 트레일러의 마모 상태는 영화의 역사가 담긴 도구, 용품, 물건을 실은 이 트럭들이 모두 할리우드 출신이긴 해도 그간 미국 전역을, 설령 실제 도시는 아니더라도 그에 해당하는 관념을 여행해 왔음을 말해 준다. 나바호 자치국의 모뉴먼트밸리, 퓨젓사운드의 해변, 시카고 대도시권의 길거리, 노스캐롤라이나 윌밍턴의 스튜디오, 조지아의 애틀랜타와 서배너, 루이지애나의 뉴올리언스와 배턴루지, 그리고 네바다와 뉴멕시코 같은 라스베이거스 일대는 베이스캠프 트럭이 나란히 또는 줄줄이 서서 밤새 문을 열고 일주일 내내 일하며 영화와 텔레비전 쇼를 만드는 데에 필요한 장비와 연장과 건량을 쏟아 내는 광경을 목격해 왔다.

이동 중인 트럭들은 딱히 특별한 화물을 실은 것처럼 보이지 않는다. 고속도로 위에서는 또 다른 대형 차량에 불과한 그들은 과연 무엇을 싣고 있을까? 매트리스? 아티초크? 종이 수건? 아니다. 이 트럭 안에는 환상과 마법을 만들어 내는 도구와 형틀이 들어 있다. 조명 장치, 카메라 장비, 전신 거울, 피팅 공간, 세탁기, 의상 진열대 등등. 소품 트럭에는 실로 다양한 물건이 실려 있어서, 안에 들어가서 음료수 뚜껑을 따는 데 쓸 뚜껑 따개와 고풍스러운 결투용 권총과 구식 주식시세 표시기와 폐에 상대적으로 덜 해로운 유기농 궐련을 요청할 수도 있다. 각본이 요구하는 물건은 뭐든 소품 트럭에서 찾을 수 있다. 필요한 온갖 규격의 배터리를 보관하는 커다란 서랍도 있다.

목공팀, 특수효과팀, 초목팀, 미술팀, 그립팀과 전기팀● 등 영화의 모든 부서에는 저마다 트럭이 딸려 있다. 각 부서원은 갈고리와 고정 끈 하나하나를 알고, 대형 트레일러에 부착형으로 설치한 서랍과 찬장 및 그 안에 든 것을 모조리 안다. 모든 물건을 제자리에 맞게 집어넣은 것이 바로 그들이니까. 한 스태프는 배의 경계 당직이나 군대의 병참 장교에 해당하는 직책을 맡아서,

● 그립은 '이것저것'을 나른다. 전기팀은 조명과 케이블 등 전기 장치와 관련된 것들을 나른다.

한 귀는 호출에 대비해 주파수를 맞춰 놓은 무전 채널에 기울이고 다른 귀는 경사로를 올라오는 발걸음에 기울인다. 이윽고 요청이 들어온다. 댄스 플로어용 합판 한 장, 두께가 다양한 사과 상자들, 더 많은 깃발과 그물, 가짜 경찰의 고무 권총을 넣기에 적합한 총집, 스위스인 촬영감독이 마실 갓 내린 에스프레소. 달리 그립과 카메라 오퍼레이터와 포커스 풀러에게도 카페인을 보급해야 하니 에스프레소는 넉 잔. 알아들었나? 알아들었습다!

스태프들은 열두 시간, 열네 시간, 열여덟 시간짜리 작업일을 위해 트럭으로 몰려와 리프트 게이트를 작동하면서 근처에 있는 사람들에게 큰 목소리로 다치지 않게 주의하라고 경고를 보낸다. 다치는 일은…… 반드시…… 피해야 한다. 만약 현장 의료진이 응급 구조사를 부르게 되면 구급차가 베이스캠프에 있는 동안 촬영이 중단될지도 모른다. 촬영 중단은 재난이다. 끔찍한 죄악이다.

현지인들(민간인들)은 순회 서커스단이 마을에 찾아왔다고 생각할지도 모른다. 그도 그럴 법하다. 왜냐하면, 배우들이 도착했습니다, 전하.* 슐레겔밀히와 스타 웨건은 상표를 등록한 간이 숙소 제조사로, 그중에는 일일 콜 시트 최상단에 올라 있는 스타 배우들의 편의를 도모하기 위해 고급 침구, 널찍한 샤워실, 대형 스크린 위성 TV를 갖춘 침실 하나짜리 트레일러도 있다. 차대 하나에 원룸 두 개와 더불어 마찬가지 편의 시설이 딸린 이중차는 그보다는 한 등급 아래다. 삼중차는 예명보다는 캐릭터 번호로 더 알려진 배우들, 그러니까 29번 경찰이나 32번 개를 동반한 ㉧녀에게 배정된다. 그들은 작업 일수도 적고 단독 트레일러를 배정받을 만큼 공로나 영향력이 크지도 않다. 샤워실은 없지만 누울 수 있는 간이침대는 있다. 벌집차 안에는 작은 방들이 마구간 칸처럼 늘어서 있는데, 이 방들은 어떤 날에는 아늑하고 또 어떤 날에는 감옥 같기도 하다.

● 〈햄릿〉 2막 2장

헤어 및 분장 트레일러는 마른 머리카락과 고무풀, 가발, 헤어 젤과 스프레이, 다양한 색조의 립글로스와 즉석 선탠 스프레이 냄새가 나는 이동식 미용실이다. 배우 대여섯이 공작실에 있을 때면 음악이 흐르는 가운데 수다를 나누고 귀엣말로 가십을 주고받기 마련이다. 헤어/분장 트레일러에는 사진 인쇄기, 라벨 제조기, 에스프레소 머신이 있고 주전자도 있어서 하루 종일 언제든 차를 마실 수도 있다. 분장용 의자 앞에 놓인 거울들은 헤어/분장 담당자가 얼굴에 보이는 모든 갈라짐과 티와 주름을 솜씨 있게 가릴 수 있도록 가장자리에 전구를 두르고 있다. 아직 졸음을 떨치지 못해 짜증을 내기에 십상인 출연자들이 트레일러 계단을 올라오기 한참 전부터 시각 효과 보강 기술자들은 작업 준비를 마치고 대기 중이다. 라텍스 조형물이 그들 손에서 접착과 채색을 거치고 나면 흉터, 딱지, 부러진 코로 변모할 것이다. 헤어/분장 트레일러 안에서는 아름다움이 배가되고 캐릭터가 탄생하며 마음은 차분해진다.

저기 저 값비싼 주문 제작형 RV들과 관광버스들은 뭐지? 저기에는 누가 타지? 유명한 영화 스타들과 이름난 감독들, 민간인이 알아볼 법한 널리 알려진 사람들만 탄다. 저기 빛나는 3축 에어스트림 트레일러의 소유자가 누구인지는 몰라도 관리를 잘하는 것만은 확실해 보인다. 아니면 어느 운전사가 관리하거나. 사실 언제나 후자다.•

영화는 어디에서나 만들어진다. 로마와 벨파스트와 포츠담과 멕시코시티와 에드먼턴 등 세계 곳곳에서 컬버시티, 버뱅크, 유니버설시티에 있는 스튜디오와 다를 바 없는 스튜디오들이 운용되고 있다. 부다페스트의 스튜디오 야외 촬영소들은 영화제작을 유치하기 위해 경쟁한다. 베트남에도 영화제작을 위

---

• 영국에서 영화를 만든 한 배우가 있었다. 그의 의상실은 최신 음향 시스템과 TV를 갖춘 바퀴 다섯 개짜리 신형 트레일러였다. 오 년이라는 긴 세월이 흐른 뒤, 헬싱키에서 일하게 된 그는 바로 그 트레일러를 배정받았다. 오 년 후 전자 제품들은 더는 최신이 아니었고 트레일러는 상태와 냄새 모두 무단 거주자들이 살기라도 한 것 같았다. 영국에서 헬싱키까지 거친 도로를 달리며 쉴 새 없이 덜컹거린 탓에 그 물건은 이제 바퀴 달린 쓰레기장이나 다름없었다. 하지만 그 배우는 '자신의' 트레일러를 보자마자 눈물을 쏟았다. 집에 돌아온 것이다!

한 베이스캠프가 여럿 세워졌다.

로케이션에서, 촬영은 모험이 된다. 베이스캠프가 오스틴의 주차장이든 캐멀록의 버려진 카지노든 런던 하이드파크에 있는 서펜틴 호수 옆이든, 아니면 피렌체의 아르노강 위를 가로지르는 베키오 다리까지 걸어갈 만한 거리든, 어디에 설치되든 그곳은 가능성을 지닌 장소가 된다.

본 촬영 시작이 다가오면 베이스캠프는 더 작은 차량들로 불어난다. 전부 운전사들이 모는 차량이다. 배달용 트럭, 승합차, 렌터카 들이 임대 빌라와 스태프용 모텔에서 로케이션까지 사람들을 실어 나른다. 전기 카트, 화물 트럭, 영화제작용 쇼티 40 트럭 들은 장비를 촬영장까지 날랐다가 다시 가져온다. 촬영장은 8킬로미터 거리에 떨어져 있는가 하면 모퉁이만 돌면 나오기도 한다. VIP들은 차창에 색조 필름을 입힌 SUV로 이동한다. 촬영장 근처에 세운 배식팀의 타코 트럭은 사람들이 커피, 인스턴트 오트밀, 라면, 스무디, 그리고 오후와 밤에는 솥에서 나온 수프와 칠리, 부채꼴 케사디야, 혹은 땅콩버터와 잼을 바른 샌드위치를 추가로 먹기 위해 모이는 회합 장소가 된다. 배식팀원들은 칵테일파티의 친절한 웨이터처럼 음식을 담은 쟁반을 들고 카메라 달리 바로 옆까지 다니면서 스태프들에게 탄수화물과 단백질로 연료를 공급한다. 건강에 좋은 영양 만점 간식과 몸에는 최악이지만 아주, 아주 반가운 먹을거리 모두가 제공된다.

스태프들은 하루에 두 번, 베이스캠프의 텐트나 텅 빈 홀, 혹은 공압 장치와 자동문과 공조 설비와 백 명분의 좌석을 갖춘 4배 확장형 트레일러에서 파티 같은 분위기 속에 제공되는 식사를 즐긴다.

아침 뷔페는 '원하는 만큼 가져가되 가져간 것은 다 먹을 것'이라는 규칙하에 통에 담긴 포리지, 틀에서 갓 나온 와플, 하나씩 포장된 유사 맥머핀, 주문 즉시 만들어 주는 오믈렛, 비스킷과 깡통에 든 스터노 연료로 데운 그레이비소스, 접시에 쌓인 팬케이크, 스크램블드에그, 베이컨, 소시지, 여러 가지 과일 등 고열량 애착 음식 위주로 구성된다. 더 영양학적으로 건강한 아침을 원하는 사람이 있다면 무엇이든 마련된다. 로건베리 한 그릇과 염소젖 케피르를 요청한다면 다음 날부터 뷔페에서 찾아볼 수 있다.

아침은 그날 아침 콜 타임 전까지 제공된다. 어떤 사람들은 이 시간을 이용해 세부 계획 회의를 하고, 석 잔째 커피를 마시면서 조용히 묵상하고, 전날 밤 가라오케 바에서 있었던 재미난 사건에 관한 우스운 이야기들을 들려주면서 천천히 하루에 돌입한다. 시간이 되면 모두가 동시에 자리에서 일어나 비가 오든 해가 창창하든 패닉 속에서든 침착한 확신 속에서든 압박감을 느끼며 일을 하러 간다.

하루의 절반이 지난 여섯 시간 뒤, 점심 식사는 맨 마지막 사람이 줄을 선 시점으로부터 삼십 분 후까지 지속된다. 타이-퓨전 데이, 멕시코-쿠바 데이, 파스타-리조토 데이, 성 패트릭 콘비프와 양배추 데이 등 주제를 갖춘 뷔페를 비롯하여 선택지는 다양하다. 육류 코너에서는 주문이 들어오면 요리사가 두툼한 고기를 썰어 준다. 생선은 기다리는 동안 뼈를 발라 준다. 개방 화로의 그릴 위에서는 4등분한 닭, 부싯돌 크기의 립, 버거, 브라트부르스트를 굽는다. 소스는 셀프다. 샐러드 바는 4백 미터는 되어 보이며 녹색 채소와 드레싱이 떨어지는 법이 없다. 누구든 생일을 맞은 사람이 있으면 촛불을 불고 노래를 불러 주고 아이싱에 이름을 장식한 케이크를 자른다. 아이스크림은 통에서 퍼 먹는다. 네모난 브라우니와 사발에 담긴 파이는 손으로 집어 먹고, 삼각형으로 자른 수박도 마찬가지다. 얼음이 담긴 상자와 차가운 물, 아이스티, 레모네이드를 제공하는 커다란 유리 디스펜서 옆에는 솔로 컵이 쌓여 있다. 아널드 파머는 직접 섞어 마신다.

푸짐한 식사를 하는 대신 직접 만든 샌드위치나 과일 샐러드로 끼니를 때운 뒤 슬그머니 빠져나가 어디선가 낮잠을 잘 수도 있다. 베이스캠프에서 점심 시간은 자기 마음대로다. 음식과 식료품은 마을 상점과 공급자에게서 사 와서 신선하다. 마찬가지로 가져간 건 다 먹어야 한다. 그리고 재활용한다.

배식업자는 외지에서 불러오지만, 일손이 추가로 필요하면 현지에서 고용한다. 영화사는 문제를 해결하고 지역을 파악하기 위해 본고장 사람들, 즉 현지 채용인에게 의존한다. 게다가 그들은 바로 그 동네에 살기 때문에 주거 비용도 들지 않고 일일 경비도 들지 않는다.

하지만 그 사람들은 더는 민간인이 아니다! 이제 그들은 돈을 받는 프로이고, 베이스캠프는 **그들의** 베이스캠프다. 그들이 영화를 촬영하며 보낸 기나긴 나날과 몇 주일에 걸쳐 쏟아부은 노력은 남은 평생 입에 오르내릴 것이다. 그들은 질문을 받게 될 것이다. 그 주간고속도로 장면은 어디에서 찍은 거야? 그 제트기들이 폭탄 떨어뜨릴 때 누구 안 다쳤어? 대답. 커다란 실내 스튜디오에서. 그리고 그건 진짜 제트기도 아니었고 진짜 폭탄도 아니었어.

그들의 이름은 영화 말미의 크레디트에 영원히 남아 그들이 누려 마땅하고 자기 힘으로 얻어 낸 직업적 공로를 기릴 것이다. 영화 만드는 일을 도왔으므로.

### 1일 차 (촬영일 53일 중)

이네스는 베이스캠프에 주차한 자신의 트랜짓 안에서 자기로 했다. 요, 좋은 베개, 포근한 이불 덕분에 완벽하게 편안했다. 그녀는 오전 4시 30분부터 제작 사무소에 가서 배식팀원들의 아침 식사를 돕고 싶었다. 게다가 차를 몰고 새크라멘토의 집으로 돌아가서 동생 침대 옆에 있는 자신의 침대에 억지로 몸을 뉘고 기대와 걱정으로 엎치락뒤치락하다 일어나서 차를 몰고 론 뷰트로 돌아오기에는 지나치게 흥분한 상태였다. 그러다 촬영 첫날에 지각할 수도 있었고. 이네스는 과거 언니가 곤살레스크루스 일가의 첫 손주를 임신하자 사방에서 친척들이 찾아와 출산을 거들고 목격했을 때 느꼈던 것과 같은 흥분을 느꼈다. 이제 그녀는 일하는 것, 론 뷰트에서 영화에만 집중해 몰두하는 것이 집과 가족과 오고 가는 식객들 때문에 끊임없이 말다툼을 벌이고 책임을 짊어지는 것보다 더 마음에 들었다. 영화를 만들고 있으면 특별한 사람이 된 기분이었다. 그녀는 OKB에게 음식을 가져다주었다! 렌 레인의 집에도 갔다! 렌 레인은 WL이 화려하게 돋을새김된 두툼하고 울새 알처럼 파란 편지지 위에, 믿을 수 없을 정도로 맛있는 저녁 식사를 제공해 준 이네스의 어머니에게 전하는 감사 인사를 써서 보냈다. 현재 그 편지는 액자에 들어가 곤살레스크루스 일가의 거실 피아노 위에 놓여 있었다.

오전 4시 20분, 이네스는 아몬드 재배업자 협회 건물의 여성용 라운지에서 재빨리 샤워를 마치고(배관공을 고용해 다시 옛날처럼 뜨거운 물이 나오게 했다) 집에서 가져온 수건으로 몸을 닦았다.

얼 맥티어는 5시 15분에 일어났다. 그녀는 자신의 디 오르소 네그로 에스프레소 머신에 자주색 캡슐 세 개를 넣어 커피를 내렸다. 캡슐 색에만 주목할 뿐 로스팅 정도는 신경 쓰지 않았다. 그녀는 이탈리안 블랙 베어가 내려지는 동안 하프 앤드 하프에 거품을 낸 다음 고택 사적 지구에서 임대한 집의 주방 개수대 앞에 서서 첫 모금을 홀짝이며 뒤뜰의 자두나무를 바라보았다. 세쿼이아가 있는 집에 대한 그리움이 밀려오면서 자신이 왜 이렇게까지 기를 쓰고 오랫동안 정신 나간 짓을 하고 있는지 모르겠다는 의문이 아주 잠깐 찾아왔지만, 다음 순간 몸과 머릿속에서 그런 생각을 몰아냈다. 그녀에게는 만들어야 할 영화가 있었다! 그녀는 이메일 몇 통을 처리하고 업계지를 재빨리 훑은 다음 요가나 다른 사람에게서 긴급 문자가 오지 않은 것을 확인했다. 그녀의 리슨 앱에 있는 카드는 석 장뿐이었다.

1. 깃발: 미술팀이 첫 촬영 전에 의식을 치르고 슬레이트를 들고 사진을 찍

을 때 쓰는 특별한 깃발을 반드시 가져오게 할 것.

2. 시계: 오전 9시 정각을 가리킴. 영화의 맨 첫 번째 촬영을 개시할 시각. 설령 B 카메라로 은행만 찍는 한이 있더라도.

3. 물음표가 붙은 군인: 과연 OKB가 빌 존슨이 각본에 쓴 그대로 의상을 갖추고 제시간에 나타날까?


얼은 휴대전화 화면을 밀어 전통적인 매직 에잇볼[1]의 디지털 버전에 해당하는 장난스러운 앱으로 넘어갔다. "우리가 오늘을 무사히 넘길 수 있을까?" 그녀가 앱에 대고 물었다. 아이폰을 흔들자 화면이 파란색 액체로 녹아내렸고, 이윽고 운세를 알려 주는 흰 글씨가 나타났다. **지나 봐야 알 일**. 그녀는 그 화면을 캡처해 빌 존슨에게 문자로 보냈다. 잠에서 깨면 보겠지.

빌 존슨은 오전 6시에 아직 잠자리에 있었다. 오전 7시 31분까지 잤다. 샐디에고의 〈자바 콘 레체 차차〉와 함께 아이폰 알람이 울리자, 그는 즉시 긴급 문자가 오지 않았는지 확인했다. 온 것이라고는 얼이 보낸 **지나 봐야 알 일**뿐이었다. 이어서 소코로의 팻에게 페이스타임을 걸어 커피를 들고 식탁에 앉은 그녀와 마주했다.

"머리가 아직도 베개 위에 있네?" 그녀가 말했다.

"외롭고 절반이 빈 침대 위에 있지."

"오늘 행운이 따르길 빌게, 존슨." 프렙 마지막 주나 촬영 1일 차에는 함께 하지 않는 것이 두 사람의 전통이었다. 업무량이 워낙 많아서 빌의 관심이 지나치게 분산되는 데다, 팻도 통기성 표토 수업을 비롯해 로케이션 현장에서는 처리할 수 없는 해야 할 일이 너무 많았다. 그녀는 주말에 비행기로 와서 일요일 하루를, 그리고 월요일 촬영장에서 연인과 함께할 예정이었다.

---

1 8번 당구공처럼 생긴 장난감. '네' 또는 '아니요'로 답할 수 있는 질문을 하고 흔들면 공 바닥에 답변이 뜬다.

샤워를 마치고 나서 지금까지도 그랬고 앞으로도 늘 그의 영화제작용 유니폼으로 남을 복장, 즉 오래되고 헐렁한 나팔 청바지, 낡은 가죽 카우보이 부츠 및 부츠와 짝을 이루는 벨트, 버튼넥 헨리 티셔츠, 인조 진주 똑딱이 단추가 달린 격자무늬 플란넬 카우보이 셔츠를 입은 뒤, 빌은 손수 자신의 **빨간색** 닷지를 몰아 베이스캠프로 갔다. 주차를 담당하는 운전사에게 차 열쇠를 던져 주고 어슬렁어슬렁 연회장으로 들어가 프렌치토스트 한 조각, 완숙 달걀 하나, 과일 샐러드 한 그릇을 챙기고 자리에 앉아 식사했다. 어디 걱정이라는 게 있기나 한 사람 같았으려나? 남들이 보기에는 그렇지 않았다. 속에서는 창자가 배의 삭구처럼 꼬여 있었지만.

렌 레인은 자신의 휴대전화에서 나지막한 귀뚜라미 울음소리가 흘러나오기 오 분 전에 눈을 떴다. 간밤에 그녀는 뇌를 멈추기 위해 THC[1]가 소량 포함된 꼬마 곰 젤리 하나를 먹었다. 오늘은 너무나도 많은 것을 짊어진 이브 나이트로서 맞이하는 첫날이었기에, 그처럼 법적으로 허용된 약물에 의지하지 않았더라면 도저히 잠들 수 없었을 것이다. (이브가 결코 잠들지 못하듯이!)

첫날인 오늘은 대사는 없었지만, 렌은 이브 나이트가 되어야 했다. 스태프들의 산만함, 감독의 지시, OKB의 헛짓거리는 아무래도 상관없다. 영화는 이제 그녀의 것이었다. 그녀의 꽉 들어찬 머릿속, 연기 주머니 속은 수많은 아이디어와 감정, 그리고 이와 연관된 감각으로 가득했다. 그녀는 제시간에 도착할 것이고 각본의 모든 순간을 꿰고 있을 것이다(각본을 끊임없이 읽고 또 읽어 암기했다). 일단 첫 순간이 렌즈에 담기고 나면, 그녀의 차분하고 프로다운 평온한 겉모습 때문에 지금껏 절제되어 보였고 앞으로도 그렇게 보일 내면의 타오르는 창의력을 마음껏 풀어놓을 수 있으리라.

렌은 기지개를 켰다. 이어서 드레이 코터 운동 스무 단계를 전부 해치웠다.

---

1 마리화나의 주성분인 테트라하이드로칸나비놀

그녀는 한 손에는 녹색 주스를, 다른 손에는 시나몬 번을 들고 밝아 오는 아침 햇살을 받으며 부지 내에 난 길을 거닐었다. 5시 15분에 그녀는 차 안에 앉아 톰 윈더미어가 자신을 론 뷰트로 데려다주기를 기다리고 있었다.

"어서요." 그녀는 안전띠를 매는 그에게 말했다. "일터에 데려다줘요."

5시 42분에 렌은 착한 요리사들과 케니 셰프록이 도구와 핀과 접착제와 연고와 립글로스와 그 외 스타용 분장 물품을 가지런히 늘어놓고 기다리던 공작실 안에 앉아 있었다.

"첫날이야, 아가씨." 케니가 말했다. "다들 껌뻑 넘어가게 해 보자고. 그리고 이거 고마워." 그녀가 케니와 요리사들에게 준 선물 꾸러미를 두고 하는 말이었다. 안에는 **이브 K.가 당신을 느끼며. 키스 키스 WL.**이라고 새겨진 은제 펜나이프가 들어 있었다. 렌에게는 전용 헤어/분장 트레일러가 보장되었으므로, 그녀만 사용할 수 있는 전용 안식처에서 촬영을 준비할 수도 있었다. 하지만 렌은 모두가 이용하는 트레일러의 떠들썩함을, 미용실의 수다와 유대감을 선호했다. 그녀는 트레일러에 찾아드는 가십, 활력, 폭소, 그리고 이따금 벌어지는 감정의 폭발을 모든 배우 및 헤어/분장 담당과 함께하고 싶었다. 그중에서도 모 영화 주연 남자 배우를 진심으로 짝사랑했으나 결코 로맨틱한 (섹슈얼한) 관계에 이르지는 못한 여자 배우의 일화는 지금까지도 제일가는 추억으로 남아 있다. 세상에, 그 아가씨는 정말이지 얼마나 갖은 수를 썼는지. 촬영 마지막 날 공작실에 온 문제의 배우는 처음에는 시무룩했고 그러다 화를 내더니, 결국 케니 셰프록과 스태프들이 그녀를 카메라 앞에 세우려고 준비하는 동안 눈물을 흘리고 말았다. 왜 그렇게 속상해하느냐, 진정 좀 하게 뭐라도 해 줄 건 없겠느냐는 질문이 자꾸만 자꾸만 또 자꾸만 쏟아지자, 그녀가 울부짖었다. "그냥 그 인간이랑 떡 좀 치고 싶다고! 그게 그렇게 잘못됐어?" 렌 레인이 전용 트레일러에 있었더라면 그런 걸 놓쳤을 게 아닌가!

요기, 그의 조감독들, 그리고 제작 보조들은 오전 6시에 집합했다. 연회장에서 빠르게 아침을 먹는 동안, 요기는 그만의 특별한 전통인 '돌파구로' 연설[1]을 했다. "본 촬영은 우리의 작전지역입니다. 우리 말입니다. 조감독과 제작 보조들. 우리는 누가 문제가 있다는 걸 알기도 전에 문제를 해결하죠." 요기는 이어폰과 클립식 마이크가 부착된 무전기를 들어 보였다. "이런 게 없는 사람들은 우리처럼 1번 채널, 제작 채널을 듣지 못한 걸 안타까워하게 될 겁니다! 앞으로 오랜 세월이 흐른 뒤, 그때까지도 자리를 보전할 사람들은 내가 이 영화를 만드는 바로 이 현장에 있었다고 말하게 될 거라고요. 여러분은…… 사랑받는 사람들입니다."

스태프 콜 타임은 오전 7시였다. 점심은 오후 1시로 잡혀 있었다. 촬영일 첫날의 마지막 촬영은 오후 7시에 끝날 예정이었다. 물론, **지나 봐야 알 일이었지만.**

얼은 빌과 합류했다. 요기, 스탠리 아서 밍, 애런, 그리고 스크립터인 '반박 불가' 프랜시스 디비애시도 마찬가지였다. 프랜시스는 과거의 스크립터들이 썼던 구운 햄처럼 두꺼운 삼단 링 바인더, 자, 다양한 색깔의 펜 대신에 초침만 있는 스톱워치와 아이패드 프로와 스타일러스 펜으로 자신의 복잡한 업무를 수행했다. 그들은 점심 전까지 찍고자 하는 숏들에 관해 이야기를 나누었다. 햇빛이 딱 알맞으니 도입부에서 이브 쪽 절반부터 촬영을 시작하며, 일부 숏은 카메라를 서스펜션 장치에 올려 찍겠지만 대부분은 카메라를 세워 놓고 찍는다. 파이어폴의 등장을 만족할 만큼 찍고 나서, 오후 햇빛에 의지해 이브의 리버스 숏을 찍는다. 이어서 보도로 이동할 수 있는 거리 내에서 여러 가지 간단한 숏을 찍은 뒤, 법원 앞에서 마무리. 대사 없이, 카메라 여러 대를 돌리고, SPFX팀이 참여하고, 각본 두 페이지 반에 해당하는 다섯 장면을 찍고 나면, 끝내주게 훌륭한 첫째 날이 끝난다.

---

1 셰익스피어의 희곡 〈헨리 5세〉에서 헨리 5세가 아쟁쿠르 전투 전에 하는 연설

* * *

　OKB가 프로답게 시간을 딱 맞춰 오전 7시 45분에 브라운 전기면도기로 얼굴을 문지르며 프랜젤 메도스의 숙소 밖으로 나와 레인지 로버의 조수석에 올랐기 때문에, 에이스 아세비도는 촬영장에 경고 신호를 보낼 필요가 없었다. 에이스는 집의 전면부 유리창에 무슨 일이 생겼던 것일까 궁금했다. 창문이 박살 나 직사각형으로 뻥 뚫린 자리를 지금은 파란색 방수포가 덮고 있었다.

　OKB는 웅웅거리는 브라운 면도기를 끄고 적갈색 〈레이피어〉 메신저 백에 넣었다. 이어서 그는 노렐코 삼중 헤드 전기면도기를 꺼내 면도를 계속했다.

　베이스캠프는 제작 사무소 뒤쪽 널따란 공터에 설치되었다. OKB의 트레일러는 헤어/분장 트레일러에서 불과 몇 발 떨어진 곳에 있었다. 이네스는 촬영 첫째 날 기념 선물을 OKB가 도착하기 전에 미리 가져다 두었다. 그의 에이전트는 꽃바구니를 보냈다. 호크아이는 미개봉 빈티지 지아이조 액션 피겨를 보냈다. 다이나모 네이션은 해병대 독수리, 지구, 닻 마크가 있는 빈티지 쌍안경을 보냈다. 옵셔널 엔터프라이즈(얼과 빌)는 그의 아우디에 어울리는 값비싼 운전용 가죽 장갑을 선물했다. 렌 레인은 랜돌프 엔지니어링에서 만든 조종사용 선글라스를 주었다. 당신이라면 틀림없이 날아오를 거예요! 맨 위에 WL이 양각된 전용 편지지에는 그렇게 쓰여 있었다. 이네스는 사려 깊은 선물들을 트레일러 식탁 위에 늘어놓고 OKB가 마실 스무디에 웃는 얼굴을 그린 포스트잇을 붙여 냉장고 안에 넣어 두었다. 트레일러 관리를 맡은 운전사는 72인치 LCD TV의 채널을 폭스 뉴스에 맞춰 두었다. 냉장고에는 물, 탄산음료, 주스, 비유제품 단백질 음료와 병에 든 귀리 우유, 아몬드 우유, 우유, 두유 하프 앤드 하프가 갖춰져 있었다. 견과류 바를 담은 바구니는 꽃을 활짝 피운 갈색과 오렌지색의 다육식물처럼 보였고, 아홉 가지 로스트 캡슐이 갖춰진 하키도 커피 메이커도 대기 중이었다.

OKB는 트레일러 계단을 올라가 문을 열어 놓은 채 재빨리 운동복 바지, 어그 부츠, 플란넬 와이셔츠로 갈아입고 분장 준비를 마친 뒤 스무디를 챙겨서 다시 계단을 내려가 곧장 헤어/분장 트레일러로, 의자로, 공작실로 들어갔다. 와! 일정보다 삼 분 앞섰다.

렌의 분장팀은 이미 작업을 마친 뒤였으므로, 거울 속에 보이는 배우는 OKB뿐이었다.

*  *  *

여느 영화 현장이 그렇듯 촬영 첫째 날은 요란한 뿔피리 소리와 북소리만 없을 뿐 조만간 일어날 일에 대한 기대로 가득했다. 공연이 시작되려 하고 있었다. 가정과 계획이 있던 자리에 행동과 촬영이 들어섰다.

제작 사무소 직원들은 마침내, 마침내 시동을 건다는 사실에 안도했다. 제작진 전원이 본 촬영 시작에 들떴다. 일부 임원 합창단이 '그들의' 영화가 시작되는 것을 보려고 날아왔다. 그들은 누구보다도 흥분했다. 누구보다도 겁먹었거나.

첫날 론 뷰트에 새로 온 사람들 가운데는 조사관을 연기할 배우들도 있었다. 파이어폴을 쫓아 전 세계를 돌아다니다가 이내 나이트셰이드와도 얽히는 캐릭터들이었다.● 다들 줌 화상 대화를 통해 원격 평가를 거쳤고, 이제는 로케이션 촬영에서 필요로 하는 만큼 머무를 예정이었다. 얼은 렌이 그들 한 사람 한 사람에게 인사를 건네면서 그토록 상서로운 아침에 온 것을 환영하며

---

● 저 유명한 커샌드라 델호라가 이전에 연기했던 런던 역을 다시 맡았다. 그녀는 다이나모가 애틀랜타에서 진행한 촬영에서 이미 렌과 만난 바 있었다. 새로 영입한 닉 차보는 글래스고를 연기했다. 빌 존슨이 오래전부터 좋아했던 클로발더 게레로는 머드리드를 연기했다. 그리고 리마 역을 맡은 것은 빌 존슨의 영화에 두 번째로 출연하게 된 아이크 클리퍼(《소리로 가득한 지하실》의 바텐더 역)였다.

다들 역사적인 사진 촬영에 함께할 수 있어 기쁘다고 말할 자리를 마련해 주었다. 8시 50분에는 제작진 전원이 메인 스트리트 중앙에 집결했다. 제작 사무소 직원들과 트럭, 사무실, 텐트에 있던 사람들까지 전부 나왔다. OKB도 공작실에서 잠시 나왔는데, 보형물과 아직 다 칠하지 않은 화상 입은 피부색이 운동복 바지에 어그 부츠 차림과 대조를 이루어 흉측하면서도 우스꽝스러웠다. 미술팀에서 만든 이번 영화를 상징하는 깃발에는 오렌지색과 빨간색 바탕에 EK라는 머리글자와 화염방사기, 커다랗게 정자로 쓴 론 뷰트가 들어갔다. 영화 로고를 넣어 특별 제작한 A 카메라용 슬레이트에는 빌과 샘의 이름이 박혀 있었다. **롤:**1, **신:**1, **테이크:**1은 지울 수 있는 마커로 적혀 있었다. 스틸 사진작가가 사다리에 올라갔고, 다들 그 주위에 모였다. 운전사들은 트럭과 밴에서 나왔다. 스윙 갱도 영화의 첫 촬영을 위해 남아 있었다. 총 아흔여덟 개의 미소가 렌즈를 향했다. 렌은 촬영 준비를 마치고 로브를 걸쳐 의상을 감추고 있었다. 이때가 많은 스태프들이 처음으로 그녀를 본 순간이었으며, 숱한 남자들의 심장이 요동쳤다.

이네스는 무리 가장자리, 프레임 왼쪽에 자리를 잡고 카메라를 향해 미소 지었다. 어쩌다 이런 일이 생긴 거지? 어떤 마법이 그녀를 이곳에 데려다 놓은 걸까? 그녀는 눈물을 훔쳐야 했다.

사진 촬영이 끝나고 빌에게 가위가 건네졌다. 그는 자기 생일잔치에 참석한 꼬마가 케이크를 자르듯 깃발을 잘랐는데, 조그마한 사각형 하나만 잘라 냈다.

빌이 알렸다. "이런 모험을 시작할 때마다 해 온 전통에 따라, 다들 각자 깃발을 한 조각씩 잘라서 특별한 곳에 보관합시다. 우리가 이 골판지 카니발을 전부 마무리하고, 예술적 분투와 육체노동으로 점철된 삶을 끝내고, 영화의 천국에 올랐을 때, 그 조각들을 다시 하나로 꿰어 맞추고, 앞으로 우리가 겪게 될 모든 나날을 기억할 겁니다."

제작진 전원이 한 사람씩 앞으로 나와 깃발을 한 조각씩 잘랐다. 새로 와서 수줍음을 타던 조사관들도 동참했다. 렌은 EK의 E 일부를 잘랐다. 하지만 OKB는 참여하지 않았다. 그는 화장실을 쓰러 자기 트레일러로 들어갔다. 그는 렌이 준 선글라스를 제외한 다른 촬영 첫째 날 선물은 포장을 뜯어보지도 않았다. 그는 선글라스를 쓰고 거울 속에 비친 자신을 감상하다가 분장을 마무리하러 공작실로 돌아갔다.

비디오 빌리지는 간이 텐트 안에 각 카메라의 화면을 보여 주는 TV 모니터들을 배열한 공간으로, 카메라를 구분할 수 있도록 모니터마다 밑에 흰 테이프 조각을 붙이고 A, B, C 등을 네임펜으로 굵게 또박또박 적어 둔다. 일렬로 늘어놓은 의자는 구경꾼을 위한 것이다. 공기가 통하게 옆을 열어 놓은 텐트가 그늘을 드리웠고, 그 안에 임원단과 렌, 얼, 프랜시스 등의 방문객들이 앉았다. 이따금 요기도 들어오기는 했지만, 한시도 가만히 있지 못하고 몇 초에 한 번씩 들어왔다 나갔다 했다. 맡은 일도 없고 자신이 어디에 있어야 하는지도 확신하지 못했던 이네스는 얼결에 바로 그곳, 카메라에서 몇 미터 떨어진 위치에 와 있었다.

그곳과는 달리 디지털 이미지 테크니션(Digital Image Technician)을 위한 텐트는 외부인을 환영하는 장소가 아니라 루이지애나주의 감옥 농장에서 죄수들을 벌줄 때 집어넣는 찜통처럼 내부를 완전히 암흑으로 만든 공간이었다. 텐트 날개는 빛을 완전히 차단하기 위해 벨크로로 닫아 두었다. 이동형 에어컨 덕분에 실내 공기는 비디오 빌리지와 마찬가지로 카메라 비디오 모니터들을 운용하면서 네 사람이 주기적으로 DIT를 이용하는 데에는 문제가 없었다. 네 사람이란 바로 빌 존슨, 스탠리 아서 밍, 요기(들어왔다 나갔다), 그리고 셉이라는 이름의 테크니션이었는데, 셉은 그 어두운 공간에서 워낙 많은 시간을 보내는 탓에 피부색이라고 할 만한 것이 존재하지 않았다. 어둠과 햇빛 속을 드나들다 보면 눈에 심하게 무리가 갔기 때문에, 그는 거의 종일 텐트 안을 지켰다. 촬영 사이사이에 한쪽 날개를 열고 밖을 내다볼 때도 그의 몸은 이동장

훈련을 받는 강아지처럼 안에 남아 있었다.

〈나이트셰이드: 파이어폴의 모루〉에서 맨 처음으로 촬영한 것은 그림자였다. 아침 햇살을 받은 마을 은행의 회전 간판이 메인 스트리트의 보도까지 길게 드리운 그림자. 은행과 천천히 돌아가는 간판 모두 진짜가 아니라 세트 디자이너와 건설팀과 스윙 갱의 창조물이었다. 간판은 영화 후반부의 전투 장면에 등장할 예정이었다. 제작 보고서상으로 오전 9시 22분, A 카메라●가 돌아가고, 짧은 트랙●●을 따라 살짝 앞으로 나아가면서 달리 헤드●●● 위에서 천천히 고개를 드는 동작을 두 테이크에 걸쳐 반복했다. 빌은 만족했다. 샘은 계획했던 영상을 얻었고, 카메라는 다음으로 이브 역의 렌이 처음 등장하는 일련의 숏들을 찍기 위해 이동했다.


1 실외. 아이언 블러프—메인 스트리트—낮


이브 나이트—일명 나이트셰이드.
우리는 기존 에이전트 오브 체인지 이야기를 통해 그녀를 안다.
그녀가 거리 가운데로 흘러든다. 자동차는 없다. 주민도 없다. 맹렬한 열기.
그녀의 눈이 마치 깊은 렘수면에 빠진 사람의 눈처럼 깜빡거리자, 우리는 깨닫는다. 그녀가 무언가를 감지하고—느끼고—있다는 것을.


다른 주연배우들 같으면 보좌, 조수, 아첨꾼 들을 꽁무니에 줄줄이 매달고 다녔을 법도 했다. 렌은 톰 원더미어가 멀찍이 떨어져 그녀의 안전을 돌보는

● 주 숏에 사용하는 중심 카메라. B, C, D 등의 카메라는 다른 앵글을 촬영하는 데에 쓰인다.
●● 카메라를 밀거나 당겨 숏에 역동적인 움직임을 추가해 주는, 철로처럼 생긴 트랙
●●● 카메라는 달리 헤드 위에 얹으며, 이를 통해 숏을 촬영하는 동안 카메라가 고개를 들거나 내리도록 조작할 수 있다.

가운데 혼자 있는 편을 선호했다. 그녀는 거리 한복판에서 카메라 옆의 빌과 몇 마디를 나눈 뒤 로브를 벗어 자신의 의상 담당자*에게 건넸다. 그녀는 교차로 중간에 빨간 테이프를 T자로 붙여 표시한 자기 위치에 서서 첫 테이크를 준비했다. 케니와 착한 요리사들이 최종 점검을 위해 나섰다.

이네스는 눈을 어디에 두어야 좋을지 알지 못했다. 비디오 빌리지의 모니터들을 훔쳐보고 비디오 탭이라고 부르는 것을 통해 렌의 첫 촬영을 보아야 할까? 카메라에 더 가까이 다가가도 괜찮을까? 회의에 참석하고 의상 피팅을 하고 모텔 방으로 안내되기에 앞서 자신들이 나오지 않는 숏을 멀찍이서 수줍게 구경하고 있는 새로 온 배우들 곁에 서 있어야 할까? 보도에 자리 잡은 다른 스태프들과 함께 있어야 할까? 몇몇 스태프들은 모든 것을 와이파이로 공유하는 영화제작 기술 덕분에 아이패드에 비디오 탭을 띄워 놓고 있었다. 이네스는 영화 만들기에 대해 아는 것이 없었기 때문에 어디에서 서 있어야 좋을지조차 알 수 없었다.

얼은 그런 이네스의 상황을 눈치챘다. "여기, 이네스." 그녀가 불렀다. "이쪽으로 와." 얼은 비디오 모니터 앞에 놓인 자기 의자에서 일어섰다. "내 자리에 앉아." 이네스는 그 제안을 믿을 수 없어서 자신이 뭘 잘못한 건 아닐까 걱정하며 당황스러워했다. "괜찮아. 여기 앉아." 얼은 단호했다. "역사적인 순간이라고." 그녀는 라디오 팩에 연결된 아주 값비싼 헤드폰을 이네스의 귀에 씌워 주었다. 렌의 목소리가 카메라 바깥에서 여성 붐 오퍼레이터가 들고 있는 긴 장대 끝에 달린 커다란 마이크에 담겨 헤드폰을 타고 들려왔다. 카메라팀과 요기와 조감독들의 목소리가 들렸다. 렌이 숏 크기는 어느 정도이며, 자신이 어디까지 움직여도 초점을 잡는 데에 문제가 없는지 묻는 소리가 들렸다.

---

* 빌리라는 여자로, 〈페리윙클〉 이후 쭉 렌의 의상 담당자였다. 빌리는 묵언 맹세를 한 수녀들을 제외하면 가장 말이 없는 인간일지도 모른다.

이네스는 바람 소리를, 자신의 심장이 뛰는 소리를 들었다.

"카메라 롤." 요기가 말했다. 최소 십여 명이 **롤!**이라고 따라 외쳤다.

사운드 스피드.

셋.

DIT 텐트 안에서 빌 존슨이 차분한 목소리로 **액션**이라고 말했다.

요기가 마이크에 대고 말했다. 제1 조감독이 따라서 **액션**이라고 말하는 소리가 주파수를 채널 1에 맞춘 모두에게 전해졌다.

텐트나 라디오 헤드셋에서 흘러나오지 않은, 누구의 것인지 알 수 없는 목소리가 이네스에게 속삭였다. **보고 절대 잊지 마.**

모니터에 렌은 더 이상 존재하지 않았다. 사라지고 없었다. 이브 나이트가 렌의 육체와 영혼을 대신했고, 그녀의 눈이……

　　마치 깊은 렘수면에 빠진 사람의 눈처럼 깜빡거리자, 우리는 깨닫는다. 그녀가 무
　　언가를 감지하고―느끼고―있다는 것을.

컷.

**컷!**

이네스는 눈을 깜빡거리고 파르르 떨었다. 방금 무슨 일이 일어난 거지? 렌의 첫 촬영이 겨우 십칠 초 만에 끝난 건가? 아니면 십칠 분이 지났나? 첫 촬영은 이루어졌다. 영화가 시작되었다.

＊ ＊ ＊

메인 스트리트 한복판에 21미터짜리 트랙이 북쪽을 향해 깔렸다. 롱 렌즈로 찍을 파이어폴의 등장을 위해서였다. B 카메라는 어느 가게 안쪽으로 들어가

FG●에 초점이 흐릿한 잡동사니의 실루엣을 놓고 파이어폴이 프레임을 가로지르는 앵글을 촬영할 예정이었다.

OKB는 공작실 작업을 끝내고 완전한 모습을 갖추었다. OKB의 의상을 준비한 사람은 마리오라는 이름의 조수로, 르넬라가 최근 의상을 담당했던 세 편의 영화에서 함께 일한 바 있었다. OKB는 여성 의상 조수를 선호했지만 마리오를 받아들였다. '그들'이라는 대명사[1]로 자신을 가리키길 선호하는 마리오는 OKB가 찢어지고 그을린 해병대 복장을 입는 것을 도우려고 옆에 서 있었지만, 배우는 그들에게 지아이조 군화 끈은 혼자서 묶을 수 있으니 됐다고 말했다.

"듀크에게 십오 분 줘." 요기가 무전기를 채널 1에 맞추고 말했다. 듀크란 파이어폴 역의 OKB를 가리키는 무전용 코드명이었다. 조감독팀에서 나이가 어린 축은 듀크가 〈이오지마의 모래〉에 나온 존 웨인을 가리키는 별명에서 유래한 호칭임을 알지 못했다. 지난 열여덟 달 동안 요기의 팀에 있었던 니나라는 베이스캠프 조감독은 이제 자신이 OKB의 트레일러 문을 가볍게 두들기고 한 박자 기다렸다가 문을 빼꼼 열고 콜 시트 2번에게 십오 분 뒤 촬영 준비가 완료된다고 알려야 한다는 것을 이해했다.

"베일리 씨?" 문틈으로 올려다보니 배우는 아직도 운동복 바지와 어그 부츠 차림으로 소파 위에 늘어져 휴대전화를 보고 있었다. 그는 분장 때문에 실로 무시무시해 보였다. "십오 분 경고입니다."

"그래?" OKB는 고개도 들지 않고 말했다. "경고라고? 너, 조심하는 게 좋아. 내가 단단히 경고하는데…… 할 때 그 경고야?"

"곧 준비가 다 된다고 알려 드리려던 것뿐이에요." 니나는 조심스럽게 정정

---

● 전경(The foreground)
1 자신을 특정 지정 성별로 여기지 않거나 또는 성별을 알리고 싶지 않은 개인이 사용하는 성 중립 대명사

했다. "뭐 필요하신 게 있을까요?"

OKB는 전화를 끄고 일어나 트레일러 출입구에 버티고 섰다. '화상 입은' 얼굴 반쪽이 드러나며 위압감을 풍겼다. "잠깐 들어오지, 티나."

"니나예요." 그녀는 지시를 따라 계단 세 개를 올랐지만 문은 활짝 열어 두었다.

"귀에서 무전기 빼고." 니나는 OKB가 시키는 대로 했다. "지금부터 자기가 일을 어떤 식으로 해야 할지 내가 알려 준다고 가정하자고."

"알겠습니다." 니나가 말했다. "제가 어떻게 하면 될까요?"

"주위를 둘러보면 자기가 로봇처럼 뭐든 시키는 대로 하는 제작팀 끄나풀이 될 필요가 없다는 걸 알 수 있을 거야. 저기 내 의상을 볼까." 샤워실과 미닫이형 유리문 벽장 너머의 침실 더블베드 위에 파이어폴 의상이 놓여 있었다. "내가 저걸 입는 데에 걸리는 시간은 군화 신는 시간까지 포함해도 일 분 삼십 초 정도야. 십오 분 경고 같은 건 필요 없단 소리지. 그러니까 그런 소릴 안 하면 어떨까. 귀에 꽂은 무전기에서 뭐라고 하든, 자기는 촬영장 사람들이 진짜 정말 모두 줄 맞춰 서서 촬영 준비를 마칠 때까지 기다리는 거야. 그런 다음 내 문을 두드리는 거지. 문은 내가 직접 열게. 자기는 나한테 준비 끝냈다고 말해. 나는 그럼 문을 닫고, 오줌을 누고, 군복을 걸치고, 가져갈 음료 한 잔 만들어서, 삼 분 내로 나올 거야. 그러면 자기는 윗분들께 내가 가는 중이라고 말하고. 나한텐 간단한 얘기 같은데. 자기한테도 간단하게 들려?"

"그럼요." 니나가 말했다. "문제없어요."

"좋았어. 그리고 앞으로 나한테 뭐 필요한 거 없느냐는 소리는 하지 마. 필요한 게 있으면 내가 요구할 테니까. 나도 좋게 좋게 얘기하려고 노력은 하지만, 이렇게 살갗에 플라스틱이며 페인트를 덕지덕지 달고 있는 데다 앞으로 석 달 동안 매일, 온종일 이러고 있어야 하는 신세다 보니 그게 어렵다고. 다음번에 우리가 말 섞을 때는 모두가 준비를 마치고 나를 기다리고 있어야 해.

그렇다고 그냥 '다들 기다리고 있어요.'라고 말하지는 마. 그렇게 말하면 내가 이미 늦은 데다 그게 내 책임인 것처럼 들리잖아. 같은 의미로 쓸 만한 암호 하나 만들어 봐."

"알겠습니다." 니나는 다시 트레일러 계단까지 물러났다. "'닻을 올리다'는 어떨까요?"

"그거 괜찮네." OKB는 그렇게 말하면서 손을 뻗어 문에 달린 걸쇠를 걸었다.

니나는 이어폰을 끼고 트레일러 안에 소리가 들리지 않을 만한 거리까지 물러난 다음 요기에게 '듀크가 끓는 중'이라고 보고했다. 요기가 듣고 싶었던 말은 OKB가 대기 중이라는 보고였다. 끓는 중이라는 건 조감독 용어로 '준비가 됐을지도 모르겠지만 하도 성질을 부리는 통에 확신할 수 없다. 최선을 다하겠다'라는 의미였다.

"십오 분 뒤에 데려와." 요기가 니나에게 말했다.

"알겠습니다." 니나가 응답했다.

십이 분 뒤, 니나는 문을 두드렸다. OKB가 문을 열었다. 니나는 하마터면 촬영장에서 기다린다고 말할 뻔했다가 삼켰다. "닻을 올립니다만?" 그녀가 물었다.

OKB는 눈알을 굴리더니 문을 닫았다. 십오 분 뒤 그는 파이어폴 복장을 갖추고 하키도 커피와 귀리 우유가 든 커다란 철제 머그잔을 챙겨 밖으로 나왔다. "닻 쳐올리시든가." 그는 렌에게 받은 선글라스를 쓰며 중얼거렸다.

지난 사십오 분 동안 배우의 트레일러 바깥에 서 있던 마리오는 OKB가 파이어폴 헬멧을 가지고 나오지 않은 것을 보고 다시 트레일러로 들어갔다.

"이동 중입니다." 니나는 촬영장으로 향하는 길에 마이크에 대고 요기에게 OKB의 도착을 알렸다.

"그 소리 듣기 싫어, 알았어?" OKB가 말했다. "내가 무슨 운동장에 나온 죄수라도 되는 것처럼 보고하지 말라고."

OKB가 촬영장에 도착하자 빌 존슨이 외쳤다. "보라!" 박수갈채가 약간 쏟아졌고, OKB의 분장과 의상에 대한 무수한 찬사가 잇따랐고, 많은 스태프가 또 다른 주연배우 쪽을 힐끔거렸다. 그러자 OKB의 첫 촬영을 응원하려고 현장에 머물러 있던 렌이 하이파이브를 건넸다. 그는 그녀가 선물한 비행사 선글라스를 끼고 있었다.

"우와." 렌이 OKB에게 말했다. "아주 새끈한걸요!"

"분부하신 대로 대령했습니다, 어쩌고저쩌고." OKB가 말했다.

빌이 앞으로 나와 연출자로서 제공할 수 있는 지시 사항을 전부 전달했다. "첫 번째 숏은 아주 웅장합니다, OK. 저기 보이지요?" 그는 메인 스트리트 멀리 북쪽 끝, 조감독 하나가 안전 고깔 옆에 서 있는 곳을 가리켰다. "프리비즈로 보여 줬듯 CGI로 당신이 소용돌이치는 불길에 휩싸이게 할 겁니다. 액션, 하면 앞으로 걸어와요. 파이어폴이 되는 겁니다."

"나는 뭘 보고 있는 거죠?" OKB가 물었다.

"워낙 멀리서 찍는 거라 관객 눈에는 안 보입니다."

"그걸 묻는 게 아니고요." 배우가 말했다. "내가 뭘 찾고 있는 거냐고요?"

"이 숏은 실제 일어나는 사건이 아니고 이브의 머릿속에 스쳐 지나가는 악의 같은 겁니다. 여기선 당신이 으스스하게 출현한다는 것 자체가 중요해요."

"그렇지만 내가 이 쬐끄맣고 더운 동네에 나타나긴 한 거잖아요, 그렇죠?" OKB는 안전 고깔이 있는 자리를 바라보고 있었다. "내가 여기에 온 이유가 있을 거 아닙니까. 이유가 뭐냐니까요?"

빌은 잠시 생각에 잠겼다. 좋아, 여기서 연기할 거리가, 동기가 필요하다는 얘기로군. 어떤 배우들은 장면에서, 각본에서 자신이 왜 무엇을 해야 하는지 숙지하고 촬영에 임한다. 대사도 숙지하고. 어떤 배우들은 아무것도 하지 않는다. 그들은 감독의 지시를 필요로 한다. OKB도 그런 부류인 모양이다. "당신이 여기 온 건 나이트셰이드를 혼쭐이 빠질 정도로 겁주기 위해섭니다." 빌이 지시했다.

"아." OKB는 고개를 끄덕였다. "엘비스가 건물에 들어온 거군요."

"바로 그겁니다." 빌은 마주 고개를 끄덕였다.

빌 존슨의 영화에서 자신의 첫 장면을 촬영하기 조금 전, OKB는 어깨 너머를 돌아보며 말했다. "있잖아요, 이 친구는 게이예요. 파이어폴은 퀴어라고요."

빌은 OKB가 한 말을 들었다. 각본에서 파이어폴이 제2차세계대전에 참전한 벽장 속 게이 해병으로 묘사되었더라면 아무 문제 없는 발언이었겠지만, 어디에도 그런 해석을 정당화하는 내용은 없었다. 사실 그 정반대였다. OKB가 촬영 첫날이 되기 수개월 전에 파이어폴이 게이라는 언급을 했더라면, 빌은 그건 자신의 의도가 아니긴 하지만 흥미로운 캐릭터 딜레마이므로 '주머니 속에 담아 두겠다'라고 말했을 것이다. 두 중심 캐릭터 사이의 '해소되지 않은 성적 긴장'●은 이번 영화에서 인물 관계의 등뼈에 해당했다. 어쨌든, 키스 장면도 있지 않은가. 빌과 2번은 다른 순간, 다른 감정 묘사에 관해서는 수없이 논의했지만, 파이어폴의 성 정체성 갈등에 관한 언급은 단 한 번도 나온 적 없었다. 빌은 일단 그저 OKB의 첫 숏을 찍고 싶을 뿐이었다.

골프 카트가 OKB와 파이어폴 헬멧을 움켜쥔 마리오를 픽업했다. 메인 스트리트 몇백 미터 저편에 놓인 안전 고깔까지 걸어가는 수고를 덜어 주기 위함이었다. 그곳에서 소품팀이 M2-2 화염방사기를 배우에게 장착해 주었다.

롤.

사운드 스피드.

카메라 셋.

**액션. 액션! 액션, 액션!**

---

● 히치콕의 맥거핀만큼이나 유용한 플롯 장치다.

A 카메라에서 파이어폴의 조그마한 형체가 걸음을 옮기기 시작했다. 몇 초 후, B 카메라가 창문 너머로 여름 아침의 따뜻한 햇살 속에 프레임을 가로지르는 파이어폴의 전신을 측면에서 담았다. C 카메라에서는 흐릿한 얼룩처럼 보이던 것이 파이어폴의 낡아 빠지고 불에 탄 전투화로 바뀌어 프레임을 거대하게 채우면서 터덜터덜 인도를 나아왔다.

**컷! 컷! 컷, 컷!**

그곳에 그가 있었다. 완전하게 현현한 파이어폴이. 그가 나타났다.

"저거 선글라스인가?" 질문을 던진 사람은 얼이었다. 그녀는 달리가 원위치하는 동안 A 카메라 모니터를 보고 있었다. 프랜시스는 자신이 필기한 내용을 보고 있었다. 임원 합창단은 저쪽으로 자리를 옮겨 서로를 치하하는 중이었다. 비디오 빌리지에서 그것, 그러니까 파이어폴이 웬 무척 현대적이고 힙한 선글라스를 끼고 있었다는 걸 본 사람은 얼을 제외하면 이네스뿐이었다. 아, 잠깐. 렌도 보았다.

"내가 준 거예요." 그녀가 말했다. "비행사용이죠. 촬영 개시 선물로요."

"처음부터 다시 갑니다." 요기가 무전을 보내자 대여섯 명이 별다른 생각 없이 복창했다. 제작진은 첫 테이크를 반복할 채비를 했다.

"보스 맨." 얼이 말했다. 빌은 DIT 안에 있었지만 그녀의 목소리를 들을 수 있었다. "OKB가 선글라스를 끼고 있었어요."

"그랬어?" 빌은 카메라 움직임과 프레이밍에 집중하고 있었다. 샘은 그림자와 햇빛의 각도를 보고 있었다. 그는 B 카메라에 수정을 가하고 싶었다. "다시 돌려 봐, 커비."

커비는 재생 담당으로, 모든 카메라의 모든 테이크를 녹화하고 정리했다. 그는 자신만의 작은 접이식 텐트에 자리를 잡고 비디오 빌리지와 DIT 양쪽에 설치된 개방형 마이크를 통해 들려오는 내용에 귀를 기울였다. 대답은 스피커를 통해서 직접 할 수도 있었고, 아니면 시간을 절약하기 위해 삑삑 소리로 요청을 확인했다는 신호를 보낼 수도 있었다.

"재생합니다." 커비가 알렸다. 먼저, A 카메라 촬영본이 슬레이트를 치는 순간부터 재생되었다. 워낙 멀리서 촬영한 탓에 OKB/파이어폴이 쓴 선글라스가 전혀 보이지 않는 듯했지만, 이윽고 달리가 앞으로 다가갔다. 로 앵글로 촬영한 헬멧의 테두리 아래로 검은 렌즈가 보였다.

"그렇군." 빌이 말했다. "B 카메라 부탁해." 마찬가지로 B 카메라 영상이 모니터에 등장했다. 샘은 현재 해당 화면에서 FG에 잡히는 잡동사니를 재배치하는 중이었다. OKB가 프레임 오른쪽에 나타난 순간, 보려고 했더니 선글라스가 보였다. "그렇군." 빌도 보았다. 감독인 빌은 무전기를 가지고 다니지 않았다. 그가 요기에게 명령을 내리면 요기가 해야/바꿔야/고쳐야/변경해야 할 일을 필요한 사람에게 전달하는 식이었다. 하지만 멀리 떨어진 자기 위치에 가 있는 배우와 이야기하려면 무전기가 필요했고, 모니터 카트에도 한 대가 있었다. "요기, OKB에게 무전기 전달해."

"재능에게 무전기 전달 부탁해." 요기가 1번 채널로 말했다. 메인 스트리트 반대편 끝에서 조감독 하나가 바로 이럴 때 쓰는 여분의 무전기를 가지고 다녔다. A 카메라 화면으로 조감독에게 무전기를 받아 드는 OKB가 보였다.

"위스키 탱고 폭스트롯."[1] 배우가 말했다.

"OKB." 빌은 응답했다. "선글라스를 썼잖습니까."

"그렇습다, BJ."

"선글라스 벗고 다시 갑시다."

"음······." OKB가 송신 버튼을 누르는 사이에 무전기가 지직거렸다. "여기서 멋지구리한 설정으로 맨땅에서 시작하는 거예요, 감독님."

"아뇨. 그건 버리고 다시 갑시다."

---

1 군용 통신용어로 WTF, 즉 '시팔, 뭔데요(What The Fuck)'라는 뜻

"버려요?" 이제 OKB의 말은 질문으로 변했다. "이거 꽤 괜찮다고 생각하는데요."

이 대화는 1번 채널에서 이루어지고 있었으므로 현장용 무전기를 지닌 모두가 내용을 듣고 있었다. 2번, 3번, 4번 등등의 채널은 각 부서에 할당되어 부서원들끼리 서로 자유롭게 대화하는 데에 쓰였다. 하지만 1번 채널은 제작 채널, 현장 채널, 모두 함께 같은 일을 합시다 채널이었다.

"내가 그쪽으로 가겠습니다." 빌이 말했다. 그는 거리 끝으로 향했다. 오렌지색 안전 고깔이 있던 자리에는 배우와 소품팀원 둘, 조감독 하나, 그리고 마리오가 있었다. 그 정도 거리라면 골프 카트를 사용할 만도 했지만, 빌은 걸어가는 편을 선택했다.

"암호는 **얼빠진 놈**." OKB는 1번 채널에 그렇게 말하고 무전기를 조감독에게 반납했다. "이거 벗겨 줘." 남녀 소품팀원이 끈으로 맨 M2-2 백팩을 벗겨 주었다. 그는 군용 헬멧도 벗어서 미리 손을 내밀고 있던 마리오에게 건넸다. 그들이 맡은 일은 의상을 관리하고 가능하면 배우를 편안하게 해 주는 것이었다. 둘 중 어느 하나라도 실패했다간 남은 촬영일 동안 의상팀 트럭에서 초대형 세탁기/건조기로 빨래를 돌리는 신세가 될 터였다.

빌은 카메라에서 첫 번째 위치까지 한참을 걸어가는 동안 당면한 현실, 즉 배우가 촬영 당일에 자기 캐릭터에 관한 새로운 아이디어를 들고 나왔다는 현실과 원하는 숏을 건지기 위해 자신이 해야 할 말을 고심했다. 파이어폴은 게이 해병이 아니었고 선글라스도 쓸 수 없었다…….

닳고 닳은 촬영장 권력 다툼용 수법에 따라, OKB는 대화하러 온 빌을 나서서 맞이하지 않았다. 암, 탄원할 일이 있으면 제작진 쪽에서 현장의 왕족을 찾아와야 하는 법. 조감독과 마리오는 동쪽 인도에 드리운 건물 그림자로 자리를 비켰다. 헬멧 없이 메인 스트리트 한복판에 선 OKB의 눈을 가린 랜돌프 엔지니어링 비행사 선글라스에 다가오는 빌 존슨의 모습이 비쳤다.

"정지." OKB가 명령했다. "암호를 대라."

"선글라스는 아니라고 봅니다, OK." 빌은 곧장 본론으로 들어갔다.

"그냥 한번 해 봤어요, 삐제이."

"시대가 맞지 않아요."

"고증은 쫄보들이나 하는 거예요."

"눈이 가려지잖습니까."

"눈을 가리는 건 헬멧이죠. 선글라스는 미스터리를 제공하는 거고."

"숏마다 선글라스에 반사된 상을 일일이 CGI로 지워야 해요."

"이건 큰 영화잖아요? 그럴 예산 있으면서."

"하지만 난 대공개 순간을 고려해서 하는 소립니다. 이브가 당신 헬멧을 쳐서 벗기는 순간 우리는 당신의 흉터투성이 머리와 눈을, 파이어폴의 영혼을 들여다보는 창문을 목도하는 겁니다."

OKB는 넘어가지 않았다. "선글라스를 쓰면 그 순간이 슈퍼 강력해질 거라고요. 우선 마침내 철모가 날아가요, 그렇죠? 하지만 그다음, 내 선글라스가 또 벗겨지는 거죠. 이거 봐요……." OKB는 손을 들어 아 주 천 천 히 비행사용 선글라스를 벗으며 위협적으로 찡그린 검은 눈을 드러냈다. "콰앙. 파이어볼 엑스라지 사이즈 등장."

"하지만 그게 문제라는 겁니다. 그제야 당신의 눈을 보게 되잖습니까. 나머지 장면에서는 웬 선글라스 쓴 남자만 나오고요."

"바로 그거예요." OKB는 감독에게 말했다.

"전에 다 얘기했잖습니까." 빌이 맞받았다. 빌은 두 손으로 프레임을 만들어 OKB의 얼굴을 당사자가 BFCUOKB●라고 부르는 크기로 에워쌌다. "내가

---

● O. K. 베일리의 졸라 큰 클로즈업(Big Fucking Close-Up O. K. Bailey). 흔히 쓰이는 다른 표현으로는 스타 메이커, 거대한 한 방, 엄마 눈, 리 반 클리프, 쿠키 찍기 등이 있다.

여기로 들어올 때는, 당신이 타고난 그 눈부신 핀 조명이 보여야 한다니까요. 바로 그 눈이 당신이 온갖 일을 겪었다는 것을 알려 주는 겁니다."

"그렇지만 그건 하나의 서술에 불과하잖아요." OKB가 반박했다. "질문을 던져 보면 어때요? 이 남자는 누굴까? 눈이 멀었나? 모든 것을 감지하는 걸까? 게이일까? 스트레이트일까? 화가 났나? 사랑에 빠졌나? 여기서 우리가 긁고자 하는 간지러운 부분은 뭘까?"

"솔직히 말하지요, OK. 난 아니라고 봅니다." 빌은 뜸을 들였다. "선글라스는 캐릭터의 일부였던 적이 없어요."

"각본에서야 그랬죠. 하지만 여기선 늘 있었어요." OKB는 자신의 관자놀이를 가리키고 있었다. "한번 시도해 보면 어때요?"

"그런 구체적인 발상을 얘기한 적은 한 번도 없잖습니까."

"알아요. 내 실수예요, BJ."

"그러니까…… 선글라스 없이 가 봅시다."

OKB는 입술을 삐죽 내밀고 전투화를 내려다보았다. "지금 내 접근 방식을 얘기해 줄게요." 빌 존슨은 OKB의 접근 방식이 궁금해 죽을 지경이었다. "본능적으로 끌린다는 점은 제쳐 놓죠. 내 머릿속에는 정말로 선글라스, 불과 그늘이 보여요, 알았죠? 하지만 그건 일단 넘어가자고요. 논리적으로는 어때요? 지금 이 숏에 논리가 어디 있어요? 여기서 내가 뭐 특별히 보고 있는 게 있어요? 으스스한 유령 노릇하는 거 말고 내가 지금 여기 본 스쿠트[1]에 온 이유가 있냐고요? 우리 보스 맨 BJ 말로는 없다면서요. 난 그냥 렌의 조그만 코코넛 안에 떠오른 꿈이잖아요. 상상의 산물. 환상. 젠장, 이것 봐요, 이 잉꼬들은 아직 만나지도 않았다고요. 이브 밀크셰이크는 내가 어떻게 생겼는지 알

---

1 '본'은 '뼈'를 뜻하는 영어 단어, '스쿠트'는 '빠르게 지나가다'라는 뜻의 영어 단어이다. '유령'에 착안해 론 뷰트와 운을 맞춘 말장난

지도 못해요. 내가 밀짚모자를 쓰고 P. F. 플라이어스를 신고 있어도 그 여잔 모른다고요."

"하지만 우리가 보는 것이 곧 이브가 보는 겁니다. 파이어폴은 이 숏을 통해 우리에게 자신을 정의한다고요. 그런데 선글라스는 논리적으로 말이 안 되지요."

"우리가 말이 되게 만들면 말이 되고말고요!"

"그건…… 정말…… 아닙니다."

멀리서 지켜보던 얼은 보디랭귀지만으로 모든 상황을 이해했다. 한 숏을 찍었을 뿐인데, 심지어 두 테이크도 안 찍었는데 기싸움이 벌어지다니. 감독에게 필요한 것을 주기 싫어하는 배우. 특정 대사, 표현, 장면을 허용하지 않는 감독. 영화 전체가 궤도를 이탈할 수도 있었다. 이런 일은 빌 존슨의 영화에서는 좀처럼 일어나지 않았다. 〈앨버트로스〉에서 있었던 한 번의 사건을 제외하면(사실 세 번의 사건이 하나로 합쳐진 것이긴 했다). 〈소리로 가득한 지하실〉의 한 장면에서 배우 키키 스탤하트가 자기 '내면의 심장박동'을 '사색'한 끝에(그녀는 자기 캐릭터가 쓴 경전을 자가 출판해서 헤어/분장팀, 의상팀의 르넬라, 동료 출연자들, 빌, 얼, 그리고 소품팀에 배포했다) 촬영 당일 자기 대사를 수정하는 바람에 하마터면 파국이 벌어질 뻔한 적은 있었다. 그녀는 클럽 촬영 사이 자신의 BFCUKS[1]를 찍기 전에 얼과 함께 앉아 있던 빌에게 다가가 대사를 입에 잘 붙게 일부 수정해도 괜찮겠느냐고 물었다. 빌은 그녀가 펜으로 수정한 버전을 읽어 보았다.

"난 이 장면이 영화에 들어갔으면 합니다." 빌은 그녀가 그의 대사를 고쳐 쓴 것을 되돌려주며 말했다. "당신도 그렇지 않나요?"

키키 스탤하트는 그 짧은 발언을 통해 깨달았다. 만일 그녀가 자기 버전의 대사를 사용한다면 그 장면, 그 대목은 잘려 나간다는 것을. 그녀의 배역이

1 키키 스탤하트의 졸라 큰 클로즈업

356

잘려 나간다는 것을.

"원본대로 할게요." 그녀가 말했다. "나중에 같이 제 서브텍스트를 얘기해 볼 수도 있겠죠?"

"두고 봅시다." 빌은 말했다.●

론 뷰트에서, 얼은 빌이 긴 블록을 성큼성큼 걸어 카메라와 비디오 빌리지 와 DIT 텐트가 있는 곳으로 돌아오는 모습을 지켜보았다. 그는 그녀를 향해 파이어폴의 선글라스에 관해 모종의 동의가 이루어졌다는 신호를 보냈다.

세 카메라의 슬레이트가 딱 소리를 냈고, 액션 소리와 함께 테이크 2가 시작됐다. 메인 스트리트 반대편 끝에 OKB가 우두커니 서 있었다. 선글라스는 쓰지 않았다. 배우는 프랜시스의 초침 스톱워치로 이십칠 초 동안 움직이지 않았다. 그러더니 군복 주머니에서 선글라스를 꺼내 의기양양하게 얼굴에 걸쳤다. 그런 다음 성큼성큼 거리를 걸어왔다.

빌은 DIT 텐트에서 컷이라고 외쳤고, 그 말은 영화사 무전기와 많은 조감독의 허파를 타고 우렁차게 되풀이되었다. "다시 갈 겁니다." 감독이 그렇게 말하고 다시 걸어서 배우에게 돌아가는 동안 처음부터 다시 갑니다라는 말이 메아리치고, 메아리치고, 메아리쳤다.

OKB는 그를 기다리고 있었다. "원하는 대로 했죠? 선글라스 안 썼어요."

"다시 썼잖습니까, OK."

"그렇지만, 안 쓴 분량도 엄청 건졌잖아요."

"다시 썼잖습니까."

"내가 선글라스 쓴 게 마음에 안 들면 그 부분은 사용하지 마요."

"사용해야 합니다. 이건 파이어폴이 등장하는 장면이에요. 그는 거리를 걸

---

● 빌은 나중에 여자 화장실에서 아가씨들이 대화하는 장면에서 그녀가 직접 쓴 대사를 사용하게 해 주었다. 그는 두 테이크를 허용했고 완성된 영화에서 그녀의 대사 한 조각을 사용했다.

어갑니다. 우리는 여기서 처음으로 그를 머리끝부터 발끝까지 보지요. 카메라가 가까이 다가가 그를 보여 줄 겁니다. 선글라스는 어울리지 않아요."

"하지만 두 테이크 다 인화했잖아요."

"우린 디지털로 촬영 중입니다. 테이크를 인화할 필요는 없지요. 모든 테이크가 다 저장돼 있으니까. 문제는 뭘 인화하느냐가 아니라 뭘 찍느냐입니다. 그 선글라스는 어울리지 않아요."

"하지만 나한테 도움이 된다고요. 일단은 쓰고 시작하게 해 줘요. 속도가 붙으면, 그러니까, 내가 이거다 싶으면, 감 잡았다 싶으면, 그때 선글라스 안 쓰고도 몇 테이크 찍어 줄게요."

빌 존슨은 이미 생각했던 일정보다 뒤처져 있었다. 그가 두려워했던 대로 촬영 맨 첫날이 손아귀를 빠져나가고 있었다. OKB가 맨땅에서 시작하고 있었기 때문에.

어떻게 해야 할까?

얼은 보스가 어떻게 할지 정확히 알았다. 그는 테이크를 태울 작정이었다.

테이크 3은 처음부터 끝까지 OKB가 선글라스를 쓴 채로 찍었다. 테이크 4에서는 선글라스를 벗었고 다시 쓰지 않았다. 바로 그게 빌 존슨이 이 첫 번째 셋업에서 원했고, 마음속에 그렸고, 각본에 썼고, 다음 숏으로 넘어가기 위해 필요로 했던 것이었다. 하지만 "넘어갑니다!"라고 전 채널에 알리기 전에, OKB가 한 테이크만 더 찍으면서 자신이 생각하기에 괜찮다 싶은 아이디어를 시도해 보자고 요구했다. 그래서…… 다시 갔다.

얼과 빌은 다시 눈길을 교환했다. 얼: 왜 여기서 한 테이크를 또 찍고 있는 거죠, 보스? 빌: 저 친구 목매달 밧줄을 주기 위해서일까. 얼: 근엄한 목소리와 얼음장 같은 눈길 안 쓸 거예요? 빌: 차분한 인내심 모드를 시도해 보려고. 이미 필요한 건 얻었으니까. 얼은 아이폰으로 시간을 확인했기 때문에 손목시계를 차고 있지는 않았지만, 마치 손목시계를 차고 있는 것처럼 자기 손목을 가리켰다. 빌은 고개를 끄덕였다. 나도 알아, 안다고…….

테이크 5. OKB는 길 이쪽저쪽을 지그재그로 오가면서 그럴 거라는 예고를 듣지도 예행연습을 하지도 못한 포커스 풀러를 환장하게 만들었다.

테이크 6. 풀러가 포커스 위치를 잡은 뒤 다시 지그재그.

테이크 7. OKB는 다시 선글라스를 쓰지는 않았지만 파이어폴의 모습으로 살짝 춤을 섞으면서 걸음을 건너뛰고 외발로 뛰고 옆으로 뛰며 거리를 나아갔고, 덕분에 으스스해야 할 해병대 화염방사병이 아무 근심 걱정 없는 여덟 살짜리 꼬마처럼 보였다…….

테이크 8. OKB는 론 뷰트를 향해 전속 돌격에 나서듯 거리를 내달렸다.

테이크 9. OKB는 군용 헬멧을 거부하고 마리오의 무기력한 손에 맡긴 뒤 컷! 소리가 날 때까지 메인 스트리트를 걸어왔다.

빌은 그 선택에 대해 OKB와 대화를 나누기 위해 골프 카트를 타고 갔다. 카트에서 내리지는 않았다.

"그건 안 됩니다." 빌이 말했다. "헬멧을 써야 해요."

"그냥 어떻게 보일 수 있는지 보여 주려는 거예요. 마음에 안 들면 인화하지 마요."

"그런 얘기가 아닙니다. 화상 입은 두피를 표현하는 분장용 보형물을 붙이지 않은 상태라서 그래요."

"하지만 나중에 추가하면 되잖아요. CGI로. 후반 작업 때." OKB가 말했다. "후반 작업에서 추가할 수 있죠?"

"할 수 있지만 할 수 없습니다. 예산 문제예요. 지금은 헬멧이 필요해요. 헬멧이 벗겨지는 장면을 찍을 때는 분장을 하겠지만 지금은 파이어폴의 흉터가 없는 OKB의 머리가 보여서는 안 됩니다."

"한 테이크만 더요. 하나만 더 찍으면 만족할게요. OKB를 위해 한 테이크만 더 가요."

"그럽시다." 빌은 골프 카트를 유턴해 위이잉 하고 DIT로 돌아갔다. 배우의 행복을 위해서 한 번만 더 찍고 나면 카메라를 옮기리라. 이미 세 시간에 달하는 아침 햇빛, 촬영 첫째 날, 스태프들의 시간, 그리고 빌 존슨의 기력 상당 부분을 소모한 뒤였지만.

롤.

사운드 스피드.

카메라 셋.

액션. **액션! 액션, 액션!**

헬멧을 쓴 OKB가 메인 스트리트를 나치 돌격대처럼 다리를 뻣뻣하게 쳐들면서 로봇처럼 행진한 끝에 DIT 텐트에서 '컷'을 외쳤다.

무전기로 요기가 선포했다. "넘어갑니다!"

얼은 혼잣말했다. "여덟 테이크를 태웠네."

촬영일 53일 중 1일 차의 나머지도 그런 식으로 흘러갔다. 파이어폴의 셋업 하나하나는 원래 의도했던 각본 내용을 터무니없게 고친 버전으로 뒤바뀌기 일쑤였다. 열두 시간짜리 일정이 끝난 결과, 이브는 근사한 촬영분을 남겼지만 파이어폴의 촬영분은 몇 초밖에 건질 것이 없었다. 빌 존슨은 원하는 것, 필요한 것을 얻지 못하고 있었다.

"종료하지." 빌이 오후 6시 51분에 말했다. 그날 촬영 중 무전으로 전달된 어떤 공지보다도 큰 소리로 "끝입니다!"가 울려 퍼졌다.

요기는 1번 채널로 덧붙였다. "다들 멋진 첫 촬영일이 되게 해 주어 고마워요. 여러분은 사랑받는 사람들입니다."

\* \* \*

OKB는 근심 걱정 하나 없이 헤어/분장 트레일러로 들어갔다. 본능을 좇아 변화를 주고 창의력을 발휘하면서 하루를 이끈 자신이 대견해서 웃음이 나왔다. 파이어폴은 오직 OKB만이 구현할 수 있는 매혹적이고 독보적인 영화계의 아이콘으로 향하는 궤도에 올랐다. 공작실 의자에 앉아 보형물을 제거하고 피부를 복구하는 과정에는 한 시간이 소요될 예정이었다. 눈을 감은 가운데 세 분장사가 그의 피부에 달라붙은 찐득찐득한 것을 전부 제거하고 있는데 누군가 트레일러로 들어오는 발소리가 들리더니 얼 맥티어의 목소리가 뒤를 이었다.

"첫째 날이 끝났네요. 다들 고생했어요." 얼이 말했다. 트레일러에 있던 사람들은 "고맙습니다…….", "좋은 하루였어요…….", "화면 잘 나왔던데요." 등등을 주워섬겼다. "OKB, 당신 트레일러에서 보스랑 같이 내일 이야기 잠깐 할까요?"

"그럽시다." 배우가 말했다. "얘기해 보자고요."

"그럼 있다 봐요."

"접수 완료. 알았다. 오버."

OKB에게 그의 트레일러에서 열린 회동은 새 영화를 함께하는 새 협력자들에게 자신의 작업 방식을 육 분에 걸쳐 설명하는 자리였다. "난 이런 식으로 일해요." 그는 얼과 빌에게 말했다. 이제 그는 빌을 보 조(Bo Jo)라고 불렀다. "이게 내 방식이에요. 그동안 우리가 같이 얘기했던 거? 나 진짜 열심히 들었어요. 이해했다고. 그거 전부 다 내 힘줄과 뇌 속에 차곡차곡 쟁여 놨어요. 이제 그걸 내보내야죠. 마구 뱉어 보는 거예요. 맨땅에서 프리 스타일로. 난 내가 가진 전부를 아낌없이 줬고, 그 안에 진실이 있어요. 난 내가 한 거 전부 다 마음에 들고 찬성이에요. 그럼, 여러분은? 뭐, 나도 성인이에요. 그쪽에서 필요하다 싶은 걸 써요. 난 자존심 같은 거 내세우지 않으니까. 난 원재료를 공급할게요. 여러분은 거기서 금덩어리랑 보석을 추출하라고요."

"다 좋은 얘기군요." 보 조는 배우에게 말했다. "당신이 뭘 하려는 건지도 알겠고요. 하지만 개중에 너무 엇나간 것들을 찍느라 시간을 낭비하는 바람에 당신을 옭아매고 싶진 않군요."

"그게 뭔 소리래요?" OKB는 트레일러 냉장고에 든 대체 유제품 통에 적힌 원재료명을 읽고 있었다.

"너무 많은 선택지를 두고 당신을 재촉하고 싶진 않다는 겁니다. 결국엔 다음으로 넘어가야 하니까."

OKB는 했던 말을 다시 했다. "그게 뭔 소리래요?"

"그러니까, 말하자면 앞쪽 테이크에서는 '적을수록 좋다'는 격언을 목표로 파이어폴에 접근해 주면 도움이 되겠다는 겁니다."

"내가 영화 찍어 보니까 적을수록 적기만 할 때도 있던데요. 충분하지 않더란 얘기죠."

그 말에 얼의 머릿속에서 코웃음이 소리 없이 울려 퍼졌다. **고작 영화 두 편 만든 꼬맹이 주제에! 꼴랑 두 편!**

빌은 말했다. "테이크의 선택지를 줄이면 그만큼 시간을 절약할 수 있어요."

OKB는 말했다. "하지만 충분한 걸 건지려면 시간이 든다고요. 난 재촉당하면 할 일 못 해요."

"당신의 작업 방식을 재촉하려는 건 아닙니다." 빌은 침착하게 설명했다. "하지만 당신 시간을 낭비하고 싶진 않군요. 노력도요. 우선 하기로 한 걸 찍고 나서 변경을 가하고 이것저것 시도해 봅시다."

"난 풀어질 필요가 있다니까요?" 배우가 말했다. "캐릭터가 거칠 것 없이, 온갖 규칙에 얽매이지 않고 자연스럽게 흘러나오게 하려요. 오늘 했던 것처럼."

"이미 일정이 반나절 뒤처졌어요." 얼이 말했다.

"그건 일정 얘기고요, 이쁜이." OKB는 방금 얼 맥티어를 이쁜이라고 불렀다. "그건 내 알 바는 아니라고요. 여기서 내가 할 일은 내가 렌즈에 잡힐 때마다 불 뿜는 군인으로서 걷고 말하고 으스대고 겁주는 거잖아요. OKB가 여러분을 위해서 하는 건 바로 그런 거라고요. 일정은 귀에 무전기 꽂고 있는 제작사 앞잡이들이나 신경 쓰는 거고."

"자, 그럼 이렇게 합시다." 빌이 제안했다. "내일 우리끼리 미리 얘기를 좀 하지요. 그래야 서로 생각도 맞추고 찍을 내용에 둘 다 만족할 수 있을 테니까."

"그럼, 내가 고문실로 들어가기 전에 여기서요?" 고문실이란 공작실을 두고 하는 말이었다.

"당신 편할 때, 뛰어들 준비가 됐을 때요. 가령 촬영장에서 십오 분 정도 얘기를 하고 나서 몇 테이크를 찍은 뒤 이것저것 해 보면 어떻겠습니까."

"난 일단 무작정 대여섯 테이크 찍은 다음에 찍은 걸 보고 나서 얘기를 했으면 좋겠는데요."

"아." 빌은 그렇게만 말했다. 아, 라고만.

"난 그럴 때 제일 잘해요. 진실은 시간에 구애받지 않거든요. 게다가 진실을 포착하려고 깊고 길게 파고드는 게 잘못된 건 아니잖아요, 네스파?[1] 그리고 내가 솔직히 고백하는데, 오늘 막판에 우리가 만들어 낸 파이어플라이가 내 마음에 쏙 들었어요."

"반가운 얘기로군요." 빌은 자리에서 일어나 트레일러 문으로 향하며 말했다. "앞으로도 잘해 봅시다."

밖에서는 에이스가 OKB를 숙소로 데려다주기 위해 레인지 로버를 가까운 곳에 대고 대기 중이었다. 숙소의 깨진 유리창은 세트 목수가 판자를 덧대 안전하게 막아 놓은 뒤였다. 내일 미술팀에서 새 유리창을 끼울 예정이었다. 영화제작진은 어떤 문제든 해결할 수 있었다.

핵심 인원들(헤어/분장팀, 요기와 애런, 음향팀, 샘의 카메라 오퍼레이터들과 임원 합창단)은 당일 촬영본을 보기 위해 아몬드 재배업자 협회 건물에 모였다. 이

---

1 '안 그래요?'처럼 상대방의 동의를 구하며 되물을 때 쓰는 프랑스어 표현

네스가 대접에 샌드위치를 준비해 두었다. 사실 요즘은 디지털 모니터 성능이 워낙 좋아서 한자리에 모여 러시 시사를 가질 필요는 없었다. 이미 온종일 실시간으로 날것의 촬영본을 보았으므로 굳이 촬영 후 따로 검사할 필요는 없는 것이다. 하지만 이날은 촬영 첫째 날이었고 OKB가 몹시 까다롭게 굴었으므로, 간이 시사실은 열띤 관객들로 가득 찼다.

눈부시게 빛나는 렌을 제외하면 촬영본은 처참했다. 서로 하이파이브를 나누던 분위기가 갑자기 사라진 것으로 보아 임원 합창단마저 걱정이 드는 모양이었다. 그들은 하프 샌드위치와 생 야채 전채를 먹으면서 OKB가 껑충거리고 춤추고 익살을 부리고 얼빠진 짓을 하면서 앵글마다 테이크마다 시간을 낭비하고 제작비를 날리는 광경을 지켜보았다.

호러 쇼가 끝나자 빌은 자리에 남아 접시에 담긴 치킨 샐러드를 마저 먹었다. 미디어 룸에 남은 사람은 얼, 애런, 요기뿐이었다. 빌은 길다란 오이 피클을 아그작 씹으며 말했다. "자, 우리 영화를 구하려면 어떻게 해야 할까?"


## 2일 차 (촬영일 53일 중)

목요일 작업도 전날과 마찬가지로 엇나갔다. 차이가 있다면 이날 아침에는 OKB가 베이스캠프에 한 시간 사십칠 분 늦게 도착했다는 것이었다. 그는 스무디에 들어가는 재료를 바꿔 달라며 이네스를 세 번 배식팀에 다녀오게 하고 나서야 어슬렁어슬렁 공작실에 들어가더니 음료는 손도 대지 않고 의자 위에서 잠들었다. 그가 머리를 자꾸만 앞으로 꾸벅거리는 통에 분장팀이 분장을 하고 이음매가 보이지 않도록 표면을 다듬고 색을 입히고 하이라이트를 넣는 작업을 마무리하려면 거듭 그를 깨워야만 했다.

요기가 전날 밤 9시에 새 콜 시트를 배포했고 모든 부서가 그날 밤 이를 확인하라는 통보를 받았다. 그에 따르면 촬영은 신 4A(일부), 파이어폴이 도심 여러 지역에서 화상을 입을 정도로 뜨거운 공기와 연기가 맹렬하게 소용돌이 치는 VFX 폭풍을 헤치며 나아오는 장면부터였다. 연기 일부는 현장 SPFX팀 에서 실물로 준비했다. 나머지는 전부 후반 작업에서 VFX로 처리할 예정이 었다. 오후에는 렌이 촬영장에 와서 원래 1일 차에 찍어야 했던 신 5를 찍기 로 했다. OKB가 첫 테이크를 찍기에 앞서 보 조와 논의를 하러 현장에 나타 난 것은 10시 51분이 되어서였다. 빌은 촬영분을 건지기 위해 샘에게 각본에 는 없지만 후반 작업 때 편집 과정에서 유용하게 쓰일 인서트, 컷어웨이,[1] 설 정 숏[2]을 찍어 두도록 했다.

마침내 OKB가 카메라 앞에 당도했다. 빌은 2일 차 첫 촬영에 앞서 그와 대 화를 나누었고, 배우는 그저 예 예, 알았어요 알았어 알아들었어요, 라고만 하 고는 자기 자리에 섰다. 각본에 따르면 그가 처음 찍을 내용은 파이어폴이 몇 걸음을 옮기고 음산하게 걸음을 멈추었다가, 갈 길을 정하고 선봉에 선 군인 처럼 화면 밖으로 걸어 나가는 것이었다.

롤. 롤! 롤입니다! 카메라 롤!

사운드 롤.

마커.

카메라 셋.

액션. 액션! 파이어폴은 프레임 안으로 뛰어들더니, 헬멧을 벗고 머리를 긁 고 이어서 외발로 뜀뛰기를 하면서 술래잡기하는 어린애처럼 화면 밖으로 뛰 쳐나갔다. 빌이 "컷."이라고 외치자, 조감독팀의 모두가 복창했다. 장면은 이 후 열일곱 테이크 동안 계속해서 비슷하게 괴상한 방향으로 엇나갔다. 열일곱

---

1 장면의 주요 흐름과는 직접 관련이 없는 대상으로 잠시 화면을 전환하는 숏
2 한 장면에서 인물과 공간의 관계를 파악할 수 있도록 넓게 조망하는 숏

번, 빌은 카메라를 돌리기 전에 OKB와 이야기했다. 열일곱 번, 배우는 그렇구나…… 아하…… 그거였군요…… 뭔가 생각해 볼게요…… 예 예, 알았어요 알았어 알았어요, 비슷한 말을 주워섬긴 뒤 자기 멋대로 굴었다.

얼은 촬영장에 있지 않았다. 그녀는 제작 사무소의 자기 사무실에 있었다. 임원 합창단 절반이 그녀와 함께 있었다. (나머지 절반은 로스앤젤레스의 자기네 본부로 돌아간 뒤였다.) 이네스가 밖에서 다른 사람이 들어오지 못하게 지키는 동안, 닫힌 사무실 문 뒤에서 얼은 복잡한 안무를 수행하듯 필요한 조치를 취하는 중이었다.

"우리가 고용한 배우는 촬영 이틀째에 두 시간 늦게 왔어요." 그녀는 미니 합창단에게 설명했다. 다이나모에서 온 남자와 호크아이에서 온 여자는 둘 다 자기네 신성한 조직에서 부사장직을 맡고 있었다. "그 사람은 자기가 출연한 영화에 아무런 생각도 없어요. 파이어폴이 게이이고 비행사 선글라스를 쓰면 멋져 보이지만 헬멧을 쓰면 그렇지 않다는 것 말고는 자기 캐릭터에 대해서도 아무런 생각이 없고요. 첫 촬영일에서 건진 쓸 만한 영상은 사 초 남짓에 불과해요."

"파이어폴이 게이라고요? 그런 생각은 못 했는데." 호크아이에서 온 여자가 말했다. "하지만 그런 걸로 할 수도 있겠죠."

얼은 설명했다. "그랬다간 우리 모두가 영화로 만들기로 했던 각본과는 무관해져요."

"다이나모에는 이미 스카이 에인절이라는 게이 슈퍼히어로가 있습니다." 다이나모 임원이 무미건조한 말투로 말했다. "또 하나는 필요 없어요. 트랜스젠더로는 안 되겠습니까?"

얼은 그 발언을 무시했다. "날짜를 맞추기 위해 일정을 변경해야 한다면 각본도 변경해야 해요. 수정하고 잘라 내야 하죠."

"잘라 낼 부분에 대해서는 아이디어가 있습니다만." 다이나모 씨가 말했다.

"호크아이 크리에이티브 부서에서 논의한 수정 사항이 있어요."

"둘 다 안 돼요." 얼이 말했다. "우리가 내 보스에게 보스가 쓴 각본을 고쳐 달라고 하기에 앞서, 그 사람은 출연자 2번을 꼬드겨서 어떻게든 말이 되는 연기를 내놓게 하려고 뒤가 빠져라 노력하고 있어요. 간이 일정표를 수정해서 파이어폴과 이브가 함께 나오는 장면을 최대한 앞당길 수는 있어요. 그린 스크린 스튜디오 촬영을 우리가 원했던 것보다 더 일찍 시작해야겠지만, 어쩔 수 없겠죠. 그렇게 OKB의 촬영을 최대한 빨리 끝내 버리는 거예요. 이네스?" 얼은 문을 향해 말했다. 즉시 이네스가 문을 빼꼼 열고 나타났다.

"뭐가 필요하세요?" 그녀가 물었다.

"모두에게 자바 부스터를 돌려줘. 커피는 어떻게들 드시죠?" 얼이 임원들에게 물었다.

"제가 알아요." 이네스는 그렇게 말하고 사라졌다.

얼은 다시 임원들에게 시선을 돌렸다. "계속 그렇게 늦는다면 지각으로 날린 시간에 대한 비용을 OKB가 배상해야 할 거라고 에이전트를 협박할 수도 있겠죠."

"마음에 드는데요." 호크아이가 말했다. "한 수 가르쳐 주는 거예요."

"오, 가르쳐 주고 말고요." 얼은 OKB가 배울 줄 모르는 인간이라는 걸 잘 알면서 그렇게 말했다.

한편 촬영장에서, OKB는 바로 그 순간 내면에서 충동적으로 솟아난 아이디어에 몹시 흥분한 상태였다. 그는 소품팀에 주시 후르츠 껌 한 통을 달라고 하더니 껌 반 개를 입에 뭉쳐 넣었다. 파이어폴은 이제 껌을 딱딱 씹으며 배회하는 사냥꾼으로 변했고, OKB는 장면 내내 어슬렁거리면서 턱을 열심히 놀려 댔다. "브라보, 조니!" 그는 빌 존슨에게 외쳤다. "이거예요! 캐릭터를 찾았다고!"

"난 확신이 안 섭니다만." 사실 빌은 그건 정말 아니라고 확신하고 있었다.

"껌 없이 조금 찍어 볼까요."

"그건 아니죠!" OKB가 껌으로 딱 소리를 내면서 말했다. "우리, 대담하게 나가 보자고요! 대위법을 이루는 거예요! 지금껏 내 안에서 고머 파일을 발견하려고 뛰고 움직이고 꿈틀거리고 난리를 쳤는데 이제 이거라면……." 그는 풍선을 불려고 했지만, 주시 후르츠로는 불가능했다. "이것 봐요. 나도 감독님이 시키는 대로 가만히 서 있을 수는 있어요. 그치만 이제야 내가 내내 찾고 있었던 바로 그 기분이 든다고요."

과연 헬멧을 쓰고 선글라스는 없이 부동자세로 선 OKB는 미스터 에드●가 입안 가득 땅콩버터를 우물거리듯 턱을 놀리며 껌을 씹는 배우가 그럴 수 있는 한에서는 최대한 음산하게 보였다.

"다시 돌아가서 어제 했던 것도 다시 찍죠!" OKB는 아이디어에 몹시 신이 났다!

"나중에 일정을 봐서 하지요." 빌이 말했다.

"오늘 하자고요! 지금 여기 있잖아요! 메인 스트리트에 카메라 설치해서 내 등장 장면을 찍는 거죠! 두 테이크만 찍으면 되는걸!" 입안에 껌이 든 OKB는 따옴표마다 침을 튀겼다.

"옮겨야 할 장비가 너무 많습니다."

"겨우 두 블록인데요?"

"트랙에 크레인에 카메라도 세 대예요." 빌이 설명했다.

"그럼 오늘 끝날 때 찍죠. 이봐요, 새미?" OKB는 스탠리 아서 밍을 그가 싫어하는 이름으로 불렀다.

"뭔가?" 샘이 물었다.

---

● 〈미스터 에드〉는 말을 하는 말이 나오는 아주 오래된 TV 시리즈다. 에드의 입에는 땅콩버터가 들어갔다. 땅콩버터를 핥으면 말을 하는 것처럼 보였던 것이다. 전해지는 말에 따르면 에드는 땅콩버터를 좋아하는 행복한 말이었다고 한다.

"어제 찍은 걸 끝내주는 골든아워로 다시 찍고 싶지 않아요?"

"오늘 골든아워 때는 여기서 찍기로 한 거 아니었나?" 샘은 빌을 보고 있었다.

"어제는 이게 없었잖아요." OKB는 자기 입과 입속에 든 껌을 가리켰다. "난 이제 자유롭다고요!"

"여기부터 끝냅시다." 빌은 주머니에서 숏 목록처럼 보이는 것을 꺼내서 살피는 척했다. "점심 전에 두어 셋업 더 찍고 나서 일정을 보기로 하지요."

"접수 완료!" OKB가 자기 위치로 돌아갔다. "새 주시 후르츠가 필요해!" 배우는 소품팀을 향해 외쳤다.

빌은 사실은 그가 가끔 카메라를 설치하는 동안 시간을 죽이려고 하곤 하는 조토 게임 카드였던 조그마한 카드에서 눈을 떼지 않았다. "샘?"

"응?"

"그리고 요기?" 빌은 제1 조감독도 불러서 두 사람에게 점심시간이 끝나면 광장을 에워싼 건물들과 법원 지붕에 카메라를 설치해 달라고 말했다. 롱 렌즈를 이용하고 프레임을 넓게 잡아서 파이어폴이 조그맣게 보이게 하는 것이다. 그런 다음 크레인과 집 암[1]으로 넘어가고, 탑 위에 B와 C 카메라를 올려서 오후 빛을 기다렸다가 파이어폴을 뒤에서 찍을 작정이었다.

렌은 그날 오후 촬영이 없다는 통보를 받았다.

* * *

렌은 그날 오후에 쉬고 싶지 않았다. 영화에 출연한 배우가 ("촬영 준비됐습니다."에 이어) 두 번째로 듣기 좋아하는 말이 "오늘은 촬영 없습니다."라고들 하지만, 그녀는 일을 하고 싶었다. 그래서 렌은 드레이 코터 운동을 전부 하

1 카메라를 매달아 삼차원으로 움직일 수 있게 하는 소형 크레인

고, 긴 시간에 걸쳐 천천히 진행하는 스트레칭 루틴을 소화하고, 펜을 손에 들고 각본을 다시 읽고, 윈더미어 부부와 월리와 함께 가벼운 저녁을 먹고 나서, 이제 오래된 영화를 보며 저녁을 보낼 참이었다. 여장부 베티 데이비스는 1946년작 〈도둑맞은 인생〉에서 케이트 보스워스와 퍼트리샤 보스워스를 둘 다 연기했는데, 렌은 파운틴 애비뉴의 전설이 한 영화에서 두 역할을 소화하는 모습을 확인하고 싶었다.

그녀가 미디어 룸에서 IT 업계 거물의 돈으로 살 수 있었던 가장 편안한 리클라이너에 앉아 거대한 LCD 비디오 스크린이 빛을 발하며 다양한 음영의 회색으로 변해 흑백영화를 띄우는 광경을 보고 있는데, 아이폰에서 얼 그린의 〈우리 함께 있어요〉가 울려 퍼졌다. 렌이 얼 맥티어의 전화에 할당한 착신음이었다.

"일시 정지." 렌이 미디어 룸을 향해 말하자 방 너비만큼 커다란 스크린에 뜬 옛 워너브라더스의 방패 모양 로고가 정지했다. "네?" 그녀는 전화에 대고 말했다.

"오늘 같은 날 밤에는 평온합니까?" 이 영화에서 얼보다 더 큰 영향력을 지닌 유일한 인간, 빌 존슨이 얼의 전화를 이용하고 있었다.

"고등학교 졸업 앨범에서들 쓰는 표현대로, 짱이죠." 〈소리로 가득한 지하실〉의 대사를 인용한 것이다. "왜 얼 번호로 연락했어요?"

"나 여기 있어요!" 스피커폰으로 설정된 전화를 향해 얼이 외쳤다. 두 사람은 제작 사무소에 있는 얼의 사무실에 있었다.

"무슨 일이에요?"

빌이 입을 열었다. "당신과 관련된 일은 아닌데 전부와 관련된 일이긴 합니다……."

"불길한 소릴 하시네요." 렌은 그러더니 덧붙였다. "조명 켜, 중간." 미디어 룸에 대고 한 말이었다. 그러자 조명이 중간 밝기로 밝아졌다.

"이 사람이 이러는 거 이해해 줘요." 얼이 말했다. "얘기를 나눠야 해요, 우리 셋이서."

"지금 당장요?"

"옙." 빌이 말했다.


## 금요일 밤의 학살

OKB는 한 시간 이상 늦게 베이스캠프에 도착했지만 아침 식사를 즐긴 뒤에야 헤어/분장 트레일러로 와 달라는 말을 들었다. 에이스가 레인지 로버를 세우자 제1 조감독인 요기가 마중을 나와 이날 아침 숏 목록에 변경 사항이 생길지도 모르니 서둘러 공작실로 가지 않아도 된다고 설명했다. "지금부터 카메라 준비에만 최소한 한 시간은 걸리는 데다 그 숏에 배우님은 출연 안 하시니까, 편안하게 계시면 됩니다."

"이네스는 어디 있지?" 소식을 들은 OKB가 그렇게 대꾸했다.

"무전으로 불러 드릴 수 있는데요." 요기가 말했다.

"오늘도 뜨뜻한 스무디라면 사양이야. 고수 뺀 우에보스 란체로스랑 M2-2 화염방사기로 구운 것처럼 바삭한 베이컨을 먹고 싶은데."

"가져다드리겠습니다."

"이렇게 지연될 거면 누가 얘기를 해 줬어야지." OKB는 자신의 스타웨건 트레일러 출입문을 닫으며 말했다. "쓸데없이 서두르는 대신 더 잘 수 있었잖아." 원래 정오였던 자기 콜 타임에 한 시간 늦게 온 남자의 말이었다.

이네스가 주문한 식사를 호일로 감싼 접시에 담아 가지고 와서 문을 두드리자, OKB는 문을 열고 음식을 받으며 말했다. "고마워, 이쁜이쁜이. 잘못 말한 거 아냐. 두 번 이쁘다고 했다고."

* * *

미합중국 해군 대표 군가의 제목은 '닻을 올려라'다. '닻을 풀어라'가 아니다. 얼이 그 귀에 익은 곡조를 휘파람으로 불면서 카메라 옆에 나타났을 때는 그런 건 아무래도 상관없는 문제였지만. 빌은 그녀를 돌아보면서 유감이라는 듯 입술을 꾹 다문 채로 씩 웃었다. 그녀는 아침 내내 자신이 치른 검투 시합에 대한 소감을 대신해 눈알을 굴려 보였지만, 어쨌든 결과는 나왔다. 승인.

빌은 촬영장을 벗어나 가까운 아몬드 재배업자 협회 건물까지 걸어갔다. 건물에는 배우들의 대기실이 설치되어 있었다. 자기 장면을 촬영하려고 대기하는 출연자들을 위해 진짜 소파와 의자, 대형 TV 한 대, 카페 디 멀티플로 에스프레소 머신, 그리고 다량의 충전기를 마련해 둔 방이었다. 바로 이곳에서 아이크 클리퍼가 미스터 리마로서 제복/의상을 갖추고 자신의 첫 촬영을 위해 대기하고 있었다. 이네스는 그에게 빌 존슨이 잠시 그와 대화를 나누기 위해 오고 있다고 알렸다.

"조오치요." 배우가 말했다.

"뭐 필요하신 게 있을까요?" 이네스가 물었다.

"전혀 없어요. 방금 잠깐 눈 좀 붙였고. 공짜 커피도 받았고. 두어 시간 뒤에는 공짜 점심도 나오네요. 이네스, 난 괜찮아요."

이 분 뒤, 빌 존슨이 대기실로 들어왔다. 두 남자는 십이 분 동안 문을 닫고 있었다. 문이 열리고, 빌이 밖으로 나와 곧장 베이스캠프에 있는 OKB의 트레일러로 향했다.

얼이 손에 전화를 들고 보스를 지켜보며 대기했다. 육십 초 후, 그녀는 빌과 렌과 다이나모와 호크아이의 임원들만 아는 전화를 걸 참이었다.

빌은 알루미늄 문을 세 번 두드린 뒤 열고 말했다. "빌이에요. 잠깐 들어가서 얘기 좀 할까요?"

"그러셔야죠." OKB가 안에서 말했다.

얼은 아이폰의 통화 버튼을 눌렀다.

OKB는 〈주디 판사〉를 무음으로 재생해 놓고 트레일러 소파에 드러누워 아이폰으로 틱톡을 스크롤하고 있었다. "무슨 일이에요, 블로 잭? 왜 나 촬영 안 해요?"

"그 얘기를 하려고 온 겁니다." 빌은 자리에 앉지 않고 간이 주방의 카운터에 몸을 기댔다. "내가 실수를 저지르는 바람에 처리하느라 촬영을 못 하고 있는 겁니다. 내겐 영화가 나아갈 방향을 확실하게 해 둘 기회가, 책임이 있었지요. 내가 파이어폴을 어떤 식으로 바라보는지를요. 그 캐릭터가 어떤 식으로 구현되어야 하는지를요."

그러자 OKB가 틱톡을 내려놓았다. "그래요?"

"당신이 당신의 본능을 따르는 동안, 당신이 그렇게 하도록 내가 당신을 내버려두는 동안, 나는 원래의 비전에서 벗어나고 있었습니다. 역할이 변하고, 캐릭터가 산으로 가고, 영화가 뒤바뀌고 있었지요. 처음부터 그랬어야 했고, 그러니 이건 내 책임입니다만, 내가 당신에게 더 현명하고 굳건하게 손을 내밀었어야 했어요."

거대한 TV에서 주디 판사가 뭐라고 말하고 있었다. 그녀는 소리 없이 동의를 표하듯 고개를 끄덕이고 있었다. "더 굳건한 손이라." OKB가 되뇌었다. "그래서요."

"그 결과, 다시 말하건대 이건 전부 내 책임입니다만, 이대로는 안 되겠습니다. 이건 어, 당신이나, 어, 당신의 작업 과정이나, 어, 당신의 대안들과는 아무런 상관도 없습니다."

"동의해요."

"그러니, 변화를 주어야겠습니다. 그리고 이건 내 결정입니다. 나만의 결정이에요. 이걸 진즉 분명히 해야 했어요."

"좋아요!" OKB가 소파 위에서 몸을 일으켜 앉았다. 〈주디 판사〉 대신 신체 상해가 전문인 법률사무소 광고가 나오고 있었다. "우리가 맨 먼저 검토해야 하는 건 그 헬멧 문제라고 봐요. 내가 더 열심히 반대했어야 했는데. 내 실수 예요. 그것만 바로잡아도 우리는 본궤도에 오를 거고 난 백 퍼센트 파이어 그 친구가 될 수 있을 거예요. 재촬영 시간을 만회할 겸 내가 며칠 정도는 토요 일에도 일할게요. 스태프들은 짜증 내겠지만 난 괜찮아요."

"아뇨." 빌이 말했다. "토요일에 촬영하지는 않을 겁니다."

"내가 머리 흉터 분장에 들어가면, 이제 드디어 헬멧은 치우기로 했으니까 요, 오늘을 촬영 첫날이라고 쳐도 되겠죠? 이제 맨땅부터 시작하는 거예요!"

"아뇨." 빌이 다시 말했다. "오늘 촬영은 더 없을 겁니다."

"좋아요! 분장팀도 헬멧 안 쓴 대가리를 준비하려면 시간이 필요할 테니까. 근사할 거예요, 베이커 존존! 가끔은 야간 촬영이 그야말로 마법을 부리는 법 이죠, 안 그래요?"

"미안합니다." 빌은 그렇게 말하고 주저했다. 주저했다. 주저했다. "우리는 당신을 내보내는 걸로 변화를 주기로 했습니다."

"오늘 내 촬영이 끝이라고요? 여기서 몇 시간을 앉아 있었는데 오늘 나를 안 쓴다고? 그게 뭐예요, 진짜."

"우리는 당신을 이 영화에서 내보내기로 했어요."

OKB는 그 말이 무슨 뜻인지 전혀 이해하지 못했다.

빌은 말을 이었다. "이대로는 안 돼요. 변화를 주기로 했어요."

OKB는 자신이 뭘 잘못 들은 게 아닌가 생각했다. 그러다 이윽고 머릿속에 두 글자짜리 낱말 퍼즐의 해답이 번뜩였다. **해고.** "당신이 나를 해고할 수 있 을 것 같아요?"

"이건 내 잘못이에요, OK. 그리고 내가 결정한 거고요. 이런 일이 벌어지게 해서 미안해요. 다시 말하지만 우리가 처음 대화를 나누었을 때부터 내가 일을 다른 식으로 처리했어야 했어요."

OKB는 소파 위에 미동도 없이 앉아 있었다. 그는 무슨 거물이라도 된 양 자기 트레일러에 쳐들어온 밥맛 쫄보 새끼에게서 눈을 떼지 않았다. 감독, 빌 '블로 잡' 존슨에게서. "난 계약했어. 이미 카메라가 나를 찍었다고."

"이런 소식을 듣는 게 얼마나 힘든 일일지 압니다. 당신은 정말 뛰어난 배우이고⋯⋯."

"내가 이 영화 주연인데 나 없이 당신이 괜찮을 것 같아? 당신은 본 촬영 사흘도 못 버텨, 존슨. 이건 '에덴' 시리즈처럼 십 대 여자애들이랑 지질한 팬 보이들이 고정 관객인 영화가 아니야. 당신은 내가 필요해. 당신은 나 없이는 안 돼."

"이대로는 안 됩니다."

"다이나모가 나랑 영화 세 편 더 찍기로 계약했다고! 시팔, 내가 이 시리즈 자체라는 걸 모르는 거 아냐? 똑바로 알아 둬. 날 해고하면 당신도 죽는 거야. 〈앨버트로스 2〉로 또 커리어 말아먹고 싶어?"

바로 그때, 주디 판사가 TV 법정에 다시 입장하는 것과 동시에, OKB의 아이폰이 진동하며 웅웅거렸다. 화면이 켜지면서 그를 대변하는 에이전시의 로고가 떴다. 얼이 평소처럼 정확성을 기해 해고 절차의 마지막 단계를 수행했다는 의미였다. OKB는 틱톡 대신 난장판을 마주하게 될 참이었다.

"당신 에이전트일 겁니다." 빌은 앞서 자신이 열었던 알루미늄 문을 통해 나가면서 말했다. "그쪽이 나보다 더 잘 설명해 줄 겁니다. 미안해요, OK."

아이크 클리퍼와의 대화에는 십이 분이 걸렸다. OKB의 해고는 삼 분도 채 걸리지 않았다.

"아이크 클리퍼라면 어떻겠어요?" 간밤에 빌이 렌에게 물었다.

"누구요?라고 대답하겠죠." 낯선 이름이었다.

"아이크 클리퍼요." 얼이 설명했다. "만났잖아요."

"내가요?"

"만났어요." 얼이 확언했다.

"언제요?"

"어제요. 첫 촬영 때."

"우리 촬영 첫날에요?"

"출연진에 있습니다." 빌이 말했다. "조사관 중 하나죠."

"오! 리마 역할요?" 렌은 그제야 이해했다. "〈소리로 가득한 지하실〉에 나온 바텐더!"

"옙." 빌이 말했다. "아이크 클리퍼요."

"아이크. 클리퍼." 렌은 되뇌었다. "우와."

"그건 망설여진다는 의미?" 빌이 물었다.

"아뇨." 렌이 말했다. "그렇게 했을 때 보스가 감당해야 할 위험을 두고 한 말이에요."

얼은 눈을 크게 뜨고 빌을 쳐다보았다. 렌이 옳았다. 렌은 알았다.

"지금 그 바텐더 아이크가 해병 군복 입은 모습을 상상하는 중이에요." 렌이 덧붙였다. "어깨 떡 벌어졌고. 키도 충분히 크고. 내가 겪어 본 바로는 수수께끼 같고. 눈 좋고……." 전화 너머로 잠시 침묵이 흘렀다. "처음부터 그 사람을 캐스팅하지 그랬어요?"

* * *

바깥에서, 얼은 한때 파이어폴이었던 사람이 머무는 금속 상자에서 보스가 나오기를 기다리고 있었다. 그녀는 빌과 함께 성큼성큼 제작 사무소로 향했다. 아무 말도 오가지 않았고 오갈 필요도 없었다. 카이사르는 죽었다. 그들은 공화국을 구해야 했다.

에이스는 지시대로 레인지 로버의 시동을 끄지 않고 대기했다. 점심 식사 시간이었다. 스태프들은 OKB의 체면을 위해 그가 트레일러에서, 제작진에서, 영화에서 수치스럽게 떠나는 광경을 아무도 목격하지 않도록 베이스캠프를 비우고 아몬드 재배업자 협회 건물의 대형 연회장에서 식사했다.

얼은 이네스에게 포니용 포드를 부지 입구에 대고 뒷좌석에 앉아 선팅된 창문 뒤에 숨어서 OKB가 떠나는 모습을 지켜봐 달라고 부탁했다. 이네스가 자리를 잡고 얼마 지나지 않아 차가 나타났다. 에이스가 운전대를 잡았고 OKB는 조수석에 앉아 휴대전화에 대고 소리를 질러 대고 있었다. 차는 이내 마을 서쪽 프랜젤 메도스를 향해 떠났다. 에이스를 제외하면 스태프 가운데 론 뷰트에서 OKB를 마지막으로 목격한 사람은 이네스였다. 나중에 은색 2인승 아우디가 쏜살같이 마을을 빠져나가 시속 70킬로미터 제한 구간에서 최소 시속 120킬로미터로 달리며 옛 웹스터 로드를 타고 주간고속도로로 향하는 모습을 목격한 시민들이 몇 있었지만, 그들은 운전석에 앉은 사람이 누구인지는 알지 못했다.

이네스는 무전기를 4번 채널에 맞추고 얼을 불렀다.

"헤이 헤이." 그녀가 무전으로 말했다.

"어떻게 됐어?" 얼은 연락을 기다리고 있었다.

"닻이 풀려나갔어요." 그녀는 지시받은 대로 신호했다. OKB는 GBG●.

"확인. 최대한 빨리 촬영장으로 와 줘." 얼의 목소리가 지직거렸다.

이네스는 페달을 밟아 우회전하고 세 블록을 더 가 다시 우회전해서 촬영장에 도착해 타코 트럭 뒤에 주차했다. 스태프들이 점심/저녁을 마치고 돌아오는 중이었다. 그녀는 앉아서 식사할 시간을 낼 수 없어서 스태프들과 함께 점심을 먹지 않았기 때문에, 잽싸게 배식팀에서 토스트에 땅콩버터와 잼을 발라 샌드위치 하나를 만들었다. 무전기를 1번 채널에 맞추자 요기가 전원을 대상으로 공지를 전달했다.

"스태프 전원, 스태프로 이름을 올린 사람 전부, 제작진 전원, 짧은 공지 사항이 있으니 카메라 앞으로 집합해 주세요. 전원입니다. 트럭 담당도 전부. 제작 사무소 스태프들도요. 모든 일손은 촬영장으로 모이세요. 여러분은 사랑받는 사람들입니다."

집합에는 십오 분 가까이 걸렸다. 운전사 몇은 낮잠을 자다 일어났다. 배식 팀원들은 참석할 필요가 없었지만, 그러거나 말거나 많이들 찾아왔다. 모인 인원은 이틀 전(오래전 옛날인 수요일) 아침 단체 사진을 찍고 깃발을 자르고 첫 촬영을 하러 모였던 인원과 그리 다르지 않았다.

빌 존슨은 요기가 키 그립을 시켜 사과 상자 네 개를 연결하고 합판 한 장을 얹어 만든 연단 위에 섰다. 그렇게 높이 서자 영화의 각본가 겸 감독이 모두의 눈에 들어왔다. 목소리도 전원에게 전달되었기 때문에 거창하게 확성기를 쓰거나 신의 목소리처럼 들리는 방송설비를 사용하지 않아도 되었다.

"자, 여러분, 잠깐이면 됩니다." 그가 알렸다. "배역에 변동 사항이 생겨서 작업을 일시 중단하게 됐습니다. 파이어폴 역할인데요……."

무리 중 누군가가 안도의 고함이라고 부를 법한 소리를 토했다.

"파이어폴 역할을 새로운 배우가 맡게 됐습니다. 재능 넘치는 베일리 씨에게는 프로답게 예의를 갖추어 정중하게 작별을 고했고, 그가 앞으로 계속해서

● '아주 떠났다(Gone, baby, Gone)'는 뜻

378

성공을 거두리라 확신하며, 그렇게 되기를 바라 마지않는 바입니다. 일단, 오늘 작업은 여기까지입니다. 촬영 첫 사흘은 여기서 마무리할 테니……."

"촬영? 우리가 뭘 찍기는 했어요?" 누가 외쳤다. 많은 사람이 웃었다.

"편안한 주말 누리도록 하세요. 여러분의 수고와 헌신에 감사와 경의를 표합니다. 다들 월요일에 만나요."

환호성이 터졌다. 커다란 환호성에 박수갈채와 휘파람과 예의 고함이 가세했다. 누구나 금요일이 일찍 끝나면 좋아하는 법. 요기는 무전기에 대고 스태프들에게 이르면 자정에 월요일용 새 콜 시트를 배포할 테니 이메일 수신함을 확인하라고 말했다.

몇몇 스태프들은 자신도 금요일 밤의 학살에서 살아남지 못할지 모른다는 우려에 초조해했다. 파이어폴 헤어/분장팀은 지금까지 모든 작업을 현재 해고당한 OKB와 해 왔으니 덩달아 해고당하게 될지도 몰랐다. 에이스 아체비도는 자신이 태우고 다니던 중요 출연자가 이제 더는 중요하지 않게 되었으니 베이스캠프 승합차나 골프 카트를 몰게 되거나 아니면 그냥 물레와 미니어처 말들이 기다리는 집으로 돌아가라는 통보를 받지는 않을까 생각했다. 심지어 이네스도 얼이 쭈뼛쭈뼛 곁으로 다가와 프로답게 예의를 갖추어 정중하게 작별을 고하고 나면 다시 포니 운전사와 베이비시터 일로 돌아가게 될 가능성을 염두에 두고 있었다. 어쨌든 지금은 잘린 OKB를 위해 상시 대기하면서 호출에 응하던 처지였으니까. 하지만 콜 시트 2번을 제외하면 제작진을 완전히 떠나게 된 인원은 어머니가 건강에 큰 문제가 있다는 진단을 받는 바람에 대가족을 보살피게 된 제작 보조 한 사람뿐이었다. 그 자리는 주말 중에 현지 채용인으로 대체할 예정이었다.

현장을 정리하고 장비를 수납하고 트럭을 단속한 뒤, 제작진은 평소보다 더 긴 보너스 주말을 맞이했다. 사람들은 새크라멘토와 샌프란시스코로, 산지의 야영지로, 카약을 탈 수 있는 빅 아이언 벤드 강으로 떠났고, 도박꾼들은 자기

들끼리 카풀을 해서 타호 호수의 네바다 쪽 기슭에 자리한 카지노로 향했다.


## 주말


영화의 핵심 인원에게는 토요일과 일요일 역시 막대한 과업을 쉴 새 없이 해치워야 하는 근무일이다. 폭군 OKB를 참수하며 느꼈던 찰나의 안도감은 곧바로 〈나이트셰이드: 파이어폴의 모루〉라는 국가를 다스려 이 혼돈에서 끌어내야 한다는 깨달음으로 대체되었다. 부서장들에게는 부서원들과 달리 겨우 스물네 시간만이 주어졌고, 누구도 카약이나 주사위 도박을 하러 갈 생각은 없었다.

얼 맥티어는 각자 예산을 점검하고 배역 변경이라는 커다란 딸꾹질에 맞추어 필요한 변화를 준비하라며 부서장들을 얼러 댔지만, 누구 하나 움찔하지 않았다. 그녀는 미스터 리마 역할을 대신할 배우를 두고 캐스팅 담당자들과 대화를 나누었다. 해당 배역을 완전히 들어내고 남은 역할과 대사를 그냥 다른 세 조사관에게 주자는 건의도 있었지만, 얼은 해당 배역을 새로 캐스팅하는 편이 작품에 더 많은 다양성을 가져다줄 거라며 반대했다. 그녀에게는 오디션을 보았던 모든 배우의 웹 링크가 있었고, 그래서 차기 미스터 리마에 어울리는 얼굴을 탐색하면서 캐스팅 부서와 논의하기에 앞서 자신만의 후보를 골랐다. 토요일 오전 10시에 얼은 밀러 톰슨 & 케이츠의 폴리 케이츠와 줌 화상 회의로 가능한 후보들을 정리했다. 오후 1시 45분, 얼은 제작 사무소에 있는 그녀의 사무실에서 자신에게 들어오는 온갖 골칫거리를 해결했다. 그중에는 작금의 상황 전체를 재고하게 된 어느 다이나모 임원이 걸어 온 패닉과 욕설로 점철된 긴 전화 통화도 있었다.

스탠리 아서 밍은 촬영본을 검토하면서 혹시라도 빌 존슨에게 제공할 만한 분량이 있는지, 또 변경할 것이 있는지 확인했다. 샘은 현재 하드 드라이브에 있는 분량을 전부 재촬영해야 한다면 그때는 카메라를 두 개의 다른 위치에 놓고 반사상을 활용해 보기로 했다.

르델라 러웨이는 배우가 바뀌었어도 패닉에 빠지지 않았다. 아이크 클리퍼의 치수는 이미 측정했으므로 아무 문제 없었다. 아이크와는 〈소리로 가득한 지하실〉에서 만난 바 있었는데, 그는 손이 많이 가지 않았고 본인 스스로 인정하듯 패션 센스가 없어서 기꺼이 의상 담당자의 '전문성에 순응'했다. 그가 르델라에게 안긴 문제라고는 자기 발을 의식한다는 것뿐이었다. 그는 자기 발이 작다면서 전투화 때문에 발이 너무 조그맣게 보이지 않으면 좋겠다고 했다. 르델라에게 진짜 두통은 조만간 새로운 리마라는 형태로 찾아올 예정이었다. 그때가 되면 최대한 빨리 피팅에 들어가야 했다.

애런 블로와 요기는 4일 차부터 14일 차까지의 일정을 수정하느라 여념이 없었다. 렌의 촬영 일부를 앞으로 당길 수는 있었지만, 일부에 불과했다. 클라크네 드러그스토어 장면에 등장할 다른 출연자들은 아직 론 뷰트에 없었다. 두 사람은 일주일 후 10일 차부터 14일 차까지는 스플릿으로 (정오부터 자정까지) 작업하기로 했다.

이네스 곤살레스크루스는 자정이 되기 조금 전에 론 뷰트를 출발해 집으로 향했다. 아침에 일어나서 몇 주 만에 처음으로 가족들과 함께 아침 식사를 하기 위해서였다. 그녀는 식사 내내 꼬마 프란체스코를 무릎 위에 앉히고 셀카를 찍어서 얼에게 [새 리마로 어때요?]라는 메시지와 함께 보냈다.

[A맥T: 하트 하트 하트 하트 하트 하트!!!]

그리고 몇 초 후.

[A맥T: 다음 주엔 정신없을 거야. 자기도 집에 갈 여유 없어. 짐 싸서 내 셋집 남는 방에서 지내.]

팻 존슨 박사는 빌 없이 충분한 시간을 누렸다. 그녀는 비행기로 오는 대신 촬영 첫째 날인 수요일 아침에 제이코 트레일러를 연결해서 사흘 동안 운전과 캠핑을 한 끝에 그녀의 연인이 촬영 개시 후 처음 맞이하는 토요일 휴식일에 잠에서 깰 무렵 론 뷰트에 도착했다. 그녀는 캐어러밴이라는 사이트에서 예약한 야영장에서 묵었는데, 마지막 날에 이용한 야영장은 승려들이 운영했다. 비록 승려들은 보지 못했지만, 징 소리는 들었다. 그녀는 와이파이 신호가 닿지 않는 곳에서 지내다가 금요일 아침 빌에게서 OKB를 잘랐다는 슬프지만 필요했던 소식을 접했다. 그녀는 토요일 정오까지는 론 뷰트에 가겠다고 약속했다.

빌 존슨은 주말을 일찌감치 시작해 다량의 카페인을 섭취하면서 한 번 더 각본을 읽었다. 이제 아이크가 파이어폴이 된 만큼, 그는 빗물로 몸을 정화하듯 익숙한 텍스트로 자신을 씻어 내렸다. 이후에는 벼룩시장에서 산 나인 아이언을 지팡이처럼 들고 아직 잠에서 깨지 않은 론 뷰트의 고택 사적 지구를 거닐었다. 그는 인도에 널린 낙엽과 잔디밭에 떨어진 나뭇가지를 향해 골프채를 휘두르면서 자신을 찾아오는 영화와 관련된 생각들이 머릿속에서 덜그럭거리게 내버려두었다. 생각이 홍수처럼 밀려왔다.

아침에는 회의에 회의에 회의를 거듭하고 나서 계획했던 것보다 훨씬 일찍 이용하게 될 로케이션 장소들을 답사할 계획이었다. 가장 중요한 것은 아이크를 만나는 시간이었다. 파이어폴이 전과 마찬가지로 미칠 듯이 엇나갔다가는 손쓸 방법이 없었으므로 새 주연배우와 지속적으로 의견이 일치해야 했다. 빌은 아이크 클리퍼에게 모든 것을 걸었다. 하루라도 백치 같은 짓으로 촬영일을 날려 먹는다면 지옥 같은 대가를 치를 터였다. 끔찍한 실수를 저질렀다가는 선동가가 수습에 고된 시간을 보내리라. 파운틴 애비뉴에서는 확실한 일을 망치면 빈축을 산다.

＊ ＊ ＊

그 운명의 금요일, OKB가 해고당하기 몇 분 전, 빌은 대기실에서 아이크를 만났다. 감독이 등 뒤로 문을 닫고 들어왔을 때 그는 버피 운동을 하고 있었다.

"아이크." 감독이 말했다. "당신이 도와줬으면 하는 문제가 있습니다."

"뭘 하면 됩니까?" 아이크는 숨을 헐떡이며 운동복 상의로 번들거리는 땀을 닦았다.

"날 위해 파이어폴이 되어 줘요."

아이크는 그 말이 무슨 뜻인지 이해하지 못했다. "그 말은, 리마가 화염방사병이 된다는 겁니까?" 아이크는 그의 캐릭터가 모종의 저주나 장황한 우주의 원리로 늑대 인간처럼 변신을 거쳐 국방부／CIA／조사관 캐릭터에서 유령 해병으로 탈바꿈하는 모습을 상상하고 있었다.

"아뇨, 리마 역으로는 다른 사람을 쓸 겁니다."

"나 말고 다른 사람을요?" 아이크는 목구멍이 조여드는 기분을 느꼈다.

"난 지금 도움을 청하는 겁니다, 아이크. 당신이 파이어폴이 돼 줬으면 해요. OKB에게는, 음, 물러나 달라고 할 작정입니다. 당신만 괜찮다면, 괜찮으리라 믿어 의심치 않습니다만, 당신에게 그 역할을 맡아 달라고 부탁하는 거고요."

"파이어폴 역할요."

"옙."

"내가."

"옙."

"파이어폴을."

빌은 고개를 끄덕였다.

"지금 이게 대체 뭐가 어떻게 된 건지."

"당신에게 파이어폴이 되어 달라고 부탁하는 거죠. 그 캐릭터로 살아 달라고요. 내가 그리고, 내가 쓰고, 영화에 필요한 모습대로 파이어폴을 연기해 줄 만한 배우들을 검토해 봤습니다. 당신보다 더 어울리는 사람은 없어요."

이번에도 아이크는 그 말이 무슨 뜻인지 이해하지 못했다. 일단 바로 그 순간에는.

빌이 말을 이었다. "당신은 본능적인 배우지요. 당신은 이해해요. 귀를 기울이고. 반응한다고요. 당신은 연기할 내용을 설명해 달라고 하지 않아요. 스스로 동기를 마련하고 그 상황, 그 순간에 캐릭터가 할 법한 방식대로 행동하지요. 당신은 관심을 빼앗지 않고 창조해요. 〈지하실〉의 한 장면에서 내가 당신에게 뭔가 할 만한 일을 떠올려 달라고 부탁한 적이 있죠. 내가 각본에 쓰지 않았고 미처 생각할 시간도 없었던 내용을요. 액션을 외치자 당신은 바 뒤의 거울에 세정제를 뿌리기 시작했어요. 소품팀에 가서 세정제 한 병을 구해 와 신문지로 거울을 닦다가 거기 실린 기사에 관심을 보이더니 거울을 닦으면서 기사를 읽기 시작하더군요.● 내가 연기 한 토막을 요구했더니 당신은 네 토막을 주었어요. 난 당신에게 아이디어를 부탁해 놓고 당신이 떠올린 것을 느긋하게 구경했지요. 당신은 자기 문제를 스스로 해결해요. 그리고 내 문제도."

"그런가요……."

"당신은 바텐더 로이 역할을 할 때조차 핵심을 꿰뚫고 진실을 말하지요. 여기서 내가 저지른 실수는 이걸 석 달 전에 깨닫고 스튜디오에 가서 **파이어폴을 찾았어요. 바로 아이크 클리퍼이고 난 그 사람이 아니면 안 됩니다.** 라고 말하지 않았다는 겁니다. 그때 그렇게 하지 못해서 유감입니다만, 이제라도 당신을 찾아온 거고요. 최후의 순간에. 절체절명의 순간이에요. 각본은 읽었습니까?"

"읽었죠. 물론."

---

● 그 영화에서 가장 빼어난 컷어웨이 중 하나. 47분경에 나온다.

"당신 대사 위주로? 리마가 나오는 장면들요?"

"물론, 그렇죠."

"이제 파이어폴이 되어서 읽어요. 백 번씩, 기회가 있을 때마다 읽어요. 나를 위해 진실을 찾아 줘요."

"OKB에게서 역할을 빼앗으란 겁니까? 난 다른 사람 일자리를 빼앗고 싶지는 않습니다."

"그런 게 아니에요. 당신이 뭐라고 대답하든 그는 교체될 겁니다. 떠난다고요. 영화계에선 이런 일이 일어나곤 하죠. 〈오즈의 마법사〉에서 버디 엡슨이 양철 나무꾼 분장에 알레르기를 일으키는 바람에 대신 잭 헤일리가 토토와 그 일행에 합류한 것처럼요. 야구 잘 알아요? 루 게릭 얘기?"

"버디 엡슨이 커브볼을 못 쳐서 게리 쿠퍼가 〈양키스의 자랑〉에서 루 게릭 역할을 따냈다는 겁니까?"

"어느 날 월리 핍은 경기에 나갈 마음이 들지 않았죠. 루 게릭이 대신 1루수로 출전해서 이후 2천 경기 넘게 그 자리를 지켰고요."

"2130경기요. 퀴즈 쇼에서 최후의 질문으로 나오더군요. OKB는 월리 핍이고 난 양키스의 자랑이다?"

"당신 마음이 내킨다면요."

"노력해 보죠."

"노력하지 마요. 그냥 돼 줘요. 당신에게 이보다 더 큰 난관은 지금으로부터 일 년 후 영화가 나오고 인생이 바뀌면서 찾아올 겁니다. 열렬하고 매서운 관심이 쏟아지겠죠. 혹은 너무 즐거운 나머지 미쳐 버리거나. 유명 인사란 인간의 자연스러운 상태는 아니니까요. 미리 연습할 방법도 없고요. 미리 어느 정도 계획을 해 두면 괜찮을 겁니다. 돈 관리를 잘하면 부자가 될 수도 있겠지요."

아이크의 머릿속: 콰앙!

빌은 계속했다. "당신 에이전트와 사업부 사이에 협상이 오갈 겁니다. 호크아이와 다이나모는 당신을 다른 영화에 더 출연시키려 할 테고. 나쁜 일은 아니지요. 정신 똑바로 차리고 신발 끈 단단히 묶어요. 일정을 조정해야 하니 당장 첫 촬영이 언제라고 말해 줄 수는 없지만 다음 주 중에 당신은 파이어폴이 될 겁니다."

아이크는 말없이 듣고 있다가 입을 열었다. "잠시만요." 빌은 기다릴 수밖에 없었다. "렌은요? 렌은 이 상황을 아는 겁니까?"

"렌이 전적으로 찬성하지 않았다면 당신에게 이런 부탁을 하지도 않았을 겁니다."

"정말입니까?"

"맹세코요."

순간 아이크는 몸이 늘어나면서 머리가 아몬드 재배업자 협회 건물 천장에 닿을 듯 길쭉해진 기분이 들었다. 조개껍데기 속 바다의 포효를 들을 때처럼 귀가 먹먹해져 빌 존슨이 하는 말을 알아들을 수 없었다. "난 이제 OKB에게 말하러 가야 하니까 잠시 여기 있어요. 그쪽이 마무리되면 그때부터 시작하는 겁니다." 빌은 문으로 향했다. "냉정해져요, 아이크. 파이어폴이 돼요."

아이크 클리퍼는 스카이다이버들이 그렇듯 자지러질 듯한 비행의 쾌감과 종단속도로 추락하고 있다는 현실감각이 뒤섞인 기분을 느꼈다. 들뜨는 동시에 겁도 났고, 자신의 가치에 대한 확신이 드는가 하면 자신이 사기를 치고 있는 게 분명하다는 생각도 들었다. 지금 그의 인생에서 유일하게 확실한 것이라고는 가장 최근에 세운 5개년계획이 물거품이 되었다는 것뿐이었다. 딱 두 단어가 머릿속에 떠올라 입밖으로 나왔다. "두고 봐."

* * *

아이크는 아몬드 재배업자 협회 건물에서 아내에게 페이스타임을 걸었다.

물론 시아 클로퍼는 아기를 돌보느라 바빴다. 그가 무슨 일이 있었는지 이야기하자 그녀는 처음부터 끝까지 세 번을 듣고서야 그 의미를 이해했다. 그리고 웃음을 터뜨렸다. 그녀는 휴대전화를 들어 아이크에게 바닥에 깐 담요 위에서 발버둥질하는 두 사람의 십 개월 된 딸아이 루비 클로퍼를 보여 주었다.

"애한테 아빠 이야기 들려주면 깜짝 놀라겠다." 시아가 말했다. "트림하고 똥 싸는 거 아닌지 몰라. 여보는 이 상황에 적응하고 나면 어떻게 반응할 거야? 지금 기분은 어때?"

"기분이 어떠냐고?" 아이크가 되뇌었다. "키스를 받은 건지 펀치를 맞은 건지 모를 지경이야."

수년 전, 아이크는 시아와 함께 '제목 미정 1970년대 프로젝트'라고 불리던 어느 극비 영화의 현지 출연자 오디션 대기 줄에 서 있었다. 그녀가 명단에 이름을 올렸고 아이크도 따라 올렸다. 그들은 카메라 밖에서 들리는 목소리를 상대로 구십 초 동안 면접을 보았다. 빌은 아이크의 외모가 마음에 들었고, 그는 화면에 등장하지 않는 캐스팅 감독의 목소리를 대상으로 우스운 대사를 치기도 했다. "사무실이 으리으리하군요. 기념품점은 어딥니까?"

아이크는 〈소리로 가득한 지하실〉에서 작은 배역일망정 훌륭한 존재감을 발휘했고, 앙상블의 일원으로서 제때 나타났고 각본을 숙지했으며 본인이 설정한 은밀한 동기에 따라 연기를 펼쳤다. 그는 과묵했고, 말대꾸 없이 귀담아들었고, 조감독에게 말하지 않고 촬영장을 떠나는 법이 없었고, 다른 사람들과 호흡을 잘 맞추었다. 심지어 앞서 언급한 키키 스탈하트와도 그랬다. 몇 주에 걸쳐 〈지하실〉을 촬영하는 동안, 그는 바람에 흩날리는 가느다란 갈대처럼 준비가 되어 있었다. 아이크는 항상 매 순간 배역에 충실했기 때문에, 빌은 결국 최종 편집본에서 자꾸만 바텐더 로이가 어떤 동작을 취하고 웃고 한마디 덧붙이는 모습을 삽입하게 되었다. 그 결과 아이크는 〈나이트셰이드: 파이어폴의 모루〉에서 맨 먼저 캐스팅되었다. 각본상에서 리마는 이름뿐인 배역, 해설용 주둥이, 키보드 누르는 손가락에 불과했기 때문이다. 빌은 아이크라면 하나의 암호 같은 존재를 실체가 있는 인물로 바꾸어 놓을 수 있다는 것을 알았다.

토요일에 아이크는 눈코 뜰 새 없이 바빴다. 그는 먼저 보험에 들기 위해 건강검진을 받았고, 이어서 스턴트팀으로, 의상팀으로, 헤어/분장팀으로, 조명공장에 있는 SPFX 와이어팀으로, 소품팀으로, 다시 의상팀으로 끌려갔다. 케니 셰프록은 시간도 걸리고 불편하겠지만 속건성 석고로 머리의 본을 떠도 되겠느냐고 물었고, 그래서 그는 헤어/분장팀으로 다시 돌아갔다. 헤어/분장팀은 지저분한 본뜨기 작업을 위해 아몬드 재배업자 협회 건물 지하실에 있는 개수대가 딸려 있고 카펫은 깔려 있지 않은 빈방에 자리를 마련한 상태였다. 커다란 양동이에 받은 물은 조형재를 섞는 데에 사용했다. 끈적거리는 물질이 닿는 순간 아이크는 눈을 감았고, 양 콧구멍에 하나씩 꽂은 빨대로 숨을 쉬는 사이 머리 위로 쏟아진 차가운 회색 진흙을 분장사들이 손으로 곳곳에 발랐다. 양 귀까지 뒤덮이면서 갑자기 세상이 아주, 아주 멀리서 들렸다. 약에 취했을 때와 비슷한 기분이었지만 근사한 환영은 보이지 않았다. 그처럼 감각이 차단된 상태에서, 시간은 처음에는 정지하는가 싶더니 이내 썰물처럼 과거를 향해 빠져나갔다.

## 아이크의 생애

모든 인류가 그렇듯, 그는 무수한 우주적 갈림길의 결과물이었다. 아이크의 수정은 그의 어머니가 임신을 원하고 그의 아버지가 기꺼이 그 소망에 응하기로 한 어느 아름답고 술에 취한 밤에 이루어졌다. 래리 슈미트와 애디 클로퍼는 결혼한 사이도 아니고 이성애자도 아니었으며 그저 오랫동안 깊은 관계를 맺어 온 좋은 친구 사이일 뿐이었다. 테킬라 몇 잔이 들어가고 이러쿵저러쿵 해서 임신에 이르는 데에는 성교 한 번으로 충분했다.

"우리가 무슨 초파리도 아니고!" 애디가 집에 찾아와서 빨간 줄이 떠오른 드러그스토어에서 산 임신 테스트기를 흔들어 보이자 래리가 외쳤다.

아홉 달 뒤, 아직 그 날짜에 공포와 위기가 새겨지기 전이었던 9월 11일, 어빙 클로퍼는 야단법석을 떠는 게이들과 레즈비언들과 슈미트와 클로퍼 집안의 이성애자들, 그리고 그들이 경험과 규범에 따라 마련한 갖가지 유아 양육 기구들에 둘러싸여 세상에 나왔다. 래리는 근처에 살았다. 애디는 미혼모의 고된 삶을 살기로 계획했다. 어빙이라는 이름은 제2차세계대전 디데이 전날 밤 노르망디 상공의 비행기에서 낙하한 이후 행방불명된 애디의 할아버지에게서 따왔다. 소년은 어브, 어비, 리틀 빙을 비롯한 많은 이름으로 불렸고, 어느 이름이든 개의치 않았다.

어빙은 외동이었지만 외롭게 자라지는 않았다. 그에게는 사촌들과 놀이 친구들이 있었고, 자녀 양육에 관한 책은 한 권도 읽어 본 적 없는 최고의 베이비시터들, 즉 두 쌍의 조부모가 있었다(한쪽은 계조부모였다. 할아버지와 할머니와 나나와 복소는 기쁨으로 가득한 고령자 4인조를 이루었다). 어빙에게는 매일 언제나 래리와 그레그라는 두 아빠가 있었고, 잘못된 짝짓기의 결과로 애디와 클레어라는 두 엄마도 있었는데, 네 사람이 아이에게 책을 읽어 주고 함께 공놀이와 색칠 놀이를 하며 보낸 시간이 아이가 TV 앞에 앉아 있는 시간보다 더 길었다. 때때로 어빙의 삶에 속한 어른들은 어빙에게 즐거움을 안겨 주고 관심을 끌고 함께 시간을 보내는 데에 목숨을 거는 것만 같았다. 어빙이 모두가 자신처럼 어질어질한 정체성과 관념과 행동과 부모 집단 속에서 살아가지는 않는다는 사실을 깨달은 것은 초등학교에 들어가 남의 집에서 자고 오기 시작하면서부터였다. 많은 친구들이 엑스박스나 플레이스테이션이나 휴대전화가 생기자마자 지루하게 변해 버린 것과는 달리, 어빙은 간혹 지루함을 느낄망정 지루한 사람이 되지는 않았다. 학교에서 지루한 필수과목을 들을 때면 어빙은 흡음 천장 타일에 난 구멍을 유심히 관찰하며 상상력을 마음껏 펼쳤다. 흥미로운 과목들은 워낙 재미있어서 필기를 하지 않아도 반에서 1등이었다. 수학은 포기했고 화학도 마찬가지였지만, 그게 뭐 어쨌단 말인가? 어빙의 성적표는 거의 일관적이었다. A. A. A. C. C. C-. 그러다 고등학교에 진학하고 나서는 C만 받아도 축하할 일이 되었다.

어빙은 어느 날 버스를 기다리면서 처음으로 마리화나를 접했고 이후 몇 년을 웃으면서 보냈으며, 그 세월은 낄낄거림, 빈둥거림, 땡땡이, 그리고 아예 학교에 가지도 않는 나날로 이어졌다. 고등학교에서 퇴교 조치를 취했을 때도 그는 웃으면서 떠났다. 애디는 학교와 멍청이가 된 자기 아들 둘 다에게 몹시 화를 냈지만, 그녀도 고등학교 2학년 때는 비슷하게 살았기 때문에 그냥 다른 학교를 찾아 주면서 "여기는 네게 맞으면 좋겠구나."라고만 말했다. 래리와 그레그는 모든 종류의 약물에 반대했다. 어빙은 언제든 환영받았지만 취했을 때만큼은 두 사람의 집에 들어갈 수 없었다.

어빙은 결국 공업단지에 있는 진보적인 성향의 영리 고등학교인 배닝 아카데미에 들어갔다. 수업 시간이 워낙 몰려 있어서 정오면 하교했다. 눈 뜨자마자 한 대 피우고 약기운 속에 수업을 듣고 나면 오후는 상륙 허가를 받은 뱃사람처럼 자유로웠다. 그는 영화를 보러 다니고 비디오를 찍고 마을을 어슬렁거리다가, 아이스크림을 푸고 서점 창고에서 재고를 정리하는 등 십 대들에게 주어지는 일을 하기 시작했다. 음식점을 경영하는 애디의 친구가 어빙에게 버스보이 자리를 주었다가 나중에는 웨이터 일을 맡겼는데, 그곳에서 그는 서버어브로 불렸다.

어빙은 수중에 마리화나가 다 떨어졌을 때 말고는 아무것도 신경 쓰지 않는 얼간이 친구들과 어울렸다. 그 교우 관계는 주 경찰과의 다툼 및 유치장에서의 하룻밤으로 이어졌고, 어브와 친구들은 처음 몇 시간은 그게 우습다고 생각했다. 그러나 THC의 기운이 사라지고 보니 구류 조치에 우스운 점이라곤 하나도 없었다. 어빙을 유치장에서 꺼내 줄 수 있던 시점에서 거의 하루가 지나서야 성난 젊은이를 데리러 온 애디는 아들과 어울리는 친구들이 마음에 들지 않는다고 말했다. 그는 중얼거렸다. "시팔, 어쩌라고." 그녀는 한 손으로 운전대를 잡은 채로 대뜸 아들의 따귀를 때려 얼굴에 빨갛게 부푼 손자국을 남겼다.

"어쩌라고까지는 참아 줄 수 있어." 어머니가 말했다. "그런데 **시팔 어쩌라고**는 아냐."

그렇게 어머니에게 맞은 것이 어빙에게는 일종의 갈림길, 저쪽 대신 이쪽으로 들어서는 순간이 되었고, 그는 그것을 공책에 기록했다. 그때까지 그는 남들보다 잘난 맛에 사는 인간으로 가는 루트를 타고 있었다. 잘난 척 익살을 부리고 비아냥을 던지면서 권위를 지닌 사람에게는 무조건 불평하고, 소셜 미디어에 올라온 내용은 무조건 비웃으면서 아무도 보고 싶어 하지 않는데도 "이것 좀 봐." 하면서 휴대전화로 영상을 보여 주는 그런 인간. 따귀를 맞아 벌겋던 얼굴이 다시 평소의 상앗빛으로 돌아왔을 때, 그는 마리화나를 끊고 마약과 결별한 뒤였다. 그는 설령 사십 년 전에 나온 음반이라고 해도 자신은 처음 접하는 음악을 들으면서 오랫동안 뚜벅뚜벅 산책하는 습관을 들였고, 수업 시간에 본 적은 있지만 펴 본 적은 없던 책을 읽기 시작했다. 5개년계획도 수정했다. 아무것도 없이 **자메이카!**라고만 적어 놓았던 항목은 사라졌다. 그는 입은 다물고 귀는 열기로 했고, 휴대전화에서 웹브라우저를 삭제했고, 자기만의 생활공간을 구해 이사했고, 일종의 예의랄까 품위를 함양했다.

아빠와 그레그가 플로리다로 이주하고 엄마가 무어 커뮤니티 칼리지의 법률 보조원 코스에 등록하면서, 열아홉 살의 어브는 파리로 가 목탄화를 그리고 낡은 타자기로 〈인터내셔널 헤럴드트리뷴〉에 기고할 기사를 쓰는 것 같은 근사한 일을 할 수도 있는 완전한 독립과 자유를 얻었다. 어머니는 편도 항공권을 끊어 주겠다고 했다.

그러는 대신 어빙 클로퍼는 음식점 근무를 늘렸고, 계산서에 전화번호를 남기고 간 소녀들이나 연상의 여자들과 관계를 맺었고, 해안경비대 입대를 진지하게 고려했고, 카페 드 테트에서 바리스타가 되었고, 그만두었고, 그런 다음 속기장과 볼펜을 들고 새로운 5개년계획을 작성했다.●

그는 페이지 상단에 그해부터 오 년 뒤까지의 연도를 적었다. 그런 다음 **확실한 것들**을 썼다.


음식점 서빙 담당
나만의 시간 있음. 너무 많나?


이어서, **가능한 것들**.


음식점 운영. 팁이 아니라 봉급으로 살기
직업이 아니라 삶을 찾기
대학? 속기/자동차 정비/에어브러시/저글링/관광학?


다음, **희망하는 것들**.


장기적인 강의/과목 이수
서버 어브에서 벗어나기


● 배닝 아카데미의 교사 하나가 5개년계획에 심취해 있었다. 어빙이 멍하니 보낸 학창 시절에서 유일하게 건진 것이 5개년계획을 수립하는 습관이었다고도 할 수 있겠다.

마지막으로, 어빙은 자신의 사명 선언문을 작성했다.

첫 줄은 다음과 같았다. 1년 차. 나는 내가 약속의 땅 혹은 내세로 향하는 진입로 앞에 서 있음을 고백하는 바이다. 그의 펜은 계속해서 속기장을 스물두 장 더 채운 끝에 다음과 같이 끝났다. 5년 차. 두고 봐.

＊　＊　＊

무어 커뮤니티 칼리지는 낮 내내 어빙의 관심을 붙들어 두기에 부족함이 없었고, 밤에는 파이 팬 레스토랑이 그 역할을 대신했다. MCC에서 어빙은 식물학 개론, 톨스토이 입문, 보건학 1A, 럭비, 무대/전시 조명, 미국사 1을 수강했다. 두 번째 학기에는 인간 생물학, 대학 독서, 홍보학, 보건학 1B, 배드민턴, 고급 무대/전시 조명, 미국사 2를 수강했다. 그해 여름 그는 커크우드 몰을 부흥시키려는 헛된 시도의 일환으로 커크우드 몰에 개장한 테마 레스토랑에 지원했다.

부스럼 박사의 유혈 낭자 암흑 상회는 온 가족을 대상으로 한 몰입형 식사/극장 체험, 그리고/또는 기업에 필수적이기 마련인 사외 유대 강화 행사를 위한 장소였다. 이 일종의 식당 겸 극장에는 보리스 구울라시,[1] 시체매 파스타, 시저의 유령 샐러드, 피의 푸딩 같은 으스스한 이름이 붙은 요리와 디저트가 완비되어 있었다. 부스럼 박사라는 이름의 MC/호스트(머리에 피 묻은 붕대를 감은)는 손님들을 대상으로 게임, 경연, 퍼즐을 진행했고, 이어서 하룻밤에 두 차례 있는 한 시간짜리 뮤지컬 공연을 소개했다. 모든 공연은 유명 연예인을 괴물과 유령과 밴시로 꾸며 흉내 낸 것이었다. 공연자들의 노랫말과

---

1 헝가리식 수프 굴라시에 호러 영화 전문 배우 보리스 칼로프의 이름과 시체를 뜯어먹는 괴물 구울을 합성한 것

재담은 유혈 낭자 상회를 전국 및 전 세계에 걸쳐 프랜차이즈로 확장하고자 하는 기업의 어중간한 재주꾼들이 작성했다. 음악은 미리 녹음한 것을 썼다. 이블스 프레슬리, 에이오르타 프랭클린, 슬립트 디스코, 블랭크 신어랫트라, 그레이 슬릭을 비롯한[1] 상표권을 등록한 캐릭터들은 저작권이 소멸된 노래를 끔찍하게 패러디하거나 저작권료를 지불하지 않아도 될 정도로만 바꾸어 불렀다.

총각/처녀 파티 때는 유혈 낭자의 시간을 더 야하게 바꾸어 분위기를 돋우었다. 회사, 클럽, 가족 모임에서 가게 전체를 예약하는 월요일 밤이면 특별히 어느 교회 모임에서 대본과 노랫말을 쓴 얌전한 버전의 공연을 올렸다.

어빙은 야간 공연에서 조명을 설치하고 무대를 관리하는 일을 맡았다. 음식 담당 직원들은 미리 정해진 음식을 시간에 딱 맞게 내오고, 공연 직전에 디저트를 제공하고, 공연 후 삼십 분 만에 테이블을 치우고 다시 차릴 줄 알았다. 어빙이 그 직업을 그토록 특별하게 여겼던 까닭은 공연자들과 어울리는 것이 재미있었기 때문이다. 몇몇 삼십 대 공연자들은 자신을 프로로 여겼다. 부스럼 박사는 푸드 프린스 슈퍼마켓의 안내 방송 담당자였고 라디오 광고에도 출연했다. 에이오르타 프랭클린은 슈프림 버거 광고에서 거인처럼 도시 상공을 장악한 슬로피 치즈&립 BBQ 샌드위치를 경악한 눈으로 바라보는 여자로 출연했고, 출연료로 새 기아 자동차를 장만했다. 게다가 노래 솜씨도 끝내줬다!

그레이 슬릭, 다른 이름으로 시아 힐도 마찬가지였다. 그녀는 노래 두 곡을 맡았고 모든 출연자가 함께하는 마무리 공연에도 참여했다. 어브와 그녀는 서로 추파를 던지기 시작했고, 그는 자신들이 커플로 발전하리라 확신했다. 그러니까, 그가 웨이트리스 몇 사람과의 관계를 끝내기만 하면, 그리고 무슨 따

---

1 각각 엘비스 프레슬리의 이름을 이블스(사악한)로, 어리사 프랭클린의 이름을 에이오르타(대동맥)로, 프랭크 시나트라의 이름을 블랭크(텅 빈)와 신어랏(죄 많은)으로, 그레이스 슬릭의 이름을 그레이(음울한)로 바꾼 것이다. 슬립트 디스코는 슬립트 디스크(추간판탈출증)와 디스코를 합성한 단어이다.

분한 직업을 갖고 있으며 공연을 마친 시아가 그레이 슬릭 분장을 지우고 나올 때까지 하염없이 기다리기만 하는 그녀의 남자 친구가 그녀에게 차이기만 하면 말이다. 시아는 남자 친구의 운전 실력을 혐오했지만, 그의 2인승 메르세데스는 싫어하지 않았다.

조명 컨트롤러 조작은 순서를 암기하고 컴퓨터가 주는 신호를 따르기만 하면 누구나 할 수 있는 일이었다. 어빙은 매일 밤 조명 부스에 앉아 출연진이 대본에 슬쩍 끼워 넣는 즉흥연기에 웃음을 터뜨렸다. 자기들끼리만 아는 농담이나 회사 감독관을 조롱하는 내용이었다. 관객들은 절대 알아차리지 못했지만, 무대 뒤의 일당들은 웃음을 터뜨렸고 무대 위의 배우들도 킥킥거리곤 했다. 하지만 회사에서 누가 찾아오면 다들 그런 짓을 뚝 그쳤다.

* * *

어느 토요일 정오 무렵, 부스럼 박사를 연기하는 배우가 아주 저열한 짓을 저질렀다. 그는 상회에 전화를 걸어 다시는 '교배업자의 자식새끼들과 술에 취한 공화당원들'을 즐겁게 해 주는 일 따위는 하지 않겠다며 욕설을 퍼부었다. 그는 일주일 중 가장 바쁜 날이 직원들의 코앞에 닥친 상황에서 그대로 일을 그만두었다. 생일 파티 두 건과 저녁 공연 두 건을 맡을 부스럼 박사가 필요했다. 블랭크 신어랏트라가 비공식적으로 모든 남자 배역의 대역을 맡고 있었지만, 그는 가엾게도 이염을 앓고 있어 부스럼 박사로서 진행을 맡을 몸 상태가 아니었다. 그럼 누가 할 수 있었을지 짐작이 가시는지? 가게를 열었을 때부터 모든 공연에 함께했기 때문에 부스럼 박사 역할을 속속들이 알고 있었을 뿐 아니라 공연의 모든 순간에 나오는 모든 대사와 노랫말을 줄줄 욀 수 있었던 어빙 클로퍼가 그날 밤 배우로 나섰다.

그는 메간이라는 이름의 웨이트리스에게(직원 중에는 메건도 있고 메간도 있었

다) 조명 다루는 법을 가르쳐 주었다. 부스럼 박사의 바지는 짧아서 긴 반바지나 다름없었고 재킷도 어깨와 소매가 작았지만, 덕분에 캐릭터가 더욱 무시무시하면서도 웃기게 보였다. 출연진은 어빙의 흉터와 하얀 얼굴 분장을 도와주었다. 그레이 슬릭/시아 힐은 어브의 입가에 바늘로 꿴 것처럼 생긴 선을 그려서 죽은 자들의 날 축제 같은 분위기를 냈다. 어빙은 MC로 나섰고, 교배업자들의 자식새끼들을 상대할 때는 조금 자신을 의식했지만, 술에 취한 공화당원들을 상대로 한 마지막 공연에 이르러 부스럼 박사는 폭소를 끌어냈다. 어느 때보다도 큰 웃음이었다. 테마 레스토랑은 새 출연자를 얻게 되었다. 어빙 클로퍼는 갈림길에 이르렀고 길을 선택했다.

얼마 후, 일어날 수밖에 없었던 일이 일어났다. 시아가 메르세데스를 타는 애인을 참과 동시에 어빙과 메간의 관계가 (눈물 속에) 끝났다. 부스럼 박사와 그레이 슬릭은 회합을 시작했다. 처음으로 둘이서만 함께한 밤, 그들은 애무하고 오믈렛을 만들고 사랑을 나누었고, 그녀는 그의 집에서 밤을 보냈다. 어빙이 가장 최근에 세운 5개년계획은 즉각 재활용 신문지 신세가 되었다.

"너, 이름을 바꾸는 게 좋을 것 같아." 시아는 침대 위에서 어빙과 함께 발가벗고 있었다.

"어빙에 무슨 문제라도 있어?" 어빙이 물었다. 침실은 어두웠다. 새벽 4시가 다 된 시각이었고, 첫 번째 사랑 나누기를 마치고 두 번째에 앞서 숨을 고르는 중이었다. 시아는 격렬하게 하기를 좋아했고, 어빙은 젊은 수사슴이었다.

"내 에이전트는 그렇다더라고." 시아가 말했다. 시아의 에이전트를 자처한 여자가 공연을 보러 와서 공연 후 어빙에게 자기를 소개하기는 했지만, 그 여자가 정말 에이전트였을까? 이 동네에 진짜 에이전트가 있기나 한가? 그 여자의 회사에서는 사진 촬영을 주선하고 홍보물을 돌리고 라디오와 TV를 대상으로 한 슈퍼마켓 광고를 제작했고, 마을에서 컨벤션이 열려 대변인이 필요해지면 그것도 그 여자가 예약했다. 그러면 에이전트인 걸까? 시아가 주말 동안 모발 관리 잼버리에서 여러 가지 가발을 시착하는 모델 일을 맡은 덕분에 50달러를 번 적도 있었으니, 어쩌면 에이전트라고 봐야 할지도. 그리고 그 당뇨약 홍보용 스퀘어 댄스 파티 일자리도 돈이 됐다.

"나 상처받았어." 자존심 강한 어빙 클로퍼가 말했다.

시아는 이 남자가 마음에 들었다. 그녀는 그에게서 자신의 모습을 보았다. 규격화에서 벗어나 자유롭게 살고 싶어 하는 자신의 모습을. 그녀가 설명했다. "네가 업계에 진출해서 배우 명단에 이름이 올라갔다고 생각해 봐. 클로페퍼? 어빙 클로페퍼? 클리퍼? 클리오파퍼? 아무도 어떻게 발음해야 하는지 모를걸."

"실은 그런 소리 많이 들어. 넌 운이 좋네. 시아 힐. 간단하긴 한데, 그게 이름이야, 지명이야? 나는 오를 거라네…… 시아의 언덕을."[1]

"네가 홍보용 테이프에서 '어빙 클로퍼'라고 말하면 캐스팅 담당자들은 철자가 어떻게 되는지 난감해할 테고."

"그 조언을 따르자면 난 딕 존스가 돼야겠는걸. 스탠 포크. 짐 타운. 총소리처럼 들리는 간단하고 쉬운 이름으로."

"어빙 클로프피어만 아니면 뭐든 괜찮아. 그러니까 이제 나한테 키스나 해."

"나는 오른다네…… 시아 힐을."

## 카사블랑카

렌 레인은 새 공동 주연에게 전화를 걸어 그에게 일어난 좋은 변화를 그녀역시 반긴다는 것을 확실히 해 두기로 했다. 발신자 ID에 회사 전화라고 떴기

---

1 시아의 성인 '힐'은 '언덕'을 뜻하는 영어 단어이다.

때문에 아이크는 상대가 누구인지 알지 못한 채로 전화를 받았다.

"네?"

"나예요." 그녀가 말했다. "렌요."

"어. 안녕하세요." 아이크는 할 말을 찾지 못하다가 말했다. "별일 없죠?"

렌은 웃음을 터뜨렸다. "함께 일하게 돼서 기쁘다고 말해 주려고 전화했어요."

그녀는 일요일 밤에 자기 집에서 얼, 그리고 가능하다면 빌과 함께 저녁을 함께하면서 일종의 친분을 쌓고 월요일을 맞이하면 어떻겠느냐고 제안했다. "서로 알아 가는 시간을 갖자는 거예요."

"좋아요, 그럽시다. 기꺼이 당신을 알아 가고 싶군요." 그가 정말 그런 말을 했단 말인가? 머저리가 따로 없군.

렌 레인의 숙소는 비밀에 부쳐져 있었으므로, 이네스가 아이크를 일요일 저녁 식사 장소로 데려갔다. 아이크는 모텔에서 나와 포니 고객처럼 뒷좌석에 앉는 대신 이네스 바로 옆 조수석에 탔고, 두 사람은 그녀가 운전하는 내내 수다를 떨었다. 그들은 영화나 일정이나 그에게 찾아온 갑작스러운 운명의 변화가 아닌 아이들에 관해 이야기했다. 아이크는 딸을 찍은 아이폰 사진과 동영상을 보여 주었다. 이네스는 자기 집 아기들의 사진을 보여 주었다. 프란시스코는 새 이가 나는 중이었다. 이 집 아기들 모두 아이크의 어린 딸보다 머리카락이 더 많았다. 이네스는 자기 휴대전화에 깔린 리슨이라는 앱을 보여 주었다. 새로운 삶을 맞이하려면 정돈이 필요할 거라면서.

정문에 도착한 이네스가 버튼을 주먹으로 때린 뒤 스피커에 대고 "닻을 풀어라!"라고 말하자 녹슨 것처럼 칠한 철문이 좌우로 미끄러져 열렸다. 이네스는 4백 미터를 더 가서 제임스 본드 악당의 소굴처럼 생긴 집 앞에 차를 댔다. 녹슨 것처럼 칠한 철제 현관문 옆에 악당의 심복이 서 있는 것까지 완벽했다.

"톰 원더미어요." 심복이 말했다.

"클리퍼. 아이크 클리퍼입니다." 아이크가 말했다. 그는 **젓지 말고 흔들어서,**[1] 라는 말이 나오려는 것을 참았다.

이네스의 역할은 거기까지였다. "식사 후에는 얼이 숙소까지 데려다줄 거예요." 그녀가 말했다. "또 봐요!" 그녀가 떠나자 아이크는 톰을 따라 안으로 들어갔다.

"으리으리하군요." 아이크는 광대하게 펼쳐진 IT 업계 거물의 실내장식을 감상하며 말했다. "기념품점은 어딥니까?"

"렌이 곧 나올 거요." 톰은 그때까지 미소 한번 흘리지 않았다. "마실 것을 드시겠소?"

"우리 집주인께서는 뭘 드십니까?"

"분명 차를 마시겠지."

"그럼 나도 그 분명차라는 걸로 하겠습니다." 톰 윈더미어는 여전히 미소 짓지 않았다.

그때 렌의 목소리가 들렸다. "올해의 인물이 오셨네요." 방이 워낙 거대한 데다 집의 다른 부분으로 통하는 복도나 출입구는 보이지 않았기 때문에, 아이크는 목소리의 출처를 찾아 주위를 둘러보았다. 오, 저기 세쿼이아로 만든 기둥을 지나 그녀가 오고 있었다. 그녀는 남성용 검은색 톰포드 브이넥 스웨터와 바지 자락이 종아리 중간에서 끝나는 짙은 초록색 일자바지를 입고 암적색 샌들을 신고 있었다. 한쪽 손목에는 값비싼 남성용 스테인리스스틸 손목시계를 찼고, 반대쪽 손목에는 폭이 넓은 띠를 둘렀다. 반지는 없었다. 머리는 언젠가 시아가 아이크에게 프렌치 트위스트라고 알려 주었던 그 모양이었다. 여자들이 순수하게 **업무를 위해** 나온 자리지만 그래도 나를 좀 봐요, 라는 신호를 보내고 싶을 때 채택하는 헤어스타일이었다.

---

[1] 제임스 본드가 자신을 소개하고 마티니를 주문할 때 하는 대사

"밖에 앉을래요?"

"당신이 길을 안다면요." 아이크는 그녀를 따라 큰 방을 나섰고, 구부러진 복도를 지나 출입구가 따로 없이 간이 차고처럼 벽이 널찍하게 뻥 뚫려 있는 공간으로 나갔다. 정교한 목제 가구들 위로 탁 트인 진홍색 하늘이 서쪽에서 이내 파란색으로, 다시 남색으로 변해 갔다.

"로럴이라고 해요." 차와 간식을 가지고 온 여자가 말했다.

"안녕하세요, 로리. 아이크입니다."

"로럴요. 최근에 얘기 많이 들었어요."

렌은 자리에 앉았다. "당신은 목요일부터 톱뉴스였거든요. 세이지 괜찮나요?" 차를 두고 하는 말이었다.

"세이지 괜찮지요."

로럴이 혹시 다른 음료를 원하느냐고 물었지만 아이크는 사양했다. "채식주의자인가요?"

"아뇨." 아이크는 렌을 쳐다보면서 설명을 덧붙여야 할지도 모르겠다고 생각했다. "야채는 많이 먹습니다. 근대. 청경채. 옥수수는 통으로든 크림으로든 가리지 않고요. 케일도 먹고."

"무는요?" 렌이 물었다. "무도 먹나요?"

"무는 거절하는 법이 없죠."

"참마는요?"

잠깐. 잠깐. "참마는 안 좋아합니다만." 아이크가 고백했다. 그는 혹시 렌 레인이 채식주의자이거나 비건이거나 뭐 그런 부류는 아닐지 궁금했다. 만약 그렇다면, 그녀는 그의 식습관에 대해 어떻게 생각할까? 갑자기 실망을 느꼈을까? 새로운 톱뉴스. 내 동료 배우가 고기를 먹는대! 저녁 메뉴는 전부 직접 키운 유기농 생식일까? "솔직히 말해서 고구마도 안 좋아하고요."

"호박은요? 호박류는 어때요?"

"주키니 호박을 가늘게 썰어서 잘 튀긴 거. 그건 잘 먹지요."

"오늘 밤에는 각자 입맛에 맞게 버거를 만들어 먹기로 했어요. 혹시 소고기가 싫다면 로럴이 비트로 패티를 만들 줄 알아요. 아니면 얼처럼 칠면조를 먹어도 되고."

"비트가 소고기를 대체할 수 있을 것 같지는 않군요."

"없고말고요!" 렌이 열렬하게 반응했다.

그때에야, 바로 그 순간에야, 아이크 클리퍼는 자신의 몸이 지구 표면에 확고하게 자리를 잡고 자전축의 회전을 따라 유유히 흘러가는 것을 느꼈다. 금요일 이래로 그는 관심과 활동에 쫓기듯 내몰리며 한곳에서 볼일이 끝나자마자 다른 곳으로 불려 가기를 거듭했다. 호크아이의 임원과 다이나모 네이션의 다른 임원은 그의 영화사 아이폰으로 연락해 왔다. 둘 다 그가 파이어폴을 맡게 되어 '흥분되고 든든하다'고 했다. 아이크는 두 사람의 이름을 기억하지는 못했지만 이제 번호는 갖고 있었다. 그날 아침, 빌 존슨와 아이크는 백인들이 플리머스 바위에 당도하기 한참 전부터 제1민족 부족원들이 며칠에 걸쳐 격렬한 시합을 치른 바 있으므로 라크로스야말로 최초의 진정한 북아메리카 스포츠라는 것과, 자크 쿠스토가 독립형 수중 호흡 장치의 발명에 핵심적인 역할을 했다는 것과, 스탠리 아서 밍이 수많은 숏에서 초점 분할 렌즈를 사용할 예정이라는 것과, 〈소리로 가득한 지하실〉을 촬영하는 동안 근사한 우연이 일어났던 것 등, 그들이 당장 만들 영화나 촬영할 각본보다 훨씬 다양한 주제에 관해서 세 시간 동안 이야기를 나누었다. "파이어폴은 냉철합니다." 마침내 일 이야기를 꺼낸 빌은 말했다. "그는 절대 전우를 전장에 두고 가지 않겠다는 맹세에 따라 살아가는 해병이지요. 날 위해서 그렇게 연기해 줄 수 있겠지요?"

아이크는 그렇게 하겠노라고 맹세했다. 금요일 이래, 그러니까 그가 더는 리마가 아니며 콜 시트에서 더 위쪽으로 올라가게 되었다는 것을 알게 된 이래, 아이크는 고분고분할망정 불안에 떠는 고용인, 근심 많은 부하, 도살장 냄새를 맡은 농장의 소나 마찬가지였다. 파이어폴 맡아 줄래요? 그러죠. 전투화가 잘 맞나요? 잘 맞네요. 찐득찐득한 게 머리 위로 쏟아져 딱딱하게 굳는 건요? 괜찮아요. 혹시 이 전신 하네스가 아프지는 않나요. 저렇게 높이 매달려 있어도 괜찮습니까? 괜찮아요. 여기서는 격렬한 바닷속으로 뛰어들어 이 사나운 어뢰가 힘이 다해 가라앉거나 배와 충돌해 폭발할 때까지 붙들고 있어 주세요. 아이크는 일찌감치 숨을 참으며 말했다. 그러죠.

수요일에 그는 아직 하찮은 리마의 신분으로 영화의 주연배우를 소개받았다. 지금 파이어폴이 된 그는 렌 레인의 말에 동의하면서 세이지 차도 괜찮고 자신은 무를 좋아한다고 말하고 있었다. 그의 생경하고 초현실적인 세계에 이제 그와 마찬가지로 비트를 싫어하는 영화 스타를 상대로 치즈버거에 관한 대화를 나누는 행위가 더해졌다. 마침내, 아이크 클리퍼의 세계가 느려지면서 빨간색까지 올라갔던 RPM이 전 시스템 정상 가동을 알리는 부르릉 소리로 잦아들었다. 렌 레인이 그를 웃게 해 준 덕분이었다.

두 배우는 한동안 둘이서만 마구잡이로 화제를 옮겨 가며 대화를 나누었다.

그녀: 나는 고등학교 시절을 머저리들을 피하며 보내다가 학교를 그만뒀어요.

그: 나는 고등학교 시절을 규제 약물 덕분에 웃으면서 보내다가 학교에서 나가 달라는 소리를 들었죠.

그녀: 제일 든든한 존재는요? 내 형제 월리요. 당신도 만나게 될 거예요.

그: 내 아내 시아요. 당신도 만나게 될 겁니다.

그녀: 터너 클래식 무비. 베티 데이비스.

그: 퀴즈 쇼 〈위험〉! 녹화해서 봅니다.

그녀: 음악. 에밀루 해리스. 루신다 윌리엄스. 마고 프라이스.

그: 에스페란자 스폴딩.

그녀: 누구예요?

그: 나도 모르는데 멋지게 들리려고 말한 겁니다.● 멍하니 살던 시절 내게는 그룹 캔자스의 〈바람 속의 먼지〉가 이탈감에 관한, 권태라는 주제에 관한 심오한 논문이나 다름없었죠.

그녀: 권태요? 지금 내 앞에서 권태를 잘 안다고 주장하는 거예요?

그: 죽기 전에 가 보고 싶은 지역. 베트남.

그녀: 푸껫. 아이슬란드.

그: 난 버피를 하지요.

그녀: 드레이 코터는 마법 같아요.

그: 체육관에 다닙니까?

그녀: 이 집에 체육관이 있어요.

그: 집? 장원이라는 표현이 더 어울리겠는데요. 아니면 설치미술이나.

그녀: 가끔 새벽 3시에 일어나 거울을 보면서 생각해요. 날 마주 보는 이 얼굴은 누구지? 이 여자가 왜 여기 있지?

그: 그 기분을 네 배로 불려 볼까요? 아내와 갓난아이가 있는데 몇 달 동안 화염방사병인 척하려고 떠나 봐요. 난 왜 여기 있는 걸까요?

그녀: 우리를 구하려고요!

그: 최선을 다해 보죠. 부담은 주지 말고요.

그녀: 최고의 007은?

그: 로저 무어. 머리카락이 헝클어지는 법이 없어요.

그녀: 이드리스 엘바.

그: 그 사람은 제임스 본드 아니잖아요.

그녀: 그 사람이 맡아야 해요.

---

● 에스페란자 스폴딩은 재즈 보컬리스트이고 끝내준다.

＊　＊　＊

얼이 도착했고, 잠시 후에는 존슨 부부가 빨간 닷지 차저를 타고 좁은 길을 따라 내려왔다. 월리 랭크가 부지 내의 게스트 하우스에서 걸어오자 버거를 먹을 시간이 되었다. 아이크는 클럽의 새 멤버답게 얌전히 있었다. 저녁 내내 들려온 대화는 해독 불가능한 암호 같았다. 별명들, 파운틴 애비뉴에 대한 언급, 아이크가 알지 못하는 동료들에 관한 이야기. 얼과 렌 둘만 있었더라면 잘난 OKB를 사탄의 벌겋게 달아오른 석탄 더미 위에 신나게 굴려 댔을 테지만, 여러 사람이 모인 자리였기 때문에 해고당한 배우에 관한 언급은 "앞으로 더 나은 작품을 맡기를" 기원하는 빌 존슨의 발언에 그쳤다.

아이크는 감독이나 제작자나 주연배우가 앞으로 영화에서 일어날 일, 이튿날 아침부터 재개할 작업에 관한 이야기를 언제쯤 꺼낼까 궁금했지만, 그런 일은 일어나지 않았다. 영화 만들기에 관한 언급이라고는 빌 존슨이 들려준 험프리 보가트와 〈카사블랑카〉 제작에 관한 이야기뿐이었다.

빌 존슨: 그 영화는 워너에서 만들었는데 워너 영화들이 다들 그렇듯 촬영 일정이 몇 주밖에 안 됐어요. 영화를 공장처럼 찍어 냈던 시절이니까. 감독 마이클 커티즈는 헝가리인이라 억양이 강했지요. 촬영장은 펄펄 끓습니다. 당시에는 조명으로 아크 등을 사용했고 필름 감도 때문에 빛이 많이 필요했던데다 릭의 카페에서 도박하고 술 마시고 나치에게서 달아나려고 하는 모두가 정장을 입고 있었거든. 알다시피 원작은 희곡입니다. 《모두가 릭의 카페에 찾아온다》. 각본가는 네 사람. 그중에는 쌍둥이 엡스타인 형제와 하워드 코크도 있었지요. 쪽 대본이 날아다니고, 버려지고, 새 대사를 시험해 보기 일쑤예요. 스튜디오 전속 배우들은 자기 장면에서 실력을 보여 주려고 난리고. 잉그리드 버그먼은 거기에 있는 것만으로 모두를 매료시키고. 클로드 레인스는 그중 단연 돋보이고 완벽하지요. 그리고 경력의 정점에 선 보가트가 있습니다.

폭력배 역할이나 들러리 노릇이나 싸구려 통속물에서 벗어난 이후지요. 골판지 카니발 역사상 제일 으리으리한 스타예요. 그는 줄담배를 피워 대고 술을 찾고, 커티즈는 헝가리 억양으로 속사포처럼 비위를 맞춥니다. 촬영 일정이 절반쯤 지난 어느 날, 보가트가 하얀 디너 재킷을 입고 있는데 아무도 뭘 찍어야 좋을지 모릅니다. 대본은 아직 안 나왔고, 이미 길고 힘든 하루를 보낸 뒤라서 릭을 연기하는 사내는 집으로 돌아가 하이볼 몇 잔 걸치고 치로나 슬랩시 맥시 같은 곳에 가서 저녁을 먹고 싶어 해요. 커티즈로서는 뭔가를 찍지 않으면 스튜디오 총수인 잭 워너가 그의 유럽인 궁둥이를 흠씬 걷어찰 판국입니다. 촬영장은 그날 촬영을 위해 조명을 설치해 둔 상태지요. "이러케 하세! 보기. 들어와서, 자리에 서, 알았치? 프레임 왼쪽으로 고개를 크덕여. 심각카게, 샘이나 누군카한테 오케이 하는 거처럼!" 험프리 보가트가 묻습니다. "화면 밖으로 나갈까요?" 커티즈가 대답하죠. "크러든가!" 벨이 울리고. 롤. 스피드. 액션. 릭이 들어와서, 걸음을 멈추고, 심장마비처럼 심각하게, 고개를 끄덕입니다. 뭘 향해서 *끄덕*였을까요? 지나가는 고양이? 그러곤 프레임 왼쪽으로 나갑니다. 컷! 좋아. "이컬 이 영화 어딘카에 쓸 커야. 보기는 오늘 촬영 끝." 영화가 나왔을 때 보기는 누구에게 고개를 *끄덕*였게요? 밴드를 향해서였습니다. 밴드에게 〈라 마르세예즈〉를 연주해도 된다고 허락하는 거였지요. 빅터 라즐로가 선창하고, 나치들이 골을 내고, 놈들이 부르던 유사 〈호르스트 베셀〉[1]이 묻히고, 카페 손님들이 일어나서 프랑스를 위해 목이 터져라 노래를 부르고, 관객들에게 십 년에 한 번 찾아올까 말까 한 전율을 선사합니다. 잉그리드의 눈에 사랑이 빛납니다. 릭의 카페는 독일 놈들에게 영업정지를 당하지요. 클로드는 자기가 딴 판돈을 쓸어 담으면서 도박판이 열린다는 사실에

---

1 〈카사블랑카〉의 해당 장면에서는 원래 나치당의 당가인 〈호르스트 베셀의 노래〉를 사용하려 했으나 저작권 문제로 대신 〈라인강의 파수꾼〉을 사용했다.

깜짝 놀란 척하고요. 그 영화 전체가 보기의 그 끄덕임 하나에 달려 있습니다. 그저 시간을 죽이기 위해서, 필름을 쓰기 위해서 찍었을 뿐인 숏이요.

얼이 렌에게(속삭임): 저 인간이 노상 하는 이야기에요.

렌이 얼에게(속삭임): 이걸로 나도 두 번째 들었어요.

팻이 좌중에게: 자기는 그 이야기를 좋아하더라.

빌이 좌중에게: 영화 만들기의 정수를 요약한 이야기니까.

아이크가 좌중에게: 〈지하실〉 때 내게도 딱 그런 짓을 시켰지요. 바 뒤에서 프레임 왼쪽 밖을 보고, 글쎄다, 하는 것처럼 어깨를 으쓱이라고. 나중에 보니 내가 가짜 신분증을 내미는 꼬마들을 가게로 들여보내고 있었고 관객들은 웃음보를 터뜨렸죠. 난 스탠리 아서 밍에게 어깨를 으쓱였던 건데 말입니다.

빌 존슨: 그랬지요. 뭔가를 촬영해야 했는데 마침 당신이 있었거든요. 내일 아침에도 촬영을 해야 하니까, 자, 그럼, 렌, 훌륭한 버거 잘 먹었습니다. 내일은 일하는 날입니다. 아이크, 시간 맞춰 오지 않으면 두들겨 패 버릴 줄 알아요.

아이크: 꺼져요, 이 망할 양반아.

팻: 옳거니. 순순히 휘둘리지 말라고요.

얼: 먼저, 건배하죠. 우리의 생존, 우리의 영화를 위하여. 파운틴 애비뉴에 난 구멍들을 피해 가는 모두를 위하여.

아이크: 파운틴 애비뉴가 대체 어딥니까?

* * *

시아가 말하고 있었다. "당신이랑 렌 레인이 렌 레인의 본부에서 렌 레인과 함께 근사한 밤을 보냈다니 차암 기쁘네." 그녀의 얼굴이 아이크의 아이폰을 가득 채웠다. 아이크는 그의 모텔 방에 있었고, 시아는 그녀의 어머니 집 침대에 있었다. 그녀는 몇 시간밖에 자지 못해 의식이 가물가물했지만 남편의 페이스타임을 수락했다. "세상에서 제일 아름다운 신진 여배우가 당신한테 치즈버거를 만들어 주고 당신 농담에 킥킥거리는 동안 나는 아기가 추리닝 바지에 토한 덕분에 더 펑퍼짐해진 내 살찐 허벅지나 보고 있었지만."

"그 여자가 내 말에 웃어 준 기억은 없는걸."

"단둘이 얼마나 있었어?"

"그런 적 없어. 그 여자한테는 심복 하나랑 요리사 하나랑 남자 형제가 있었다고. 얼과 빌도 있었고. 팻 존슨도."

"차 마시면서는? 자기랑 렌 레인 둘이서만 마셨다며."

"아무렴. 우리는 파티오에서 달빛을 받고 있었고, 허공에는 한줄기 재스민 향기가 감돌았지. 해변에서 오케스트라가 연주하는 잔잔한 음악이 들려왔고, 머리 위로 별똥별이 지나갔어. 우리는 소원을 빌었지. 그녀는 다음 영화 계약을 재협상하게 해 달라고, 나는 내 여자들이 론 뷰트로 오게 해 달라고."

"오케스트라는 뭘 연주하고 있었는데?"

"더 챔프스의 〈테킬라〉."

"몇 잔이나 마셨어?"

"한 잔도 안 마셨어. 그 여자는 열네 잔을 마시고 자기 추리닝 바지에 토했지. 남자 형제가 토사물이 묻지 않게 머리카락을 잡아 주더라고."

"프렌치 트위스트 머리를 망치고 싶지 않았겠지. 그 남자가 그 여자 회사를 운영해. 그 여잔 비행기를 직접 몰고."

"그건 몰랐는걸."

"이혼했어. 그 여자, 남자랑 사귄 지 한참 됐지."

"이드리스 엘바한테 관심이 있던걸."

"이드리스 엘바한테는 나도 관심 있어."

"그렇게 나오시겠다면 이 가짜 '버퍼링' 얼굴로 응수할 수밖에." 아이크는 최대한 오랫동안 눈을 깜빡이지 않은 채 표정을 유지했다.

"전화가 끊겼나? 자기, 거기 있어? 버퍼링. 버퍼링……. 숙소엔 어떻게 돌아 갔어?" 버퍼링 얼굴은 시아와 아이크가 애용하는 장난이었다.

사 초 더 같은 표정을 유지한 뒤, 아이크가 말했다. "얼."

"그 사람들, 내가 〈지하실〉에 출연했던 거 기억하기는 해?"

"말하던걸. '화장실 아가씨 2번에게 안부 전해 줘요.'라고."•

이후 삼 분 동안 두 사람은 동선(촬영 기간 중 언제 어떻게 론 뷰트에서 만날 것 인지)과, 아기와, 아기의 엄마와, 그녀가 더 많이 걸을 필요가 있다는 사실과, 그가 파이어폴처럼 중요한 역할을 어떻게 연기해야 할지 상상조차 할 수 없 어서 심장박동을 가라앉히려고 방 안을 서성이다 보니 늘어난 걸음 수에 관해 이야기를 나누었다. 시아는 너무 피곤하다고 했다. 그녀는 남편에게 사랑한다 고 말하고 "자기는 방법을 찾아낼 거야, 어빙."이라고 덧붙였는데, 그렇게 늦 은 시간에는 그게 그녀가 할 수 있는 최선의 격려였다. 그런 다음 그녀는 전 화를 끊고 곁탁자에 놓은 뒤 눈을 감았지만, 렌 레인이 그녀의 남편과 차를 마시는 모습을 상상하느라 오랫동안 잠을 이루지 못했다.

론 뷰트의 모텔에서, 아이크는 전화를 곁탁자에 놓고 침대에 놓인 각본을 집어 들었다. 그는 각본을 처음부터 끝까지 쭉 읽으면서 이번에는 리마의 대 사에 머무르는 대신 얼마 안 되는 파이어폴의 대사에 주목했다. 그는 '컷하면' 이 나오는 모든 순간을 읽었다. **파이어폴의 눈. 그의 분노에 찬, 레이저처럼 날카 로운 눈길.** 아이크는 한 시간 동안 각본을 손에 들고 읽으면서 때때로 방 안을 서성였다. 화려한 액션 장면, 나이트셰이드와 파이어폴이 무술 안무와 공중 와이어와 보디 하네스를 동원해 맞대결하는 장면이 나왔다. 마지막 전투의 대 미를 장식하는 것은 대망의 키스, 영화에서 늘 나오곤 하는 크게 쾅 부딪치는

---

• 시아는 클럽 장면에서 각본에 대사가 있는 주요 엑스트라로 출연했다.

키스, 의미와 격정과 신체 접촉이 그득그득한 탓에 두 배우가 다이나모 네이션의 인사부와 영화배우조합에서 의무화한 대로 친밀성 코디네이터[1]와 논의를 거쳐 연기해야만 하는 키스였다. 아이크는 자신이 렌을 상대로 그런 키스를 해낼 수 있을지 의문이 들었다. 그는 침대에 들어가 이불을 덮고 주간고속도로를 남북으로 오가는 대형 트럭들의 소리에 한참 귀를 기울이다 잠들었다.

렌 레인은 키스 장면이 두려웠다. 그녀는 위생 문제, 억지/가짜 감정, 반복되는 테이크, 그리고 입술이 짓눌리는 탓에 케니가 끊임없이 분장을 고치는 과정이 마음에 들지 않았다. 영화에서 키스란 기계적인 절차였다. 하지만 그녀는 헤쳐 나갈 것이다. 그날이 와서 카메라가 돌아가면 이브는 파이어폴에게 키스할 테고, 다음 숏으로 넘어갈 것이다.

키스보다 더 나쁜 건 남자와 여자가 서둘러 행위에 돌입하려고 상대방의 옷을 찢는 '격정적인 섹스' 장면이었다. 각본가들은 노상 그런 장면을 써 댔다. 감독들은 그게 격정적으로 보인다고 생각했다. 터무니없는 생각이었다. 술에 취한 연인들이 아니고서야 옷을 찢고 대뜸 굶주린 키스로 돌입하다 이가 부딪혀 깨지고 걸레짝을 걸친 꼴이 되고 싶은 사람이 있을 리 만무하다.

일요일 밤 모든 손님이 집을 떠난 뒤, 렌은 아이크 클리퍼에 대한 감상을 월리와 교환했다. 월리가 보기에는 제정신인 사람 같았다. 어떤 이들은 입만 살았다고 생각하겠지만 또 어떤 이들은 재치 있다고 여길 법도 했는데, 월리는 아이크가 후자라고 판단했다. 가족 모임에 감당하기 힘든 술꾼 매부를 초청하지 않듯, 배우를 갈아치운 덕분에 정말로 영화를 구해 낸 것인지도 몰랐다.

잠자리로 향하는 길에, 렌에게는 아이크와 그의 성격과 그의 존재감과 그의 관심을 구걸하지 않는 태도에 대한 긍정적인 감정밖에 들지 않았다. 함께 연

---

1 육체적으로 친밀한 장면을 찍는 배우들의 의사를 확인하고 대변하는 스태프

기하는 날이 오면 카메라 앞에서 멋진 한 쌍을 이루리라는 확신이 들었다. 그녀가 그에게 어렴풋하게 느끼는 유일한 아쉬움은 이것뿐이었다. 그 남자는 왜 이미 결혼을 해 버렸담?


## 4일 차 (촬영일 53일 중)

그 주의 첫 촬영은 오전 8시 57분에 시작됐다.


16 실외. 아이언 블러프―거리―동일

거리에 행인은 이브 나이트뿐이다.
그녀는 포치에 앉아 있는 노인들을 지나친다.
인사를 나눈다.
십 대 소년 하나가 잔디를 깎고 있다. 인사를 나눈다.
어린아이들이 간이 풀장에서 마르코 폴로 놀이[1]를 한다.

**이브 나이트**　　폴로! 폴로!

메인 스트리트 귀퉁이
우리가 오프닝에서 보았던 곳이다…….
이브는 문 닫은 상점들을 지나친다.
은행 간판에는 시간 기온 저축 절약이라고 적혀 있다.


---

1 수영장에서 하는 술래잡기

그녀가 무단 횡단을 해서(차도에 차가 없었으므로) 들어가는 곳은…….

클라크네 드러그스토어


렌 레인은 그냥 거리를 걷기만 하는데도 눈부셨다.

오전 7시 4분, 아이크 클리퍼는 에이스 아세비도의 차를 타고 베이스캠프에 도착했고, 보트 및 레저용 자동차 전시회에서 본 것을 제외하면 그가 그때까지 본 가장 커다란 트레일러로 들어갔다. 바로 근처에는 벌집차가 있었다. 지난주에 그는 그 벌집차의 비좁은 칸에서 옷을 갈아입었다. 이날 아침 그가 옷을 갈아입은 차량은 그의 첫 아파트보다 컸고, 상상할 수 있는 온갖 음식과 음료가 갖춰져 있었으며, 채널이 폭스 뉴스에 맞춰진 대형 TV도 있었다. 그는 TV를 끄고 식탁에 앉았다. 식탁에는 풍선들이 달려 있었고, 참마, 주키니 호박, 무가 담긴 바구니와 함께 **권태와 싸워요! 키스 키스 WL.**이라고 손으로 쓴 메모가 곁들여져 있었다.

아이크는 견과류 시리얼 한 그릇을 먹고 V8 한 캔을 마셨다. 니나가 문을 두드린 다음 열더니 공작실에서 준비를 완료했다고 알렸다. 그는 베이스캠프를 가로질러 헤어/분장 트레일러로 다가가 문을 두드린 다음 분장사들에게 바닥이 흔들릴 테니 잠시 아이라이너를 내려놓으라는 뜻에서 "들어갑니다!"라고 소리치며 계단을 올라갔다.

아이크는 세 가지 버전의 자신과 마주했다. 하나는 벽을 에두른 거울에 비친 그의 모습이었다. 다른 둘은 그의 머리에서 뜬 석고본이었다. 토요일의 끈끈이 작업을 통해 나온 결과물은 음침한 얼굴로 눈을 감고 입을 꾹 다물고 있었다. 머리 하나는 헬멧을 쓰지 않은 파이어폴의 흉터 보형물을 붙이고 있었다. 다른 파이어폴은 의상팀에서 제공한 헬멧을 쓰고 있었다.

"앉으시게나." 켄 셰프록이 말했다. "우리가 멋지게 손봐줄 테니."● 아이크는 눈을 감고서 분장팀이 그의 어깨와 목과 팔뚝과 두피에 접착제를 겹겹이 바르고 라텍스 보형물을 붙여서 무시무시한 흉터투성이 사내를 빚어내도록 했다. 그의 캐릭터가 카메라 앞에 첫선을 보이도록 준비하는 데에는 두어 번 자리에서 일어나 다리를 푸는 시간을 포함해 거의 다섯 시간이 걸렸다. 그러고 나니 오후 1시 점심시간이 코앞이었다.

BBQ 치킨과 샐러드를 먹은 뒤(내일은 포크 볼 데이가 예정되어 있었다) 시작된 첫 촬영은 파이어폴의 카메라 테스트였다. 분장을 마치고 의상을 갖추어 촬영장으로 향한 아이크는 박수로 환영 받았다. 사운드 믹서는 장내 방송 설비로 미 해병 군악대가 연주하는 〈몬테주마의 궁전에서〉를 틀었는데, 몇몇 스태프(전직 해병인)는 감동을 받았고 몇몇은 부적절하다고 생각했다.

빌 존슨이 아이크에게 걷고 돌고 행군하고 화면을 가로지르라고 지시하는 가운데, 달리 위에 설치한 카메라가 앞으로 다가가고 뒤로 빠졌다. 헬멧을 착용한 채로. 그런 다음 헬멧을 벗고 전부 다시. 카메라가 클로즈업을 찍기 위해 가까이 다가가는 동안 빌은 배우에게 미소만 짓지 말아 달라고 말했고, 물론 그 말을 들은 아이크는 웃고 말았다. 테스트 촬영에는 총 이십 분이 걸렸다. 아이크가 막 촬영을 마무리하는데 렌이 촬영장에 나타났다. 새로운 파이어폴을 검사하는 현장에 있던 다른 모든 이와 마찬가지로 그녀 또한 이전 배우와는 차별화되는 행동거지와 진중함을 알아보았다. 이번 파이어폴은 무게와 존재감을 지녔고, M2-2 화염방사기만큼이나 영화에 꼭 맞았다. 렌은 그에게 말했다. "맙소사, 아이크. 당신한테서 눈을 못 떼겠네요!" 아이크는 렌 레인에게서 그런 말을 들었다는 흥분을 억누를 수 없었다. 가짜로 붙인 흉터가 실제로 붉어진 얼굴을 가려 주었다.

그의 디지털 스캔이 끝나고 분장을 제거하는 데에는 거의 한 시간이 걸렸

---

● 그 안에는 숀(코너리)과 제이슨('아르고호' 이아손의 미국식 이름)과 브리트니(프랑스 브르타뉴 지방의 미국식 호칭)로 이루어진 분장팀도 있었다. 아이크는 괄호 안의 식별어로 그들의 이름을 기억했다. 케니는 촬영장에 있는 렌을 맡기 위해 자리를 비워야 했다.

다. 아이크는 그런 과정이 필요하다는 사실에 놀랐다. 그냥 얼굴에 붙은 고무 조각을 잡아 뜯기만 하면 될 줄 알았기 때문이다. 정말로 그런 짓을 했다간 피부 몇 겹이 함께 떨어져 나가면서 병원에 실려 가야 했을 테고 평생 흉터까지 남았으리라.

오후 3시, 제작진은 메인 스트리트에서 촬영 중이었다. 이브 나이트는 다양한 의상을 입고 분장을 바꾸어 가며 촬영에 임했다. 아이크가 비디오 빌리지로 구경하러 와서 머무르자 이네스가 다이어트 콜라를 가져다주었다.

"얼음은 어떻게 드릴까요?" 그녀가 물었다.

"아작 내서요." 아이크가 말했다. 농담으로 한 말이었다. 하지만 빨간 솔로 컵에는 아작 난 얼음이 담겨 왔다.

3시 50분에 촬영이 마무리되었을 때, 아이크는 순전히 렌 레인을 훔쳐보기 위해 조금 더 어슬렁거릴 요량으로 에이스에게 모텔까지 거리가 얼마나 되느냐고 물었다. 운동도 할 겸 밸리의 열기 속에서 미군 스타일 행군을 조금 해볼까 싶었다. 두 사람은 거리와 소요 시간을 계산한 끝에 웹스터 로드/캘리포니아 122번 고속도로를 따라 8킬로미터 정도 떨어진 위치에 배우를 내려주면 숙소까지 걸어서 한 시간이 걸리겠다는 결론을 내렸다. 에이스는 모텔에서 계속 대기하면서 배우가 안전하게 도착하는지 확인하겠다고 고집을 부렸다. 그가 너무 오랫동안 모습을 보이지 않거나 아이크가 피로와 열기에 지칠 경우 문자 하나만 보내면 바로 갈 수 있도록. 아이크가 2차선 도로의 갓길을 따라 늘어선 고무나무가 줄무늬처럼 드리운 그늘을 즐기면서 행군을 완료하는 데에는 칠십육 분이 걸렸다. 그는 너무 많은 전쟁을 겪은 끝에 생기를 잃고 과거에 사로잡혀 안절부절못하는 참전 용사가 되었다고 상상하면서 자연스러운 속도로 발을 가볍게 놀려 성큼성큼 일직선으로 나아갔다. 아이폰의 타이머를 맞추어 십 분에 한 번씩 걸음을 멈출 때마다 웹스터 로드 갓길에서 그대로 버피 동작을 여섯 번 수행했다. 오후의 열기 속에서 오랫동안 걷는 행위는 명상과 다를 바 없어서, 그는 홀로 생각에 잠겨 앞으로 해야 할 일과 어빙에서 아이크로, 리마에서 파이어폴로 변신하는 일에 대해 숙고했다.

　모텔/여관의 주차장을 가로지를 무렵, (에이스에게 나 해냈어요 하고 손을 흔들면서) 아이크는 이 길을 걷고 또 걸어야겠다고 생각했다. 소품팀에는 제2차세계대전 당시 쓰던 배낭을, 의상팀에는 전투화를 부탁해 파이어폴을 탐구하는 영적 모험의 부적으로 삼을 작정이었다. 물병과 각본과 그의 영혼이 짊어진 짐에 상응하는 육체적 부담을 위해 커다란 돌 몇 개를 넣은 배낭을 짊어지고 전투화를 신은 채로 서서히 지쳐 가는 거다.

　4일 차는 촬영에 참여한 모두가 열기에 기진맥진한 가운데 오후 6시 58분에 마무리되었다.


### 5일 차 (촬영일 53일 중)


　콜 시트의 출연자 11번과 12번인 포치 부인들이 영화에서 할 일은 하나뿐이었다. 싸구려 접이식 의자 두 개에 앉아 포치 앞을 지나는 이브 나이트에게 손을 흔드는 것. 그들의 이름은 셸리 마골드(포치 부인 1)와 매케이아 벨리스(포치 부인 2)였다. 두 사람은 한 번도 서로를 만난 적이 없었지만, 둘 다 론 뷰트 아몬드 재배업자 협회 건물에서 열리는 '현지 할리우드 제작 영화'의 오디션에 참여해 보면 재미있겠다고 생각했다. 치코에서 온 셸리와 맥스웰에서 온 매케이아는 아침 내내 '캐스팅'이라고 적힌 안내문을 따라가 줄을 서고, 사진을 찍고, 이름이 불릴 때까지 공짜 생수와 과자가 갖춰진 커다란 방에 앉아 있었다. 두 사람은 각자 이네스라는 이름의 예의 바른 젊은 여자와 잠시 시간을 보내면서 날이 얼마나 더운지, 또 론 뷰트에서 얼마나 가까운 곳에 사는지 잡담을 나누었다. 그런 다음 고맙다는 인사를 듣고 치코와 맥스웰로 돌아갔다. 일주일 뒤, 그들은 캐스팅이 결정되었으니 의상 피팅을 위해 정해진 시간에 와 달라는 통보를 받았다. 둘은 그곳에서 처음 만났다.

이제 그들은 조명과 카메라에 둘러싸여 포치에 앉아 있었고, 액션! 그러자 건강하고 예뻐 보이는 렌 레인이 지나갔다. 영화 스타는 포치 부인들에게 손을 흔들었다. 셸리와 매케이아도 마주 손을 흔들었다. 그들은 아무 말도 하지 말고 손만 흔들라는 지시를 받았다. 잠시 후, 카메라를 옮기는 동안 영화의 감독이라는 남자(존슨 씨)가 어떤 이유에서인지 포치로 슬그머니 다가와 자신을 소개했다. 얼이라는 여자도 함께 있었다. 얼은 셸리와 매케이아에게 뜨개질을 할 줄 아느냐고 물었다. 둘 다 할 줄 알았다.

"잘됐네요!" 얼이 말했다. 그녀는 이네스를 촬영장으로 불렀다. 이네스가 도착하자 그녀가 말했다. "소품팀에 우리 포치 부인들께서 쓰실 뜨개질과 바늘을 달라고 해 줘요."

이어서 존슨 씨가 부인들에게 렌 레인에게 손만 흔들 게 아니라 셸리는 "좋은 아침, 이브."라고 말하고 매케이아는 "안녕, 얘야!"라고 말해 달라고 했다. 존슨 씨는 각자에게 두 번씩 대사 연습을 시켰다. 그리고 그들에게 "딱 좋습니다."라고 말했다.

이네스라는 아가씨가 소품 담당과 함께 돌아왔다. 소품 담당은 두 배우에게 뜨개질용 털실과 바늘이 담긴 가방과 더불어 이미 몇 센티미터 정도 뜨기 시작한 스카프를 하나씩 건넸다. 셸리는 파란색 털실을 받았다. 매케이아는 흰색이었다. 얼이라는 여자는 그들에게 촬영하는 내내, "좋은 아침, 이브."와 "안녕, 얘야!"를 말할 때도 "계속 뜨개질을 해 주세요."라고 했다. 그들은 그렇게 했다.

다시 조명, 카메라, 그리고 존슨 씨가 액션! 셸리와 매케이아는 뜨개질을 했다. 렌 레인이 지나가면서 손을 흔들고 말했다. "안녕하세요!"

"좋은 아침, 이브." 셸리가 말했다.

"안녕, 얘야!" 매케이아가 외쳤다.

존슨 씨가 컷이라고 했다.

존슨 씨 주변의 스태프 몇 사람이 뭐라고 대화를 나누었다. 음향팀에서 **좋은 아침, 이브**와 **안녕, 얘야!**라는 대사에 대비한 사람이 아무도 없었던 모양이다.

처음부터 다시 갑니다!

끝에 복슬복슬한 둥근 것이 달린 장대를 들고 헤드폰을 쓴 벳시라는 아가씨●가 그녀만 들을 수 있게 누군가에게 뭐라고 하더니 포치 부인들에게 방금 했던 것과 똑같은 '레벨'로 대사를 다시 말해 달라고 부탁했다.

좋은 아침, 이브.

안녕, 얘야!

그러자 누군가 외쳤다. "좋았어!"

카메라 롤! 사운드 스피드! 액션.

렌 레인이 다시 지나가면서 손을 흔들었다.

"좋은 아침, 이브……. 안녕, 얘야!"

컷.

존슨 씨가 말했다. "무슨 문제 없지요?"

셸리와 매케이아는 이브가 아침 식사를 마치고 집으로 걸어가는 숏이 추가되었는데 포치 부인들이 다시 등장할 수도 있으므로 대기해 달라는 부탁을 받았다. 그들은 오후에 두 사람이 다시 필요해질 때까지 쉴 수 있게 아몬드 재배업자 협회 건물에 마련된 대기 공간으로 안내되었다. 이네스는 뜨개질 진척 상황을 카메라에 담을 수 있도록 다음 촬영까지 남은 시간 동안 소품으로 받

---

● 벳시 '붐' 런츠는 음향팀의 두 붐 오퍼레이터 중 하나였다. 그 외 음향팀 소속으로는 전설적인 믹서 마빈 프리츠, 붐 2번인 켄트 '불도그' 애러곤스, 그리고 케이블 담당 질리언 패터슨이 있었다. 전직 댄서였던 질리언은 뮤직비디오 촬영 중 마빈을 만나 잠시 결혼 생활을 한 뒤 헤어졌고 좋은 친구 사이로 남았다. 마빈은 전처가 의료보험을 유지할 수 있도록 음향팀에 두었다.

은 스카프를 계속 떠 달라고 부탁했다. 지나칠 정도로 예의 바른 코디라는 젊은 남자가 셸리와 매케이아를 찾아와 두 사람의 '승격'에 관한 서류에 서명해 달라고 했다. 감독이 화면상에서 대사를 말하게 했으므로 그들은 이제 보조 출연이 아니라 단역이었다. 말하는 대가로 돈을 더 받게 된 것이다!

"두 분은 SAG 회원이신가요?" 코디가 물었다.

"SAG가 뭔가요?" 셸리가 물었다.

"아니에요." 매케이아가 말했다.

"필요하신 게 있을까요?" 코디가 물었다. 누구든 대기 구역에 있는 사람에게는 수고를 가리지 말고 필요한 것을 가져다주라는 지시를 받은 터였다.

자, 모든 제작진에게 제공되는 아주 훌륭한 점심 식사를 마친 뒤, 셸리와 매케이아는 11센티미터를 추가로 뜬 스카프를 가지고 포치로 돌아갔다. 두 사람은 레인 씨의 귀가 장면을 찍을 준비가 되어 있었지만, 제작진이 메인 스트리트에서 촬영 중이었기 때문에 그들은 그날 오후에는 일하지 않았다. 그들은 다음 날 촬영에 다시 와 달라는 부탁을 받았고, 뜨개질감은 소품팀에서 가져가 보관했다.

그들은 각자 치코와 맥스웰의 집으로 돌아갔다. 둘 다 일당을 하루치 더 받게 되었다.

5일 차가 오후 6시 56분에 마무리되자 요기는 제작진 모두가 사랑받는 사람들이라고 알렸다.


## 6일 차 (촬영일 53일 중)

오전 4시 30분, 에이스 아세비도는 뚜껑을 덮은 라지 사이즈 해적 드립 커피 두 잔을 준비해 모텔 주차장에서 대기 중이었다. 하나는 그가, 다른 하나는 아이크가 마실 커피였다. 에이스는 항상 커피에 비유제품 크림을 넣어 마셨다. 원래 아이크는 모닝커피로 에스프레소와 뜨거운 물과 아무거나 손에 닿는 우유를 거의 같은 양으로 섞어 마셨다. 하지만 이제 그는 파이어폴 역할에 몰입하기 위해 해병대 스타일 조로 아침을 시작했다. 블랙커피의 맛이 끔찍하게 느껴졌지만 꿋꿋하게 마셨다. 미군식 조는 기화기에 들어간 등유처럼 몸을 번쩍 깨웠다. 오전 4시 44분, 공작실과 첫 촬영으로 향하는 아이크는 거의 한숨도 자지 못한 상태였다. 새벽 2시에는 일어나서 토하기도 했다. 이미 버피도 250회 했다.

목에 고무풀이 처음 닿는 순간(차갑고 끈적거리는 물질을 바르기 시작하는 순간) 아이크는 움찔했다. 역겨운 감촉이었다.

숀(코너리)이 물었다. "괜찮으세요?"

"네." 아이크가 말했다. "그냥 그것 때문에요. 맨 처음 풀이 닿는 느낌요. 목주름에 들어갈 때요. 그 역겨운 느낌에 적응해야겠죠."

"네." 제이슨('아르고호'의 이아손)이 말했다. "그러셔야죠. 매일 겪으실 테니까."

"할 수 있어요, 아이크." 브리트니(프랑스 브르타뉴 지방)가 격려했다. "쫄보가 아니라면요."

아이크는 웃음을 터뜨렸다. 그는 이 삼총사가 마음에 들었다.

아이크의 온몸에, 목, 얼굴, 어깨, 팔, 가슴, 그리고 두피에 차가운 옥수수 시럽 같은 풀이 듬뿍 발렸다. 다음으로 끈끈해진 피부에 다양한 라텍스 보형물을 눌러 붙이는 과정에서 다시 풀이 겹겹이 발렸다. 이후 흉터와 화상 자국을 쌓아 올리고 보형물 하나하나에 색을 입혔다. 촬영을 진행하는 동안 전체 과정이 몇 분 빨라지기는 했지만, 아이크는 파이어폴을 연기하는 날이면 늘 네 시간 넘게 공작실에 있어야 했다. 아이크는 어떻게든 불편함을 잊기 위해 아이폰에 설치한 명상 앱을 사용했다. 그가 잠든 후 몸을 똑바로 세울 일이 생기면 브리트니가 그를 깨우지 않도록 섬세하게 손끝만을 이용해서 두 손으

로 머리를 잡고 있어야 했다. 그 짓을 날마다 했다.●

스태프들은 다시 한번 파이어폴의 몽환적인 등장을 위해 메인 스트리트 한복판에 긴 달리 트랙을 깔고, 골동품 가게 안에 카메라를 배치한 뒤 FG에 잡동사니를 배치하고, 롱 렌즈로 전투화를 찍을 카메라를 보도 위에 설치했다. 샘은 회전하는 은행 간판 바로 뒤에 설치한 플랫폼에 네 번째 카메라를 올려 간판이 돌아갈 때마다 파이어폴이 보이게 했다.

6시 50분, 빌 존슨은 리마 캐릭터를 연기할 새 배우를 결정하기 위해 제작 사무소에서 얼과 만났다. 항 토라는 이름의 스탠드업 코미디언이 얼굴도 근사한 데다 오디션 장면의 전문용어가 난무하는 대사를 다른 어떤 후보와도 다른 스타일로 소화했기 때문에, 그렇게 결정되었다. 이제 조사관들은 흑인, 히스패닉, 베트남계 배우와 더불어 TV 시리즈 〈비버에게 맡겨요〉에서 비버를 연기했던 제리 매더스 만큼이나 백인 그 자체인 닉 차보까지, 미국식 다양성을 고루 갖추게 되었다.

"항 토를 최대한 빨리 여기로 데려와요." 얼은 캐스팅, 사업, 여행, 주거 팀에 말했다.

렌은 '추후 통보' 명단에 올라 있었기 때문에, 공작실에 있는 배우는 아이크뿐이었다. 오전 9시 2분, 그는 머리끝부터 발끝까지 파이어폴이 되어 메인 스트리트 촬영장에 도착했다. 배식팀에서 쟁반을 들고 나르며 추로스를 서빙하고 있어서 아무도 아이크의 존재에 주목하지 않았다.

"자, 아이(Eye) 클리퍼." 빌이 그에게 말했다. "저기 안전 고깔 보이지요?" 그는 거리 반대편 끝의 출발 지점을 가리켰다. "액션 하면 한 박자 기다렸다가 우리 쪽으로 걸어오는 겁니다."

● 아이크 클리퍼: "아침에, 매일 아침요, 처음 풀을 바르는 그 순간을 두려워하게 됐지요. 맨 처음 고무풀이 철썩 닿는 그 감촉과 냄새를 생각만 해도 온몸이 스멀거렸어요. 일단 그렇게 스펀지가 닿고 나면 남자답게 참았지만요. 쫄보는 아니라 이겁니다!"

"흐으음." 아이크는 중얼거렸다. "액션. 기다리고. 걷고."

"옙." 감독이 말했다.

"두고 봐요." 아이크는 메인 스트리트를 걸어갔다. 자신감 넘치는 태도는 남들에게 보여 주기 위한 팬터마임에 불과했다. 그의 마음속에는 액션 소리가 들리면 자기 발에 걸려 넘어져 턱을 찧을지도 모른다는 두려움뿐이었다. 소품팀이 M2-2 화염방사기 장착을 도운 뒤 화면 밖으로 물러나자, 아이크는 온 세상 한복판에 홀로 남았다.

액션!

아이크는 넘어지지 않았다. 넘어져 턱을 찧지 않았다.

그들은 세 테이크에 걸쳐 파이어폴의 첫날 숏 목록에 있던 숏을 전부 찍고 다음으로 넘어갔다.

렌은 점심시간이 끝난 뒤 공작실로 불려 갔다. 헤어/분장 트레일러에 들어가니 아이크가 오후 촬영을 위해 분장을 고치는 중이었다. 그녀는 그의 어깨에 손을 얹고 그를 직접 보는 대신 거울 속의 그를 바라보면서, 거울에 비친 그의 눈을 들여다보면서 말했다. "아이크, 당신이 여기 있어 준 덕분에 내가 잠을 더 푹 자게 됐어요……."

아이크는 발이 걸려 넘어지는 일 없이 공작실을 나가서 파이어폴의 행군을 마저 찍으러 촬영장으로 돌아가는 내내 멍한 상태였다. 렌 레인의 손길과 눈과 향기에는, 어, 영향력이 있었다.

렌이 준비를 마치자 제작진은 두 꼬마 아이를 아침 내내 물을 채워 둔 간이 풀장 안에서 대기하게 했다. 잔디 깎는 아이 역의 배리 쇼도 이웃집 꼬마들과 함께 첨벙거리며 마르코 폴로 놀이를 하기 위해 불려 왔다. 셸리와 매케이아는 다시 포치에 자리 잡았다.

빛이 적당해지자 렌은 포치를 지나치면서 다시 손을 흔들었다. 세 테이크 뒤, 요기가 "우리의 멋진 포치 부인들께서 영화 촬영을 전부 마치셨습니다!

두 분이 사랑받는 사람들이라는 걸 알려 드립시다!"라고 선언하자 갈채가 쏟아졌다. 렌, 감독, 얼은 두 사람에게 행운을 빌어 주며 뜨개질한 것은 가져도 된다고 했다. 소품팀에서는 달가워하지 않았다.

마당에 풀장을 설치한 집에서, 배리 쇼와 어린 여자아이와 그보다 더 어린 남자아이는 물속에 있었다. 배리는 눈을 감고 "마르코!"라고 외쳤다. 어린아이들은 "폴로."라고 외치면서 배리의 손길을 피했다. 렌이 지나가면서 덩달아 "폴로!"라고 외쳤다. 나중에는 렌즈도 몇 번 바꿔 가면서 일곱 테이크를 찍은 끝에 장면이 마무리되었다.

"얼?" 빌이 불렀다. "요기?" 주 제작진은 나이트 하우스의 실외 전경 숏을 찍기 위해 이동 중이었다. "VFX팀에게 첫 번째 구조 장면 앞뒤로 나이트셰이드가 물을 튀기면서 이 작은 풀장을 지나가는 장면을 넣자고 해."

"신 9XX 말씀이시군요." 요기는 각본 내용만이 아니라 신 넘버까지 머리에 담아 두고 있었다. 제1 조감독이므로 그래야만 했다.

"그래. 여길 핫 세트로 지정해 둬."● 빌은 얼을 돌아보았다. "아이 클리퍼 덕분에 진행이 빨라지겠는걸. 당장 클라크를 연기할 배우를 준비시키자고."

"알았어요."

6일 차는 7시 2분, 촬영 시간 말미에 추가된 십이 분간의 '유예' 시간(초과근무는 아니다) 도중 종료되었다. 마지막에 촬영한 숏은 이브 나이트의 머릿속에만 존재하는 환상 속에서 렌과 아이크가 대면하는 모습이었고, 무지하게 중요한 장면이었다.

---

● 핫 세트란 나중에 촬영할 수 있게 계속 사용 가능한 상태로 유지하는 촬영장. 손대거나 고치거나 어떤 식으로든 변화를 주어서는 안 된다. 풀장 안의 물까지 그대로 남겨 둔다.

## 7일 차 (촬영일 53일 중)

론 뷰트에 모인 조사관들은 '촬영 보류' 명단에 이름을 올리고 신 13과 14에 해당하는 내용만 아니면 언제든 카메라 앞에 설 수 있도록 대기했다. 닉 차보 (글래스고)는 그와 그의 남편이 코로나19 전쟁 내내 고립 생활을 했던 토팡가 캐니언의 석조 주택에서부터 직접 차를 몰고 왔다. 클로발더 '랄라' 게레로(머드리드)는 자신이 이번에는 아이들도 재미있게 볼 만한 또 다른 빌 존슨 영화에 출연하는 동안 가족들은 그녀 없이 알아서 살라고 하고 앨버커키에서 비행기를 타고 왔다. 커샌드라 델호라(런던)는 이전에 다이나모와 작업할 때 그랬던 것처럼 나이액에 있는 집에서 비행기를 타고 와 프랜젤 메도스의 빈 타운하우스에 묵었다.

촬영을 겨우 칠십이 시간 앞두고 통보를 받은 항 토는 새크라멘토 메트로 공항에 착륙해 대시보드 위에서 '토'를 번쩍이며 대기 중인 포니 차량을 발견했다. 아침을 먹지 못해 몹시 배가 고프다고 하자 이네스 어쩌고저쩌고가 옛 99번 국도를 타고 어느 노점으로 가서 메가 치즈버거와 머그잔에 담겨 나오는 옛날식 루트 비어를 대접했다. 영화사에서는 오후 3시까지만 오면 된다고 했다. 이네스는 정시에 맞춰 항을 론 뷰트 법원 앞에 마련된 촬영장으로 곧장 데려갈 계획이었다.

"모두가 배우님이 도착하기를 기대하고 있어요." 이네스가 말했다.

"그래요?" 항은 포니 차량 뒷좌석 멀리 있었기 때문에 소리를 높여 말했다. "어제는 일거리가 없는 친구들이랑 농담을 쓰고 있었는데 오늘은 렌 레인과 만나 에이전트 오브 체인지 영화에 출연하게 됐네요. 질문 하나 해도 될까요, 아가씨?"

"이네스라고 부르세요. 그럼요."

"대체 어쩌다 나한테 이런 일이 생긴 거래요?" 항 토는 고작 스무 살이었다.

코로나19 이전, 그는 관객 자유 참가 무대에서 남들보다 웃긴 축에 든 덕분에 웃음의 나라와 브루 하하에서 회당 50달러짜리 공연을 하게 되면서 헨리라는 본명 대신 낯선 베트남식 이름을 채택했다. 지금, 항 토는 영화에 출연하게 되었고 친구들은 하나같이 그에게 물었다. 대체 어쩌다 너한테 이런 일이 생긴 거래?

오후 3시. 항은 법원 앞에 설치된 비디오 빌리지 텐트 안에서 얼 맥티어와 이야기를 나누었고 얼은 그를 빌 존슨에게 소개했다. 타는 듯이 뜨거운 날이었다.

"함께하게 되어 기쁘군요." 감독이 말했다. "저기 저 해병 보입니까?" 항은 의상과 분장을 잔뜩 두른 탓에 그늘진 의자에 앉아 선풍기 바람을 쐬고 있는 파이어폴을 보았다. "원래 저 친구가 당신이었는데 이제 당신이 과거의 저 친구가 된 겁니다. 일이 잘 풀렸지요?"

이윽고 얼이 항을 제작 사무소로 데려가자 사람들이 줄줄이 와서 그에게 질문을 던지고 할 일을 지시했다. 몇 시간 뒤 그는 고속도로 인근 모텔 방에 혼자 앉아 있었다.

항은 주머니에서 자신의 휴대전화를 꺼내고 바이오 앱을 열어 마이 사가 페이지로 가서 나우 버튼을 눌렀다.• 셀프 카메라가 녹화를 시작했다.

"안녕, 페이스북 구독자 여러분. 항 토 왔어요. 지금 상황은 이래요. 가까운 고속도로에 있는 패스트푸드점에서 엄청 끝내주는 정통 국경의 남쪽 스타일 찰루피타를 받아 와(그가 사람들에게 이것저것 섞인 멕시코풍 음식을 보여 주었다) 론 뷰트라는 이름의 마을에서 그리 멀리 떨어지지 않은 주간고속도로 바로 옆의 진짜 멕시코 같은 환경에서 맛나게 먹고 있어요. 론 뷰트라고 들어 봤어요? 나도 며칠 전까지만 해도 못 들어 봤어요……. 내가 착한 항한테 무슨 일

---

• 항도 영화사 아이폰을 받았다. 그는 항상 전화기 두 개를 모두 가지고 다녔다.

이 생겼다고 말한 거 기억해요? 그땐 혹시라도 부정 탈까 봐 차마 얘기 못 했는데, 내 인생 최고의 순간이 찾아왔어요. 그러니까 이 찰루피타 다음으로 말이죠…….” 그는 한 입 베어 물었다. “진짜 맛있네. 입안에 맛이 퍼지는 느낌이 마음에 들어요……. 내가 여기에 있는 이유는 이래요, 여러분. 나 영화 출연해요! 진짜라니까! 다음 〈에이전트 오브 체인지〉 영화에 나올 거예요. 울트라들이랑 붙는 거죠! 렌 레인하고 어깨를 비빌 거고요. 누구? 그 여자랑? 설마, 항 토가? 그럴 리가! 그렇다니까요. 실제 상황이에요, 친구들! 그런 일이 일어나고 있어요……. 바로 지금!”

항은 녹화한 내용을 굳이 확인하지 않았다. 게시 버튼을 누르자 바이오 앱에 동영상이 올라가, 보고자 하는 모든 사람에게 공개되었다. 이 행위에는 끔찍한 결과가 뒤따랐다. 끔찍하기 이를 데 없었다.

촬영은 오후 7시 정각에 종료되었다.


## 8일 차 (촬영일 53일 중)

목요일이 렌 레인의 안전을 지키고 안녕을 도모하는 톰 윈더미어와 월리 랭크에게 좋지 않은 날이었다면, 항 토에게는 끔찍한 날이었다.

항은 바이오에서 엄청난 유명세를 누리는 데에 익숙하지 않았다. 평소 그가 올리는 나우 포스트에 달리는 예!의 수는 늘 몇천 개에 머물렀지만, 론 뷰트에서 렌 레인과 영화를 찍는다는 깜짝 소식은 그의 소셜 미디어 발자국을 대폭 키웠다. 그의 나우 하나에 374,565개의 예!가 달렸고, 영화와 촬영지와 렌 레인의 행방에 관한 소식은 어사 메이저가 우주를 가로지르는 것보다 더 빠르게 워프 9의 속도로 퍼져 나갔다. 그 정보는 에테르 세계의 모든 쇼 비즈니스, 팬보이, 엔터테인먼트 온라인 뉴스 사이트에 올라갔다. 항 토가 인터넷에 특종을 제공한 것이다.

렌은 소셜 미디어에 관해서는 아무것도 모른 채로 이브처럼 조용히 몰두하려 노력하며 자기 일에만 집중했다. 스탠드업 코미디 업계에서는 그런 관심이 법정통화나 마찬가지였기 때문에 항은 신나서 어쩔 줄 몰랐다. 톰 윈더미어는 항을 찾아내서 땅바닥에 패대기치고 싶었다.

윌리 랭크는 코미디언과 이야기를 나누고 싶었다. 그는 자신이 특급 비밀로 유지하려고 애써 왔던 정보가 기하급수적으로 퍼져 나가는 꼴을 실시간으로 목격했다. 그날 아침, 그의 렌 레인 경고등이 빨간색으로 번쩍였다. 온라인상에서 그의 유명 여자 형제에 관한 언급이 대폭 증가했다는 의미였다. 이어서 쌍둥이 형제에 대한 게시물, 댓글, 보안상의 위협이 나열되었다.

WL이 어디 있다고? 론 뷰트? 내가 간다…… 렌 레인 한복판으로 돌진할 테야! ……그 **창녀**가 에오체를 망칠 거야! 어사 메이저 4에버…… W. 레인은 언제쯤 내게 답을 해 줄까?? ……죽어라 쌍년! 죽어라 쌍년! 죽어라 쌍년! ……내 베이비가 되어 줘요 마마 렌…….

톰이 하루를 시작하는 렌을 베이스캠프로 데려다주는 동안, 윌리는 댓글과 게시물을 훑었다. 그는 온라인 협박 하나하나를 자동으로 화면을 캡처하는 보안 소프트웨어를 사용했다. 데이터베이스는 그 전부를 이전에 올라왔던 다른 게시물과 교차 검증해서 위협이 될 가능성이 있는 범죄자들의 디지털 흔적을 구축했다. 무단침입자 한 명을 체포한 뒤로는 앞으로 있을지도 모를 소송에 대비해 그런 기록을 보존하는 것이 표준 절차가 되었다.

목요일 아침 6시 44분, 윌리 랭크는 얼 맥티어에게 문자를 보냈다.

[W랭크@스카이파크: 시간 있습니까?]

[A맥T: 전화해요.]

[W랭크@스카이파크: 직접 만났으면 합니다.]

[A맥T: 엘름 114번지. 커피 준비할게요.]

렌의 남자 형제는 분명 차분하고 품위 있는 사람이었지만, 촬영 8일 차 오전 7시에 면대면 회담 요청을 받은 얼은 해결하기 어려울지도 모를 문제를 맞닥뜨릴 각오를 했다. 월리가, 그러니까 렌이 마음에 안 들어 하는 게 뭘까? 아이크 클리퍼는 아니기를 바랐다. 만약 아이크가 문제의 원인이라면 그녀와 그녀의 보스는 좆된 셈이었다.

"고풍스러운 집이군요." 월리는 콘크리트 포치에서 현관문으로 들어오며 말했다. "저기 나무들은 미국만큼 오래됐겠는데요."

"내가 하는 일의 이점 중 하나가 더 나은 숙소를 선점할 수 있다는 거죠." 얼이 말했다. "난 거의 주방에서만 살아요. 이쪽이에요."

소용돌이 패턴이 들어간 모조 대리석으로 만든 오래된 식탁은 인조가죽 의자와 세트를 이루었다. 얼의 커피 메이커는 산업용 재봉틀처럼 컸다. 그녀는 에스프레소를 내리고 따뜻한 하프 앤드 하프를 첨가한 뒤 본론으로 들어갔다. "무슨 일이죠?"

"소셜 미디어에 대한 회사 정책이 어떻게 됩니까?" 월리는 진심으로 궁금해 보였다.

"전면 금지요." 이번 영화에 참여하는 모두는 어떤 식으로든 영화에 관한 게시물을 올려서는 안 된다. 소셜 미디어는 종류를 막론하고 금지다. 콜 시트마다 왼쪽 위 귀퉁이의 작은 박스 안에 다음과 같이 적혀 있다. **어떤 소셜 미디어에도 우리가 이곳에서 하는 일에 관한 게시물을 올려서는 안 됩니다.** 다이나모 네이션과 호크아이는 론 뷰트에서 흘러나오는 모든 뉴스와 메시지를 거품을 물고 통제한다. 법률, 홍보, 보험, 보안상의 이유로 어떤 배우나 스태프도 웹상에 셀카를 올려서는 안 된다.

"그쪽 출연자 하나가 여기서 나와 관계된 사람과 일하고 있다는 게시물을 올렸습니다. 내 여자 형제 말입니다."

"누가요?" 얼은 휴대전화를 집어 들고 렌 레인이라는 이름을 검색했고, 쿼크 입자 하나가 강철 대들보 하나를 통과할 만한 시간이 지나자마자 레인이 나왔다. 빌어먹을 인터넷 사방에. 엄지로 화면을 몇 번 스크롤한 끝에 얼은 바이오에, 항 토의 나우 영상에 이르렀다. "좋지 않은데요." 얼이 말했다. "알아보는 동안 커피 마시고 있어요."

"오발틴 있습니까?" 각본에서 이브 나이트가 커피에 오발틴을 넣어 마셨기 때문에 렌도 같은 습관을 들였다. 그걸 처음 봤을 때 월리는 얼굴이 핼쑥해졌다. 지금은 오발틴이 없으면 커피를 마시지 않았다.

"미안하지만 없어요." 그런 다음 얼이 외쳤다. "저기, 이네스?"

이네스의 목소리가 위층 침실에서 들려왔다. "네?"

"모텔로 가서 항 토를 데려와 줄래?"

"얼마나 빨리요?"

"스탯."

"아침 식사 같은 거 필요해요?"

"아니. 항 토만 데려와."

"알았어요!"

이네스가 이미 손에 커피잔을 든 채로 주방을 통과했다. "오! 좋은 아침이에요, 랭크 씨." 그녀가 뒤 포치로 나가고 방충문이 철썩 닫혔다.

"'항 토만 데려와'라고요?" 월리가 말했다. "살인 예고 같군요."

"그럴지도 몰라요. 이건 대실수니까. 렌은 어떻게 받아들이고 있죠?"

"아직 모릅니다. 우리가 잘 처리한다면 차분히 받아들일 테고요."

얼은 계속 문자를 보냈다.

[A맥T: 토 씨? 일어났어요?]

[토2토: 일어났는데 안 일어났어요.]

[A맥T: 당장 커피 마시면서 대화를 나눴으면 해요.]

[토2토: ? & ?]

[A맥T: 내 숙소에서요. 준비되는 대로 이네스가 데리고 올 거예요.]

[토2토: !]

이네스는 신속하게 철썩 소리와 함께 항 토를 엘름 스트리트 114번지의 뒤 포치에 데려다 놓았다.

얼은 "리마의 사나이가 왔군요."라고 인사를 건넸다. 이어 그녀는 그를 주방에 앉히고 커피를 대접하고 윌리 랭크를 소개한 다음 질문을 던졌다. "아직 콜 시트 못 봤죠?"

"봤어야 했나요?" 항은 하품했다. 그가 그렇게 일찍 일어나 있던 것은 순전히 커샌드라 델호라가 조사관들에게 그녀의 숙소로 와서 아홉 페이지에 걸친 신 13과 14의 대화를 암기하라고 명령했기 때문이다.

"내가 한 부 인쇄해 뒀어요." 얼은 최신 콜 시트를 항 토와 커피 앞에 내려놓았다. "이게 오늘자예요. 같이 확인해 볼까요?"

"그러죠." 항은 그때까지 그가 마셔 본 것 중 가장 진한 커피를 홀짝이며 말했다.

"뒤에서부터 볼까요⋯⋯." 얼은 종이를 넘겼다. 스테이플러로 묶인 종이는 세 장, 양면으로 인쇄했기 때문에 총 여섯 페이지였다. "여기 두 페이지는 우리가 쓸 화염 특수 효과에 관한 표준 주의 사항이에요. 이건 보험 관련 조항이고⋯⋯. 이 페이지에는 제작진에서 일하는 모든 스태프와 부서장 들의 이름이 있어요. 여기 잔뜩 적힌 정보는 아무도 안 읽는 내용이고⋯⋯. 자, 여기 맨앞 장 하단을 보면 내일 일정 예고예요. 우리가 준비해야 할 일거리가 전부있죠⋯⋯. 거기서부터 위로 올라가면 필요한 식사 횟수랑, 콜 타임이랑, 여기는⋯⋯. 출연자 명단이랑 촬영장에 와야 하는 시간이 있네요. 자, 이게 당신이에요! 콜 시트 9번, 공식적으로 '보류'네요. 오늘은 쉬는 날이에요."

"그러면 좋겠지만요. 커샌드라, 닉, 랄라하고 리허설을 하기로 했어요." 항이 그렇게 말하며 커피에 설탕을 듬뿍 넣자, 윌리는 이 꼬맹이가 혹시 과거

헤로인 중독자는 아니었을까 생각했다.

"여기는 오늘 우리가 촬영할 장면들이고…… 여기는 날짜…… 53일 중 8일
차…… 일출과 일몰 시각. 상당히 직관적이죠?"

"맥티어 씨." 항은 커피를 내려놓으며 말했다. "콜 시트가 뭔지는 저도 알아
요. 1968년에 관한 그 미니시리즈⬦에서 베트콩으로 출연한 덕분에 SAG 회원
증이 있다고요."

"거기에 출연했다고요?" 윌리 랭크는 주로 논픽션 작품을 봤다. "잘 만들었
던데요."

얼은 말을 계속했다. "그럼 우리 콜 시트 왼쪽 위 귀퉁이에 있는 이 작은 박
스 안에 있는 말에도 익숙하겠네요." 그녀가 가리켰다.

**어떤 소셜 미디어에도**

**우리가 이곳에서 하는**

**일에 관한 게시물을**

**올려서는 안 됩니다.**

"보이죠?" 얼은 항에게 물었다.

"보이네요." 항도 글을 읽을 줄 알았다. 물론 〈나:파폴모〉의 콜 시트는 본
적 없었지만, 그야 아직 촬영에 들어가지 않았…… **오, 빌어먹을!** "바이오 페
이지에 나우를 올렸는데!" 이미 게시물이 유발한 막대한 트래픽을 잔뜩 자랑
한 뒤였다. 친구들은 모두 그를 축하해 주었고 매니저는 그가 이번에 인터넷
에서 유명해진 덕분에 공연 기회가 생길 거라고 확신했다.

---

⬦ 엔터웍스에서 스트리밍 중인 〈1968〉. 항 토를 찾아보려 애쓰지 마시기를. 절대 얼굴을 보지 못할 테니까. 그는
나무 뒤에서 욕설을 외쳤다.

"네, 그랬죠." 월리가 말했다. "그거 내려 주십시오."

"즉시요." 얼이 덧붙였다. "스탯."

항은 휴대전화를 허둥지둥 더듬었다. "바이오에 게시물을 올리면 안 된다는 걸 몰랐다는 이유로 해고당하는 건가요?"

얼이 설명했다. "당신 매니저들은 틀림없이 알았을 테지만, 내가 확인하지 않았죠. 내 잘못이에요. 당신 매니저들에게는 오늘 오전 중에 내가 경고할 거고요."

항은 엄지를 눌러 나우를 삭제했다. "무슨 법적인 문제가 생기나요?"

얼은 월리를 바라보면서 그에게 설명을 맡겼다.

"지금 하는 말 똑똑히 새겨 둬요." 월리는 침착하고 다정하고 냉랭한 목소리로 말했다. "우리는 팬인 척만 하는 팬들이 론 뷰트에 찾아오기를 바라지 않습니다. 트럭과 시 경계 표지판의 사진을 찍고 모텔에 머물면서 리마를 연기하는 배우와 셀카를 찍으려 애쓰는 정도는 괜찮을지도 모르겠지만, 솔직히 말해서 우리 비밀을 아는 사람은 적을수록 좋습니다. 이해했습니까?"

"이젠 이해했어요." 항이 말했다. 이 월리 랭크라는 사내는 능청맞기가 지옥 같거나 정중하기가 암살자 같았다. "그나저나 누구신가요? 그리고 왜 나랑 이야기하고 있는 거고요?"

"난 렌 레인을, 잉태된 순간부터 알고 지낸 사람입니다."

위협 인물 데이터베이스 관리자로서(현재 위협 인물은 열두 명이었다) 톰 윈더미어는 보안 업계에서 두 번째 커리어를 시작한 전직 경찰들로 이루어진 보안 팀을 소집했다. 그는 얼과 함께 론 뷰트 로케이션의 경계를 설정하고 스태프 ID 배지와 운송팀 차량 식별 카드를 등록한 다음 관련 정보를 최신 상태로 유지했다. 렌이 사용하는 차량을 이틀에 한 번씩 바꾸어 아무도 그녀가 현재 사용하는 이동 수단을 알지 못하게 하기도 했다. 베이스캠프와 촬영장에는 전직 경찰인 사복 경비를 배치해서 신경 쓰이지 않을 만큼 떨어진 위치에서 오가는 사람들을 감시하게 했다. 그는 로럴에게 보호소에서 개 두 마리를 입양하고 훈련사를 섭외해 개들이 얌전하게 행동하되 낯선 사람을 보면 짖도록 훈련하게 했다. 개가 짖으면 범죄자 대부분이 혼비백산하기 마련이라는 사실은 언제나 유효했다.

이와 같은 보안 조치로 다이나모는 촬영 기간 전체에 걸쳐 백만 달러 가까운 비용을 추가로 부담했다. 메건 바흐만세리타스(다이나모 사업부 소속으로, 통칭 MBS라고 불리는)가 얼에게 이런 지출은 이미 승인된 예산에 포함되어야 하는 것 아니냐고 불평하자, 얼은 그 정반대라고 알려 주면서 사람들이 그런 사항에 관해 이야기할 때 흔히 그렇듯, 안됐지만 내 알 바 아니지, 를 시전했다.


## 9일 차 (촬영일 53일 중)

금요일은 영화를 찍는 사람들에게는 그보다 더 나을 수 없겠다 싶을 정도로 순조롭게 흘러갔다. 렌과 아이크는 론 뷰트/아이언 블러프 도심에서 빌의 제1 촬영팀과 '실외. 낮' 장면을 찍은 뒤 제2 촬영팀 및 SPFX팀과 함께 따로 떨어져서 촬영을 진행했다. 조사관들은 클라크네 드러그스토어까지 운전하는 장면을 찍기 위해 불려 왔다.

카메라 위치를 살짝만 변경한 뒤, 신 78 끝에서 조사관들은 다시 SUV에 우르르 올라 요란한 소리를 내며 떠나갔다.

금요일은 또한 클라크 노인 역의 클랜시 오핀리가 출연하는 날이기도 했다. 스태프 중에는 콜 시트에서 그의 이름을 보고 빨간 머리 아일랜드인을 예상한 사람들도 있었다. 아니었다. 빌은 수십 년 전 방영한 훌륭한 경찰 드라마 〈러시 앤 롤〉에 지구대 경사 애덤스 역으로 출연했던 그를 기억했다. 그가 클라크 노인 역에 지원하러 왔을 때, 빌은 클랜시가 아직 살아 있다는 사실에 놀랐다.

"클라크의 과거가 얼굴에 그대로 묻어났으면 합니다." 빌은 클랜시에게 배역을 맡기며 말했다. "관객들이 대체 이런 남자가 아이언 블러프에서 뭘 하고 있는 거지? 하고 생각하도록요."

"그 질문에 정해진 답이 있는 건가?" 클랜시가 말했다.

"당신이 내놓는 답이 정답이죠." 빌이 말했다. 바로 그 순간 클랜시는 빌 존슨이 아주 마음에 드는 친구라는 결론을 내렸다.

금요일, 클랜시의 첫 촬영일에는 대사가 두 번 나왔다.


1A 클라크네 드러그스토어 겸 커피숍—창문.


클라크 노인…….
드러그스토어 창문 밖을 내다본다. 그는 전에도 이 아름다운 젊은 아가씨에게 이런 일이 일어나는 것을 본 적이 있다.


**클라크 노인**　　(속삭이며)
　　　　　　왜 그러니, 얘야? ……무슨 문제에 쫓기기라도 하는 게야?


그리고.


3 먼지바람


점점 커지고 빨라진다. 그리고 색깔도 진해진다…….
이제 그 깔때기를 이루는 것은 흙먼지가 아니라…… 연기다.

**클라크 노인**   (먼지바람을 보며)

　　　　　　　　대체…… 이게…… 뭐야?


삼십삼 분 동안 세 번의 셋업.

그 주의 촬영은 오후 6시 58분에 완전히 종료되었다.

"다들 힘찬 닷새를 보내게 해 주어 고마워요." 요기가 무전으로 알렸다. "주말 잘 보내고 여러분은 사랑받는 사람이라는 사실 잊지 말아요."


## 배우들


커샌드라 델호라는 울트라/에이전트 오브 체인지 작품마다 미스 런던을 연기해 왔다. 팬들은 영화와 코믹콘에 그녀가 참여하는 것을 당연하게 여겼다. 그녀가 울트라들과 함께 출연한 시간이 가장 길었던 작품은 〈에오체 2: 르네상스〉였다. 그 작품 이후로는, 그녀가 미합중국 해병대 중령(현재는 전역) 런던으로 일한 기간은 몇 주에 불과했다. 〈나:파폴모〉에서 미스 런던은 영화의 절반을 책임지기 위해 다시 불려 왔다.

빌 존슨과 대화를 나누었을 때, 그녀는 그가 다이나모의 큰 그림에 맞춰 다이나모가 원하는 결과물을 내놓고 다이나모의 수십억짜리 시리즈를 망치지 말라는 끊임없는 압박에 시달리고 있으리라 예상했다. 하지만 빌 존슨은 할아버지와 함께 잔잔한 개울가에서 차분한 낚시 여행을 즐기는 듯했다.

"어떻게 생각합니까?" 빌은 줌 화면에서 그녀에게 물었다. 그녀는 허드슨강에 있는 그녀의 작은 집에 있었다. 그는 텍사스 아니면 애리조나의 한 골프장에 있었다.

"존슨 감독님." 그녀가 말했다. "이 시리즈 역사를 통틀어 나한테 정해진 위치에 서서 대사를 더 빨리 말하라는 소리 말고 다른 말을 한 사람은 아무도 없었어요."

"그런 것 같더군요." 빌은 모든 에오체/울트라 영화를 본 뒤였다. "그리고 '빌'이라고 불러요."

커샌드라는 말을 이었다. "감독님이 쓴 런던은 그 어느 때보다도 흥미롭던데요. 왜 이젠 해병대 소속이 아닌 거죠? 왜 이제는 민간인이라는 설정이 나온 거예요?"

빌이 말했다. "군복은 너무 많이 봐서 지겹기도 했고, 영화와 영화 사이에 변화를 주면 이후의 이야기에서 창의력을 발휘할 여지가 생길 거라고 다이나모를 설득했지요. 마음에 안 듭니까?"

"안 들긴요." 커샌드라가 말했다. "파란 예복이랑 위장 전투복 말고 다른 옷을 입어 보게 됐는걸요. 솔직한 질문 하나 해도 될까요?"

"솔직한 답변을 감당할 수 있다면요."

"내가 나이가 들었으니 퇴장시키거나 더 젊은 배우를 새로 캐스팅하자는 얘기가 나왔나요?"

"스튜디오 똘마니 하나가 런던이 밀프[1]로 먹힐 시절은 곧 끝난다는 식으로 말하기는 했지요. 하지만 임원 합창단은 델호라 씨를 울트라 시리즈의 연속성을 유지하는 중추로 보고 있어요. 시 라이언을 연기하는 그 친구랑은 다르게요. 당신은 우리 영화에서 뭘 해야 하는지 알아요. 나는 당신이 시간을 지키고, 각본을 숙지하고, 카메라 앞에서 본때를 보여 주기만 한다면 참견하지 않을 겁니다. 한여름에 레인 커버●를 한다고 성질을 내지만 말아 줘요."

커샌드라는 콜 시트 3번이었다. 그녀의 경력을 통틀어 가장 높은 숫자였다.

---

● 레인 커버는 비가 내려 실외 촬영이 불가능해질 경우에 대비한 실내 작업을 뜻한다.
1 성적 매력을 지닌 연상의 여자를 뜻하는 속어

런던은 〈나:파폴모〉에서 핵심적인 역할을 했다. 그녀는 본때를 보여 줄 작정이었다.

* * *

커샌드라 델호라(에이전트 런던): "내가 주말에 뭘 하느냐고요? 촬영 기간에? 자요. 산책하고. 한 주의 피로를 회복하죠. 다른 사람들과 마찬가지예요. 하지만 이번 주말에는 아니에요. 신 13과 14 봤어요? 대사가 아홉 페이지예요. 그리고 스크린에 컴퓨터 데이터가 한가득 나오고요. 닉, 랄라, 행크, 아니, 항이 내 숙소로 와서 그 장면을 연습하기로 했어요."

"사람들이 물어요. 그 많은 대사를 어떻게 다 기억해요? 외우는 거예요. 몇 시간씩, 서로 도와 가면서, 장면이 길다면 몇 번이고 반복해서. 그리고 아홉 페이지는 길어요. 우리가 촬영 당일 대사를 완전히 외우지 않은 채 현장에 나간다면 그건 재난이에요. 무책임한 거죠. 하루짜리 장면에 이틀이 걸리고, 이틀짜리 장면은 편집돼 줄어들 테고, 소문이 돌겠죠. 그 배우들은 대본을 외우지 않는다고요. 물론, 실제 촬영할 때가 되면 대사를 장면에 맞게 부분 부분 바꾸기도 할 거예요. 그건 진실을 찾기 위한 작업이죠. 하지만 신 13과 14 봤어요? 연극계의 한 대모께서 언젠가 그런 말씀을 해 주셨죠. '대본에 익숙해지는 걸 대신할 방법은 없어. 그러니까 망할 대사를 외워.'"

"애틀랜타 촬영, 그러니까 나머지 에오체들과 함께한 장면은 다른 영화들에 나왔던 사람들이 다들 재회하는 자리였죠. 빌과 스튜디오에서는 이번 영화에 필요한 요소를 논의하고 다이나모에서는 울트라 시리즈 전체 흐름을 관리하는 식이에요. 렌은 우리 노땅들 사이에서 회상 장면을 찍으려고 새로 들어온 전학생이었죠. 그녀는 잘 버텼고, 의상도 어울렸고, 자기 자리를 얻어 냈어요. 각본 전체를 읽은 출연자는 그녀와 나뿐이었어요. 나머지는 일부만 읽었죠. 다이나모에서 각본을 일급 기밀 취급하거든요."

"그래요, 난 성인이 된 이래 쭉 프로 배우였어요. 연극계에 있었죠. 한 번은 〈러시 앤드 롤〉에 게스트로 출연해 클랜시 오핀리와 함께 촬영을 했어요. 그때 난 어린애였고 클랜시는 전설이었죠. 아마 클랜시는 기억 못 하겠지만. 그게 나한테는 커다란 분기점이었어요. 막 브로드웨이에서 〈바퀴와 바람〉 공연을 마친 뒤였거든요. 로스앤젤레스로 이사를 왔었죠. 캘리포니아가 마음에 들지는 않았지만요. 무슨 슈퍼히어로 영화에 출연해 달라는 제의를 받았는데, 정신 차리고 보니 내가 해병대 군복을 입고 모로코 사막을 뛰어다니고 있는 거예요! 기관총도 쐈고요. 런던 소령은 런던 중령이 되죠. 에이전트 오브 체인지의 인간 멤버 중 하나요. 이제 이 작품에서 그녀는 상황을 주도하고 본때를 보여 줘요. 난 런던이 마음에 들어요. 론 뷰트요? 더워요. 건조하고."


클랜시 오핀리(클라크 노인): "솔직히 말하지. 커샌드라는 기억 안 나. 〈러시 앤드 롤〉 자체를 거의 기억 못 한달까. 알겠지만 코카인 때문이야. 하느님이 인생에 단것을 주시면 악마는 충치를 주지. 마약중독자들이 하는 이야기는 어느 정도는 다 똑같아. 바닥을 치고. 그런 다음 운이 따르면 열두 단계를 밟고."

"뭐가 날 구했느냐고? 한 마디로? 골프. 웃지 말게. 난 백 일하고도 이틀 동안 빠지는 날 없이 매일 열여덟 홀씩 골프를 쳤어. 전직 헤로인 판매상이랑, 아홉 살 때 처음 술을 입에 댄 스물네 살짜리 알코올중독자랑, 약을 하도 빨아서 콧구멍이 액체 괴물처럼 변한 소방관이랑 넷이서. 내가 어떻게 계속 일을 하고 있는지는 하느님만이 아실 신비랄밖에."

"커샌드라가 나를 전설이라고 했다고? 〈햄릿〉 때문에 한 소리일 거야. 필라델피아 U. P. L.●에서 했어. 어마어마한 공연이었지. 어떤 대목에서는 무대 위

---

● 어번 퍼포먼스 로프트(Urban Performance Loft). 이제는 존재하지 않지만, 당대에는 주요 극단 중 하나였다.

에 육십 명이 올라갔는데, 처음에는 관객 수보다 배우가 더 많았어. 그러다 흑인 햄릿이 나온다는 소문이 돌았지. 흑인 햄릿? 지랄. 햄릿을 연기한 사람은 바로 나였어. 아무렴. 브로드웨이 공연도 했지. 셰익스피어 페스티벌도 많이 참여했고. 오셀로도 했지? 말볼리오도 하고. 헨리 왕도 하고. 차 안에 전 재산이 들어가는 생활이 지겨워지더군. LA에서 실력을 시험해 보기로 했지. 포주랑 마약상을 연기했어. 햄릿은 한 번도 안 했고. 그러다 〈러시 앤드 롤〉이 찾아온 거야. 그리고 문제가 생겼고. 마지막 두 시즌에서는 약을 끊었어. 삼 년간 〈중환자실〉에서 닥터 테오를 연기했고. 그때 돈 많이 벌었지. 아내도 만나고. 애도 둘 낳고. 계속 이 역할 저 역할 맡았어. 루마니아에서도 영화 여러 편 찍었는데 미국에서는 아무도 못 봤어. 비디오 가게들이 있던 시절에 비디오로나 봤을까. 2525년인 지금은 빌 존슨이랑 다시 만난 커샌드라랑 일하게 됐군. 엉? 설마? 내가 캐스팅됐다고? 진짜로?"

"바꿀 수만 있다면 바꾸고 싶은 거 한 가지? 내 캐릭터 이름. 클라크 노인이 잖아. 미남 클라크면 좋겠어."

"주말에 뭐 하냐고? 골프!"


클로발더 (랄라) 게레로(에이전트 머드리드): "난 앨버커키에 살아요. 예전에는 학교에서 일했죠. 행정 직원이었는데, 지금은 배우가 됐네요. 광고도 출연하고 자쿠지 회사 광고 간판에도 나와요. 여기에 머드리드 역으로 출연하게 된 건 빌이 〈앨버트로스〉라는 영화에서 나를 현지 배우로 고용했기 때문이에요. 경찰 상황실 요원을 연기했죠. 하마터면 주먹다짐이 일어날 뻔했던 날 밤에 저도 있었어요. 아니, 주먹다짐이 일어났죠. 난 좋은 영화라고 생각했어요. 물론, 내가 출연하기도 했고요. 〈소리로 가득한 지하실〉에서는 일주일간 일했어요. 베이스 연주자를 면허 시험에서 떨어뜨리는 운전 강사 역이었죠. 왜 빌이 나한테 계속 역할을 주는지는 몰라요. 빌이랑은 오디션도 안 봐도 돼요."

"머드리드는 조사관들이 나오는 모든 장면에 출연해요. 커샌드라는 힘이 넘치고 항은 웃겨요. 닉은 꼭 남의 말을 듣기 위해 태어난 것 같은 얼굴을 하고 있어요. 그거 알아챘어요? 그러다가 방금 막 떠오른 것처럼 대사를 친다니까요. 빌은 저더러 운전 교습 중인 경찰 상황실 요원처럼 말하래요. 진짜 웃긴 사람 아니에요?"

"긴장되냐고요? 영화에 출연해서? 아뇨, 딱히요. 빌은 항상 나한테 아무 문제 없으니까 머리에 생각나는 걸 전부 말하라고 해요. 아니다 싶은 부분은 빌이 안 쓸 테니까 내가 뭘 하는지 걱정할 필요가 없죠. 영화 촬영장에서 힘들었던 적은 한 번도 없는 것 같아요. 주먹다짐만 일어나지 않는다면요."

"주말에는 가족들이랑 스카이프로 대화해요. 그리고 리허설을 하고요. 커샌드라가 신 13과 14를 가지고 아주 난리예요."

* * *

닉 차보(에이전트 글래스고): "글래스고는 코로나 봉쇄 이후 처음 맡은 역할입니다. 원래 원캐스트의 미니시리즈에 출연할 예정이었는데 육 개월 연기되더니 아예 취소돼 버렸지요. 그해는 남편과 함께 토팡가에 있는 집에서 보냈습니다. 어떤 정신 나간 사람이 1960년대에 판석과 바위로 지은 집이에요. 골짜기에 있는데 우리한테는 딱이지요. 화재에는 거의 무적입니다. 수해에는 약하지만."

"대학에서 연기를 시작했다가 롤러스케이트를 탄 채로 불을 먹는 법을 배우면서 옆길로 샜습니다. 라스베이거스로 가서 대규모 공연의 막간에 나갔죠. AGVA• 회비를 벌었고요. 뉴욕으로 가서 시민 극단에서 공부했고 바이엘 아

---

• 미국 버라이어티 공연자 조합

438

스피린 광고 덕분에 영화계에 입문했습니다. 빌이 제게 글래스고 배역을 준 건 제가 아직도 코로나 봉쇄 때 찐 살을 두르고 있기 때문일 겁니다. 다른 사람들은 전부 탄탄하고 날씬한데요."

항 토(에이전트 리마): "그쪽이랑 얘기해도 되는 거 맞아요? 나, 또 혼나고 싶진 않거든요. 월리 앵크[1]가 목을 그어 버릴 것 같은 눈길로 쏘아보면서 '이건 하나도 아프지 않을 겁니다.' 하는 말투로 설교하는 건 사양이에요. 나한테 질문이 있으면 얼 맥티어에게 먼저 확인 받은 뒤에 서면으로 허가서를 받아 와요."
"어차피 그쪽이랑 얘기할 시간도 없고요. 커샌드라가 우리한테 자기 숙소로 와서 대본 연구를 더 하라고 명령을 내렸거든요. 신 13이랑 14 봤어요? 대사 외우기가 다이어트 마운틴 듀 캔에 적힌 원재료명 암기하는 것만큼 쉽더라고요."

엘리엇 과니어(에이머스 '팝팝' 나이트): "젊은이, 난 자네가 젖도 떼기 전부터 연기를 했다네. 나한테 이야기를 해 달라고 했다가는 자네 귀가 떨어지도록 주절거릴걸. 잘 보면 〈스타워즈〉에도 내가 나온다네.
"오, 레인 양에 관해서라면 할 말이 차고 넘치지. 차 한잔 마시면서 대화하자고 나를 트레일러로 초청했는데 나가기가 싫어지지 뭔가. 꼭 오랜 친구처럼 이야기를 나누었지. 그래, 그 아가씨 영화, 본 적 있어. 〈페리윙클〉에서 연기하는 걸 보니까 생각나는 배우가, 그, 오, 그게 누구였더라? 그 여자 이름이⋯⋯. 그 영화에서⋯⋯. 오, 이런. 좀 있으면 생각나서 소리칠걸세."
"레인 양은 나한테 팝팝에 관해 묻더군. 그 사람은 누구며 살면서 뭘 봤는지, 뭐 그런 거. 질문이 정말 많았어. 자기 캐릭터 얘긴 한 마디도 않고 내 캐

---

1 '홱 잡아챈다'는 뜻의 영어 단어 '앵크'와 월리 랭크를 합성한 것

릭터 얘기만 했지. 그런 사람이 어디 흔한가?"

"이번이 내 마흔일곱 번째 영화야. 물론 대사도 얼마 없고 하루이틀 일한 게 전부인 영화들도 전부 셈한 거네만. 팝팝처럼 중요한 역할을 맡은 게 얼마 만인가 하면……. 메릴 스트립! 〈소피의 선택〉에 나오는!"

에이아 커카(수 간호사): "존슨 감독님이 줌으로 저를 캐스팅하셨어요. 저를 〈매시 가니스탄〉에서 보셨대요. 거기서 '무슨 일이 일어났는지 말하려 하지 않는 여자' 역이었죠. 제 얼굴이 어떤 연설이나 대사보다도 많은 질문을 던지는 것 같다나요. 간호사 역은 많이 해 봤어요. 제가 그런 타입처럼 생긴 모양이죠. 로스앤젤레스에서 올 때 엘리엇 과니어 씨랑 같은 비행기를 탔는데 바로 옆자리에 앉았어요. 전에 뵌 적은 없지만, 우리 둘 다 이번 영화에 출연한다는 걸 알게 된 다음엔? 쉬지 않고 수다를 떨었죠. 화장실 가시는 걸 제가 도와드렸는데 승무원이 저를 그분 간호사인 줄 알더라고요. 그래요, 제가 그런 타입인 거죠."


## 10~14일 차 (촬영일 53일 중)

VFX팀은 강 위의 오래된 구각교를 시작으로 론 뷰트 곳곳에서 드론 카메라를 띄우고 급강하시키면서 CGI 나이트셰이드가 초고속으로 달리고 휘돌고 도약하는 모습이 들어갈 숏들을 촬영했다. 인서트를 촬영 중인 C 카메라는 주 촬영팀과는 별도로 셋업에 임했지만, 골프 카트로 오갈 만큼 가까웠기 때문에 빌이 직접 화면구도를 확인할 수 있었다. 그중에는 마르코 폴로 게임 장면에 등장했고 핫 세트로 지정했던 풀장의 물을 이브가 튀기고 지나가는 숏도 있었다. 촬영 2주 차의 기본 요소들을 찍기 위해 배리 쇼를 비롯해 클랜시 오

440

핀리와 많은 마을 사람들이 콜 시트에 이름을 올렸다.

스플릿 촬영일에는 햇빛을 이용해 촬영할 수 있는 시간이 반나절뿐이었다. 호사스러운 골든아워 숏이 둘 있었으니까. 그래서 샘은 빠듯한 일정 속에 미친 듯이 일해야 했다. 식사가 끝나고 낮 동안 직사광선에 노출되었던 론 뷰트의 보도와 석조 건물들이 차츰 식으면서 티셔츠와 헐렁한 반바지 차림으로 활동하기에 시원하고 쾌적한 저녁이 찾아왔다. 렌은 촬영 사이에는 끈 샌들을 신었다. 이윽고 신 93와 93XX, 이브/파이어폴이 아이언 블러프 도심에서 SPFX 네이팜과 VFX 화염 속에 벌이는 두 번째 전투의 일부를 찍는 야간 촬영이 시작되었다. 조그맣게 실제로 피운 불은 치코에서 소방차를 끌고 온 소방관들이 관리했다. 공중 와이어 촬영도 일부 있었는데, 렌과 아이크는 꼭두각시처럼 매달려 아이들처럼 깔깔댔다.

배식팀에서는 금요일 야간 촬영 마지막 세 시간 동안 소프트아이스크림 트럭을 예약했다. 이네스는 자리를 비울 수 없는 스태프들에게도 반드시 바닐라, 초콜릿, 혹은 두 가지 맛을 섞은 컵과 콘이 전달되도록 했다. 스태프들에게 촬영일 10일부터 14일까지 있었던 가장 중요한 사건이 무엇이었느냐고 묻는다면, 렌 레인과 아이크 클리퍼 간의 화학작용, 특히 파이어폴의 맨머리가 드러나는 신 93A였다는 대답이 돌아올 것이다. 이브가 파이어폴의 머리를 걷어차 헬멧이 날아가자, 상처 입은 연약한 그의 모습이 드러난다. 더는 괴물이 아닌, 겁에 질린 아이가.

촬영은 토요일 오전 12시 46분에 종료되었다. 몇 시간 뒤, 에이스는 아이크가 집으로 돌아가는 비행기를 탈 수 있게 그를 메트로 공항으로 데려다주었다. 짧은 주말 동안 시아와 아기 루비의 짐을 꾸리고 마침내 두 사람을 론 뷰트로 데려오기 위해서였다. 아무래도 시아 클로퍼 혼자서 어린 딸을 키울 수는 없었던 것이다. 어림없는 일이었다. 아이크가 발기 상사와 어깨를 맞대고 일하는 영화 스타가 되어 가는 마당이었으니…….


## 15~19일 차 (촬영일 53일 중)

앞 포치에 나온 나이트 가족 장면을 찍는 월요일 일정은 꿈만 같았다. 샘은 촬영장에 그물과 실크 덮개로 막을 쳐 빛을 산란시켰다. 엘리엇과 에이아는 수십 년간 나이트클럽 공연을 함께하며 서로를 향해 굳건한 애정을 키워 온 쇼 비즈니스 업계의 커플 같았다. 팝팝과 수 간호사 두 사람의 호흡이 어찌나 척척 맞아떨어지는지 이브는 처음 두 셋업에서는 외따로 남은 장갑 한 짝이 된 기분이었다. 렌은 엘리엇에게 칭찬을 들은 다음에야 긴장을 풀었다.

"대사가 착착 감기는구려, 레인 양. 꼭 데브라 윙어 같아." 스크린 위의 데브라 윙어는 엘리엇 과니어를 질질 짜게 만들었더랬다. 데브라 윙어(그녀 세대의 베티 데이비스)와 비교된 렌은 감사로 녹아내렸다. 그날 아침 착한 요리사들과 케니는 그날의 클로즈업 촬영을 위해 평소보다 더욱 신경을 써서 분장을 세밀하게 다듬었다. 촬영은 바람 없는 바다처럼 매끄러웠다. 빌은 커버리지를 필요 이상으로 찍어 두는 호사를 누렸다.

화요일에는 뒤뜰 장면에 팝팝과 수 간호사만 나왔기 때문에 렌은 아침에 제2 촬영팀과 작업한 뒤 웨스팅하우스 조명에 마련된 그린 스크린 스튜디오로 가서 와이어를 타고 첫 번째 전투 장면에 필요한 요소들을 찍었다. 콜 시트를 보고 아이크와 함께 촬영하지 않는다는 것을 확인한 렌은 실망했다.

그날 오후 1시 44분, 에이스는 승합차를 몰고 메트로 공항으로 가서 클로퍼 팀의 도착을 기다렸다. 아이크, 시아, 아기 루비는 비행기에서 기진맥진한 상태로 내린 뒤라 모험심이라고는 요만큼도 남아 있지 않았다. 가방과 유아용 기구가 워낙 많아서 차에 짐을 욱여넣으려던 첫 번째 시도가 실패로 돌아가고 다시 계획을 세워야 했다. 루비에게는 제대로 안전띠를 매어 주기가 쉽지 않았다. 비행기에서도 마찬가지였다.

게다가 루비는 그런 좌석에 오랫동안 앉아 있는 것을 달가워하지 않았다. 어린 여자아이는 모텔까지 차를 타고 가는 동안 거의 시종일관 반항하고 울고 소리를 질러 댔다. 에이스는 가는 길 내내 얼굴에 웃음을 잃지 않으면서 자기 아이들은 서른이 넘어서 참 다행이라고 생각했다. 시아는 당장이라도 머리가 터질 것만 같았다. 아이크는 불평하는 아이 앞에 계속 장난감 열쇠 꾸러미를 흔들어 대면서 가장이자 일하는 배우인 자신에게 곤경이 다가오고 있음을 감지했다. 콜 타임이 아침 일찍 잡히거나, 하루 종일 촬영장에서 지내거나, 중간중간 버피를 하면서 웹스터 로드를 걷는 시간이 기다려졌다.

그는 모텔에 중간 문으로 연결된 일반 객실 두 개를 잡아 두었다. 객실마다 퀸 사이즈 침대가 두 개씩 있었다. 시아는 생활공간을 한번 보더니 욱신거리는 머리를 내저었다.

그녀가 지적했다. "주방이 없잖아."

"커피숍이 있어. 수영장도 있고." 아이크가 지적했다. 있기는 했다. 모텔 본관 뒤, 트럭들이 굉음을 울리며 남북으로 오가는 주간고속도로에서 몇백 미터 떨어진 곳에. 그 옆에는 놀이터도 있었다. 놀이터에는 기둥이 갈라진 나무 그네와 햇빛을 받아 표백되고 탈색된 플라스틱 튜브형 미끄럼틀이 있었다. 미끄럼틀 안은 열기를 이용해서 비스킷도 구울 수 있을 정도였다.

시아는 가족의 숙소 상황이 만족스럽지 않았다. 아내의 말수가 줄어든 것을 보고 아이크도 이를 직감했다. 그때 신호음과 함께 그의 휴대전화에 요기의 문자가 도착했다. "남은 한 주 동안 배우님은 그린 스크린 스튜디오 VFX 작업을 위해 '추후 통보' 명단에 올려 두겠습니다. 콜 시트 확인해 주시고요, 돌아오셔서 기쁩니다. YAL.•" 문자를 보고, 시아는 가늘게 뜬 눈을 이글거렸다. "통보 받으면 나한테도 통보해 줄 거지?" 그리고 다른 질문을 던졌다. "이 영화 촬영 기간이 얼마나 된다고 그랬지?"

＊　＊　＊

다음 날, 렌, 엘리엇, 에이아는 나이트 하우스에서 작업 중이었다. 클랜시 오핀리는 디지털 스캔을 다시 해야 했고, 이후 닥 엘리스를 만나서 어떤 스턴트가 몸에 맞고 어떤 스턴트 대역과 외모가 닮았는지 확인했다.

"클라크 노인이 스턴트도 하나?" 클랜시가 물었다. 빌 존슨은 자신이 쓴 각본을 몇 번이고 다시 읽던 중 이브와 파이어폴이 밤에 메인 스트리트에서 만나 벌어지는 액션 가득한 장면에 넣고 싶은 숏 목록을 작성하기 시작했다. 거기서 클라크 노인은 가게를 위협하는 불을 끄다가 나뒹굴기로 되어 있었다. 그러니까, 혹시 클랜시가 다치지 않고 그런 스턴트를 소화할 수 있다면 말이다. "난 그런 거 못 하네." 배우는 말했다. 그의 스턴트 대역은 촬영 당일 보호대를 두르고 넘어지다가 어깨를 삐었다. 그가 하지 않았다면 클랜시가 입었을 부상이었다.

아이크는 베이스캠프에서 분장을 마치고 웨스팅하우스 조명에 출두했다. 반갑기 그지없는 오전 6시 콜 타임이었다. 나중에 에이스는 시아와 루비가 모텔 객실에만 갇혀 있지 않도록 두 사람을 아몬드 재배업자 협회 건물에 마련된 베이스캠프 점심 식사 장소로 데려왔다. 친절한 코디가 새로 온 손님들을 안내했다. 아직 주 촬영팀의 점심시간이 시작되지 않은 데다 나이트 하우스는 걸어서 팔 분 거리였기 때문에, 힐 가문의 두 여자는 텅 비다시피 한 식당에서 식사했다. 이네스는 일찌감치 과일 샐러드를 챙기러 왔다가 아이크의 아이폰 사진에서 본 시아와 루비를 알아보았다.

● 당신은 사랑받는 사람입니다(You are loved).

"이 아이가 루비인가요?" 그녀는 힐 가족과 대화를 시작했다. 시아는 그리 기뻐 보이지 않았다. 어빙과 함께 점심을 먹을 줄 알았건만 그가 건물에 있지도 않았기 때문이다.

[포니텍스트 발신자—이네스: 제작 사무소에 VIP 가족.]

[A맥T: ?]

[포니텍스트 발신자—이네스: 아이크 가족.]

[A맥T: 촬영장으로 모셔!]

[포니텍스트 발신자—이네스: 아기?]

[A맥T: 내가 갈게.]

얼은 최대한 빨리 파이어폴 부인을 맞이하기 위해 운전사가 모는 거대한 밴을 혼자서 타고 왔다.

"화장실 아가씨가 왔군요." 그녀가 외쳤다. "안녕, 시아!" 다시 말하지만 시아는 〈소리로 가득한 지하실〉에 출연했었다.

얼은 VIP들과 함께 앉아 콥 샐러드 비슷한 것을 깨지락거렸다. 베이스캠프에서는 니나가 렌에게 아이크의 아내와 아기가 식당에 와 있는데 콜 시트 1번이 2번의 부인을 직접 만나러 가지 않는 건 있을 수 없는 일이라고 말했다. 식사를 위해 모인 스태프들은 다들 이브 나이트가 자리에 함께한 것을 보고 깜짝 놀랐다. 렌은 항상 점심시간에는 자기 트레일러로 가서 먼저 명상을 하고 나서 단백질 셰이크를 만들어 먹었다.

"안녕하세요, 시아." 영화 스타가 말했다. "전 렌이에요. 이 마을에 온 걸 환영해요."

"렌, 드디어 만났군요." 시아가 말했다. 렌은 눈부셨지만 그녀가 생각했던 것만큼 호리호리하거나 조각 같지는 않았다. "우리 남편에게 무척 잘해 주신다고 전해 들었어요."

"아이크에게 들으니 당신도 배우라던데요."

"아이크가 배우가 되기 전부터 배우였죠." 시아가 설명했다. "그러니까, 맞아요."

얼이 현장에서 시아를 띄워 줄 요량으로 가세했다. "〈지하실〉에서 화장실 아가씨로 출연했어요."

"오." 렌이 말했다. 그녀는 그들과 함께 앉았다. 사람들이 수다를 떨고 식사하는 소리로 식당이 시끌시끌해진 가운데, 여자들은 대화를 나누고 샐러드를 깨지락거렸다. 이네스는 치리오스 시리얼을 구해 와서 아기가 먹을 수 있게 한 번에 하나씩 손에 쥐어 주었다.

"숙소는 어디인가요?" 렌이 물었다. 얼도 알고 싶었다. 그녀는 아이크가 알아서 주거팀에 가서 가족이 머물 만큼 큰 숙소를 구했으리라 생각했다.

"모텔요." 시아가 말했다.

"뭐라고요?" 스태프들이 소란스럽게 식사하는 소리 너머로 얼의 목소리가 울려 퍼졌다. 일부는 이쪽을 돌아보기도 했다.

"나란히 붙은 방을 구했어요. 로비에 레스토랑과 간이식당이 있고요. 주차장 건너편에 멕시코 음식점이랑 피자 가게 같은 것도 있고. 수영장도요. 직접 확인했어요."

"모텔이라고요?" 렌이 완벽한 모양의 눈썹을 치켜세웠다. "모텔에서 지내서야 되나요."

"나쁘진 않은걸요."

얼이 말했다. "내가 주거팀에 얘기할게요."

"폐를 끼치고 싶진 않은데요." 시아는 그렇게 말했지만 기꺼이 폐를 끼치고 싶은 마음이었다. 모텔이 형편없지는 않았으나, 그녀는 열 수 있는 창문이 있는 곳을 원했다.

"하나도 폐 될 거 없어요." 얼이 테이블에서 일어서며 말했다. "그렇지만 아이크가 제작진에게 더 나은 숙소를 마련해 달라고 말하지도 않을 정도로 얼간이였단 말이에요?"

"나라면 얼간이 대신 다른 표현을 쓰겠지만요." 시아가 말했다.

얼의 머릿속에 색인 카드가 펼쳐졌다.

하나. 아이크 클리퍼의 얼굴과 커다란 물음표. 왜 그는 제작진에게 가족들을 돌봐 달라고 부탁하지 않았을까?

둘. 뒷좌석에 유아용 좌석을 장착한 렌터카 한 대. 이건 제작비로 충당할 수 있었다. 앞으로 운전사가 아기 루비를 데리고 다닐 일은 없을 것이다.

셋. 집. 파이어폴 가족이 묵을 더 나은 숙소.

넷. 주방 찬장에 음식을 가득 채울 것. 숙소를 구하는 대로 이네스가 식재료를 사다 줄 것이다.

다섯. 콜 시트에 시아 힐을 출연자로 올려 영화에 참여시킴으로써 자기 남편이 렌 레인과 하루를 보내고 집에 돌아오기를 기다리는 것 말고 다른 기대할 일을 만들어 줄 것.

이네스의 머릿속에도 카드 한 장이 펼쳐졌다. 사촌 루페가 어린 루비를 품에 안고 있는 이미지였다. 시아에게 베이비시터가 필요해질 테니까.

렌의 머릿속에도 이미지 하나가 떠돌아다녔다. 그녀의 부지 내에 있는 빈 게스트 하우스들, 특히 연못가에 있는 커다란 게스트 하우스의 이미지였다.

다시 촬영을 위해 나이트 하우스로 돌아간 렌은 얼이 비디오 빌리지에 앉아 아이폰으로 주거팀과 이야기하는 것을 보았다.

"마을에 묵을 만한 집이 있을 거 아녜요." 한때 OKB가 묵었던 프랜젤 메도스의 타운 하우스에서는 현재 커샌드라 델호라가 지내고 있었다. 그곳이라면 클리퍼 가족에게는 장족의 발전이었을 텐데 안타까울 따름이다. "숙소를 아기에게 안전한 곳으로 만들 기술과 인력은 우리에게 있잖아요. 알았어요. 알았어. 하지만 이걸 최우선으로 처리해 줘요, 알았죠? 즉시 해결하자고요. 연락 줘요."

"저기, 얼." 렌이 말했다. "아이디어가 있는데요."

"아이디어 좋죠."

"아이크 숙소 문제 말이에요. 그 사람에게 집이 필요한 거죠?"

"아이크에게요? 아뇨. 아이크의 부인과 아이에게라면? 맞아요. 아이크는 강가에 군용 텐트 치고 살아도 만족할 사람이니까."

"그, 나한테 남는 게스트 하우스가 있는데요."

"알아요."

"톰과 로럴은 더 아늑한 게스트 하우스에 묵고 있고, 윌리는 유르트를 치고 살아요. 안 쓰는 게스트 하우스에는 침실 세 개에 온수 욕조가 있고요."

"그런 걸 게스트 하우스라고 불러요?"

"내 말이요. 호강에 겨웠죠."

"거기 들어가면 본질적으로는 당신과 함께 살게 된다는 건데, 좋은 생각 같지는 않아요. 너무 가까우면…… 불편해질 수 있거든요."

"난 당신이 거기 들어오는 걸 생각하고 있었어요."

"내가요?"

"그래요. 당신과 내가 함께하는 건 매일 일할 때뿐이잖아요. 원하지 않는다면 서로 마주칠 일도 없을 거예요. 왕래도 자유롭고 당신 전용 주방도 있고요. 지금 숙소는 아이크와, 왜, 멋진 부인과 사랑스러운 아기에게 내주는 거예요. 당신이 나와 지내면 제작비도 조금 절약되겠죠?"

"똑똑한 데다 친절하시기까지." 얼이 말했다. "하지만 이네스를 재워 주고 있어서요. 이네스가 평일 저녁마다 새크라멘토까지 운전해서 돌아가지 않아도 되도록요. 아니면 차에서 자거나. 몇 번 그랬더라고요."

"침실은 여러 개니까 이네스가 하나를 쓰면 되죠."

"그래도 괜찮겠어요?"

"안 될 거 있나요? 우리 모두 열심히 일하는 사람들이고 흡연자도 없는데."

"생각 좀 해 보고요." 얼이 말했다. 그녀가 묵는 엘름 스트리트 114번지는 제작 사무소까지 걸어서 오갈 수 있었고, 충분히 쾌적했고, 영화제작자가 로케이션 현장에서 필요로 하는 모든 장비가 갖춰져 있었다. 얼은 거의 주방에서만 살았다. 두 숙소 모두 이미 제작비에 포함되었으므로 클리퍼 가족이 묵을 곳을 찾는 추가 비용을 절약할 수 있었다. "114번지에서는 촬영장까지 걸어갈 수 있지요. 난 그걸 좋아하고요."

"톰의 차로는 베이스캠프까지 이십 분이 걸리더군요."

"팟캐스트 절반쯤 들으면 도착하는 거리네요. 마침 머리 식힐 거리도 필요했으니까요. 하지만 언제든지 나와 지내는 게 마음에 안 들면 말하겠다고 약속해 줘요."

"내 눈에는 당신 차도 안 보일 텐데요, 뭘. 게스트 하우스는 연못가에 있어요."

"일단 고민해 볼게요." 얼이 말했다. "당신은 이제 가서 연기해요."

그날 밤, 얼은 렌의 거주지에 있는 톰 윈더미어에게 연락해서 팀 레인의 사정에 맞게 이사를 준비해 달라고 부탁했고, 그런 다음 렌에게 제안에 응하겠다는 뜻을 밝혔다. 렌은 부지 내에서 가볍게 산책할 수 있는 거리에 자신의 일행에 속하지 않는 사람들이 살게 된 것이 기뻤다. 선행을 마친 배우는 피클볼 코트로 가서 각본과 아이패드를 꺼내 금요일에 촬영할 신 34을 준비했다. 신 34는 영화에 나오는 다른 어떤 장면과도 달랐다. 이브와 팝팝의 심금을 울리는 관계에서 핵심에 해당하는 이 장면에서, 그들은 그녀가 무시무시한 환영에서 빠져나온 이후 속내를 터놓고 대화를 나눈다. 그녀는 액트-1 앱을 이용해 그녀와 상대방의 대사를 기계적으로 읊게 한 다음, 자기 대사를 숙지하고 나서는 상대방의 대사만 읊게 했다.

* * *

샘이 검은 캔버스 천을 텐트처럼 쳐서 나이트 하우스를 뒤덮자, 집은 고스족 방역 회사에서 흰개미 방역 중인 것처럼 보였다. 낮에 실내 밤 장면을 찍기 위해서였다. 거대한 공조 차량이 괴물 같은 크기의 노란 관으로 차가운 공기를 원활하게 불어넣은 덕분에 촬영장의 스태프들은 후드티를 입어야 했다. 엘리엇과 에이아는 카메라를 준비하는 동안 솜이 들어간 두툼한 로브를 둘렀다. 디지털 이미지 테크니션인 셉은 자기만의 작은 검은 텐트 안에서 난방기를 돌렸다. 텐트 속에 텐트를 친 꼴이었다.

검은 텐트에는 틈이 벌어진 곳이 있어서 샘이 조명을 치는 데에 애를 먹였다. 장면을 블로킹할 때면 빌의 숏 목록은 기하급수적으로 늘어났다. 달리 움직임 세 개에 커버리지까지. 나이트 하우스가 방음 스튜디오 안에 꾸민 세트였더라면 카메라 크레인이 들어올 수 있도록 벽을 떼어 낼 수 있었으리라. 실물 세트인 진짜 가옥에서는 그런 일이 불가능했다.

그리고 엘리엇은 대사를 기억하는 데에 애를 먹었다. 그처럼 노련한 프로에게는 민망한 일이었다.

"카드에 대사를 써서 놓아둘 수 있습니다." 빌이 제안했다. "말론 브란도와 공통점이 생기시는 거지요."[1]

"난 브란도가 아니잖나." 엘리엇이 속삭였다. "보고 읽는 티가 날 거야."

빌은 나이 든 베테랑이 체면을 살리고 최선의 기량을 발휘할 수 있도록 느린 속도로 차분하게 촬영을 진행했다. 엘리엇이 대사를 잊으면 프랜시스가 조용히 알려 주었고, 그러면 그는 잠깐 뜸을 들였다가 대사를 자신만의 호흡으로 말했다. 렌은 우아함과 인내심을 발휘하여 커버리지용으로 엘리엇의 싱글

---

1 배우 말론 브란도는 대사 외우기를 싫어해 카메라에 보이지 않는 곳에 대사를 적은 카드를 놓고 연기했다.

숏과 클로즈업을 찍는 동안 화면 바깥, 카메라 바로 옆에 앉아서 엘리엇을 상대해 주었다. 그 주의 촬영이 막바지에 접어들 무렵 엘리엇은 탈진할 지경이 되었다. 그는 자신이 피로한 까닭은 빌이 양질의 연기를 끌어내려 했기 때문이며 또한 "렌 자네의 연기에 부응하려 했기 때문에."라고 말했다.

영화는 이제 일정보다 뒤처졌다. 신 67, '실내. 밤. 에이머스의 침실'은 월요일로 밀렸다. 두 페이지에 걸친 장면이 거의 전부 에이머스의 대사였으므로 작업 속도와 편의를 위해 엘리엇이 읽기 편한 위치에 텔레프롬프터 스크린 세 대를 배치하기로 했다. 신 67은 서둘러 찍어서는 안 되는 장면이었다. 그렇다고 포기해서도 안 되는 장면이었다. 신 67은 영화 전체를 설명했다.

금요일, 이네스는 얼을 엘름 114번지에서 렌의 부지에 자리한 연못 집으로 데려갔고, 큰 침실을 보스에게 내준 뒤 자신은 침대 두 개가 있는 더 작은 방을 선택했다. 그녀는 연못집의 찬장에 보스가 살아가는 데에 필요로 하는 것들을 채워 넣었고, 이어서 클로퍼 가족의 주방에서도 같은 일을 했다. 성인 둘과 아기 하나로 이루어진 가족에게는 필요한 것이 많았다. 얼은 수송팀에게 클로퍼 가족이 쓸 렌트 SUV를 집 뒤의 자두나무 옆으로 난 자갈 깔린 진입로에 세워 두라고 지시했다. 그런 다음 에이스와 이네스가 시아와 루비를 데리고 왔다. 이제 하루 종일 배경음악처럼 들려오는 주간고속도로의 소음도, 로비에서 먹는 아침 식사도, 2천 제곱미터짜리 퀸 사이즈 침대도 안녕이었다. 그런 일이 일어나는 동안 아이크는 웨스팅하우스 조명에서 전투 장면을 촬영 중이었는데, 렌은 없었다.

그 주는 몇 시간 반의 초과근무 수당을 지출한 끝에 오후 10시 17분에 끝났다. 이네스는 빅 스토크 피자에 피자 스물네 판을 주문해 두었고 배식팀에서는 청량음료와 향이 첨가된 생수를 가득 채운 냉장고를 내놓았다. 나이트 하우스 뒤뜰에서 즉흥 파티가 열리자 헤어/분장 트레일러에서는 질 좋은 와인을, 대다수 트럭에서는 차가운 맥주를 제공했다. 렌과 엘리엇은 각자 피자 한 조각씩을 들고 앉아 게걸스레 먹으면서 끝내주게 훌륭한 한 주를 보낸 것을 축하했다.

"이보게, 아가씨, 자넨 위대한 예술가고 진정한 프로야." 엘리엇은 렌에게 조용히 말했다. "자넨 이 영화에 참여한 이 모든 사람에게 선물이나 다름없어."

"엘리엇." 렌은 살짝 벅찬 기분으로 대답했다. "고마워요."

"저 사람들을 보게." 엘리엇은 플레인 치즈피자를 든 손을 휘둘러 한데 모인 제작진을 가리켰다. "나와 함께 일한 스타 중에서는 스태프들이 카메라가 멈추자마자 촬영장을 탈출하고 싶게 만드는 작자들도 있었지."

렌은 먹고 마시고 웃음을 터뜨리는 무리를 바라보았다.

"저들이 이렇게 남아서 즐기는 건 우리의 매혹적인 주연배우 아가씨 덕분이야……."

요기는 스태프들에게 다시 한번 훌륭한 한 주를 만들어 준 것에 감사를 표하면서 그가 모두를 무척 사랑한다고 말했다.


## 주말


모텔에 비하면 엘름 스트리트 114번지는 에덴동산 114번지였다. 그곳에는 과실수가 있었다. 여름 햇살에 열매가 익으면 손으로 따 먹을 수 있는 자두나무였다. 집에는 중앙 공조 시스템이 갖춰져 있었지만, 시아는 앞뜰의 나무 그늘 덕에 서늘해진 공기가 방충망을 거쳐 열린 문과 창문으로 흘러들어 집 안을 통과해서 뒷문으로 흘러 나가는 편을 선호했다. 집은 낡았고 한밤중 누구든 오가는 사람이 있으면 발을 디딜 때마다 크래커 부스러기가 부스러지듯 마룻장이 삐걱거리면서 신호를 보내왔지만, 조금도 소름 끼치지 않았다. 낡은 집의 유일한 단점이라면 뒤 포치로 통하는 방충문이 닫힐 때 요란한 소리를 내는 습성이 있다는 것뿐이었다.

이네스는 일요일 꼭두새벽에 고향으로 돌아가서 사촌 루페와 조카 프란시스코를 데리고 론 뷰트로 돌아왔다. 그녀는 커다란 거북이 모양의 공기 주입식 어린이용 풀장을 샀고, 시아와 루페가 커피를 마시면서 이야기를 나누는 동안 아이크가 있는 힘껏 숨을 불어넣어 풀장을 부풀렸다. 나중에는 제작팀 회계 한 사람(현지 채용인인 카리나 드루즈만)까지 십오 개월짜리 아들을 데리고 와서 어린이날을 만들었다. 세 어린아이는 3센티미터도 안 되는 물속에서 소리를 질러 대고 안전하고 얕은 풀장을 손으로 쳐 물을 튀기면서 한껏 즐거워했다. 플라스틱 피처로 머리 위에 쪼르르 물을 부어 주면 아이들은 열광하면서 배꼽을 잡고 자지러지도록 웃어 댔고, 그 모습을 본 어른들도 마찬가지였다.

여자들과 아이들과 함께 있노라니, 시아는 앞으로 론 뷰트에서 보내는 시간이 즐거워질 것만 같았다. 인명 구조 요원 역할을 맡을 성인 여자가 네 명이나 생기자, 아이크는 전투화를 신었다.

"어디 가게?" 시아가 물었다.

"론 뷰트 주변 좀 걸으려고."

"왜?"

"난 여기 없어도 되잖아."

"그건 내 질문에 대한 답이 아닌데." 시아가 말했다. "안 그래?"

아니었다. "내 말은, 당신이랑 같이 아이들을 돌봐 줄 사람들이 있잖아. 나는 앞으로 있을 작업에 관해 명상 좀 하려고. 운동도 하고."

시아는 고개를 갸웃했다. "가족들과 함께 오후를 보내는 대신에? 딸이 친구들이랑 노는 걸 안 보고?"

"오래 걸리진 않을 거야."

"그렇겠지." 시아는 자리를 뜨며 말했다. "하지만 가겠다는 거네."

마을은 거의 버려지다시피 했기 때문에 아이크는 자기 캐릭터와 마찬가지로 거리 한복판을 걸으면서 4백 미터마다 한 번씩 걸음을 멈추고 버피를 했다. 그는 오래된 구각교를 건너 아이언 벤드 강 건너편으로 넘어가서 리틀 아이언 벤드에 있는 오래된 공원을 둘러보고 마을 경계를 알리는 표지판까지 갔다가 오후 3시가 넘어서야 엘름 스트리트 114번지로 돌아왔다. 그러는 동안 내내 그 주에 하게 될 작업에 관해 명상했을까? 아무렴.

"네 시간이나?" 그가 돌아오자 시아가 물었다. 다른 사람들은 모두 돌아간 뒤였고 루비는 낮잠을 자고 있었다.

"무지막지한 장면이야. 내가 노인을 만나러 오는 대목인데 사실상 영화의 결말이나 다름없다고. 제대로 준비를 하고 싶었어."

시아도 각본을 읽었다. 남편이 준비하고 있다는 장면이 신 96, 97, 98이라는 걸 짐작했다. 대사는 총 열한 단어였다. 물론, 종일 서 있어야 하기는 했다. 렌 레인 옆에서. 세 장면. 대사 열한 단어. 진이 빠지시겠지.

"이네스네 사촌이 우리를 위해 일해 주기로 했어." 시아가 남편에게 말했다.

"무슨 일?"

"아기 돌보는 일. 8시에서 4시까지. 가끔은 주말에도. 주당 4백 달러."

아이크가 그런 말에 뭐라고 대꾸할 수 있었겠는가? "알았어."


## 20일과 21일 차 (촬영일 53일 중)


아이크는 그날 하루를 웨스팅하우스 조명에서 와이어에 매달려 보내기 위해 이른 아침부터 공작실로 불려 갔다. 그가 헤어/분장 트레일러에 있을 때 렌이 들어왔다.

"당신이 내 결혼 생활을 구원했는지도 모릅니다." 아이크가 말했다. "모텔에서 나온 게 아주 컸어요."

"정말 기쁘네요." 렌은 숙소를 제공함으로써 부부 상담을 해 주게 된 것에 대한 소감을 밝혔다. "엘리엇!"

그녀의 팝팝이 트레일러에 들어와 있었다. "내 꼬마 완두콩." 그가 인사를 건넸다. "그리고 자네가 가공할 아이크로군. 엘리엇일세." 두 남자는 여태 한 번도 만난 적이 없었다. "그 무시무시한 몸뚱이 속 어딘가에 선량한 친구가 들어 있다지."

"뵙게 되어 기쁩니다." 아이크가 말했다.

"함께 일하게 되어 기쁘네." 엘리엇이 젊은이의 발언을 정정했다. "우리가 하는 걸 일이라고 부를 수 있다면 말이네만."

아이크가 파이어폴로 변신하는 과정은 렌과 과니어 씨가 분장을 마치고 촬영장으로 불려 갈 때까지 계속되었다. 나이트 하우스는 여전히 텐트에 덮이고, 냉방을 하고, 리깅을 갖춘 채로 엘리엇, 렌, 에이아가 신 67을 촬영하기를 기다리고 있었다. 에이머스의 침실 주변에 텔레프롬프터 스크린 네 대가 설치되었고 셉의 DIT 텐트 뒤에 오퍼레이터가 자리했다.

"저것들, 필요 없을걸세!" 엘리엇이 프롬프터를 가리키며 자신 있게 말했다. 토요일 낮부터 장면을 연습한 덕분에 이제는 대사가 머릿속에 확실히 들어 있었다. 그와 렌은 아름다운 일요일 오후에 그녀의 집에서 대사를 연습했고, 엘리엇이 로스앤젤레스에 정착하고 다른 배우 경력, 그의 표현대로라면 '활동사진 일'을 시작하기 전 지방 극단에 몸담았던 시절에 관해 이야기를 나누었다. 그는 자신이 사귄 연인들에 관해서는 수다를 떨지 않으려 했지만, 렌은 그에게서 기어이 이름 하나를 끌어내더니 "말도 안 돼!"라고 외쳤다.

"그렇게 대단한 자랑거리는 아니라네." 엘리엇이 고백했다. 그 여자, **아주 유명한 그 배우**는 "누구와든 쉽게 어울렸으니까".

빌은 텔레프롬프터에 대해 설명했다. "보험 삼아 둔다고 나쁠 건 없잖습니까." 감독은 커버리지와 다양한 앵글과 오버 더 숄더와 인서트 촬영이 예정된 이날이 엘리엇 과니어의 기력을 갉아먹는 고된 하루가 되리라는 것을 알았다. 신 67에서는 그의 대사도 아주 많았다. 팝팝이 마침내 손녀에게 그의 비밀스러운 과거를 털어놓는다. 그의 전쟁 시절, 그의 옛 사진들, 그와 파이어폴의 관계를······.

세 번째 셋업에서 엘리엇은 프롬프터를 길라잡이로 사용하고 있었고, 자신이 그럴 수 있다는 사실에 놀랐다. 얼은 그가 모니터를 사용하기 시작하자 안도했다. 그의 눈은 어려움 없이 스크린을 흘끗거리면서 커다랗게 띄운 글씨를 읽어 나갔다. "난 이게 목발처럼 거추장스러울 줄 알았더니만." 그는 자신의 보스와 동료 배우들과 텔레프롬프터 오퍼레이터에게 말했다. "인제 보니 호사가 따로 없군그래!" 노인은 웃음을 터뜨리면서 에어컨 바람을 막을 로브를 걸치고 몸을 데울 차를 마시려고 침대 밖으로 나갔다.

하루가 진행되는 동안 그의 기력은 점차 쇠해 갔다. 이네스는 그가 열기를 피해 식사할 수 있게 점심 식사를 촬영장으로 가져왔다. 엘리엇은 수프가 담긴 컵에는 거의 손도 대지 않고 침대 속에 머물렀다. 머리를 대고 잠깐 눈을 붙이던 그는 베개 때문에 목이 뻣뻣하고 두통이 생겼다며 투덜거렸다. 좋은 소식이 있다면 그날 남은 일정에는 베테랑 배우가 카메라에 잡히지 않는다는 것이었다. 엘리엇은 대본을 보면서 대사를 읽을 수 있었고, 덕분에 빌과 렌도 해당 장면의 이브 쪽 숏을 놓고 씨름하는 데에 많은 시간을 할애할 수 있었다.

혹자는 팝팝이 사진들에 관해 설명하는 동안 잠자코 귀를 기울이는 렌의 연기가 그녀의 경력 전체를 통틀어 가장 뛰어난 연기였다고 말한다.

\* \* \*

화요일 촬영도 에이머스 나이트의 침실에서 진행되었다. 아이크는 오후에 웨스팅하우스 조명으로 돌아갈 예정이었다. 그는 파이어폴에 대한 연구의 일환으로 전날 밤 해병대가 야영을 하듯 엘름 114번지 뒤뜰에 캔버스 텐트를 치고 밤을 보냈다.

"파이어폴은 잠을 자지 않는 줄 알았는데." 시아가 말했다. "당신은 자겠다고? 텐트에서?"

"실종되기 전의 폴스는 남들과 다를 바 없는 해병이었으니까." 캐릭터에 몰입하기 위해 텐트에서 잔다는 건 배우가 배역 준비를 위해 할 법한 일처럼 들렸다. "텐트에서 밤을 보내는 건 일종의 준비라고."

그리고 나를 아기랑 두고 갈 방법이기도 하지. 시아는 속으로 생각했다.

시아는 아침에 일어나자마자 젖병과 아이의 지저분한 엉덩이를 닦을 물티슈와 갈아입힐 기저귀를 챙겨서 루비를 아이크의 텐트 입구 안으로 밀어 넣었다. 아이크는 간신히 눈만 뜬 상태였다.

"커피 한 잔 갖다줄래?" 그는 방충망을 두른 포치를 지나 집으로 들어가는 아내에게 부탁했다.

"해병은 자기 커피는 자기가 알아서 타 마셔." 그녀는 그렇게 대꾸하면서 등 뒤로 문이 쾅 닫히게 내버려두었다.

아이크는 루비에게 젖병을 물려 주고 딸을 무릎에 앉힌 채로 텐트 안에서 몸을 일으켜 앉으려 애썼다. 딱딱한 바닥에서 자느라 허리가 아팠다.

나이트 하우스 촬영장에서, 점심시간 직전에, 식사 이후 신 98 촬영이 예정된 가운데, 엘리엇은 요기에게 그가 '세상에 두통도 이런 두통이 없는' 두통을 앓고 있다고 알렸다.

그것이 그의 마지막 말이었다.

## 중단

음악이 흘렀다. 부드러운 엔야 풍의 선율이 파도처럼 메아리치면서 평온한 기분을 선사했다…….

포토몽타주가 나왔다.

평생에 걸쳐 찍은 스틸 사진이었다. 칠십 년이 넘는 세월 동안…….

아기 엘리엇 과니어가 어머니의 품에 안겨 있는 사진은 세례식 날 찍은 것이 분명했다…….

이어서, 걸음마를 시작한 아이가 어른 넷과 함께 커피 테이블 옆에 서 있다. 어른들은 각자 담배를 피우거나 술을 마시면서 웃고 있고, 엘리엇은 미소로 착각할 수도 있는 모호한 표정으로 카메라 렌즈를 똑바로 쳐다본다…….

다섯 살, 그는 뒤뜰에서 장난감 외바퀴 손수레를 민다…….

3학년 때 찍은 사진에서는 학급 친구들과 함께 단상 위에 서 있다. 그는 보브캣처럼 씩 웃고 있다…….

고등학교 육상부에서는 1,600미터 계주 출발 주자로 출전해 배턴을 넘겼다. 그러니까 그는 운동선수였고…….

……물론 배우였다. 노엘 카워드의 〈유쾌한 유령〉 무대에 오른 그는 눈화장이 너무 짙고 손동작이 너무 거창하다. 두 번의 공연(1964년 봄 금요일과 토요일 밤)을 본 사람이라면 누구나 그 무대에서 가장 눈에 띄는 배우는 엘리엇 과니어였다고 말할 것이다…….

이 몽타주에 엘리엇의 대학 시절 사진은 한 장도 없다. 대학에 갈 형편이 되지 않았기 때문이다…….

하지만 어느 소규모 〈뜻대로 하세요〉 공연 무대에 선 그가 보인다. 이제 눈화장도 짙지 않고 동작도 섬세하다.

히피 스타일로 치른 결혼식에는 꽃과 기타가 어찌나 많은지 연출 사진처럼 보일 지경이다. 드레스를 입은 신부는 자연의 여신처럼 빛나고 있다…….

전 생애에 걸쳐 그가 연기한 배역이 하나씩 나타났다 사라진다…….

연극배우 시절 사진들은 객석에서 찍었다. 실제 같지 않고 멀리서 본 공연 기록물 같다…….

그가 카메라 앞에서 했던 작업들, 그의 영화 속 삶은 티 없이 선명하다…….

저거 봐! 맥도날드 광고에 나왔었네!

〈스타워즈〉의 칸티나 장면에도!

〈매시〉의 한 에피소드에도 출연했어!

그는 수많은 TV 시리즈에 출연했다…….

그리고 영화에도…….

그리고 그는 다시 연극 무대로 돌아갔다. 전국 순회공연을 한 작품은, 저거 〈스위니 토드〉야?

NBC의 〈미드타운 폴리스〉에서는 육 년 동안 밴스 경관을 연기했다.

밸리에 있는 그의 집…… 팔로스 베르데스 절벽 근처로 이사…… 아이들…… 두 번째 아내…….

아, 이제 머리가 희끗희끗해진 그가 장수 시트콤 〈내기할래?〉에서 그 이웃 캐릭터를 연기한다. 대다수 에피소드에서 그는 한 장면에만 출연했지만 시즌 을 전부 합치면 분량이 꽤 됐다.

세 번째 아내는 천생연분이었다. 십몇 년 연하에 따로 아이들도 있었지만, 사랑은 사랑이지, 안 그래?

저거 봐! 그들은 세계를 여행했다. 빅 벤, 테노치티틀란의 피라미드, 칠대양 중 하나, 마사다, 시드니 항구…….

마지막으로, 우리가 알던 엘리엇의 모습. 촬영장에서 에이머스 나이트가 테 이크 사이에 차를 마시며 스틸 사진작가를 향해 미소 짓는다…….

다들 엉망이었다.

육십 대에서 칠십 대에 해당하는 나이 많은 스태프들은 자신의 죽음을 예감하며 몸서리쳤다. 착한 요리사들과 케니 셰프록은 한자리에 모여 와인 몇 병을 마시면서 자신들의 트레일러와 의자를 거쳐 간 모든 사람, 그들의 표현대로라면 더는 '일하지' 않는 사람들의 이름을 줄줄이 열거했다. 세 노련한 베테랑은 이번 영화가 그들이 파운틴 애비뉴에서 보내는 마지막 시간일지도 모른다고, 그럴 수도 있다고, 그래야만 한다고 생각했다.

아이크와 시아는 엘리엇 같은 친구나 동료가 갑작스럽게 자연사하는 일을 처음 겪어 보았다. 그들은 목요일 밤늦게까지 대화를 나누었다. 그리고 사랑을 나누었다.

렌은 때때로 걷잡을 수 없는 슬픔에 잠겨 울었다. 그녀는 엘리엇을 자신의 진짜 할아버지로 여기게 된 터였다. 이브와 에이머스 나이트의 대화처럼 알쏭달쏭하고도 의미심장한 대화 장면을 찍으며 몹시 친밀하게 일하다 보면 배우들 사이에는 그런 유대감이 발생하곤 한다. 그녀와 윌리는 술을 마시며, 오래전 세상을 떠났고 생전에 변덕스러웠던 것만큼이나 죽음도 갑작스러웠던 두 사람의 부모에 관해 이야기를 나누었고, 그들이 분자 단위에서 유대감을 지닌 쌍둥이로 태어나지 않았다면 각자의 삶이 어떠했을지 생각해 보았다. 렌은 다시 연인이 있으면 좋겠다고 생각했다. 친절한 눈빛을 지녔던 엘리엇을 잃고 슬픔의 그늘에 묻힌 자신의 곁에 함께할 남자가. 그녀는 아이크에게 연락해 볼까 생각했다. 같은 출연자니까, 괜찮잖아? 하지만 그녀는 전화를 들지 않았다. 대신, 그녀와 헤더는 론 뷰트에 남은 서글픈 잔불을 피해 시러스를 타고 하늘로 날아올랐다.

제작진 전원이 아몬드 재배업자 연회장을 가득 채웠던 목요일 추모식[*] 이후,

이네스는 집으로 돌아가 가족들과 되도록 많은 시간을 보냈다. 그녀의 아버지는 과거 일터에서 추락하는 바람에 어깨가 탈구되었지만 아프다고 불평하는 법이 없었다. 이네스는 다시 예전처럼 어린 시절 썼던 침대에서 잤고, 대량의 식사를 준비할 때마다, 아이를 돌볼 사람이 필요해질 때마다, 친척이며 이주자들이 거쳐 갈 때마다 어머니를 도와 다른 모든 가족을 돌보았다. 그토록 지독하게 슬픈 일이 일어난 뒤에도 영화 만들기가 계속될 수 있는지 궁금했다. 그렇지 않다면 영화제작진에 소속되어 있던 시간을 아주아주 많이 그리워하게 되리라.

얼 맥티어는 이제 렌 레인 및 그녀의 동료들과 공유하게 된 부지 내를 걷고 걷고 또 걸었다. 물론 항상 아이폰을 휴대하기는 했다. 영화 만들기는 계속되어야 했으니까. 화요일, 가엾은 엘리엇이 촬영장의 침대에 앉아 조용히 숨을 거두었을 때의 충격과 혼돈은 응급 구조대의 모든 응급조치와 절차가 이루어지고 회사 전체에 지시가 내려지고 마침내 대화가 "참으로 끔찍한 일이군!"에서 "이제 우린 어떡하지?"로 전환되는 동안에도 계속되었고, 얼로 하여금 혼자 걸으면서 삶의 의미를 묵상하고 친절하고 다정했던 남자를 애도하도록 했다. 얼은 부지를 가로지르고 또 가로질렀다. 활주로, 야구장, 농어를 풀어놓은 연못, 풀을 깎은 목초지, 부지를 둘러싼 울타리, 둔덕, 피클볼 코트까지. 그녀는 말없이 그렇게 하루를 보냈다. 그런 다음 영화제작자가 반드시 걸어야만 하는 전화들을 걸기 시작했다.

토요일, 얼은 본관의 쿠치나풍 주방에서 월리와 대화를 나누며 다음 주는 어떤 분위기일지, 영화는 어떻게 완성할지, 그리고, 그러니까, 이제 무슨 일이 일어날지 등과 같은 여러 중대한 질문에 답했다.

팻 박사는 캐스팅했던 배우가 해당 배역을 평생의 마지막 역할로 남기고 죽

● 과니어 집안사람들도 몇 명 참석했다. 그중 일부는 오랜 세월 서로 말도 하지 않고 지낸 사이였다.

어 버렸다는 이 충격적인 상실이 빌에게 미칠 여파를 충분히 이해했기에, 비행기로 날아와 추도식에서 연인이자 감독의 손을 잡아 주었다. 물론 빌은 젊은이가 아니었으므로 '내가 저렇게 죽었을 수도 있었어.'라고 생각하지 않았을 리 없었다. 팻이 아침 식사를 준비하고 꽃으로 식탁을 장식하는 동안, 빌은 나인 아이언을 들고 집을 나서 긴 블록을 따라 동네를 돌고 돌면서 자신의 유한한 삶뿐만 아니라 영화를 계속 나아가게 할 방법에 대해서도 숙고했다.

그는 인도를 따라 일곱 바퀴째를 돌면서 얼과 대화를 나누었다.

* * *

"헤이……." 렌은 발신자 ID를 확인했다. 집에 도착한 이래 그녀는 전화를 거의 받지 않았다. 호크아이와 다이나모의 임원들이 건 전화는 음성 메시지로 돌렸다. 미셸린 옹은 한 시간 동안 통화하면서 그녀를 위로하고 이야기를 들어 주었고, 론 뷰트에 있는 케니는 "우리 아가씨가 어떤지 확인하려고" 연락했다. 그들에게 복 있을진저. 이번에는 얼의 차례였다.

"오, 렌." 얼은 한숨을 쉬었다. "너무 슬프네요. 좀 어때요?"

"그냥 있는 거죠. 언제 다시 시작할지 결정하려고 전화한 거예요?"

"당신이 준비되면요."

렌은 다시 눈물이 고이는 것을 느꼈다. "어떻게 엘리엇 없이 촬영을 계속하죠? 촬영장으로 돌아가서 그가 죽은 침대를 보며 그가 있는 척하자는 건가요?"

"아뇨." 얼이 말했다. "그런 짓은 안 해요. 그 집에서 나와서 웨스팅하우스 조명에 똑같은 세트를 지을 거고, 그 마지막 장면은 마지막 촬영일까지 미뤄둘 거예요. 현장을 정리할 인원 외에는 아무도 그곳으로 돌아가지 않아도 돼요."

"다행이네요. 그럼 우린 어떻게……?" 렌은 다시 말을 멈추었다.

"대체할 수 없는 사람을 대체하느냐고요?" 얼이 말했다. "그의 캐릭터를 천국으로 보내는 장면, 망할 영화 전체의 결말에서?"

"그래요……."

"우리가 방법을 찾아낼 거예요." 얼은 사람들이 견디고 나아가야만 할 때 그러하듯 숨을 토했다. "언제든 당신이 복귀해도 되겠다 싶을 때가 되면요."

"내가 결정하는 건가요? 빌이나 다이나모 호크스가 아니라? 내가 지나치게 슬픈 나머지 최대한 빨리 복귀해서 엘리엇이 죽지 않은 척하려 들지 않는다면서 나를 고소하지는 않을까요?"

"안 해요. 당신이 내게 언제 복귀하겠다고 말하면 그때 복귀하는 거예요."

렌은 이제 사람들이 변경할 수 없는 조건을 내걸 때 그러하듯 숨을 토했다. "다음 주요."

"그때 봐요."


## 22~26일 차 (촬영일 53일 중/사흘 중단 후)

팻 존슨 박사는 담백한 성격의 금발 국립공원 레인저가 되어 달라는 빌의 진심 어린 요청을 완강하게 거부했다. 월요일 하루만 일하면 됐는데도.

"성격이 담백한 금발 배우 중에 일자리가 필요한 사람이 있을 거야. 나는 안 그렇고." 엘리엇의 추모식이 끝나고 론 뷰트에 있는 숙소의 침대 위에서 그녀가 말했다. "나보다는 재능 있는 프로 쪽이 당신이 쓴 대사를 훨씬 더 설득력 있게 전달할걸."

"이 레인저는 지질학을 설명한단 말입니다, 박사님." 빌이 항의했다. "당신은 지질학자잖아. 그런 대사는 식은 죽 먹기지."

"당신 대사는 학부 1학년 수준의 횡설수설이라고. 미안하게 됐네요, 카우보이."

"젠장." 빌은 포기했다. "당신이 공원 레인저 제복 입은 걸 보고 싶었는데······."●

프로 코미디언보다 더 냉소적으로 웃기는 사람은 없는 법이기에, 항 토는 비극이 일어난 이후 내면의 코믹한 자아를 꾹 억눌러야 했다. 그는 베트남 전통대로 색이 거의 들어가지 않은 옷을 입고 과니어 씨의 장례식에 참석해 향을 피웠다. 베트남 장례식에서는 웃음을 금한다. 갓난아기들조차 슬픔의 무게를 감지한 것처럼 훌쩍인다. 화요일이 되자 그는 웃기고 싶다는 열망이 너무 간절했던 나머지 그 욕망을 연료 삼아 신 72, 76, 78에 나오는 자기 대사를 무척 괴상하게 반복했다. 그가 "작동한다! 이봐! 내 대용량 열기 입력기가 작동한다고! 클리블랜드에서 이게 있었더라면, 이 아가씨야······."라는 대사를 ("이 아가씨야."는 애드리브였다) 어찌나 얼빠지게 말했던지 커샌드라마저 웃음을 터뜨릴 정도였다.

클라크 노인 역 클랜시는 자신이 정말로 클라크네 드러그스토어의 주인인 것처럼 촬영에 임했다. 그는 아침 내내 큐 시트에 있는 자신의 대사를 이용해 말했고 그럼으로써 공작실에서 보내는 시간을 대사 리허설의 연속처럼 만들었다. 그리고 열세 살이고 다운증후군이 있으며 칼 밀스를 연기하기로 한 소년 배우를 촬영장에 있는 모든 이에게 '우리 영화의 주연'이라고 소개했다.

나이 든 접시닦이/버스보이는 빌 존슨이 연기했는데, 크레디트에서는 럭키 존슨이라는 배우용 예명이 올라갔다.

---

● 공원 레인저는 리바 오스굿벤토라는 새크라멘토의 한 동네 극단 배우가 맡았다. 그녀는 한 달 전 직접 찍은 오디션 테이프를 현지 배우 섭외처에 보내면서 어떤 배역이든 좋다고 했다. 캐스팅되었다는 문자를 받은 것은 촬영 전날 밤이었다. 다음 날 아침 5시 45분. 그녀는 대사를 암기하고 레인저 복장을 갖추고 헤어/분장 공작실에 들렀다가 리틀 아이언 벤드 리버 공원의 절벽 옆에 지은 용암 구덩이 세트로 갔다. 관광객 무리는 엑스트라들이었다. 어린아이 역할은 따로 배우를 캐스팅하지 않고 카메라 밖에서 대사를 외치는 것으로 대신했다. 그렇게 월요일 하루 동안 리바 오스굿벤토는 영화의 주연이 되었다. 오스굿벤토 씨는 155센티미터에 몸집이 건장했기 때문에 팻 존슨 박사와 혼동될 일은 없었다.

464

금요일, 렌과 아이크가 여전히 콜 시트에서 빠진 가운데, 빌은 론 뷰트 도심 지역 곳곳에서 촬영팀을 지휘했다. 빛이 적당해지자(충분히 어두워야 했다) 조사관들이 불려 와 첨단 레이저 마이크를 통해 파이어폴이 에이머스와 이브를 대면하는 장면의 대사를 들으면서 '신 98, 나이트 하우스 실외'를 촬영했다. 해당 대사가 등장하는 실내 장면의 촬영은 이제 일정 맨 뒤로 밀렸으며, 웨스팅하우스 조명에 새로 지은 세트에서 이루어질 예정이었다.

* * *

토요일이 되자 클로퍼 가족은 좀이 쑤셨다. 아이크는 그 주에 일이 없었고, 일도 없는데 론 뷰트에 있을 이유는 없었다. 적어도 시아가 생각하기에는 그랬다. 그들은 엘름 스트리트 114번지를 떠나 치코에 쇼핑하러 갔다. 루비가 계속 자라고 있으니만큼 유아용품이 필요했으니까. 그런 다음 옛 99번 국도를 타고 계속 북쪽으로 달려 섀스타산에 있는 섀스타 마을에 갔다. 그들은 섀스타 인에서 식사하고 다시 남쪽으로 돌아갔다. 루비는 집으로 가는 내내 잤고, 시아도 조수석 등받이를 최대한 뒤로 젖히고 추리닝 셔츠를 머리 받침용 쿠션 대용으로 삼아 똑같이 했다.

론 뷰트로 돌아온 아이크는 전투화를 신고 배낭을 챙겨 파이어폴 행군을 하겠다고 선언했다.

시아는 그가 텐트를 정리해 강가로 가지고 가서 배역 연구를 위한 야영을 한다는 명목으로 월요일까지 사라지려는 건 아닌지 의심했다. 로버트 '가운데 이름 없음' 폴스 자체가 되고자 하는 그의 시도가 지긋지긋했다.

아이크는 집을 나선 지 십이 분 뒤에 두 세트째 버피를 하면서 공동 주연을 떠올렸다. 렌이 이 상황을 어떻게 받아들이고 있을지 궁금했다. 그녀가 슬퍼하지 않았으면 했다……

그는 그녀에게 문자를 보냈다.

[아이클립: 괜찮아요?]

순식간에 발신번호 표시 제한이 뜨면서 전화가 울렸다.

"좀 어때요?"

"오, 아이크……." 렌은 말꼬리를 흐렸다. "우리가 이걸 어떻게 하죠……?"

아이크는 파이어폴 걸음을 늦추었다. 그는 자연스럽게 웹스터 로드로 접어들어 고무나무 아래로 뻗은 오래된 길을 따라 서쪽으로 걷고 있었다. "어떻게든요."

한 단어에 불과했지만, 렌이 듣고 싶은 말이었다. "난 계속 울어요……. 모두와 엘리엇 얘기를 했고요……. 당신만 빼고요. 나이가 많았다는 건 알아요. 때가 됐다는 건 안다고요. 알아요. 하지만 어떻게."

"어떻게든. 함께요." 이번에는 두 단어였고, 공감보다는 경험 부족에서 나온 말이었다. 애도하는 여자란 그에게 낯선 영역이었다. 그 여자가 렌 레인이었기에, 그는 무슨 말을 언제 어떻게 해야 좋을지 갈피를 잡지 못했다. 하지만 렌에게 도움이 되고 싶었다.

"도와줘요, 아이크." 그녀가 속삭였다. "내가 이 상황을 헤쳐 나갈 수 있게 도와줘요……."

"그럴게요." 언젠가 아이크가 어느 TV 시리즈에서 들었던 대사였다.

"당신이랑 나는……." 렌은 거의 애원하다시피 말했다. "우리는…… 공작실에 가서 분장을 하고 멍청한 의상을 입고 엘리엇이 여전히 이곳에 있는 것처럼 대사를 말해야겠죠. 그는 내 팝팝이었어요, 아이크! 그가 살아 있던 공간에 대고 그냥 대사를 말할 수는 없다고요……."

"알아요." 아이크는 머릿속에 떠오르는 말을 있는 대로 꺼냈다. "나도예요."

나도예요?

긴 침묵이 흐르고. "당신은 이 상황을 어떻게 견디고 있어요?" 렌은 진심으로 알고 싶었다.

아이크는 아무것도 견디고 있지 않았다. 바닥이 꺼지고 목적이 사라지고 바보가 된 기분이었다. 그는 무엇을 하라는 지시가 떨어지기만을 기다리면서 엘름 스트리트 114번지에서 딱히 하는 일 없이 공간만 차지한 채 아기를 돌보고 시아가 점차 영화의 남자 주인공이라는 그의 지위에 시큰둥해지는 것을 의식하고 있었다. 얼 맥티어가 시아에게 화장실 아가씨에 상응하는 역할을 주어 영화에 출연시키겠다는 말을 꺼내자, 시아는 고마워하기는 했지만 기대는 하지 않았다. 추모식 이후 아이크의 머릿속 물음표는 언제나 렌에게, 그가 그녀를 위해 무엇을 할 수 있는지에 할애되었다.

"어떻게 극복하고 있는데요?" 렌이 간절한 목소리로 물었다.

아이크가 상황을 극복하기 위해 한 일이라고는 며칠 전 밤중에 펜과 종이를 집어 들었던 것밖에 떠오르지 않았다. 루비와 함께 일어나 엘름 114번지의 주방에서 아이의 옷을 갈아입힌 뒤 안아 들고 있을 때였다. "5개년계획을 재고하긴 했는데⋯⋯."

"5개년계획이라고요?" 렌의 목소리가 희망으로 아주 살짝 달라졌다. 그 희망을 자신이 제공했다는 생각에 아이크의 심장이 달음질쳤다.

"산다는 건 배를 타고 항해하는 것과 같죠. 끊임없이 침로를 수정해야 한다는 점에서."

"비행도 자주 그래요." 렌이 말했다.

"그러게요, 잘 알겠군요. 나는 확실한 것부터 쓰기 시작해요. 명백한 것들요."

"계약에 따라 이 영화를 완성해야만 한다는 것처럼요." 렌이 말했다.

"옙." 아이크가 말했다. "아무리 슬프다고 해도 말이죠."

"음, 그건 확실하게 확실한 거네요. 이거 도움이 되는데요, 아이크. 나 잠깐 펜이랑 종이를 가져올게요." 그녀는 대화를 나누며 방대한 양의 메모를 작성했다.●

두 배우는 아이크가 1.6킬로미터를 걷는 동안 빠른 속도로 말을 주고받았다. 가능한 것들. 멋지거나 끔찍한 것 모두. 일정에 맞춰 촬영이 끝날 수도 있었다. 그녀가 전투 장면에서 와이어를 타다 부상을 입을 수도 있었다. 영화가 잘 나올 수도 있었다. 끔찍할 수도 있었다. 무슨 일이든 일어날 수 있고 일어날 터였다.

"일하다 새로운 친구를 만날 수도 있고, 아니면 웬 개자식이 또 가슴을 찢어 놓을 수도 있겠죠." 아이크는 그 말을 대수롭지 않게 넘기려고 했지만, 렌은 이렇게 썼다. **사랑에 빠진다???**

다음으로 아이크는 희망하는 것들에 관해 설명했다. 희망은 당사자가 좌우할 수도 있고 아닐 수도 있었다. 두 주연배우는 희망하는 것들에 관해 많은 이야기를 나누었다.

마지막으로 사명 선언문. 제일 긴 부분이다. "자신에게 하는 설교죠." 아이크가 설명했다. "'나는 왜 이곳에 있는가' 하는 신조, 맹세, '누가 이기나 두고 봐라' 하는 싸움터랄까. 난 그동안 사명 선언문을 백만 쪽은 썼을 겁니다."

렌은 아이크의 현재 사명 선언문을 알고 싶어 했다. "농담해요? 제시간에 나타나고, 대본 전부 숙지하고, 빌에게 제시할 아이디어를 갖출 것. 앞 두 개는 껌인데 아이디어는 어렵군요."

렌은 못 믿겠다는 반응이었다. "지금 나 놀려요? 아이크! 당신은 제 위치에서 있기만 해도 근사하다고요!"

아이크는 웹스터 로드에서 걸음을 멈추었다. 꼼짝 않고 선 채로 말없이 숨도 쉬지 못했다.

이윽고 렌이 자신의 사명 선언문을 제출했다. **현재에 충실하고 솔직하고 어떤 기대도 하지 말자.** 포치 실외 장면에서 셋업 사이에 엘리엇과 나누었던 대화

● 그리고 지금도 간직하고 있다.

에서 비롯한 것이다. "친애하는 우리 아가씨." 그는 그녀에게 이렇게 말했다. "훌륭한 배우들처럼 행동하시게. 나타나서 아무 걱정 없이 진실을 말하는 게야……." 렌은 메모장에 '아이크처럼 될 것'이라고 썼다.

두 배우는 아이크가 주간고속도로에 절반 넘게 이르도록 말을 주고받았다. 렌과 워낙 오랫동안 편안하게 대화를 나누다 보니 시간과 거리가 잔상처럼 흘러간 뒤였다. 그는 론 뷰트 엘름 스트리트 114번지로 발길을 돌렸다.

렌은 서둘러 전화를 끊으려 들지 않았다. 스테이트 극장이 눈에 들어오고 두 배우가 일 이야기를 마무리하고 사적인 대화를 주고받기 전까지는 아이크도 마찬가지였다.

"당신이 연락해 줘서 정말 운이 좋았어요, 아이크." 렌이 말했다. "내겐 당신이…… 당신이 내 머릿속을 정리해 줄 필요가 있었거든요."

"도움이 되어 기쁘군요." 아이크는 그렇게 말하면서 생각했다. 젠장, 너무 오래 나와 있었어! 시아에게는 뭐라고 한다?

"시아와 포근한 사랑의 담요 같은 루비에게 안부 전해 줘요."

"그러지요."

"저기, 언제 주말에 재미있는 거 할까요? 나랑 같이 비행해요." 렌의 목소리는 눈에 띄게 밝아져 있었다.

"당신 비행기로요?"

"아뇨, 아이크. 내 62년형 폰티액 자동차로요."

"그거 재미있겠군요. 루비에게는 두 번째 비행이 되겠네요."

렌은 아이크의 어린 딸이 함께 탈 거라고는 생각하지 못하고 있었다. 그의 부인도 마찬가지였고. "조종간 잡게 해 줄게요."

"비행기 모는 법은 모르는데요."

"나도 해 보기 전까지는 몰랐는데 해 보니까 하늘이 완전히 새로운 세상이 되더라고요."

둘은 동시에 〈완전히 새로운 세상〉이라는 제목의 디즈니 노래를 불렀다. 둘 다 웃음을 터뜨렸다. 둘 다 일주일 만에 처음으로 긴장이 풀렸고 어깨가 가벼워졌다.

"촬영장에서 봐요." 렌이 말했다.

"그럼요."

"다시 한번 고마워요."

"언제든 말만 해요."

"그 말 명심해요."

"기대되는걸요."

"나도예요." 렌은 휴대전화의 종료 버튼을 눌렀다. **나도예요? 내가 정말 그렇게 말한 거야?**

집으로 돌아간 아이크는 렌과 통화한 일에 대해서는 한 마디도 하지 않았다.

* * *

일요일, 빌은 치코 방면에 있는 어느 골프 코스의 두 번째 홀에 있었다. 클랜시와 함께 현실도피에 유용한 얼빠진 게임을 한 라운드 도는 중이었다. 두 번째 홀은 개다리 모양으로 왼쪽을 향해 꺾인 파5홀이라서 빅 버사 메가우드 드라이버를 꺼내 들어야 했다. 그의 휴대전화가 울렸다.

얼이었다. "응." 그는 전화를 받았다.

"당장 얘기를 나눠야죠." 얼이 말했다. 예의 비극으로 이제 53일 안에 촬영을 마친다는 건 어림도 없었다. 애당초 일정에 딱 맞춰 촬영을 끝낸다는 보장이 있던 것도 아니지만.

"알아. 우리가 폭스트롯 먹은 상황이라는 거.• 해결책은?"

"요기가 성당에서 돌아오는 대로 애런이랑 같이 만나죠." 요기는 엘리엇의 죽음을 추모하기 위해 차를 몰고 레딩으로 가서 그곳의 정교회 성당에서 왜 좋은 사람들에게 나쁜 일이 일어나는지 다시금 묵상 중이었다. 선량한 그리스 청년이라면 누구나 할 법한 행동이었다.

"잠시만⋯⋯." 빌이 말했다. 대화가 끊긴 사이 전화 너머로 슈웅 소리에 이어 딱 소리가 들려왔다.

멀리서 클랜시의 외침이 들렸다. "쭉쭉 가라, 앨리스!"

"원, 세상에." 빌은 낙담한 목소리였다. "클랜시가 방금 친 공이 버드 애벗[1]처럼 반듯하게 몇 킬로미터를 날아갔어. 여섯 홀 더 치고 제작 사무소로 갈게⋯⋯."

얼이 전화를 건 장소는 연못가의 벤치였다. 부지에는 그녀뿐이었지만 톰은 둔덕 뒤 정문 근처에 자리 잡은 에어스트림 트레일러에 상주 인력을 배치해서 보안을 강화했다. 현재 부지 내에 사는 큰 개 두 마리는 훈련받은 경비견은 아니었고, 그냥 낯선 사람을 보면 짖게 내버려둘 뿐이었다. 그리고 얼은 이제 낯선 사람이 아니었다. 그녀는 테니스공 한 캔을 가지고 다니다가 개들이 그녀 주변을 킁킁거리면 공을 휙! 멀리 던져 주었지만, 이날 아침에는 개들이 오지 않았다.

얼은 문자를 보냈다.

[A맥T: 와이?]

잠시 후, 이네스가 새크라멘토에서 전화했다. "무슨 일이에요, 보스?"

"영화 일 좀 배우고 싶어?"

"옙."

"문제를 해결하러 모일 거야. 합류해."

● 최근 빌은 욕설 대신 군용 통신용어를 쓰고 있었다. 엿(Fuck)은 폭스트롯(Foxtrot). 씹새끼(Asshole)은 알파 호텔(Alpha Hotel). 좃빨이(Cocksucker)는? 찰리 오스카 찰리 킬로 시에라(Charlie Oscar Charlie Kilo Sierra)였다.
1 1940~50년대 할리우드에서 활동한 코미디언으로, 콤비 루 코스텔로의 호들갑스러운 개그를 받아 주는 상식인 역할을 했다.

"오늘요?" 그녀가 물었다.

"제작 사무소에서, 즉시. 잘라 내거나, 다른 촬영팀에 넘기거나, 더 단기간에 몰아서 찍을 수 있는 장면이 있는지 생각해 봐."

"저더러 그런 걸 하라고요?"

"자기라고 안 될 거 없잖아?"

이네스는 상대방의 신뢰가 주는 온기로 몸속이 달아오르는 기분이었다. 이네스는 과니어 씨를 잃은 탓에 영화가 무기한 중단되리라 생각했다. 그렇지 않았다. 그녀는 여전히 팀의 일원으로서 제작을 보조하는 역할을 맡고 있었다. 하지만 그녀의 아버지는 침대에서 거실 의자까지 움직이는 게 고작인 형편이었다. 어머니는 얼굴에서 두려움과 걱정을 감추지 못했다. 친척 중 안토니오는 음주 운전으로 체포됐다. 가족의 주말 일과는 여느 때와 다를 바 없어서, 이번 일요일에 이네스와 언니가 여자아이 셋에다 물론 프란시스코까지 돌봐야 했다. 어떻게 한다지?

리슨 시스템의 색인 카드를 떠올리자 명백한 해결책이 보였다. 자두나무 아래 간이 풀장에서 노는 다섯 아이. 넷으로 줄이자. 여자아이들로만. "혹시 프란시스코 데려가도 괜찮을까요?" 그녀는 얼에게 물었다.

"내 사랑을? 내 천사?" 얼은 꼬마 프란시스코의 갈색 눈과 부스스한 검은 머리카락과 머핀 봉투 같은 냄새를 떠올리고 그 주 들어 처음으로 웃었다. "안 데려오면 나 죽는 꼴 볼 줄 알아!"

오후 2시 10분, 이네스는 엘름 스트리트 114번지 뒤뜰에서 언니와 조카들을 시아와 꼬마 루비에게 소개했다. 간이 풀장에는 정원 호스로 5센티미터 높이의 물이 채워져 있었고, 장난감, 수건, 담요가 작게 자른 간식, 주스 팩, 어른들이 앉을 편안한 접는 의자 등이 널려 있었다. 아이크는 보이지 않았다. 시아의 표현에 따르면, 그는 또 집 떠나 발로 하는 배역 연구 중이었다. "보통은 어두워지기 전에 와요." 그녀는 햄스 스페셜 라이트 맥주 캔을 홀짝이며 말했다. "하지만 또 모를 일이죠."

루비가 자기보다 살짝 나이가 많은 아이들과 함께 손뼉을 치며 깔깔거렸다. 풀장 파티는 두 시간 동안 이어질 예정이었다. 이네스는 프란시스코를 유아차에 태우고 론 뷰트의 그늘진 인도를 따라 아몬드 재배업자 협회 건물로 갔다.

그들은 빌의 스파르타식 사무실에서 문을 닫고 모임을 가졌다.

얼이 맨 먼저 프란시스코를 자기 무릎에 앉히더니 한참 동안 다른 누구에게도 눈길조차 주지 않았다. 이어서 요기가 아이를 넘겨받았고, 빌도 동참했다. 빌은 전 부인의 아이들에게 똑같이 해 주었던 기억을 떠올렸다. 얼의 고집에 못 이겨 애런 블로도 프란시스코를 받아 앉혔는데, 막 걸음마를 뗀 아이를 무릎 위에 앉히는 모습이 마치 비버나 담비 같은 숲속 동물을 대하는 듯했다. 재미있게도 프란시스코는 하필 거기서 잠이 들었다.

이 일요일 회의에서 해결해야 할 문제가 많았다. 먼저······.

**안건.** 핵심 배우의 상실.

빌 존슨: "에이머스 나이트는 신 97과 98에 나올 거야. 사람을 구해 얼굴에 CGI 마커를 붙이고 침대에 눕혀 촬영한 뒤 디지털로 엘리엇을 만들 수 있어. 그 장면에 이틀이 필요하다면 그렇게 하자고. 파이어폴, 이브, 수 간호사, 에이머스가 모두 나오니까, 젠장, 바로 그 대목이 이 영화 자체라고."

**안건.** 콜 시트 1번의 감정 소모. 물론 콜 시트의 모두가 그랬지만, 알잖은가. 렌이니까.

얼 맥티어: "렌에게 얼굴에 웬 점을 붙인 사람을 상대로 연기해 달라고 하자고요? 팝팝과 그런 식으로 작별하라고? 그냥 침대에 C 스탠드를 세우고 테니스공을 달아서 렌이 쳐다보게 하지 그래요? 용병을 세우는 거죠. 하지만 신 97과 98 촬영을 맨 마지막 날로 미루었으니 바로 그날 그 자리에서 모든 촬영이 완전히 끝난다고요. 렌이 감정을 잔뜩 실어 스탠드를 박살 낼 거라는데에 돈이라도 걸겠어요."

**안건.** 남은 촬영 일정 단축하기.

요기: "아직도 클라크네에 간 이브, 개를 구조하는 이브, 납치된 가족을 구조하는 이브, 제재소에서 파이어폴을 만나는 이브가 남았어요. 두 사람 사이에 큰 전투가 세 번 있고요. 조사관 장면도 클랜시가 등장하는 장면을 제외하면 전부 아직이네요. 신 11부터 14까지, 열세 페이지예요. 토요일 촬영을 할 수밖에 없겠군요."

이네스: "애런, 이제 프란시스코를 제가 맡을까요? 애가 셔츠에 침을 흘리는데요."

애런: "됐습니다. 자는데 깨우지 말죠……."

요기: "나이트셰이드가 조사관들과 만나 차를 뒤엎는 장면도 있고, 그들이 주간고속도로상에서 얽히는 장면도 있고, 신 8과 9의 유괴 아동 구조도 있어요."

얼 맥티어: "배턴루지와 클리블랜드의 실외 장면. 배턴루지와 클리블랜드의 실내 장면. 그리고, 추가로, 장차 도래할, 이것만은 언급해야 할, 이 얘기를 할 수밖에 없는, 정말 난제인데……."

빌 존슨: "뜸 들이지 말고 그냥 말하라고."

얼 맥티어: "들판의 골든아워 장면 알죠? 신 101과 102. 로케이션 장소까지 가는 데만 한 시간이고 하루 종일 촬영해야 해요."

애런: "그리고 아이크와 렌 둘 다 끝까지 가 줘야 합니다. 감정적으로."

빌 존슨: "이 난제를 새로운 눈으로 봐 줄 사람이 필요하겠군."

작은 사무실이 침묵에 잠겼다.

빌 존슨: "어떻게 생각해, 와이낫?"

이네스: "저요?"

빌 존슨: "머리에 떠오르는 대로 말해 봐. 이 난제를 해결할 방법."

이네스: "정말요?"

빌 존슨: "안 될 거 있겠어, 와이낫?"

얼은 이네스를 처음 고용했을 때 각본을 읽도록 했다. 이후 그녀는 순전히 머릿속에 영화를 그려 보는 것이 즐거웠기 때문에 각본을 수없이 다시 읽었고, 읽을 때마다 한 장면 한 장면이 새롭게 보였다. 그녀가 러시 시사나 얼의 아이패드를 통해 보아 온 창조적인 순간들로 미루어 판단하건대, 실제 영화는 그녀가 상상했던 것보다 더 근사해 보였다.

빌 존슨: "장면을 빼야 해. 어느 장면을 빼는 게 좋을까?"

이네스: "하나도 빼면 안 돼요."

프란시스코를 제외한 방 안의 모두가 눈썹을 치켜세웠다.

이네스: "메인 스트리트에 있을 때 카메라 하나는 이쪽에, 다른 하나는 저쪽에 두고 동시에 다른 장면을 촬영하시던데요."

빌 존슨: "그건 둘 다 같은 장면에 나오는 숏들이었어. 그런 걸 커버리지라고 하지. 찍는 대상은 같고 카메라 수만 추가한 거야."

이네스: "하지만 꽤 복잡하던걸요. 배턴루지와 클리블랜드 실내는 실물이라고 알고 있어요. 그 표현이 맞나요? 실물?"

애런: "네, 촬영지에 있는 집에 가서 찍습니다. 웨스팅하우스 조명에 지은 세트가 아니라요."

이네스: "그래요. 진짜 집에 있는 진짜 방에서 찍는다는 거죠. 이곳 아몬드 재배업자 협회 건물 위층에 있는 방 몇 개를…… 조성할 수는 없나요? 조성한다는 표현이 맞나요? 침실과 요양원으로 조성하는 거예요. 클라크네 드러그 스토어에 간 이브 장면을 찍으면서 동시에 그 장면들도 찍을 수 있나요? 길만 건너면 아몬드 재배업자 협회 건물에서 찍을 수 있을 텐데요."

잠든 프란시스코를 제외한 방 안의 모두는 이네스가 방금 시간을 거슬러 올라가 히틀러를 죽이기라도 한 것처럼 그녀를 쳐다보았다.

## 27~31일 차 (촬영일 53±X일 중)

예산과 일정과 제작에 필요한 요소를 좀 더 논의한 뒤, 빌은 주간고속도로에서 벌어지는 구조 장면을 축구장만큼 넓고 서커스장만큼 높은 웨스팅하우스 조명에서 촬영하기로 했다. 렌과 아이크는 그곳에서 전투 장면 일부를 촬영한 적은 있었지만 당시는 단독 숏만 찍었을 뿐으로, 이번 주에 할 작업에 비하면 빙산의 일각에 불과했다.

그들은 혼란을 최소화하고 VFX팀이 후반 작업을 순서대로 진행할 수 있도록 장면을 각본에 나온 순서대로 촬영했다. 밤사이 운전사들은 베이스캠프를 옛 조명 공장의 자갈 깔린 주차장으로 옮겼다. 스윙 갱, 조명팀, 세트 건설팀은 열여덟 시간을 일했다.

월요일 일찍, 제작진은 광대하게 펼쳐진 그린 스크린 한가운데에 집합했다. 닥 엘리스의 스턴트팀은 준비를 마쳤다. 렌은 대사도 없고 새로운 사람을 만나지 않아도 되는 몹시 육체적이고 분노에 찬 장면을 찍게 된 것이 기꺼웠다. 몇 주 전 섭외해 둔 신 7XX부터 9까지의 출연자들은 밤사이 콜을 받았다. 악당들은 스턴트 팀원 둘이 맡았다. 싱글맘 역할은 샌프란시스코에서 온 배우가 맡았는데, 그녀는 아메리칸 컨서버토리 시어터에서 안톤 체호프의 〈벚꽃동산〉을 공연하는 사이 월요일 휴식일을 이용해 이틀간 영화를 촬영함으로써 바랴를 스물여덟 번 연기해 받는 출연료보다 더 많은 돈을 벌 예정이었다. 아이들은 로스앤젤레스에서 캐스팅된 형제들이 연기했다.

모두가 멋진 하루를 보냈고 웃음이 가득했으며, 난폭한 유괴범이 도난 차량의 앞 유리를 뚫고 처박혔을 때는 갈채가 쏟아졌다.

* * *

얼이 엘름 스트리트 114번지에 들른 것은 아이크가 아닌 시아와 이야기를 나누기 위해서였다. 클로퍼 부인은 앞 포치에 나와 혼자 힘으로 거기까지 끌고 온 해변용 의자에 앉아 있었다.

"아이크는 뒤뜰에서 버피를 하고 있어요." 얼이 남편을 만나러 왔다고 생각한 시아가 외쳤다. "아니면 자기가 케이바로 판 참호 속에서 제식훈련 중이든가. 케이바가 뭔진 몰라도."

이런. 얼은 시아의 보디랭귀지(와 어조)로 그녀가 행복한 배우자가 아니라 자기 동반자가 레이디 페리윙클과 함께 우라지게 큰 영화를 만드느라 장시간 일하는 동안 따분한 촬영지에서 빈둥거리는 신세임을 알아차렸다. 하루 종일 시아가 주의를 돌릴 거리라고는 돌봐야 할 아기와 유일한 말 상대인 루페뿐이었다. 얼에게는 익숙한 시나리오였다. 왁자지껄하게 시작했던 촬영이 영화를 완성하기 위한 반복 작업으로 변하기 시작하면, 제작자, 부서장, 그리고 많은 경우 출연자와 함께 온 연인/반려는 촬영지의 시간이 따분한 돌투성이 길을 오랫동안 느리게 걷는 것처럼 흘러간다는 사실을 깨닫게 된다. 배우가 매일 밤 집에 돌아와 지루하거나 열 받았거나 둘 다인 동반자를 마주하게 되는 상황은 지나칠 정도로 흔했다. 그러다 보면 일터라는 피난처에서 연애 감정이 꽃피고, 끈적끈적한 눈길을 주고받는 두 잉꼬 사이에서 **쇼맨스**가 벌어져 다른 인간관계를 파탄 내는 것이다. 많은 이의 삶이, 그리고 영화 자체가 그런 식으로 탈선했다. 얼은 하늘을 향해 기도를 올렸다. 아이크가 렌에게 끈적끈적한 눈길을 보내지 않게 해 주세요(어떤 남자가 안 그러겠느냐마는).

얼은 시아 힐 클로퍼가 남편의 영화배우 '시에라 호텔 인디고 탱고'[1]에 지긋지긋해한다는 걸 짐작, 아니, 확신했다. "당신이랑 얘기하러 온 거예요." 얼이 말했다. **아슬아슬했네.**

"커피 마실래요?" 시아가 물었다. "머그컵에 해병대식 조 한잔?[1]"

"고맙지만 카페인은 충분히 섭취했어요. 난 여기 제작자로서 온 거예요."

"그래요?"

"이번 주에 한 장면에 출연해 줄래요?"

"무슨 역할인데요?"

"포니 배달부라는 핵심적인 역할이죠. 촬영이, 그러니까, 내일인데 당신이 필요해요."

"아이크랑 같이 나와요?"

"아뇨."

"그 끝내주는 렌 레인은요?"

"안 나와요. 커샌드라와 랄라랑 같이 나올 거예요."

시아는 두 단어를 내뱉었다. "나 할래요."

\* \* \*

수요일 촬영은 웨스팅하우스 조명 공장의 관리 사무실이었던 곳에 꾸린 실물 세트에서 이루어졌다. 런던이 영화에 처음 등장해서 자신의 형편없는 사무실에 있다가 머드리드에게 불려 가는 장면이었다.

빌이 그 장면을 1966년에 나온 TV 경찰 수사물처럼 찍는 동안, 시아는 의상팀과 공작실을 차례로 거친 뒤 아이크의 거대한 트레일러를 배정받아 촬영장에서 호출이 올 때까지 기다렸다. 포니 배달부 복장을 하고 RV에 혼자 남은 그녀는 서랍과 찬장을 남김없이 뒤졌다. 오래된 각본 낱장이며 콜 시트가 뒤섞인 더미 속에서 그녀는 WL이라는 모노그램이 화려하게 새겨진 파란 편

---

1 '짓거리(SHIT)'를 군용 통신용어로 풀어서 쓴 것

지지에 여자 손으로 쓴 메시지를 발견했다.

## 권태와 싸워요! 키스 키스 WL.

시아는 그 메시지를 소리 내어 읽었다. "권태와 싸워요 느낌표. 키스 키스. 더블유 엘." 서랍 안에는 검은색 네임펜도 있었다. 그녀는 뚜껑을 열고 키스 키스 밑에 **귀엽기도 하지!**라고 썼다. 그녀는 메시지를 도로 서랍 속에 던져 넣고 오래된 콜 시트 더미로 덮었다. 바로 그때 베이스캠프 조감독 니나가 트레일러 문을 두드리고 세 박자 쉰 다음 문을 **빼꼼** 열었다.

"힐 배우님?" 니나가 불렀다.

"네?"

"촬영장으로 와 주셨으면 합니다."

"초대를 받아들이겠어요."

신 12와 12A의 촬영은 금세 끝났다. 런던과 머드리드가 보안문을 통과해 엘리베이터에 타는 장면이었다.

시아는 복도의 미술팀이 만든 엘리베이터 문 옆에 설치된 카메라 앞으로 안내받았다.

"어서 와요." 빌이 인사했다. "클로즈업 준비는 됐습니까?"

"대사는 외웠으니까, 네, 됐어요."

"이렇게 보니 묻고 싶은 게 있습니다만."

"쏴 보세요."

"약간, 어, 너무 단단해 보이는군요. 아니면 너무 옹골차다고 해야 할까?"

"의상팀에서 준 대로 입은 건데요."

"의상 얘기가 아니라. 태도 말입니다. 당신이 간신히 먹고살기 위해 이런 배달 일을 하는 피로에 찌든 여자라고 하면 어떻겠어요. 집에는 아픈 아이가 있습니다. 남편은 술을 좀 지나치게 마시는 데다 직장에서 잘렸지요. 신용카드는 다 연체됐고 피자 배달은 지금 하는 세 가지 일 중 하나에 불과합니다. 주말에는 남의 집 청소도 하고 식당에서 서빙도 하지요."

시아는 잠시 생각했다. "엄마는 나한테 이 남자랑 결혼하지 말라고 했고 애 갖는 것도 미루라고 했어요. 집세가 너무 높은데 임대차계약을 해지할 수도 없고요. 배달을 여섯 건 더 뛰고 나면 집에 가서 애를 돌봐야 하죠. 남편은 아마 머저리 친구들이랑 놀러 나갔을 테니까요. 난 피곤에 찌들었고, 독기만 남았고, 하루하루를 간신히 살아가요. 그걸 전부 연기하면 어때요?"

"그래요, 7분의 8페이지 안에서요." 빌은 그의 영화에 이 아가씨가 다시 출연하게 된 것을 기뻐하며 자리를 떠났다.

시아는 팁으로 받은 현금을 세어 보고 쥐꼬리만 한 푼돈이라고 생각하며 마지막으로 머드리드에게 눈길을 부라렸다. 엘리베이터 문이 닫히는 순간, 시아는 고개를 절레절레 저으면서 욕설을 중얼거렸다.

빌은 폭소를 터뜨렸고 요기는 시아 힐의 〈나이트셰이드: 파이어폴의 모루〉 촬영이 모두 끝났으니 그녀가 무척 사랑받는 사람임을 알려 주자며 박수를 부탁했다.

## 신 13

그 장면은 원래 이틀에 걸쳐 촬영할 예정이었다. 배우들이 강제로 리허설을 치르며 준비한 덕분에 촬영은 열세 시간 반 만에 끝났다. 스태프들에게 초과 수당을 지급해야 했지만, 대신 촬영 일정에서 하루를 뺄 수 있었다.

커샌드라, 랄라, 닉, 항은 제시간에 나타났고, 대본을 숙지하고 있었고, 아이디어도 있었다. 그들은 믿음직한 프로였다. 그리고 영웅이었다.

## 어이쿠

오전 5시 32분, 엘름 114번지의 집에서는 아이가 한창 칭얼거리고 있었고 아이크는 샤워 중이었다. 그래서 시아는 또다시 잠이 깬 채 침대에 있었다. 침실 곁탁자 위에서 충전 중이던 아이크의 영화사 아이폰이 문자를 받고 부르르 떨리며 살아났다.

[회사 전화―파폴: 오늘 내가 개를 구하는 동안 당신은 와이어에 매달려 있는다고 들었어요. ㄱㅈㅅㅇㅅㅂㅇ.]

ㄱㅈㅅㅇㅅㅂㅇ. 공작실에서 봐요. 문자를 해독하는 것은 간단했고, 엄지로 화면을 스크롤해 사슬처럼 엮인 문자들을 따라 올라가는 것도 간단했다. 일주일 넘게, 그전부터 지속된 아주 긴 사슬이었다.

시아는 최신 발신/수신 통화 목록으로 넘어갔다. 수신자와 발신자가 시아인 통화가 몇 있었다.

수신자와 발신자가 회사 전화인 통화는 아주, 아주 아주 아주 많았다.

시아는 이어서 음성 메시지를 확인했다. 회사 전화에서 남긴 메시지는 하나도 없었다. 그저 최신 통화뿐……

사진들은 손쉽게 화면 위에 불려 나왔다. 하나씩 하나씩.

헤어/분장에서 라테를 홀짝이는 아이크와 렌.

베이스캠프에서 재롱떠는 아이크와 렌.

이브와 파이어폴로서 셀카를 찍는 아이크와 렌. 오, 저 미소 좀 보라지!

아이크와 렌.

아이크와 렌.

아이크와 렌.

아이크가 아직 샤워실에 있는 동안, 그의 아내는 몸을 기울여 아이폰 충전 코드를 쥐고 다시 전화에 꽂았다.

그런 다음 그녀는 전화를 침대와 곁탁자 사이 바닥에 내던졌다. 화면에 금이 가지 않은 것을 확인한 그녀는 코드를 당겨 전화를 회수해서 다시 침대와 곁탁자 사이 바닥에 내던졌다. 전화를 사용할 수 없을 정도로 화면에 금이 가기까지 시아는 같은 동작을 세 번 반복해야 했다.

"어이쿠." 그녀는 그렇게 말하고 다시 이불 속으로 돌아누워 좀 더 잠을 청했다.


## 정문 앞의 남자

미술팀, 건설팀, 스윙 갱은 아몬드 재배업자 협회 건물의 방들을 촬영용 세트로 바꾸어 놓았다. 단역배우들은 주말 동안 불려 왔다. 스탠리 아서 밍은 B 카메라로는 그쪽 장면들을 준비하게 하고 자신이 맡은 A와 C 카메라로는 클라크네 드러그스토어에서 영화 초반부에서 전체 이야기를 설정하는 핵심적인 장면을 준비했다. 촬영은 아이크와 커샌드라가 등장하는 복도와 호스피스 병실 장면을 찍을 아몬드 재배업자 협회 건물에서 시작했다. 복도를 먼저 찍고, 클라크네 드러그스토어로 이동했다가, 다시 아몬드 재배업자 협회 건물의 병실 세트로 돌아온다는 계획이었다. 이는 헤어/분장 트레일러가 하루 종일 바쁠 것이며, 렌과 아이크의 동선이 베이스캠프에서 겹친다는 뜻이었다.

[회사 전화: 오늘 우리 둘 다 일하죠? 커피?]

[회사 전화: 난 9시 출근. 내가 끓일게요….]

[회사 전화: 의자에 앉아 분장 받고 있나 보네요. 찾아갈게요….]

[회사 전화: 혹시 점심 전에 끝난다면 빙수 가지고 들를게요.]

[회사 전화: 이봐요, 파폴! 내 문자 씹어요????]

아이크가 문자를 확인하지 않은 것은 전화가 곁탁자에서 떨어졌기 때문이다. 그는 전화를 이네스에 맡겼고, 그녀는 액정을 교체하거나 혹시 필요하다면 전화 자체를 교체하기로 했다. 렌이 공작실에 나타나자 그는 자신이 침묵했던 이유를 설명했다.

전체 일정의 절반이 지나고 이제 촬영이 내리막길로 접어들면서 제작진에 급격한 변화가 일어났다. 낙관적인 분위기가 흘렀다. 케니 셰프록이 렌에게 말했듯, "영화의 큰 고비를 넘겼으니까".

빌이 짧은 거리이기는 해도 두 촬영장을 걸어서 오가느라 안간힘을 다했음은 두말할 필요도 없었다. 그 주는 그렇게 흘러갔고, 빌이 고생하기는 했지만 신속함을 발휘한 덕분에 영화는 일정을 맞췄다.

* * *

목요일 밤, 다음 날 아침 느지막이 콜 타임이 있는 렌은 게스트 하우스 점유자들(얼과 이네스)과 가벼운 평일 저녁 식사를 함께하기로 했다. 얼은 마가리타를 만들었고, 이네스는 자꾸만 선택할 수 있는 메뉴를 나열하려 들었고, 렌은 계속해서 그녀에게 앉으라고 종용했다. 로럴과 톰 윈더미어도 합류했지만, 윌리는 로스앤젤레스에 있었기 때문에 불참했다.• 렌은 아이크와 시아도 초대할까 생각했지만 실천에 옮기지는 않았다. 그녀는 아이크가 촬영 중간에 여섯 번씩 버피를 하는 모습을 흉내 냈다. 그녀가 아이크처럼 끙끙거리며 하나하······ 두훌······ 세헷······ 네헷······ 다서헛······ 하고 숫자를 세자 다들 자지러졌다.

톰은 항상 휴대하는 무전기로 추가 보안 인력으로 고용한 전직 경찰 크레이그의 연락을 받고 양해를 구했다. 차를 타고 4백 미터짜리 진입로를 달려 정

---

• 그는 사업체 셋을 운영하고 있었다. 자기 소유의 사업체, 여자 형제가 소유한 기업의 재무를 맡고 있는 사업체, 그리고 두 랭크 남매를 대신하는 투자 사업체. 윌리는 사업과 로맨틱한 만남을 위해 곧잘 렌의 비행기와 조종사 헤더를 이용해(그는 비행사 자격증이 없었다) LA를 찾았다.

문에 도착해 보니 낡은 혼다 한 대가 서 있었다. 크레이그는 창문이 내려간 운전석 옆에 서 있었다. 톰은 중앙의 자동차용 출입문을 열지 않아도 되도록 측면의 보행자용 출입구로 나가 크레이그와 합류하며 무슨 문제가 있느냐고 물었다.

혼다 운전석에는 머리가 벗어진 사내가 앉아 있었다.

톰은 즉시 사내를 알아보았다. 그가 나이프라는 코드명을 붙인 인물이었다.

나이프는 톰의 데이터베이스에 있는 열두 명의 위협 인물 가운데 하나였다.

나이프는 렌이 맨 처음 이브 나이트로서 촬영을 마친 직후에 애틀랜타에 갔었다. 그는 다이나모 스튜디오 투어를 신청했고, 투어 도중 옆으로 새서 야외 스튜디오를 배회하며 렌을 찾아다니다 보안 요원에게 발각당했고, 보안 요원이 신원 정보를 기록한 뒤 그를 스튜디오 밖으로 내보냈다.

나이프는 군기 상사 시절부터 렌과 접촉하려 애썼다.

톰은 타인에게 그 존재를 알릴 생각이 없는 보안 소프트웨어와 절차를 통해서 나이프에 관한 위협 인물 파일을 마련하고 꾸준히 정보를 갱신했다. 다른 열한 명의 위협 인물에 관해서도 그랬고.

나이프는 현재 인터넷에 올라온 정보를 바탕으로 론 뷰트에 당도했다. 렌 레인과 이야기를 나누기 위해서.

보안 카메라가 그의 출현을 녹화했다. 나이프는 크레이그를 가리키며 말했다. "여기 이 양반이 나를 머저리 취급하잖아요."

"그런 의도는 아니었을 겁니다." 톰이 정중하게 말했다. "그렇지?" 톰은 크레이그를 바라보았다.

크레이그는 인공지능으로 만들었다고 해도 믿을 만큼 무감정한 목소리로 말했다. "이 신사 분께서 문의하신 인상착의와 일치하는 사람은 이곳에 없다고 알려 드렸습니다."

"이봐요들." 나이프가 말했다. "렌이 여기 산다는 건 모두가 알아요. 편의점

직원도. 셀프 주유소 직원도. 타코 노점에서도. 누구한테든 렌이 여기 산다고 얘기한다니까. 이거 봐요……." 나이프는 휴대전화를 들어 보였다. "여기 구글 어스에 나온 거 보이죠? 렌이 큰 집에 살잖아요, 바로 여기." 그는 커다란 본채를 포함한 부지 전체를 캡처한 사진을 가리켰다.

"선생님." 톰이 말했다. "그런 이름을 가진 사람은 이곳에 없습니다. 그러니 저쪽에서 차를 돌려 이만 가 주셨으면 합니다. 그렇게 해 주시겠습니까, 선생님?"

"아, 진짜. 귓구멍이 막혔나." 나이프는 중얼거리면서 옆 좌석의 두툼한 서류 폴더를 집어 흔들어 보였다. "렌이 나랑 얘기를 해야 한다니까. 지금 당장. 안 그럼 아주 심각한 문제가 생길 거라니까 그러네."

"다시 말씀드립니다, 선생님." 톰은 조금도 목소리를 높이지 않았다. "이만 차를 돌려 가 주십시오."

"이거 봐요……." 나이프는 이런 발뺌에 진저리를 냈다. "나, 렌이랑 친척이라고, 알아들어요? 우리 엄마 결혼 전 성이 레인이라니까? 렌한테 우리 관계를 자세히 설명하는 편지랑 서류도 보냈는데. 난 렌 앞으로 출연하게 될 영화 두 편을 공동 집필한 사람이에요. 내가 지금까지 해 온 일을 렌이 무시했다가는 어마어마한 법적인 문제에 휘말려서 사생활에서나 직업적으로나 돈도 호감도 잃을 거라니까? 나랑 얘기를 해야 해요. 빠를수록 좋고. 다 렌을 위해서 하는 소리예요."

"한 번 더 말씀드립니다, 선생님." 이번에도 톰은 목소리를 조금도 높이지 않았다. "이만 차를 돌려서 가 주십시오."

"렌한테 이거 주고 읽어 보라고 해요." 나이프가 폴더를 창밖으로 내밀었다.

"선생님, 저희가 그런 물건을 전달할 이유는 없습니다. 이만 차를 돌려 가 주십시오. 문제를 키울 이유가 없습니다."

나이프는 크레이그와 톰을 죽일 듯이 노려보았다. "좋아, 이 똥개 새끼들아. 너희가 망친 거야." 나이프는 혼다 시빅을 후진한 후 와이턴을 해서 떠났다.

톰은 차로 돌아가 시동을 걸고 정문을 통과해 부지 밖으로 나가서 나이프가 모는 중고 혼다를 따라갔다.

* * *

렌과 일행은 이제 밖으로 나가 집 앞의 파티오에 앉아서 음료를 마저 마시며 주말에 입주민배 피클볼 토너먼트를 갖기로 결의했다. 이네스는 피클볼 규칙을 배워 두어야 했다. 제작진의 기운이 집까지 퍼져서 학년 마지막 주 분위기가 났다. 나이트 하우스로 돌아가 에이머스와 파이어폴이 함께하는 장면을 찍는 것을 포함해 몇 가지 어려운 시험만 치르고 나면 골판지 카니발 전체가 완료되는 것이다.

"이제 촬영은 거의 끝났어, 포니걸." 얼은 이네스에게 말했다. 두 숙녀는 마가리타를 즐기고 있었다. "잔상을 뚫고 여기까지 왔네. 한때는 끝나지 않을 것만 같았는데."

"두 사람이야 그런 기분이겠죠." 렌이 말했다. "내게는 아직 사치스러운 얘기예요." 렌의 감정 연기는 아직 진행 중이라는 의미였다. 그녀는 여전히 매일 '끝까지 가야' 했다.

"물론, 나야 예술가로서 하는 소리가 아니니까요. 물류 발송 담당으로서 하는 소리지." 얼이 말했다.

"좀 슬픈 기분이에요." 이네스가 고백했다. "왜 그렇게들 영화 만드는 건 정신 나간 짓이라고 불평만 하는 거래요? 촬영 시작하고 어땠는지 아세요? 눈 닿는 것마다, 들리는 말마다 제가 모르던 걸 가르쳐 줬다고요. 힘든 일이긴 하지만 재밌기도 해요."

"그게 영화 만들기라는 거야." 얼은 미소 짓고 있었다.

로럴이 질문했다. "누구 일이 제일 힘든 것 같아요?"

"저분요!" 이네스가 렌을 가리켰다. "그런 일을 어떻게 하시는 건지 아무도 몰라요!"

렌은 **아유, 부끄러워,** 하는 표정을 지으면서 오른 손목을 들어 **평온**이 적힌 가죽 팔찌를 보여 주었다.

"빌 존슨도 틀림없이 폭발할 때가 있을 텐데요." 로럴이 말했다.

얼이 입을 열었다. "예전에는 그랬죠. 하지만 이제는 영화판에서 생길 수 있는 일이란 일은 다 봤을 텐데, 그러고도 여전히 영화를 만들고 있죠."

"모두가 다 제일 힘들어요." 이네스가 말했다. "말이 되나? 어떤 때는, 그 순간이 언제인지는 아무도 모르는데요, 누구 한 사람이 영화 전체를 책임져요. 바로 그 순간 그 자리에서는요. 소품팀에 오발틴이 없을지도 몰라요. 발전기가 나가거나요. 안전 하네스의 카라비너가 잘 걸리지 않아 렌이 추락할 수도 있고요. 영화를 만드는 모두가 자기 일을 잘하지 않으면 문제가 생겨요. 열심히 일해야만 하죠. 자기가 한 말도 지켜야 하고요. 다들 영화제작에서 제일 중요한 일을 맡고 있는 거예요. 에이, 무슨 뚱딴지같은 소리람⋯⋯."

얼은 속으로 웃었다. 이네스도 영화인 다 됐네.

바로 그때 남자의 고함이 들렸다.

멀리서 들려왔기 때문에 "렌!"을 제외하면 무슨 내용인지는 알아들을 수 없었다. 어둠 속에서 시끄럽고 알아들을 수 없는 횡설수설과 더불어 "렌!"이 거듭 터져 나왔다. 고함을 지르는 목소리는 분노에 차 있었다. 무시무시했다.

렌의 얼굴에서 핏기가 빠져나갔다. 전에도 이런 고함을 들은 적이 있었다. 한 번만이라도 그녀의 모습을 보려 애쓰는 군중에게서, 바리케이드 너머의 과격한 팬들에게서, 새벽 2시에 그녀의 집 밖에서. 그녀를 자극하려 드는 파파라치에게서. 이곳 론 뷰트에서 그런 고함을 듣고 있다는 사실이 갑자기 그녀의 마음을 꺾어 놓았다. 그녀는 더는 안전하다고 느끼지 못했다. 얼과 이네스도 마찬가지였다.

* * *

다이나모에서 비용을 부담해 부지 둘레에 설치한 야간 보안 카메라에 찍힌 영상에서, 나이프가 본채에 가장 가까운 커브 길에 혼다를 세우고 차에서 내리는 모습이 보인다. 그는 소리를 지르다가 커다란 꾸러미를 울타리 너머 부지 안으로 던진다. 이윽고 톰 윈더미어가 차를 세우고 비상등을 켠다. 전조등의 거친 회색빛이 현장을 비춘다. 톰이 차에서 내려 나이프에게 다가간다. 나이프가 자신의 분노를 톰에게 쏟아붓는 기색이 뚜렷하다. 나이프는 소리치고 몸짓하고 손가락질한다. 톰은 아무런 움직임도 취하지 않는다. 나이프는 쿵쿵거리며 차로 돌아가서, 문을 닫고, 거칠게 차를 몰아 밤 속으로 사라진다. 톰은 차로 돌아가 그를 따라간다. 주간고속도로까지.

다음 날 아침, 촬영은 일정에 사소한 변경이 이루어진 가운데 계속되었다. 조사관들은 자동차 내부 장면을 찍기 위해 웨스팅하우스 조명으로 불려 왔다. 렌에게는 하루 휴식이 주어졌다. 얼은 시아의 번호로 전화해 렌의 집에서 무슨 일이 있었는지 알려 주었다. 렌이 충격을 받은 것은 전혀 놀라운 일이 아니었다. 시아는 기겁했다.

정문 앞에 남자가 나타났다는 사실은 비밀에 부쳐졌지만, 요기가 그 주의 촬영이 종료되었음을 알리면서 "여러분은 사랑받는 사람입니다."라고 했을 때, 그 말은 렌을 향한 것이었다.


## 지팡이를 짚은 남자

다이나모에서 보낸 첫 번째 수표는 로비 앤더슨을 깜짝 놀라게 했다. 수표는 나무에 못으로 박아 우편함 대신 사용하는 낡은 커피 주전자 안에서 그를 기다리고 있었다. 그는 마서스비니어드에 있는 금방이라도 무너질 듯한 집을 사고 나서 헛간에서 녹이 슬고 지나치게 커다란 그 주방용품을 발견했다는 이유로 집에 커피 주전자라는 이름을 붙였다. 현재 그의 반송용 주소는 '매사추세츠주 마서스비니어드섬 칠마크시 커피 주전자'였다. 집배원들은 그곳에 앤더슨-매디오 집안 사람들이 산다는 걸 알고 있었다.

다이나모는 먼저 트레브 보르/로버트 앤더슨이 창작하고 쿨 캐츠 코믹스에서 출판한 〈파이어폴의 전설〉이라는 작품에 옵션 계약금을 지급했고, 〈나이트셰이드: 파이어폴의 모루〉라는 제목으로 알려진 영화의 제작이 시작되자 다시 수표를 보냈다. 수표 두 장을 합친 액수는 상당히 컸다. 로비는 다시 거액을 만지게 되어 기뻤다. 형편이 어렵지는 않았지만.

그의 작품은 여전히 팔렸고 여전히 많은 사람에게 찬사를 받았다. 트레브 보르의 하천 풍경화는 1990년대 호황기에 미술계에서 호평받았다. 그는 부드럽기로 이름난 마서스비니어드의 햇살이 마음에 들어 커피 주전자를 샀고, 헛간에서 살았고, 계속 그림을 그렸다. 하천 풍경화에서는 멀어졌다. 요즘 그는 머릿속에 떠오르는 것은 무엇이든 그렸다.

1989년 이래 그가 파이어폴을 머릿속에 떠올린 적은 한 번도 없었다. 바비 삼촌이 죽은 이후로는.

* * *

1977년부터 78년까지 그는 샌루이스어비스포 외곽에서 한 하계 셰익스피어 극단을 위해 무대를 설계했고 겨울은 로스앤젤레스에서 보냈다. 로스앤젤레스의 미술계는 활발한 편이었고 레이디 오필리어가 그의 벗이 되어 주었다. 그녀가 단호할망정 우호적으로 그와 헤어진 뒤, 그는 길에 올라 동쪽으로 향하면서 그림을 그렸다. 그는 여전히 아이언 벤드 근처에서 살던 시절에 고향의 강을 그린 습작을 많이 가지고 있었고, 그것들을 하천 풍경화로 발전시켰다. 중고 포드 트럭과 그보다 더 낡은 캠핑 차량(프로판가스가 제대로 작동하지 않아 스토브가 없고 냉장고에는 냉기가 부족한)이 그의 집이자 스튜디오였다. 그는 자리를 잡고, 가슴 높이까지 오는 커다란 접이식 탁자를 설치하고, 포드의 뒷문 위에 종이, 캔버스, 물감, 붓, 연필, 그리고 수동 연필깎이 등 재료와 도구를 부려 놓았다.

뉴멕시코 앨버커키 근처에 당도했을 무렵에는 포트폴리오가 꽤 풍성해졌다. 그는 골드 드래건 레스토랑으로 들어가서 에인절 폴스에게 자신을 소개했다. 정확히 센트럴 애비뉴의 구 66번 국도에 있었다. "혹시 사장님 성함이 에인절이 맞다면, 제가 외숙모 조카예요." 밥 삼촌은 주방에 있었다. 잠시 혼란이 찾아왔지만, 이내 밥 삼촌은 눈앞의 청년에게서 삼십 년 만에 처음 보는 소년의 모습을 알아보았다. 에인절은 폭소했다.

* * *

로비는 일주일 동안 머무르면서 주방 일을 돕고 일요일에 교회에 가고 외숙모와 외삼촌에게 자신이 그린 그림을 보여 주었다. 로비는 리오그란데의 미루나무 아래에서 습작을 더 그렸고 밥은 조카가 자신의 크고 근사한 모터사이클을 타고 흙길을 돌아다니게 해 주었다. 두 남자는 불가에 앉아 드넓은 하늘 아래서 이야기를 나누었다. 물론 각자의 과거에 관해서도 이야기했지만, 그보다는 그들이 배운 교훈을 이야기했다. 포기한 것들과 여전히 남아 간직하고 있는 것들에 관해서. 로비는 떠돌이 생활에서 벗어난 밥 삼촌의 소박함을 알게 되었다. 밥 폴스는 조카의 정처 없는 발걸음을 알게 되었다.

로비는 삼촌 부부에게 미완성작 일부(와 아이언 벤드의 오래된 구각교에서 작은 아이들이 강물로 뛰어내리는 모습을 그린 완성작 하나)를 남기고 계속 동쪽으로 갔다. 82년에 그는 맨해튼에 이르렀다. 그의 작품은 87년에 인정받기 시작했다. 그는 에인절과 밥에게 편지 대신 손으로 그린 수채화 엽서를 보냈다. 때로는 엽서가 며칠 연속으로 뭉치를 이루어 도착했다. 그 엽서들은 현재 값나가는 물건이 되었다. 에인절은 그것들을 그녀의 한 조카에게 물려주었다.

칠 년 뒤, 미리 발견하지 못했던 4기 암 때문에 밥의 건강이 급격히 나빠졌다. 로비는 비행기를 타고 앨버커키로 날아간 덕분에 아슬아슬하게 아직 말하는 능력이 남아 있던 삼촌을 만날 수 있었다. 장례식에는 다양한 조문객이 찾아왔다. 럼 집안 사람들, 지역 주민들, 바이커들, 전직 해병들. 앤더슨 집안 사람은 로비뿐이었다. 삼촌과 연락을 유지한 사람은 로비가 유일했기 때문이다.

가족과 알고 지낸 목사는 무덤가에서 설교를 하고 성경 구절을 읽은 뒤 복음성가를 찾더니 소박한 후렴구를 불렀다.

모든 것이 잘되리니.

모든 것이 잘되리니.

모든 것이 잘되리니.

내일을 기다리라.

모든 것이 잘되리니.

로비 앤더슨은 부끄러워 않고 울었다.


\* \* \*


커피 주전자가 확장된 것은 2002년에 스텔라 앤더슨 매디오가 바로 옆 땅을 사서 나무를 필요한 만큼 베어 내고 위자료로 집을 지으면서였다. 그녀는 결혼 후의 성을 아이들이 유지하게 했고, 커피 주전자를 우편 주소로 이용했다. 공공 도로에서 들어오는 자갈길은 이제 갈고리 모양으로 로비의 헛간/스튜디오와 그녀의 모던한 소금통 모양 이층집을 둘러쌌다. 네 아이 중 그레고리와 켈리가 여름 동안 일을 하러 마서스비니어드로 돌아와 있을 때, 다이나모에서 보낸 수표가 불붙은 폭죽처럼 도착했다.

로비는 고관절이 좋지 않아 지팡이를 짚고 다녔고, 웬만하면 가족들과 식사를 함께했다. 그보다 열네 살 어린 스텔라는 밭갈이 말 같은 오빠에 비하면 망아지나 다름없었고, 압력솥과 유기농 텃밭의 달인이라 몇 사람이 식사에 참석하든 유연하게 대응했다.

"이거 삼촌이 썼어요?" 켈리가 휴대전화에 오십 년 묵은 쿨 캐츠 코믹스 만화를 띄우고 물었다.

"썼지. 그리기도 했고." 로비는 압력솥에서 검은콩을 스푼으로 떠서 밥솥에서 뜬 밥 위에 얹었다. "돈 벌려고."

그레고리는 막대 아이스크림을 문 채 동생 어깨너머로 화면을 들여다보았다. "〈파이어폴의 전설〉. 웹브라우저로도 대마 냄새가 풍기네요. 대체 이런 천재적인 작품은 어쩌다 나온 거예요?"

"전쟁에 나갔던 우리 삼촌이 생각나서, 열병 같은 오마주 삼아 삼촌 이야기를 쓴 거지."

"베트남에 간 삼촌이 계셨어요?"

"베트남 아니야." 스텔라가 말했다. 그녀는 식사를 마친 뒤였다. "우리 엄마의 남동생인데, 제2차세계대전 당시 해병이었어. 난 만난 적 없지만." 그녀는 주방을 나가 아주 오래된 가족 앨범을 보관해 둔 위층 창고 방으로 올라갔다. 어머니에게 물려받은 뒤 오래전 론 뷰트에서 이곳까지 가지고 온 물건이었다.

"삼촌이 화염방사병이었다는 건 기억나는구나." 로비가 말했다.

"전사하셨어요?" 만화를 거의 다 읽은 켈리가 물었다.

"아니. 아주 커다란 모터사이클을 타고 마을을 한 번 찾아왔다가 사라져 버렸지. 그러다 느닷없이 삼촌에게서 편지를 받았다. 멋진 편지였어. 그 편지를 읽고 그걸 그렸지." 로비가 켈리의 전화를 가리켰다. "몇 년 뒤에 삼촌을 찾아갔어. 일주일 동안 삼촌 부부와 지냈고. 계속 연락은 했다. 삼촌 장례식에도 갔고."

"그렇구나." 켈리는 만화를 다 읽고 화면을 넘겨 인터넷을 파헤쳤다. "삼촌 분께서 렌 레인이 나오는 영화의 캐릭터가 되셨네요."

"설마!" 그레고리는 냉장고에서 아이스크림을 하나 더 꺼내고 있었다. "너 지금 미래의 그레고리 매디오 부인을 얘기하는 거라고!"

켈리는 구글에서 **파이어폴 다이나모 영화**로 대충 검색해 나온 정보를 훑었다. 렌 레인. 다이나모 네이션. 〈나이트셰이드: 파이어폴의 모루〉. 빌 존슨.

스텔라가 표지가 갈라지고 바랜 앨범을 가지고 주방으로 들어와 가운데를 펼쳤다. 앨범 안에서 V우편이라고 적힌 작고 낡은 편지가 돌아다녔다. 작은 사진 한 장은 풀로 붙인 덕분에 제자리에 있었다.

"이분이야." 스텔라는 바인더를 식탁에 놓으며 말했다.

1942년에 찍은 작은 흑백 스냅사진 속에서 미합중국 해병대 소속 로버트 A. 폴스가 파란색 제복을 입고 있었다.

"내 이름은 삼촌 이름에서 땄지." 로비가 말했다.

"론 뷰트에 사실 때요?" 켈리가 목소리를 높이며 물었다.

"옙." 로비는 그렇게 대답하면서 앨범 위로 상체를 숙여 조그마한 사진 속의 흰 모자를 쓰고 검은 튜닉을 입고 빛나는 단추를 뽐내는 청년에게서 밥 삼촌 을 찾아보았다. 그는 꼿꼿하게 서 있었다.

"와." 켈리가 무덤덤한 목소리로 말했다.

"왜?"

"영화도 거기서 만들거든요. 론 뷰트에서요." 그녀가 말했다. "인터넷에 따 르면요."

로비는 조카와 동생을 차례로 쳐다보았다. "인터넷에서 론 뷰트라고 한다면 그게 맞겠지." 그가 말했다.

＊ ＊ ＊

샌프란시스코에서 시작된 자동차 여행은 아이들에게는 신나는 경험이었지만 로비 앤더슨과 그의 동생 스텔라에게는 디스토피아적인 광경이었다. 그들은 도시화가 덜 진행됐던 시절의 캘리포니아 북부를 기억하고 있었다. 렌터카도 완전히 똥차였지만 선택의 여지가 없었다.

도시인 오클랜드에서 론 뷰트로 가는 길에 펼쳐진 캘리포니아는 지리적으로는 수십 년 전과 동일했지만 이제는 옛 모습을 거의 찾아볼 수 없었다. 조금이라도 친숙함이 느껴지는 곳은 옛 99번 국도뿐으로, 그곳에는 로비와 스텔라가 기억하는 어린 시절의 풍경과 연결된 랜드마크들이 제법 남아 있었다. 그들은 차 밖으로 나가 웅크리고 있던 몸을 풀 겸 새크라멘토 북쪽의 한 노점에서 차가운 루트 비어를 마신 뒤 계속해서 론 뷰트로 향했다. 남쪽에서 진입하면서 본 론 뷰트는 소름이 돋을 정도로 거의 변한 것이 없었다. 간신히 눈에 들어오는 '도예'라는 글자. 메인 스트리트. 스테이트 극장. 성 필립보 네리. 클라크네 드러그스토어. 21세기의 흔적이라고는 아몬드 재배업자 협회 건물 인근에 주차된 트럭들과 트레일러들뿐이었다. 스텔라는 나무마저 크기가 그대로인 것 같다고 말했다.

로비는 눈 감고도 운전할 수 있을 지경이었다. 본능만으로도 집 앞까지 당도할 수 있었을 것이다. 그 많은 세월이 흘렀건만, 달라진 점이라고는 차에서 내리는 로비에게 지팡이가 필요하다는 사실뿐이었다.

엘름 스트리트 114번지 앞 인도에 선 로비는 포치에서 엎드렸다가 일어서는 동작을 반복하며 땀 흘려 운동 중인 잘생긴 이십 대 거주자를 발견했다.

아이크는 버피 네 번째 세트를 마무리한 뒤 집 앞 인도에 지팡이를 짚고 서서 관심이 역력한 눈길로 집을 올려다보는 사람을 발견했다. 영화 스타에게 접근하고 싶어서 찾아온 팬일 가능성이 농후했다.

"좋은 아침입니다." 아이크는 버피 때문에 헐떡이는 숨이 허락하는 선에서 최대한 목소리를 키워 말했다.

"이하동문이오." 지팡이를 짚은 남자가 말했다.

"무슨 일로 오셨습니까?" 아이크는 상대가 렌의 이름을 입에 올리기만 해도 곧바로 월리에게 연락할 작정이었다. 톰이 눈 깜빡할 새에 도착할 터였다.

"딱히 일은 없고. 그냥 내 집을 보는 거요."

"여기가 선생님 댁입니까?"

"이제는 아니지. 하지만 여기서 자랐소. 어렸을 때는 뒤뜰에 자두나무 네 그루가 한 줄로 늘어서 있었다오. 혹시 뒤 포치에 아직도 방충망을 쳐 놓았다면, 주방 문옆 벽 90센티미터 정도 높이에 나사로 박은 수동 연필깎이도 남아 있을지 모르겠구려."

아이크는 눈을 깜빡였다. 분명 뒤 포치 바닥에서 90센티미터쯤 되는 높이에 한때 연필깎이였을 법한 녹슨 장치가 있었다. "정말 여기서 사셨던 모양이로 군요."

"지금 집주인 되시오?" 로비가 물었다.

"아닙니다. 그냥 세입자입니다." 차를 힐끔거린 아이크는 여성 운전자와 뒷 좌석에 앉은 다 큰 자녀 둘을 확인했다. "저분들도 여기 사셨습니까?"

"내 동생은 그랬소. 켈리하고 그레그, 그러니까 애들은 아니고. 저 아이들은 론 뷰트에 처음 온 거라오. 시큰둥하더군. 롭 앤더슨이오."

"아이크 클리퍼입니다."

"아이크 클리퍼?" 롭의 목소리가 한 옥타브 올라갔다. "정말이오? 영화에서 파이어폴을 연기하는 분이시구려."

영화에 대한 언급이 나오자 아이크는 포치 위에서 긴장했다. 왜 어빙 클로 퍼라고 말하지 않았을까? 뒷문 옆에 연필깎이가 있다는 사실을 안다고 해서 이 영감탱이가 유명 인사를 만나고 싶어 하는 침입자가 아니라는 보장은 없었다. 설령 아이크처럼 갓 유명해진 사람이라고 해도 말이다. 촬영 초기에 렌, 빌, 얼, 그리고 심지어 켄 셰프록마저도 아이크에게 이런 종자들과 마주칠 각오를 해 두라고 말하지 않았던가.

"무슨 영화를 말씀하시는 겁니까?"

"인터넷에 올라온 영화 말이오. 선생이 파이어폴을 연기한다고 읽었는데."

"성함이 뭐라고 하셨지요?" 아이크는 포치를 내려가 방어 태세를 갖추기 일보직전이었다.

"롭 앤더슨이오. 로비. 하지만 선생은 나를 트레브 보르라는 이름으로 알지도 모르겠구려."

아이크는 걸음을 멈추었다. "트레브 보르?"

집 안, 그의 노트북과 링 세 개짜리 바인더에 든 각본 안에는 빈티지 만화책 두 권의 디지털 스캔본이 들어 있었다. 그 만화책 페이지 여러 장은 의상팀과 미술팀 사무실의 벽에도 핀으로 꽂혀 있었다. 하나는 제2차세계대전 때 나온 만화였다. 다른 하나는 오십 년 전, 트레브 보르라는 이름의 작가가 쓴 것이었다. "트레브 보르시라고요?"

로비는 어린 시절 집의 지붕선을 올려다보고 있었다. "옙."


## 귀향


얼은 아이크가 새로 받은 영화사 휴대전화로 보낸 문자를 받았다. 일요일 아침에 던지기에는 이상한 질문이었다.

[아이클립: 빌이 파폴에 사용한 옛날 히피 만화책 작가 이름이 뭐죠?]

[A맥T: 아, 좀. 일요일인데….]

그녀는 노트북을 열고 데이터를 한참 스크롤한 끝에 다이나모 네이션에서 저작권과 로열티 지급에 관해 보낸 메일을 찾아냈다. 사전 제작 이후로는 열어 본 적 없는 내용이었다.

[A맥T: 트레브 보르. 쿨 캐츠 코믹스. $ 지급 완료.]

[아이클립: 그건 압니다. 트레브 보르 본명이 뭐냐고요.]

[A맥T: 아, 쫌!!! 일요일이라고요!!!] 다시 서류를 뒤적인 끝에. [로버트 앤더슨. 왜요?]

[아이클립: 트레브 보르가 지금 내 주방에 앉아 있어요….]

[A맥T: 뭐요???!!]

얼은 삼십 분도 안 되어 엘름 114번지에 도착했다. 앤더슨 매디오 가족은 스텔라와 로비가 오래된 벽 속에 깃든 이야깃거리와 일화를 끊임없이 들려주는 가운데 집을 구경한 뒤였다. 시아와 스텔라는 집의 여러 이상한 점에 관한 정보를 교환했다. 커피가 준비되었다. 스리인원 오일을 찾아 뒤 포치 90센티미터 높이에 있는 연필깎이에 치자 그럭저럭 돌아갔다. 로비는 늘 작은 스케치북과 함께 휴대하는 연필을 연필깎이에 넣고 손잡이를 돌려 살짝 깎았다. 그는 아이크 클리퍼를 모델로 파이어폴을 그리는 중이었다. 파이어폴을 보고 파이어폴을 그리는 셈이었다.

"뵙게 돼서 정말 반가워요!" 얼이 식탁에 둘러앉은 사람들에게 합류하며 말했다. "이 집에서 태어나셨나요?"

"아니." 로비는 스케치북 페이지를 찢어 아이크에게 건네며 말했다. "아버지가 전쟁에서 돌아오신 뒤에 여기로 이사했지. 오클랜드에 있는 미술대학에 다니기 전까지 여기 살았다오."

"난 여기서 태어났어요." 스텔라가 말했다. "여기서 자라다가 프랜젤 메도스 쪽에 생긴 새집으로 이사 갔고요. 누가 살든 식탁을 꼭 여기에 놓는다는 게 재밌네요."

"날 때부터 예술가셨답니다." 아이크는 블랙커피를 더 따르고 파이어폴의 스케치를 들어 보이며 말했다. "이게 이분 삼촌이라는군요."

"그랬지." 롭 앤더슨은 주방에 들어와 의자에 앉은 시아를 스케치하는 중이었다. "내가 어릴 적에 어느 날 밥 삼촌이 나타났다오."

"난 태어나기 전이었어요." 스텔라가 말했다.

"나중에 내가 앨버커키로 삼촌을 찾아갔지."

"난 한 번도 삼촌을 만난 적 없어요." 스텔라가 덧붙였다. "삼촌이랑 엄마는 편지를 주고받았죠. 삼촌이 정말 그렇게 요리를 잘했어?"

"잘했지. 삼촌은 숙모랑 같이 66번 국도에서 중국 음식점을 운영했어. 비법 레시피를 전부 배웠고. 난 거기서 일주일을 머물렀어. 에인절 숙모가 나더러 밥값을 하라며 접시를 닦게 했는데, 물론 농담 삼아 시킨 거였지. 주방에서 밥 삼촌이랑 함께 시간을 보내게 하려고. 삼촌이 어린 시절과 해병대 시절과 바이커 시절에 있었던 놀라운 이야기들을 들려주었어. 어느 정도 종교적인 사람이 되어 있더라고. 성 삼위일체 덕분에 인생이 바뀌었다면서. 외숙모랑, 할리 데이비슨이랑, 높으신 하느님 말이야."

"들어 봐요." 아이크가 말했다. "당사자는 자기가 파이어폴이라는 걸 전혀 몰랐답니다."

"그래요?" 얼이 물었다.

"내가 그 만화를 그렸다는 걸 잊어버리고 있었다오." 켈리가 주방에 들어왔다. 루비는 켈리를 지나 스텔라의 무릎에 앉았다. 로비는 아기를 스케치하기 시작했다. "다른 만화도 무수히 그리다가 하천 풍경화로 넘어갔지."

"강 그림요." 스텔라가 부연했다. "평생 저축한 돈을 다 까먹고 입에 풀칠하며 사는 법 알려 줄까요? 하천 풍경화를 그리면 돼요."●

---

● 오늘날 미술계 사람들은 로비의 몇몇 하천 풍경화에 여섯 자리 숫자를 지불하고 있는데, 이는 물론 영화가 개봉하고 파이어폴이 유명해진 덕분이다.

"삼촌 분께서는 그때도 모터사이클을 모셨습니까?" 아이크는 정말 근사한 이야기라고 생각했다.

"내가 처음 그 모터사이클에 탄 날 삼촌이 나를 클라크네 드러그스토어로 데려가 줬소."

"클라크네 드러그스토어요?" 얼이 물었다. "메인 스트리트에 있는?"

"그래요. 콜라와 만화책을 사 줬지."

"저희에게 그곳을 안내해 주실래요?" 얼이 청했다.

"클라크네 드러그스토어에 들어가 볼 수 있다는 얘기요?"

"옙!"

* * *

얼은 일요일 정찰을 위해 촬영장을 개방했고, 이네스가 재빨리 멕시코 음식을 담은 대접을 여러 개 들고 나타났다. 얼은 빌에게 골프 집어치우고 당장 원작자를 만나러 촬영장으로 오라고 했고 렌에게는 문자를 보냈다. [클라크네에서 VVIP를 만날 생각 있나요!]

[회사 전화: ?]

[A맥T: 파이어폴의 조카요.]

클라크네 드러그스토어는 공식적으로 핫 세트로 지정된 것은 아니었지만, 추가 촬영이 필요할 경우를 위해 상태를 유지 중이었다. 그날 아침 메인 스트리트에 있는 차량은 아이크 가족의 차, 앤더슨 가족이 렌트한 똥차, 이네스의 포니 포드, 얼의 머스탱, 그리고 빌의 빨간색 차저뿐이었다.

"와." 스텔라가 말했다. "제대로 재현했네요. 적어도 식당 부분은요."

로비가 동의했다. "음료수 카운터랑 부스석은 옛날 그대로군. 하나도 안 바뀌었을 줄이야. 저쪽." 그는 손을 내저으며 말했다. "저기는 잡화 코너였소.

저 뒤가 약국. 여기는 신문 가판대가 있었지." 그는 그들이 서 있는 앞문 바로 옆의 구석을 가리켰다.

톰 윈더미어가 수송팀에서 가장 최근에 받은 차를 몰고 나타났다. 조수석에 앉아 있던 렌이 분홍색 리본을 맨 작은 상자 하나를 들고 차에서 내렸다. 그녀가 클라크네 드러그스토어로 들어온 순간, 그레고리 매디오는 목구멍이 바싹 마르는 기분이었다. 렌 레인이 한 공간에 있었다. 렌 레인이 자신을 소개하고 있었다. 렌 레인이 그의 손을 잡아 흔들고 있었다. 렌 레인이.

카운터 위에 먹고 마실 것이 차려졌다. 렌은 곧장 시아에게 가서 리본을 맨 상자를 건넸다. "곧 생일인 아가씨에게 주는 거예요." 그녀가 말했다. 상자 안에는 초가 꽂힌 컵케이크와 함께 파란 편지지에 쓴 루비에게 보내는 편지가 들어 있었다. **항상 지금 나이 그대로 있으렴! 키스 키스 WL.**

루비는 그 주 후반에 한 살이 될 예정이었다. 오래전 아이크가 아이의 생일을 입에 올렸을 때 렌은 날짜를 확실히 기억해 두었다.

"고마워요." 시아가 말했다.

시아는 렌의 행동에 고마움을 표했고 이어서 렌이 정문 앞에 남자가 나타난 일로 괴로워하지 않았으면 좋겠다고 말했다. 렌은 시아를 안으며 속삭였다. "고마워요." 시아는 렌이 진심인지 확신하지 못했다. 하지만 그녀가 "정말로…… 무서웠어요…….'라고 덧붙이자, 시아는 렌에게 너그러워지기로 했다. 누군들 무섭지 않았겠는가? 시아라면 겁에 질렸으리라.

"난 이 자리에 앉았었소." 로비가 한때는 자신에게 너무 컸던 바로 그 스툴에 앉으며 말했다. "밥 삼촌은 여기에 앉았고. 같이 만화책을 봤지. 삼촌은 담배를 조금 피웠고. 지금 이네스의 차가 주차된 자리에 삼촌의 모터사이클이 있었거든. 삼촌은 지루해하다가 갑자기 할 일이 있다며 나갔소. 다시는 돌아오지 않았고."

"집까지는 걸어서 돌아갔어?" 스텔라로서도 처음 듣는 이야기였다.

"신문 가판대 관리하던 사람이 차에 태워 줬지." 당시와 정확히 같은 자리에 앉은 로비는 순간 몸에서 벗어나 자신을 바라보는 듯한 기분을 느꼈다.

"제가 클라크네 드러그스토어 장면을 찍을 때도 지금 앉아 계신 자리에 앉았어요." 렌이 말했다. "바로 그 스툴에요."

빌은 원하는 게 있다며 조사관들이 파이어폴 수색을 위해 처음 한자리에 모이는 장면에서 앉게 될 부스석에 다들 모여 앉아 달라고 부탁했다. 그렇게 했다. 아이크, 시아와 루비, 렌은 로비 옆에, 스텔라는 귀퉁이에. 켈리와 그레고리도 끼어 앉았다.

이네스는 바로 그곳 클라크네 드러그스토어에서 우연이 만들어 낸 역사적인 순간이 펼쳐지고 있음을 강하게 의식하고 있었다. 그녀는 얼에게 말했다. "이런 게 분명 영화에서도 자주 있는 일은 아니겠죠." 얼이 눈을 크게 뜨고 경외감에 찬 얼굴로 그녀를 쳐다보는 것만으로도 의미가 전해졌다. 그래, 자주 있는 일이 아니야.

"지금 이 자리에 영화 속 나이트셰이드와 파이어폴이 있고, 실제 파이어폴도 있네요." 이네스가 발언했다. "실제 이브도 있었더라면 좋았을 텐데요."

"있잖아요." 렌이 말했다. 그녀는 테이블 너머로 손을 뻗어 루비의 발을 쥐었다. "우리의 에이전트 오브 체인지가 여기 있네요!"

시아를 포함해 모두가 웃었다. 시아는 렌에게 더욱 너그러워지기로 했다.

커피숍이나 실제 공간을 모사한 영화 세트가 그렇듯, 클라크네 드러그스토어도 일행을 한동안 붙들어 두는 면이 있었다. 보온병 덕에 따뜻한 커피를 마실 수 있다는 점도 추가로 한몫했다. 여자들은 부스석에 붙어 앉아 대화를 나누었다. 빌과 아이크는 로비와 함께 앉아 론 뷰트에서 자란 이야기에 귀를 기울였다.

"궁금하군요." 빌이 로비에게 물었다. "삼촌 분 말입니다. 왜 파이어폴로 만드신 겁니까?"

"삼촌은 어린애였소. 군대는 그런 삼촌을 화염방사병으로 만들었지. 전쟁에 나갔고, 끔찍한 짓을 했다오. 집에 돌아온 뒤에는 사라졌고." 로비가 말했다. "그러던 어느 날, 삼촌이 여기에 나타난 거요. 유령처럼. 환영처럼." 이후 한 시간 동안 빌과 아이크는 카운터에 앉아 밥 폴스에 관해 온갖 이야기를 들었다. "삼촌은 내겐 하느님이나 마찬가지였소." 여든 살 넘은 조카가 말했다.

일요일 일정은 웨스팅하우스 조명에 마련된 스튜디오를 방문하고, 과거 앤더슨 집안의 인쇄소가 있었으며 최근에는 달러 제너럴이 들어선 자리를 차로 지나치고, 이제는 폐교된 유니언 고등학교를 구경하고, 오래된 구각교를 건너서 다시 엘름 스트리트 114번지로 돌아오는 순서로 진행되었다. 빌은 뒤뜰에서 모든 이에게 자두나무를 등지고 포즈를 취하라고 하고 휴대전화의 타이머 기능을 이용해 사진을 찍었다. 이네스가 트레브 보르 ID가 박힌 각본을 한 부 인쇄해 오자 모두가 연필로 서명을 남겼다. 문간에 있던 낡은 연필깎이는 떼어 내 로비 앤더슨이 가지고 가도록 했다.

VVIP들이 오클랜드로 돌아갈 때가 되자 다들 포옹을 나누었다. 켈리는 루비를 일주일만 데리고 있고 싶다고 했다. 그레고리는 렌이 자신에게 팔을 두르고 배우가 될 수 있을 테니 도전해 보라고 말한 순간 심장이 멎었다. 로비 앤더슨이 조수석에 앉아 손을 흔드는 가운데, 차는 엘름 스트리트 114번지에서 멀어지며 영원한 작별을 고했다.


## 나머지


니나(베이스캠프 조감독): 베이스캠프 운영은 촬영장과는 별도입니다. 이곳에서는 시간이 멈춰 서 있죠. 저는 아니지만요. 제작팀 트레일러를 제외하면 어디에서도 앉아서는 안 된다는 게 베이스캠프 조감독의 불문율이고, 그래서 저는 하루 종일 한쪽 귀를 무전기에 열어 놓은 채 서 있습니다. 현장에서 만사가 잘 돌아가는지, 아니면 긴장이 차올라 제 구역까지 넘어올 것인지 살펴보는 거지요. 사람들에게 지시를 내리고, 정보를 제공하고, 사람들을 여기저기 보내고, 예의 주시하고, 늘 행복하게 해 주는 게 제 일이에요. 예측하고, 경고를 보내고, 배우들을 공작실과 촬영장으로 보냈다가 점심 식사가 끝나면 데려오죠. 저는 재능들에게 혹시 낮잠을 잘 거라면 미리 알려 달라고 부탁해요. 때가 됐을 때 문을 조심스럽게 두드릴 수 있도록요. 상황별로 코드명과 번호가 있습니다. **닻이 풀렸다**는 건 '만사형통'이라는 뜻이죠. 최악은 **팰컨 109**예요. '우라질 놈의 난장판'이라는 뜻이거든요.

이네스: 저는 베이스캠프가 편안한 곳이 될 수 있도록 최선을 다했지만, 웨스팅하우스 조명에 차린 베이스캠프는 그냥 자갈 깔린 넓은 주차장이었어요. 아몬드 재배업자 건물 같은 그늘은 없었죠. 저는 렌의 트레일러 바로 옆에 있는 아이크의 트레일러 출입문 바로 옆에 피크닉 테이블이랑 캠핑용 의자를 놓아두었어요. 미술부에서는 두툼한 인조 잔디 패드와, 왜, 놀이용 울타리 같은 유아용 장비를 주었고요. 간이 풀장도 줬는데 그건 운전사들이 압축공기로 부풀려 줬어요. 시아와 루비와 제 사촌 루페가 아침나절에 오곤 했기 때문에 저는 오후 늦게 트레일러 지붕이 햇빛을 막아 줄 수 없을 때를 대비해 세트 조성팀에 파라솔을 가져와 달라고 부탁했죠.

요기: 촬영이 막바지에 접어들면 멋진 점은 매일 남은 일이 줄어든다는 겁니다. 앞으로 찍을 백만 가지 숏을 위해서 계획을 세우고 회의하고 일정을 짤 필요가 없지요. 날마다 할 일의 목록이 하나씩 줄어들고, 한번 촬영한 장면은 그대로 남습니다. 물론 저절로 풀려 가는 날이란 없는 법이니까 남은 일정을 두고 긴장을 풀어서는 안 되지만, 작업량은 줄어들지요.

얼: 웨스팅하우스 조명으로 옮기는 데에는 장단이 있었어요. 실내이고, 공조기가 있고, 날씨나 시간에 구애받지 않고 촬영을 할 수 있다는 건 장점이

죠. 하지만 추진력과 열의는 사라져요. 무슨 작업을 하든 갖가지 기술적 문제를 해결하는 데에 더 많은 시간이 걸리니까……. 렌이 스튜디오에서 일할 때면 지루해지곤 한다면서 사용했던 표현이 뭐였죠? 권태. 바로 그거예요. 권태가 자리를 잡죠.

렌: 스튜디오 작업은 짧은 숏 단위로 이루어져요. 이쪽을 보고, 저렇게 움직이고, 카메라가 들어오거나 크레인을 타고 올라가고. 하지만 그래도 난 여전히 '끝까지 가야' 해요. 어떻게 하는지는 말할 수 없어요. 말해 주지 않을래요. 그 과정은 비밀이에요. 적어도 나는 그래요.

아이크: 전투 장면이 세 번 있었지요. 낮에 제재소에서. 밤에 메인 스트리트에서. 그리고 나이트 하우스에서. 전부 와이어를 달고요. 엄청 오래 매달려 있었습니다.

렌: 첫 번째 전투에서 나는 파이어폴을 막고 싶어 해요. 두 번째 전투에서는 그를 죽이고 싶어 하고요. 세 번째 전투에서는 만신창이 외톨이가 되어 운명을 향해 절규하죠. 각각 다 달라요.

아이크: 전투마다 속도도 다르고 캐릭터들이 맞닥뜨리는 감정도 다르다는 게 묘했지요. 뭔가 특별했습니다. 각각의 전투에서 연기를 할 때마다 새로운 면모가 필요해서, 음, 깜짝 놀랐습니다. 렌과 긴밀하게 작업하는 거요? 나도 모르게, 음, 그 순간에 끌려 들어가게 됩니다. 렌이 그렇게 만든달까요? 하네스를 차고 와이어에 매달리고 VFX와 스턴트팀이 사방에 있는데도 그래요. 렌은, 그러니까, 그냥 상대방을 보기만 하는 게 아니라 탐색합니다. 네, 가족들이 거의 매일 여기 있어서, 어, 좋습니다. 현실감을 유지하게 해 준다고 할까요?

애런 블로: 제1 촬영팀이 그린 스크린에서 작업하는 동안 제2 촬영팀은 론뷰트 사방을 돌아다녔습니다. 막바지에는 숏을 건지느라 정신이 없었어요. 빌이 원하는 숏들, 영화에 필요한 조각들을 적은 목록은 양팔을 펼친 것만큼 길

었습니다. 한순간도 낭비할 수 없었고 제2 촬영팀이 카메라를 돌릴 때마다 각본가 겸 감독인 빌 존슨이 원하는 것을 얻어 내야 했지요.

커샌드라: 토요일마다 우리 조사관 장면들을 찍었어요. 그냥 각본에 충실했지요.

항 토: 토요일에 일하고 싶은 사람이 있겠어요? 난 아녜요. 스태프들도 아니고. 차 안 장면이랑 그 망할 주간고속도로 장면을 찍었어요. 우린 주간고속도로에 가는 대신 크고 어두운 스튜디오에 깔린 인도 토막 위에 서 있었죠. 렌은 그 장면에서 전력을 다했어요. 난 개인적으로 렌이 나를 싫어한다고 봐요. 혹시 렌한테 들은 거 있어요?

닉 차보: 그 주 토요일에는 아이크가 와서 구경했습니다. 론 뷰트에서 웨스팅하우스 조명까지 걸어왔지요. 돌아갈 때도 걸어서 갔고요. 이브와 런던이 서로 으르렁거리는 모습을 보는 게 재미있더군요.

헥터 추와 매릴린 케이크브레드(편집자들): 우리는 매일 편집을 했는데요, 이브와 폴스가 함께하는 첫 장면에서부터 둘 사이에 뭔가가 피어나고 있다는 걸 알았습니다……. 네, 두 사람의 캐릭터 사이에서요……. 촬영본 속의 둘에게서 연기가 펄펄 나다시피 했거든요. 각자 따로 있을 때, 이브는 특이하고 파이어폴은 수수께끼 같지요. 둘 다 무척 외로운 사람들입니다……. 눈에서 고독이 깃들어 있지요……. 마침내 한자리에 모이는 순간, 첫눈에 사랑이 싹트는 겁니다……. 그 전에 첫눈에 증오가 싹트지만요. 제 생각에 이브는 평생 파이어폴 같은 상대를 기다려 왔지만, 파이어폴에게는 그게 예기치 못한 상황이었던 것 같아요……. 제재소 전투 도중 아이크가 **이런, 골치 아프게 됐군**, 하는 표정을 짓는 숏이 하나 있는데요, 하지만 그건 그가 이브에게 흠씬 두들겨 맞고 있어서가 아니죠. 그녀가 그의 숨을 멎게 하기 때문이에요……. 우리는 편집실에서 우리가 어떤 영감을 얻었는지 보여 주고 싶어서, 두 사람 최고의 순간들만 모아 삼 분짜리 영상을 만들어 놓았다가 어느 날 촬영 종료 후 제작 사무소 시사실에서 상영했습니다.

이네스: 제가 프로요를 준비했죠. 하지만 영상이 시작되는 순간 아무도 스푼을 들지 못했어요. 그걸 연달아 네 번을 봤다니까요.

얼: 보스나 샘이나 요기나 모든 제작진의 공을 폄하할 생각은 추호도 없어요. 하지만 렌과 아이크는! 그 둘은 2인승 아우디에 탄 연인 같았어요.

팻 존슨 박사: 빌은 스크린 위의 감정과 딱 맞아떨어지는 음악을 깔았죠. 그이는 조잡한 수법이라고 했지만, 세상에, 얼마나 잘 먹혔다고요. 난 영화들이 어떻게 만들어지는지, 그 과정이 얼마나 변덕스러워질 수 있는지 수년간 봐와서 알아요. 빌은 내게 자기가 커리어를 유지하는 건 순전히 요행일 뿐이라고 말해요. 하지만 그 장면들에서 운이 좋아 건진 거라고는 하나도 없었어요. 렌과 아이크는, 말장난 같겠지만, 불붙은 상태였어요.

얼: 우리처럼 영화관에 감으로써 자신의 세계를 넓히는 사람, 삶을 더 넓고 더 완전하게 만들기 위해 영화가 필요한 사람에게, 위대한 영화를 보는 일은 영혼을 풍족하게 해 주는 음악을 듣거나 설교와 같은 뛰어난 웅변에 매료되는 것과 동일한 변화의 힘을 발휘해요. 그 삼 분짜리 영상은 살아 있어서 다행이다, 파운틴 애비뉴에서 일해서 정말 운이 좋았다는 기분을 느끼게 해 주었죠. 렌과 아이크, 아이크와 렌 덕분에요.

요기: 싸움 동작. 대사 약간. 클로즈업. 하지만 그 두 사람의 눈빛은 아무도 예상하지 못했어요. 본모습을 드러낸 아이크. 렌의 반응.

르델라 러웨이: 도심의 불길 속에서 두 번째 전투가 벌어져요. 그러다 렌이 헬멧을 쳐 날리는 순간 우리가 제일 먼저 보게 되는 아이크의 모습이 뭐죠? 우리는 그 남자의 두 눈 속으로 빨려 들어가요. 그리고 렌의 리버스 숏은 또 어떻고요? 그의 완전한 얼굴을 처음으로 본 순간. 그의 두 눈을 들여다보는 모습. 마치 울어 버릴 것만 같죠. 그녀는 뭔가를 느꼈고, 어디엔가 도달했어요. 나는 큰 소리로 "이거야!" 하고 외쳐 버렸죠.

샘: 우리는 둘을 실루엣으로 찍고, 마주 보는 숏을 찍고, 익스트림 클로즈업을 찍고, 포고캠으로도 한 번에 길게 찍었습니다. 잘 나왔더군요.

이네스: 게다가 그게 아직 마지막 전투를 찍기 전이었어요. 에이머스 나이트가 죽고 이브는 이후 내내 혼자인 상황이죠.

얼: 아직 키스 장면을 촬영하기 전이었어요. 렌과 아이크가 아직 **키 이 이 이 스**도 안 했는데 그 정도로 **흡인력**과 **유대감**을 발휘한다면, 대망의 순간에 이르렀을 때는 대체 어느 정도일까? 우리는 그 답을 다음 날 확인했죠. 와, 세상에. 세상에, 진짜. 맙소사. 와.

시아 힐: 난 아이크가 세 번째 전투를 찍을 때는 집에 있었어요. 베이스캠프가 지겹더라고요.

이네스: 그 거대한 공간에서 수많은 스태프가 줄을 연결하고 촬영을 준비하고 있는데도 두 사람은 마치 한복판에 둘이서만 있는 것처럼 보였어요. 각본에서는 그 순간을 '영원이 담긴 입맞춤'이라고 표현했죠. 테이크 사이에 아이크와 렌은 조용히 대화를 나누더라고요. 속삭이지는 않았지만 나지막하고 친밀한 어조로요. 머리를 맞대고. 자주 미소를 지으면서.

헥터 추와 매릴린 케이크브레드: 그날 러시는 아주 특별했습니다. 아이크와 렌은 어쩌면 서로에게서 한 번도 눈을 떼지 않았을지도 몰라요……. 슬레이트를 칠 때조차 두 사람은 그 순간에 몰입해 있었죠……. 키스 신이란 형식적인 경우가 많아요……. 아니면 너무 노골적이거나, 너무 과해서 배우들이 가짜로 한다는 게 보이죠……. 하지만 나이트셰이드가 파이어폴에게 키스하기 직전의 모습과, 키스에 대한 파이어폴의 반응은? 빌과 얼은 편집실에 와서 그 장면을 몇 번이고 몇 번이고 다시 돌려봤어요……. 얼이 뭐라고 했는 줄 알아요?

얼: 나도 남자랑 저렇게 키스해 보고 싶네.

## 배리 쇼

49일 차(촬영일 53일 중)에 빌 존슨의 황량하기 그지없는 사무실에서 회의가 소집되었다. 문을 닫은 채로.

월요일 아침. 오전 7시 6분. 콜 시트에 따르면 그날 촬영할 것들은 자질구레했다. VFX에 필요한 영상, 인서트, SUV와 세단을 탄 조사관들의 추가 촬영, 이브가 SUV의 문짝을 뜯어내고 신문지처럼 내던진 뒤 조사관들이 탄 세단을 뒤엎는 스턴트 촬영. 장작을 패고 물을 긷는 날이라고나 할까. 렌이 베이스캠프에 도착하는 순간 아이크는 공작실에서 나왔다. 에이아 커카는 워낙 오랫동안 '보류' 상태라서 LA에 있는 집으로 돌아가 있었지만 이제 다시 돌아와 웨스팅하우스 조명의 대기실에 출두했다. 이네스는 평소처럼 아침을 부려 놓았고, 다들 각자 자신이 주문한 커피를 받았다. 렌은 녹색 프로바이오틱 액체가 담긴 잔을 들고 있었다. 얼도 그 자리에 있었다. 빌은 심각했다.

"자, 우리 영화를 어떻게 마무리해야 할까요?" 그가 물었다.

다들 그가 무슨 말을 하는지 알았다.

신 97. 피날레. 파이어폴의 탐색이 끝나는 순간. 팝팝의 죽음. 이야기의 완성. 수 간호사. 이브. 파이어폴. 그리고 에이머스 나이트. 배우 하나가 속세의 번민에서 해방된 마당에 어떻게 장면을 촬영할 것인가? 그 자리에 없는 사람이 필요한 장면을 어떻게 찍을 수 있을까?

"신 97이 없으면 영화도 없는 겁니다. 내가 떠올릴 수 있는 최선의 방법은 두 가지입니다." 감독이 말했다. "우리가 결정해야 해요."

"우리가 결정한다고요?" 렌이 물었다.

빌은 건조하게 말했다. "우리는 소울 메이트입니다. 한 사람이 명령을 내리기에는 함께 워낙 많은 일을 헤쳐 왔잖습니까. 기술적으로야 식은 죽 먹깁니다. 프랜시스에게 에이머스의 대사를 대신하라고 하고 셋업 몇 번이면 되겠지요. 세 사람은 빈 침대를 바라보고요. 후반 작업에서 하드 드라이브에 있는 엘리엇의 음성을 재조립하고 엘리엇과 목소리가 비슷한 사람을 이용하면 에이머스의 대사를 거의 다 만들어 낼 수 있습니다. VFX팀에서는 CGI 에이머스 나이트에게 필요한 모든 동작을 시킬 수 있고요. 물리적으로는, 기술적으로는, 필요한 숏을 얻을 수 있단 얘깁니다."

웨스팅하우스 조명의 부속 공간에는 이미 에이머스의 침실을 똑같이 재현한 세트가 지어져 있었다. 그 세트가 어찌나 진짜 같은지, 상냥하고 다정하고 마법 같은 엘리엇 과니어의 기억을 마음속에 여전히 소중히 간직하고 있는 렌은 아직 찾아가 보지도 않았을 정도였다.

빌은 말을 이었다. "여러분이 최대한 장면에 몰입할 거라는 건 의심하지 않습니다. 하지만 이 도전에는 모종의 신비가 깃들어 있지 않은가 하는 생각을 그만둘 수가 없군요. 얼과 나는 몇 주 동안 몰래 이야기를 나눠 왔습니다. 이 회의는 그 결과물이고요."

아이크는 귀를 기울이고 있었다. 에이아는 빌이 이처럼 제작상의 악몽을 마주한 순간을 도전으로 받아들인다는 사실에 경외감을 느꼈다. 렌은 아주 오래전, 소코로에서 빌 존슨이 그녀에게 **평온**을 요구했을 때 느꼈던 것과 같은 기분을 느꼈다.

"내가 생각했던 건 이겁니다……."

그의 말을 들은 뒤 진행된 투표는 만장일치였다.

* * *

조사관들은 50일 차(촬영일 53일 중)에 영화에 나오는 자신들의 모든 대사를 해치웠다. 그들은 론 뷰트에서 여러 실외 장면을 찍었고 웨스팅하우스 조명 안에서 열네 시간짜리 촬영일을 마무리 지었다. 항 토는 계속 자기 대사의 농담을 다듬었다. 닉 차보와 랄라는 세단 뒷좌석에서 컷어웨이를 찍으면서 근사한 연기 한 토막을 선보였다. 커샌드라는 이번 에오체 최신작이 울트라 유니버스의 흐름을 가다듬고 재정의하리라는 확신 속에 대사를 완벽하게 소화하고 위풍당당한 태도를 뽐냈다. 얼이 전하기로는 다이나모에서 조사관들이 화면상에서 선보인 강렬한 화학작용에 깜짝 놀랐다고 했다. 임원 합창단은 그녀에게 여러 차례 기쁨을 표했고, 그녀는 그런 메시지를 다른 사람들에게 전달했다.

"마지막 날에 망치지 말자고." 커샌드라가 경고했다. 그들은 한 장면만을 남겨 두고 있었다. 각본상의 마지막 페이지로, 대사는 없었지만 부담감은 어마어마했다. "다음 영화에서도 우리를 함께 출연시키려고 할지 모르니까."

"〈에이전트 오브 체인지 6: 리마의 복수〉요?" 항 토가 물었다. "헐값엔 안 나와줄 줄 알아요."

네 사람은 51일 차에는 '보류'였다. 콜 시트에는 신 97이 올라 있었다.

빌은 집중력을 높이고 흐름을 유지하기 위해 열 시간 촬영일을 지시했다. 점심시간은 없었다. 그와 샘은 모든 카메라 움직임과 커버리지 하나하나를 논의했고, 숏을 짧게 끊어 가지 않고 모든 테이크와 앵글마다 장면 전체를 처음부터 끝까지 이어서 찍기로 했다. VFX팀과도 이야기해서 모두가 동일한 목표를 지향하도록 했다.

오전 5시에 공작실에 불려 온 아이크는 다시 한번 차갑고 끈적끈적한 물질이 듬뿍 닿으며 목주름을 파고드는 기분을 느꼈다. 케니 셰프록은 그에게 피부가 풀을 더 잘 받도록 세 종류의 면도기를 사용해서 말끔하게 면도하면 어떻겠느냐고 제안한 바 있었다. 효과가 있는 것 같았다.● 아이크는 9시까지 촬

---

● 아이크가 영화를 찍는 동안 유일하게 끝나기를 고대했던 것이 바로 매일 풀을 바르는 과정이었다. 비록 숀, 제이슨, 브리트니 모두 날마다 아침을 함께하기에 좋은 사람들이기는 했지만. 그렇더라도, 더는 사양이었다. 이제 그만!

영 준비를 마칠 예정이었다. 렌과 에이아는 7시 30분에 헤어/분장 트레일러에 들어왔다. 다들 조용히 일했지만, 다가올 촬영에 대한 중압감으로 지나치게 팽팽해진 분위기를 누그러뜨릴 겸, 렌이 다 같이 소리를 죽여 대사를 연습하지 않겠느냐고 제안했다. 연기 없이, 최대한 평이한 어조로. 수 간호사는 그 장면에서 대사가 거의 없었으므로 에이아가 에이머스의 대사를 무미건조하게 읊었다.

* * *

웨스팅하우스 조명의 다른 방에는 배리 쇼가 있었다. 오래전 이브가 클라크네 드러그스토어로 아침을 먹으러 걸어가는 장면을 촬영했을 때 잔디를 깎고 간이 풀장에서 마르코 폴로 놀이를 했던 젊은이였다.

배리는 촬영 도중 7월 10일에 생일을 맞았다. 열여덟 살이 되었지만 투표하기에는 너무 어려 보였다. 그는 레딩 외곽의 자신이 성장한 집에서 계속 살고 있었다. 6월에 고등학교를 졸업했지만 섀스타 커뮤니티 칼리지에 다니면서 페덱스/아마존 배달 아르바이트를 하는 것 말고는 따로 대학 관련 계획은 없었다. 응급 구조사가 되어 캘리포니아 고속도로 순찰대 학교에 들어갈 생각이었다. 그는 고등학교에서 뮤지컬 〈렌트〉에 출연했고 뮤지컬 〈해밀턴〉의 랩 가사도 전부 외우고 있었는데, 론 뷰트에서 영화를 촬영한다는 소식을 듣고 현지 캐스팅 담당자들과 가진 짧은 만남에서 이를 증명했다. 그들은 이 젊은이가 마음에 들었다.

마르코 폴로 장면 이후, 그는 파이어폴과 나이트셰이드가 아이언 블러프를 불바다로 만들다시피 하며 싸우는 장면에 나오는 마을 주민 중 하나로 출연해 여러 날 밤을 메인 스트리트에서 일했다. 러시 시사에서 그는 카메라 앞에서 연기를 한다기보다는 그 순간을 실제로 겪고 있는 듯한 자연스러운 모습을 선

보이며 두각을 나타냈다. 특히 그가 슬픔의 성모 고등학교로 둔갑한 성 필립 보 네리 고등학교 앞에서 카메라 바깥에 존재하는 상상 속의 불길을 바라보는 클로즈업은 빌 존슨의 마음을 직격했다. 그날 밤, 빌은 두 번째 전투 도중 날아가 배수로에 굴러떨어진 파이어폴의 헬멧을 마르코 폴로 청년이 집어 드는 숏을 추가했다. 배리는 어쩐지 보는 이에게 기쁨을 주는 데가 있었다. 헥터와 매릴린은 그 영상을 보자마자 요주의 표시를 해 두었다.

며칠 전, 배리가 새스타 커뮤니티 칼리지가 개강하면 자신의 차가 될 아버지의 포드 F-150를 세차하고 있을 때, 휴대전화가 울렸다.

"쇼 씨, 영화 현장에서 만났던 얼 맥티어예요. 잘 지내나요?" 공적인 목소리였다.

배리는 야간 촬영 중에 맥티어를 만난 적이 있었다. "저는 잘 지내요. 잘 계시죠?"

"잠깐 보스랑 얘기할 수 있겠어요?"

"지금요?" 배리는 '보스'가 누구인지 전혀 알지 못했다. "네." 휴대전화에서 빌 존슨의 목소리가 들려왔다.

"배리! 잘 지내나?"

"그럭저럭요."

"우리가 그립나?" 야간 촬영은 한참 전에 끝났다. 촬영 마지막 날 아침, 제1 조감독은 마을 사람들을 클라크네 드러그스토어 앞에 전부 모이게 해 그들의 긍정적인 태도와 성실함에 감사를 표했고, 그들은 모두 사랑과 감사를 받는 사람들이라고 말했고, 모든 소품과 의상은 대기 장소에 반납해 달라는 지시와 함께 피로에 찌든 작별 인사를 건넸다. 영화 만들기에 참여한 경험은, 비록 밤새도록 일해야 했지만, 배리가 영화 만들기에 기대했던 만큼의 재미를 안겨 주었다.

"네. 그런 것 같아요."

"아, 그런 것 같다? 혹시 다시 이쪽으로 돌아와서 또 다른 장면을 찍을 생각이 있는지 알고 싶은데…….”

배리는 살짝 당황했다. 원래 그는 풀장에서 아이들과 하루 동안만 촬영하기로 되어 있었지만, 다시 불려 가서 대규모 장면을 목격했고, 이후 굴러떨어진 헬멧을 들고서 연기하는 제법 긴 기회도 받았다. 게다가 배식대에서 몇 번쯤 렌 레인 옆에 선 적도 있었다. 그런 일을 다시 하고 싶지 않은 사람도 있을까?

“그럼요. 네.” 배리가 말했다. “하고 싶은 것 같아요.”

“좋아. 오늘 와서 나랑 얘기 좀 하자고. 그런데 한 가지만.” 빌 존슨이 말했다. “이거 꼭 비밀로 지켜 줄 수 있을까?”

“네.” 배리가 말했다. “그럼요.” 그는 이유는 묻지 않았다.

“믿을게. 얼이 언제까지 제작 사무소에 오면 되는지 말해 줄 거야.”

맥티어 씨가 다시 전화를 받았다. “배리?”

“네?”

“당장 와요.”

배리는 포드 F-150를 호스로 씻어 내린 뒤 물이 뚝뚝 떨어지는 트럭을 타고 론 뷰트로 향했다.

* * *

배리가 그날 아침 7시 47분에 웨스팅하우스 조명에 몰래 따로 마련된 방에서 VFX팀에 둘러싸여 있던 것은 그가 어렸기 때문이다.

빌은 이틀 전 그의 소울 메이트들에게 이를 설명했다. “전쟁에서 싸웠던 해병들은 대체로 고등학교를 갓 졸업한 애들이었습니다. 스물네 살이면 영감님이나 노인네 소리를 들었죠. 대학도 안 갔고. 유니언 고등학교에서 수학이나 라틴어 시험을 치면서 컨닝이나 하고 있을 나이에 세계대전이 시작되는 바람에 아직 커리어도 없고. 아이크, 로버트 ‘가운데 이름 없음’ 폴스는 애였어요.

렌, 에이머스 나이트가 전쟁에서 싸웠을 때 몇 살이었을 것 같습니까?"

렌이 오래전 그녀의 배경 설정을 나름대로 구상하며 생각해 둔 내용이었다. 촬영 초반에 그녀는 엘리엇과 함께 에이머스의 내력을 두고 대화를 나눈 적이 있었다. "진주만 공습 때 팝팝은 열아홉이었어요. 공습 바로 다음 날 자원입대했죠. 원래는 해군에 지원하러 갔는데 함께 줄을 서 있던 사람이 꼬드기는 바람에 해병대에 지원했고요."

"좋아요." 빌이 말했다. "나이트와 폴스, 지옥으로 보내진 두 아이. 그중 한 아이만 집에 돌아왔습니다. 자. 그렇다면, 침대에 아흔일곱 살 먹은 할아버지가 누워 있다고 상상하는 대신에……."

빌은 말을 끊었다. 아이크와 렌과 에이아는 몸을 내밀었다. 이네스는 숨을 죽였다.

"여러분 모두 과거의 에이머스를 보는 겁니다. 그가 로버트 폴스를 처음 만났던 그날의 모습을." 침묵이 흘렀다. "두 사람이 지옥으로 들어가기 전의 모습을." 렌은 눈을 하늘로 향하고 그 광경을 상상했다. 아이크는 고개를 숙이고 그 순간을 상상했다. 에이아는 고개를 끄덕였다. 얼은 대답을 기다렸다. 그녀와 빌은 이 변화를 두고 오랜 시간을 논의했고, 두 사람이 본 가능성을 배우들도 보아 줄지 궁금했다.

앞서 말했듯, 투표는 만장일치로 결론 났다. 찬성 셋. 아니, 넷. 이네스의 표도 집계되었다.

착한 요리사들이 배리의 머리를 해병대 스타일로 깎았다. VFX/CGI팀은 후반 작업에서 배리의 얼굴을 디지털 스캔한 엘리엇 과니어의 얼굴로 대체하기 위해 배리의 얼굴에 기준점으로 삼을 점을 찍었다. 배리는 엘리엇이 연기할 때의 음역과 억양을 비슷하게 따라 할 수 있도록 에이머스가 촬영을 마친 여러 장면의 오디오 트랙을 받았다.●

촬영 당일, 배리는 렌, 아이크, 에이아가 불려 오기 삼십 분 전에 팝팝의 방

세트의 침대로 들어갔다.

* * *

요기: 스튜디오는 차분하고 고요했습니다. 스태프들에게 지시하는 소리 외에는 아무도 입을 열지 않았지요. 말소리가 들리지 않도록 모두가 무전기에 헤드폰을 연결했습니다. 배리는 침대에서 한 번도 나오지 않았습니다. 촬영과 셋업 사이에는 그냥 눈을 감고 있더군요. 재능들은 배리가 들어오거나 나가는 모습을 보지 못했습니다. 제가 보통 모니터를 보는 건 필요한 수정을 가하기 위해서, 문제가 발생했을 때 돕기 위해서입니다. 하지만 신 97에서는, 맙소사, 우리는 매 순간 무언가 엄청난 것을 목격하고 있었습니다. 모니터에서 눈을 뗄 수가 없더군요.

샘: 빌과 나는 간단하게 가는 편이 제일 좋겠다고 생각했습니다. 셋업마다 카메라를 움직이지도 말고 화면 크기도 고정하자고요. 그동안은 시퀀스 단위로 숏을 구상해서 카메라를 역동적으로, 주관적으로 활용했습니다. 늘 움직이고, 다가가고. 하지만 신 97에서는 렌즈를 고정해 뒀습니다. 원격 제어 헤드를 사용했기 때문에 카메라 오퍼레이터와 포커스 풀러는 눈에 띄지 않게 세트 밖에 나가 있었습니다. 침실에는 렌, 아이크, 에이아, 그리고 그 꼬마뿐이었습니다. 그래요, 배리.

프랜시스: 눈. 그들은 눈으로 대사를 듣고 있었어요. 에이아의 대사는 두 단어에 불과했지만 그녀는 그 대사에 사랑을 가득 담았어요. "응, 에이머스?" 렌은 자기 커버리지를 마지막에 찍었으면 한다고 했어요. 그래서 에이아가 먼저 나서서 기준점을 높여 놓았지요.

● 배리는 매일 밤 F-150를 타고 레딩 주변을 몇 시간씩 돌아다니면서 그 오디오 트랙을 듣고 대사를 연습했다.

요기: 한 차례 동선과 위치를 확인하기 위해 형식적인 리허설을 한 다음 가까이에서 클로즈업부터 찍기 시작했습니다. 먼저 에이아가 화면 크기를 두 가지로 해서 몇 테이크를 찍었습니다. 다음은 아이크였는데, 처음 몇 테이크에서는 망연자실한 모습이었어요.

프랜시스: 빌은 아이크가 장면 내내 파이어폴로 남아 있기를 바랐어요. 냉철하게, 아시죠? 빌의 표현대로라면 전부 '임무'인 것처럼요. 그는 아이크가 장면이 이끄는 대로 무엇이든 하도록 내버려두더라고요. 몇 번은 대사를 잊어버렸구나 싶은 순간도 있었는데, 그게 아니라 아이크가 말을 할 수 없었던 거였죠. 말을 만들기는 했는데 입 밖으로 내뱉을 수 없었던 거예요.

샘: 렌은 평소와 다른 방향으로 나아갔습니다. 나는 영화에서 자신이 연기할 디테일을 하나하나 꼼꼼하게 챙기는 렌의 태도에 익숙해져 있었지요. 하지만 신 97에서 렌은 뭔가 다른 영역에 들어가 있었습니다. 렌은 말하는 바를 얼굴에 그대로 드러냈습니다. 꾸미지 않고, 감정을 자극하려 하지도 않고 말입니다. '연기'를 하지 않았어요. 대사는 많지 않았지만, 열망을, 의지를 담아 대사를 말했습니다. 그렇게 할 수 있는 배우는 많지 않아요. 다들 그러려고 노력은 합니다만.

프랜시스: 제가 아이크의 눈 색깔이 배리 쇼와 똑같다는 걸 알아차린 게 바로 그때였어요. 완전히 파란색이 아니라 파란색과 회색이 섞인 눈 색요. 그 일치에 충격을 받았죠. 배리는 대사를 말로 옮기지 않았어요. 생각을 소리 내서 꺼낸 거죠. 배리는 스테이크와 달걀에 관한 대사를 되풀이한다는 아이디어를 가지고 왔어요. 에이머스가 진주만 공습 전에 아침으로 스테이크와 달걀을 먹었다는 디테일을 각본에서 발견했던 거죠. 배리가 그 대사를 자기가 다시 사용해도 괜찮겠냐고 묻더군요. 정말 용감한 아이죠! 빌은 아니다 싶으면 편집할 테니 해 보라고 했죠. 그 순간은 정말 욕 나오게 근사해요.

샘: 그래요, 배리는 후반 작업에서 대체될 예정이었습니다. 하지만 엘리엇

의 목소리를 연구해 왔더군요. 정말 엘리엇과 목소리가 똑같았습니다. 에이머스 나이트 그 자체였습니다. 렌이 처음 엘리엇의 목소리를 듣고 헛숨을 삼켰을 정도였지요.

마빈 프리츠(사운드 믹서): 제게는 따로 소형 모니터가 있어서 카메라에 잡히는 영상을 볼 수 있어요. 설령 제가 눈이 멀었더라도 귀에 들리는 소리만으로도 신 97이 이 영화의 정점에 해당한다는 걸 알 수 있었을 겁니다.

도니 마커스(조명 기사): 전날 세트에 미리 조명을 쳐 두고 당일 아침 내내 배우들이 나타나기 전까지 조정했지. 원래 촬영했던 집으로 돌아가지 않은 덕분에 세트의 벽을 떼어 낼 수 있었어. 샘은 마음껏 자유를 누렸지. 하지만 그날 그 현장은 배우들 덕분이었어. 난 신경이 칼처럼 곤두서서 베일 것만 같고 스태프 모두 분위기를 흐리지 않으려고 발끝으로 살금살금 돌아다니는 날이 잔뜩 선 현장들을 겪어 봤거든. 그날 현장은 평온할 리가 없었는데 평온하더라고.

테드 트루먼(포커스 풀러): 초점을 놓칠까 봐 겁에 질렸던 것만 기억나요.

요기: 열 시간이 다 필요하지도 않았습니다. 배리의 커버리지를 딴 뒤, 빌은 널찍한 마스터 숏을 찍었어요. 한 폭의 그림 같았죠. 마지막 숏은 바깥에서 창문을 통해 들여다보는 앵글로 찍었습니다. 화면에는 침대를 바라보는 렌과 아이크만 보였습니다. 배리도 여전히 침대에 있었지만 우리가 볼 수 있는 건 손뿐이었습니다.

헥터와 매릴린: 이브와 파이어폴이 살짝 눈빛을 교환하는 거요? 그건 편집하면서 넣은 겁니다. 원래 그 장면에 그런 건 없었죠……. 렌과 아이크는 그 순간 막 서로를 발견했습니다. 이브와 밥 폴스가 된 거죠……. 거기엔 사랑이 있었어요.

## 여러분은 사랑받는 사람들입니다

52일 차(촬영일 53일 중)는 짤막짤막했다. 샤워실의 이브. 헛간에서 못을 집는 이브. 주간고속도로에서(그린 스크린) 못을 던지는 이브. VFX 삽입 숏.

그리고 마지막 콜 시트가 나왔다. 53일 차(촬영일 53일 중).

스태프들은 영화의 마지막 장면으로 본 촬영을 마무리하기 위해서 아름다운 늦여름 날 웨스팅하우스 조명 바깥으로 나가게 되자 안도했다. 그럴 확률이 얼마나 될까? 첫 촬영은 첫 장면, 마지막 촬영은 마지막 장면. 로케이션은 론 뷰트 북동쪽의 한 농장에 있는 들판이었다. 강가에 베이스캠프가 설치되었다. 처음으로 같은 장면에 출연하게 된 렌과 아이크와 모든 조사관이 동시에 공작실을 찾은 덕분에 헤어/분장 트레일러는 생기로 가득했다. 음악이 흐르는 가운데 모두가 참여한 대화가 자갈 위를 흐르는 물처럼 이어졌다.

켄 셰프록은 아르헨티나에서 찍은 어느 영화의 마지막 촬영일에 발전기에 벼락이 떨어져 폭발이 일어났던 이야기를 들려주었다. 감독이 "촬영 끝."이라고 외치고 몇 시간 만에 미국인 관계자 전원이 집으로 돌아가는 비행기에 올랐더랬다. 착한 요리사들은 모로코에서 스물일곱 시간 동안 계속된 촬영 마지막 날을 바람에 거의 날려가다시피 한 텐트 속에서 보냈던 경험담을 들려주었다. 렌은 자신이 기억하는 마지막 촬영일이라고는 〈페리윙클〉 때뿐인데, 그날 진흙 웅덩이 속에 빠져서 눈에 뭐가 들어가는 바람에 눈병에 걸렸다고 했다. 그 이야기는 일련의 '내가 하마터면 죽을 뻔했을 때' 무용담으로 이어졌다. 항은 1968년에 거미에게 물렸다고 했다. 커샌드라는 한 번은 촬영에 필요한 장비가 온통 길을 막는 바람에 카메라 위치로 가려다 발이 걸려 넘어졌던 이야기를 했다. 아이크는 모두에게 흉터를 붙이는 동안 잠 좀 자게 제발 닥쳐달라고 했다. 렌은 음악의 볼륨을 키웠고 모두가 핑크의 〈파티를 시작합시다〉를 목청껏 불렀다.

니나가 아이크와 렌을 촬영장으로 데려가면서 마지막 촬영일이 시작되었다. 시아는 루비를 데려와 풀이 높다란 들판에서 놀게 하고 점심을 먹었다. 신선한 공기를 즐길 수 있도록 배식 텐트의 양옆을 걷은 덕분에 식사 시간이 야외 결혼식처럼 느껴졌다.

진행은 수월했다. 숏 목록에는 카메라가 우아하게 움직이면서 화면구도의 변화에 따라 피사체가 모습을 드러내는 유형의 숏이 가득했다. 파이어폴과 분대가 숲속으로 사라지는 마지막 이미지는 골든아워를 기다려 찍을 예정이었다.

99 아침 일출.

100 실외. 풀이 높다란 들판―아이언 블러프 외곽

파이어폴이 나이트셰이드의 등 뒤에서 그녀를 끌어안은 채로 나란히 누워 있다.
둘 다 잠들어 있다.
두 사람이 그토록 평화롭게 잠든 모습을 보는 것은 처음이다.
이브가 먼저 잠에서 깬다. 눈에 잠기운이 남아 있다.
그녀는 정신을 차리고 자신이 어디 있는지 확인하려 한다.
그녀는 잠의 여파로 머리가 멍하다.
그녀는 할아버지를 잃은 것을 기억해 낸다.
그녀는 로버트 '가운데 이름 없음' 폴스의 팔을 자신에게 두른다. 더 바짝.
그가 잠에서 깬다. 그도 잠을 자는 동안 변화했다.
그가 몸을 일으켜 앉는다. 그녀도 똑같이 한다. 그들은 서로를 바라본다.

**이브 나이트**    팝팝 곁에 있어 줄 거지?

**파이어폴**       그래.

그녀는 일어선다.

높다란 풀 위로, 아이언 블러프가 보인다.

그래, 약간 연기가 피어오른다.

하지만 오래전에 있었던 일만 같다.

그녀는 지평선을 바라보며 그동안 있었던 모든 일을 되짚는다….

우리는 그녀의 얼굴을 본다―경험, 지혜, 수용.

우리는 평화를 찾은 그녀를 본다….

그녀는 가벼운 먼지바람이 이는 것을 느낀다….

그녀가 로버트 폴스를 향해 돌아선다. 그의 화상 입은 얼굴, 흉터투성이에, 헬멧을 쓰지 않은 머리.

그의 두 눈.

그가 일어선다. 그는 자신의 M2-2 화염방사기를 어깨에 가로질러 멘다.

그의 주변으로 먼지바람이 일어난다.

먼지가 연기가 되고, 더 빠르게 회오리치며 그를 가린다….

점점 더 빠르게 회전하는 모습을 이브는 바라보고만 있다.

이윽고 그가 사라진다.

이브가 들판에서 일어선다.

그녀는 혼자다…. 홀로 남았다.

그녀는 누군가의 소리를 듣는다…. 젊은 남자의 목소리다…. "이브!"

그녀는 들판 저 멀리에 있는 수목한계선을 바라본다.

101 수목한계선―동일


천천히 전장을 향해 걸어가는 해병 분대를 이끄는 것은 젊은 에이머스 나이트 병장이다. •

후위, 맨 뒤쪽에 전투용 헬멧을 쓰지 않은 화염방사병이 있다.

병장이 수신호를 보낸다. 분대가 방향을 돌려 숲속으로 사라진다.

화염방사병이 잠시 고개를 돌려 자신이 있었던 곳을 바라본다. 그가 손을 흔든다.

이브가 마주 손을 흔든다.


102 실외. 길―동일


런던이 보고 있었다…. 망원경을 통해서…. 그녀가 이끄는 조사관들이 그 모든 광경을 카메라, 레이더, 각종 장비로 기록하고 있었다….

런던이 망원경을 확 돌리면….

시점 숏.

이브 나이트가 보인다.

그녀가 돌아서서… 런던의 눈을 똑바로 바라본다.

갑작스럽게 컷하면:

검은 화면

그리고 이어서….

"이브 나이트는 〈에이전트 오브 체인지 6: 파괴를 외쳐라〉에 나타날 것이다."

크레디트 올라간다.


• 배리 쇼가 연기했다.

## 07

# 후반 작업

## 존슨 박사와의 대화

"나는 촬영 마지막 날과 아몬드 건물에서 열린 종파티 현장에 있었어요. 나는 마리아치 음악에 약한데 그 밴드는, 이네스의 친구들요, 오, 정말 굉장했죠! 빌은 촬영이 끝나면 워낙 지쳐서 자기 파티에도 오래 머무르는 법이 없지만, 난 그이를 앉혀 놓고 직업상 참석해야 하는 자리가 아니라 나랑 데이트하는 거로 생각해 달라고 했어요. 여러 스태프의 부인들은 늘 옷에 잔뜩 힘을 주고 참석해요. 렌은 우아했어요. 아이크는 영화가 끝나서 약간 어쩔 줄 모르는 것 같았고요. 시아는 기쁨이 넘쳤죠. 현지인들도 많이 참석해서 밤새도록 파티를 즐겼다고 들었어요. 조용했던 론 뷰트는 다시는 전과 같지 않을 거예요."●

"후반 작업 단계가 되면 내 남자가 내게 돌아와요. 정신없는 촬영이 끝나면

---

● 추모의 뜻을 담아 엘리엇 과니어의 커다란 사진이 로비에 설치되었다. 사람들은 사진 옆에 꽃을 바쳤다. 그날 밤이 끝날 무렵, 어떤 술에 취한 파티 참석자가 OKB의 사진을 복사하고 네임펜으로 '고인의 명복을 빕니다'라고 적어서 테이프로 붙여 놓았다.

우리는 이 주 정도 멀리 떠나곤 해요. 내가 시간을 낼 수 있으면요. 전에는 포르투갈, 그리스에 갔고 한번은 남극에도 갔는데, 그때는 내가 거기서 할 일이 있어서 겸사겸사 간 거긴 했죠. 이번 촬영이 끝난 뒤에는 빌 혼자서 베트남에 갔어요. 하노이에서 위에까지 바이크로 여행했죠. 가이드를 대동하고요. 천천히 다녔대요. 난 강의가 있었고요."

"빌에게는 영화에 관해 아무런 생각도 하지 않은 채 긴장을 푸는 시간이 필요해요. 나는 다 좋으니 골프만은 치지 말라고 하죠. 그건 길 건너에서도 칠 수 있으니까요."

"돌아오면 빌은 다시 처음부터 영화를 만들어요. 사전 제작은 외교죠. 촬영은 전쟁이고요. 후반 작업은 점령이에요. 오래전 내가 영화가 어떻게 만들어지는지 궁금해하던 시절에 빌이 설명해 준 거예요. 지금은 안 궁금하지만요. 만드는 과정을 봤거든요. 난 영화 만들기에 매혹되지는 않더라고요. 쇼 비즈니스의 화려한 세계에 들어가고 싶었던 적은 한 번도 없어요. 하지만 빌은 거기에도 고귀함이라는 게 있고, 내가 과학과 가르치는 일을 사랑하듯 그것도 호기심을 원동력 삼아 열정에 휩쓸려 하는 일이라는 걸 보여 주었어요. 둘 중 하나라도 잃으면 끝장이죠. 기계적으로 반응하거나 '이만하면 괜찮네'에 안주하는 순간 그 일은 못 하는 거예요. 내 생각에 빌은 자기가 무엇을 모르는지 인정하는 데에 능해요. 자기가 무엇을 해야 하는지는 영화가 말해 줄 거라고 믿는 거죠. 운이 따른다면 자신의 무지를 들키지 않고 넘어갈 수 있으리라는 것도요. 빌은 도둑이고, 도둑들 간의 의리라는 게 있으니까요."

"어떤 도둑이냐고요? 사기꾼. 협잡꾼. 카니발 호객꾼요. 그는 영화 만들기를 골판지 카니발이라고 부르죠. 손님이 입장권을 사는 순간, 그는 몇 달러를 대가로 손님들이 간절히 원하는 현실도피 거리를 제공해요."

"내가 빌의 영화를 좋아하느냐고요? 그런 질문에 내가 뭐라고 대답해야겠어요? 어떤 영화들은 나랑 잘 안 맞지만, 그건 빌도 알아요. 빌이 내가 자기 영화를 무조건 흠모하고 사랑하고 거품을 물고 열광해 주기를 바라는 사람이었다면, 나와 맞는 상대가 아니었겠죠. 하지만 빌은 절대 자신의 최종 결과물에 확신을 갖는 법이 없고, 난 그 점을 존경해요. 빌은 자기 영화가 먹힐지 안 먹힐지 몰라요. 그건 다른 사람들이 말해 주는 거죠."

"빌은 각본을 쓰면서 첫 번째로 영화를 만들어요. 빌의 상상력이 저 낡은 타자기에서 나와 군데군데 연필로 끼적이고 포스트잇을 붙인 지저분한 초고의 모습을 갖추죠. 빌은 그걸 자신이 '만들고 싶은' 영화라고 말해요. 빌은 프렙 중에는 내 곁을 지키지만 두 번째로 영화를 만들기 시작하면서 나를 떠나요. 촬영은 늘 지옥이죠. 촬영에 필요한 일에는 끝이 없어요. 수백만 마리 개미가 빌의 창작물 위를 기어다녀요. 원대한 꿈 중에서 일부는 버려야 하고, 일부는 목숨을 구하려면 몸뚱이에서 잘라 내야 하고, 일부는 오래 묵힌 끝에 술이 되기도 하고 식초로 변하기도 해요. 빌이 통제할 수 있는 건 많지 않아요. 날씨도 통제 불가. 고용인들의 정신 상태도 불가. 존슨 팀을 제외하면요. 코로나 방역 수칙도 불가.● 혼자서 결정할 수 있는 거라곤 침대 밖으로 나가느냐 마느냐 뿐이에요. 촬영은 가장 고되고, 길고, 잔인한 과정이에요. 촬영은 그가 '억지로 만들어야 하는' 영화이고, 그렇게 해서 생긴 수십억 개의 파편을 한 조각 한 조각 맞춰 거울로 완성해야 하죠."

"바로 그게 후반 작업에서 하는 일이에요. 거기서 세 번째로 영화가 만들어지는 거죠. 그게 바로 그가 '만드는' 영화예요."

●  코로나19에 관한 첨언. 나는 스태프와 출연진을 대상으로 일주일에 두 번씩 이루어지는 코로나 검사와, 스태프들의 작업 공간 분리와, 플렉시 글라스 칸막이 설치와, 사회적 거리두기의 필요성은 굳이 자세하게 다루지 않았다. 지면을 너무 많이 잡아먹는 데다 이러쿵저러쿵 어쩌고저쩌고로밖에 읽히지 않았을 테니까. 어차피 코로나 방역 수칙이 흔해지기도 했고, 그리고 설령 확진자가 나와서 격리 조치가 되더라도 작업이 중단되는 경우는 최소한에 그쳤다. 나는 헤어/분장 트레일러에서 차단 및 분리가 필요했다는 현실을 생략함으로써 마치 다들 아무런 방도도 받지 않고 바로 옆에서 일하고 있었던 것처럼 묘사했다. 실제로는 보험 관련 문제와 조합 지침 때문에 마스크와 플렉시 글라스가 필수였고 콜 타임 사이에도 간격을 두어야 했다. 코로나 때문에 추가로 260만 달러의 예산이 편성되었다. 그리고 스태프 하나가 감염되어 심한 병치레를 했고, 병원에 입원했고, 영화를 마치지 못했다.

"우선 필름 캔에 든 전부, 그러니까 매일 찍은 모든 숏을 연결하는 것부터 시작해요. 장면마다 시작과 중간과 끝이 있죠. 〈앨버트로스〉에서 그가 만든 가편집본은 다섯 시간이 넘었어요. 〈나이트셰이드〉는 그 절반 정도였지만 그래도 여전히 너무 길었죠."

"아뇨, 난 편집본을 보지 않아요. 빌에게 안 본 사람 눈이 필요해질 때까지 기다리죠. 후반 작업을 시작하고 몇 달이 지나면 빌이 편집본을 나나 페덱스 배달부나 어느 대학생들이나 캐피틀 레코드 빌딩 주차 요원 등 비밀유지계약서에 서명한 사람 누구에게든 보여 줘요. 때로는 클랜시 오핀리와 그의 부인처럼 편집이라는 게 어떻게 돌아가는지 아는 출연자에게 예고 없이 보여 주기도 하고요. 그 두 사람은 뭘 걱정할 필요가 없는지 알거든요. 나는 보다가 지루하다 싶으면 빌에게 얘기해요."

"빌은 소코로에 편집실을 차릴 수도 있었지만, 그랬더라면 편집팀 전원이 이곳에서 살아야 했을 텐데, 여긴 누구나 좋아할 만한 동네는 아니죠. 빌은 옵셔널 엔터프라이즈에 자기 사무실이 있고 윌셔에 있는 혼자만의 안식처에서 할리우드까지 통근하는 것도 좋아해요. 믹싱과 더빙은 전부 밸리에서 해요. 믹싱과 더빙의 차이가 뭔지는 나도 몰라요. 알아야 할 필요를 못 느끼겠더라고요. 빌은 자기 영화가 어떤 꼴이든 후반 작업을 하루씩 거칠 때마다 계속 더 나아진다고 하더군요."

"나는 왔다 갔다 해요. 비행기로 주말에 오는 게 더 편하죠. 토요일 아침에 빌은 그 주에 작업한 분량을 돌려보고, 곧바로 나와 함께 하이킹을 가거나 아니면 내가 집에서 책을 읽는 동안 스튜디오 시티에 있는 골프 연습장에서 골프공을 한 바구니 쳐요. 일요일에는 그이가 아침을 만들어 주고, 우리는 함께 아무것도 안 하거나, 뭐, 그런 것들을 하면서 하루를 보내죠. 난 취소되지 않은 비행편으로 앨버커키로 돌아가고요."

"민간인이 보기에 후반 작업 기간은 지루해요. 워낙 점진적인 과정이라 정말로 진척이 있기나 한지 의심스러울 정도죠. 루프하는 대사의 EQ값이 룸 톤과 맞는지, 에이머스에게 화를 내는 수 간호사의 표정을 몇 프레임 더 길게 가면 어떤지 등, 아는 사람만 아는 문제를 논의하느라 얼마나 시간을 들인다고요. 그런 논의는 끝날 줄을 몰라요. 미친 거죠. 그걸 몇 달을 한다니까요. 출연자들은 일부 대사를 다시 녹음해야 하는데, 그걸 ADR 아니면 루핑이라고 해요. 그럴 때는 일부 장면만 보지 전체 영화를 보지는 못하죠. 루프 세션이 길어져 불편한 분위기가 될 때도 있지만, 이번 영화의 배우들과는 그렇지 않았어요. 적어도 빌에게 듣기로는 그랬다더라고요."

"마침내, 어느 날 밤, 절친한 친구들만 참석하는 시사회가 열려요. 내가 빌의 영화를 두 번째로 보는 자리이고, 그때 보는 영화는 늘 첫 번째 편집본과는 무척 달라요. 다른 영화를 만들 때 사귄 친구들도 포함해서 열다섯 명쯤 모여요. 얼은 물론 참석하고요. 선동가도요. 이번에는 이네스도 참석했어요. LA로 이사 왔거든요. 아직 배우들은 없어요. 배우들은 배우 전용 시사회를 따로 갖죠. 그리고 다이나모나 호크아이 사람도 오지 않아요. 그냥 우리끼리 열몇 명쯤만 모이는 자리죠. 일부 특수 효과는 완성된 형태로 영화에 들어가 있고, 대부분은 아직 합성 중인 임시 단계지만, 그래도 골자는 파악할 수 있어요."

"불이 켜지고, 빌이 묻죠. '자, 어떻게들 생각해?' 그리고 그이는 모든 말을 귀담아들어요. 모든 의견, 생각, 제안, 아이디어를 들은 다음 각각의 의견이 무엇을 의미하는지 확실히 하기 위해 질문도 던지죠."

"그 모든 의견을 반영할까요? 아니죠. 하지만 빌은 그런 시사회로 영화를 테스트한다고 말해요. 모두가 혼란스럽거나 위치가 잘못됐다고 말하는 장면이 있으면 빌은 그 장면을 손봐요."

"편집도 더 하고, 믹싱도 더 하고, 특수 효과를 넣은 다음에는 여러 임원 합창단에게 보여 줘요. 빌은 영화를 렌에게 보여 줬어요. 시사실에 렌만 들어오게 해서요. 극비로 진행했죠. 그런 자리가 있었다는 사실은 두 사람과 얼만 알았어요. 그런 다음 렌과 빌은 대화에 대화를 거듭했죠. 며칠 뒤, 빌은 영상 편집을 확정했어요. 그게 아주 중요한 거래요. 영상 편집이 확정되고 나면 모든 게 다듬어져 반짝반짝 빛이 나죠."

"빌은 배우 시사회를 일종의 파티처럼 진행하려고 해요. LA 시사회에는 렌과 윌리, 그리고 클랜시도 다시 참석했어요. 항과 닉은 일행을 하나씩 데려왔죠. 에이아는 가족을 전부 이끌고 왔고요. 빌, 얼, 그리고 이네스는 뉴욕으로 날아가 영화를 아이크와 시아, 커샌드라, 그리고 몇몇 발 빠른 언론 관계자들에게도 보여 주었어요. 이네스는 뉴욕에 처음 가 본 거였는데 거기로 이사하고 싶다더군요."

"모니터링 시사회는 없어요. 다이나모는 자기네 슈퍼히어로 영화에 관해 어떤 정보도 유출하지 않는다는 정책을 갖고 있어요. 인터넷이 눈에 불을 켜고 달려드는데, 아마 초기작 중 하나가 어사 라이언레이디의 의상 때문에 곤욕을 치렀을 거예요. 이제 다이나모의 보안은 철통같죠. 어차피 빌은 모니터링 시사회를 싫어하니까요. 다시 히트작을 만들기 시작하면서부터 그런 시사회는 그만뒀죠. 그런 시사회에서는 관객들에게 이런 질문을 던져요. 마음에 들었던 점은? 마음에 들지 않았던 점은? 가장 마음에 들었던 장면은? 마음에 들었던/들지 않았던 캐릭터는? 이 영화를 반드시 봐라/웬만하면 봐라/시간이 나면 봐라/볼 필요 없다 중에서 권한다면? 상영 도중 퇴장한 관객 수는? 빌은 모니터링 시사회는 마케팅 담당자들을 위한 것이라고 말해요. 계약서에 있는 한 줄(최종 편집권)● 덕분에 빌은 그런 설문 결과를 무시할 수 있어요."

"다이나모는 빌에게 의견을 잔뜩 보내 왔어요. 수 페이지에 달했죠. 얼은 몇 시간 동안 전화를 붙들고 다이나모에서 빌의 편집본에 원하는 바를 전부 들

● 아주 드물다. 예산을 넘기는 A급 감독들에게조차 그렇다. 최종 편집권은 모든 감독이 열망하는 궁극의 계약 조항이다. 스튜디오는 보통 감독에게 최종 편집권이 없다는 점을 곤봉처럼 휘둘러 댄다. 최종 편집권이 있는 감독은 임원들에게 썩 꺼지라고 말한다. 빌이 영화가 완성됐다고 판단하면 아무도 영화에 손댈 수 없다.

었고요. 빌은 모든 의견을 읽어 보았고, 얼은 스튜디오에서 원하는 바를 전부 전달했어요. 한두 가지 의견은 받아들였을지도 몰라요. 하지만 그렇게 하면 영화가 조금 더 나아진다는 데에 동의하는 경우에만 그래요. 빌이 내 남자인 이유 중 하나예요."

* * *

스태프 시사회가 있고 얼마 지나지 않아 케니 셰프록이 렌에게 문자를 보냈다. 하지만 렌은 비행을 하고 차기작을 고민하고 귀빈 대접을 받느라 바빴다. 그녀는 키스 이모티콘과 윙크하는 얼굴과 시계 문자판과 물음표로 대답했다. 그는 잠깐 그녀와 대화를 나누고 싶었지만, 급할 것은 없었다. 렌은 시간이 나자 그의 휴대전화로 연락했고, 셰프록은 405번 도로에서 가다 서기를 반복하는 차 안에서 전화를 받았다.

"케니!" 그녀는 팝 아이돌과 사랑에 빠진 십 대처럼 소리를 질렀다. "정말 보고 싶어요! 어떻게 지내요?"

"우리 꼬마 아가씨," 그가 말했다. 차는 세풀베다 패스 남쪽 방향 차로에서 어느 조경 회사 트럭 뒤에 서 있었다. "이보다 더 좋을 수 없는데, 그 이유를 말해 주고 싶어서 전화했지."

"전부 말해 줘요!"

"난 끝이야, 아가씨. 완전히 끝났다고."

"그 말은……." 렌은 그 자리에서 확실하게 알고 싶었다. "은퇴하겠다는 거예요?"

"현장을 떠날 거야. 완전히 쫑. 오전 5시 반 콜은 이제 없어. 어떻게 끝내는 게 최선일지 일 년쯤 생각해 왔지. 〈나이트셰이드〉를 같이하자는 얘기를 듣고, 바로 이거다, 렌과 함께 이 영화를 하고 그만두는 거다, 싶더라고. 그보다 더 기쁠 수 없었지."

"오, 케니." 렌은 전화 너머로 달콤하게 속삭였다. "나의 반석 셰프록. 앞으로 내가 당신 없이 해 나갈 수 있을까요?"

"우리 아가씨라면 멋들어지게 해낼 거야."

렌은 그가 '멋들어지게' 같은 단어를 사용하는 게 좋았다. 그리고 '우리 아가씨'라고 불리는 것도 좋았다. 이런 소식을 들은 이상, 그녀가 앞으로 남아프리카에서 〈제인의 노래〉를 촬영하고 이어서 〈에이전트 오브 체인지: 에이전트 오브 체인지에 관한 다음 에이전트 오브 체인지 영화〉에도 출연하려면 다른 분장의 천재를 찾아야 했다.

"케니." 그녀는 전화 너머로 말했다. "내가 사랑하고 앞으로도 영원히 사랑할 케니에게 케니가 누려 마땅한 모든 행복이 함께하기를 빌게요."

"같은 마음이야, 꼬맹이."

그녀는 실리콘밸리에서 벤처 사업가들과 회의가 있는 월리를 비행기로 쿠퍼티노까지 데려다주고 돌아오는 길이었다. 비행장에서 로스앤젤레스 북쪽에 숨어 있는 집으로 차를 타고 돌아가는 동안, 그녀는 자신에게 새로운 시대가 시작되었음을 자각했다. 〈제인의 노래〉는 미셸린 옹이 찔러 보지도 않았는데 렌에게 들어왔다. 그들은 렌이 처음이자 유일한 선택이라면서, 그녀가 주연을 맡지 않는다면 영화를 만들지도 않을 거라고 말했다(네에, 그러시겠죠). 렌은 그 영화에 출연하겠다고 나선 여자들이 전부 탈락했다는 사실이 주는 고소함을 아주 조금만 즐기기로 했다. 헤헤. 〈이브의 모든 것〉이나 〈제저벨〉의 베티 데이비스가 된 기분이었다. 그 역할들을 연기할 수 있는 배우가 또 있었을까? 아무도 없었지. 〈제인의 노래〉에 출연한다면 앞으로 말 타는 법을 배우고 넉 달, 어쩌면 다섯 달을 남아프리카에서 지내고, 〈나이트셰이드: 파이어폴의 모루〉가 호크아이를 통해 전 세계에 스트리밍되기 시작하는 시점에 외국에 있게 될 것이다. 그 시점에 일을 한다는 건 좋았다.

코믹콘에서 처음 공개된 티저 예고편이 인터넷에 지른 불은 좋은 소식이 찾아오리라는 조짐이었다. 그보다 더 좋은 조짐은? 티저 예고편 공개 직후 새로운 구독자들이 호크아이에 월 7.77달러의 구독료를 내기 시작했다. 새 구독자 수는 거의 2백만 명에 달했다. 산수를 해 보자. 2백만 곱하기 7.77달러 곱하기 12를 하면 연 1억 8,640만 달러의 초과이윤이 호크아이의 금고에 꽂힌다. 돈벼락이 쏟아지자, 다이나모의 모든 이가 이브 나이트를 에이전트 오브 체인지에 합류시킨다는 지혜를 발휘한 자신이 천재라고 생각했다.● 렌은 이제 아주 중요한 두 가지를 알았다. 하나는 영화가 끝내주게 잘 나왔다는 것. 여느 울트라 영화들과는 달리 간결하고 빠르면서도(상영 시간: 107분) 그 시리즈가 요구하는 눈요기는 빠짐없이 담고 있었다. 그리고 다른 하나는 그녀가 지금 이 순간부터 앞으로 오 년간의 활동을 주체적으로 결정하겠다는 것. 다이나모가 나이를 이유로 그녀를 이브 역에서 내보낼 시점에 맞춰 나름의 선택지를 갖추기 위해서였다. 그때가 되면 지금 어디선가 중학교 연극에 출연 중인 소녀가 차기 나이트셰이드, 다음 웬디 랭크가 될 테니까.

사방팔방으로 펼쳐진 자신의 목장에 돌아온 렌은 새 와이파이 신분으로 애틀랜타에 있는 아이크에게 문자를 보냈다.

[E. 플린트스톤: 켄 셰프록이 은퇴한대요!]

아이크는 촬영 사이에 대기하는 중이었기에 즉각 자신의 새 전자 페르소나로 답장을 보냈다.

[버피맨: 파운틴 애비뉴도 예전 같지 않겠군요. 괜찮아요?]

[E. 플린트스톤: 옙. 시아는요?]

[버피맨: 나아졌어요. 아침 입덧이 덜해요.]

---

● 현재 호크아이는 전 세계 1억 1,400만 구독자를 거느리고 있다. 7.77달러로 계산하면 연 8억 8,578만 달러다. 괜찮은 숫자다.

[E. 플린트스톤: 안부 전해 줘요. 애틀랜타예요?]

[버피맨: 론 뷰트는 아니군요. 여기 사진. 비밀로 안 하면 다이나모에서 고소합니다!]

다시 파이어폴로 분장한 아이크의 모습이 렌의 화면을 채웠다. 그는 재빨리 다음 울트라 영화인 〈시 라이언: 침묵의 세계〉에 투입된 상태였다. 그 영화는 다음 에오체 영화와 연결될 예정이었는데, 그러면 렌과 다시 만날 수도 있었고 아닐 수도 있었다. 아이크는 그렇게 되기를 바랐다. 누군가가 또다시 10억 달러짜리 위험부담을 안게 될 어떤 각본을 작업하는 중이었다.

* * *

시아는 임신했다. 놀라운 일이었다. 한 짓이 있었으니 생물학적으로 놀랍지는 않았다. 하지만 아이크도 시아도 가족 구성원을 추가할 계획은 없었다. 그들이 막 호보켄에 있는 아파트 계약금을 냈을 때였다. 체육관과 탁아소를 갖추었고 도시 접근성도 좋은(시아는 오디션을 보러 다니면서 즉흥연기 수업을 듣고 있었다) 단지 안에 있는 신축 건물이었다. '몸속에서 뭔가 일어나고 있다'는 익숙한 감각이 시아에게 엄습했다. 이어서 임신 테스트기에 색깔 있는 줄이 나타나 의심을 확인해 주었다. "들어섰네." 이제 앞으로 클로퍼 가족이 네 명이 되면 호보켄의 아파트도 작은 편으로 느껴질 터였다.

그리고, 어빙/아이크가 〈검찰 측 폭스〉에 출연하기로 결정한다면, 파이어폴 때 그랬던 것처럼 네 시간 가까이 보형물을 붙여 얼굴을 알아보기 어렵게 만들지 않아도 될 것이다. 그는 본모습 그대로 나올 테고 어쩌면 그 모습 그대로 유명해질지도 몰랐다. 어빙 클로퍼야 호보켄에 있는 아파트에서 살 수 있었지만, 아이크 클리퍼도 그럴 수 있을까? 그들은 주 북부 어딘가로 이사할 기회를 찾기 시작했다. 시아는 벅헤드의 호텔에 있었고, 몸은 영 좋지 않앉다. 루비는 사방을 돌아다녔고 캐시디라는 이름의 어린 베이비시터가 아이를 돌보았다. 시아는 룸서비스에서 그릴 치즈 샌드위치가 오기를 기다리고 있었다. TV는 한 케이블 채널에 맞춰져 있었다. 오후 4시에 렌 레인의 〈군기 상사〉가 방영 중이었다. 렌은 눈부셨다. 시아는 살이 찌고 있었다. 이게 그녀의 삶이었다. 애가 나올 예정이었고, 걸음마를 시작한 아기가 서서 돌아다녔고, 벅헤드에 있었고, 아이크는 빌 존슨이 아닌 감독과 장시간을 일했고, 그러는 동안 발기 상사는 브라와 팬티만 입고 컴퓨터 앞에 앉아 범죄를 해결했다.

시아에게도 운이 따랐다. 그녀는 코스모스의 〈다운타운 부부〉에 캐스팅되어 맨해튼에서 일주일 동안 촬영하기로 했었다. 그녀는 그 역할이 일회성이 아니리라는 희망의 끈을 놓지 않았다. 하지만 이제 두 아이의 엄마가 될 예정인데 출연이 가능하기나 할까? 아이크가 폭스(그에게 들어온 또 하나의 빌어먹을 배역)가 된다면 세금 환급 여부에 따라 배턴루지나 피츠버그나 부다페스트에서 몇 달 동안 촬영에 임할 것이다. 그게 클로퍼 가족 네 사람에게는 어떤 의미일까? 그런 생활을 견딜 수 있을까? 돈 덕분에 삶이 더 편해질까? 유명 인사라는 지위가 삶에 고통을 안길까? 그들은 살아남을까? 시아는 마음속 아주, 아주 은밀한 곳에서 자신이 임신하지 않았기를, 〈다운타운 부부〉에 고정으로 출연하기를, 동료 출연자나 A 카메라 포커스 풀러와 사랑에 빠지기를 바랐다. 그녀와 아이크는 친구이자 자애로운 부모로 남아 서로 다른 아파트에서 각자의 삶을 살아갈 것이다. 어른들은 그런 합의를 하잖아, 안 그래?

시아가 그런 생각을 엄마에게 털어놓자, 나름대로 복잡한 삶을 살아 온 엄마는 이해한다며 고개를 끄덕였다. "시아야, 넌 지금 똥 밭에 있는 거야. 거기에 저항하지 마. 네가 품은 그 아기를 키워. 루비가 걱정 없이 자라도록 최선을 다하고. 오 년만 그렇게 살아 봐. 딱 오 년만. 그러면 뭐가 뭐고 뭘 해야 하는지 알게 될 거야."

5개년계획은 시아가 필요로 하던 것이었다. 그녀는 순식간에 다음 오 년을 구상했고, 아이크의 운에 조금도 의지하지 않는 탁월한 전략을 수립했다.

아이크에게도 그만의 계획이 있었다. 다이나모는 울트라 영화 세 편 계약으로 그를 묶어 두었다.● 새 에이전시인 트럭(TRUK)에서는 그를 또 다른 두 각본가 겸 감독과 함께 프로젝트 개발에 참여하게 했다. 이제 스물여덟이 되었으니 앞으로는 이런 신속한 진행에 진저리를 내게 될까? 그의 공적 자아는 명성을 쌓아 나가고 있었다. 그는 다시 아빠가 될 예정이었다. 클리퍼 콤보 메뉴에는 먹거리가 가득했다. 그가 세운 5개년계획의 요체는 론 뷰트에서 파이어폴로서 겪었던 경험과 결의와 경이를 재현하는 것이었다. 그게 가능할까? 론 뷰트에서 53일 동안 날마다 느꼈던 운명을 다시 체현할 수 있을까? 다시 렌 레인과 키스하는 날이 올까? 성공과 나이의 지표에 둘러싸인 채 자가 치료성 권태에 빠져 그 모든 것을 지긋지긋한 일의 연속으로만 여기게 될까? 머리숱이 적어질까?

그의 첫 번째 전투 계획은 이네스 곤살레스크루스에게 자신의 매니저로 일해 달라고 부탁하는 것이었다. 매니저 고용을 위한 예산은 이제 TRUK에서 협상한 특혜 목록의 형태로 약식 계약서에 포함되어 있었다. 이네스가 곁에 있으면 다음 영화도 〈나:파폴모〉처럼 특별해질지 몰랐다. 이네스가 그의 가족을 돌봐 주면 시아도 진정할 테고.

＊　＊　＊

이네스는 두 번 생각해 보지도 않고 제안을 거절했다.

그녀는 영화에 참여한 스태프 가운데 맨 마지막으로 론 뷰트를 빠져나갔고, 촬영이 있었다는 증거물을 실은 포드 트랜짓을 몰아 구 99번 국도를 타고 남

---

● 그는 결국 〈검찰 측 폭스〉에 출연했고, 그 영화는 시리즈로 발전했다.

쪽으로 달렸다. 그간 새크라멘토의 메트로 공항까지 오가며 물자와 스태프들을 실어 나르느라 이미 론 뷰트를 세 번 빠져나온 뒤였다. 네 번째이자 마지막으로는 그녀 자신과 영화 현장에서 목격자이자 노동자로 보낸 시간에 대한 추억만 가지고 나왔다. 스테이트 극장에서 현지 채용인만을 대상으로 특별 시사회가 열렸을 때를 제외하면(그녀는 카리나 드루즈만과 저녁을 함께했다), 그녀가 이후 론 뷰트에 다시 돌아갈 일은 없었다. 로비 앤더슨/트레브 보르처럼 귀환자나 졸업생, 혹은 베테랑 신분으로라면 모를까. 그녀는 마을을 한 바퀴 돌아보았다. 웨스팅하우스 조명, 메인 스트리트의 클라크네 드러그스토어, 아몬드 재배업자 협회 건물, 법원, 엘름 스트리트 114번지. 론 뷰트는 한때 베이스캠프, 로케이션, 제작 사무소가 있었던 자리에 으스스한 공허만이 남아 골판지로 만든 카니발이었던 것의 그림자에 불과한 모습으로 변하리라.

집으로 돌아온 이네스는 로스앤젤레스에서 필요할 얼마 안 되는 짐을 자신의 포니에 실었다. 가족들은 여느 때와 다를 바 없이 시끌벅적한 저녁 식사로 그녀를 전송했다. 할리우드에 그녀의 일자리가 생겼다……

내 일자리도 구해 줄 거지. 그렇지?

'온갖 일'을 한다면서. 무슨 온갖 일?

내년에 그쪽 학교에 가게 되면 같이 살아도 돼?

또 영화 만드는 거야?

디즈니랜드에서 얼마나 가까워, 티아?

이네스는 누굴 고용할 입장이 못 됐다.

이네스가 하는 일은 얼 맥티어의 일을 더 쉽게 만들어 주는 것, 문제를 해결하는 것이었다.

일주일 정도 소파에서 재워 줄 의향은 있었지만 여러 사람이 지낼 만큼 큰 아파트를 구하지는 않을 작정이었다.

옵셔널 엔터프라이즈는 영화로 만들 가능성이 있는 여러 프로젝트를 개발 중이었다.

이네스는 조카들과 프란시스코가 원한다면 언제든 디즈니랜드에 데려가 줄 수 있을 만큼 가까운 곳에 살았다!

얼은 주거팀을 시켜 이네스에게 밸리 빌리지에 있는 십 년 묵은 단지에서 콘크리트 고가다리를 굽어보는 아파트를 구해 주었다. 건물 이름은 LA 리버 였다. 다락이 딸린 복층형 원룸은 이네스가 처음 갖는 자기만의 집으로는 완 벽했다. 수송팀은 뒷문을 위로 여는 대신 좌우로 펼치는 빨간색 미니 쿠퍼 한 대를 주선해 주었다. 그녀는 회사 아이폰(ID: 와이낫?) GPS의 도움을 받아 캐 피틀 레코드, 노호 예술 지구에 있는 믹싱 스튜디오, 윌셔 대로에 있는 빌 존 슨의 혼자만의 안식처, 바닷가에 위치한 얼의 세쿼이아 온실, 그리고 때로는 실제 파운틴 애비뉴를 돌아다녔다.

봉급은 농담인가 싶을 정도로 많았다. 그녀는 매주 부모에게 벤모[1]로 돈을 송금했다.

이네스는 캐피틀 빌딩에 전용 사무실이 생겼다. 한때 얼의 사무실이었던 작 은 파이 조각 모양 방이었다. 맥티어 씨는 둥글게 휘어진 빌딩 벽에 맞춘 곡선 형 책상이 놓인 옆방을 사용했다. 이네스는 늘 새크라멘토로 돌아가 가족들을 만나고 저녁 식사 후 피아노 옆에서 함께 노래를 부르겠다는 계획을 품고 있었 지만, 새 직장의 업무가 워낙 빡빡해 아직 실천에 옮기지는 못했다. 그래도 어 느 일요일에 아이들을 데리고 디즈니랜드에서 오랜 시간을 보낸 적은 있었다.

곤살레스크루스 씨는 웃음을 잃는 법이 없었고, 늘 시간을 엄수하는 것으로 도 모자라 약속 시간보다 먼저 와 있곤 했으며, 형식적이거나 골치 아픈 전화 도 명랑하게 응대해서 나쁜 소식을 전하면서도 듣는 사람이 고마움을 느끼게 하는 재주가 있었다. 예를 들어 이네스는 옵셔널 엔터프라이즈에서 절대로 받

---

1 간편하게 돈을 송금하고 받을 수 있는 금융 앱

536

아 주지 않을 아이디어를 제안했던 각본가에게 '가망 없음'이라는 답변을 전달할 때 그 실망스러운 소식을 너무나도 우아하게 표현함으로써 상대방에게서 연락해 줘서 고맙다는 말을 들었다. 이네스는 파운틴 애비뉴의 모두와 친구가 되었다. 얼이 그녀에게 벽 슬립 더미를 주는 자리에서, 두 여자는 와 하고 환성을 질렀다. 위에는 **옵셔널 엔터프라이즈**가, 아래에는 **이네스 곤살레스크루스**가 박혀 있었다.

* * *

얼 맥티어가 올바른 선택, 현명한 판단, 확고부동한 본능을 발휘해 묘수를 둔 사례는 남들의 부러움을 살 만큼 많았다. 가장 최근의 사례는 이네스를 영화 만들기에 끌어들인 것이었다. 이네스가 어떤 돌발 상황에도 동요하는 법 없이 워낙 빠른 속도로 업계의 요령을 터득한 덕분에, 얼의 삶과 일은 더 순탄하고 덜 정신없어졌다. 얼은 빌이 처음에는 스패너와 쇠톱을, 나중에는 시계 제조용 장비와 손톱 줄을 이용해서 〈나이트셰이드: 파이어폴의 모루〉를 무시무시한 영화로 빚어내는 과정을 지켜보았다. 다이나모가 과도하게 떠안긴 액션 장면의 CGI는 전부 예술의 경지에 이르렀다. 늙은 에이머스 나이트 역으로 어린 배리 쇼를 기용한 것은 기적이나 다름없었다. 아무도 두 배우를 바꿔치기한 사실을 알아차리지 못했다.● 모든 CGI 업계 사람들만 빼고. 그쪽은 모이기만 하면 그 장면을 이야기했기 때문이다. 다이나모는 평소 얼에게 입으로 강속구와 주먹을 날려 대던 하드코어 쇼 비즈니스 냉소가들을 모아 인플루언서 시사회를 열었다. 이제 그들은 대체 어떻게 만화 원작 영화가 자신

---

● 배리 쇼는 현재 뱅TV!의 〈헤이즐넛 가족〉에서 다른 출연자들과 함께 앙상블 연기를 펼치고 있다. 또한 섀스타 카운티에서 면허를 획득한 응급 구조사이기도 하다.

들을 울린 거냐고 물어 댔다.

무엇이 영화에 그만한 진지함을 부여했을까? 빌 존슨? 옙. 코로나19의 영
향 감소? 옙. 이브와 파이어폴이라는 상처 입고 속내를 알 수 없는 두 캐릭
터? 말해 무엇하랴.

하지만 얼은 영화의 힘이 렌과 아이크에서 비롯했다는 걸 알았다. 두말하면
잔소리였다. 스크린 위에서 두 캐릭터, 두 남녀가 하나가 되리라는 기대감이
손에 만져질 듯 넘실거렸다. 그들의 싸움은 격정적인 섹스나 다름없었다. 영
화 초반부 이브가 버려진 제재소에서 파이어폴의 존재를 감지하는 장면에서
둘이 나누는 대화가 모든 것을 말했다. 이브가 "끝이 좋지 않을 텐데……. 당
신에게는."이라고 말하는 순간 그들이 교환하는 시선, 그 눈, 그 자세가. 파이
어폴은 "끝날 때까지 말은 말지."라고 응수한다. 여자들은 자지러졌고, 남자
들은 그 대사를 회심의 멘트로 써먹었다. 그 대사를 치고 나면, 데이스가 즐
겨 썼던 표현대로, 코트다쥐르의 호텔 방에 있는 프랑스 남자가 되는 거나 마
찬가지였다.

이제 얼에게는 샌타모니카의 낮게 깔린 아침 안개 속에서 고목 아래 앉아
커피를 마시고, 시에서 조성한 자전거/보행자 도로에서 바다를 구경할 여유
가 생겼다. 매일 아침 부두까지 걸어갔다 걸어올 여유도 생겼다. 그녀는 아침
전화를 처리했고, 다이나모와 호크아이의 임원 합창단을 두들겨 댔고, 빌 존
슨을 걱정에서 자유롭게 해 주었다. 그녀는 이네스를 말벗 삼아 옵셔널 엔터
프라이즈에서의 인생과 아이러니를 헤쳐 갔다.

그렇게…… 〈나이트셰이드: 파이어폴의 모루〉는 완성되어 공개를 기다렸
다. 다이나모가 주요 도시의 극장을 예약해서 최첨단 영상 음향 시설을 갖춘
대여섯 개 상영관에서 영화를 상영하려고 한다는 말이 돌았다. 호크아이에서
도 비슷한 시점에 영화를 공개할 예정이므로 극장 상영은 미끼 상품으로 활
용한다는 전략이었지만, 그럴 만한 잠재력과 기대를 갖춘 영화였다. 극장 상

영에 비용을 들이는 만큼 소셜 미디어 여론도 커질 터였다. 하지만 정말로 그 아이디어를 밀어붙일 수 있었던 것은 렌과 아이크 사이의 화산 같은 열기 덕분이었다. 아니면 나이트셰이드와 파이어폴이라고 해야 할까. 아니, 렌과 아이크가 맞았다.

다이나모는 영화를 바탕으로 한 새 그래픽 노블/만화를 의뢰했다. 팬들의 동인 만화에 담긴 에로티시즘이 렌 레인과 아이크 클리퍼가 화면상에서 선보인 화학반응에 미치지 못한다는 사실 또한 영화가 지닌 위력을 말해 주었다. 얼은 몬태나 보즈먼 근처에 있는 마운트 치점 예술대학에서 열린 심포지엄에서(유능한 이네스 덕분에 마침내 참석할 시간을 낼 수 있었다) 바로 그렇게 말했다. 그 자리에서 그녀가 보여 줄 수 있었던 것은 인터넷에 올라온 티저 예고편과 (학생들의 요구에 못 이겨 연달아 여섯 번을 상영했다) 만화책 표지뿐이었다. 그 외에는 전부 비밀유지계약서를 작성해야 볼 수 있는 기밀이었다. 얼은 거의 네 시간에 걸쳐 쇼 비즈니스 업계 경험을 들려준 뒤 〈소리로 가득한 지하실〉을 상영에 앞서 소개했다. 상영 후 질의응답 시간에 그녀는 이런 자리에서 반드시 나오기 마련인 뻔한 질문을 받았다. "할리우드에 진출하고자 하는 사람들에게 해 주실 수 있는 조언이 있을까요?"

나는 그녀가 "파운틴으로 가요."라고 할 줄 알았다. 대신 그녀는 문제를 해결하는 것과 일으키는 것의 크나큰 차이와 시간 엄수의 중요성을 이야기했다.


## 그랜드 시네마 센터


1,114개의 좌석을 보유한 드넓은 영화 궁전인 타임스 광장의 그랜드 시네마 센터는 코로나 유행으로 인한 수개월의 휴관 및 그에 따른 각종 위협 속에서 간신히 살아남았다. 영화 상영이 아직 연 110억 달러짜리 산업이던 시절에

는 대단한 장래성을 구가했던 그랜드는 마스크, 백신, 살인 바이러스 때문에 누구든 제정신인 이상은 수많은 낯선 사람들에게 둘러싸여 영화를 보려 하지 않는 시절이 오자 휘청거렸다. 마침내 온갖 발작을 뒤로 하고 다시 일상이 시작되자, 영화는 다시 극장에, 그랜드 시네마 센터에 나타나기 시작했다. 비록 스트리밍 서비스 공개 전 열이레 동안뿐이었지만.

다이나모는 원래 렌 레인 영화를 극장에서 상영할 계획이 없었지만 〈나이트셰이드: 파이어폴의 모루〉가 '대박'임이 확실해지자 그러기로 했다. 호크아이 구독자들이 각자의 거실, 아지트, 원룸 아파트에서 영화를 볼 수 있게 되기에 앞서서 전 세계 대형 상영관에서 빌 존슨의 〈'난 관심없어!' 문화를 다룬 걸작〉●의 티켓을 팔고 있었다. 기다렸다가 편하게 스트리밍으로 〈나:파폴모〉를 감상하기로 한 관객들은 널찍한 스크린 위에 커다랗게 펼쳐지는 이브, 밥 폴스, 에이전트 런던 등등의 힘과 장엄함을 보지 못했다.

로비 앤더슨은 커피 주전자에서 영화를 보지 않으려 했다. 스텔라도 아이들이 가르쳐 주는 대로 호크아이를 구독해 두기는 했지만 마찬가지로 앤더슨 매디오 가족이 맨해튼의 그랜드 시네마 센터에 갈 기회가 생길 때까지 기다렸다. 로비가 넘어져서 고관절에 고약한 골절상을 입는 바람에 이는 만만치 않은 일이 되고 말았다.

"내가 뼈가 박살 난 늙은이가 되다니." 라과디아 공항에서 타임스 광장 가든 스위트 글로벌 호텔로 가는 포니 안에서 로비가 말했다. 그는 비니어드에서는 보행기를 이용해 혼자서 돌아다닐 수 있었다. 하지만 스텔라는 도시로 갈 때는 물론 영화관에 가는 길에도 온갖 교통수단을 이용해야 한다는 점을 고려해 오빠가 쓸 휠체어를 빌려 왔다. "애들이 날 밀고 다니고 손이 닿지 않는 물건을 대신 집어 주어야 하는 신세가 되다니. 포터 영감이 된 기분이야."

---

● 〈뉴욕 타임스〉의 M. 다우드가 쓴 리뷰 〈이 이브의 모든 것〉에서 발췌함.

"해리 포터 아빠요?" 그레고리가 물었다.

"아니." 롭 삼촌이 말했다. "모르면 됐다."•

* * *

그들은 뉴욕시의 7번가와 브로드웨이 교차로, 미국의 교차로,[1] 파더 더피 광장, 그리고 하얀 불빛을 발하는 극장들로 돌아가는 관광객 무리를 헤치며 나아갔다. 켈리는 휴대전화의 그랜드 CC 앱으로 티켓 네 장을 구매했고, 그레고리는 꿍얼거리는 삼촌의 휠체어를 밀었고, 스텔라는 관광객들에게 돈을 받고 사진을 찍어 주려고 경쟁 중인 코스튬 플레이어들의 수를 세고 있었다. 그들 위로 하늘에 커다랗게 걸린 눈부신 광고판에서는 다름 아닌 나이트셰이드가 단호한 얼굴로 헬멧을 쓰고 음울한 표정을 짓는 파이어폴과 코가 닿을 듯 얼굴을 마주하고 있었다. 머리 크기가 열기구만 했다.

"보라! 한 쌍의 신을." 로비가 앉은 채로 굴러가며 말했다. "아테나 대 마르스를."

"렌, 내 사랑!" 그레고리가 외쳤다.

"조심해요!" 〈동키콩〉의 루이지로 분장한 사람이 로비의 휠체어를 들이받을 듯이 걸어오자 스텔라가 쏘아붙였다. "휠체어 다니잖아요!"

더 북쪽, 초대형 M&M 상점 옆에 그랜드 시네마 센터가 있었다. 2층 높이의 간판에서 또 다른 렌과 아이크의 상반신이 등을 맞대고 있는 모습이 선 대

---

• '포터 영감'은 프랭크 카프라의 〈멋진 인생〉에서 라이오넬 배리모어가 연기한 휠체어를 탄 심술궂은 노인을 가리킨다. 이 영화는 1946년에 나온 이후 TV에서 단골 크리스마스 방영작으로 자리 잡았다. 믿거나 말거나, 로비 앤더슨은 네 살 때 엄마아빠와 함께 론 뷰트의 스테이트 극장에 이 영화를 보러 갔으며, 비록 전체 줄거리는 이해할 수 없었지만 영화에 푹 빠져들었고 주연배우인 도나 리드와 사랑에 빠졌다. 로비는 여전히 진정한 영화 궁전이라고 하면 스테이트 극장을 떠올렸다.

1 타임스 광장의 별칭

악, 빛 대 어둠, 피트 대 글래디스[1] 만큼이나 진지해 보였다. 사창가처럼 새빨간 카펫이 깔리고 모로코의 호텔보다 더 요란한 황금색 장식으로 치장한 로비는 허울 좋은 부티를 과시했다. 에스컬레이터가 손님들을 중이층 좌석으로 실어 날랐지만, 켈리가 예약한 좌석은 로비의 휠체어가 넉넉하게 들어가는 발코니 밑의 장애인석이었다.

벽처럼 널따랗고 매음굴처럼 진홍색인 커튼으로 미루어 보건대 스크린은 정말로 거대했다. 중앙 무대에서는 턱시도를 입은 사내가 서커스용 오르간을 무척 열정적으로 연주하면서 영화음악 메들리를 들려주었다. 로비는 1950년대에 론 뷰트의 스테이트 극장에서도 한 숙녀가 무대 중앙이 아닌 가장자리에서 가정용 오르간을 연주하다가 영화가 시작되면 건반용 조명을 껐던 것을 떠올렸다. 〈뉴욕, 뉴욕〉을 따라 부르는 순서를 마지막으로("이곳에서…… 해낼 수 있다면 어디에서든…… 해낼 수 있어.") 그랜드의 칼리오페가 아래로 내려가며 구멍 속으로 사라지자, 관객들은 갈채와 휘파람으로 음악인에게 작별 인사를 건넸다.

커튼이 올라가고 선전 광고가 이십 분에 걸쳐 상영되는 동안 그레고리는 팝콘과 음료수를 사러 나갔다. 그레고리는 다른 영화들(추후 상영작)의 예고편에 맞춰 돌아왔는데, 예고편마다 똑같은 폭발, 충돌, 괴물, 히어로 들이 나왔다. 시리즈물이 아닌 영화의 예고편도 하나 있었다. 제1차세계대전 이전에 어뢰에 피격당해 불운한 운명을 맞이한 안드레아 도리아 호에 관한 시대극 뮤지컬이었다. 관객들은 죽음을 앞둔 승객들이 노래하고 춤추는 짧은 영상에 폭소를 터뜨렸는데, 그중 한 승객을 연기한 배우는 이브 나이트 역할을 거절했던 제시카 캔더파이크였다.

마침내, 그랜드 시네마 센터의 실내조명이 서서히 꺼지고 커튼이 좌우로 걷히면서 맨 아래에서부터 맨 위까지 쭉 뻗은 스크린이 드러났다. 우르릉거리는

---

1 1950년대 시트콤 〈피트와 글래디스〉에서 툭하면 아웅다웅하는 주인공 부부

베이스 음이 지진처럼 관객들의 늑골과 장신구를 뒤흔듦과 동시에 마법의 벽이 폭발하면서 선명한 하늘 속에서 뛰쳐나온 검은 날개 달린 맹금이 급강하해 위협적이리만치 가까워지다가 새의 까맣고 영혼 없는 눈만 남았다.

이 영화는 여러분의 친구 호크아이에서 제공했다는 안내였다.

다음으로, 발전소의 실루엣이 증기와 번개 줄기를 하늘로 쏘아 올리고, 구름 아래로 전기가 다 이 나 모라는 글씨를 형성했다.

이어서, 하얀 빛으로 이루어진 단순한 정사각형이 깜빡거리고 파직 튀면서 마치 프로젝터에 필름을 잘못 걸었을 때처럼 프레임이 끊기고 스크래치가 생기더니 옵셔널 엔터프라이즈라는 글씨가 스크린 위에 튀어나왔다가 흐릿하게 변했다.

훗날 〈이브의 테마〉라는 곡으로 밝혀진 관현악곡을 이루는 아홉 개의 음이 들렸다. 바, 두 디 다, 바 딧 두들리 다아아아. 그러더니 음악이 멎고 대신 메마른 산들바람이 숨죽여 흘렀다. 그랜드의 모든 관객, 앤더슨 매디오 가족은 타는 듯이 뜨거운 여름날 훤한 하늘 아래서 등 뒤로 불어오는 바람을 맞는 기분을 느꼈다. 스크린 위에서는 어느 작은 마을의 중심가 귀퉁이에 자리한 밋밋하게 생긴 건물의 꼭대기에서 은행 디지털시계가 회전하고 있었다······.

시각 1:02······. 온도 38도······. 시각 1:02······. 온도 38도······.

로비는 더 이상 맨해튼 중부의 한 영화관 안에서 휠체어에 앉아 있지 않았다.

그는 론 뷰트에 있었다.

그는 다섯 살이었다.

저기 이브/렌이 있었다······. 괴로워한다······. 클라크네 드러그스토어······. 클라크 노인······. "왜 그러니, 애야?"······렌/이브가 돌아선다······. 무언가 부정한 것이 메인 스트리트에서 형체를 갖춘다······.

연기 기둥, 불의 기둥······. 사람의 형체······. 화염방사병이······ 지옥의 입구에서 걸어 나온다······.

로비 앤더슨은 부끄러워 않고 울었다. 그는 아주 오랫동안 울음을 그치지
못했다.

밥 삼촌…….

* * *

이 영화를 만드는 과정에서 어떠한 동물도 해를 입지 않았습니다.

캘리포니아 론 뷰트의

주민 여러분께

특별히 감사를 표합니다.

빌 존슨 감독의 다이나모 영화 원작

# 나이트셰이드

## 파이어폴의 모루

다이나모
특별판

명사. 모루: 달군 금속을 올려놓고 두들겨 모양을 잡는 데 쓰는 철괴.

캘리포니아, 아이언 블러프.

**1:02**

욕 나오게 뜨겁다.

**102º**

이브 나이트,
일명 **나이트셰이드**.

그녀는 거리
한복판에 서 있다.

차는 없다.

주민도 없다.

물집이 잡힐 듯한 열기.

그녀의 눈이 마치 깊은 렘수면에
빠진 것처럼 깜빡거린다.

그녀는 감지한다,
느낀다, 무언가를.

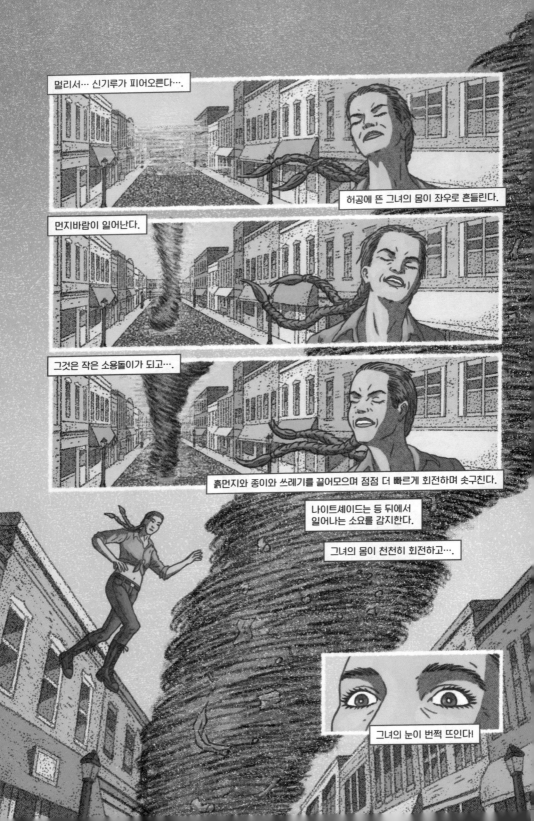

지옥의 신전에서 온 불기둥.

악마 같은 폭발과 함께….

형체가 나타난다….

어떤 인간….

일그러지고 육중한….

화염과 살로 이루어진….

누구지?
대체 누구야?

파이어폴!

그녀는 어떻게든, 아니, 의지를 발휘해서…

…초점을 맞추고, 깜빡이고, 탐색하면서, 눈을 부릅뜬다….

나이트 하우스.

이브 나이트는 여전히 떠 있다.

그녀는 보았다. 느꼈다….

그녀가…
자고 있었다는
의미는 아니다.

이브 나이트는 잘 수 없다.
한 번도 자 본 적이 없다….
특유의 감각 때문에….

하지만 떠 있을 수는…
부유할 수는… 있다….

이제 정신을 차린다.
그러나 그녀는 환영을 보았다.
미래를 보았다. 그녀의 미래를.

그녀는 이 작은 집을 가로질러…

확인한다….

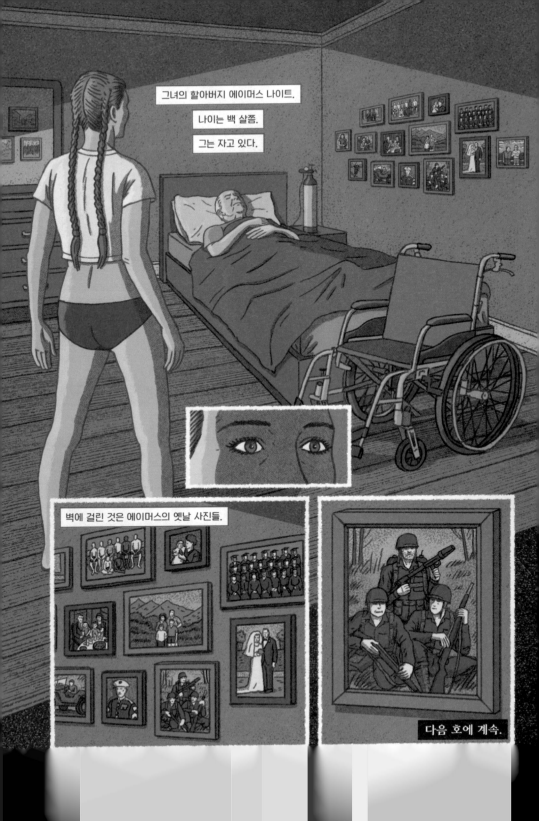

그녀의 할아버지 에이머스 나이트.

나이는 백 살쯤.

그는 자고 있다.

벽에 걸린 것은 에이머스의 옛날 사진들.

다음 호에 계속.

# 감사의 말

피터 게더스는 어김없이 이 책을 더 나은 작품으로 만들어 주었다. 크노프 출판사의 다른 사람들, 모건 해밀턴, 리타 마드리갈, 존 골, 애나 나이턴도 노고를 함께했다. 박수 부탁해요.

만화책들(코믹스)은 로버트 시코랴크의 예술성과 전문성을 통해 탄생했다. 하나하나가 내가 상상했던 것보다 백만 배는 더 나았다. 그러니 감사와 경탄을 듬뿍 전한다.

에스터 뉴버그는 공명정대한 자연의 힘 그 자체였다. 그리고 굉장한 아군이었다. 나는 운도 좋지.

지도와 '행운'을 베풀어 준 D. 나라사키에게 특히 감사를 표한다. 그리고 장인 정신의 표본이 되어 준 E. A. 행크스에게도.

앤 패칫과 에이다 칼훈은 내게 두 거장과도 같은 존재다. 나는 두 사람의 열렬한 숭배자이며, 그들에게 영원히 언제나 빚지고 있다.

이 책은 노라가 아니었더라면 존재하지 않았을 것이다. 우리 모두가 그녀를 생각한다. 정말로. 날마다.

# 그렇게
# 걸작은
# 만들어진다

**초판 1쇄 발행** 2025년 3월 27일
**지은이** 톰 행크스 | **그린이** 로버트 시코랴크 | **옮긴이** 홍지로 | **펴낸이** 최원영
**편집부장** 윤영천 | **편집부** 박신양 김서연 이지윤 | **북디자인** 이승정
**본문조판** 양우연 | **국제업무** 박진해 국경님 유자영 | **마케팅** 김민원 조은걸
**펴낸곳** (주)디앤씨미디어 | **출판등록** 2002년 4월 25일 제20-260호
**주소** 서울시 구로구 디지털로 32길 30 코오롱디지털타워빌란트 1301-1308호
**전화번호** 02.333.2513 | **팩스** 02.333.2514

ISBN 979-11-92738-50-5 03840

정가 19,800원